El sepulturero y la Tierra Negra

Crimen y Misterio

Biografía

Oliver Pötzsch (1970) es uno de los autores de ficción histórica más leídos de Alemania. Periodista de formación, escribió guiones televisivos antes de dedicarse plenamente a la literatura. Desciende de los Kuisl, una de las principales dinastías de verdugos del país entre los siglos XVI y XIX, que le sirvió de inspiración para escribir su primera novela, *La hija del verdugo*, convertida en un bestseller en más de veinte países. Con *El libro del sepulturero* y su continuación, *El sepulturero y la Tierra Negra*, inició una nueva y exitosa serie de *thrillers* históricos que viajan a los primeros días de la investigación forense.

Oliver Pötzsch

El sepulturero y la Tierra Negra

Traducción de Héctor Piquer Minguijón

Planeta

Título original: *Das Mädchen und der Totengräber*

Avda. Diagonal, 662-664, 08034 Barcelona (España)
www.planetadelibros.com

Adaptación de la cubierta: Booket / Área Editorial Grupo Planeta a partir de la idea original de LookatCia
Primera edición en Colección Booket: mayo de 2024

Depósito legal: B. 6.521-2024
ISBN: 978-84-08-28785-8
Impresión y encuadernación: CPI Black Print
Printed in Spain - Impreso en España

A Katrin, mi sol, una vez más. Porque siempre has creído
en mí (y en Augustin)... ¡Envejecer a tu lado
es una fuente diaria de juventud!
Y a un pequeño detective belga cuyos casos ficticios leí ávidamente en el momento de escribir este libro. ¡El gran desenlace se lo dedico a usted, monsieur Hércules Poirot!

Al principio no veía nada. El aire caliente que salía del interior de la cámara hacía parpadear la llama de la vela, pero cuando mis ojos se adaptaron a las condiciones lumínicas, vi aparecer bajo el polvo distintos detalles de la habitación, animales extraños, estatuas y oro. El resplandor del oro lo bañaba todo.

Howard Carter,
sobre el descubrimiento de la tumba de Tutankamón

PERSONAJES

Jefatura de la Policía de Viena

Inspector Leopold von Herzfeldt
Inspector Erich Loibl
Inspector jefe Paul Leinkirchner
Jefe superior de policía Moritz Stukart
Julia Wolf, fotógrafa forense

Cementerio Central de Viena

Augustin Rothmayer, sepulturero
Anna, niña huérfana
El administrador del cementerio

Sociedad Arqueológica de Viena

Profesor Alfons Strössner
Charlotte Rapoldy, hija de Strössner
Dr. Clemens Rapoldy, yerno de Strössner
Profesor Walter Kerfeld, catedrático de Universidad
Dr. Alexander Dedekind, director de la Colección de arte egipcio-oriental

Dr. Friedrich Carl Knauer, director del Parque Zoológico de Viena en el Prater
Carl Rebers, ayudante de Knauer
Profesor Eduard von Hofmann, director del Instituto de Medicina Forense y ordenado Caballero del Imperio
Archiduque Raniero de Austria, miembro de la Casa Imperial

Otros personajes

Adelheid Rinsinger, casera de Leo
La Gorda Elli, propietaria del burdel Dragón Azul
Bruno, portero del Dragón Azul
Margarethe, amiga de Julia
Saidrovuni, jefe de la tribu matabele
Eugen Lenz, cuidador de animales del zoo
Jurek, líder de los peinacanales
Padre Gregor Mayr, egiptólogo
Dr. Adolf Landinger, egiptólogo

De *Ritos funerarios y cultura popular*, de Augustin Rothmayer, escrito en Viena en 1894

El arte egipcio de la momificación es, sin duda, uno de los rituales funerarios más sofisticados que existen, una técnica que se ha ido perfeccionando a lo largo de miles de años.

Según cuenta el historiador griego Heródoto, los egipcios introducían por la nariz del cadáver un hierro alargado y curvo con el que desmenuzaban el cerebro, mezclaban el picadillo resultante y lo extraían cuidadosamente con el extremo ganchudo del instrumento. Luego vertían aceite de unción por los orificios nasales con el fin de disolver los restos de materia cerebral que hubieran quedado en el interior del cráneo. Entonces, con una piedra de obsidiana bien afilada, el embalsamador diseccionaba el cuerpo y extraía las vísceras de la cavidad abdominal, que era a su vez enjuagada con vino de palma y una majadura de hierbas. A continuación, el cuerpo se rellenaba con fardelillos de lino, bolsas de natrón y serrín, se remendaba con sutura y se sumergía en una solución de natrón durante setenta días. Para terminar, el cadáver desecado era envuelto con innumerables vendas y colocado en su sarcófago, ya como momia.

En el Antiguo Egipto de la primera y segunda dinastías, muchos sirvientes y funcionarios reales también eran momificados para el entierro de su faraón y llevados a la tumba junto con su soberano. Como solían estar aún vivas, estas personas eran sacrificadas de forma ritual, preferentemente con un hacha de piedra, mediante mordedura de serpiente o utilizando un veneno. Podía suceder que la ponzoña no matara de inmediato a los afectados, sino que solo los dejara paralizados.

Es de suponer que no pocas almas desgraciadas experimentaron su propio embalsamamiento en vida. El horror que acompañó su lenta muerte se me hace, incluso a mí, que soy sepulturero, por completo inimaginable.

PRÓLOGO

Egipto, en algún lugar cercano a las ruinas de la antigua Tebas, a finales de la primavera de 1892

El profesor Alfons Strössner, respetado erudito vienés y egiptólogo de renombre mundial, tropezó con una boñiga de camello reseca, blasfemó contra Ra, el deslumbrante dios solar, y cayó de bruces en la arena.

La lengua se le había quedado pegada al paladar como si fuera un trapo seco. Innumerables granitos de arena le resbalaban por el pelo y le causaban picor en la nariz, los oídos y los ojos, y el terreno blando sobre el que yacía quemaba como el fuego. Buscó a tientas su cantimplora, bebió con avidez las pocas gotas de agua que quedaban y se incorporó. ¿Cómo había podido cometer la estupidez de perderse? ¡Ni que fuera uno de esos esnobs lores británicos! A su alrededor se extendían interminables dunas de arena, una detrás de otra, como olas en un mar amarillo parduzco, salpicadas de peñascos y montes escarpados. La necrópolis de Deir el-Bahari, de la cual había salido hacía apenas unas horas, debía de hallarse en algún lugar detrás de una de aquellas montañas, pero ¿dónde exactamente? Con toda probabilidad, solo estaría a unos pocos kilómetros, pero los caminos que discurrían entre los cerros se retorcían como laberintos.

Strössner había abandonado el yacimiento porque necesitaba unas horas de tranquilidad. Llevaba varias semanas compartiendo una minúscula tienda de campaña con unos colegas austríacos a los que, si ya no era capaz de soportar mucho tiempo en el gran paraninfo de la Universidad de Viena, tanto menos podía hacerlo en un espacio de diez metros cuadrados, rodeados solo por unas finas tiras de tela y el inmenso desierto de la Tierra Negra. Los ronquidos y el mascullar del orondo padre Gregor Mayr, el sempiterno lamento de Adolf Landinger acerca del tiempo, los biliosos comentarios de su viejo adversario Walter Kerfeld... Simplemente, ya no podía aguantarlos más.

Estaban explorando uno de los mayores hallazgos arqueológicos de las últimas décadas, ¡el sueño de cualquier egiptólogo! El yacimiento de Deir el-Bahari se había convertido en toda una sensación. Constantemente salían a la luz nuevas momias, alhajas, amuletos, valiosas estatuillas... Y los distintos grupos de investigadores allí presentes se peleaban entre sí como solteronas celosas a la caza de un buen partido. Muchos países habían enviado a sus mejores expertos a Egipto, pero nadie había decidido todavía quién podía llevarse a casa qué tesoros para gloria y orgullo de su nación.

El profesor se levantó, se quitó el salacot forrado de lino y analizó con desesperación la situación. Su testarudo camello, ese miserable cuadrúpedo, lo había arrojado al suelo hacía más de una hora y se había alejado al trote. Strössner había decidido volver a pie y, por lo visto, había elegido una bifurcación equivocada entre las rocas. En realidad, el camino de vuelta no podía ser muy largo, pero el terreno era en extremo traicionero, estaba plagado de hendiduras y cubierto con una arena blanda que, en ocasiones, llegaba hasta la cintura y de la que sería imposible escapar en caso de quedar hundido en ella.

Sabía perfectamente que, si no iba con cuidado, él mismo

acabaría convirtiéndose en una momia. En la ardiente arena del desierto se marchitaba uno más rápido que una manzana podrida, y la falta de agua le estaba empezando a provocar un ligero mareo. ¿Debía pedir ayuda? Y si lo hacía, ¿quién iba a escucharlo aparte de unos pocos chacales sarnosos? ¿Y por qué no se le había ocurrido llevar más agua? Tenía la boca y la garganta resecas por completo y le costaba concentrarse.

Lleno de rabia, el profesor Alfons Strössner lanzó la cantimplora contra una de las paredes de roca. El recipiente de hojalata produjo un sonido reverberante que retumbó de una superficie a otra. Entonces se oyó un repiqueteo, como si una canica rebotara por unos peldaños escaleras abajo.

El profesor se quedó de una pieza.

«¿Por unos peldaños? ¿Escaleras abajo?», pensó extrañado.

Picado por la curiosidad, se acercó a la pared rocosa. En efecto, justo en el lugar donde había lanzado el frasco vacío se abría un agujero del ancho de una mano. El recipiente debió de haber caído por allí... Strössner se arrodilló y apartó la arena con creciente excitación. Pronto dio con un pozo inclinado que se adentraba en las profundidades; unos empinados escalones de piedra se perdían en la penumbra. Sospechó que el pozo había quedado al descubierto debido a la gran tormenta de arena de hacía unos días; probablemente, ese acceso debió de haber permanecido oculto durante milenios.

El ritmo cardíaco de Strössner se desbocó y su mano derecha empezó a temblar: ¿era por la enfermedad que lo atormentaba desde hacía tiempo o por la emoción del fortuito hallazgo? Retrocedió con rapidez un par de pasos para recuperar la mochila de excavación que había dejado tirada en la arena. Guardaba allí una pequeña pala de mano y una lámpara de queroseno. El profesor rascó una cerilla, después otra... Con la tercera prendió por fin la mecha.

Con la lámpara encendida en la mano, inició el descenso por

el pozo. Al cabo de unos pocos pasos, el mundo que tenía sobre su cabeza pareció haberse desvanecido. Andaba a tientas por la arena, cuyo espesor sobre los peldaños aumentaba a medida que iba descendiendo, y pronto necesitó la pala para seguir avanzando. Ya no tenía sed ni estaba cansado, y paleaba como un poseso. En la oscuridad del pozo, la hoja metálica de la pala se topó con algo duro. Strössner rebuscó en la arena y extrajo una cabeza momificada, seguida de una mano reseca que dejó caer con decepción. Por desgracia, no se trataba de una momia cuidadosamente embalsamada, ni de un sacerdote o un faraón, sino de los marchitos restos mortales de un desconocido.

«¿El cadáver de un ladrón de tumbas, tal vez?»

El profesor estaba casi seguro de que el presunto saqueador no había conseguido llegar hasta lo más hondo del sepulcro. Todavía faltaban la cámara mortuoria y las llamadas puertas falsas. Nervioso, Strössner miró a su alrededor en busca de posibles trampas. Sabía de los sofisticados mecanismos con los que los antiguos egipcios protegían sus tumbas, entre los que había dispositivos mortíferos y hasta venenos, todavía escasamente estudiados... Pero no encontró nada, de manera que siguió excavando a toda prisa, clavando profundas paladas en la arena, hasta que por fin dio con una pared de ladrillos. Había jeroglíficos grabados en ella y no presentaba ningún deterioro, ni siquiera un insignificante rasguño.

Una sonrisa se dibujó en el rostro de Strössner tostado por el sol.

«Ahí está...»

A la luz parpadeante de la lámpara reconoció el signo de Osiris, el dios del inframundo, pero también el de Thot, el dios de las ciencias y la magia, y algunos otros jeroglíficos que no fue capaz de interpretar. Pero lo que sí supo en ese momento fue que la tumba que tenía delante no había sido saqueada, y que incluso cabía la posibilidad de que perteneciera a un faraón todavía desconocido. ¡Pasaría a la historia por ello!

Tras vacilar apenas un instante, Strössner empuñó la pala con ambas manos y abrió un boquete en la pared. El polvo ascendía formando nubes y la arena caía como un riachuelo por las paredes del pozo generando amplios surcos. El profesor había quedado enterrado casi hasta la cintura. Miró con inquietud hacia arriba, donde el sol entraba a través de un pequeño rectángulo infinitamente lejano. Si la arena seguía bajando, quedaría enterrado vivo allí mismo, y tal vez dentro de cien años otros exploradores encontrarían su cadáver marchito junto al del ladrón de tumbas. Se estremeció.

«¡No te rindas ahora!»

La pala golpeó de nuevo el muro, que por fin cedió reventándose y causando en el otro lado un estrépito de trozos de arcilla en la oscuridad. El agujero formado era del tamaño de una cabeza humana y emanaba de él un olor rancio y ligeramente dulce, como a incienso seco; un aroma que el profesor conocía muy bien. Con la mano temblorosa tanteó primero el perímetro del orificio e iluminó a continuación el interior con la lámpara de queroseno, cuyo brillo parpadeante recorrió la pared de piedra natural.

«Dios mío...»

Era un nicho cuya altura apenas le llegaba hasta la cintura y estaba profusamente decorado con frescos: una cámara mortuoria, no cabía duda. Había en ella un único sarcófago.

A Strössner le temblaba tanto la mano que casi se le cayó la lámpara. Apenas se creía la suerte que había tenido.

«La tumba todavía está intacta... Y esos extraños signos en el sarcófago, los signos de Thot... Y un único ojo pintado...»

Un signo en particular llamó su atención: una mano pintada que se extendía hacia él con los dedos separados.

Como una advertencia.

Mientras el profesor contemplaba el milagro que tenía ante sí, no se daba cuenta de que la arena seguía entrando en el pozo, grano a grano, centímetro a centímetro, como en el receptáculo inferior de un reloj de arena. El goteo se convirtió en flujo y, este, en caudal. De repente, el pozo se derrumbó sobre él como una ola.

Strössner jadeó sorprendido, braceó, nadó para liberarse, pero solo consiguió enterrarse todavía más. Con el rabillo del ojo vio desaparecer bajo la masa de arena el agujero de la cámara mortuoria, luego la lámpara, la pala de cavar... Por último, ya no pudo moverse, la arena le llegaba al cuello. Un grito ronco, casi un graznido, salió de su garganta. Y un pensamiento terrible pasó por su mente.

«Esa mano... era sin duda una advertencia... ¡Una maldición, una trampa!»

Un pequeño escarabajo pelotero de color negro se arrastraba por debajo de su nariz y otro le hacía cosquillas en la oreja. Strössner casi creyó oír el roce de las patas del insecto.

«*Scarabeus sacer* —le vino a la mente—, el escarabajo sagrado ha acudido a anunciar mi muerte...»

—Profesor, ¿es usted? ¿Está ahí abajo?

En un primer momento, debido a la confusión causada por un incipiente desmayo, tuvo la sensación de que la voz que escuchaba era la suya, pero entonces se dio cuenta de que procedía de arriba, desde donde también se colaba un ínfimo rayo de luz. Era la voz cortante de su adversario académico, Walter Kerfeld. Alfons Strössner nunca habría pensado que se alegraría tanto de oírla.

—Me estoy... hundiendo —dijo después de jadear, toser y escupir arena.

—¡Por el amor de Dios, profesor! ¡Lo hemos estado buscando por todas partes! Mis oraciones han sido atendidas. ¡Bendita sea la Virgen María! —clamó otra voz, que solo podía ser la del padre Gregor Mayr.

El profesor creyó distinguir entonces algunos rostros en la

mancha de luz que tenía encima de él. El padre Gregor Mayr, Walter Kerfeld y el rostro agrisado y enjuto del doctor Adolf Landinger... Los compañeros de expedición habían formado una patrulla de búsqueda y encontraron al profesor en el último segundo.

—¡Una cuerda, rápido! —ordenó Strössner a gritos.

Sacando fuerzas de flaqueza consiguió desenterrar los brazos de la arena. Cuando por fin vio la cuerda balancearse ante sus párpados medio pegados por la suciedad, se asió al cabo, se lo ató alrededor del pecho y se dejó izar. Una vez arriba, escupió la arena, tuvo arcadas y se sacudió. Los tres hombres lo miraron como si acabara de escapar del inframundo.

El profesor Alfons Strössner cogió la cantimplora que le ofrecieron y bebió con avidez. A continuación, escrutó a sus colegas de uno en uno y, mientras se limpiaba los últimos granos de arena de las comisuras de los párpados, comenzó a hablar con voz queda y ronca:

—Señores, lo que voy a contarles queda entre nosotros. He encontrado una tumba intacta, ¡una maravilla milenaria! Y no tengo intención de compartirla con los británicos ni los franceses, ni siquiera con los malditos alemanes. Y mucho menos con ningún camellero. Esta tumba es un hallazgo extraordinario, ¡y pertenece a Austria! ¿Puedo fiarme de su palabra de honor como ciudadanos de nuestro país?

Todos asintieron en silencio y el pacto quedó sellado. Solo Kerfeld le dirigió una mirada de recelo, pero no abrió la boca.

El profesor Alfons Strössner comenzó entonces susurrar el relato de su descubrimiento.

Ninguno de los presentes se imaginaba que aquel espectacular hallazgo acabaría significando el final para todos ellos.

I

Dos años después, una noche de mediados de mayo de 1894 en el distrito duodécimo de Viena

—Uno, dos, tres... ¡Ahora!

La mezcla de magnesio, clorato de potasio y antimonio de azufre se encendió provocando un fuerte estallido seguido de un borboteo y una humareda. Por un instante, una claridad ultraterrenal invadió el sombrío cobertizo formando un aura brillante, casi circular, una campana de luz. A Julia le seguía pareciendo un milagro, pero sabía que ese milagro no era más que una reacción química. Simple tecnología moderna, como la cámara fotográfica que tenía en sus manos, una Goldmann que había costado una fortuna, provista de objetivo gran angular y trípode. Había pulsado el disparador en el mismo momento en que dio la orden de encender la pólvora al medroso guardia que tenía al lado. El diafragma se había abierto y la luz había incidido sobre la placa recubierta de bromuro de plata, situada en el lado opuesto del objetivo, y en la que había quedado plasmada la escena: ventanas llenas de telarañas, bidones de tinte esparcidos por un suelo de lodo pisoteado, numerosos fragmentos de vidrio y botellas rotas en los estantes, la sangre estampada en negro sobre la placa fotográfica... y, sobre todo, un muchacho que yacía bocarriba delante de la fotógrafa, con los brazos extendidos y los ojos abiertos de pánico, casi como un Cristo Redentor.

Solo que este redentor del distrito duodécimo iba desnudo de cintura para abajo y estaba algo más que solamente circuncidado.

—Menuda guarrada —refunfuñó el inspector Erich Loibl—. Esto es peor que el matadero de Sankt Marx. Bueno, aquí huele mejor.

El cobertizo en el que se encontraban pertenecía a una fábrica de tintes. Un débil aroma cáustico de blanqueante procedente de los bidones de hojalata esparcidos por el suelo impregnaba la atmósfera.

En silencio, Julia desenroscó la cámara del trípode tratando de no temblar demasiado. Sabía que estaba siendo observada concienzudamente por la media docena de hombres que había en el lugar. En una de sus primeras misiones, un crimen pasional en el distrito décimo, había vomitado. El agresor había golpeado a su esposa con un martillo hasta matarla y el arma homicida seguía clavada en el cráneo de la víctima. Entonces ya se decía que las mujeres no servían para ese tipo de trabajo policial porque eran demasiado sensibles y lloricas. Dos guardias con experiencia también habían vomitado en aquella ocasión, pero a ella no le dejaban pasar ni una.

—Ya ha terminado, ¿verdad? —preguntó Loibl, que se encontraba justo detrás de Julia. Su mirada tibia recorría aburrida la estancia. A pesar del hedor reinante, Julia notó que el inspector de servicio desprendía un ligero tufo a alcohol. Era de suponer que habían localizado a Loibl en algún tugurio, donde ya habría llegado borracho después de su jornada laboral y adonde parecía que quería volver lo antes posible.

—Me gustaría sacar algunos primeros planos más —respondió Julia. Cambió el objetivo y se puso en cuclillas, consciente de que algunos de los hombres le estarían mirando el trasero. Ajustó la distancia en el lado posterior de la cámara y se volvió hacia el guardia que seguía manejando el extraño instrumento: una pera infladora de caucho provista de un tubo flexible unido a una vela encendida y un pequeño espejo de bolsillo que servía de reflector. Ella misma se había fabricado el artilugio que hacía de antorcha—. ¿Preparado?

El guardia asintió de mala gana y volvió a apretar la pera infladora. De nuevo se escuchó un borboteo y se levantó la consiguiente humareda cuando la fina nubecilla de mezcla explosiva alcanzó la llama de la vela. Una luz blanca resplandeciente iluminó el cadáver por unos instantes.

El muerto no tenía más de diecisiete o dieciocho años y vestía una camisa hecha jirones y repleta de agujeros, húmeda y teñida de rojo por la sangre, bajo la cual se distinguían al menos una docena de heridas de cuchillo. El joven había sido apuñalado como una rata. La mirada de Julia recorrió el bajo vientre desnudo del cadáver. El exceso de sangre no dejaba ver mucho, pero estaba claro que al chico le faltaba algo muy importante. En la zona donde debía estar el escroto había un hueco en la carne, y el pene también había sido amputado; en su lugar apenas se apreciaban algunos tendones colgando.

Julia sintió náuseas. Se volvió hacia un lado y depositó la cámara en el suelo. Mientras lo hacía, podía prácticamente sentir cómo los guardias la escudriñaban con la mirada atenta y voraz de un depredador. Con las prisas no se había cambiado de ropa y aún llevaba el vestido de noche ajustado de color verde lima, apenas cubierto con un fino abrigo. En realidad, su intención había sido salir con Leo ese sábado, víspera de Pentecostés, pero todo apuntaba a que eso ya no sucedería.

—¿Todo bien, señorita Wolf? —preguntó Loibl con un fingido tono de interés—. ¿Tiene suficientes fotografías?

—Ya lo avisaré cuando haya terminado. Antorcha, por favor.

El estallido, el borboteo y la humareda se repitieron tres veces más antes de que Julia se diera al fin por satisfecha.

—Creo que con esto ya estaríamos —asintió fingiendo cortesía mientras guardaba la cámara Goldmann en su estuche de madera—. Por el amor de Dios, ¿quién puede ser capaz de cometer semejante atrocidad? —murmuró, más para sí misma—. ¿Y por qué?

—Si no fuera usted mujer, lo sabría. Un hombre sin picha ni pelotas ya no puede llamarse hombre —sentenció Loibl desplazándose el bombín hacia la nuca. Visiblemente asqueado, señaló el cadáver iluminado por el resplandor parpadeante de las lámparas de queroseno—. Fíjese en esta ricura de jovencito. No cabe duda de que es un chapero. Todo apunta a que salió de caza por donde no debía, y es muy probable que no fue la primera vez. Y algún macarra de los que mandan se ha asegurado de que eso no se repita, y de que a nadie más se le ocurra hacer lo mismo. —Señaló los cristales rotos y los bidones caídos—. Lo pillan en la calle, lo arrastran hasta aquí y se acabó el menear el culo. El negocio del amor no es fácil. En el Prater se consiguen mozalbetes por cuatro cuartos, algunos ni siquiera han cumplido los catorce años. Tal vez este joven quería independizarse y su chulo se oponía. Supongo que nunca lo sabremos con seguridad.

—¿Entonces es un aviso para otros chaperos? —preguntó Julia—. Mmm...

Volvió a mirar al muerto, que tenía un rostro atractivo, casi femenino. En ese momento se dio cuenta de que el cadáver llevaba un poco de colorete en las mejillas y tenía los labios embadurnados de carmín, una nueva moda que había popularizado la diva del teatro Sarah Bernhardt. El joven parecía un muñeco roto del que se habían deshecho tirándolo a la basura.

—Un aviso bastante eficaz, créame —respondió Loibl—. Vi algo parecido en el barrio de Leopoldstadt, junto al Prater, hace ya mucho tiempo. La cuestión es si al joven le segaron sus sacrosantas partes antes de ser apuñalado o después. No es una visión agradable, lo admito, pero no es más repugnante que ver a dos hombres follando como perros. ¿O qué piensa usted, señorita? —añadió el inspector guiñándole un ojo.

—Como acaba de decir, usted es un hombre y seguro que tiene más experiencia al respecto —le espetó Julia, que comenzó a recoger sus placas fotográficas.

El ruinoso cobertizo estaba en Meidling, el distrito duodécimo. Si se aguzaba el oído, se podía escuchar el murmullo del río Viena, en cuyo cauce se vertían las sustancias corrosivas de la fábrica de tintes que había justo detrás de la casa; dependiendo del día, las aguas podían bajar rojas como la sangre. La zona no estaba exenta de peligros: era un barrio obrero plagado de talleres, fábricas y curtidurías venidas a menos, y lúgubres edificios de viviendas de alquiler cuyos inquilinos malvivían hacinados en cuchitriles. Uno de los vecinos había oído un ruido y había salido a comprobar si todo estaba en orden. Apenas media hora después habían llegado los guardias y el inspector Loibl de la Oficina de Seguridad de Viena.

Julia había acudido poco después. La habían avisado por teléfono justo cuando, ya arreglada para salir, estaba cenando con su hija Sisi. Besó entonces a la pequeña, la dejó en los brazos de la Gorda Elli y salió a toda prisa cargando con la cámara y el trípode.

Si hubiera sabido lo que le esperaba, habría prescindido de la cena.

—¿Cuándo tendremos las fotografías? —preguntó Loibl sin dejar de mordisquear con aburrimiento un mondadientes. Era uno de los pocos agentes de la Jefatura de Policía de Viena que no fumaba como un carretero. Lucía un poblado bigote de morsa y era delgaducho como un rodrigón, todo lo contrario que su superior inmediato, el inspector jefe Paul Leinkirchner, un fornido sabueso de la Jefatura. Julia se sintió aliviada de que fuera Loibl quien estuviera en el escenario del crimen, ya que Leinkirchner habría notado el más mínimo temblor en ella y la habría puesto en evidencia ante los demás. Loibl, en cambio, era incluso bondadoso.

—El lunes le traeré las imágenes, ¿le parece bien? —propuso Julia.

—Supongo que sí —asintió el inspector—. A decir verdad, el caso está claro —añadió pasándose el mondadientes de una comisura a la otra—. De todos modos, no entiendo esta repentina costumbre de querer tenerlo todo fotografiado. ¡Como si nos sobrara sitio en los archivos! Enviaré a algunos hombres a la zona, seguro que algún chaperito se irá de la lengua. Esos maricones hablan más que una tertulia de comadres en el Café Sperl —dijo soltando una carcajada que casi le hace tragarse el mondadientes.

Julia no dijo nada, plegó el trípode de madera de fresno y lo metió en su correspondiente bolsa de tela. Evitó entrar al trapo con el inspector porque no quería poner en peligro su puesto de trabajo. Necesitaba el dinero, sobre todo para Sisi, cuya medicación costaba un dineral.

Se alisó el vestido, se enderezó el sombrero y cargó con el trípode y el maletín. Después de echar un último vistazo al maltrecho cadáver, se dirigió a Loibl:

—Si ya no me necesita para nada más...

El inspector, que estaba dando instrucciones a un guardia vestido con guerrera verde oscuro, levantó por un momento la vista hacia ella:

—No, eso es todo, señorita Wolf. Estamos esperando al juez

de instrucción. Ahora empieza el trabajo de verdad, que es cosa de hombres.

Julia caminaba hacia la salida cuando Loibl, con la mirada puesta en el vestido de noche de la joven, todavía le dedicó unas últimas palabras:

—Ah, y no olvide ponerse un poco de colorete antes de acudir a su cita. Se ve un poco pálida alrededor de la nariz. Que pase buena noche.

Algunos de los hombres allí presentes se rieron y Julia salió del cobertizo en silencio.

En el exterior ya había oscurecido, debían de ser casi las ocho de la tarde. El aire era cálido, e incluso allí, en Meidling, cerca de la cloaca de Viena, donde apestaba a lejía y barniz, se olía la llegada del verano.

«Un verano que el joven que yace ahí dentro ya no disfrutará», pensó Julia, y recordó lo que Loibl había dicho hacía un rato: «La cuestión es si al joven le segaron sus sacrosantas partes antes de ser apuñalado o después...».

A pesar de la cálida brisa, notó un escalofrío. Tal vez no fuera demasiado tarde para quedar con Leo. Por lo menos, eso le haría pensar en otra cosa.

Un tranvía tirado por caballos se aproximaba tintineando. Julia esperó a que el vagón se detuviera y se subió cargando con la maleta y el trípode. Entre la multitud sudorosa y visiblemente agotada tras un día de trabajo, la joven se agarró al asidero, cerró los ojos e intentó pensar solo en su hija. Con toda probabilidad Sisi ya dormía profundamente y soñaba con algo hermoso.

Julia sospechó que sus propios sueños no serían tan hermosos esa noche.

Cansado, Leo se frotó los ojos y se esforzó por descifrar sus notas manuscritas a través de la densa humareda de puro.

—La sangre, apreciados colegas, no suele ser como la describen los escritores en las novelas policíacas baratas —prosiguió su disertación tratando de parecer más despierto de lo que en realidad estaba—. Como decía el bueno de Goethe, la sangre es un humor muy especial. Como es posible que sepan por propia experiencia, puede adoptar cualquier color imaginable, dependiendo del grado de sequedad. Del ocre y el marrón hasta el verde amarillento...

Se aclaró la garganta y levantó la mirada. Las dos lámparas de gas que colgaban del techo revestido de madera a duras penas se distinguían entre el humo del tabaco. Al observar las dos docenas de agentes de policía que tenía delante, Leo dudó de repente de que aquellos colegas hubieran visto alguna vez sangre de verdad. La mayoría eran todavía bastante jóvenes, se habían graduado en la facultad de Derecho el año anterior y hacía poco que habían ingresado en la Jefatura de Policía de Viena como agentes primerizos. Daba la impresión de que todos venían de buena familia y que sabían mucho más de carreras de caballos, mujeres y puros caros que de asesinatos y homicidios: los típicos niñatos malcriados que tienen un padre académico, pensó Leo.

«Como yo, solo que yo sí sé de asesinatos y homicidios.»

—A menudo intentan lavar a conciencia el arma homicida, pero la sangre se queda incrustada en rincones inaccesibles —prosiguió sus explicaciones. De su atril sacó uno de los objetos que había ido a buscar previamente al depósito de objetos probatorios—. Con esta navaja, un carnicero del distrito decimosexto apuñaló a un compañero de gremio en una pelea durante la pausa para comer. Después limpió el arma con cuidado, pero cuando los peritos la examinaron, encontraron pequeños restos de sangre bajo la madera de las cachas del mango. Entonces, el hombre confesó. A partir de las salpicaduras en una pared también es fácil determinar si se trata de sangre arterial o venosa, así como el lugar donde ha quedado tendido un cadáver...

Alguien se rio entre dientes y Leo dejó de hablar. En la última fila, un joven acababa de pasarle una nota a otro.

—¿Se puede saber qué les hace tanta gracia de mi disertación sobre la sangre? —preguntó Leo.

El interpelado, un muchacho de cabello rubio trigueño con una herida recién cicatrizada en la mejilla, hizo desaparecer velozmente la nota por debajo del banco.

—Disculpe —murmuró el joven—, no es importante.

—Muy bien. Pues si no es importante, supongo que no tendrá inconveniente en acercarse hasta aquí y ayudarme con el ejercicio práctico de la prueba —sugirió Leo haciendo un gesto de invitación con la mano. Entre las risitas maliciosas de los compañeros, el joven agente se dirigió al atril. De manera instintiva, Leo advirtió que estaba actuando igual que los seniles profesores de su época de estudiante de Derecho en Graz. ¡Hasta ese extremo había llegado!

Respiró profundamente. Desde el principio había pensado que organizar esa conferencia era una idea absurda, pero fue el propio jefe superior de policía Moritz Stukart, flamante responsable de la Oficina de Seguridad de Viena, quien le había pedido en persona que la diera. Hacía poco más de medio año que Hans Gross, juez de instrucción de Graz y antiguo mentor de Leo, había visitado Viena para ofrecer una serie de conferencias en la Jefatura. Su recién publicado *Manual del juez* era un hito de la criminalística moderna, pero, por lo visto, en Viena no había calado tan hondo. Quizá tuviera que ver con la manera monótona, incluso soporífera, con la que Gross solía dar sus charlas. El jefe superior Stukart esperaba de Leo algo más de chispa.

«Pues me temo que no lo estoy consiguiendo», pensó Leo.

Mientras el rubio de la cicatriz deambulaba con parsimonia entre las filas de mesas, Leo echó un vistazo a la estancia alargada. Stukart le había asignado la sala V.3.1., en la tercera planta, donde tenían lugar las reuniones más importantes durante el día. Las dos docenas de participantes habían llenado la sala hasta los topes. Algunos estaban sentados en grupos de cuatro alrededor de las pequeñas y tambaleantes mesas. Además, la humareda de tabaco apenas dejaba ver y menos aún respirar. Leo contó un total de seis ceniceros rebosantes. A ello se añadía que eran más de las ocho de la tarde y, encima, de un sábado. Incluso a él le costaba reprimir los bostezos. Había sido un día muy largo para los jóvenes colegas y lo único que querían era beber, irse de fiesta, salir a bailar con sus novias... y no escuchar las extravagantes disertaciones de un sabelotodo de Graz al que nadie conocía y que, además, hablaba como un alemanote.

—Observe esta hacha —dijo Leo cuando el joven colega llegó por fin al atril. Le entregó la herramienta y prosiguió—: A primera vista parece limpia, ¿o ve alguna mancha en alguna parte?

El muchacho volteó el hacha varias veces y señaló finalmente un pequeño punto en el filo.

—Aquí —respondió con desgana.

—¿Y si fuera óxido en vez de sangre? —apuntó Leo.

—Mmm... —El joven cabeceó—. Bueno, entonces no sé...

—Querido colega, por sus estudios de Derecho debería saber que, gracias a la prueba Van Deenschen, ahora es posible analizar la sangre a pesar de que esta haya envejecido y esté reseca. Sabemos que el pigmento sanguíneo conocido como hemoglobina...

Leo interrumpió sus explicaciones cuando la puerta se abrió y otro visitante hizo acto de presencia en la sala. Para su sorpresa, se trataba del inspector jefe Paul Leinkirchner, su superior. Leinkirchner encajó el robusto cuerpo en uno de los últimos asientos que quedaban libres y dirigió a Leo un gesto de asentimiento con la cabeza.

—Prosiga, señor Von Herzfeldt —gruñó—. Soy todo oídos.

—Eh... que la hemoglobina tiene la... la capacidad de fijar el oxígeno —tartamudeó Leo, que no sabía cómo interpretar la repentina aparición de Leinkirchner—. Una serie de experimentos realizados con la planta del guayaco, originaria de las Indias Occidentales, han demostrado que los extractos de este vegetal se tiñen de azul al entrar en contacto con la sangre y...

—¿Con la sangre de qué? —interrumpió súbitamente Leinkirchner, reclinándose con despreocupación mientras jugueteaba con la cadena de plata del reloj de bolsillo que caía sobre su chaleco.

—¿Perdón? —titubeó Leo.

—Pues eso, que con la sangre *de qué* —puntualizó Leinkirchner señalando el hacha que el joven sostenía con sus manos—. Eso es una macheta de carnicero. ¿Cómo pretende descartar que no se trata de la sangre de un ternero o un lechal? ¿O en ese caso también se consideraría un asesinato? Pero no era mi intención interrumpirlo en su argumentación probatoria, estimado colega. Continúe.

Algunos de los jóvenes rieron entre dientes y Leo se mordió los labios. Leinkirchner había dado justo en el clavo. Ciertamente, ya era posible diferenciar con claridad entre la sangre y otras sustancias como el óxido, el moho o la saliva impregnada de tabaco de mascar, pero todavía no había forma de averiguar con exactitud de qué ser vivo procedía. Podía ser la sangre de un ser humano, pero también la de otro mamífero, o incluso la de un ave.

—La diferencia reside en el tamaño de las células sanguíneas

—aventuró Leo alineando sus notas—. Si la sangre es fresca, sería posible encontrar algún indicio de origen humano. Examinando a través del microscopio...

—Pero no es sangre fresca. ¿O acaso no lo acaba de decir? Es vieja y está reseca. Eso me pareció escuchar antes de entrar —interrumpió Leinkirchner antes de encenderse un puro y darle unas caladas con fruición.

Leo tenía cada vez más la impresión de que su jefe solo había acudido para sabotear su conferencia. Además, había estado escuchando a escondidas.

«Típico de él, a ver con qué me sale ahora...»

—Estoy convencido de que estamos a punto de lograr grandes avances en el campo del análisis hematológico —se limitó a puntualizar Leo—, y pronto podremos diferenciar la sangre animal de la humana con absoluta certeza. Quién sabe, quizá algún día hasta podamos distinguir la sangre de una persona de la de otra.

—Oh, lo que es seguro es que su sangre y la de los suyos no es la misma que la que corre por nuestras venas —soltó Leinkirchner.

—¿A qué se refiere, inspector jefe? —preguntó Leo sobresaltado.

—Saque usted sus propias conclusiones, señor Von Herzfeldt. Al fin y al cabo, es usted un criminalista muy perspicaz.

Un silencio gélido invadió la sala. Leo se percató de las sonrisas furtivas que esbozaban algunos de los compañeros, entre ellos el rubio de la cicatriz, que seguía de pie frente al atril sosteniendo el hacha y mirando fijamente las puntas de sus zapatos. Era bastante obvio lo que Leinkirchner había querido decir con sus palabras. Leo lo sabía, al igual que todos los jóvenes presentes en la sala.

Estaba a punto de responder cuando el inspector jefe abrió la tapa de su reloj de bolsillo.

—Las ocho pasadas. Creo que debería continuar su conferencia otro día, Herzfeldt. De todos modos, he venido a recogerle.

—¿Recogerme? ¿Para qué? —preguntó Leo con voz temblorosa, aunque sabía que no debía ponerse en evidencia delante de los jóvenes aprendices de inspector, pues tenía las de perder.

—El jefe superior Stukart quiere vernos a los dos —contestó Leinkirchner.

—¿Ahora? —replicó Leo extrañado.

—Viena no descansa, siempre hay algún homicidio que investigar —sentenció Paul Leinkirchner, que se levantó y se dirigió a la salida—. Ah, y deje el hacha aquí, Herzfeldt, no sea que ocurra otra desgracia.

Mientras seguía al inspector jefe y pasaba junto a los jóvenes compañeros, que sonreían con malicia, Leo fijó la mirada en uno de los bancos del fondo. Allí vio el trozo de papel que el joven rubio de la cicatriz había hecho circular. Era como si lo hubiera dejado allí a propósito. La nota mostraba, con trazos torpes y apresurados, su caricatura.

Con una enorme nariz ganchuda.

En el pasillo ambos caminaron en silencio. Leinkirchner iba unos pasos por delante, de manera que Leo podía contemplar a su superior desde atrás sin que se le escapara ni un detalle. El inspector jefe era un tipo robusto, calvo y ancho de espaldas. Ya en el ecuador de la cuarentena, era un profesional experimentado que, procedente de un entorno humilde, había logrado abrirse camino hasta el puesto de inspector jefe en la famosa Oficina de Seguridad de Viena. Cojeaba un poco, lo que convertía sus andares en una especie de arrastrar de pies malhumorado. A Leinkirchner no le gustó Leo desde el primer día, seguramente porque era todo lo contrario que él: joven, elegante, bien vestido..., un sabelotodo de Graz que, encima, hablaba alemán central. Él, en cambio, con su abrigo holgado y una cicatriz mal curada en la mejilla, casi parecía un delincuente. Por ello resultaba tanto más sorprendente que hubiera incorporado a Leo a su departamento seis meses atrás. Lo cierto era que había días en que los dos, ambos expertos en su oficio, colaboraban con profesionalidad. Pero siempre volvían a enzarzarse en escenas desagradables como la que acababan de protagonizar.

Entretanto ya habían llegado a la otra punta del largo pasillo. El despacho de Stukart se encontraba al final, a mano derecha. Un letrero esmaltado en la puerta hacía saber al visitante con quién estaba tratando:

MORITZ STUKART, JEFE SUPERIOR DE POLICÍA,
DIRECTOR DE LA SECCIÓN II, OFICINA DE SEGURIDAD

Para no pocos compañeros, Stukart estaba justo por debajo del director general de la policía de Viena y, por consiguiente, por encima de Dios. Incluso había quien afirmaba que a Stukart le importaba muy poco que por *debajo* de él estuviera el director general o Dios. Como nuevo responsable de la Oficina de Seguridad, llevaba varios meses siendo el amo y señor del asesinato y el homicidio, y de eso había mucho en Viena.

Leinkirchner tocó la puerta y un enérgico «¡adelante!» sonó en el interior.

Cuando entraron, a Leo le volvió a llamar la atención hasta qué punto el jefe superior había imprimido su propio estilo al despacho y lo había convertido en un modelo de orden y meticulosidad en tan poco tiempo: un gran escritorio ordenado a la perfección, unos archivadores inmaculadamente limpios y un voluminoso e incómodo tresillo sin cojines, eso era todo. Olía a... nada. Ni a humareda de puro, ni a aroma de café, ni a bocadillos de salchicha. El despacho de Stukart era igual de aséptico que un quirófano.

El responsable de la Oficina de Seguridad de Viena estaba sentado detrás de su escritorio repasando informes. Frente a él había una docena de lápices alineados con precisión exagerada, como si fueran pequeños soldaditos. Levantó la mirada y apartó los informes.

—Herzfeldt, qué bien que haya podido venir. ¿Cómo ha ido la conferencia?

—Enriquecedora —respondió Leo y miró a Leinkirchner—, para ambas partes.

Stukart asintió satisfecho. Era un defensor de los nuevos métodos y esperaba que Leo los diera a conocer en la Jefatura de Policía de Viena. Una empresa harto complicada, como el propio Leo acababa de comprobar.

—Pienso que debería hacerlo más a menudo —prosiguió Stukart—. ¡Tenemos que ganarnos a las nuevas generaciones para la criminalística moderna! París y Scotland Yard nos llevan mucha ventaja. —Con uno de los lápices daba golpecitos sobre la mesa, sonaba como si fuera un telégrafo—. ¿Sabía que los compañeros londinenses tienen hasta laboratorio químico y que, desde cualquiera de sus despachos, por pequeño que sea, pueden telefonear a los cinco continentes? Y nosotros aquí, arrastrándonos por el fango.

Moritz Stukart llevaba un chaleco abotonado muy ceñido y una marquesota igual de ajustada al cuello, el fino cabello peinado de lado con brillantina y una raya perfectamente trazada. Por su aspecto, costaba creer que en su juventud había echado el guante a algunos de los más temidos delincuentes vieneses.

—Tomen asiento, caballeros —dijo el jefe superior de policía señalando el tresillo con un gesto de impaciencia. Leo tenía la sospecha creciente de que la noche iba a ser larga. Encima, había quedado con Julia. ¡Maldita sea! No solo las cosas no marchaban precisamente bien entre ellos, sino que además iba a tener que darle plantón...

—Tengo una misión un tanto delicada para ustedes —comenzó Stukart cuando estuvieron los tres sentados—. Ha aparecido un cadáver en el Museo de Historia del Arte.

—¿En el Museo de Historia del Arte? —preguntó Leinkirchner frunciendo el entrecejo—. ¿Un robo con homicidio, tal vez?

A Leo no le sorprendió tal conjetura. El Museo de Historia del Arte era uno de los edificios más ostentosos de la recién urbanizada Ringstrasse. Al igual que el Museo de Historia Natural —su edificio gemelo—, el de Historia del Arte se había terminado de construir hacía pocos años y ya era un auténtico reclamo para el público. Sus salones albergaban una de las colecciones de arte más importantes del mundo, comparable a la del Louvre, de París, o el Hermitage, de San Petersburgo. ¿Habrían robado algún cuadro o tal vez joyas valiosas de la cámara de arte del museo? ¿Y habrían matado a golpes a alguno de los guardias?

—No, no se trata de ningún robo con homicidio —aclaró Stukart mientras se ensortijaba el bigote desrizado con brillantina—. Es un..., bueno, es un poco complicado, por eso los he llamado a los dos. El asunto debe ser tratado con la máxima discreción y bajo ningún concepto debe enterarse la prensa. ¡Sería un escándalo! —Se aclaró la garganta y se incorporó de su silla—. ¿Les suena de algo el nombre de Alfons Strössner?

Leinkirchner permaneció en silencio y Leo dio vueltas a la cabeza. Le parecía haber leído algo sobre él en los periódicos hacía algún tiempo, algo sobre una conferencia en la Universidad de Viena y un viaje a la Tierra Negra...

—¿Es un egiptólogo? —preguntó.

—Sí, pero no un egiptólogo cualquiera, sino uno de los más

famosos de Austria —puntualizó Stukart—. ¡Un catedrático de talla mundial! Dirigió una expedición vienesa en Egipto y en la actualidad es asesor del Museo de Historia del Arte..., bueno, era.

—¿Han asesinado al profesor? —preguntó Leinkirchner.

—Todavía no está del todo claro si ha sido un homicidio, ni tampoco cuándo ni cómo. —Stukart suspiró—. Pero sí, está muerto. Lo encontraron anoche, poco después de cerrar el museo, dentro de un sarcófago en el depósito. Solo esto ya sería lo suficientemente extraño, pero hay algo más.

—¿A qué se refiere, señor? —preguntó Leo extrañado—. ¿Insinúa que podría tratarse de un suicidio?

—No lo creo, a no ser que el profesor se hubiera extirpado él mismo los intestinos, después se hubiera sumergido en una solución de natrón y por último se hubiera envuelto con vendas.

El jefe superior Moritz Stukart se reclinó en su tambaleante silla de madera, que chirrió con suavidad como si se abriera una puerta cerrada hacía tiempo, y añadió:

—Señores, lamento informarles de que profesor Alfons Strössner es una momia.

Ya era noche cerrada cuando Julia llegó por fin a su casa, en Neulerchenfeld, en el distrito decimosexto. La luna se alzaba sobre los tejados como una pálida hoz e iluminaba a los noctámbulos habituales en la mayor zona de diversión de Viena. Las prostitutas, llamativamente maquilladas y apoyadas en las farolas de gas, aguardaban la llegada de clientela custodiadas desde lejos por sus chulos, quienes, luciendo afectadas vestimentas, fumaban aburridos delante de las cantinas. Entre ambos grupos se paseaban ramilleteras portando ramos de flores y meneando el trasero. Todo el mundo sabía que también eran prostitutas, solo que mucho más jóvenes que las otras y todas sin certificado sanitario. Justo en ese momento, dos borrachos salieron de una de las incontables vinaterías de la zona y se acercaron a una de las ramilleteras, una mozuela rubia y delgada con un vestidito desgarrado. Negociaron un precio y desaparecieron con ella por un patio interior.

Asqueada, Julia apartó la mirada. ¡Los hombres se parecían tanto a los animales! Pensó en cómo ella misma, unos años atrás, también había tenido que quitarse la ropa para poder llegar a fin de mes. Se había jurado que su hija nunca pasaría por ese trago y que haría cualquier cosa para que así fuera, incluso fotografiar a víctimas de asesinatos espantosamente mutiladas.

El tranvía tirado por caballos había tardado más de media hora en llegar por culpa del tráfico vespertino. Neulerchenfeld había sido una población independiente situada fuera de los límites de la ciudad, pero desde hacía unos años pertenecía al término municipal de Viena. Los vieneses acudían para divertirse en las numerosas vinaterías o contratar los servicios de *especialistas en lenguas celestiales* o *golondrinas de acera*, como los locales llamaban a sus prostitutas.

Julia llegó a una mansión ajada de estilo Biedermeier, provista de un balcón con el antepecho oxidado y figuras de madera ennegrecidas. Delante de las ventanas colgaban gruesas cortinas de terciopelo rojo. Accionó el tirador del timbre y se abrió una mirilla a la altura de los ojos. En el otro lado apareció un rostro temible. Era un hombre corpulento con nariz de boxeador, cuya boca se retorció al esbozar una sonrisa irónica y hablar con un cerrado acento vienés:

—¿Ya volviste, Julia? ¿Tomaste lindas estampitas? ¿Por qué no me utilizas un día de modelo? Soy un gigoló la mar de mono...

—Me temo que las placas de cristal no aguantarían tu jeta,

Bruno —respondió ella con una sonrisa cansada—. ¿Sisi ya está dormida?

—Como un angelito. Le he cantado un poco.

El hombre abrió la puerta y la dejó entrar. Era un gigantón de casi dos metros de altura y frente angulosa, como tallada en una roca. A Julia le costaba imaginar a ese monstruo tarareando canciones de cuna a su hija. Bruno era uno de los pocos hombres que Sisi conocía de cerca. Él y Leo. Bien mirado, el temible gigantón trataba a la pequeña con más cariño que Leo. Sisi nunca se cansaba de jugar al *arre, caballito* sobre las faldas de Bruno.

Después de saludar amistosamente a Bruno con la cabeza, Julia atravesó un pasillo cubierto de alfombras mullidas. Como siempre, olía a almizcle y perfume pesado, y en las habitaciones se oían suspiros, chillidos, gemidos y risas, el bullicio habitual de cada noche. Una escalera con los peldaños desgastados y cubierta de alfombras conducía a los distintos pisos de la casa. Julia se detuvo en el primero, delante de la puerta con el número doce, y la abrió sin hacer ruido. Una sonrisa iluminó su rostro.

Allí, en una amplia cama con dosel, entre mantas de felpa y gruesas almohadas de plumas, a los pies de un cuadro de un fauno en plena cópula y generosamente dotado, dormía feliz su hija de tres años. Tenía el pulgar en la boca y estaba enroscada como un gato. Julia se acercó a la cama y arropó a Sisi con mucho cuidado, para no despertarla. Una vez más, olvidó que la pequeña no oiría nada por mucho ruido que hiciera. Era sordomuda de nacimiento. Lo habían intentado todo: curas hídricas, velas óticas y otros remedios tan costosos como oscuros... Las terapias y las medicinas consumían el escaso sueldo de Julia más rápido de lo que tardaba en ganarlo. Sisi fue concebida como resultado de una violación sufrida sobre una mugrienta mesa de cocina en la casa de un antiguo patrón, pero aquel episodio no impedía que Julia amara a su hija por encima de todo.

«Más de lo que jamás podría amar a un hombre —pensó absorta por completo en el rostro angelical de su hija—, por mucho que Leo también me ponga esos ojitos...»

—Llegas tarde, jovencita. Estaba empezando a preocuparme.

Julia se dio la vuelta y vio a la Gorda Elli plantada en el hueco de la puerta con los brazos cruzados. La dueña del prostíbulo intentaba poner cara de enfado, pero no lo conseguía. Unas túnicas de tafetán rojo rodeaban su voluminoso cuerpo, que a Julia siempre le recordaba al de una valkiria wagneriana. Solo su fino rostro, casi como el de una muñeca, recordaba a la mujer bella que debió de haber sido en otro tiempo.

—¿Qué ha sido esta vez? —insistió Elli—. ¿Algún tipejo se ha colgado del pescuezo o se ha tirado de un puente? ¿O quizá un tranvía lo ha hecho añicos?

Julia suspiró.

—No quieras saberlo, Elli.

—¡Esto tiene que terminar! —exclamó Elli mirando fijamente a Julia y levantando su regordete dedo índice—. Cada vez estás más delgada y por la noche te oigo gritar en sueños. ¡No es un trabajo adecuado para una mujer! Tantos cadáveres, día sí y día también...

—Y abrirse de piernas para todos esos panolis inútiles, ¿eso es una profesión? —replicó Julia en un tono de voz inesperadamente severo—. Acabo de ver cómo dos tipos se llevaban a otra menor. ¡Ni siquiera tendría catorce años!

—Eso es ilegal. Bruno saldrá ahora mismo y se ocupará de esos tipejos.

—Después de esos vendrán otros —protestó Julia negando con la cabeza. Los berridos de los borrachos llegaban desde la calle—. Es un no parar.

Julia llevaba más de tres años viviendo en el burdel Dragón Azul. La Gorda Elli le había ofrecido cobijo cuando la vio embarazada junto a la entrada. Elli habría preferido utilizarla como cortesana de lujo, pero Julia se negó. A pesar de ello, la madama y las otras prostitutas cuidaban de Sisi gratuitamente cuando Julia se ausentaba. Aquellas mujeres maquilladas y ligeras de ropa eran en la práctica unas tías para la pequeña.

«Unas tías muy ligeras de ropa», pensó Julia.

—¿Ha llamado Leo? —preguntó a Elli—. Hoy habíamos quedado.

Su amiga negó con la cabeza y Julia, decepcionada, guardó silencio.

—Atiende —dijo Elli, y tomó asiento a los pies de la cama, que chirrió amenazadoramente. Golpeando la manta con sus dedos aporretados, indicó a Julia que se sentara a su lado—. Los hombres se creen dioses, pero en el fondo solo son unos pobres diablos. Podemos hacer con ellos lo que nos dé la gana, ¡son así de imbéciles! Parpadea y guíñales el ojo, y ellos se tirarán de un puente o se lanzarán a las vías del tren por ti.

—Pero yo no quiero a un hombre así —dijo Julia sonriendo con melancolía.

—Ya sé a quién quieres. Pero también sabes lo que pienso al respecto: ¡que le den!

La Gorda Elli nunca había disimulado su oposición a la relación con Leo. Llevaban medio año saliendo, pero nadie en la Jefatura de Policía debía saberlo. Elli prosiguió su discurso con un tono más severo:

—¡Leo es un niñato malcriado! Conozco a más de uno como él. No te involucres demasiado, solo te causará sufrimiento. No eres de los suyos, tu lugar está aquí, en Lerchenfeld. Y ahora te ha vuelto a dejar plantada, ¿verdad? ¿Cuándo vas a darte cuenta, jovencita?

Julia se levantó

—Tengo que ir a trabajar, Elli...

—Ya te acordarás de lo que te he dicho cuando él te mande a freír espárragos... —Sonó el teléfono en la planta baja y Elli alzó la mirada al cielo—. Maldito aparato. No tendría que haberlo puesto nunca. Es más pesado que cualquiera de mis clientes...

Elli se alejó arrastrando los pies. Julia dio a su hija dormida otro dulce beso y le acarició con suavidad la mejilla.

«Qué cosa más bonita —pensó—, bonita y vulnerable.»

Salió de nuevo al pasillo con el maletín de la cámara a cuestas. En realidad, había previsto revelar las fotografías al día siguiente, Domingo de Pentecostés, pero como Leo no se había presentado, decidió que ese era un buen momento. Así ya lo tendría hecho.

Subió las escaleras hasta el último piso y pasó por delante de las habitaciones donde las empleadas de Elli se ganaban ruidosamente el pan de cada noche. La jornada laboral acababa de empezar. Por un momento, después de escuchar los gritos de arrebato, los suspiros fingidos y los jadeos y gruñidos masculinos, Julia se alegró de que Sisi fuera sorda.

En el cuarto piso, una escalera conducía a la buhardilla. Julia subió arrastrando el maletín sobre los peldaños y entró por último en sus dominios. Allí arriba, entre baúles de lencería erótica, almohadas de seda apolilladas, botas de cuero de caña larga y máscaras en desuso, la joven había instalado su laboratorio de revelado. De las podridas y decrépitas vigas de la cubierta colgaban látigos y demás instrumental que los hombres utilizaban para torturarse a sí mismos o a las mujeres. La única ventana, pequeña, polvorienta y llena de telarañas, estaba tapada con una gruesa cortina para que ni siquiera la luz de la luna pudiera colarse. Julia encendió una lamparilla de gas provista de una pantalla roja y echó un vistazo a su laboratorio.

Había tres cubetas de hojalata para verter en ellas distintos fluidos y unos bastidores de madera que servían para colgar y secar las placas fotográficas. Impasible, Julia se puso manos a la obra. Vertió líquido revelador y líquido fijador en las cubetas y extrajo de la cámara el cartucho con las placas de vidrio expuestas. Leo le había explicado el proceso minuciosamente y ella había sido una buena aprendiz. Mientras sumergía las placas en la primera cubeta, volvió a pensar en él y recordó lo que la Gorda Elli le acababa de decir.

«No eres de los suyos. Tu lugar está aquí, en Lerchenfeld...»

Leo le había regalado la cámara y comprado el laboratorio de revelado. También había sido él quien le había conseguido el puesto de fotógrafa forense después de haber trabajado como telefonista en la Jefatura de Policía. Siempre había sido muy generoso con ella, en parte porque podía permitírselo. Leo percibía periódicamente una paga de su madre desde Graz, vestía con trajes elegantes y le gustaba llevar a Julia a comer a restaurantes buenos y caros. En dos ocasiones la había invitado a la ópera en el Ring, para lo cual ella había tomado prestado del burdel un bonito vestido. Durante su infancia en la región del Innviertel, el menú de Julia consistió básicamente en puré de avena y patatas hervidas por la noche, y en un esporádico y raquítico pollo para la sopa de nabos algún que otro domingo. La única ópera que conocían sus padres era *La flauta mágica*, y solo porque el organillero la representaba con marionetas en la plaza del pueblo. Leo, en cambio, conocía el libreto de Mozart en italiano y sabía cómo combinar los vinos con las carnes y los chaqués con las corbatas.

«No eres de los suyos...»

Julia suspiró. Puede que Elli tuviera razón y que Leo y ella no hicieran buena pareja. ¿Eran siquiera una pareja? Dormían juntos, salían de vez en cuando, bailaban, se divertían, iban de excursión los domingos... Pero, con todo, Julia echaba de menos poder confiar en él, saber que siempre estaría cuando lo necesitara. Y ahora la había vuelto a dejar plantada, como tantas otras veces en los últimos tiempos...

Se había quedado tan absorta en sus pensamientos que casi se olvidó de sacar las imágenes del líquido revelador. Por poco echa a perder todo el trabajo, y eso le habría causado un enorme problema el lunes en la Jefatura.

Julia sacó deprisa las placas de la cubeta de revelado y las sumergió, primero, en el líquido fijador y, después, en agua. Ya lo había hecho muchas veces, pero todavía le fascinaba ver cómo las imágenes aparecían de pronto en las placas sumergidas en el fluido, como si fueran tesoros hundidos que emergen de repente del fondo del mar. Le había gustado ese trabajo desde el primer momento en que vio a Leo hacerlo. Julia soñaba con que un día le dejarían fotografiar a personas vivas y no solo a cadáveres. Elli tenía razón: a menudo dormía mal después de pasar noches enteras en la buhardilla. Cuerpos descuartizados, apuñalados, mutilados, atropellados o acribillados la perseguían en sueños.

Julia estaba segura de que esa noche también la acecharía el joven al que le habían cortado el escroto.

Colocó las placas en el bastidor de madera para que se secaran, encendió otra lámpara y analizó detenidamente cada una de las fotografías. Primero, la imagen tomada con gran angular en la que también aparecía el inspector Erich Loibl medio recortado; después, el caos en el cobertizo y, al final, los primeros planos. Las espantosas heridas, el color negro de la sangre, el rostro maquillado del joven, la mirada petrificada... Había algo que inquietaba a Julia, algo que no era como se suponía que debía ser, pero ¿qué era?

Julia encendió un cigarrillo a pesar de ser consciente del peligro que entrañaba fumar en la buhardilla, y más aún en presencia de líquidos inflamables. El humo se elevó y se extendió entre las vigas del techo y las tejas. Una vez más, analizó cada fotografía por separado.

«¿Qué es?»

Finalmente se dio por vencida. Apagó el cigarrillo en una vieja lata, volvió a meter las placas en el maletín y bajó la escalera. Se tumbó junto a Sisi e intentó conciliar el sueño, incluso sin Leo. A veces, los problemas se resolvían durmiendo.

Pero, en la cama y con los ojos cerrados, Julia vio al joven maquillado y asesinado de forma tan terrible.

Parecía que le estaba hablando a voces, pero no entendía lo que le decía.

II

De *Ritos funerarios y cultura popular*, de Augustin Rothmayer, escrito en Viena en 1894

Las momias pueden formarse también por causas naturales muy distintas: por depósito en la arena caliente del desierto o en el frío de un glaciar, por exposición a corrientes de aire frío y seco en cuevas y sótanos o por inmersión en las aguas ácidas de un cenagal. Al ser retiradas de estos entornos, las momias se pudren con rapidez y empiezan a desprender olor. Otra cosa sucede con las momias creadas por la mano del hombre, las cuales pueden mantener un aspecto joven y lozano incluso después de haber transcurrido miles de años. Las momias de Menfis son negras, resecas y muy frágiles, mientras que las de Tebas son amarillas, blandas y no tienen brillo. Por desgracia, hoy en día las momias egipcias siguen siendo utilizadas con demasiada frecuencia como combustible por los lugareños. ¡Cuántos faraones se habrán convertido en humo de esta manera!

Desde la Jefatura de Policía en el Schottenring hasta el Museo de Historia del Arte apenas había un breve trayecto a pie que pasaba por delante del Ayuntamiento y el Parque del Volksgarten. Varios fiacres, como llamaban en Viena a los coches de punto de dos caballos, se cruzaron con los dos inspectores, amén de numerosos juerguistas que empezaban su noche de sábado en la ópera o en algún restaurante de moda.

Paul Leinkirchner no estaba de humor para conversar, cosa que a Leo ya le parecía bien, de manera que aminoró el paso y su superior, enfurruñado, lo adelantó cojeando. Durante el paseo de algo más de diez minutos, Leo recapituló lo que el jefe superior Stukart les había explicado. No había sido mucho, pero le parecía extremadamente insólito, por no decir inquietante. El hecho de que Stukart enviara allí en persona a un inspector jefe experimentado y a un joven representante de la criminalística moderna, como era Leo, indicaba la evidente relevancia del caso y hasta qué punto podía tratarse de un asunto comprometido.

La llamada había llegado directamente desde el museo hacía apenas una hora. Por lo tanto, Stukart no había podido informarlos de ningún detalle, pero como mínimo había averiguado algunas cosas sobre la víctima, que no era precisamente un desconocido en Viena.

El profesor Alfons Strössner tenía más de sesenta años y era una eminencia mundial de la egiptología. Su biografía era lo más parecido a una carrera académica intachable: títulos por las universidades de Viena, París y El Cairo, multitud de publicaciones en revistas especializadas, presidencia de varias asociaciones, entre ellas la Sociedad Arqueológica de Viena, y además era consejero del Museo de Historia del Arte de Viena, uno de los más importantes del mundo en su especialidad. El año anterior, entre grandes muestras de júbilo nacional, Strössner había regresado de una larga expedición por Egipto con el equipaje repleto de tesoros, estatuillas y sarcófagos antiguos que el Estado del país del Nilo había entregado gratuitamente al museo vienés. El profesor vivía en una mansión en Hietzing con su hija, que también era egiptóloga. Y por lo visto también había un yerno, Clemens Rapoldy. Los Rapoldy y el profesor Strössner eran muy solicitados en las recepciones y promovían con generosidad las causas científicas. Formaban parte de las fuerzas vivas de la sociedad vienesa.

Los dos inspectores habían llegado a la espaciosa Maria-Theresien-Platz, donde se hallaban los dos magníficos edificios de inspiración renacentista que albergaban el Museo de Historia Natural y el Museo de Historia del Arte. La plaza de los Héroes y el Palacio Imperial de Hofburg se encontraban al otro lado del Ring, no muy lejos de allí. Leo aún no había tenido tiempo de visitar los museos, quizá porque los cuadros polvorientos, armas, cebras disecadas y colecciones de mariposas no le interesaban tanto como la vida nocturna de Viena. El Museo de Historia del Arte se encontraba en el lado izquierdo, en la dirección donde parecía que señalaba la mano de la archiduquesa María Teresa, cuya enorme estatua presidía el centro de la plaza, que a esa hora seguía estando muy concurrida. Por todas partes había pequeños grupos formando corrillos, hombres con frac y sombrero de copa y damas ataviadas con vestidos de noche y elegantes sombreros, listos para pasar una agradable noche de sábado.

Leinkirchner seguía sin dirigirle la palabra a Leo. El incidente en la conferencia no había dejado de interponerse. El inspector jefe había ido a provocarle; es más, había vuelto a arremeter contra sus raíces judías. Leo procedía de una familia de banqueros judíos de Graz, lo que provocaba las burlas continuadas de Leinkirchner. Y no solo de él. En la Jefatura de Policía, y de hecho en toda Viena, el antisemitismo era casi un ingrediente más de las buenas formas.

«Los judíos tienen la culpa de todo en Viena —pensó Leo—, del mal tiempo, de las obras y de las cagadas de paloma...»

La totalidad de los altos ventanales del Museo de Historia del Arte estaban a oscuras, solo unas pocas lámparas de gas ardían en la entrada. Mientras los dos inspectores se dirigían a la gran puerta de acceso, un hombre de mediana edad se acercó a ellos. Llevaba un pulcro traje de tres piezas y, sobre la nariz, unos anteojos que sujetaba con nerviosismo mientras caminaba. El color gris ceniza del traje era casi comparable al de su tez.

—¿Son ustedes los señores de la policía? —preguntó en voz baja.

—Los mismos —respondió Leinkirchner—. ¿Y usted?

—Alexander Dedekind, director de la colección de arte egipcio y oriental —se presentó mirando con inquietud a su alrededor—. Si me acompañan, por favor. Deberíamos llamar la atención lo menos posible.

—Entonces deje de andar a hurtadillas por la plaza como si fuera un ladrón —sugirió Leinkirchner.

—Disculpe, pero todo ha sido..., todavía estoy conmocionado... —Dedekind se estremeció como si de repente tuviera frío—. Lo mejor será que lo vean con sus propios ojos.

Siguieron al hombre al interior del edificio y Leo se detuvo un momento. Solo había una especie de iluminación de emergencia, pero aun así la primera impresión fue abrumadora. El vestíbulo en el que se encontraban tenía más de cinco metros de altura y estaba coronado por una cúpula adornada con estucos y provista de un agujero circular, como si fuera un ojo divino. Unas anchas escaleras conducían hacia los niveles superiores en varias direcciones, y más atrás se podía ver un gran monumento de mármol en la penumbra. Los mosaicos en el suelo y las incontables columnas y arcos hicieron que Leo pensara instintivamente en un templo.

«Un templo del arte y la ciencia...»

—¿No hay más luz por aquí? —preguntó Leo. Su voz provocó un eco fantasmal en el edificio vacío—. No se pueden apreciar todos los objetos de valor que hay.

—Los arquitectos Semper y Hasenauer prescindieron de forma deliberada de la luz artificial —explicó Dedekind, que cogió una lámpara de queroseno que había en el suelo—, así las pinturas cobran un mayor protagonismo durante el día. Por eso tenemos distintos horarios de visita, según la época del año.

—Y por eso no podemos ver tres en un burro —renegó Leinkirchner—. ¿Dónde están los vigilantes nocturnos?

—Los he mandado a otra parte, excepto a dos. Como he dicho antes, debemos llamar la atención lo menos posible. —El director señaló a la derecha, donde una escalera conducía a una puerta flanqueada por dos estatuas negras de faraones—. Oficialmente, el agua ha dañado la colección de arte oriental y egipcio. He cerrado la puerta con llave desde dentro para que..., bueno, para que no salga nada.

—¿Para que no salga nada? —preguntó Leo—. ¿A qué se refiere?

—Bueno, ningún rumor. Y también... —Dedekind titubeó—, otras cosas. Síganme, por favor. Tomaremos otro camino.

Sin dar más explicaciones, Alexander Dedekind condujo a los dos inspectores por otro tramo de escaleras y por un pasillo que atravesaba el vasto museo. La luz de la lámpara de queroseno era toda la iluminación que había. De la oscuridad emergían estatuas griegas que Leo veía como gigantes amenazadores. Los siguieron ataúdes de piedra, torsos desmembrados como cadáveres y una figura femenina de cuatro cabezas. Leo estiraba al cuello para ver mejor. Cada sala que atravesaban era por sí misma un museo.

—¡Maldita sea! ¿Esto no se acaba? —se quejó Leinkirchner, quien, al parecer, al igual que Leo, era la primera vez que visitaba el museo.

—Hay más de ochenta salas —respondió Dedekind mientras seguían recorriendo pasillos en la oscuridad junto a estatuas y vitrinas—. Esto solo es la colección de antigüedades.

También tenemos el gabinete de las monedas, la cámara de armas y, como es natural, la colección de pintura, la biblioteca y la sección de arte egipcio y oriental... ¡Y hasta un taller de restauración! El recorrido por todas las salas suma casi tres kilómetros en total, media Ringstrasse.

—Conozco paseos por la ciudad mucho más agradables —gruñó Leinkirchner.

Finalmente llegaron a una gran sala en la que había varios sarcófagos de piedra y madera en posición vertical metidos en vitrinas junto a las paredes. Una serie de columnas soportaba un techo de gran altura decorado con una ornamentación azul y alas de pájaro. Las paredes también estaban repletas de pinturas egipcias. Unas urnas de cristal atesoraban brillantes estatuillas de dioses y joyas doradas, entre las cuales había varios escarabeos de obsidiana de gran tamaño. En la oscuridad de la noche, Leo tenía la sensación de encontrarse en el interior una pirámide.

—Esto es... impresionante de verdad —dijo echando la cabeza hacia atrás para poder admirar las numerosas pinturas.

—¿A que sí? —Dedekind sonreía como un niño en Navidad—. Creo que hemos tenido mucha suerte con el edificio. Las columnas son originales de Alejandría. Uno se puede hacer una idea del gigantesco imperio que fue Egipto en la Antigüedad. ¡Tres mil años de historia! A los Habsburgo todavía les queda mucho por delante.

Mientras tanto, el inspector jefe Leinkirchner se había acercado a uno de los sarcófagos. No tenía tapa, de manera que había quedado al descubierto un cuerpo envuelto con vendas de color marrón. Un par de ojos exánimes miraban fijamente desde un rostro negruzco y marchito. Leinkirchner se volvió hacia Dedekind y esbozó una sonrisa sarcástica.

—¿Profesor? —preguntó señalando a la momia—. El frac se está deshilachando un poco, si me permite la observación...

—Es la momia de Padiset, de la vigésima segunda dinastía —aclaró el director algo contrariado—, una época que vivió su apogeo ochocientos años antes de Cristo. Estamos muy orgullosos de poder exponer aquí el sarcófago.

—¿Ochocientos años antes de Cristo? —El inspector emitió un silbido entre los dientes. Por un momento pareció considerar la posibilidad de encender un puro, pero la mirada severa de Dedekind lo disuadió—. Pues para el tipo no parece que pase el tiempo.

—Hasta hoy nadie ha podido superar las técnicas de conservación de los antiguos egipcios. En breve podrán comprobarlo con sus propios ojos. Si son tan amables de seguirme...

Dedekind se dirigió a la siguiente puerta, por la que se accedía a un ala lateral más pequeña y oscura donde, como observó Leo perplejo, había perros y gatos momificados en vitrinas. También pudo distinguir un ave de gran tamaño, con toda probabilidad algún tipo de grulla.

—¿Es lo que creo que es? —preguntó Leinkirchner señalando la momia de un animal de grandes dimensiones.

—En efecto, es un cocodrilo del Nilo —respondió Dedekind—. Para los egipcios, los cocodrilos eran animales sagrados. Tenían hasta un dios cocodrilo.

—¿Se podría hacer lo mismo con mi perro salchicha cuando deje este mundo? —repuso el inspector—. Seguro que a mi esposa le haría muy feliz.

Alexander Dedekind no respondió, se limitó a abrir una pesada puerta que había oculta en una hornacina. Un cartel indicaba que solo el personal del museo tenía permitido el acceso.

—Síganme, por favor —dijo—. ¡Y tengan cuidado con los escalones! Son un poco resbaladizos.

Bajaron por una estrecha escalera que terminaba delante de una enorme puerta de acero. Dedekind la abrió y una corriente de aire frío y seco alcanzó a Leo, que vio una habitación alargada de techo bajo de la que salía un desagradable olor a humedad, casi como un ataúd gigantesco, con la diferencia de que allí había luz. Varias lámparas de gas colgadas del techo iluminaban un escenario que no supo descifrar del todo en un primer momento.

En el centro había una gran mesa de trabajo con una losa sobre la cual descansaba un sarcófago abierto. A izquierda y derecha se distinguían unas hornacinas, cada una de ellas con tres niveles superpuestos, como las literas de un barco. Las hornacinas se podían cerrar con puertas correderas, algunas de las cuales estaban abiertas. En esa especie de literas, Leo vio momias y sarcófagos apilados ordenadamente y decorados con policromías. También había estatuillas, cabezas de arcilla y tiestos almacenados en vitrinas de cristal, y, al lado, unos cuantos sarcófagos más apoyados en la pared. Fue entonces cuando se dio cuenta del frío que hacía allí abajo.

—Nuestro depósito —explicó el doctor Dedekind—. Tenemos tantas piezas que no podemos exponerlas todas arriba. Estas salas solo se utilizan para realizar..., bueno, investigaciones. —Miró a su alrededor con nerviosismo, como si buscara algo.

—Entonces, ¿todo lo de aquí son faraones? —preguntó Leo.

—Pensar que solo se momificaba a los faraones es una creencia falsa y muy extendida —retumbó desde una de las hornacinas una voz que a Leo le resultó familiar—. En realidad, en Egipto se momificaba a todo el mundo: reyes y sacerdotes, pero también artesanos, campesinos y jornaleros... Sin embargo, los cadáveres de la gente pobre eran enterrados en la arena, donde acababan transformados en una especie de fardeles resecos. Se cree que el subsuelo egipcio está literalmente plagado de momias. Una imagen muy extraña, ¿verdad, señor Von Herzfeldt? Como un cementerio descomunal.

Un hombre de barba poblada y bien recortada salió de la penumbra de la hornacina y se acercó a la mesa central. Llevaba chaleco y una camisa blanca perfectamente abotonada y con las mangas arremangadas. Sobre la nariz se apoyaban unas gafas a través de las cuales se apreciaba un parpadeo cansado. Se las quitó y limpió los lentes.

—¡Profesor Hofmann! —exclamó Leo sorprendido—. ¿Qué hace aquí?

—Me han llamado para realizar un primer examen del cadáver en este caso tan particular —explicó el profesor—, cosa que he hecho gustoso debido a, eh..., razones muy especiales. —Saludó con una leve inclinación—. Buenas noches, caballeros, aunque no creo que lo de *buenas* sea lo más adecuado si tenemos en cuenta los sombríos acontecimientos que han tenido lugar aquí.

Leo conocía al profesor Eduard Hofmann desde sus primeros días en la Jefatura de Policía de Viena. Hofmann era el director del Instituto de Medicina Forense y uno de los mayores expertos en su campo. Su inteligencia y conocimientos eran tan incuestionables como su proceder meticuloso y su vanidad. Que este se hubiera tomado la molestia de trasladarse al depósito del museo para practicar una autopsia *in situ* era, cuando menos, inusitado.

Eduard Hofmann hizo un gesto a los presentes para que se acercaran.

—Miren esto, seguro que nunca han visto nada igual.

Leo y Leinkirchner se aproximaron al sarcófago de madera decorado con policromías y echaron un vistazo a su interior. Leo no pudo evitar estremecerse. En el ataúd abierto yacía una momia envuelta con unas vendas más limpias y recientes que las de la momia de la gran sala de la planta baja. El vendaje estaba en parte retirado del torso, de manera que la cara y el cuello habían quedado al descubierto. La cabeza parecía más... nueva y, hasta cierto punto, más llena de vida que la de una momia egipcia. Era como un muñeco de cera reseca. El muerto era un hombre mayor, de unos sesenta años, con las mejillas pálidas y hundidas y los labios negruzcos. La boca parecía esbozar una sonrisa y el pelo escasamente poblado tenía trazada una raya perfecta; al cadáver solo le faltaba levantarse en cualquier momento y ponerse a ayudar al profesor Hofmann. Pero lo que más inquietaba a Leo eran los ojos relucientes de color verde y notoriamente bizqueantes. Debido a la penumbra de la sala, tardó en darse cuenta de que eran dos esmeraldas engastadas en oro. Pupilas, iris, párpados, pestañas, cejas... Todo estaba representado con la misma precisión que los ojos pintados de una marioneta. Ambas piedras estaban bien incrustadas en las cuencas de los ojos.

—¿Es el profesor Alfons Strössner? —preguntó Leinkirchner.

Hofmann asintió con la cabeza:

—El bueno de Alfons. Es como si lo acabáramos de despertar, ¿no creen?

Leo apartó la vista de la momia y miró a Hofmann, desconcertado.

—¿Conocía al muerto?

—Oh, sí, aunque no teníamos mucho trato. Ambos éramos miembros de la Sociedad Arqueológica, al igual que el doctor Dedekind, por cierto, que me llamó enseguida. Un caso en verdad muy extraño.

—¿Cómo puede estar tan seguro de que se trata del profesor? —insistió Leinkirchner—. Quiero decir, parece reconocible, pero, aun así..., esos horripilantes ojos como platos, por ejemplo, ¿qué explicación tienen?

—Los ojos se pudren muy deprisa, por ello hay que extraerlos lo antes posible, justo después del cerebro —explicó Hofmann encogiéndose de hombros—. Es una técnica antiquísima. En aquella época utilizaban canicas de vidrio como sustituto, y las cebollas también eran habituales en el Antiguo Egipto. —Se volvió hacia Dedekind—: Las esmeraldas son muy poco comunes, y sobre todo muy valiosas, ¿verdad, Alex?

Dedekind asintió distraído y Eduard Hofmann continuó:

—Este es el profesor Alfons Strössner, créanme. No me equivoco, hemos tomado alguna que otra copa juntos. Además, está esto. —Hofmann sacó un reloj de bolsillo con una cadena de plata y lo balanceó delante de la cara de Leo—. Es el reloj de Alfons, me acuerdo de él. Es más, tiene su nombre grabado.

—¿El reloj estaba con el muerto? —preguntó Leo—. ¿Lo ha encontrado usted?

—Bueno, yo no. La mujer de la limpieza.

—¿La mujer de la limpieza? —gruñó el inspector jefe Leinkirchner—. ¿Está de guasa?

Dedekind carraspeó detrás de ellos e intervino:

—Tal vez debería explicarles primero los pormenores del hallazgo del cuerpo. Vamos a ver... —titubeó un instante—, hoy, a las seis de la tarde, poco antes de la hora de cierre, oí unos gritos procedentes del depósito de momias. Bajé enseguida y me encontré con la mujer de la limpieza que corría hacia mí. Estaba fuera de sí, como si hubiera visto un fantasma. Viene a limpiar periódicamente, así que ya sabe lo que se puede encontrar...

—No me irá a decir que la momia se abalanzó sobre ella con los brazos extendidos —se burló Leinkirchner.

—No, no, ¿por qué lo dice? —Dedekind pareció confundido por un momento y después continuó—: En realidad, la mujer solo puede entrar aquí para limpiar y quitar el polvo una vez por semana... Las vitrinas con las momias siempre están cerradas, pero esta vez... —dudó un instante—, debí de haber olvidado cerrar alguna de las vitrinas, de manera que la pobre entrometida se puso a revolver y a hurgar entre las vendas.

—¿Que hizo qué? —preguntó Leo asombrado.

—En los vendajes suele haber joyas, amuletos, escarabeos de oro y similares —explicó el profesor Hofmann—. Servían para proteger a la momia en el reino de los muertos. A veces se pueden encontrar hasta varias docenas de objetos valiosos. Como empleada del museo, la mujer conocía esta costumbre, por supuesto.

—Así que una momia como esta puede ser toda una caja de sorpresas —comentó Leinkirchner soltando una carcajada seca—. No sabía que estuviera tan versado en estos temas, profesor.

—Como he dicho, soy miembro de la Sociedad Arqueológica. Y además también soy patólogo, por supuesto...

Leo tenía la impresión de que Hofmann estaba nervioso por algún motivo que todavía desconocían, de manera que se dirigió al director de la colección:

—Prosiga, doctor.

—Bueno, como ya he dicho —comenzó dubitativo Dedekind—, la mujer de la limpieza estaba hurgando entre las vendas y de repente dio con el reloj de bolsillo, y al dejar la cara de la momia al descubierto, también reconoció a su dueño. Conocía al profesor de haberlo visto otras veces. —Se encogió de hombros—. Bueno, ya pueden imaginarse cómo se sintió. Por otro lado, la momia estaba en la pared del fondo del depósito; es muy probable que no la hubiéramos examinado en muchos años. Esto es como una cámara mortuoria gigantesca.

—¿Dónde está ahora la pobre mujer? —preguntó Leo, que no podía apartar la mirada de aquella cara de títere momificado con ojos de esmeralda bizqueantes.

—La hemos llevado mi despacho. Pensé que quizá querrían interrogarla...

—Así es —confirmó Leinkirchner—. Solo espero que su despacho no tenga el mismo aspecto que este depósito; la pobre mujer ya ha tenido suficiente castigo. ¿Quién más tiene acceso a esta sala?

—En realidad, solo la mujer de la limpieza y yo. Además, las puertas correderas de los estantes con las momias siempre quedan cerradas. Soy el único que tiene la llave —Dedekind pensó un momento—, ah, y el propio profesor Strössner, claro. Venía mucho por aquí.

—¿Se baraja alguna hipótesis acerca de cómo ha llegado el cuerpo del profesor Strössner hasta aquí? —planteó Leo.

—Eso es lo extraño —se lamentó el doctor Dedekind—. De hecho, creíamos que el profesor todavía estaba de viaje por Egipto. El año pasado regresó a Viena tras una larga expedición con otros científicos austríacos. No fue fácil traer hasta aquí en perfecto estado todas las momias y los hallazgos encontrados. Solo la aduana y la travesía en barco ya fueron toda una odisea, por no hablar de las temperaturas...

—Ahórrese los detalles —dijo Leinkirchner mirando con impaciencia la hora en su reloj.

—Esto..., sí, ¿por dónde iba? —Dedekind se enjugó el sudor de la frente. En verdad parecía rendido, y cuanto más se prolongaba el interrogatorio, más nervioso se ponía. Leo tuvo la sensación de que los dos eruditos estaban ocultando algo—. Vale, sí, el profesor Strössner volvió a Viena en septiembre del año pasado —retomó su explicación—. Desde su regreso pasaba todo el tiempo en el museo, aquí abajo, en el depósito, día sí y día también, domingos incluidos, examinando y documentando los numerosos hallazgos. Y entonces recibimos la noticia de que se había ido otra vez a Egipto, así, de repente. Por lo visto tenía que comprobar algo muy importante. ¡Se marchó de un día para otro!

—¿Cuándo fue eso? —indagó Leo.

—Hará poco menos de tres meses, en febrero.

—Tres meses, mmm... —Leo se volvió hacia el profesor Hofmann—. ¿Cuánto tiempo tarda un cuerpo en llegar al estado que presenta nuestro cadáver? —preguntó señalando la momia en el sarcófago.

—Si se siguen los rituales ancestrales, el cadáver tiene que permanecer en una solución de natrón durante unos setenta días —dijo Hofmann lustrando de nuevo sus gafas—. Puede ser menos tiempo, pero no mucho menos, porque, de lo contrario, empieza a oler mal.

De nuevo, Leo volvió a percatarse del ambiente sofocante que reinaba allí. Olía a humedad, a cripta lóbrega y a huesos podridos.

«A momia, vamos», pensó.

—Dos meses y pico, entonces —calculó Leinkirchner—. Estaría dentro del margen. El profesor desaparece de repente de la escena y reaparece en el museo un tiempo después y en conserva. ¿Le dijo a usted en persona que se iba a Egipto?

—Sí, incluso llamó aquí por teléfono, pero la conversación fue muy breve y también un poco... rara. Por lo visto había problemas con la línea —explicó Dedekind arrugando la nariz—. Después recibimos dos o tres cartas desde El Cairo, nada importante, básicamente hablaba del clima y la comida. Eso también me extrañó, porque..., bueno, siempre andaba como loco por contar novedades de sus hallazgos.

—¿Y no sabe para qué volvió el profesor a Egipto? —preguntó Leo.

—No, lo desconozco, lo siento mucho —dijo Dedekind negando con la cabeza—. Tal vez su hija Charlotte sepa alguna cosa. Tenía previsto hacerle una visita, a ella y a su marido Clemens, esta noche para comunicarle personalmente la muerte de su padre. Conozco muy bien a los Rapoldy, así que pensé...

—Ni se le ocurra pensar —ordenó Leinkirchner— ni mucho

menos visitar. Tanto lo uno como lo otro es cosa de la policía. Aparte de eso, necesitamos la correspondencia y el resto de los documentos personales del profesor que estén en las dependencias del museo.

—Lo que usted diga —Dedekind se encogió de hombros—. Si no se les ofrece nada más... —volvió a mirar a su alrededor con miedo, casi como si esperara que una de las puertas se abriera de repente chirriando—. Me gustaría terminar lo antes posible el interrogatorio aquí abajo.

—No me dirá que tiene miedo de sus propias momias, ¿eh, doctor? —dijo Leinkirchner riéndose—. De ser así, se ha equivocado de vocación. Es como si un inspector criminal se asustara al ver una víctima de asesinato.

—Sus muertos, como mínimo, permanecen muertos, inspector —respondió el director en voz baja—. De los nuestros no puedo decir lo mismo con absoluta certeza, sobre todo después de lo que ha pasado aquí.

Un poco más tarde, Leo y Leinkirchner se encontraban de nuevo bajo la gran cúpula del vestíbulo. El profesor Hofmann y Dedekind habían ido a los archivos a buscar los documentos que Leinkirchner había solicitado.

—Qué historia tan extraña —dijo Leo con la mirada pensativa clavada en la oscuridad—. No he conseguido sacar nada en limpio. ¿Y por qué está tan nervioso Dedekind? El profesor Hofmann también parece ocultar algo. Qué raro...

—Eso ya lo averiguaremos, pero no hoy —zanjó el inspector jefe, que se caló el sombrero e hizo una seña a Leo con la cabeza—. Creo que de momento esto es todo, del resto puede encargarse usted.

—Pero todavía hay que interrogar a la mujer de la limpieza; sigue en el despacho de Dedekind.

—Ocúpese usted del ingreso de la señora en la prisión preventiva de la Theobaldgasse, ya la interrogaremos con calma el lunes. De todos modos, es mejor así. Cuanto más tiempo pase encerrada en una celda, menos podrá hablar de lo sucedido aquí. ¡Lo último que necesitamos ahora es un escándalo! El profesor Hofmann se encargará de trasladar el cadáver al Instituto Forense. Y de esto, ¡ni una palabra a nadie, ni siquiera a los compañeros! —Leinkirchner bajó el tono de voz—. Mire, Herzfeldt, tengo entradas para el Deutsches Volkstheater esta noche, algo de Nestroy. Ya llego tarde y mi esposa me va a cortar el cuello.

Leo suspiró. No dijo que él también tenía una cita esa noche.

—¿Puedo elegir?

—Me temo que no, orden directa de su superior —dijo Leinkirchner mostrando los dientes. Pero entonces su semblante se alteró—. Le prometí a mi esposa que este Domingo de Pentecostés se lo dedicaría en exclusiva a ella; es nuestro vigésimo aniversario de boda... Quiere que, por primera en mucho tiempo, no trabaje en domingo... Así que mañana iremos a la inauguración del nuevo zoo del Prater. Habrá un espectáculo etnológico con hotentotes. Y todavía tengo que comprar el ramo de flores...

El inspector jefe emitió un quejido y se secó la calva, como si estuvieran a punto de llevarlo al patíbulo.

A Leo se le escapó una risa sarcástica. Se le hacía extraño imaginar a Leinkirchner de paseo por el zoo con su esposa. ¿No le había hablado antes hasta de un perro salchicha? Por un momento se imaginó al señor y la señora Leinkirchner paseando por delante de la jaula de los monos con su mascota y comiendo almendras garrapiñadas. Le llamó la atención que, a pesar de que llevaba casi medio año trabajando con Leinkirchner, no supiera nada más sobre su vida familiar. ¿Estaba felizmente casado? ¿Tenía hijos? En cualquier caso, Leo nunca había visto ninguna fotografía sobre la mesa del despacho del inspector jefe, ni siquiera la de su mujer.

—Salude entonces a su señora esposa de mi parte —dijo—, y muchos recuerdos también a los camellos del zoológico. Dicen que son tan tercos y gruñones como los vieneses.

—¡Ahórrese la ironía, Herzfeldt! —Leinkirchner inclinó su musculoso cráneo hacia delante y levantó el dedo índice—: Y para que no se aburra en Pentecostés, le voy a asignar otra misión. Vaya mañana a casa de los Rapoldy y comunique la triste noticia a la hija. Tantéela un poco.

Leo quiso replicarle algo, pero justo entonces aparecieron el profesor Hofmann y Alexander Dedekind. El segundo llevaba en sus manos un grueso fajo de documentos que entregó a Leo.

—Es todo el material personal del profesor Strössner que he podido encontrar deprisa y corriendo, incluida su correspondencia. Si necesita algo más, dígamelo. Solo el listado de la donación de Deir el-Bahari ya ocupa diez archivadores.

—Muy amable —respondió Leo esbozando una sonrisa cansada—, ya tengo lectura nocturna para este verano.

Dedekind y Leinkirchner se despidieron. El profesor Hofmann llamó al Instituto de Medicina Forense desde el despacho de Dedekind y pidió un coche. Mientras tanto, Leo se puso en contacto con el centro de detención preventiva.

Después, Leo y Hofmann todavía se quedaron un rato en el vestíbulo, bajo la alta cúpula, esperando el coche fúnebre y el transporte que conduciría a la mujer de la limpieza larga de uñas a la prisión. Desde la escalera, los dos faraones negros tenían su sombría mirada clavada en Leo.

—Un caso extraño, ¿no es cierto? —dijo este pasado un tiempo.

—¿Qué? —preguntó sobresaltado el profesor, que parecía por completo ensimismado—. Oh, sí, así es.

—Debe de ser terrible para usted examinar a un muerto al que ha conocido en vida.

—Yo..., no lo conocía muy bien. He mantenido alguna reunión y he tomado alguna copa de vino con él, eso es todo.

Leo reflexionó.

—¿Sabe a qué se refería el doctor Dedekind cuando hablaba de muertos que podían volver? —Frunció el entrecejo—. Era como si tuviera un miedo atroz de algo.

—Creo que sé de qué tiene miedo —repuso Hofmann en voz baja.

—¿Ah, sí? —Leo miró al profesor con asombro—. ¿De qué?

—¿Ha oído hablar de las maldiciones, señor Von Herzfeldt? —preguntó Hofmann bajando la voz todavía un poco más—. No me refiero a los toscos juramentos que con admirable dominio profiere su compañero Leinkirchner, sino a las maldiciones oscuras y malignas, de las que pueden llevar a alguien a la tumba, causar enfermedades, desatar tormentas y, también, hacer volver a los muertos para... vengarse... —Las lámparas de gas de la entrada emitieron un breve parpadeo y el profesor se sobresaltó, a lo que reaccionó con una sonora carcajada que, sin embargo, no parecía fruto de la alegría—. Pero ¿qué estoy diciendo? Parezco una vieja comadre vienesa y no un científico. ¡Menuda idiotez!

—¿Acaso insinúa que...? —empezó a preguntar Leo, pero justo en ese momento se detuvo un carruaje negro y alargado delante de la entrada.

—Ah, el transporte de cadáveres del Instituto Forense, siempre puntual, como la misma muerte. —El profesor miró la hora en su reloj de bolsillo, salió e hizo un gesto con la mano al cochero—. Nos llevaremos el cuerpo de Strössner dentro del sarcófago. A los hombres les diré que estoy colaborando en la investigación de una vieja momia reseca y no habrá ningún problema. —Se dirigía ya hacia el coche cuando se volvió hacia Leo—. Si quiere saber más cosas sobre maldiciones, pregunte a su sepulturero.

—¿Mi sepulturero? —se sorprendió Leo—. ¿No se referirá a Augustin Rothmayer, del Cementerio Central de Viena?

—Es un hombre muy leído, como ya sabrá. Pensaba que ustedes dos eran amigos.

—¿Amigos? Yo no diría tanto —aclaró el inspector sonriendo con desgana—. ¿Se puede ser amigo de un sepulturero?

—Bueno, como quiera llamarlo —dijo Hofmann encogiéndose de hombros—. Por lo que sé, el señor Rothmayer está escribiendo una nueva obra de consulta. Me pidió prestado material bibliográfico.

—Oh, Dios, está escribiendo otro libro. ¿Otra obra macabra como la anterior? —se lamentó Leo. Hacía tan solo unos meses, Augustin Rothmayer había publicado su *Almanaque para sepultureros* con el apoyo decidido del profesor Hofmann, quien desde entonces se desvivía por la aparición de algún nuevo clásico.

—Se titula *Ritos funerarios y cultura popular* —anunció Eduard Hofmann con entusiasmo—. El título es mío, por cierto. Es un proyecto muy interesante, ¿no cree? Estoy seguro de que nuestro amigo común sabrá muchas cosas sobre maldiciones egipcias. Ahora, si me disculpa. —El profesor caminó en dirección a los dos cocheros de hombros anchos y vestimenta negra, se levantó la chistera y les dijo—: Muy buenas noches, caballeros. No hagamos esperar demasiado al muerto.

III

A la mañana siguiente, el olor a café despertó a Leo. Desde el pasillo llegaba a su habitación la voz penetrante de la señora Rinsinger. La casera canturreaba una canción de mayo acompañándose de un trajín de muebles pequeños mientras sacudía ruidosamente el polvo de las estanterías.

Leo dio un largo bostezo y miró su reloj de bolsillo en la mesilla de noche. Las ocho de la mañana del Domingo de Pentecostés... Debería tener una charla urgente con la señora Rinsinger sobre la alteración del orden. Al fin y al cabo, ¡estaba pagando una buena suma por apenas diez metros cuadrados con baño en el pasillo!

La habitación realquilada se encontraba en la Lange Gasse, en el barrio de Josefstadt, no muy lejos de la Jefatura. Leo se había instalado en la pequeña habitación del segundo piso nada más llegar a Viena. Era el único subinquilino de una gran vivienda repleta de mobiliario de estilo Biedermeier y cuadros de paisajes descoloridos. El alquiler le costaba unas onerosas veinticinco coronas semanales, con limpieza, comidas regulares y preguntas indiscretas incluidas en el precio. La viuda Adelheid Rinsinger daba mucha importancia al reposo nocturno, pero parecía que no tenía muy claro el concepto de descanso matinal.

Cuando Leo se levantó, la cama dio un crujido, señal que la señora Rinsinger aprovechó para llamar a la puerta.

—¡Buenos días, señor Von Herzfeldt! —saludó la casera con

voz meliflua—. El café estará en la mesa en cinco minutos, acompañado de medialunas recién horneadas. ¡Pájaro tempranero, desayuna el primero!

—Pues a ver si hay suerte y se atraganta —murmuró Leo. Se rascó luego la barbilla sin afeitar y maldijo en voz baja. En realidad, querría haber salido más pronto de casa, le esperaba un día muy ocupado. Tenía pendiente la visita a los Rapoldy que le había endilgado Leinkirchner y debía contactar con Julia lo antes posible. Había pensado invitarla a una cafetería elegante para explicarle lo que había pasado. ¿Seguiría enfadada con él por haber anulado la cita? Últimamente había tenido que cancelar varios encuentros con ella, pero nunca por culpa suya. En los últimos seis meses, Viena había presenciado varios crímenes espectaculares y los agentes de policía de la Oficina de Seguridad se deslomaban trabajando, tenían que hacer horas extras casi cada semana. Ataques de anarquistas, prostitución infantil, robos y apuñalamientos, muchos de ellos cometidos por los recién llegados de los Balcanes... La ciudad era como una olla de presión que podía explotar en cualquier momento.

«Y ahora tenemos a una momia haciendo de las suyas...»

Mientras la señora Rinsinger limpiaba y barría tarareando su cancioncilla, Leo pensaba en la espeluznante escena que había presenciado la noche anterior. La momia con los ojos de esmeralda se le había aparecido en sueños. El caso no podía ser más abstruso: ¡un profesor de egiptología aparece momificado dentro de un sarcófago en el Museo de Historia del Arte! Al volver a casa esa noche, Leo había examinado brevemente los apuntes de Strössner que le había entregado Alexander Dedekind, director de la colección de arte egipcio y oriental, así como las fatídicas cartas que el propio Strössner había enviado desde Egipto. No le pareció una información sustancial, eran simples listados de hallazgos, abundantes cifras y cálculos, unos cuantos dibujos de lugares de excavación... Pero a primera vista no parecía que hubiera ninguna momia entre los objetos que había traído.

Leo esperó a que la señora Rinsinger se fuera a sacudir el polvo a otra de las numerosas habitaciones. Entonces se deslizó con rapidez por el pasillo hasta el baño, donde se refrescó y se afeitó. De vuelta en la habitación, se situó frente al enorme armario ropero para decidir qué se pondría: no podía presentarse en casa de los Rapoldy vestido de cualquier manera. Tras dudar un buen rato, se decidió por el Harris de tres piezas de tweed, abrigo Chesterfield fino y sombrero Homburg. Se alisó la solapa del chaleco y se miró en el pequeño espejo desconchado que colgaba en el interior de la puerta del armario. Vio a un hombre apuesto y bien vestido, de treinta y pocos años, con el pelo rubio y la tez recién afeitada: *a god blessed dandy*, como decían los británicos, cuya lengua Leo hablaba tan bien como el francés y el latín, aparte de chapurrear un poco el italiano.

Pero el dialecto vienés lo seguía teniendo atravesado.

Leo había salido a su madre, una oriunda de Hannover que no había abandonado su acento alemán central ni siquiera en Graz y amaba a su segundogénito por encima de todo. Si el padre se enteraba de que Leo recibía de ella un giro mensual para complementar su escaso sueldo de agente de policía, con toda probabilidad le daría un ataque.

«Ni en su lecho de muerte me perdonaría», pensó. Desde su precipitada salida de Graz hacía ya más de seis meses, ninguno de los dos había intentado ponerse en contacto con el otro, ya fuera por teléfono o con una simple carta. Un amargo silencio dominaba la relación entre ambos.

Cuando Leo entró en el salón, la señora Rinsinger ya había puesto un servicio para él y un ejemplar del diario *Neue Freie Presse* sobre la mesa. Leo encendió uno de sus apreciados Yenidze y leyó por encima los titulares de la edición de Pentecostés. El emperador había hecho una visita al príncipe regente Leopoldo de Baviera, el archiduque Alberto se encontraba en Sarajevo, una breve nota sobre una inundación en el Museo de Historia del Arte en las últimas páginas... Ni una palabra sobre la aparición de ninguna momia, lo cual era bueno. Tal vez no había sido mala idea por parte de Leinkirchner mandar a la mujer de la limpieza a la prisión preventiva. Eso les daba por lo menos algunos días de margen para actuar con tranquilidad.

—¿Ha descansado?

La señora Rinsinger entró en la habitación con una cafetera humeante y sirvió a Leo una taza.

—¿Se puede estar descansado a las ocho y media de la mañana de un domingo? —respondió él de mala gana—. Al menos su canturreo ha amortiguado el trajín de muebles y el ruido de la bayeta.

Tomó un sorbo de café, que la señora Rinsinger siempre preparaba particularmente fuerte. La crema de leche estaba en una vasija de porcelana adornada con arabescos, y el azúcar, en un pequeño recipiente de cristal color verde cardenillo espantosamente feo. Todas las habitaciones de la casa, pero sobre todo el salón, estaban repletas de baratijas, tazas de porcelana, jarrones con flores, bucólicas pastorcillas y, sobre todo, figurillas cursis de angelitos. Eran tantos los querubines que la casera acumulaba que ya no debía de quedar ninguno en el cielo.

—La canción era de Mozart —replicó la señora Rinsinger algo ofendida—. Quería celebrar esta hermosa mañana de Pentecostés como se merece. —Examinó el traje de Leo—. ¿Va a trabajar hoy, señor Von Herzfeldt? ¿En Pentecostés?

—Solo unos trámites oficiales. El crimen no conoce festivos, señora Rinsinger. —Después de untar mantequilla y miel en la medialuna todavía caliente, Leo entregó un sobre a la casera—.

Ah, ¿sería tan amable de enviar un recadero a Neulerchenfeld con esta carta? Me haría un gran favor.

—Conque a Neulerchenfeld, ¿eh? —La casera tomó la carta, echó un rápido vistazo a la dirección y preguntó a su realquilado guiñándole un ojo—: ¿No será una invitación a un apacible paseo dominical con la señorita Wolf?

Leo dio un bocado a la medialuna y no dijo nada. La curiosidad de la señora Rinsinger era casi tan grande como su amor por la bayeta y los angelillos de porcelana. Ya le había preguntado en tres ocasiones cuándo tenía pensado prometerse en matrimonio.

—Puede invitar a la señorita a que venga de visita cuando desee —prosiguió con amabilidad. Entonces adoptó un tono más severo y aclaró, levantando un dedo—: ¡Pero solo hasta las ocho de la tarde! Las visitas femeninas nocturnas están...

—... prohibidas por orden policial, sí, sí. —Leo sonrió y se limpió las migas de la boca—. Mi obligación es saberlo, al fin y al cabo, yo soy de la policía.

La señora Rinsinger había visto a Julia unas cuantas veces y, por suerte, le caía muy bien, quizá porque Leo le había dicho que también trabajaba para la policía. Todo lo que tuviera que ver con el trabajo policial despertaba un enorme interés en la casera. Gracias a Dios, no sospechaba que la dirección de la casa de Julia fuera un burdel.

—Por cierto, esta noche se ha dejado esto en el salón. Con todas las hojas revueltas, si me permite la observación. —La señora Rinsinger le entregó el fajo de documentos del museo. Encima de la pila había una de las cartas enviadas desde El Cairo—. ¿Acaso se va de misión a Egipto, señor Von Herzfeldt? Una muerte en el Nilo, ¡qué interesante!

Leo casi se atragantó con el bocado de la medialuna ya reseca. ¡Cómo se había podido dejar unos documentos tan importantes sobre la mesa del salón!

—No, que yo sepa —murmuró—, pero si alguna vez tengo que ir, la llevaré conmigo, señora Rinsinger, ¿de acuerdo? ¿Quién si no se encargaría de prepararme allí el café y contarme los últimos cotilleos?

Leo se levantó, tomó el abrigo y el Homburg y se despidió. Antes de salir de casa, guardó los documentos en su habitación, debajo de la cama. Con un poco de suerte, a la señora Rinsinger no se le ocurriría pasar la bayeta también por allí.

Poco después, el inspector se encontraba en la Lange Gasse llamando un fiacre con la mano. En la carta que había entregado a su casera pedía perdón a Julia y la invitaba a una cafetería en la Praterstrasse a mediodía. Tenía la esperanza de que lo perdonaría y aceptaría sus disculpas. Después ya habría tiempo de ir a casa de los Rapoldy.

El coche de punto se detuvo y Leo se subió. Justo entonces tomó espontáneamente la decisión de pasar por el Cementerio Central antes de acudir a su cita con Julia. La noche anterior, el profesor Hofmann le había hablado de una maldición y de alguien que podría darle más información al respecto.

«Si quiere saber más cosas sobre maldiciones, pregunte a su sepulturero.»

Leo suspiró. ¿Por qué el camino de Augustin Rothmayer y el suyo siempre tenían que cruzarse por motivos tan perturbadores? Eso también era casi una maldición.

El coche avanzaba traqueteante por las calles suburbiales junto a los barrios pobres que comenzaban a extenderse más allá del Gürtel, el cinturón que rodeaba la ciudad. Leo reconoció a lo lejos el gran matadero y el mercado central de ganado. El hedor que llegaba desde allí le recordó las emanaciones pestilentes de los numerosos escenarios del crimen donde había tenido que investigar los últimos meses; y también a Augustin

Rothmayer. Había conocido al siempre maloliente sepulturero con motivo del primer gran caso que le asignaron en Viena y, desde entonces, lo había visitado en distintas ocasiones para que le aclarara alguna cuestión relativa a alguna causa de muerte o a estados de descomposición de cadáveres. Rothmayer era todo un experto en la materia. También estaba dotado de una inteligencia portentosa que, por desgracia, se ocultaba tras unos niveles de extravagancia difícilmente superables. No era fácil llevarse bien con el sepulturero, pero Leo había aprendido a apreciarlo. Recordó entonces las palabras que le dijo el profesor Hofmann la noche anterior:

«Pensaba que ustedes dos eran amigos...»

Si eso se podía llamar ser amigos, era una amistad muy extraña.

Tras media hora de trayecto, el coche llegó a la Simmeringer Strasse, que conducía hasta el Cementerio Central. Varios tranvías tirados por caballos avanzaban sobre los raíles con dificultad, repletos de los típicos visitantes dominicales vestidos de luto. El cementerio llevaba ya veinte años en funcionamiento, más de medio millón de muertos había enterrados allí, y los que faltaban por llegar. Hasta un centenar de ataúdes descargaban los servicios funerarios con sus coches negros en un solo día. La población local prorrumpía en quejas sobre todo en verano, cuando los cadáveres empezaban a desprender olores con más rapidez. De hecho, se había considerado la posibilidad de implantar un sistema de correo neumático para el transporte de ataúdes, pero la idea fue desestimada de inmediato por falta de fondos.

Se detuvieron en la explanada, donde también se encontraba la parada del tranvía de caballos. Los carruajes de las distintas compañías funerarias formaban una fila delante de las tres grandes puertas de acceso. Junto a ellos se levantaba una barraca que hacía las funciones de sala de espera provisional.

Leo entregó al descontentadizo cochero unas cuantas monedas y atravesó una de las puertas del alto muro del cementerio. Era Domingo de Pentecostés y el inspector no era ni mucho menos el único visitante. Por todas partes había gente de negro, con traje y chistera o vestido, pavoneándose como cuervos o melancólicos pingüinos. Pero también se podían ver familias con niños que no se dejaban afligir por la gravedad de la muerte y correteaban entre las filas de sepulcros jugando al escondite hasta que eran amonestados de mala gana por sus progenitores. Leo sonrió al comprobar que la vida siempre terminaba imponiéndose, incluso en un cementerio.

La caseta de empleado de Rothmayer, que era de hecho su vivienda, estaba situada junto al muro oriental, en la linde misma del Cementerio Central y cerca de las tumbas de los suicidas. Si se prestaba un poco de atención, el camino para llegar hasta allí no era demasiado difícil de encontrar, solo había que asegurarse de no tomar el desvío equivocado. Por ello Leo se sorprendió cuando, al cabo de un rato, vio que alguien había bloqueado el paso. Sobre el camino se extendía una improvisada cerca con un cartel escrito a toda prisa: ACCESO PROHIBIDO POR EXCAVACIÓN DE FOSAS. ¡PELIGRO DE MUERTE!

Contrariado, buscó un atajo, lo cual no era tan sencillo, pues los senderos restantes tomaban otras direcciones. Se decidió por el que le parecía más probable que condujera hasta la casa del sepulturero. Por desgracia, pronto se desvió hacia el oeste. Abandonó entre lamentos el estrecho sendero y caminó a campo traviesa pisoteando túmulos de tierra fresca recién levantados y saltando por encima de la maleza. Las espinas de lampazo le tiraban de los pantalones y sus zapatos se hundían en el barrizal. ¡En buena hora se le había ocurrido ir a ver a Rothmayer! ¿Cómo iba a presentarse a la cita con Julia en la Praterstrasse en ese estado, y mucho menos hacer una visita a los Rapoldy?

Leo se orientó por la posición del sol y, al cabo de un rato, retomó el camino que supuestamente conducía a la cabaña de Rothmayer. De hecho, no tardó en ver el muro del cementerio. No muy lejos de allí se encontró con una aseada casita con jardineras en las que florecían adornos funerarios y rosales que trepaban por los muros, como en una versión en miniatura del zarzal del cuento de la Bella Durmiente.

Leo pasó por delante de un montón de abono con flores marchitas del cementerio, una caja con puntas de vela gastadas y una pila de ataúdes viejos que se alzaba junto al camino. Al pasar por allí, tropezó con un travesaño que, oculto bajo el follaje, sobresalía de la pila. Los ataúdes podridos empezaron a tambalearse, inclinarse y, luego, a deslizarse, hasta que al final cayeron al suelo causando un enorme estruendo. Solo con un decidido salto sobre el montón de abono consiguió ponerse a salvo.

La puerta de la cabaña se abrió bruscamente y salió un hombre alto y muy flaco, blandiendo una pala a modo de bayoneta.

—¡Hostia consagrada! ¡Fuera de aquí, pordioseros, si no queréis que...! —El hombre dejó de vociferar al ver quién estaba arrodillado encima del montón de abono junto a los ataúdes volcados—. El inspector Von Herzfeldt, ¡dichosos los ojos! —La boca de Augustin Rothmayer se ladeó esbozando su característica sonrisa, que a Leo siempre le recordaba la mueca de un lobo jadeante—. ¡Menuda sorpresa! ¿Qué lo trae por aquí? ¿Busca un ataúd de su talla? Le vendo estos a precio de ganga. ¡Buen material! Unos cuantos clavos y como nuevos.

—¡Diablos! ¡Sí que es un peligro de muerte! —exclamó Leo señalando la pila de ataúdes desplomados—. Cualquiera pensaría que su intención era... —Se detuvo al darse cuenta de que la expresión de candidez de Rothmayer era fingida—. Un momento, ¿no habrá apilado los ataúdes en posición inclinada de forma deliberada? ¿Debo pensar que esto es una trampa?

Augustin Rothmayer se encogió de hombros.

—Bueno, tenía que haberse detenido al ver el cartel de aviso de excavación de fosas. ¿Qué ponía, si no? ¿«No dar de comer a las palomas»? No. Ponía «peligro de muerte». —Asintió furibundo con la cabeza—. Pues eso.

—Aquí no se está excavando ninguna fosa, señor Rothmayer. ¿Sabe lo que pienso? Que ha puesto el cartel para que no entre nadie. Y si entra alguien, ¡para que acabe aplastado por una pila de ataúdes!

—No saque las cosas de quicio, por favor. Es más bien un... —titubeó— un sistema de alarma.

—¿Y por qué necesita un sistema de alarma?

—¿Que por qué? ¿No se lo imagina, inspector? Lo hacía más inteligente.

El sepulturero profirió un quejido burlón e hizo una seña a Leo para que lo siguiera al interior de la casa.

El inspector se sacudió la suciedad de las rodillas y entró en la pequeña morada. Constaba de una única estancia con un dormitorio contiguo. Había una estufa de leña junto a la mesa de la cocina, una gran estantería de libros y un desgastado pupitre para escribir de pie... Un enorme gato yacía acurrucado en un sillón, adormecido bajo el sol que entraba por las ventanas recién limpiadas. En la pared, junto al abrigo negro del sepulturero, repleto de manchas de tierra incrustada, colgaba un violín.

—Es por Anna —dijo Rothmayer sin ofrecer asiento a Leo—. Una mujer del departamento de asistencia social ya ha venido dos veces a verme. Se la quieren llevar. Si esa palurda vuelve a acercarse, al menos estaré avisado, y entonces Anna tendrá tiempo de escapar.

—¿Dónde está ella ahora? —preguntó Leo.

Anna era una niña huérfana que vivía en casa de Rothmayer

desde la época del primer caso conjunto de Leo y el sepulturero. El inspector presentía desde hacía tiempo que la situación no iba a durar siempre.

—En el invernadero, confeccionando ramos de flores. Está muy contenta con su trabajo, inspector. ¡Y se siente muy a gusto conmigo! Y ahora esos ineptos quieren meterla en un orfanato. ¡En cualquier sitio, menos con Augustin Rothmayer!

Leo esbozó una sonrisa cansada.

—Todavía recuerdo aquellos días en los que quería deshacerse de Anna a toda costa.

—Todos podemos cambiar de opinión, ¿no cree? —replicó Rothmayer con brusquedad.

Leo estaba seguro de que el sepulturero veía en Anna a su propia hija fallecida y siempre había temido que, tarde o temprano, los servicios de asistencia social hicieran una visita a Rothmayer. De hecho, era algo que tenía que pasar, pues la situación no se aguantaba por ningún lado: una joven menor de edad viviendo en una cabaña en mitad del cementerio con un sepulturero solitario y extravagante. El lugar de Anna estaba en una escuela, y no en un entorno tan lúgubre como el Cementerio Central de Viena.

—¿Cómo está la señorita Wolf? —preguntó con brusquedad Rothmayer.

—¿A santo de qué se interesa ahora por ella? —respondió Leo sorprendido—. Pero gracias por preguntar. Está bien, supongo que la veré más tarde.

—Salúdela de mi parte.

Leo miró por la ventana y vio que el sol ya despuntaba por encima del muro del cementerio.

—Señor Rothmayer, no he venido para hablar con usted de la señorita Wolf ni de la pequeña Anna, sino para pedirle un favor muy en serio. Me han dicho que está escribiendo un nuevo libro, algo acerca de, bueno..., ritos funerarios.

—Conque por ahí van los tiros... —gruñó el sepulturero—. Apuesto a que se lo ha contado el profesor Hofmann, ¿verdad?

—Así es —asintió Leo—. El caso es que se ha producido un incidente en el que usted tal vez pueda ayudarme.

Titubeando, le contó el extraño hallazgo de la noche anterior en el Museo de Historia del Arte. Cuando el inspector hubo terminado, Rothmayer inclinó la cabeza y lo contempló con un brillo de curiosidad en la mirada.

—Mmm, ¿y dice que el profesor Hofmann ha hablado de una maldición?

—¡Le ruego que trate el asunto con la más absoluta confidencialidad! Pero sí, esas fueron sus palabras exactas, y, como le he dicho, el director de la colección de arte egipcio y oriental, el tal Dedekind, parecía que estaba pasando un miedo terrible por algún motivo. ¿Por una maldición? ¿Se refería a eso el profesor Hofmann?

Rothmayer se rascó la nariz y se acercó a la estantería. De allí sacó un montón de libros y se puso a hojearlos. Leo posó la mirada en la mesa de trabajo, donde había varios folios densamente manuscritos con una caligrafía diminuta y meticulosa. Estaban repletos de tachaduras y correcciones y había notas garabateadas en los márgenes. La primera frase de la primera página decía: «Una forma singular de rito funerario es el entierro celestial budista, practicado por los pueblos montañeses de la India...».

Leo carraspeó y preguntó:

—¿Es de su nueva obra?

—¿Mmm? —preguntó Rothmayer levantando la vista de los libros. Se había puesto sobre la nariz unos anteojos que le hacían parecerse a un topo miope—. Sí, pero todavía queda mucho por pulir. También dedicaré un capítulo a las maldiciones... ¡Aquí, ya lo tengo! —Parecía que había encontrado la página que estaba buscando en un voluminoso mamotreto con la cubierta manchada. Triunfante, levantó el abultado libro y lo sostuvo en alto abierto de par en par—: El *Libro de los muertos*, de Édouard Naville, ¡todo un clásico! Me lo ha prestado amablemente el profesor.

—¿Y qué es lo que dice? —quiso saber Leo.

—Bueno, supongo que el profesor se refería a esto. —Rothmayer dejó el volumen abierto sobre la mesa de cocina y leyó deprisa por encima—: Naville explica que, en los accesos a las tumbas egipcias, pero también en muros y sarcófagos, se encuentran a veces jeroglíficos que hablan de una maldición. Una maldición que pesará sobre todo aquel que perturbe el descanso de los muertos. —El sepulturero parpadeó asomando la mirada por detrás de los anteojos—. ¿Qué momia estaba investigando ese Alfons Strössner antes de morir?

—Bueno..., todavía no dispongo de ese dato —respondió Leo lamentándose de no haber repasado más a fondo las notas de Strössner—. Pero estoy seguro de que podremos averiguarlo. Dígame, ¿cómo actúa una maldición de este tipo?

Rothmayer pasó la lengua por el dedo, que tenía tierra del cementerio pegada debajo de la uña, y empezó a pasar páginas.

—Hay varias posibilidades. Hay maldiciones terrenales y ultraterrenales. Las terrenales son en especial insidiosas. Prometen enfermedades repugnantes, diarreas, parálisis, epilepsia o, incluso, muertes repentinas, como la sacudida de un rayo, una inundación, un desprendimiento de rocas... Es decir, cualquier cosa que pueda identificarse con un castigo divino. Pero también podemos encontrar otras fórmulas de maldición bastante ordinarias. Como aquí, por ejemplo —el sepulturero parpadeó y leyó del libro—: «Serás mancillado por un burro».

—Lo cierto es que la imagen no es muy agradable —admitió Leo—, pero se trata de habladurías, ¿no?

—¿Conoce la enfermedad del túnel? —preguntó Rothmayer de repente.

—¿La qué? —El inspector se sorprendió y negó con la cabeza—. Me temo que no. ¿Por qué?

—Cuando construyeron el Túnel de San Gotardo en Suiza, hará ya unos veinte años, se produjo una serie de misteriosas enfermedades: fatiga, mareos, desmayos, anemia... Muchos picapedreros murieron, también el director de la empresa constructora, que se desplomó de repente durante una inspección de obras. Hubo gente que creyó que se trataba de una maldición causada por el enorme daño que se estaba infligiendo a la montaña, hasta que un médico italiano descubrió lo que había en verdad detrás de aquellas muertes —Augustin Rothmayer sonrió mostrando los dientes—: mierda.

—¿Perdone?

—Los obreros trabajaban de pie en estrechos túneles, a veces hundidos hasta los tobillos en sus propios excrementos, donde habitaba un gusanillo que se les metía bajo la piel y les causaba la enfermedad. No se trataba de ninguna maldición, simplemente era mierda. —El sepulturero volvió a colocar el voluminoso mamotreto en la estantería—. ¿Entiende lo que estoy tratando de decirle, inspector? Puede que tras las maldiciones egipcias se esconda algo que todavía no alcanzamos a entender, quizá en las pirámides haya una especie de... —titubeó—, sistema de alarma, algo parecido a lo que tengo montado ahí fuera, y que sencillamente todavía no entendemos. Y su profesor Strössner ha hecho saltar esa alarma.

—¿Un profesor momificado? ¡Por favor! ¿Cómo puede ser eso posible?

—Tiene toda la razón, es un completo disparate. Aun así, sería interesante saber qué fue lo último que investigó el profesor Strössner. —Rothmayer se quitó los anteojos y miró fijo a

Leo—: ¿Hicieron un trabajo fino con él? ¿Lo embalsamaron como mandan los cánones? Es decir, ¿le extrajeron el cerebro por la nariz con un gancho, después le practicaron un tajo limpio a un lado y metieron sus entrañas en vasijas? ¿O solo le inyectaron ácido clorhídrico por el trasero? En ese caso, los intestinos se disuelven dentro del cuerpo y toda la papilla resultante se...

—¡No siga, por Dios! —A Leo se le revolvió el estómago—. No le he pedido detalles. Eso nos lo comunicará sin duda muy pronto el profesor Hofmann en el Instituto de Medicina Forense. Esperemos que también nos pueda explicar de qué manera murió Strössner. Ni siquiera sabemos si fue asesinado o qué pasó en verdad. De hecho, no sabemos absolutamente nada.

—Sería interesante saber también en qué estado se encuentra ahora mismo la momia de Strössner —dijo pensativo el sepulturero—. Porque una cosa está clara: si el cadáver fue embalsamado siguiendo las reglas de la cultura egipcia, entonces solo un experto puede haberlo hecho. —Enarcó una de sus pobladas cejas—. Ya me entiende...

—Un egiptólogo —concluyó el inspector dándose una palmada en la frente—. ¡Claro! ¡Maldita sea, tiene razón! Eso reduce considerablemente el círculo de sospechosos.

Leo se lamentó por no haber llegado por sí mismo a esa conclusión. Era una pista clara o, cuando menos, una pista que se podía seguir. Quizá la visita a los Rapoldy de esa tarde podría arrojar un poco más de luz sobre el asunto.

—Ah, y dele las gracias de nuevo a la señorita Wolf por los calcetines y los zapatos nuevos para Anna —dijo con brusquedad Augustin Rothmayer—. La pequeña no para de crecer. Quizá su amiga pueda traerle también algo de ropa interior en su próxima visita.

—¿Ropa interior? ¿Próxima visita? —Leo cesó de repente

sus cavilaciones—. ¿Me está diciendo que la señorita Wolf viene a verlos regularmente?

—Bueno, de vez en cuando. En cualquier caso, más a menudo que usted. Hace apenas dos semanas volvió a pasarse por aquí. Anna se pone muy contenta cada vez que viene. No tiene madre, y la señorita Wolf siempre es muy cariñosa con ella. Ropa interior, ¿de acuerdo? No se olvide, inspector, se lo ruego.

—Se lo diré —respondió con la boca pequeña. Julia no le había dicho ni una palabra de esas visitas periódicas a la casa del sepulturero. ¿Por qué no lo había hecho? Se puso el sombrero y dio media vuelta para irse.

—Bueno, muchas gracias por todo, señor Rothmayer.

—¿Cuándo se practicará la autopsia a la momia de Strössner? —preguntó Augustin. Había un brillo sospechoso en su mirada.

—¿No querrá usted...? —empezó Leo.

El sepulturero hizo un gesto de negación.

—Pura investigación para mi nuevo libro, inspector. Pero no se moleste, yo mismo llamaré al profesor Hofmann —respondió sonriendo y mostrando sus dientes sorprendentemente blancos—. Al fin y al cabo, no es un invento tan malo ese aparato telefónico que tiene el administrador del cementerio en su oficina. ¡Que tenga un buen día!

Leo salió de la cabaña y posó unos segundos la mirada en los ataúdes volcados. Notó un escalofrío al pensar en sus antiguos moradores, ya descompuestos y olvidados, y siguió caminando. Todo apuntaba a que en los próximos días vería a Augustin Rothmayer con más frecuencia.

IV

De *Ritos funerarios y cultura popular*, de Augustin Rothmayer, escrito en Viena en 1894

Una forma singular de rito funerario es el entierro celestial budista practicado por los pueblos montañeses de la India. Como el terreno allí suele ser demasiado duro para cavar una fosa y no hay leña para quemar, seccionan los cadáveres y los arrojan a los buitres. Cuanto más rápido es devorado un cuerpo, más modélica se considera la vida pasada de su antiguo propietario. A veces sitúan a los muertos en torres elevadas para este fin. Por ello, en los tejados de las casas y en los jardines cercanos a las torres suelen aparecer restos de carne humana que los buitres han dejado caer.

Julia bebió un sorbito del ponche de asperilla y dejó que el sol le diera en la cara. Era ya el segundo vaso y sabía exquisito, como exquisita había sido también —debía admitirlo— la elección del restaurante. Estaba sentada en una terraza, bajo una sombrilla, y los camareros uniformados con librea corrían ágiles como gacelas alrededor de las mesas para satisfacer los deseos que salían de la boca de los clientes. Sin embargo, le fastidiaba que Leo la hubiera citado en la Praterstrasse, el suntuoso bulevar del distrito segundo. ¿No habría bastado con una bodeguilla cerca del canal del Danubio? Seguramente quería compensar su desliz del día anterior con este noble gesto.

Lo que Leo no sabía era que ella también había estado trabajando fuera el sábado por la noche. Pero daba igual, era mejor tenerlo un poco en ascuas. Sin embargo, la carta que le había enviado era en verdad encantadora. No cabía duda de que el señor Von Herzfeldt sí que sabía hacer bien estas cosas.

«Con la serena esperanza de pasar un hermoso Domingo de Pentecostés en tu compañía, con todo el amor, Leo...»

Julia no pudo evitar sonreír. Era tan distinto a ella. En realidad, era distinto a toda la gente que conocía. ¡Solo por cómo se expresaba! Y luego estaba su forma de vestir, como si acabara de salir de un castillo escocés. No es que Julia conociera los castillos de las Tierras Altas ni a ninguno de sus propietarios, pero así era como se imaginaba a un lord. Como Leo.

Eso hacía que todo fuera bonito y complicado a la vez... Julia se preguntaba a veces qué capricho de la diosa Fortuna había unido sus caminos. Leo había llegado hasta ella desde lo más alto, como un ángel salvador. En Graz había ejercido de eficaz juez de instrucción y su padre era propietario de un banco. Y había contraído unos esponsales prometedores y extraordinariamente lucrativos para su familia, pero Leo decidió romperlos con dramáticas consecuencias. Al final, el destino lo había arrastrado hasta Viena.

«Como a mí —pensó Julia—. Quizá no seamos tan distintos, después de todo. Somos dos náufragos en Viena...»

Deslizó la mirada sobre los numerosos paseantes que a esa hora del Domingo de Pentecostés deambulaban a lo largo de la Praterstrasse, la mayoría de los cuales se dirigía al Parque del Prater, situado no muy lejos de allí. Entre ellos había muchas familias de clase acomodada con sus vástagos, los muchachos bien acicalados y las jovencitas con un lazo en el pelo. Julia pensó entonces en Sisi, a quien había dejado jugando con sus tías postizas en Neulerchenfeld. Se había sentido tentada de traérsela a la cita, pero la pequeña se estaba divirtiendo y Elli le iba a servir una ración de pastel en un pequeño servicio de porcelana, como si estuviera en la corte de la emperatriz con la que compartía el nombre. Y el gigantón de Bruno le haría de príncipe consorte. Sisi se lo estaba pasando muy bien, no le cabía ninguna duda.

Miró el reloj que asomaba por encima de unos grandes almacenes al otro lado de la calle. ¡Las doce y cuarto! Si Leo la hacía esperar un poco más, pagaría y se iría. La cuenta que iba a tener que abonar sería prohibitiva, pero no tenía por qué aguantar más. Sin embargo, en ese preciso instante un coche se detuvo justo al lado del restaurante y Leo bajó de él. Parecía fatigado. Además, tenía los pantalones de tweed manchados a la altura de las rodillas y restos de tierra pegados en los zapatos. Julia sonrió satisfecha. Había algo gracioso y frágil en su aspecto que la conmovió.

«Mi lord escocés, parece que haya vuelto de una cacería...»

—Siento llegar tarde —dijo él dejándose caer en la silla delante de Julia. Del bolsillo de la pechera sacó un pañuelo blanco con sus iniciales bordadas y se secó el sudor de la frente—. Acabo de estar en el Cementerio Central.

Julia reaccionó sorprendida.

—¿En el Cementerio Central? ¿Qué has ido a hacer allí?

—Es largo de contar, ahora te explico. —Leo hizo un gesto al camarero y pidió una cerveza pequeña y un bocadillo de rosbif con mostaza y pepinillos—. Por cierto, Augustin Rothmayer te manda saludos —prosiguió cuando el camarero hubo anotado la comanda— y te ruega que en tu próxima visita lleves alguna muda para Anna. —Con un semblante ofendido, añadió—: ¿Por qué no me has dicho que los visitas con regularidad?

Julia se encogió de hombros.

—No lo consideré importante, y tampoco me daba la impresión de que te hubiera gustado acompañarme.

En efecto, Julia había ido con frecuencia a pasear por el Cementerio Central con Sisi. En los últimos meses se había encariñado con el sepulturero y la pequeña Anna, pero también sabía que a Leo no se le daban muy bien los niños. Carecía de la paciencia necesaria y de la capacidad para quedar en ridículo de vez en cuando.

—¿Y por qué motivo has ido a ver al señor Rothmayer? —insistió ella.

Llegaron entonces el bocadillo y la cerveza. Leo mordió con avidez las rebanadas de pan blanco y, tras un par de mordiscos más, empezó a explicar:

—Es una historia muy extraña, de las más raras que me ha tocado vivir. También es el motivo por el que te dejé plantada ayer, por cierto. No fue culpa mía, Julia, créeme.

—Olvídalo —dijo ella obviando con impaciencia su disculpa—. Vamos, cuéntame.

No podía creer lo que Leo le explicaba entre bocado y bocado: ¡un profesor había aparecido momificado en el depósito del Museo de Historia del Arte! Y, por si fuera poco, decían que se trataba de una maldición... Julia estaba tan fascinada que dejó que se calentara su ponche de asperilla.

—Después iré a ver a los Rapoldy en Hietzing, quizá ellos sepan algo más —concluyó Leo su explicación, antes de limpiarse la boca con su pañuelo—. En cualquier caso, todo resulta bastante misterioso.

—Primero habrá que decirle a esa tal señora Rapoldy que su padre es una momia —constató Julia tajante—, y eso no va a ser fácil. Como pariente cercana tendrá que ir al Instituto Forense para identificar el cadáver. No puedo imaginarme tener que ver a mi padre así... —Se estremeció a pesar del agradable clima de mayo.

Ambos permanecieron callados un momento.

—¿Crees en las maldiciones? —preguntó ella por último.

—¡Son tonterías! —exclamó Leo—. Yo me ciño a los hechos y los motivos. Y si la sospecha de Rothmayer es cierta y el cadáver ha sido embalsamado siguiendo todas las reglas, entonces solo puede ser obra de un experto, un egiptólogo o alguien con una formación similar; y no hay tantos en Viena. Y también sería interesante saber en qué estaba trabajando exactamente el profesor antes de morir. Quizá eso también nos pueda aportar alguna pista sobre el asesino.

—Si es que ha habido un asesino —objetó ella—. El examen forense todavía está por hacer.

—¡Por favor, Julia! Es imposible que se haya momificado a sí mismo.

Ella reflexionó:

—¿Y qué pasa con las cartas que el profesor Strössner escribió desde El Cairo? Eso no cuadra. Si el cadáver tiene que pasar setenta días en una solución de natrón, el profesor difícilmente habría podido escribir ninguna carta durante ese tiempo.

—Las cartas son de los primeros días posteriores a su supuesta partida —indicó Leo—. Todas llevan el matasellos de El Cairo. Las comparé con sus notas y en verdad parece su letra. Pero de lo que pasó después, nadie sabe nada.

—¿Significa eso que el profesor Strössner se va a El Cairo por razones que todavía desconocemos, escribe algunas cartas desde allí y alguien se lo carga y lo manda de vuelta a Viena momificado y contra reembolso? No te lo crees ni tú.

—No parece muy convincente, no —admitió él, que tomó un sorbo de su cerveza—. Mmm..., entonces es posible que las cartas sean falsas y Strössner no viajara a El Cairo, sino que estuviera todo el tiempo aquí, en Viena.

—Pero él mismo llamó al museo y dijo que se iba de viaje.

—Dios santo, Julia, ¡tampoco lo sé! Este caso es más turbio que las aguas del Danubio en noviembre. Una cosa está clara: no hay ninguna maldición. Esto no es ninguna novela barata, ¡es la realidad!

—La realidad es a veces mucho más espantosa que cualquier novela barata —replicó ella, y prosiguió en voz baja—: Anoche tuve que hacer para Loibl unas fotografías de un escenario del crimen. El ser humano puede llegar a cometer verdaderas atrocidades...

Julia le explicó el caso del joven muerto en el distrito duodécimo, al que le habían cortado el pene y el escroto.

—El inspector Loibl —concluyó ella— sospecha que se trata de una venganza entre proxenetas. Cree que el chico había salido de caza por territorio prohibido y con su asesinato quisieron asustar a otros chaperos. Pero ¿sabes lo que me sorprende?

—¿El qué? —preguntó Leo, que había dejado a un lado el resto del bocadillo de rosbif. Por lo visto, la conversación le había hecho perder el apetito.

—Si lo que dice Loibl es cierto, ¿por qué dejaron tirado al joven sin el pantalón? Y sin sus... —Julia se estremeció cuando la imagen le vino de nuevo a la cabeza—, bueno, en las fotografías no aparecen. ¿Por qué semejantes puercos limpiarían los restos de su carnicería? Tendrían que haberlos dejado allí, sobre todo si se trata de una advertencia.

—Mmm, tienes razón —reflexionó el inspector—. Quizá todo ocurrió en otro lugar y trasladaron el cuerpo al cobertizo.

—¿Con toda la sangre que había? No lo creo —receló ella—. Además, hay otra cosa. Anoche me pasé un buen rato examinando las imágenes y hay algo que... no encaja, pero no consigo saber qué es.

Leo suspiró:

—Parece que la Oficina de Seguridad tiene dos casos nuevos sobre la mesa: un cadáver castrado y una momia... Y encima estamos hasta el cuello de homicidios. ¡Toda Viena parece una casa de locos! Por cierto, Leinkirchner me ha dejado para mí solo el caso de la momia. El señorito ha decidido que le apetecía pasar un día de asueto en el parque zoológico del Prater con su esposa y su perro salchicha... —Titubeó y la cara se le iluminó de repente—: Escucha, ¿qué te parece si me acompañas a casa de los Rapoldy? Después podríamos ir a dar un paseo por el parque de Schönbrunn, y quizá visitar la exposición de fieras; creo que los leones han tenido cachorros. Una salida de Pentecostés como Dios manda —dijo guiñándole un ojo.

Julia hizo un gesto de rechazo con las manos.

—No soy agente de policía, Leo. Sabes que en esta profesión no hay mujeres. Si el inspector jefe Leinkirchner se entera...

—¿Por qué tiene que enterarse? Además, a los Rapoldy les diré que eres mi ayudante, una especie de... secretaria de campo.

—Claro, tu secretaria. ¡Qué más quisieras!

Leo la miró suplicante.

—Me harías un gran favor, Julia, de verdad. No es fácil informar de la muerte de un familiar. Y justo en un caso tan macabro como este, ya te puedes imaginar... Además, cuatro oídos escuchan más que dos. —Encendió un cigarrillo—. Si Leinkirchner ha decidido dejarme el caso para mí solo, tendrá que aceptar los nuevos métodos. Creo que las mujeres tenéis mejor olfato a la hora de interrogar, especialmente a otras mujeres.

—No sé... —titubeó Julia, pero Leo ya le había hecho morder el anzuelo.

Era un caso muy tentador para ella. De niña ya le atraían los tesoros hundidos y los objetos antiguos. Las historias sobre Heinrich Schliemann, el millonario prusiano amante de la arqueología, y su espectacular descubrimiento de Troya también habían llegado hasta el Innviertel, la remota región natal de la joven. Su padre le trajo en una ocasión un libro ilustrado que no solo hablaba de la ciudad anatolia, sino también del Antiguo Egipto y sus pirámides.

—Sisi está en buenas manos con sus tías —insistió él—. Con los pasteles y el arre caballito seguro que no te echará de menos, todo lo contrario. ¡Vamos!

—¿Esto es lo que entiendes por un Domingo de Pentecostés perfecto? —probó ella con un último y débil intento—. ¿Dar partes de defunción?

—Haz un esfuerzo, Julia. Leinkirchner no tiene por qué enterarse.

Leo puso su consabida carita de pena y la fotógrafa resolló:

—De acuerdo, pero con una condición.

—¿Cuál?

—Iremos en el tranvía de caballos de toda la vida, como la gente normal. Con la visita de hoy a esta terraza me basta, no tengo ganas de aparentar algo que no soy. Ah, y hablando de apariencias —añadió con una expresión agridulce y dándole la servilleta que había sobre la mesa—, si quieres que nos dejen entrar en el señorial barrio de Hietzing, por muy policía que seas, tendrás que limpiarte los zapatos y los pantalones.

La lentitud del tranvía de caballos brindaba a Leo la oportunidad de contemplar las elegantes mansiones de Hietzing: jardines en los accesos, balcones acristalados, frontispicios, miradores, reproducciones de estatuas de mármol griegas desperdigadas bajo los sauces llorones, salones de té, prados abiertos... Llevaban una buena media hora de trayecto y realmente tenían la sensación de encontrarse en plena campiña. Hietzing había sido en su día una pequeña aldea, pero la proximidad con el

Palacio de Schönbrunn había atraído cada vez a más y más ciudadanos adinerados. La gente de Viena que se lo podía permitir tenía una mansión aquí. Y, por lo visto, los Rapoldy se lo podían permitir.

Ya habían dejado atrás el suntuoso palacio y veían ahora las obras en el Wiental, donde el suelo estaba levantado a tiras y unos trabajadores colocaban pesados raíles de acero. Hacía años que estaba previsto que el nuevo ferrocarril urbano llegara hasta allí, y por fin parecía que iba a ser una realidad.

«Ya era hora», pensó Leo. En Londres ya hacía años que tenían un ferrocarril electrificado que circulaba bajo tierra y ciertamente resultaba mucho más rápido que el remolón tren vienés, por no hablar de los tranvías de caballos...

Acababan de pasar por el Casino Dommayer, donde ya el viejo Strauss había ofrecido aclamados conciertos. Las mujeres paseaban luciendo aparatosos sombreros de verano decorados con flores y los hombres iban con chistera. De vez en cuando se veía a algún valiente montado en un velocípedo Rover de dos ruedas en dirección a su almuerzo campestre dominical. Julia miraba absorta por la ventana, señalando con el dedo todos los bonitos palacetes que veía pasar de largo, como si estuvieran viajando a solas en un vagón del Orient Express. Leo olió su discreto perfume de violetas que tanto le gustaba de ella. Tanto como su agudeza mental y su interés por la tecnología, y también sus delicados movimientos cuando bailaba, se desnudaba delante de él o, simplemente, se le arrimaba, como hacía ahora.

En el fondo, no sabía por qué había pedido Julia que lo acompañara, pero el caso era tan complicado que se alegró de tener a alguien a su lado. Además, anhelaba el momento de ir después juntos al parque de Schönbrunn. Sin embargo, era consciente de que se estaba saltando todas las normas internas del cuerpo de policía. Ella era fotógrafa, no investigadora. De hecho, ni siquiera tenía permitido hablar del caso con ella.

«Ni con ningún sepulturero del Cementerio Central...»

Leo se lamentó, porque si Leinkirchner se enteraba, estaba perdido. Pero ¿qué quería que hiciera si el inspector jefe había decidido irse con su esposa y el perro salchicha al parque zoológico y dejarlo a él investigando a solas en pleno Domingo de Pentecostés?

Se apearon en la esquina de la Wenzgasse. Hasta hacía algunos años, la zona había sido un enorme parque de atracciones. Cuando tuvieron que cerrarlo tras la depresión económica de 1873, los especuladores inmobiliarios aprovecharon la oportunidad y los precios se dispararon hasta llegar a niveles astronómicos. Como flores exóticas, solitarias mansiones se elevaban sobre terreno baldío, alejadas del bullicio y el tráfico rodado. La casa de los Rapoldy no estaba lejos de la parada. Disponía de calle de acceso propia por la que se llegaba a un jardín vallado y apacible que rodeaba una mansión de dos plantas. Leo observó entre los árboles la presencia de numerosas estatuas, que posiblemente fueran todas ellas reproducciones de deidades egipcias, así como una pirámide de piedra del tamaño de una persona y un sarcófago poblado de narcisos y hiedra. Dos esfinges entronizadas sobre pilares de granito presidían la portalada del jardín y un cartel revelaba el nombre de la casa: «Villa Tebas».

El conjunto causaba un efecto avasallador a la par que ridículo, como si el arquitecto que lo había diseñado se hubiera pasado la noche anterior hojeando libros ilustrados de arte egipcio en su despacho vienés.

—Bienvenidos a Egipto —murmuró Leo mientras tiraba de un cordel que colgaba junto a la portalada. En algún lugar del interior de la propiedad sonó un suave y profundo gong, como un saludo procedente de un mundo remoto.

Al cabo de un rato se abrió la puerta de la casa y una mujer mayor vestida con delantal y cofia blancos apareció por el umbral.

—¿Qué desean? —preguntó con tono indignado desde la escalera de entrada. La puerta del jardín seguía cerrada.

Leo se sacó su insignia, una escarapela de tela negra y gris con el águila bicéfala de los Habsburgo, y la sostuvo entre los barrotes de la verja.

—Soy el inspector Herzfeldt y esta es mi ayudante, la señorita Julia Wolf. Somos de la Oficina de Seguridad de Viena y...

—Está bien, Matilda —dijo en el interior una voz femenina con timbre afligido—, yo me ocupo.

—Lo que usted diga, *madame*.

La doncella se fue y en su lugar apareció en la puerta una señora con un aspecto muy distinto al de todas las mujeres que Leo había conocido hasta entonces.

Rondaría la mitad de la treintena. Bañada por la luz del sol, avanzó hacia las escaleras del jardín vestida con ropa vaporosa. Leo parpadeó. El vestido era azul oscuro y estaba cubierto de enigmáticos adornos que producían reflejos centelleantes. El corte no era entallado, ni en la cintura ni en el pecho, y el conjunto colgaba como si fuera un..., sí, un saco. Él había oído hablar del estilo de vida reformista y del tipo de vestimenta que estaban adoptando cada vez con más frecuencia las damas «liberales» de alta cuna y que, como él mismo pudo constatar, tampoco las favorecía demasiado. A pesar de ello, o quizá precisamente por ello, aquella mujer irradiaba una especie de elevación, casi de realeza. Bajó la escalinata con la cabeza alta, el pelo negro recortado hasta la barbilla y el flequillo recto, la nariz estrecha y algo prominente. A Leo le vino la imagen de la reina Cleopatra. Entonces se dio cuenta de algo más.

La mujer iba descalza.

—¿Qué se les ofrece? —preguntó al llegar a la portalada del jardín. Tenía una voz ronca, casi de varón.

—Disculpe, ¿es usted Charlotte Rapoldy? —preguntó el inspector.

La mujer asintió.

—Seguro que vienen por lo de mi padre. El bueno de Alexander estuvo aquí esta mañana y nos lo ha contado. Es... —Charlotte Rapoldy titubeó y negó con la cabeza. Sus ojos estaban ligeramente enrojecidos—, la vida es un eterno misterio, ¿verdad?

—¿El doctor Alexander Dedekind ha estado aquí? —preguntó Leo estupefacto.

—Sí, un gesto muy amable de su parte, ¿no cree? —Esbozó una sonrisa compungida—. Alex quería darnos la noticia antes de que nos enteráramos por otras fuentes. O por la policía, precisamente.

Leo se quedó en blanco, no sabía si por el extraño aspecto de la señora Rapoldy o por la desfachatez del director de la colección de arte egipcio, que los había ido a ver antes que él a pesar de tener instrucciones precisas de no hacerlo.

—Bueno, en fin... —terminó por decir—. ¿Podemos entrar?

—Por supuesto, tonta de mí. —Abrió la puerta del jardín—. Seguro que hay detalles que debemos tratar. Pasen. Lo mejor será que vayamos a la biblioteca. Le diré a mi marido que nos acompañe, si les parece bien.

La siguieron al interior de la casa. En el pasillo había jarrones de arcilla de un metro de altura decorados con motivos egipcios. Leo no supo identificar si se trataba de piezas originales o de copias. En cualquier caso, parecían piezas condenadamente caras, al igual que el tapizado de seda y los cuadros impresionistas de las paredes. Los Rapoldy debían de tener un montón de dinero.

En la parte de atrás, el pasillo conducía hasta un luminoso jardín de invierno con muebles de mimbre. Charlotte Rapoldy abrió una puerta a mano izquierda y los hizo pasar.

—Tomen asiento en la biblioteca, enseguida estaré con ustedes. ¿Desean té o café?

—Nada, gracias. No se moleste.

—Clemens, ¿vienes?

La anfitriona desapareció en el pasillo dejando que la tela de su holgado vestido crujiera con sutileza. Mientras tanto, Leo y Julia se quedaron contemplando la biblioteca.

—Dios mío —susurró Julia—. Parece un templo.

—Un templo de libros —asintió él.

—Y la *madame* debe de ser la sacerdotisa.

Leo creyó apreciar un leve sarcasmo en el comentario.

El inspector recorrió con la mirada los numerosos estantes que se elevaban a doble altura. Contenían incontables volúmenes, pero también algunos aparatos y artilugios destinados a la investigación. Reconoció una lámpara de queroseno de alta intensidad, uno de esos fonógrafos de reciente invención y un dispositivo que recordaba una cámara fotográfica de gran tamaño. Una escalera de caracol independiente permitía acceder a la galería del piso superior, por encima de la cual se elevaba una cúpula acristalada por la que entraba la luz solar.

La biblioteca también estaba repleta de jarrones egipcios y estatuas de dioses. Pequeñas cabezas de chacal hechas de basalto hacían las funciones de sujetalibros, y las paredes estaban tapizadas con tela azul y decoradas con representaciones bidimensionales egipcias. Con sumo cuidado, Leo cogió una de las cabezas de chacal y la examinó detenidamente.

—Anubis, el dios de los rituales mortuorios y de la momificación —retumbó una voz desde la galería—. Acompaña a los difuntos en su último viaje por el inframundo y tantea el peso del corazón de los muertos. Si es demasiado liviano, el alma es entregada a Ammit, la Gran Devoradora.

Leo miró hacia arriba y vio a un hombre de mediana edad. Llevaba un luminoso traje de verano rematado con un sombrero de ala ancha, como si acabara de llegar del jardín. Era delgado, tenía la piel bronceada y lucía una perilla en punta que recordaba la de algún pintor francés. El hombre se quitó el sombrero y, señalando las imágenes reproducidas en el tapizado de las paredes, explicó:

—Y esto de aquí son reproducciones de extractos del *Libro de los muertos* egipcio; los paralelismos con la Biblia son sorprendentes. Mi suegro siempre estuvo muy interesado en los orígenes egipcios del cristianismo.

El hombre bajó las escaleras con lentitud y con algo de torpeza. Fue entonces cuando Leo se dio cuenta de que se ayudaba de un bastón para caminar.

Charlotte Rapoldy entró por la puerta inferior con una bandeja en la que había una jarra de agua y varios vasos de cristal. Como le temblaban las manos, los vasos emitían un suave tintineo. Esbozó una sonrisa forzada.

—Le he dado el día libre a nuestra criada —dijo—, al fin y al cabo, hoy es Domingo de Pentecostés. Pero la pobre no ha querido irse, está preocupada por mí. —Dejó la bandeja en el suelo—. Siéntense, por favor. Ya conocen a mi marido, Clemens. Es médico y seguro que lleva mejor que yo la noticia tan espantosa que nos han dado. —Apretó los labios. Tenía las mejillas pálidas, lo que le otorgaba un talante aún más solemne a ojos de Leo—. Todavía no nos lo creemos, es... una pesadilla. Menos mal que tengo a Clemens a mi lado. No llevamos mucho tiempo casados.

Juntos tomaron asiento en un conjunto formado por sillas cubiertas con pieles de cebra. Clemens Rapoldy se apoyaba en su bastón incluso estando sentado y, en un gesto tranquilizador, mantuvo la mano derecha sobre la rodilla de Charlotte. Tras un momento de silencio, se dirigió a Leo:

—El bueno de Alexander excluye la posibilidad de un error, pero usted comprenderá que queramos... asegurarnos.

—Por supuesto —asintió Leo—. Tan pronto como el Instituto Forense dé su permiso, podrán echar un vistazo al cuerpo. Pero permítame decirle que el señor Dedekind no estaba autorizado a hablar con ustedes antes que nosotros.

—Alex es un amigo de la familia —suspiró Charlotte Rapoldy—. Quería que nos enterásemos de la manera más delicada posible. Aun así, ¿cómo se puede dar semejante noticia con delicadeza? Es... —se esforzó por encontrar la palabra exacta— ¡disparatado! ¡Espantoso y disparatado! ¡Como una pesadilla!

—Y sin embargo ha sucedido —indicó Leo—. Permítannos explicarles por encima lo que sabemos. —Se inclinó hacia delante y se percató de que la empuñadura del bastón de Clemens Rapoldy también representaba una cabeza de chacal, como los sujetalibros. Ciertamente, los Rapoldy hacían una pareja extraña—. El profesor Strössner no era un arqueólogo cualquiera...

—Mi padre gozaba de reconocimiento mundial, ¡una eminencia en arqueología egipcia! Estaba especializado en el llamado Imperio Nuevo, que data de más de tres mil años atrás. —La voz profunda y áspera de Charlotte Rapoldy era como un arrullo. Con el rabillo del ojo, Leo vio que la Cleopatra de Hietzing seguía sin llevar ningún calzado—. Puede que por ello la corte vienesa lo pusiera al frente del grupo de Deir el-Bahari —explicó dirigiéndose de forma alternativa a Leo y Julia—. ¿Les suena el descubrimiento de Deir el-Bahari?

—Esto..., debo confesarle que no —dijo Leo—. Ilústrenos, se lo ruego.

—Está bien, pero para ello tendré que remontarme a un

poco más atrás. —Charlotte sirvió agua en los vasos provocando un murmullo agudo—. Hace cosa de veinte años, en el mercado de arte egipcio no dejaban de aflorar antigüedades de dudosa procedencia. Las pistas sobre su origen condujeron a una familia local llamada Abd el-Rasul, que había encontrado por casualidad, en un apartado valle afluente, una tumba de dimensiones gigantescas excavada en la roca, lo que se conoce como un escondrijo. En su interior había ataúdes de distintas tumbas que habían sido trasladados hasta allí hacía tiempo para protegerlos de los ladrones. Los tres hermanos Abd el-Rasul saquearon el escondrijo, pero fueron apresados e interrogados por cometer un delito de ocultación. —La mirada de Charlotte Rapoldy adquiría un brillo intenso a medida que el relato avanzaba—. ¡Fue un hallazgo simplemente increíble! Varios faraones de las dinastías vigésima y vigesimoprimera, entre los que había nombres inmortales como Amenofis, Tutmosis o Ramsés, además de joyas, vasos canopos, figuras... ¡Y la cosa no acabó aquí! Diez años más tarde encontraron otro escondrijo en el valle, esta vez con las momias de más de ciento cincuenta sacerdotes. ¡Ciento cincuenta! El descubrimiento fue de tales dimensiones que el gobierno egipcio decidió repartir parte de los hallazgos entre los museos más importantes del mundo.

—Y el Museo de Historia del Arte de Viena es justo uno de ellos —concluyó Julia, que había estado escuchando en silencio hasta entonces.

Clemens Rapoldy asintió con la cabeza, se aclaró la garganta y tomó la palabra:

—Sarcófagos, estatuillas de ushebtis, vasos canopos y cofrecillos, un tesoro como el de la cueva de Aladino... A mi suegro le encomendaron la dirección del grupo austríaco que debía examinar con detalle los hallazgos que se repartían en el lugar para su posterior transporte a Viena. Pasó allí más de un año.

—¿Quiénes eran los otros científicos? —preguntó el inspector.

—¿Los otros científicos? —Clemens Rapoldy pareció dudar por un momento—. Bueno, el doctor Adolf Landinger, de Innsbruck, y el padre Gregor Mayr, de la Universidad de Graz. Y también, cómo no, el profesor Walter Kerfeld, de Viena. ¿Por qué lo pregunta?

—¿Podrían facilitarme sus direcciones? —Leo sacó un lápiz—. ¿Y quizá también los números de teléfono de las universidades, en caso de que estas dispongan de aparatos telefónicos? Nos gustaría mantener una charla con estos señores.

Leo ocultó que los hombres podían ser posibles sospechosos. En tanto que destacados egiptólogos, los tres sabrían cómo momificar a un ser humano.

Clemens Rapoldy tragó saliva ostensiblemente, y su esposa también guardó silencio.

—Me temo que eso no va a ser posible..., bueno, al menos en dos de los tres casos —dijo él por último—. Lamentablemente, el doctor Adolf Landinger y el padre Gregor están muertos.

—¿Que están qué? —exclamó Leo, al que casi se le cae el lápiz de la mano—. ¿Y me va a decir que esos dos señores también han sido momificados?

—¡Oh, no, por Dios! —Clemens Rapoldy hizo un ademán de desprecio con la mano—. El doctor Landinger murió de unas fiebres estando en Egipto, en los últimos días del viaje, por desgracia. Con toda probabilidad debido a una herida mal curada que se había hecho durante las excavaciones. Y el padre Gregor Mayr sufría del corazón. Falleció hace apenas unas semanas, nos enteramos hace poco a través de su facultad.

—¿Y qué hay del tal... —Leo titubeó y consultó sus anotaciones—, profesor Walter Kerfeld, de Viena? ¿Mantuvieron después el contacto su suegro y él?

—Solo de forma esporádica —contestó Clemens Rapoldy—. No se llevaban bien en especial. El profesor Kerfeld era el jefe adjunto de la expedición, y claro, le hubiera gustado dirigirla él. De vuelta en Viena, le molestaba que fuera mi suegro el que documentara los hallazgos en el depósito de momias en vez de él. Mantuvieron alguna que otra disputa científica.

—Bueno, por lo menos el profesor Kerfeld está vivo —dejó caer Leo—, cosa que no se puede decir de los otros señores.

—Sé lo que está pensando —intervino Charlotte Rapoldy—. Tres de los cuatro científicos de una expedición arqueológica a Egipto han fallecido: suena a maldición...

—Eso lo dice usted —puntualizó el inspector.

—Pero los tres hombres ya eran viejos. Fiebres, insuficiencia cardíaca, eso no quiere decir nada...

—Pero un profesor momificado, sí —objetó Julia.

Charlotte Rapoldy se sobresaltó y Leo lanzó con disimulo una mirada de advertencia a Julia.

—Disculpe, señora Rapoldy —dijo él—, ha sido un poco grosero por parte de mi ayudante. Solo queremos saber qué ha pasado.

—¡Por el amor de Dios! ¡Nosotros también queremos saberlo! —se lamentó Charlotte Rapoldy, agachando la cabeza y pasándose la mano por el pelo—. ¿Cómo..., cómo ha podido suceder? Creíamos que mi padre seguía en Egipto, y ahora esto... Como es natural, empezamos a preocuparnos cuando dejaron de llegar sus cartas y... —Sollozaba. Leo advirtió, y no por primera vez, que se trataba de una mujer hermosa, pero de una manera muy particular, como si viniera de un mundo perdido y olvidado.

—Será mejor que vayamos por orden —convino él con voz suave—. ¿Acompañó a su padre en su primer viaje? Usted también es egiptóloga...

—El año pasado fuimos los dos a visitar al grupo al lugar de excavación —intervino Clemens Rapoldy para sacar del apuro a su esposa, que no paraba de sollozar—. Fue..., fue nuestro viaje de bodas, un crucero por el Nilo, lo que Charlotte siempre había deseado. Nos habíamos conocido unos meses antes en El Cairo y nos enamoramos perdidamente el uno del otro. ¿Verdad, Charlotte?

Ella asintió con la cabeza y se sonó la nariz mientras su marido proseguía:

—Mi suegro ya tenía una edad y, además, estaba enfermo. Tenía azúcar en la sangre, *diabetes melater*, para ser exactos. Es una enfermedad pancreática que afecta sobre todo a personas de edad avanzada y lleva asociados estados de fatiga, agotamiento, sed y aumento de la necesidad de orinar. Pero bueno, esto solo incumbe a los profesionales de la medicina... —Hizo un gesto de denegación con la mano—. La cuestión es que alguien tenía que ocuparse de vez en cuando de la salud de Alfons durante la expedición, así que yo mismo me hice cargo, como una especie de médico personal. Todo fue bien hasta lo del pobre Landinger, claro. En septiembre del año pasado volvimos todos a casa. Desde entonces, mi suegro se ha pasado casi todo el tiempo en el museo; Charlotte le ha estado ayudando con frecuencia. —Clemens Rapoldy sonrió con tristeza y acarició la mano de su esposa—. Deben saber que es la primera mujer que se dedica a esta disciplina, al menos en Austria.

—Enhorabuena —dijo Julia—. Eso debió hacer que su padre se sintiera muy orgulloso de usted.

—Así es —repuso la egiptóloga, que volvía a sonreír, aunque solo fuera un poco—. Mi madre murió prematuramente y yo me sentía muy unida a mi padre cuando era niña. Incluso ahora vivíamos bajo el mismo techo. El año pasado pasamos mucho tiempo en el depósito del museo, fue... como volver a la infancia. Quedó especialmente hechizado por uno de los hallazgos... —Vaciló y dirigió una mirada angustiada a su marido.

—¿Hay algo que debamos saber? —inquirió Leo.

Charlotte Rapoldy permaneció en silencio. Solo cuando su marido hizo un gesto de aprobación con la cabeza, ella prosiguió:

—Le ruego que lo que voy a explicar se lo guarde para usted. El hallazgo al que me refiero llegó a Viena de una manera un tanto..., digamos que no del todo legal. Es una momia que mi padre mandó fletar... en privado.

—¿Su padre robó una momia? —preguntó Julia estupefacta.

Clemens Rapoldy intervino airado:

—No fue exactamente así. Mi suegro encontró la tumba a solas, por casualidad, cuando estuvo perdido en el desierto. ¡Era su hallazgo! Casi pierde la vida al descubrirlo. Las tumbas antiguas son traicioneras, debería usted saberlo. El techo puede desplomarse en cualquier instante y entonces toda la arena...

—¿Así que mandó transportar esa momia a Viena en secreto? —insistió Leo.

Charlotte Rapoldy asintió:

—En connivencia con el resto de los miembros de la expedición. Clemens y yo todavía no habíamos llegado cuando se produjo el descubrimiento, nos enteramos más tarde. La momia yacía en una tumba individual, apartada de las demás. Y el muerto no era ningún sacerdote de Amón, sino que servía a una deidad mucho más antigua y misteriosa —bajó la voz—: era un sacerdote de Thot.

—El dios de la magia —aclaró Clemens Rapoldy—. El sacerdote se llamaba Ta-bek-en-chon. Creemos que mi suegro volvió a viajar a Egipto por esta momia, no se la podía quitar de la cabeza. Tal vez esperase averiguar más cosas sobre ella estando allí. Fue a principios de febrero de este año.

—¿Y no se despidió de ustedes? —preguntó Leo incrédulo—. Me parece sorprendente.

—Sí, raro, ¿verdad? —A Charlotte Rapoldy le tembló la mano cuando cogió el vaso de agua y bebió un sorbo de él—. Clemens y yo nos ausentamos un fin de semana para asistir a un congreso en Múnich. Cuando volvimos, solo encontramos una carta. Mi padre había escrito que iba a tomar el primer tren a Génova y, desde allí, un barco hasta a El Cairo, y que nos lo explicaría todo a su vuelta.

—¿Puedo ver esa carta?

—Por supuesto —asintió Clemens Rapoldy, que se levantó y, apoyándose en su bastón, se acercó cojeando hasta un pequeño escritorio del que abrió un cajón y sacó un mazo de correspondencia—. Después recibimos más cartas —dijo mientras entregaba el fajo a Leo—, pero a finales de marzo se interrumpió el contacto. Eso no significa necesariamente nada, porque estando en el desierto es fácil perder la conexión con el mundo civilizado, el servicio postal egipcio es un desastre... Pero poco a poco empezamos a preocuparnos, y luego esto...

Leo comparó las cartas que tenía del museo con las de los Rapoldy. El mismo estilo cálido y amable, unas cuantas anotaciones científicas que no entendía, pero nada que pudiera generar preocupación, por lo menos a primera vista. Todos los sobres, excepto el primero, llevaban el matasellos de El Cairo, y la escritura era idéntica.

—¿Está segura de que lo ha escrito su padre de su puño y letra? —preguntó a Charlotte.

—Segura al cien por cien, no tengo la menor duda.

—Entonces le ruego que me explique cómo su padre puede escribir cartas desde Egipto estando postrado y momificado en el Museo de Historia del Arte de Viena. Es imposible. El señor Dedekind nos ha asegurado que para conseguir una momificación como la que nos ocupa se necesitan más de dos meses.

—¡No lo sé, inspector! Lo único que sé es que todo esto ya no es solo misterioso. Empieza a dar miedo. —Temblorosa, Charlotte Rapoldy se acurrucó contra su marido—. Créame, si no fuera científica, también pensaría que se trata de una maldición. ¡Por favor, ayúdenos a resolver este espantoso rompecabezas! Solo así mi padre podrá hallar la paz, y nosotros también.

Poco después, Leo y Julia volvían a estar en la entrada de la mansión. Ya había caído la tarde, el sol estaba más bajo y las primeras sombras se proyectaban sobre las estatuas del jardín. Julia sintió frío y se abotonó su abrigo de verano, que era demasiado fino.

—¿Y bien? —preguntó Leo—. ¿Cuál es tu impresión del asunto?

—Me parece todo bastante turbio —respondió Julia intentando ignorar las dos esfinges que parecían mirarla fijo junto a la portalada del jardín—. De momento no sabemos con exactitud cómo murió el profesor. Y luego esas cartas... Pero parece que Charlotte Rapoldy en verdad tenía una relación muy profunda con su padre. Se puede percibir.

Julia pensó en la relación con su propio padre, un herrero, carpintero e inventor de la región del Innviertel. Siempre había sido un modelo para ella y no le apetecía pensar en cuál habría sido su reacción si a su progenitor le hubiera pasado algo parecido. En realidad, Charlotte parecía estar bastante entera. Pero Julia veía algo raro en ese matrimonio, los Rapoldy eran gente extraña, sobre todo ella. Tampoco le habían pasado desapercibidas las miradas que Leo había dirigido con disimulo a la exótica señora de la casa. Una leve punzada de celos la atravesó, cosa que, por otro lado, también le hizo sentirse bastante ridícula.

—Al menos tenemos un primer sospechoso —interrumpió

Leo sus reflexiones—. El tal profesor Walter Kerfeld..., es el último superviviente de la expedición y había mantenido una disputa con Strössner. ¿Motivada quizá por esa momia sacerdotal de nombre impronunciable? Como egiptólogo, Kerfeld también sabrá algo de momificaciones. Me parece que voy a tener que hacerle una visita.

—¿Y piensas que ese Kerfeld también podría ser el culpable de la muerte de los otros dos expedicionarios? —preguntó Julia incrédula—. ¿Qué motivos tenía? Además, las causas de la muerte en ambos casos me parecen bastante naturales, fiebre e insuficiencia cardíaca...

—Eso se puede comprobar. Preguntaré en Graz, donde tengo buenos contactos. En algún sitio debe de estar el certificado de defunción del tal padre Gregor. Después, ya veremos. —Leo frunció el entrecejo—. Los Rapoldy están forrados. Me pregunto de dónde habrá salido su fortuna. Puede que el padre de Charlotte regresara de sus expediciones cargado con algo más que momias.

—O quizá sean gente rica y punto —replicó ella—, la nobleza adinerada de toda la vida.

Justo al pronunciar estas palabras pensó que podía imaginarse a la perfección a Leo como un dandi de crucero por el Nilo. En la mansión, ella había tenido la sensación de haber sido una mera espectadora, mientras los otros tres presentes conversaban al mismo nivel.

—Solo por como visten, los Rapoldy son definitivamente unos esnobs. Y luego toda esa parafernalia egipcia... —dijo Leo con una sonrisa complaciente—. En cualquier caso, muchas gracias por acompañarme. ¿Vamos ahora al parque de Schönbrunn?

—No sé, Leo. Todo este asunto me ha dejado con mal cuerpo. Creo que lo dejaremos por hoy. Además, seguro que Sisi estará esperando a que llegue a casa...

—¿Pero no dijiste que estaba en buenas manos? ¿Qué hay de malo si llegas una hora más tarde?

—No lo entiendes, Leo, son cosas de mujeres.

—No lo dudo, nadie os entiende mejor que vosotras —El inspector levantó los brazos y esbozó una sonrisa conciliadora—. Por lo menos deja que tomemos un fiacre para volver, así no tendremos que terminar el día aguantando el olor a sudor de los paseantes domingueros de Pentecostés.

Más tarde, ya sentados en el coche de punto que los llevaría de vuelta a la ciudad, se acurrucaron el uno contra el otro. Sin embargo, permanecieron callados y las manos de Julia estaban frías. Era como si la misteriosa maldición se hubiera apoderado también de sus corazones.

V

Leo fue a trabajar el Lunes de Pentecostés antes de lo habitual. Tenía mucho que hacer ese día. Además, los acontecimientos de la tarde anterior no le habían dejado dormir. Había vuelto a hojear las notas del profesor Strössner durante la noche, pero no encontró nada que le pareciera relevante para el caso. La momia sacerdotal que Strössner había mandado fletar de manera ilegal no se mencionaba en ninguna parte. Sin embargo, en la documentación sí que aparecía el nombre del colega de Strössner, Walter Kerfeld, quien figuraba como jefe adjunto de la expedición a Egipto. Y ambos pertenecían a la Sociedad Arqueológica. ¿No había dicho el profesor Hofmann, del Instituto de Medicina Forense, que había conocido allí a Strössner, al igual que a Dedekind, el director de la colección de arte egipcio? Parecía que esa asociación tenía un círculo de miembros muy ilustres.

Leo entró en la Jefatura de Policía, saludó con la cabeza al portero y subió al segundo piso. Situado en el bulevar del Schottenring, el edificio era un antiguo hotel construido en su día para la Exposición Universal de 1873. Tenía los tabiques finos como el cartón, las escaleras crujían y el olor a humo frío de cigarro puro, cera para suelos y repollo invadía por completo la laberíntica red de pasillos y corredores. Hasta la fecha, Leo desconocía cuántas habitaciones tenía realmente el palaciego edificio; siempre descubría algún rincón nuevo. Debido a la festividad no había mucho trajín, cosa que le pareció más que bien.

Maletín en mano, avanzó despacio por el pasillo saludando a un lado y a otro, y entró en el despacho situado al fondo, a mano izquierda. El inspector Erich Loibl, con quien compartía oficina, levantó la vista por encima de una humeante taza de café. Sobre su mesa había una carpeta abierta y varias fotografías. Ya de lejos Leo pudo ver que se trataba de las imágenes de una víctima de asesinato. Una persona dormida no yacía en el suelo de aquella manera...

—Buenos días —refunfuñó Erich Loibl por debajo de su bigote de morsa.

Leo notó un ligero olor a alcohol. ¿Ya había remojado Loibl su café matinal con unas gotas de aguardiente? Era un secreto a voces en la Jefatura que a su compañero de despacho le gustaba remojar el gaznate más de la cuenta. Hasta el momento había mantenido sus libaciones hasta cierto punto bajo control, pero Leo tenía la impresión de que la frecuencia había aumentado en los últimos tiempos.

—¿Son las fotografías del asesinato del distrito duodécimo? —preguntó Leo mientras se acercaba a la mesa de Loibl.

—¿Así que la señorita Wolf ya se lo ha contado? —respondió este guiñándole un ojo.

—Acabo de cruzarme con ella en la puerta de la Jefatura —mintió Leo—, hemos intercambiado algunas palabras.

—Sí, claro, algunas palabras...

Leo no dijo nada y, con semblante impasible, dejó la insinuación en suspenso. Como el alcoholismo de su compañero, la relación que mantenía con Julia era algo de lo que no se hablaba abiertamente. Los amoríos entre compañeros de trabajo estaban prohibidos por las más altas esferas. Además, esa noche no había pasado nada. Tras la visita a los Rapoldy, ella se había ido a su casa para estar con Sisi, y Leo solo había recibido un par de fugaces besos de despedida.

—Stukart pidió las fotos —dijo por fin Loibl—, su corderilla las acaba de traer. ¡Menuda carnicería! Pero trincaremos a esos cerdos. Ya tengo a nuestros hombres detrás de los golfos del duodécimo.

Loibl acercó las fotografías a Leo para que echara un vistazo. Este se inclinó sobre la mesa y respiró hondo. Julia no había exagerado.

Ahora comprendía por qué ella había dormido tan mal después de revelar aquellas imágenes tan aterradoras. A primera vista, no supo decir cuál era la peor de todas: la horripilante mutilación en la zona genital o la boca embadurnada de carmín en el rostro del joven, cuya rigidez cadavérica recordaba una mueca de los guiñoles del Wurstelprater.

—¿Cree que se trata de una advertencia para otros chaperos? —preguntó escéptico Leo.

—Seguro que nuestros interrogatorios sobre el terreno no tardarán en arrojar algo de luz sobre el asunto. Pero, en efecto, así lo creo. ¡No le quepa la menor duda, Herzfeldt! —Loibl se reclinó en su silla y bebió un sorbo de su café dejando que la espuma marrón de la leche batida se le pegara en el bigote—. Segarle a un hombre sus sacrosantas partes es la manera más clara de decir a los demás «mantén la picha escondida si no quieres que te pase lo mismo». Aquí hay alguien marcando territorio.

—¿Se sabe ya quién era el joven?

—Como he dicho, los interrogatorios siguen su curso. Si le apetece, puede ayudarme con la valoración, estimado colega.

Leo señaló una de las imágenes:

—No se ve ningún pantalón. ¿Lo han encontrado los guardias? Y la picha, como usted la llama..., ¿dónde está?

Loibl se encogió de hombros y dijo:

—Debieron de masacrar al chaval en otro sitio y después lo trasladaron allí.

—Y toda esta sangre —preguntó Leo volviendo a señalar las fotografías donde el líquido negruzco destacaba sobre el suelo—, ¿cómo se explica?

—¡Por el amor de Dios! ¡Está hablando igual que la Wolf! Su amiga me acaba de soltar lo mismo, como si fuera un inspector. Tenemos que andar con cuidado y no dejarnos dominar por tanta pelandrusca... —Loibl revolvió pensativo las fotografías sobre la mesa. Su amor propio empezaba a resquebrajarse—. Esperemos a ver qué dice el profesor Hofmann, del Instituto Forense, y después ya veremos. Pero hasta entonces...

Dejó de hablar cuando la puerta del despacho se abrió de golpe y Paul Leinkirchner entró visiblemente malhumorado. A Leo le pareció incluso más avinagrado que de costumbre. La punta del puro incandescente en su rostro parecía un tercer ojo.

—Buenos días, inspector jefe. Una magnífica mañana, ¿no cree? —lo saludó con una sonrisa—. ¿Qué tal lo pasó ayer en el parque zoológico? ¿Dio de comer a los monos con su señora esposa?

—Ahórrese el sarcasmo, Herzfeldt —contestó Leinkirchner sin quitarse el puro de la boca. Se dirigió a Loibl y le preguntó—: ¿Alguna novedad en el duodécimo, Erich?

Los dos inspectores se conocían desde hacía muchos años. Leinkirchner solía tratar a Loibl como su chico de los recados, y este lo consentía. Erich Loibl no era un mal agente de policía, pero solo hacía lo que le pedían, siempre una cosa después de la otra. Y cuando había bebido demasiado, también alguna podía pasársele por alto a veces.

—Estamos en ello, Paul —respondió Loibl—. Sigo esperando los informes del cuerpo de Guardia del distrito.

—Esos golfos tienen cada vez menos vergüenza. Homicidio,

chantaje ¡y ahora esto! Parece que deberemos tomar medidas efectivas —se quejó Leinkirchner—. Por lo menos ahora tenemos un caso con pies y cabeza que esperemos que se aclare pronto. —Se volvió hacia Leo y le dijo—: Venga conmigo, Herzfeldt. Tenemos que hablar.

Bajo la mirada curiosa de Loibl, Leo acompañó al inspector jefe a su despacho, que estaba situado al otro lado del pasillo. Era más grande, estaba más lujosamente amueblado y, además, disponía de aparato telefónico propio. También apestaba aún más a humo de cigarro que los otros despachos, si es que eso era posible.

—A ver, ¿qué ha averiguado en casa de los Rapoldy? —preguntó sin preámbulos cuando los dos tomaron asiento en las duras y voluminosas sillas.

Leo le relató la visita del día anterior sin mencionar que Julia lo había acompañado. También pasó por alto su paso previo por el Cementerio Central, pero no su sospecha de que el autor podría ser un experto en momificaciones. Leinkirchner escuchaba con atención mientras masticaba su puro, que entretanto ya se había apagado.

—Mmm, sigue siendo todo bastante misterioso —refunfuñó al final. Se rascó la cicatriz de la mejilla, como solía hacer cuando cavilaba—. Pero si su teoría es cierta, al menos tenemos a un primer sospechoso en el profesor Kerfeld. Un par de catedráticos se enzarzan en una disputa y esta se sale de madre. Por lo menos tendríamos un motivo. ¿Qué tal tipo es, ese Kerfeld? Supongo que también es uno de esos académicos engreídos.

—Según consta en los registros del museo, el profesor Walter Kerfeld es un egiptólogo que goza del mismo reconocimiento que Strössner —explicó Leo—. Por lo visto ambos se conocían desde hace muchos años. Hoy tenía previsto informarme sobre Kerfeld y hacerle una visita.

—¿Y piensa que este egiptólogo también podría estar detrás

de la muerte del resto de los expedicionarios? —preguntó el inspector jefe mientras se sacudía unas briznas de tabaco de sus pobladas patillas—. Si quiere mi opinión, me parece una hipótesis un poco atrevida.

Leo se encogió de hombros.

—Admito que todo está todavía en mantillas, pero puede que encontremos algo más. Podría tratarse de dinero. El profesor Alfons Strössner poseía una fortuna considerable, y puede que su patrimonio proviniera de hallazgos anteriores no documentados, como la momia del sacerdote.

—Ese tal Ta-bek-como-se-llame. Mmm..., maldita sea, podría estar en lo cierto. —Leinkirchner cabeceó pensativo—. Quizá no haya sido tan mala idea que Stukart le haya confiado el caso a usted también, Herzfeldt. —El inspector jefe sonrió de repente mostrando los dientes y dijo—: Los suyos también saben mucho de egipcios y maldiciones, ¿verdad?

—¿Los míos? —exclamó Leo incorporándose en su silla—. ¿Se puede saber cómo debo entenderlo?

—Bueno, al fin y al cabo, los egipcios esclavizaron a los judíos, y después el Señor los ayudó a huir maldiciendo a Egipto con las diez plagas: convirtió las aguas en sangre, hizo llover ranas...

No cabía duda de que quería provocarle, pero Leo no entró al trapo y optó por retomar el hilo con marcada tranquilidad:

—La mansión de Hietzing es un verdadero palacio. Se nota que hay mucho dinero allí, y si algo sé sobre el crimen, se puede resumir con una frase...

—Sigue la pista del dinero y darás con el culpable. —Leinkirchner se estrujó la calva y reflexionó un instante—. De acuerdo, insista por ahí, y también con los otros dos científicos muertos. ¡Y manténgame informado en todo momento! Yo me encargo de la mujer de la limpieza ingresada en prisión preventiva. Me aseguraré de que se pase un ratito entre rejas antes de que empiece a largar, si es que no lo ha hecho ya con alguno de los guardias.

Leo sacó entonces uno de sus cigarrillos y Leinkirchner le dio lumbre. Fue un gesto extraño. Su superior se acababa de mofar de él a costa de su origen judío y ahora volvía a ser el inspector profesional que parecía respetarlo, incluso apreciarlo. Leo se acordó de la vez en que Leinkirchner incluso le había salvado la vida y de los excelentes resultados que podían conseguir cuando trabajaban codo con codo. Sin embargo, apenas Leo se acostumbraba a la colaboración sin fricciones, su jefe le soltaba la siguiente andanada. ¿Por qué ese odio contra todo lo judío? Leo seguía sin acabar de entender por qué lo había elegido para trabajar en su departamento. Quizá por una razón muy simple.

«Un buen policía reconoce a otro buen policía.»

Leinkirchner seguía masticando su puro con aire pensativo.

—Para el director general de la Policía es un caso de suma importancia. Los Rapoldy no solo son gente muy rica, también son influyentes. Por lo visto, su red de contactos llega hasta el archiduque Raniero Fernando de Austria, persona de confianza y pariente cercano del emperador, y probablemente también un apasionado de todo lo egipcio. Si no vamos con cuidado, la corte intervendrá. ¡Y solo nos faltaría eso! Así que ni una palabra a nadie, ni siquiera a Loibl. —Leinkirchner tamborileó con los dedos sobre la mesa—. ¿Sabemos cuándo habrá terminado el profesor Hofmann de examinar el cadáver?

—Creo que mañana a más tardar. Los Rapoldy también echarán un vistazo al cuerpo, simple identificación rutinaria.

—Eso sería lo deseable, por supuesto —dijo Leinkirchner con una sonrisa maliciosa—. ¿Se imagina que la señora Rapoldy identifica la momia como la de algún faraón, Ramsés o quien sea, y el padre llega al día siguiente en barco desde El Cairo? Aunque no creo que eso ocurra...

—Por desgracia, yo tampoco, inspector jefe.

Sonó el toque de campanillas metálico al que Leo todavía no se había acostumbrado. Leinkirchner cogió el aparato telefónico que tenía sobre la mesa, una especie de portalámparas pequeño de color negro con un embudo para hablar y un auricular con forma de pechina para escuchar. Después de un rato en silencio, le ladró al embudo:

—¿Y a santo de qué me viene con eso? —Volvió a permanecer callado—. Mmm, ya veo. De acuerdo, ahora le mando a alguien.

Colgó y miró pensativo a Leo.

—A veces, el mundo es un pañuelo, ¿no cree, Herzfeldt?

—¿Perdone...?

Leinkirchner volvió a rascarse la calva.

—Y pensar que ayer estuve en el nuevo parque zoológico del Prater y visitamos el recinto de los leones... Tienen un ejemplar majestuoso, grande como un ternero. A ver cómo se lo digo... —Aspiró de su puro apagado—. Anoche, esa bestia destrozó a uno de los guardianes.

—Y como resulta obvio no fue un accidente —dedujo Leo—. De lo contrario, no habrían llamado a la Oficina de Seguridad.

—¡Brillante deducción, querido inspector! ¿Una muestra más de sus nuevos métodos criminológicos? —Leinkirchner aplastó el puro en un cenicero rebosante y volvió a coger el auricular—. Ahora mismo enviaré a nuestra atractiva fotógrafa junto con un compañero. Y no se le ocurra pensar que va a ser usted el afortunado, Herzfeldt. Además, los parques zoológicos están sobrevalorados, créame.

«Cuentan que en China tienen la extraña costumbre de enterrar a los familiares fallecidos en ataúdes colgantes. Estos son dispuestos en posición vertical en un despeñadero y...»

Augustin Rothmayer mordisqueó el extremo superior de su lápiz y estiró la espalda acompañándose de un gemido. El sol matutino de mayo entraba por la ventana de su pequeña cabaña, lo cual tampoco mejoraba mucho el estado de ánimo del sepulturero. ¿Qué diantres le pasaba a la gente cuando llegaba el arrebatador mes de mayo? De hecho, había menos muertes. Era como si los moribundos quisieran vivir un verano por última vez...

Escribía de pie en su querido atril, pues ya hacía tiempo que le causaba dolor el estar sentado. Augustin calculó que a lo largo de su vida ya habría cavado más de mil tumbas, algunas de ellas en tierra helada, otras bajo un sol de justicia o una lluvia torrencial. Y entonces, en algún momento, su espinazo se plantó.

Esa mañana había vuelto a ser especialmente dura. El día anterior, a última hora de la tarde del Domingo de Pentecostés, le habían traído tres cadáveres sin previo aviso y acababa de llenar la fosa común de la sección veintitrés. ¡Carajo, se estaba haciendo viejo!

Pensativo, volvió a empuñar el lápiz.

«Estos son dispuestos en posición vertical en un despeñadero y...»

Un zumbido melodioso sonó detrás de él, una silla chirrió, el gato bufó...

—¡Por los clavos de Cristo! ¿Es mucho pedir un poco de tranquilidad? —Augustin se dio la vuelta enfadado—. ¿Cómo se supone que puede concentrarse uno para trabajar, eh?

—Lo siento, señor Rothmayer. —Anna hizo un mohín. Estaba sentada a la mesa desayunando café y rebanadas de pan con miel y se limpiaba las migas de los labios. Tenía miel pegada en las mangas del vestido, que ya se le habían quedado demasiado cortas; la pequeña había crecido una barbaridad en el último medio año—. Es que Luci se ha pellizcado la cola y...

—¡Se ha terminado el alboroto! No quiero excusas, ni bufidos, ni lloriqueos. ¿Y qué era eso que tarareabas tan mal?

—La canción que me tocaste anoche para dormirme, señor Rothmayer. La de la trucha de Schubert. ¡Me gustó mucho!

—Sí, claro, la trucha —refunfuñó él, ya un poco apaciguado.

Anna seguía llamándolo «señor Rothmayer», pero lo tuteaba como si fuera un tío lejano. Y lo era también para la administración del cementerio y los servicios de asistencia social. Al menos mientras nadie quisiera entrar en más detalles.

Y Augustin estaba dispuesto a hacer cualquier cosa para que eso no sucediera.

—¿Te apetece tocar algo? —pidió Anna. Tendría ya unos doce años, nadie lo sabía con exactitud, pero cuando quería algo del sepulturero, podía lloriquear como una niña de seis—. Hay tanto silencio, parece un...

—Un cementerio, quieres decir, ¿verdad? —Augustin le dirigió una mirada severa y levantó el dedo—. Querida jovencita, esto *es* un cementerio. Si quieres jugar a las canicas con los tuyos, vete a Simmering.

—Pero me gusta estar aquí contigo, señor Rothmayer. Solo quiero un poquito de música, ¡por favor!

Anna le dirigió aquella mirada a la que él tanto le costaba resistirse. Podía ser arisco y refunfuñón, echar pestes y sermonearla, pero ella sabía que en el fondo de su corazón la apreciaba, es más..., la quería. Aunque nunca lo admitiera.

«Como a mi propia hija...»

Hacía mucho tiempo que no se lo había dicho a nadie.

¿Le contaría a Anna que una vez tuvo una hija de su misma edad y con el mismo nombre?

Entre suspiros, Augustin dejó el lápiz a un lado. De todos modos, tampoco podía concentrarse. En realidad, no había podido hacerlo desde el día anterior, cuando ese arrogante inspector volvió a aparecer y le habló de la momia. Un caso realmente interesante al que no podía dejar de darle vueltas: de hecho, la historia podría encajar a la perfección en su nuevo libro. El año anterior había publicado el *Almanaque para sepultureros*, del que esperaba que algún día se convirtiera en un clásico. Nadie conocía las artes sepultureras mejor que él. Ya se lo había confirmado el profesor Hofmann, quien incluso editó la obra —¡con dedicatoria incluida en la primera página!—. Escribir le proporcionaba paz y contemplación, pero hoy no tenía el día.

—De acuerdo —gruñó el sepulturero—, ¡pero una canción y basta! Y después, afuera a jugar, ¿estamos? Pero recuerda que las viejas fosas comunes de la sección veintidós tendrán que estar limpias de huesos a mediodía. Necesitaré tu ayuda. Más tarde iremos al invernadero a sembrar crisantemos.

Anna asintió entusiasmada. Su madre estaba enterrada en la sección veintidós; de vez en cuando iba a visitar su tumba y hablaba con ella. Una vez, Augustin la estuvo observando a escondidas. La pequeña le dijo a su madre que vivía con un señor extraño al que le gustaba regañarla, aunque nunca lo hiciera en serio. Y también dijo que era feliz. Entonces, Augustin se alejó en silencio, enjugándose con disimulo un par de lágrimas de sus ojos.

—Tocaré algo de Schubert, pero esta vez no desafines al tararear.

Rothmayer se levantó y se dirigió al rincón de la estancia dedicado al culto religioso, habitual en las casas cristianas del país. En aquella especie de capillita guardaba el violín, colgado de un gancho. Su madera tenía un brillo mortecino y algunos arañazos a un lado, pero el sonido seguía siendo insuperable.

Augustin afinó el instrumento y acarició las cuerdas con el arco. Sonó una melodía nostálgica y lastimera. Anna cerró los ojos y sonrió embelesada. Amaba la música por encima de todo. Para ella era como un lenguaje. Cuando empezó a vivir en casa de Augustin no pronunciaba palabra alguna y la música se convirtió en su única vía de contacto con el mundo. Ella y Augustin se comunicaban a través de la música.

Al acabar la pieza, la niña miró impaciente al sepulturero y le preguntó:

—¿Cómo se llama la canción?

—Oh, *El tilo*. Va de los recuerdos que nadie puede arrebatarte y que siempre permanecen en tu cabeza. Un viejo tilo, una hermosa fuente o un ser querido.

—Me gusta —dijo ella con expresión seria. De repente se levantó de su asiento haciendo que el gato saltara maullando de su regazo—. ¿Puedo tocar yo también?

—¿Estás loca, jovencita? —Volvió a colgar el instrumento del gancho—. ¡Un violín no es ningún juguete! Me lo dieron como regalo, durante mucho tiempo perteneció a un hombre célebre.

—¿Quién era? —quiso saber Anna.

—No seas tan entrometida. Ya has tenido tu canción ¡y punto! —El sepulturero señaló la puerta—. Y ahora, largo. Pero antes voy a proponerte algo. Busca la tumba de Schubert y, si la encuentras, te tocaré más piezas suyas, quizá la canción del caminante. Pero durante la próxima hora no quiero verte el pelo.

Anna cogió otra rebanada de pan con mantequilla y salió corriendo al exterior.

—¡Eh, moza! ¡Ponte una chaqueta! —gritó Augustin—. ¿Quieres pillar un resfriado?

Pero la pequeña ya no lo escuchaba, o no quería hacerlo.

Refunfuñando para sus adentros, el sepulturero volvió al

atril. Tal vez en esa hora podría terminar al menos la entrada de los ataúdes colgantes. ¡Se había quedado encallado en la misma frase! Si por lo menos pudiera...

Su mirada se posó entonces en la obra de Naville sobre egiptología que estaba en la estantería junto a los otros libros. Dudó por un momento. Había algo que no se podía quitar de la cabeza desde ayer, algo que el inspector solo había mencionado de pasada. Arrebatado, Augustin hojeó las páginas del volumen hasta que al fin dio con el artículo que buscaba.

«Mira tú por dónde...»

Tenía razón.

Una sonrisa de satisfacción se dibujó en su rostro. Decidió que esa mañana iría a las oficinas del cementerio y desde allí llamaría al profesor Hofmann, del Instituto de Medicina Forense. El caso de la momia tenía un interés extraordinario, también por motivos que todavía nadie había tenido en cuenta.

El sepulturero sacó unos cuantos folios en blanco, sumergió la plumilla en el tintero y empezó a escribir con la máxima concentración. El ritual mortuorio chino podía esperar al día siguiente. Las ceremonias funerarias egipcias siempre merecieron un capítulo aparte.

Cuando, esa misma mañana, Julia se apeó del coche junto con el inspector Loibl, ya veía de lejos el acceso al nuevo parque zoológico. Estaba en un margen del Prater, en el mismo lugar exacto que había ocupado el antiguo zoo del Schüttel. Una larga cola de visitantes esperaba delante de la taquilla. Esta flamante atracción vienesa había abierto sus puertas justo el día anterior, Domingo de Pentecostés, y todo apuntaba a que hoy también iba a estar muy concurrida.

—Nunca me han gustado las exhibiciones de animales —renegó Loibl mientras caminaban por la Laufbergergasse hacia la puerta de acceso—. Los bichos se pasan el día durmiendo. Puede que algún mono se rasque o un león bostece, pero eso es todo. ¡Y encima esta peste!

En efecto, un olor penetrante les llegaba desde los recintos de los animales, pero Julia no dijo nada de la intensa fragancia a humo frío de tabaco y licor exudado que desprendía el propio Loibl. Se lamentó de que, después de lo del distrito duodécimo, tuviera que acudir de nuevo a un escenario del crimen en compañía de su pálido y avinagrado compañero.

Media hora antes, el inspector jefe Leinkirchner había llamado al Dragón Azul. Por suerte, nadie de la Jefatura sabía que al otro lado de la conexión telefónica se escondía un burdel. Leinkirchner había citado a Julia para que acompañara a Loibl al nuevo zoológico en calidad de fotógrafa forense, misión que el compañero solo había aceptado a regañadientes.

—No tengo la menor idea de qué estamos haciendo aquí —refunfuñó el inspector cuando por fin llegaron a la entrada del zoo, consistente en un arco flanqueado por dos torretas presididas por sendos leones de piedra—. Uno de los cuidadores ha aparecido descuartizado... Algún imbécil debe de haberse dejado una verja abierta, y los leones no son precisamente animales de peluche. Encima, la Jefatura quiere imágenes del escenario del crimen. El *escenario del crimen*... ¡Cada vez que lo escucho...! —Puso los ojos en blanco—. ¡Ni que fuera un teatro!

—El inspector jefe Leinkirchner ha dicho que hay indicios de que alguien lo ha provocado de manera intencionada —indicó Julia, que cargaba con el pesado maletín de la cámara fotográfica. Por lo menos Loibl le llevaba el trípode—. Además, el parque fue inaugurado ayer con gran pompa y la presencia de destacadas personalidades. Por eso no pueden permitirse ningún fallo.

—Hasta el director general de la Policía acudió ayer, y también el estimado compañero Leinkirchner, lo sé —asintió Loibl—. Y ahora nos toca obedecer como perritos, como si no tuviéramos nada mejor que hacer.

Julia disfrutaba con cualquier misión, aunque ello implicara dejar a Sisi a solas la mitad del día. Pero también pensaba que el procedimiento de Leinkirchner era un poco exagerado. Además, ya había visto suficiente sangre en los últimos días.

Impaciente, el inspector avanzó junto a la cola y mostró su insignia en la taquilla.

—¿La poli entra ahora de gorra? —increpó un anciano vienés que hacía cola detrás de ellos—. ¡No se cuelen! ¡Soy veterano de la batalla de Königgrätz y aun así tengo que apoquinar mis diez kréutzer!

Loibl ignoró al hombre y entró con la fotógrafa en el parque.

—Pero bueno, su señora esposa también entra —siguió refunfuñando el viejo—. ¿Qué llevan en la maleta? ¿Bombones para el director del zoo? Ay, si el emperador lo supiera...

Ya los estaban esperando. Un hombre de unos cincuenta años se acercó a ellos. Llevaba una bata algo manchada y botas de cuero altas y sucias. Julia pudo distinguir debajo de la bata un chaleco con botones de plata, una camisa muy ceñida y un corbatín. Tenía el pelo largo y peinado hacia atrás y un bigote recortado con esmero. El hombre parecía un comerciante de la clase alta vienesa disfrazado de campesino.

—¿Son ustedes, eh..., los señores de la policía? —preguntó clavando una irritada mirada sobre Julia.

—La señorita ha venido a hacer unas cuantas fotografías, últimamente las cosas se hacen así —dijo Loibl, y volvió a mostrar su insignia—. ¿Y usted es...?

—Doctor Friedrich Carl Knauer, director del zoológico. —El señor de la bata bajó la voz y miró con inquietud a unos visitantes que acababan de pasar junto a ellos—. Acompáñenme, por favor. Es mejor que no llamemos demasiado la atención.

Knauer se puso a la cabeza y pasaron junto a varios cercados y pajareras. A Julia le llamó la atención lo extraordinariamente bien diseñado que estaba el nuevo zoológico. Había zonas de juego para niños, pequeños jardines con ufanos pavos reales, una osera de aspecto medieval y hasta el decorado de un castillo en ruinas por el que deambulaban los visitantes entre jirafas, cebras, dromedarios y jaulas con loros parlanchines y monos vociferantes. Más atrás se alzaba un pabellón desde el que se oía el barritar de un elefante. Julia decidió entonces que pronto llevaría a Sisi al nuevo zoo. Siempre sería una mejor opción que los puestos de comida grasienta del colindante Wurstelprater.

—Ha quedado todo de verdad precioso —dijo Julia a Friedrich Knauer mientras caminaban.

El director asintió, aunque daba la impresión de que tenía la mente en otra parte:

—Sobre todo no debería perderse nuestra arena de exhibiciones, donde tienen lugar los espectáculos folclóricos. Es como trasladarse de repente al corazón de África. ¡Y ahora, este contratiempo! —se lamentó—. Si la opinión pública se entera del accidente, ya podemos ir echando el cierre otra vez. ¡Y eso que acabamos de inaugurarlo!

—¿Entonces usted cree que ha sido un accidente? —preguntó Julia.

—Deje que eso lo averigüemos los agentes de policía, señorita Wolf —objetó Loibl—. Usted limítese a hacer fotografías. —Se volvió hacia Knauer—. ¿Quién es el muerto?

—Un joven aprendiz de cuidador, Peter Moser, apenas tenía veinte años. Ya hemos informado a la familia. —Knauer se secó el sudor de la frente con un pañuelo—. Un asunto realmente trágico.

Entretanto habían llegado a un amplio camino de grava cuyo acceso estaba bloqueado por una cinta. Un guardia apostado vigilaba el lugar y de la cinta colgaba un letrero que indicaba que el recinto de los leones estaba siendo reformado. Loibl soltó una risa seca.

—¿Reformas? Un día después de la inauguración... ¿Alguien se lo va a creer?

—Lo que importa ahora es que podamos reabrir el recinto lo antes posible.

Knauer saludó con la cabeza al guarda y se deslizó por debajo de la cinta. Juntos entraron en un gran pabellón con forma de pagoda. En el interior había una arena semicircular con bancos de piedra y un cercado enrejado en el centro de casi cinco pasos de largo por otros tantos de ancho. La parte trasera de la enorme jaula recreaba una pared de piedra y en la parte delantera había varios troncos y rocas.

Desde la distancia, Julia pudo apreciar un charco de sangre entre los pedruscos.

—Y el cuerpo, ¿dónde está? —preguntó Loibl.

—El transporte funerario se lo ha llevado hace una hora —respondió Knauer—. Queríamos ahorrar el espectáculo a los compañeros. Además...

—¿Que querían *ahorrarles* el espectáculo? ¡Maldita sea! Entonces, ¿para qué nos ha llamado? —El inspector dio una patada a la reja con tanta fuerza que el hierro cencerreó—. ¿Para que limpiemos la sangre? ¿Nadie le ha dicho que en un posible escenario del crimen no se puede tocar nada?

—Lo siento, yo..., no lo sabía. Pero ¿qué es lo que había que ver? Quiero decir, el pobre chico estaba... —Knauer titubeó—, bueno, la verdad es que no quedó mucho de él; no sé si me entiende...

Loibl permaneció en silencio e inspeccionó visualmente el cercado.

—¿Y por qué cree que podría no haber sido un accidente? —preguntó por fin.

—No soy yo quien lo cree, sino uno de mis cuidadores. Eugen Lenz es uno de nuestros empleados con más experiencia. Es el responsable de los depredadores, y también de Nathan.

—¿Nathan? —repitió Loibl frunciendo el entrecejo.

—El león. Bueno, el caso es que Lenz... sospecha algo.

—Pues si el señor Lenz sospecha alguna cosa, debería aparecer lo antes posible y explicarnos sus conjeturas antes de hacernos perder más tiempo.

—Ya debería estar por aquí... ¡Lenz! —El director Knauer puso las manos en forma de embudo delante de la boca para que su voz resonara en la pagoda—. ¡Lenz! ¿Está usted ahí?

Se oyó un crujido y un chirrido. En la parte trasera del recinto se abrió una puerta corredera que hasta ese momento había permanecido oculta en la pared de piedra. Apareció un hombre de corta estatura y aspecto demacrado que portaba una fregona y un cubo y miraba con desconfianza a los presentes. Lucía un bigotillo estrecho, que a Julia le recordó una oruga peluda, y una cabellera negra y fina peinada hacia un lado.

—Lenz, ha llegado la policía —informó Knauer—. Díganos qué le ha llamado la atención. Antes quisiera dejar claro que sigo pensando que se trata de un accidente, pero el señor Lenz insiste en su sospecha.

Con la espalda encorvada y arrastrando los pies, el cuidador avanzó hacia ellos y abrió una verja situada en un lateral.

—Pasen ustedes —dijo malhumorado—, pero no me pisen la sangre, que todavía tengo que fregar. ¡Pobre Nathan!

—¿Pobre Nathan? —Julia entró en el cercado con su maleta tratando de no pensar en lo que había sucedido allí la noche anterior. El charco de sangre seca brillaba a la luz del sol de media mañana que se colaba por unos tragaluces de color verdoso—. Supongo que querrá decir pobre chico, que ha muerto devorado por el león.

—Sí, él también, por supuesto. —Eugen Lenz avanzó arrastrando los pies—. Era su primer trabajo como cuidador de animales. Peter era un buen chico, un tipo bien plantado, amable y muy de fiar. Y ahora la han diñado los dos. Peter y Nathan. ¡Qué desperdicio!

Knauer carraspeó:

—Por desgracia, tuvimos que sacrificar a Nathan. Como comprenderán, después de un incidente así... Lo llevamos directamente a la planta de aprovechamiento de cadáveres de animales.

—Genial —refunfuñó Loibl—. Víctima y asesino, muertos, y los cuerpos, desaparecidos. Me pregunto si queda algo por investigar.

—¿Por qué piensa que fue un asesinato? —preguntó Julia al cuidador.

—Bueno, precisamente porque Peter era una persona fiable, y no era ningún estúpido. Nunca se habría dejado la verja abierta, ni hablar. Mire, se lo mostraré.

Eugen Lenz se dirigió al fondo del recinto cercado, donde estaba la puerta corredera en la pared de piedra que, vista de cerca, resultó ser de yeso pintado. Julia se fijó en un sistema de poleas que permitía la apertura. Al otro lado había una pequeña estancia que olía a carne putrefacta. Una nube de moscas zumbaba alrededor de unos huesos roídos, probablemente de vaca u oveja. Más atrás había otra pequeña puerta que daba al exterior.

—Esto de aquí es el comedero —explicó Lenz, que señaló una cadena junto a la puerta corredera—. Siempre está cerrado durante los horarios de visita. El cuidador entra para dar la comida a través de la pequeña puerta del fondo, arroja medio carnero, vuelve a salir, cierra echando el cerrojo y, desde el exterior, abre la puerta corredera del cercado. —El cuidador señaló el enorme candado colocado en el exterior del recinto, que bloqueaba la cadena del sistema de poleas—. Nathan entraba en el comedero con la puerta corredera cerrada y el cuidador entraba para limpiar en la parte delantera. Un sistema bastante seguro.

—Pero esta vez la puerta corredera estaba abierta —conjeturó Julia.

—Escuche, aquí no somos así de estúpidos. Siempre dejamos la puerta corredera cerrada, ¡siempre! Lo único que se me ocurre es que alguien la hubiera abierto desde fuera mientras el cuidador estaba en el cercado, en la parte delantera.

—Es decir, que el joven encierra al león en la parte trasera, limpia el cercado en la parte delantera sin sospechar nada, y alguien vuelve a abrir la puerta corredera desde el exterior. Mmm... —reflexionó Loibl—. ¿No se necesita una llave para accionar la polea? Da la impresión de que el candado es bastante seguro.

—Bueno, sí... —Lenz parecía un poco abochornado—. A veces dejamos la llave fuera. ¿Quién se espera que algún malnacido pase por aquí y abra la puerta? Además, ocurrió después del cierre del zoo, de manera que ya no había visitantes por aquí.

—¿Dónde está la llave ahora? —inquirió Loibl.

—Eh..., no la hemos encontrado —admitió el director Knauer—. Es todo muy extraño. En cualquier caso, no estaba en el candado.

—¿Y usted cree saber quién manipuló la verja? —preguntó Julia a Eugen Lenz.

—No tengo la menor duda —admitió con entusiasmo el cuidador—. Creo que fue el jefe negro.

—¿Perdón? —preguntó el inspector incrédulo—. ¿Está usted borracho o qué?

Knauer intervino:

—Supongo que Lenz se refiere al jefe de tribu Saidrovuni. En la actualidad tenemos un espectáculo etnológico en el zoo. Un explorador africano, el doctor Meyer, ha tenido la amabilidad de poner a nuestra disposición a varios miembros de la tribu de los matabele. Nativos de África Oriental. Saidrovuni es su cabecilla.

—¿Y por qué ese tal... Saidrovuni querría matar a un joven cuidador de animales? —quiso saber Loibl rascándose la cabeza. El asunto estaba resultando visiblemente más complicado de lo que en un principio esperaba.

—En realidad no quería... —dijo el cuidador bajando la voz y adoptando un tono confabulador—. Creo que no quería cargarse a Peter, ¡sino a mí! Ese negro y yo teníamos nuestras diferencias...

—Parece que los dos discutieron de forma violenta hace unos días —explicó el director—. Me llamaron para que calmara al jefe de tribu. El señor Lenz le había dicho un par de cosas poco agradables.

—No es más que un negro y se pasea por aquí como si fuera el emperador —manifestó Lenz indignado—. Quería que alimentáramos mejor a su gente, como si aquí lo estuvieran pasando mal. ¡Por favor! Si ni siquiera son personas...

—¡Mida sus palabras, Lenz! —intervino Knauer—. Por supuesto que son seres humanos. Salvajes, quizá, pero tan hijos de Dios como nosotros.

—Bueno, lo que sea —gruñó el cuidador—. En cualquier caso, el salvaje armó una gorda y le estampé algo en la cabeza, nada grave. Pero el negro chiflado se subió a la parra y empezó a gritarme en su idioma... ¡Sonaba como una maldición, lo juro, como una maldición!

—¿Entonces lo que me está diciendo es que ese cabecilla de tribu creyó que Peter era usted? —preguntó escéptico el inspector—. ¿Cómo se supone que los confundió? Un hombre joven y usted...

—¡A ver, tampoco soy tan viejo! Además, siempre damos de comer a los leones después de la puesta de sol, así que estaba oscuro. ¿Quién más podría haber sido? Aparte de los negros, no había nadie más. ¡Y tampoco ha sido un mono!

—¿Los nativos viven aquí? —preguntó Julia perpleja.

—Así es —asintió Knauer—, en unas cabañas idénticas a las de su país de origen, que hemos instalado en la arena de exhibiciones.

«Como animales», pensó Julia.

—Bueno, supongo que habrá que hacer una visita al jefe Saidro... como se llame —dijo Loibl, y se volvió hacia Julia—. No creo que sea necesario tomar ninguna imagen, ¿verdad, señorita Wolf? —Gruñó—. ¿Qué se puede fotografiar? ¿Una jaula vacía?

Julia no dijo nada. En el fondo se alegró de que ya hubieran retirado el cadáver. Dos jóvenes descuartizados en apenas tres días habría sido demasiado para ella.

—Si quiere, puede tomar algunas imágenes de esos salvajes y después venderlas a la prensa. Esas cosas gustan, dan un toque exótico. —Loibl se acarició el bigote de morsa y tomó la salida—. Hala, a cazar hotentotes.

Julia y Loibl abandonaron el recinto de los leones acompañados por el cuidador Lenz y el director del zoo. Después de atravesar otros sectores del parque caminando por estrechos senderos, llegaron a una pajarera de dimensiones descomunales. Un conjunto de redes envolvía una serie de grandes recintos donde piaban, arrullaban, trinaban y gorjeaban aves exóticas. Julia vio loros rojos y azules, minúsculos colibríes e incluso buitres sarnosos postrados sobre ramas o picoteando en algún cadáver irreconocible. Había un intenso olor a podredumbre y humedad. Solo los compases de una marcha procedentes de una banda de instrumentos de viento que tocaba en el Prater parecían no encajar del todo en aquella escena.

El director Friedrich Carl Knauer condujo a los visitantes a través de un corredor de redes cuya altura era más o menos la de un ser humano. El final de aquella especie de túnel daba a un amplio espacio abierto con el suelo cubierto de tierra y serrín. Por las redes, que se elevaban hasta alturas vertiginosas, trepaban pequeños monos mientras unos pájaros revoloteaban gañendo entre el follaje. Al igual que en el recinto de los leones, también había bancos para sentarse a lo largo del terreno semicircular, con la diferencia de que aquí sí que cabían varios cientos de personas.

—Nuestra arena de exhibiciones —presentó orgulloso Friedrich Knauer—, el corazón del nuevo zoo de Viena. ¡No hay nada parecido en Europa! —dijo señalando la zona central, donde había una docena de miserables chozas de madera enlucidas con arcilla. Unos niños de raza negra vestidos solo con unos taparrabos jugaban con un perrito peludo. En el centro de la plaza parpadeaba una hoguera, alrededor de la cual había sentadas varias mujeres vestidas con tocas y pañoletas de color verde que estaban removiendo el contenido de unos cuencos de madera. Algunas de ellas cantaban una extraña melodía.

—El asentamiento matabele —anunció el director del zoo—. Lo hemos recreado hasta el último detalle.

Cuando los niños vieron a los visitantes, corrieron gritando hacia sus madres. Las mujeres se levantaron apresuradamente y se escondieron en las cabañas con los pequeños.

—¿Por qué huyen de nosotros? —preguntó Loibl—. ¿Tienen algo que ocultar?

—Es su día libre. Ayer, durante la inauguración, fue un día de locos, una actuación tras otra —explicó Knauer sacudiendo la cabeza—. A los vieneses les chifla nuestro espectáculo matabele. Hay bailes, cánticos y, al final, los hombres muestran sus dotes en la lucha. Los matabele demostraron ser dignos contrincantes en la batalla contra los ingleses, aunque al final perdieron la guerra contra los pueblos civilizados. Pero son muy hábiles y fuertes, y hacen unas acrobacias increíbles.

—Como los monos —dijo Julia en voz baja. Le repugnaba que se exhibiera a seres humanos como si fueran animales, y el director Friedrich Knauer pareció darse cuenta de las reticencias de la fotógrafa.

—Estas personas están aquí por voluntad propia —explicó Knauer—. Tienen sus horas de descanso, contratos... Meyer, el explorador africano, reunió a la compañía para nosotros. Después de Viena irán a Berlín y, más adelante, a Hamburgo, desde donde volverán a su tierra en barco. —Knauer asentía con la cabeza mientras contemplaba el asentamiento africano con aire soñador—. Podemos aprender mucho de estos salvajes. Desprenden una inocencia casi paradisíaca, ¿no cree? Así debió de ser en su día el Jardín del Edén.

—Entonces los leones dormían junto a los corderos. Hoy, en cambio, se comen a los cuidadores —dijo Loibl—. ¿Dónde está ese jefe de tribu?

El cuidador Lenz soltó una risa burlona.

—Probablemente esté tumbado a la bartola y sus negritas deben de estar trabajando para él. Estos salvajes suelen tener varias...

—¡Cierre el pico de una vez! —estalló el director Knauer—. ¡No me extraña que el señor Saidrovuni no pueda soportarlo! Ocúpese de los depredadores, Lenz, que de eso sí que sabe. ¡Y deje a los matabele en paz!

Lenz, visiblemente sorprendido por el arrebato de ira del director, guardó silencio y Knauer se dirigió a Loibl y Julia:

—Haremos una visita de cortesía al jefe de la tribu. —Entonces se volvió hacia el cuidador y recalcó enfadado—: ¡De cortesía! No quiero ninguna falta de respeto, ¿entendido? Síganme, por favor.

Los cuatro se dirigieron al asentamiento. Los accesos a las cabañas estaban tapados con pieles a modo de cortinas, tras las cuales se oían murmullos, algún cántico ocasional y llantos de bebés. Friedrich Knauer se acercó a la cabaña más grande y se detuvo delante de la entrada.

—Saidrovuni —saludó en voz alta—, soy Friedrich Carl Knauer, el director del zoológico. ¿Podemos hablar con usted un momento?

—¿Estos tipos hablan nuestro idioma? —murmuró Loibl.

—Hasta un loro es capaz de aprender cualquier palabra —cuchicheó Lenz tan bajo que Knauer no pudo oírlo.

Al cabo de un rato apareció en la entrada de la cabaña un hombre alto, musculoso y bien proporcionado. Su piel era negra como el carbón, llevaba puesto un taparrabos de piel y tenía plumas de color verde trenzadas en una melena que le llegaba hasta los hombros. Solo después de fijarse con más atención Julia se dio cuenta de que el tocado era una peluca, probablemente de pelo de caballo. Se esperaba a un hombre mayor, más bien un viejo decrépito, pero el jefe Saidrovuni era una persona joven que apenas llegaría a la treintena y que superaba en altura al director en al menos una cabeza. Dirigió una breve mirada a Eugen Lenz y una arruga de ira se dibujó en su frente. Julia vio como el jefe de tribu apretaba los puños, pero después se apaciguó y se volvió hacia Knauer.

—Señor director, ¿puedo servirle de ayuda? —Saidrovuni hablaba con sencillez y con acento extranjero, pero casi sin errores. Julia se preguntó cuánto tiempo le llevaría a ella aprender la lengua de los matabele.

—Bueno..., es muy probable que ya se haya enterado. Se ha producido un accidente...

—Sí, el joven cuidador de animales —asintió Saidrovuni—. Ya nos hemos enterado. Muy triste.

—¡Sí, sí, triste! —exclamó Eugen Lenz, que se había parapetado detrás del director—. Era a mí a quien se suponía que debía devorar el león. ¡Tú subiste la verja, muchachito! ¡Admítelo!

El jefe de tribu permaneció en silencio y dirigió una mirada inexpresiva al director.

—Soy de la policía, me entiendes, ¿verdad? —se presentó Loibl—. Existen indicios de que querías vengarte del cuidador Lenz. Os habíais peleado, ¿no es cierto?

—Ese hombre dijo cosas malas sobre nosotros. No nos dio nuestra comida.

—¡Patrañas! —protestó Lenz—. El compañero Müller lleva tiempo enfermo, así que ese día os traje yo el almuerzo. Salchichas de cerdo en un panecillo con mostaza y chucrut. ¿Qué más quieres, desagradecido?

Julia, perpleja, reprendió a Lenz:

—¿Les dio salchichas? ¿Y por qué no les ofreció también medio litro de Veltliner blanco para remojar?

—No tenía tiempo, así que mandé que enviaran algo del Wurstelprater. Allí es barato y las raciones, generosas. Estos jóvenes comen como hipopótamos —se justificó el cuidador—. Pero por lo visto el señor cabecilla de la tribu tiene un paladar demasiado exquisito...

—Fue un error —intervino el director Knauer—. A los matabele les solemos dar patatas, verduras, harina de cereales, carne de vacuno, cosas así... Pero Müller, el cuidador que se encarga de ello, lleva bastante tiempo enfermo y Lenz lo ha sustituido. Estoy seguro de que no volverá a pasar.

—Dijo cosas malas —repitió Saidrovuni impasible—. No podemos perdonar.

—¡Ja! ¡Se lo dije! —gritó Lenz—. Me lanzó una maldición y quería que el león me descuartizara.

—¡Por el amor de Dios! ¡Cálmense! —El inspector Loibl, que se sentía visiblemente superado por la situación, decidió dar un paso al frente—: Lo primero que vamos a hacer es registrar esta cabaña.

—¿Y qué piensa encontrar? —preguntó Julia con tono de burla—. ¿Una confesión manuscrita?

Loibl la miró con rabia. Después se volvió hacia Saidrovuni y le ordenó:

—¡Apártese!

El jefe de tribu no se inmutó.

—¡A un lado he dicho! —repitió Loibl.

Como Saidrovuni seguía sin moverse, Loibl lo apartó sin mediar explicaciones. Encogiéndose de hombros para disculparse, Julia siguió al inspector y, tras ellos, entraron Knauer y Lenz.

La fotógrafa se sorprendió al ver el interior de la cabaña. En el centro había un hogar llameante alrededor del cual estaban sentadas una joven y una mujer mayor. La primera sostenía a un bebé en brazos y ambas miraban atemorizadas a los intrusos. El resto del mobiliario era de un estilo muy europeo. Destacaban en una esquina un espejo manchado sobre un estante y un perchero de pie del que colgaban tres relojes de bolsillo con sendas cadenas de plata. También había dos grandes baúles de viaje con etiquetas de varias compañías navieras y de ferrocarril. La estancia parecía un lugar atrapado entre dos mundos.

—¿Qué hay ahí dentro? —preguntó el inspector señalando uno de los baúles.

Saidrovuni no abrió la boca y Loibl empezó a rebuscar en el baúl. Sacó piezas de ropa, algunas de las cuales también parecían occidentales: pantalones de lino, faldas, blusas... Como no encontró nada sospechoso, abrió el segundo baúl. Sorprendido, detuvo la búsqueda.

—¿Qué tenemos aquí? —preguntó Loibl mostrando una gorra de visera azul, como las que llevaban los cuidadores del zoo. Tenía adheridos unos cabellos negros y finos.

—¡Mi gorra! —exclamó Lenz—. No me lo puedo creer, llevo días buscándola. ¡El tipo tiene mi gorra!

—Lo interesante es lo que había debajo de ella —dijo Loibl mientras sus dedos jugueteaban con un manojo de llaves—. ¿Es esta la llave del recinto de los leones? —preguntó lanzando una mirada inquisidora a Knauer.

El director del zoo se quedó boquiabierto.

—Sí..., lo es —confirmó al final—. Dios mío, todo encaja... —Se volvió hacia Saidrovuni—. ¿Tiene alguna explicación para esto?

El jefe de tribu permanecía en silencio y con sus musculosos brazos cruzados delante del pecho. Las mujeres de la cabaña empezaron a llorar, el niño berreaba.

—Bueno, supongo que ya tenemos al culpable. —Loibl se volvió hacia Julia—. Señorita Wolf, vaya a llamar al transporte para detenidos y encerremos a este tipo. Creo que será un juicio rápido. Caso resuelto.

VI

De *Ritos funerarios y cultura popular*, de Augustin Rothmayer, escrito en Viena en 1894

Uno de los rituales funerarios más extraños nos llega desde la India oriental. El pueblo montañés de los toraya embalsama a sus muertos, pero cada tres años los sacan de sus ataúdes. Entonces limpian los cadáveres, los peinan, los visten con ropa nueva y los hacen participar en la vida cotidiana de los vivos durante diez días. Las familias compiten para ver qué cadáver conserva un aspecto más lozano. Esta práctica permite a los miembros de la comunidad conocer a su bisabuela o a su tatarabuelo como si todavía se sentara cada día a la mesa con ellos. Cuando los cadáveres ya amenazan con desintegrarse, dejan de sacarlos de sus ataúdes.

Cuando Leo atravesó la gran puerta de la Universidad de Viena, se sintió de inmediato transportado a sus años de estudiante. Veía pasar a alumnos con aire risueño y cargados con montones de libros, otros pensando sobre la marcha en algún que otro ensayo científico y algunos con la cabeza puesta en la próxima visita a una taberna con su novia. Aunque fuera Lunes de Pentecostés, había mucha actividad. En el Alma Mater Rudolphina, una de las universidades más antiguas de Europa, solo podían estudiar varones; las mujeres no eran admitidas en sus aulas. En

Francia e Inglaterra, o incluso en Suiza, estaban más adelantados en este sentido. El nuevo edificio principal de la avenida del Ring hacía apenas diez años que se había inaugurado.

Esa misma mañana Leo había recabado algo de información sobre el profesor Walter Kerfeld. No aparecía en ningún expediente policial, pero disponía de conexión telefónica en el noveno distrito, donde, sin embargo, no había sido posible localizarlo. Leo supuso que el profesor estaría trabajando a pesar de ser día festivo, de manera que se puso enseguida en camino para recorrer los pocos metros que separaban la Jefatura de la universidad. Pero a partir de ahí todo se volvió un poco más difícil. El bedel le dijo que varias facultades habían cambiado de emplazamiento. Así, los egiptólogos ahora formaban parte de la cátedra de Filología Clásica, que a su vez pertenecía a la Facultad de Filosofía. Después de preguntar de camino hacia allí, Leo se enteró por fin de que el profesor Kerfeld podría estar en la biblioteca, que a su vez se encontraba en el edificio principal. Así, mientras iba de Herodes a Pilatos, Leo maldijo la hora en que decidió acercarse al campus y recordó con nostalgia la pequeña y acogedora Universidad de Graz.

Cuando por fin llegó al primer piso de la gran biblioteca universitaria, tenía los pies doloridos. Entró en la sala de lectura, un templo clásico dedicado a la ciencia que le recordó a la biblioteca de los Rapoldy, solo que muchísimo más grande. El vestíbulo, decorado con un techo de cristal opalino, columnas y un pomposo estuco en las paredes, se elevaba a doble altura. En las numerosas mesas, los estudiantes se sumergían en sus lecturas a la luz de unas ínfimas lámparas de gas. Leo se dirigió a un bibliotecario que, con cubremangas, expresión gris y caminar pesado, recorría las estanterías de un extremo a otro portando en sus manos una torre de pesados volúmenes.

—Disculpe, quisiera saber... —empezó Leo, que, por la mirada inquisidora del bibliotecario, se dio cuenta de que estaba hablando demasiado alto, así que prosiguió con un susurro—: Quisiera saber dónde puedo encontrar al profesor Walter Kerfeld.

—¿El egiptólogo? —El bibliotecario examinó a su interlocutor y probablemente no supo encasillarlo: demasiado mayor para ser un alumno y demasiado joven para ser un docente—. Puede que lo encuentre en la sala III A, en la sección de filología clásica.

—¿Y dónde está eso?

El bibliotecario, que seguía teniendo las manos ocupadas con los libros, indicó la dirección con la nariz. Leo le dio las gracias en silencio y se dirigió a una sala contigua más pequeña y mucho más vacía. Solo unos pocos estudiantes estaban sentados a las mesas y en una esquina se oía el tictac de un antiquísimo reloj de pie. Un señor mayor y enjuto, con una cabellera gris larga e indomable como la melena de un león, estaba de espaldas a Leo frente a una estantería. El inspector se acercó a él y se aclaró la garganta de forma perceptible.

—¿Profesor Walter Kerfeld? —preguntó al azar.

—¿Quién lo pregunta? —inquirió el hombre sin darse la vuelta—. Si tiene alguna consulta sobre el examen de doctorado, vaya a mi despacho en horario de tutoría.

—Inspector Leopold von Herzfeldt, de la Oficina de Seguridad de Viena —se presentó—. Me gustaría hacerle unas preguntas.

—Siempre y cuando yo sea en realidad el profesor Kerfeld... —El hombre, que seguía de espaldas a Leo, sacó un libro de la estantería y lo hojeó—. Su pregunta aún no ha sido contestada, por lo tanto, no tiene ninguna prueba. *Quod erit demonstrandum.*

—Pero ¿es usted el profesor Kerfeld o no? —insistió Leo enojado. El tipo empezaba a sacarlo de sus casillas.

—Por supuesto que lo soy, ¡vaya pregunta! —El hombre retornó el libro a la estantería y se dio la vuelta. Llevaba anteojos, tenía las cejas muy pobladas y un bigote grotescamente grande. Ataviado con un frac manchado y la marquesota ceñidamente abotonada al cuello, guardaba cierto parecido con Friedrich Nietzsche, ese filósofo alemán chiflado tan en boga en los círculos académicos—. ¿Desea algo de mí? —preguntó con el delicado soniquete vienés—. Supongo que no vendrá a pedirme ninguna nota final; parece usted demasiado mayor para eso.

—Quisiera hablar con usted acerca de su apreciado colega, el profesor Alfons Strössner.

—¿Strössner? —Kerfeld levantó una de sus tupidas cejas y Leo trató de atisbar alguna emoción en el rostro de su interlocutor; le pareció ver un parpadeo nervioso detrás de los anteojos—. ¿Qué me importa a mí Strössner?

—Lo que tengo que decirle es mejor discutirlo en privado —indicó Leo—. ¿Podemos retirarnos a algún lugar más aislado?

Kerfeld permanecía callado. Por un momento, Leo pensó que el profesor daría media vuelta y se iría sin saludar. Pero al final hizo un gesto afirmativo con la cabeza.

—En la sala de mapas no nos molestará nadie. Acompáñeme.

Cruzaron una pequeña puerta lateral tras la cual había una estancia que olía a enmohecido y en cuyos anaqueles había cientos de rollos de papel acumulando polvo. Varios rollos del mismo tipo estaban extendidos sobre una mesa central. Leo se dio cuenta de que eran mapas antiguos de Egipto, en los cuales reconoció un trazo azul que correspondía al río Nilo, así como las ciudades de Menfis y Tebas, extintas hacía tiempo. Kernfeld apartó los mapas y ambos se sentaron cara a cara.

—¿Qué pasa con Alfons Strössner? —preguntó Walter Kerfeld—. Me parece que sigue en Egipto, o al menos eso es lo que dicen.

—Su colega está muerto. Pensé que le interesaría saberlo.

Leo esperó alguna reacción de Kerfeld, pero el profesor se limitó a mirarlo fijamente.

—¿Qué ha pasado? —preguntó por fin.

—El asunto es un poco... abstruso. Si no le importa, dejaremos los pormenores para lo último.

Leo empezó su relato, pero así y todo nada parecía alterar el semblante de Kerfeld, que actuaba como si fuera lo más normal del mundo que un compañero de profesión y rival académico hubiera aparecido en el Museo de Historia del Arte transformado de repente en una momia.

—Todavía andamos a tientas —concluyó Leo—. Por el momento no sabemos con exactitud cómo murió Strössner. ¿Cuándo fue la última vez que vio a su colega?

El profesor Kerfeld se rizó su poderoso bigote con los dedos.

—¿Sospecha que tengo algo que ver?

—Solo seguimos todas las pistas que tenemos. ¿Cuándo lo vio por última vez?

Kerfeld hizo memoria:

—Hará unos tres meses, sí, en febrero exactamente, en el palacio de Su Excelencia el archiduque Raniero. Es decir, poco antes de irse a Egipto.

—¿El archiduque Raniero? —preguntó Leo sorprendido, sobre todo porque el inspector jefe Leinkirchner ya le había comentado que Strössner y su familia también estaban relacionados con el archiduque—. ¿Fueron ustedes invitados por algún miembro de la corte imperial?

—Bueno, no solo Strössner y yo, sino toda la junta directiva de la Sociedad Arqueológica, para ser exactos. A Su Excelencia le interesa mucho la egiptología. Hace unos años, hizo posible la compra de varios rollos de papiro a la gobernación egipcia de El Fayún. Puede que sea la colección de papiros más importante del mundo.

—Así que estuvo de invitado en casa del archiduque —Leo fue al grano.

—Sí, todo el grupo, es decir, Strössner, yo mismo, los Rapoldy, el señor Alexander Dedekind del Museo de Historia del Arte...

—Me han dicho que el profesor Hofmann, del Instituto de Medicina Forense, también es miembro de ese ilustre círculo —interrumpió el inspector.

Kerfeld esbozó una leve sonrisa.

—Tiene usted muy buenas fuentes, inspector. En efecto, somos un club bastante ilustre.

«Y también bastante reservado», pensó Leo. Se preguntó quién más resultaría ser miembro de tan exclusiva asociación.

—Entonces Strössner viajó de nuevo a Egipto poco después de la recepción —insistió—. ¿Habló de ello en ese último encuentro? ¿Anunció que se iba de viaje?

—¡Oh, no! Quedé tan sorprendido como los demás cuando se marchó de repente. No dijo ni una palabra al respecto.

—¿Se comportó Strössner de forma diferente en esa última reunión?

—¿Por qué habría de hacerlo? —Kerfeld negó con la cabeza. Su cabellera crepitó y Leo notó la presencia de algunas motas de caspa sobre el raído traje del profesor—. Alfons se mostraba tan arrogante y vanidoso como de costumbre, quizá un poco más. De hecho, el archiduque en persona le había ofrecido comisariar la donación egipcia.

—Algo que probablemente a usted también le hubiera gustado hacer —apuntó Leo.

—¿A quién no? Los hallazgos de Deir el-Bahari son la mayor

donación arqueológica que ha recibido este país. Catalogarlos y organizar una exposición a partir de ellos es un honor para cualquier investigador. Sin embargo, el archiduque se decantó otra vez por el más ruidoso del grupo. —Entrecerrando los labios con fuerza, repitió—: Otra vez.

—Por lo que he oído, a usted también le habría gustado dirigir la expedición egipcia —siguió hurgando Leo en la herida.

El profesor Kerfeld titubeó por un momento, pero hizo un gesto de negación con la mano.

—Mire, inspector, dejemos de andarnos por las ramas. Alfons Strössner y yo no nos soportábamos. Él viene de una familia rica con contactos en las más altas esferas. Yo, en cambio, soy hijo de un maestro rural de Klagenfurt. Pero estoy tanto o más cualificado que él, al igual que los otros miembros de la expedición austríaca.

—De los cuales solo usted vive en la actualidad, profesor. Creo que ya se ha enterado del fallecimiento del padre Gregor Mayr en Graz. —Leo se inclinó sobre los mapas desenrollados y miró fijamente a Kerfeld—. ¿Sabe qué pasó en Egipto?

—Los Rapoldy ya se lo han explicado.

—Pero quiero oírlo de su boca, profesor —replicó Leo.

Kerfeld permaneció en silencio durante un buen rato.

—No tendríamos que haberlo hecho —dijo por fin—. Todavía me fustigo por haber colaborado. ¡Fue un delito!

—Se refiere al robo de la momia —añadió el inspector.

Kerfeld asintió con la cabeza.

—Tras el descubrimiento del segundo escondrijo, los egipcios se apresuraron en dejar muy claro que entre las piezas que donarían a los museos del mundo no se incluiría ninguna momia. Sin embargo, Strössner era de la opinión de que Ta-bek-en-chon era su momia. —Kerfeld rio—. ¡Su momia! Como si un ser humano muerto fuera una casa o una cédula hipotecaria.

De acuerdo, él la encontró en un remoto y solitario valle por el que se había perdido, pero eso no le daba el derecho de apropiársela. La momia estaba en una tumba individual alejada del resto. ¡Alfons estaba loco por ella! Después, en Viena, la examinó una y otra vez. Y cuando fuimos a la recepción del archiduque... —Vaciló un momento.

—¿Qué? —preguntó Leo.

—Nada —dijo Kerfeld negando con la cabeza—, sospecho que Alfons volvió a Egipto por Ta-bek-en-chon. De lo que ocurrió allí o por qué después apareció convertido en momia en el Museo de Historia del Arte, de eso no puedo decirle nada.

—El profesor Alfons Strössner no es el único miembro del grupo que tuvo una muerte inesperada.

—Si se refiere a la extraña coincidencia de que tres participantes en la expedición ya no estén vivos... —Kerfeld titubeó, como si estuviera reflexionando sobre algo—, el doctor Adolf Landinger murió de unas fiebres allí mismo. Estas cosas pasan de vez en cuando en los países cálidos, y, además, Landinger no era el más joven del grupo. Y el padre Gregor Mayr...

—Sufrió un infarto de miocardio, lo sé —interrumpió Leo—. También estamos tratando de aclarar su caso. Aun así, quisiera saber más detalles sobre qué pasó con exactitud en Egipto hace dos años. ¿Hubo alguna pelea? ¿Quizá usted se mostró en desacuerdo con el robo de la momia? ¿O con otra cosa?

—Entre científicos hay más peleas que en una reunión de comadres. —Kerfeld recorría con la mirada el mapa desenrollado sobre la mesa, como si viajara con la mente a Egipto. Reinó el silencio durante un rato—. ¿Se ha preguntado alguna vez de dónde sale la fortuna de los distinguidos señores Strössner y Rapoldy? —continuó por fin—. Es más que seguro que en Deir el-Bahari desaparecieron muchos hallazgos, aparte de esa momia. Y en el pasado era habitual que los ladrones de tumbas se dedicaran a vender objetos de valor a peristas. Joyas, escarabeos, máscaras de oro... Muchas de esas piezas han acabado en las mansiones de ricos europeos.

—¿Insinúa que Alfons Strössner se enriqueció con los tesoros de los faraones?

El profesor Walter Kerfeld sonrió con malicia y, por un momento, él mismo pareció una vieja momia demacrada.

—Eso lo dice usted, inspector. Yo solo digo que, si de verdad hay una maldición, esta ha pesado acertadamente sobre Alfons Strössner.

—¿Y no teme que la maldición pueda pesar también sobre usted? —preguntó Leo—. Al fin y al cabo, es el único miembro del grupo que sigue vivo.

—Para ser sincero, mis temores son más mundanos. Y ahora, inspector, si me disculpa, mis alumnos me esperan.

Sin decir nada más, Walter Kerfeld se levantó y dejó a Leo a solas en la húmeda sala de mapas.

Rodeado de todos aquellos rollos cartográficos, el inspector se sentía como en una cámara funeraria egipcia.

Unas horas y dos vasos de absenta después, Leo consiguió olvidarse del trabajo por primera vez ese día. Eran ya más de las nueve de la noche y los sonidos aterciopelados de un piano algo desafinado llegaban hasta a sus oídos. Dio una placentera calada a uno de sus apreciados Yenidze y notó que la tensión le desaparecía poco a poco. Cansado, estiró las piernas, se recostó en su asiento y miró a Julia, que, apoyada en el piano, cantaba una tonada francesa. Para él seguía siendo un misterio que Julia cantara no solo en francés, sino también en italiano o español sin conocer esos idiomas aunque solo fuera de manera rudimentaria. Él, en cambio, dominaba el inglés y el francés, pero no era capaz de cantar ni siquiera en su propio idioma, el alemán.

Estaban en La Caverna, un pequeño local subterráneo en el barrio de Neulerchenfeld, cerca de El Dragón Azul, que recordaba precisamente a una cueva. Ambos establecimientos, el burdel y el bar, eran propiedad de la Gorda Elli. La Caverna era el típico local de baile y entretenimiento. Las señoritas buscaban clientes allí y después se los llevaban al burdel, con lo cual Elli hacía caja por duplicado. Julia actuaba en aquel tugurio varias veces a la semana hasta altas horas de la noche. No le pagaban mucho por ello, pero cantar y bailar eran sus grandes pasiones. Leo sabía que ese era el verdadero motivo por el que Julia había venido a Viena. Siembre había soñado con hacer carrera como cantante.

«Y ahora se dedica a hacer fotografías de víctimas de homicidios», pensó Leo.

Pero podría haber sido peor. La mayoría de las chicas que llegaban a Viena con la maleta llena de sueños y fracasaban, acababan trabajando de criadas cobrando una miseria o se dedicaban a hacer la calle para ganarse la vida. O terminaban como las deplorables criaturas que Julia fotografiaba.

Un fiacre allait, trottinant... Derrière les stores baissés, on entendait des baisers...

Julia tenía una voz áspera que excitaba a Leo cada vez que la escuchaba. Con celos silenciosos contemplaba a los otros hombres que, con mirada lasciva, se quedaban embobados ante la visión de la cantante del vestido azul ajustado y la estola de pieles. Este era justo el motivo por el que al inspector no le gustaba que ella cantara en La Caverna, y por ello evitaba asistir a sus actuaciones. Esa noche Julia libraba, pero algunos clientes habituales le habían pedido que cantara algo y ella había accedido. Leo tenía la impresión de que ella no había puesto demasiadas pegas, quizá porque la actuación podía distraerla de los sucesos vividos los últimos días. Julia le acababa de contar el incidente del zoo cuando los clientes habían pedido la canción.

La música cesó, los clientes aplaudieron y ella volvió a la mesa junto a Leo. Señaló el vaso vacío del inspector.

—Parece que hoy lo estás necesitando.

—Puede que me pase la noche bebiendo aquí.

—¿Qué quieres decir?

Leo estuvo a punto de soltarle algo muy desagradable, pero se contuvo y se limitó a quejarse:

—¡No sabes lo que ha pasado hoy!

Se sentía como si hubiera trabajado doble turno. Tras el encuentro con el profesor Walter Kerfeld en la biblioteca de la universidad, había vuelto a la Jefatura, donde Leinkirchner lo había tanteado. El inspector jefe hubiera preferido detener sin demora a Kerfeld como principal sospechoso, pero ¿de qué podían acusarlo? Solo tenían un débil indicio. Ni siquiera había una hora del crimen con la que pudieran comprobár su coartada. Pero Leinkirchner presionaba para obtener resultados.

En Graz tampoco se habían hecho progresos. Como el padre Gregor Mayr había sufrido oficialmente un infarto, la policía no había intervenido. Leo se había pasado la tarde llamando por teléfono a distintos hospitales de Graz para conseguir que el médico que había realizado la autopsia se pusiera al teléfono, pero sus esfuerzos cayeron en saco roto y no logró ir más allá de alguna recepcionista o enfermera. Por si una momia en Viena no fuera suficiente, ahora tenía que lidiar con la burocracia clínica de Graz.

—El profesor Kerfeld es un tipo en verdad extraño, no consigo verle el juego —dijo Leo después de haber descrito con brevedad a Julia el encuentro de ese mediodía en la universidad—. En cualquier caso, no disimula su antipatía por Strössner y los Rapoldy. —Bebió un trago del vaso de absenta, que sabía a anís y hierbas—. Y después está esa insinuación de que Strössner podría ser responsable del robo de varios tesoros antiguos. No cabe duda de que hay mucho dinero metido en Villa Tebas; prefiero no saber de dónde han salido las obras de arte que tienen desperdigadas en su jardín. Me pregunto si Charlotte Rapoldy habrá comprado todas esas piezas en los mercados de antigüedades.

—Me da la impresión de que Charlotte Rapoldy se ha encaprichado contigo.

Leo arrugó la frente.

—¿Qué te hace pensar eso?

—Las mujeres lo vemos. Como mínimo estuvisteis hablando muy a gusto, de tú a tú. —Sonrió un poco—. Da igual.

Ambos callaron, bebieron y fumaron.

—¿Qué pasó con la momia sacerdotal en la que tan interesado estuvo Strössner al final? —preguntó por fin Julia—. Quizá deberías insistir por ahí.

—Ese Ta-bek-en-chon... ¡el nombre se las trae! Por lo visto era el sacerdote de un dios egipcio de la magia. En cualquier caso, en los papeles de Strössner no se habla de él. —Leo se echó a reír—. Cualquier ignorante diría que es el responsable de la muerte de los tres miembros de la expedición como venganza por haber sido arrancado de su tumba y despachado en un barco a la gélida Viena.

—Y ahora la tenemos rondando por aquí —bromeó Julia—. Ya estás viendo fantasmas.

Leo recuperó la seriedad:

—Al menos, Kerfeld dijo al final que tenía miedo de algo. ¿A qué se debía de referir?

—¿Por qué no dejamos a las momias tranquilas? —propuso Julia levantándose de la silla—. Antes de que pidas un tercer vaso de absenta y no puedas tenerte en pie, quiero que bailes conmigo.

El inspector levantó las manos en actitud defensiva.

—Julia, ¡por favor! ¡He tenido un día muy largo!

—No hace falta que te pongas así. Ya preguntaré a alguno de los apuestos jóvenes de aquella mesa. —Julia señaló un rincón donde tres estudiantes universitarios cuchicheaban visiblemente ruborizados.

—Julia Wolf, el sueño húmedo de todo alumno de primer año —se lamentó Leo—. De acuerdo, antes de que te vayas con un estudiante de primero de medicina.

—Si baila mejor que tú... —dijo guiñándole un ojo. Luego fue hasta el viejo pianista—: Alfredo, la habanera, por favor. Ya sabes, el nuevo baile de París.

Sonó una melodía triste y ligeramente sincopada, como un anhelo transformado en sonido, un saludo enviado desde un mundo lejano y más cálido. Leo sabía que ese tipo de baile también era conocido como tango. Alfredo lo había traído desde Argentina, donde estaba prohibido por ser considerado indecente. ¡Julia amaba el tango! Le había enseñado algunos pasos a Leo. Unieron sus cuerpos entre sí, como si fueran uno solo. Julia rodeó las piernas de él con las suyas e inclinó la cabeza hacia atrás. Era una especie de lucha amorosa, un preludio que parecía no tener fin.

La música los arrastró. Leo apenas se fijaba en los otros bailarines, todo se reducía a ellos dos. Cuando bailaban tango estaban más unidos que nunca. Ella se entregaba por completo a él y todo lo que habitualmente se interponía entre ellos desaparecía durante unos minutos.

Como una ola que se desvanece en la orilla, la melodía cesó y el pianista pasó a un tranquilo vals. Empezaron a bailar en círculos, como si la magia se hubiera desvanecido, pero seguían sintiéndose por entero unidos. De repente, Julia se mostró triste y seria, casi ausente.

—¿Qué te pasa? —preguntó Leo.

—Saidrovuni, ese joven jefe de tribu que he conocido hoy en el parque zoológico —empezó ella—. No sé por qué, pero no creo que haya asesinado a ese muchacho.

—No quería cargarse al cuidador de animales joven, sino al viejo —dijo Leo mientras seguían bailando despacio en círculos—, quien, por lo que dices, parece ser un tipo miserable. Es evidente que todo apunta al jefe de tribu. Tenía un motivo y encontraron en su baúl la llave de la jaula de los leones.

—Pero ¿qué hacía allí también la gorra que Lenz se suponía que había perdido? Y encima se llevaron el cadáver y dispararon al león, como si quisieran destruir pruebas. Todo me parece demasiado evidente. ¡Tendrías que haber visto a Saidrovuni! Esa mirada íntegra y honesta...

—Ya, el salvaje de corazón noble... —dijo Leo—. ¿No te estás dejando llevar por el romanticismo?

—Loibl ordenó que lo ingresaran directamente en prisión preventiva —continuó Julia ignorando su burla—. Sus hijos y mujeres estaban llorando...

—¿Mujeres? Así que es cierto que esos salvajes pueden tener varias esposas. ¡Me voy entonces a África...! ¡Eh, Julia! ¡Solo estaba bromeando!

Pero ella ya se había desprendido de sus brazos. Se dejó caer en una silla, cogió uno de los cigarrillos de Leo y se quedó mirando al vacío, todavía acalorada por el baile. Él se le acercó y le dio fuego.

—Lo siento, Julia —empezó el inspector—, ha sido una estupidez por mi parte. No lo decía en serio.

Julia dio una calada profunda y exhaló el humo.

—Los tienen como animales —dijo—, ¡como animales! Knauer, el director del zoo, lo llama espectáculo folclórico, pero en el fondo es como si estuviésemos mirando cebras o elefantes. Es como... una feria de ganado. Es algo asqueroso.

—Tienes razón —admitió Leo—. Olvidemos el asunto.

Hizo un gesto al camarero y pidió dos vasos más de absenta. Pensativo, colocó los terrones de azúcar en la cuchara especial provista de orificios y vertió sobre ellos un chorro de agua. En el vaso se formó una nebulosa verde y blanquecina.

—Por lo menos son casos con pies y cabeza —continuó Leo, que tomó el vaso y contempló la bruma formada—. Un chapero apuñalado, una venganza sangrienta en el zoo... En cambio, yo...

El inspector dejó de hablar al ver la mirada de Julia. Observaba a una joven pareja que había estado bailando junto a ellos. Ella había abierto un pequeño espejo de bolsillo y se estaba pintando los labios con una de esas nuevas barritas de carmín.

Leo puso los ojos en blanco.

—No me digas que también te vas a apuntar a esa moda. Un día de estos vais a ir todas maquilladas como divas y...

—El lápiz de labios —murmuró ella—. Ya sé qué fue lo que me llamó la atención.

—¿A qué te refieres? —preguntó Leo confundido.

—El muchacho muerto del distrito duodécimo. ¡Tenía los labios pintados!

—Ya lo dijiste en su momento. ¿Y qué? A los maricones les gusta pintarse los labios. Es el último grito en París.

—El trazo no estaba bien perfilado, era amplio, muy desagradable. Ese joven nunca se habría maquillado así.

Leo se encogió de hombros y cogió el vaso de absenta.

—Quizá se había emborronado.

—¡No estaba emborronado, Leo! Alguien le puso el carmín después, y ese alguien no fue muy cuidadoso. Probablemente porque no tuvo tiempo.

—¿Y por qué querría alguien hacer una cosa así? —comenzó a preguntarse él. Entonces se quedó callado, bajó el vaso y se respondió a sí mismo—: Porque alguien quería que *pareciera* el asesinato de un chapero... El chico no era ningún buscón y es muy probable que no lo asesinaran por ello. Diablos, puede que tengas razón.

El pianista tocó otra habanera, y esta vez fue Leo quien se levantó y ofreció su mano a Julia.

—Bailemos —dijo— antes de que tanto caso lúgubre nos fastidie la noche.

Mientras bailaban, Julia se arrimaba a él con los ojos cerrados, pero Leo notaba que ella seguía pensando en el difunto joven con los labios embadurnados de carmín.

VII

Cuando, a la mañana siguiente, Leo llegó cansadísimo al despacho, Erich Loibl estaba sentado a la mesa con un vaso de brandy en la mano. Por un momento pareció que su compañero iba a esconder el aguardiente, pero se limitó a brindar triunfal por Leo.

—Salud —dijo—. ¿Hay algo que celebrar?

—Supongo que sí —sonrió Loibl—. Hacía mucho tiempo que un caso de asesinato no se resolvía tan rápido.

—No se referirá al homicidio del joven del distrito duodécimo...

—No, por desgracia, ese no —la sonrisa de Loibl desapareció y bajó el vaso—, pero por lo menos sabemos el nombre del muchacho, un tal Jakob Markowitz, con toda probabilidad un chapero ocasional de Ottakring. Le gustaba ir de visita a determinados establecimientos. Solo tenía diecisiete años, su hermana había denunciado su desaparición y lo reconoció por las fotografías del escenario del crimen.

—¿De Ottakring? Eso está en el distrito decimosexto. ¿Qué hacía su cuerpo en Meidling, en el duodécimo? Hay un buen trecho hasta allí.

—Quizá había ido a ver a algún amigo o a algún bar clandestino de maricas. Enseguida dije que el tipo había salido de caza por territorio prohibido. —Loibl volvió a levantar su vaso—.

Pero me refería al cuidador descuartizado del zoológico, un caso típico de venganza. ¡El culpable es un hotentote! Uno de esos salvajes del espectáculo folclórico.

—Ah, ese caso. —Leo se dejó caer en su silla—. Algo me han contado.

—Y creo que sé quién se lo ha contado —replicó Loibl guiñándole un ojo—. Seguro que fue anoche, y bastante tarde, ¿eh? Se nota. —Bebió el brandy de un trago y guardó el vaso vacío en el cajón de su escritorio.

Leo tuvo náuseas al oler el aguardiente. Todavía le daba vueltas la cabeza de la absenta de la noche anterior. Pero por lo menos había pasado una agradable velada con Julia. Bailaron hasta bien entrada la madrugada y después fueron a casa de ella. Los sucesos de los últimos días, que tanto los afectaron durante su estancia en La Caverna, desaparecieron por algún tiempo. Por suerte, Sisi durmió profundamente toda la noche. El sueño de Leo y Julia, en cambio, fue breve y estuvo interrumpido una y otra vez por caricias y momentos de pasión. Eran contadas las noches que podían pasar así, sobre todo porque a la Gorda Elli no le gustaba que Leo se quedara a dormir con Julia. Por ello él también decidió que por lo menos saldría más a menudo con ella, pero quizá no a locales tan sórdidos como La Caverna. En Viena había no pocos establecimientos bonitos y pequeños teatros, más que en la mayoría de las ciudades de Europa. Por esa razón, también tenía previsto esa mañana consultar la cartelera en los periódicos del día.

Sin embargo, a pesar de una noche tan redonda, o quizá debido a ella, Leo estaba hecho polvo. Había llegado a la Jefatura directo desde Neulerchenfeld, no había podido cambiarse de camisa ni tampoco se había podido afeitar. Ni siquiera había podido tomar su habitual y apresurado café. En consecuencia, estaba cansado e irritable.

Erich Loibl levantó de modo paternal el dedo y le dijo:

—Me da igual lo que haga por la noche y con quién, Herzfeldt. Y no cabe duda de que la señorita Wolf es en verdad una hermosura. Solo asegúrese de que Leinkirchner no se entere, y mucho menos el jefe superior Stukart. Ya sabe que a Su Excelencia no le gustan los amoríos en la casa, solo causan problemas. —Loibl soltó un discreto eructo sobre su mano—. Por lo demás, le doy la razón al jefe superior. Creo que a las mujeres no se les ha perdido nada en la Jefatura de Policía. Como en un barco, únicamente traen desgracias. Nuestra corderilla puede llegar a ser muy testaruda, y si encima se pasea mostrando sus bellos atributos...

—¡Cómo se atreve...! —estalló Leo. Estaba a punto de levantarse de la silla cuando Paul Leinkirchner entró en el despacho. Por suerte, este no pareció haberse dado cuenta del contenido de la conversación entre los dos compañeros.

—Veo que ya ha llegado, Herzfeldt —refunfuñó el inspector jefe—, aunque bastante tarde. Lo estaba buscando —dijo mirándolo de arriba abajo—. Viene hecho unos zorros, casi no lo reconozco. —Resopló—. Y ese tufillo... ¿No habrá bebido?

Leo no dijo nada y Leinkirchner se volvió hacia Loibl, que de repente parecía estar muy ocupado.

—¿Alguna novedad sobre el distrito duodécimo, Erich?

—Primero tengo que dejar listo el informe del zoológico, no puedo hacer milagros. Y creo que con el caso del cuidador muerto seré especialmente rápido...

—Sí, sí, ya lo sé, buen trabajo —lo interrumpió Leinkirchner—, pero eso fue ayer. Hoy se trata otra vez del asesinato del chapero. La víctima, el tal Markowitz, venía de Ottakring. Tiene que haber alguna forma de averiguar qué hacía en Meidling, a quién conocía allí... ¡Tenemos que darle carpetazo y para ello necesito a todos los hombres!

—Tal vez tenga alguna novedad sobre el caso —dijo Leo—. Se trata de las imágenes que tomó la señorita Wolf. —Se acercó a la mesa de Loibl, donde se amontonaban con descuido numerosas fotografías. En algunas de ellas aparecían manchas recientes de aguardiente y bordes de vasos. Tras una breve búsqueda, Leo encontró la imagen a la que se refería Julia—. Fíjese en el carmín —dijo sosteniendo la copia delante de la nariz del inspector jefe y señalando el rostro embadurnado del muerto—. No hay ninguna línea clara, un niño podría haberlo hecho mejor. Creo que le pintaron los labios posteriormente, y parece que lo hicieron deprisa y corriendo. Sospecho que quisieron hacerlo pasar por chapero para disfrazar el verdadero motivo.

—¿Posteriormente? —gruñó Leinkirchner—. ¿Cómo puede llegar a esa conclusión, Herzfeldt? ¿O hace poco que se pone lápiz de labios y ropa de mujer y no nos hemos enterado?

Leo titubeó. Su superior tenía razón. Como hombre, no estaba en condiciones de sacar las conclusiones adecuadas.

—Me lo ha dicho la señorita Wolf —respondió por fin—. Ayer me la encontré un momento; está bastante segura de ello. Y el hecho de que el pene y los testículos de la víctima no hayan aparecido también resulta extraño.

—Eso también se lo habrá dicho la Wolf —refunfuñó Loibl desde su silla—. Ayer ya estaba armando bulla con el tema. Creo que en los últimos tiempos se está yendo demasiado de la lengua y metiéndose donde no la llaman. Y yo no me meto en los asuntos de los demás, al menos de momento... —concluyó dirigiendo a su compañero una mirada de advertencia.

—En esta casa, la señorita Wolf es una simple fotógrafa, y punto —sentenció Leinkirchner—. Estoy de acuerdo con Erich en que ella debería mantenerse al margen de las investigaciones policiales. Y si por mí fuera, tampoco haría falta tanta fotografía. Nuestros archivos ya están desbordados. ¿Para qué nos ha dado el Señor dos ojos si no es para ver por nosotros mismos? Pero no he venido a hablar de eso. —Devolvió la fotografía a Leo—. Quiero que vaya al Instituto Forense, Herzfeldt. El profesor Hofmann acaba de llamar, ya ha examinado al chapero muerto. Y también *a alguien más.*

Leinkirchner dijo la última frase en voz baja para que Loibl no la oyera y lanzó una enérgica mirada a Leo.

—Entendido —asintió este—, ahora mismo voy para allá.

—Si pasa cerca de algún grifo abierto, ponga la cabeza debajo —sugirió el inspector jefe, ahora de nuevo con un tono de voz audible—. Parece que haya vomitado. Y tampoco quiero que arroje la papilla sobre ningún cadáver.

—Le agradezco el consejo —murmuró Leo.

Loibl carraspeó detrás de ellos:

—Paul, ¿no quieres que lo acompañe? Al fin y al cabo, se trata de mi caso y...

—Tu compañero sabrá arreglárselas solito. Mientras tanto, averigua qué estaba haciendo nuestra víctima en Meidling. Quiero un informe para esta tarde. —Leinkirchner arrugó asqueado la nariz—. Y por el amor de Dios, ¡abre esa ventana! Esto apesta a destilería.

Poco después, al doblar por la Lazarettgasse viniendo del Ring, Leo ya se sentía mucho mejor. En uno de los numerosos puestos callejeros pidió una medialuna y un café amargo que el sombrío propietario le sirvió de una humeante jarra de hojalata. Leo se había peinado y se había alisado el cuello de la camisa.

Mientras bebía a sorbos el ardiente brebaje, fue de nuevo consciente de que Leinkirchner no lo había enviado al Instituto Forense por el caso del chapero muerto, sino por la momia del profesor Strössner. No debía filtrarse nada del siniestro incidente, de ahí el secreteo de antes en el despacho. Con toda probabilidad Hofmann había telefoneado a la Jefatura de Policía y había hablado directamente con el jefe superior Stukart para comunicarle que la autopsia de Strössner había concluido. ¿Se habría dado cuenta Loibl de que Leinkirchner no lo había enviado a él adrede? Leo sonrió. Lo más probable era que Loibl estuviera feliz de quedarse en el despacho con su vaso de brandy y que otro hiciera el trabajo sucio.

En la entrada del Instituto, Leo vio a una pareja que le resultaba familiar. Eran los Rapoldy, y no parecía que lo hubieran reconocido. Decidió entonces cambiar de acera y observarlos un rato. Era posible que hubieran ido a ver al profesor Hofmann para identificar el cadáver. Con el rabillo del ojo miró a la pareja, que se abría paso entre los numerosos transeúntes, coches de punto y carretones de mano. Esta vez, a diferencia de como vestía en su mansión, Charlotte Rapoldy llevaba zapatos y, en vez del informal y holgado ropaje reformista, lucía un elegante conjunto.

Leo se acordó de cómo Julia se había burlado de él el día anterior por el hecho de que le gustara Charlotte. No podía ocultar que la alta y distinguida mujer ejercía sobre él una extraña fascinación. Realmente tenía algo de Cleopatra, hasta su expresiva nariz... Vio entonces que estaba llorando. Su marido, vestido con un traje de verano de tonos claros, aunque algo deslucido, le ofreció un pañuelo. Ella se limpió las lágrimas de sus pálidas mejillas, él le rodeó los hombros con su brazo y la consoló. Clemens Rapoldy, apoyándose cansado en su bastón, también parecía muy afectado.

De repente, Leo se sintió terriblemente mezquino en su papel de fisgón. ¿Qué otra cosa esperaba? Esas dos personas acababan de verse obligadas a examinar a un familiar muerto y, por si eso fuera poco, en un estado espantoso. Por supuesto que estaban emocionadas. ¿De verdad había pensado que Charlotte

Rapoldy se mostraría imperturbable como un ángel, o quizá hasta como una asesina y su marido como cómplice? Lo que Leo vio en realidad fueron dos seres humanos destrozados.

Esperó un rato hasta que los Rapoldy se subieron a un coche y entonces entró al Instituto de Medicina Forense. Como en todas sus visitas anteriores, el interior del edificio olía a fluidos químicos de diversa índole y una marea de estudiantes de medicina con bata blanca salía del paraninfo, situado justo al lado. Los últimos meses, Leo había tenido que acudir allí casi cada semana. El crimen en Viena, una de las ciudades más grandes de Europa, pero también una de las más peligrosas, estaba a la orden del día y muchas víctimas de asesinato pasaban por la mesa de disección del profesor Hofmann.

Leo atravesó el familiar y estrecho pasillo que conducía a una puerta cerrada. Al llegar ya notó el olor a cadáver a través de una rendija. Respiró hondo y llamó a la puerta.

—Vayan entrando si no son estudiantes sin blanca —resonó la también familiar voz del profesor Hofmann.

Leo se disponía a accionar el picaporte cuando la puerta se abrió como por arte de magia. Suspiró al ver quién aguardaba al otro lado. De alguna manera, ya se lo esperaba.

—Nos volvemos a encontrar, señor Rothmayer.

El sepulturero llevaba puesto su habitual abrigo negro con los faldones repletos de lodo incrustado, pero al menos no iba cubierto con el chambergo de ala ancha y parecía haberse afeitado y lavado para la ocasión. Leo no estaba seguro de si el olor a cadáver que reinaba en la sala de autopsias no emanaba también del propio Rothmayer.

Augustin Rothmayer esbozó una sonrisa de oreja a oreja, no parecía avergonzado en lo más mínimo.

—El profesor ha tenido la deferencia de invitarme, muy amablemente... —dijo el sepulturero.

—Después de que usted lo haya importunado por teléfono con sus preguntas, supongo —se burló Leo.

—El señor Rothmayer no solo tenía preguntas, como de costumbre, sino también buenas respuestas —intervino el profesor Hofmann, que se encontraba un poco más lejos, junto a una de las tres mesas de disección. Sobre su anticuado traje de color negro llevaba una bata blanca manchada de sangre. Tenía las mangas arremangadas hasta arriba—. Ya le dije que valía mucho la pena hablar con él, inspector. ¿Tenía o no tenía razón?

—Agradezco cualquier pista, venga de donde venga, incluso del cementerio.

Leo entró en la sala abriéndose paso por encima de una capa de serrín fresco. La luz cálida de media mañana, atenuada por el talco que impregnaba las ventanas, inundaba el espacio alargado. El inspector señaló la mesa sobre la que yacía un cuerpo bajo una mortaja.

—¿Es esa nuestra momia? —preguntó.

—No, el bueno de Alfons es el de al lado. Los Rapoldy acaban de estar aquí y han confirmado la identidad del cuerpo. Ahora querría algo de tranquilidad y discreción.

—¿Por eso ha invitado al sepulturero? —preguntó Leo visiblemente malhumorado.

—El señor Rothmayer ha estado echando un vistazo a mi biblioteca privada. Como sabrá, está trabajando en un nuevo libro... —Hofmann se dirigió a Augustin Rothmayer—. ¿Ha encontrado algo para su investigación?

—Si es posible, profesor, me gustaría llevarme a casa el nuevo *Diccionario de términos de las artes clínicas*. Contiene un capítulo sobre quemaduras que...

—Si sus eminencias tuvieran la amabilidad de aplazar su conversación, de cuya importancia no dudo, hasta más tarde... —interrumpió Leo—. Tengo unos cuantos asesinos que atrapar.

—Por supuesto, inspector, discúlpeme, estamos todos muy atareados. Hablando de asesinos... —Hofmann retiró la mortaja de la mesa de disección—, este es el segundo cadáver que debería interesarle. Me lo trajeron el sábado por la noche, pero no he tenido tiempo de hacerle la autopsia hasta ahora. Con todos los suicidios por gas que hay en los últimos tiempos..., bueno, qué le voy a contar. —El profesor suspiró—. Me imagino que estará al corriente del caso del asesinato del chapero en el distrito duodécimo, ¿no es así?

—Sí, lo estoy. —Leo bajó la mirada hacia el cadáver, que ya conocía por las fotografías de Julia. La caja torácica del joven había sido abierta y cosida de nuevo, como un ganso relleno de manzanas. La terrible herida en la zona lumbar aún era reconocible, al igual que las numerosas cuchilladas. Sin embargo, le habían limpiado el maquillaje de la cara.

—Parece peor de lo que es —dijo el profesor como si estuvieran hablando de un reloj estropeado—. Por lo menos el muchacho no sufrió demasiado.

—Pero todas esas cuchilladas —objetó Leo—, y encima, eso..., sus sacrosantas partes.

—Las *sacrosantas* partes, como usted las llama, fueron amputadas después de su muerte. Pene y escroto. Un corte limpio, digno de un profesional de la medicina. ¡Debo admitir que yo no lo habría hecho mejor! Las cuchilladas, en cambio, son de aficionado y tampoco causaron la muerte, porque también fueron realizadas *post mortem*. Solo una de las estocadas fue letal, esta de aquí. —Hofmann señaló una estrecha incisión justo debajo de la caja torácica—. Todo indica que esta fue la primera puñalada, en diagonal, de abajo hacia arriba. Una daga larga, con toda probabilidad. La víctima murió al instante.

—¿Quiere decir que la primera estocada no fue chapucera, y sí lo fueron las otras? —indagó el inspector, cuyo interés se despertó de repente.

—Ya se lo he dicho. La puñalada fue ejecutada con extraordinaria precisión. El taponamiento pericárdico corta con rapidez el riego sanguíneo. Los antiguos romanos también recurrían a este sistema para sus ejecuciones.

Leo frunció el entrecejo.

—Entonces, ¿por qué toda esa escabechina posterior? ¿Para desviar la atención de algo? Mmm... —Pensó en los labios embadurnados de carmín. El maquillaje también debió de ser aplicado con alguna intención, al igual que las cuchilladas.

—Es la policía quien debe averiguarlo —repuso Hofmann encogiéndose de hombros—, yo ya he hecho mi trabajo. —Volvió a cubrir el cadáver como si echara una cortina—. Ahora, si tiene la amabilidad de acompañarme aquí al lado, inspector. El otro caso es mucho más interesante.

Acompañados por Augustin Rothmayer, entraron en una sala contigua más pequeña que solamente disponía de una mesa de disección de reluciente acero bruñido. Sobre el alféizar de la única ventana, enrejada, había un jarrón con dos flores resecas, y del techo colgaba una sencilla cruz de madera.

—Esto es la... capilla ardiente —explicó Hofmann—, para cuando vienen los familiares. Está pensado como un espacio menos aséptico, un poco más... íntimo.

—Pues el resultado es sobresaliente —ironizó Leo examinando el ramo de rosas mustias del que acababa de desprenderse otro pétalo, que cayó con lentitud al suelo.

El inspector dirigió entonces su mirada hacia la mesa sobre la que yacía la momia de Strössner, que ya había visto en el Museo de Historia del Arte. A la luz del día, el cadáver no tenía un aspecto tan aterrador, se parecía más bien al hombrecillo de ciruelas pasas, esa figurita comestible típica de la Navidad. Además, le faltaban los inquietantes ojos decorativos. Le habían quitado el vendaje y estaba medio tapado con un paño. Tenía una sutura reciente que le atravesaba el pecho de arriba abajo y una incisión alargada en el costado. Algo llamó la atención de Leo después de fijarse más detenidamente: salvo el cuero cabelludo, no le quedaba ni un solo pelo en el cuerpo. El cadáver era tan lampiño como el papel.

—¡La técnica de momificación de los antiguos egipcios es en verdad fascinante! —exclamó entusiasmado el profesor Hofmann, que se volvió hacia Rothmayer—, ¿no cree? ¡El procedimiento aplicado aquí coincide con exactitud con lo que describió Heródoto cinco siglos antes de nuestra era! Depilación del cuerpo, extracción del cerebro por el orificio nasal izquierdo y una incisión lateral de doce centímetros de longitud para extraer los órganos internos, de los cuales solo el corazón vuelve a ser recolocado más tarde.

—¿Vuelven a meter el corazón? —preguntó Leo asombrado.

—El corazón es el alma para los egipcios —intervino Rothmayer, que estaba relegado a un segundo plano como un espectro viviente—. El difunto lo necesita para entrar en el reino de los muertos, porque allí lo sopesan. Si el corazón es más liviano que una pluma, el viaje habrá llegado a su fin. Entonces acude la Gran Devoradora, con cabeza de cocodrilo y torso de león, y se zampa enterito al pobre pecador.

—Conque la Gran Devoradora..., una representación bastante plástica del más allá —dijo Leo, a quien no lo sorprendió que el sepulturero también fuera versado en mitología egipcia. Conocía a Rothmayer desde hacía demasiado tiempo y sabía que la muerte era su gran afición, con independencia del milenio en el que esta tuviera lugar.

—Tampoco es mucho más plástica que el Juicio Final, donde los pecadores son sometidos a las más crueles torturas en un Infierno de nueve círculos concéntricos repleto de aceite hirviendo y diablos que no dejan de clavar punzadas —observó Hofmann—. ¡No se imagina cuánto de Egipto hay en nuestro tan revelador cristianismo! Hasta la virgen María y el niño Jesús en su regazo.

—Entonces, ¿estamos ante la obra de alguien que sabe de verdad lo que hace? —retomó Leo el hilo.

—Absolutamente —asintió el profesor—. Un embalsamador de hace tres mil años no lo habría hecho mejor. Pero si me pregunta por la causa y el momento del fallecimiento, no le sabría contestar. No he encontrado ninguna fractura craneal, ningún agujero de bala ni nada parecido. El cadáver se encuentra en demasiado mal estado como para someterlo a un examen más profundo. Y de las vísceras, aparte del corazón, no queda nada.

—Mmm, qué rabia... —Leo volvió a escudriñar el cadáver reseco—. ¿Y qué pasa con los ojos de esmeralda? ¿Qué me tiene que decir? ¿Por qué no están? —Miró a su alrededor—. No los veo por ninguna parte.

De repente se hizo un silencio casi palpable.

—Los ojos... —empezó Hofmann limpiándose con nerviosismo las gafas—, bueno, sí..., ya que menciona los ojos, eso es realmente lo más extraño...

—¡Hable de una vez! ¿Qué pasa con ellos?

—Tal vez debería habérselo dicho el sábado en el museo. Yo..., no estaba seguro. Fue el señor Rothmayer quien me sacó al fin de dudas...

El inspector se acercó a Hofmann con impaciencia.

—Profesor, se lo ruego, ¡vaya de una vez al grano!

—Se llaman Ojos de Horus —intervino Augustin Rothmayer—, un poderoso dios egipcio, algo parecido al Zeus griego.

La cuestión es que el tal Horus tuvo sus más y sus menos con otro dios, Seth, y este le arrancó los ojos. Entonces...

—Señor Rothmayer, cuando tengo interés por alguna leyenda, leo un libro para informarme o voy al teatro —lo interrumpió Leo—. ¿Qué está tratando de decirme, por el amor de Dios?

El sepulturero y el profesor intercambiaron una mirada furtiva. Solo entonces prosiguió Rothmayer:

—Sí, bueno..., la cuestión es que los dos ojos de esmeralda son unas joyas muy valiosas, inspector. Son el tipo de objeto que se encuentra a menudo en las momias, como una especie de amuleto protector, como un..., un... —buscó un equivalente—, como un rosario o una cruz. Pero cuando me habló de ello, de inmediato pensé que había algo que no cuadraba, porque siempre hay un único ojo de Horus, nunca dos. Y siempre es el izquierdo.

El profesor Hofmann asintió con la cabeza para confirmar el dato:

—Lo he vuelto a consultar en la literatura especializada. No hay un solo caso en el que se hayan encontrado dos ojos en una momia.

—Nunca dos... —murmuró Leo. Recordó que la primera vez que los vio, de noche en el museo, bizqueaban un poco.

Porque se trataba de dos ojos izquierdos...

—Sí, y entonces me acordé de que hace algún tiempo el profesor me había hablado de ese ojo —continuó Rothmayer dirigiendo a Hofmann otra mirada penetrante—, ¿no es así, profesor?

Hofmann carraspeó y se dirigió hacia el jarrón, sacó las rosas marchitas y volteó el recipiente. Se escuchó un tintineo y los dos ojos de esmeralda rodaron sobre el alféizar de la ventana. La luz del sol reflejada sobre ellos creaba un brillo casi sobrenatural.

—Escondí los amuletos aquí de forma provisional —confesó

Hofmann abochornado—. Son..., son en verdad muy valiosos. Y, mmm..., me parece que uno de ellos ya lo había visto antes.

—¿Cuándo? —preguntó Leo.

—En la recepción del archiduque de la que le hablé, hará unos tres meses. Se produjo allí un incidente del que me siento incapaz de hablar... —El profesor parecía no poder articular ninguna palabra, pero cobró ánimo y explicó—: Su Excelencia había comprado una momia a través de unos contactos en Egipto y, por lo visto, de una manera no del todo legal. Durante la velada, a la que la Sociedad Arqueológica estuvo invitada, nos retiramos con la momia a un salón aparte. Nos dieron permiso para quitarle las vendas y... examinarla para encontrar joyas.

—¿Me está diciendo que el archiduque les dio permiso para *saquear* una momia? —intervino Leo desconcertado—. ¿Igual que hizo la mujer de la limpieza del museo con la momia de Strössner?

—Saquear..., ¡por favor! —Hofmann levantó la mano indignado—. Devolvimos todas las joyas, por supuesto. Era una especie de juego, un juego estúpido que por lo visto también practican asiduamente en Inglaterra. Los ricos aristócratas compran una momia, organizan una reunión con amigos y le quitan las vendas a la momia. Siempre aparece alguna que otra sorpresa.

—¿Y qué... sorpresa apareció en el palacio del archiduque?

—Bueno, lo primero que tuve claro fue que era una momia femenina, puede que una princesa de alto rango. No se encuentran con mucha frecuencia —puntualizó Hofmann encogiéndose de hombros—. Había un par de bonitas alhajas, pequeños amuletos, escarabeos, retazos de papiro con fórmulas de protección escritas, nada especial... Entonces le tocó el turno a Alfons Strössner, que encontró el Ojo de Horus entre las vendas. Estoy convencido de que es uno de los dos ojos que tenemos aquí. Es una joya inconfundible de verdad. Pero eso no fue lo más extraño...

—¿Qué fue, entonces?

Hofmann tragó saliva y continuó:

—Bueno, era como si Strössner ya conociera el ojo. Quedó visiblemente alterado y abandonó enseguida la recepción. Más tarde se supo que se había llevado la esmeralda, para enfado de Su Excelencia, por supuesto. Pero como el archiduque ya había nombrado al profesor comisario de la exposición, supusimos que Strössner quería examinar el ojo más de cerca y que lo devolvería más adelante.

—Y al poco tiempo desaparece sin dejar rastro —murmuró Leo, que lanzó una dura mirada a Hofmann y le dijo—: Debería habérmelo dicho antes, profesor.

—No estaba muy seguro, después de todo, y el bueno de Alexander me rogó que no dijera nada.

—¿Alexander Dedekind, el director de la colección de arte egipcio y oriental, le pidió que no hablara del incidente? —Leo se acordó de que Dedekind había ido a ver a los Rapoldy a pesar de habérselo prohibido el inspector jefe Leinkirchner. ¿Qué estaba pasando aquí?

Tomó las dos piedras preciosas del alféizar y se dispuso a irse.

—¿Qué se propone? —preguntó Hofmann.

—Voy a hacerle otra visita a su querido amigo Alexander al museo. Quizá de día tenga la memoria más fresca que de noche. Las piedras quedan confiscadas.

—Pero, no puede... —saltó el profesor. Pero se contuvo al ver la mirada decidida de Leo.

Con ademán furibundo, el inspector se metió los dos ojos de esmeralda en el bolsillo del chaleco, salió hacia el gran depósito de cadáveres pasando por delante del joven muerto tapado con la mortaja y se dirigió a la salida.

Tenía unas cuantas preguntas que necesitaban una respuesta.

Leo estaba tan enfurecido que no se dio cuenta de que Augustin Rothmayer lo había estado siguiendo hasta que ambos estuvieron fuera del Instituto Forense. Sin dejar de caminar, se volvió hacia él y le preguntó:

—¿Se puede saber qué quiere?

—Escuche, inspector, debería tener cuidado con esos ojos. A su último propietario no le trajeron precisamente buena suerte.

Leo se detuvo con brusquedad.

—¿A qué se refiere?

Rothmayer se frotó con timidez sus largos y callosos dedos.

—No creo en las maldiciones, inspector, pero lo que sí creo es que la muerte de ese profesor está relacionada con los Ojos de Horus.

—Yo también lo creo, y por eso voy ahora mismo a interrogar al señor Dedekind.

Arrastrando los pies como un cuervo atolondrado, Rothmayer preguntó:

—¿Sería osado por mi parte pedirle si lo puedo acompañar, inspector?

—¿Quiere acompañarme?

—Es por la investigación para mi libro... También quiero hablar de maldiciones y el material sobre el tema es en verdad escaso.

—Pero ¿no acaba de decir que no cree en las maldiciones? —se burló Leo.

—Así es, no creo en la Gran Devoradora con cabeza de cocodrilo y cuerpo de león, ni que se pese el corazón de la gente en la entrada del reino de los muertos. Pero se trata de un rito funerario, que es de lo que escribo. Se lo ruego, inspector, ¡me daría una enorme alegría!

Leo iba a negarse en redondo, pero se acordó de que había

sido justo Augustin Rothmayer quien lo había puesto sobre esa pista. Además, el sepulturero no iba tan desaliñado y despeinado como de costumbre, hasta se podía decir que parecía una persona normal, aunque quizá no un visitante de museo normal. En cualquier caso, ¿por qué no darle un pequeño susto a Dedekind? Se lo tenía merecido.

—De acuerdo —refunfuñó Leo—, pero manténgase en un segundo plano. Yo haré las preguntas.

Rothmayer asintió con la cabeza en señal de agradecimiento y juntos se dirigieron a la avenida de circunvalación del Ring y, de allí, hacia los museos en dirección sur.

—¿Presentó mis respetos a la estimada señorita Wolf? —intentó entablar conversación el sepulturero, que prosiguió tras un gesto de afirmación de Leo—: ¿Ya tiene en cuenta lo de las mudas para la pequeña Anna?

—Sí, ya tiene en cuenta las mudas. Ahora, centrémonos en por qué el doctor Dedekind no me habló de los dos ojos de esmeralda. Al fin y al cabo, seguro que le llamaron tanto la atención como al profesor Hofmann. De hecho, él también estuvo en la recepción del archiduque.

—Tengo una sospecha fundada, inspector, pero eso lo veremos en un ratito. —Augustin Rothmayer dio unas palmadas de regocijo—. Por cierto, todavía no he ido al Museo de Historia del Arte.

«Probablemente porque no le habrán dejado entrar vestido de sepulturero», estuvo a punto de decir Leo, pero se abstuvo de hacer comentarios. Después de todo, le gustaba ese tipejo. Ya le había sido de gran ayuda una vez, y ahora volvía a serlo. Sin embargo, no se acostumbraba a las extrañas maneras de Rothmayer, sobre todo en la concurrida y suntuosa Ringstrasse. Era como pasear en compañía de la muerte en persona.

Entre los transeúntes vestidos con elegancia, ellos con chistera, frac y bastón de plata, ellas con falda y sombrero festoneado, Augustin Rothmayer andaba ufano y seguro de sí mismo, como si ya les estuviera tomando medidas para sus ataúdes. Leo tenía la impresión de que los miraban con disimulo. ¿Qué debía de pensar la gente de esa extraña pareja? No pudo evitar sonreír.

«El dandi y su muerte...»

Por fin llegaron a la Maria-Theresien-Platz con los dos museos. Leo se dirigió a paso rápido al edificio más alejado y mostró su insignia en la taquilla.

—Quiero ver al señor Dedekind —dijo con brusquedad—, el director de la colección de arte egipcio y oriental.

El portero se encogió de hombros.

—El señor Dedekind debe de estar rondando por algún rincón del museo. Será mejor que vuelva por la tarde, seguro que lo encontrará en su despacho.

—No puedo esperar tanto tiempo. —Leo dejó atrás la caseta de la taquilla y entró en el edificio.

—¡Eh! ¿Y ese tipo? —gritó el portero a Leo mientras señalaba a Augustin Rothmayer, que estaba estudiando el plano de las salas de exposición.

—Es un... compañero. Y ahora, si nos disculpa, tenemos algo de prisa.

Leo agarró a Rothmayer y tiró de él hacia sí. Juntos accedieron al gran vestíbulo y giraron a la derecha. El museo estaba muy concurrido y la entrada a la colección de arte egipcio y oriental permanecía abierta. Se cruzaron de cara con visitantes que se mostraron un poco irritados al ver a ese macilento personaje vestido con abrigo y botas de sepulturero.

—Si Dedekind no está en su despacho, puede que lo encontremos en algún lugar de la colección de arte egipcio-oriental o en el depósito de momias —conjeturó Leo mientras atravesaban las salas a toda prisa junto a sarcófagos en posición vertical y artefactos de piedra. El inspector iba separando a Augustin Rothmayer una y otra vez de los objetos expuestos.

—¿Ha visto esta mano negra momificada? —preguntó el sepulturero—. ¡Qué interesante! El estado de descomposición es...

—Es usted libre de volver en cualquier otro momento para profundizar en sus investigaciones sobre ritos funerarios —lo interrumpió Leo—, pero ahora tengo algunas preguntas que hacer a los vivos.

No tuvo que buscar mucho tiempo. El doctor Dedekind estaba de pie junto a una vitrina con estatuillas y jarrones de arcilla, rodeado de un grupo de señores de edad avanzada y aspecto distinguido a los que, por lo visto, estaba dando una pequeña conferencia.

—... este vaso canopo es uno de los más antiguos jamás encontrados —estaba reseñando—, creemos que su origen se remonta al Reino Antiguo, lo que significaría que...

—Señor Dedekind —susurró Leo, que ahora estaba justo detrás de él—, tenemos que hablar.

Dedekind se sobresaltó y dio media vuelta.

—Pero ¿no ve que estoy en plena conferencia? —protestó en voz baja.

—Yo también podría dar una conferencia a sus distinguidos invitados. Sobre el Ojo de Horus, en concreto; o los dos Ojos de Horus, para ser más exactos...

El director de la colección de arte egipcio palideció repentinamente y se dirigió a su audiencia con una sonrisa:

—Esto..., señores, les ruego que disculpen este malentendido sin importancia y de fácil aclaración. Me reuniré con ustedes más tarde en la sala tercera. Mientras tanto, disfruten de las piezas de nuestra exposición. —Dirigiéndose a Leo, susurró—:

Acompáñeme a mi despacho, allí podremos hablar con tranquilidad de lo que desee.

Permanecieron en silencio durante el camino. Dedekind solo se mostró algo irritado cuando se dio cuenta de que Rothmayer los seguía.

—Mi ayudante —aclaró Leo—. No se preocupe, yo haré las preguntas. Mi compañero solo intervendrá si..., bueno, si no avanzamos. Por cierto, por motivos de discreción he dicho a los dos guardias que esperen afuera, junto al transporte para detenidos.

—¿Guardias..., transporte para detenidos?

A medida que el doctor Dedekind palidecía, Leo iba tomando el gusto al juego y decidió que no estaba de más hacer que ese fanfarrón vanidoso se manchara un poco los calzones.

El despacho, repleto de libros, infolios y hallazgos polvorientos de todos los tamaños, era como una leonera atestada de antigüedades. Nervioso, el director de la colección egipcio-oriental despejó la mesa y ofreció asiento a sus dos invitados.

—Veo que... ya lo han descubierto —dijo cuando todos estuvieron sentados.

—¿El qué? —preguntó Leo observando fijamente a su interlocutor—. ¿Que al menos uno de los ojos pertenece a una momia femenina, una princesa que usted y otros distinguidos miembros de la Sociedad Arqueológica desvalijaron como viles saqueadores de tumbas?

Dedekind levantó las manos.

—¡Hágase cargo! Teníamos la autorización expresa de Su Excelencia. ¡Él mismo estaba presente! Y después la momia fue trasladada aquí, al depósito.

—De acuerdo, pero tendría que habérmelo explicado. Además, ¡fue a casa de los Rapoldy a pesar de que se lo prohibimos de forma expresa. ¿A qué fue? ¿A prevenirlos de mi visita?

—¡Oh, no, por Dios! Yo..., yo..., nos conocemos desde hace mucho tiempo. Pobre Charlotte..., yo no quería que..., que...

—... que acudiera un polizonte a revolver la casa —interrumpió el inspector, que se llevó la mano al bolsillo de su chaleco, sacó las dos esmeraldas y las puso sobre la mesa—. Según el profesor Hofmann, Strössner se mostró muy alterado después de la reunión en casa del archiduque. El profesor Walter Kerfeld también puede confirmarlo.

—Así que también ha ido a verlo —murmuró Dedekind—. Entonces sabrá que los otros dos miembros de la expedición también han muerto.

—Lo sabemos. Y también creo que sé de dónde ha salido el segundo ojo. —Leo empujó las joyas sobre la mesa como si fueran fichas de dominó—. Antes de su repentina partida, el profesor Alfons Strössner estuvo ocupado sobre todo con una momia muy especial. ¿Sabe a cuál me refiero? La momia por la que se supone que volvió a viajar a Egipto. ¿No es así? La que la expedición austríaca trajo a Viena de forma ilegal.

—Ta-bek-en-chon... —pronunció el director de la colección en voz baja, casi inaudible, como si temiera que la simple mención del nombre fuera a traer mala suerte—, un sacerdote de Thot...

—Dios de la sabiduría, la escritura y la magia —intervino Augustin Rothmayer por primera vez—. Después, los griegos lo llamaron Hermes, y nuestros hechiceros y brujas bailaban y cantaban en honor a un tipo llamado Hermes Trismegisto. Todos son el mismo dios, muy antiguo y poderoso, pues era el escriba del reino egipcio de los muertos, una especie de notario.

Dedekind levantó la mirada irritado.

—Es sorprendente lo que sabe su ayudante.

—Es un especialista en... inframundos —dijo Leo—, pero continúe, doctor. El segundo ojo proviene de la momia del tal Ta-bek-en-chon, ¿no?

Dedekind asintió. Casi como hipnotizado, se quedó mirando las dos piedras que había encima de la mesa.

—Alfons me lo contó poco antes de desaparecer. Él había descubierto a Ta-bek-en-chon y no quería que nadie más lo tocara. —El director de la colección de arte egipcio tragó saliva y continuó—. Verá, no sucede a menudo que dos piedras de este tipo sean idénticas ¡y encima tan valiosas! Por lo general solo se tallaban ejemplares únicos, como el Ojo izquierdo de Horus. Por ello, Alfons y yo tuvimos una corazonada.

—¿Y cuál fue? —indagó Leo.

—Bueno, de la misma manera que ahora los cónyuges se intercambian anillos idénticos para celebrar el matrimonio, en este caso podría tratarse de lo mismo. Digamos que sería una muestra de... amor.

—¿Cree que el sacerdote Ta-bek-en-chon y la princesa egipcia, cuyas momias están ahora en Viena, eran amantes? —planteó Leo, extrañado—. Creía que esas piedras eran amuletos protectores, no anillos de boda.

—Tiene razón, pero también simbolizan la eternidad, la eternidad del amor, precisamente. Un amor que..., que... —Dedekind se esforzaba visiblemente por encontrar las palabras adecuadas—, va más allá de la muerte. —Lanzó un profundo suspiro—. ¡No tendríamos que haber desvendado la momia en el palacio del archiduque de aquella manera! Fue como... desnudarla. ¡Una profanación atroz! Nunca nos lo perdonará.

—¿Quién? —preguntó Leo perplejo—. No se referirá al sacerdote muerto, ¿verdad? —Soltó una sonora carcajada—. ¿De verdad cree que ese sacerdote ha vuelto del reino de los muertos y se ha vengado de Strössner por profanar el cadáver de su amante? ¡Por favor! ¡Eso son patrañas!

—¡Ojalá lo fueran! Mire, inspector, soy una persona que piensa de forma racional, pero acaban de ocurrir cosas que, simplemente... no pueden ocurrir. Al menos no de forma racional. —Dedekind negaba con la cabeza—. ¿Por qué Alfons Strössner desaparece, escribe cartas desde Egipto y aparece de repente en el museo convertido en momia? ¿Por qué muere con él el tercer miembro de la expedición? ¿Y por qué el archiduque llega a Viena justo con esta segunda momia? ¡Es como si la princesa hubiera viajado en busca de su amado!

—He venido a interrogarlo para arrojar luz sobre todo esto, pero utilizando métodos policiales —comentó el inspector— y no empujando un vaso con el dedo ni prestándome a otro tipo de mascarada. —Su voz sonaba solo la mitad de segura y confiada de lo que debería—. Quizá ahora sería un buen momento para volver a examinar ambas momias con más detalle.

—Verá, inspector, eso nos conduce al siguiente misterio, a otro acontecimiento que tampoco puede ser explicado desde la razón. —El director de la colección se inclinó sobre la mesa y dijo con voz apagada—: Las momias han desaparecido.

—¿Qué significa que han «desaparecido»? —preguntó Leo estupefacto.

—¡Ya no están en el museo! Deténgame por embustero si quiere, pero es como si estuvieran merodeando por las calles de Viena, buscando infatigablemente a todo aquel que haya perturbado su descanso.

VIII

De *Ritos funerarios y cultura popular*, de Augustin Rothmayer, escrito en Viena en 1894

Mumia (tb. Mumia vera aegyptiaca, Mumiya, polvo de momia): *En muchas boticas venden este polvo hecho de momia molida como si fuera una auténtica panacea. A veces les llegan fragmentos en los que todavía son visibles huesos y arterias. En esos casos, el propio boticario se encarga de moler el género al momento.*

La mumia es beneficiosa en casos de tos, dolor de garganta, fragilidad gotosa, cardialgia, temblores, nefritis y cefalalgia. Por desgracia, son habituales las imitaciones descaradas hechas a partir de la desecación de cadáveres recientes. Durante el asedio de Viena por los turcos, los soldados imperiales masacraban de vez en cuando a prisioneros, los desollaban, los ponían a secar y después los vendían como auténticas momias egipcias. Hasta qué punto el efecto terapéutico era el mismo es algo que no estoy en condiciones de valorar.

Julia se abrochó el botón superior de su blusa, se atusó el pelo y entró en el vestíbulo de la Audiencia Regional de Viena. Este edificio de tres plantas de estilo renacentista, situado en la Landesgerichtsstrasse, siempre le había inspirado respeto. Probablemente tuviera algo que ver con que las ejecuciones que tenían lugar en el patio de la cárcel se llevaban a cabo por el método de la horca de estrangulamiento. A diferencia de la prisión policial de la Theobaldgasse, donde en ocasiones también iban a parar vagabundos pendencieros o mendigos borrachuzos, aquí las cosas iban más en serio: era donde el Estado mostraba todo su poder.

Sus pasos resonaban cuando pasó junto a los dos guardias uniformados camino a la recepción. Para su alivio, vio que conocía al ujier de servicio; lo había visto otras veces, al traer fotografías para un juicio. Entonces puso su sonrisa más amable, se aclaró la garganta y saludó:

—Alois, ¿verdad?

El hombre levantó la mirada de sus papeles y devolvió la sonrisa.

—¡Señorita Wolf! ¡Dichosos los ojos! ¿Trae alguna estampita para el señor juez? ¿A quién han tiroteado o apuñalado esta vez en el quinto?

—Esta vez no, Alois —dijo Julia mostrando ostensiblemente el maletín de la cámara—. He venido a tomar fotografías. Nos faltan algunas imágenes de identificación de uno de vuestros detenidos.

El ujier puso cara de extrañado.

—Ah... ¿y por qué no lo hacen en la Theobaldgasse? Allí hay una cámara.

—Corre prisa. Además... —Julia bajó la voz—, para serte sincera, me gustaría hacer algunas fotos aparte de las estrictamente necesarias. No es muy habitual tener a un salvaje delante del objetivo.

—Ajá, conque por ahí van los tiros —repuso el hombre esbozando una sonrisa burlona—. El jefe de tribu del zoológico, ¿verdad? ¡El caníbal que se zampó a uno de los guardas!

—Exacto. Como te decía, urge un poco...

—Por supuesto, señorita Wolf, haber empezado por ahí. Por

cierto, bonito vestido. ¡Le queda muy bien! —Hizo entonces una seña a uno de los guardias—. Schorsch, acompaña a la señorita Wolf al pabellón de los detenidos. —Se volvió de nuevo hacia ella y, guiñándole un ojo, le dijo—: ¿Tal vez la señorita podría hacer también alguna fotografía del caníbal para nosotros?

—Veré lo que puedo hacer —murmuró Julia.

Acompañada por el más corpulento de los dos guardias, Julia atravesó un laberinto interminable de pasillos de los que partían escaleras y galerías con las puertas pintadas del mismo marrón rojizo que las paredes. Por un momento, hasta le pareció oír los engranajes de la burocracia rechinando entre los muros de la Audiencia.

Justo esa mañana, poco después de que Leo se fuera, Julia había tenido la idea de hacer una visita no oficial a Saidrovuni. No había podido dejar de pensar en el jefe de la tribu de los matabele durante toda la noche. Por fortuna, él no parecía haberse dado cuenta de ello. Las horas pasadas a su lado habían sido fervientes y apasionadas, al igual que el baile en La Caverna. En esos momentos, ella había vuelto a ser consciente de lo mucho que quería a Leo a pesar de los defectos que la Gorda Elli veía en él. Tal vez hicieran mejor pareja de lo que Elli pensaba.

A media mañana, Julia había ido a la Theobaldgasse para hacer unas fotografías de identificación y, al terminar, volvió deprisa a casa para comer con Sisi. Pero durante todo el tiempo no había podido dejar de pensar en lo mismo. Simplemente no quería creer que el caso del parque zoológico estuviera tan resuelto como afirmaba el inspector Loibl. De acuerdo, Saidrovuni había tenido en su poder la gorra del cuidador de animales y la llave del recinto de los leones, y todo apuntaba a que él era el culpable..., pero algo le decía a Julia que esa no era toda la verdad. Tal vez fuera la mirada de Saidrovuni y su actitud íntegra, también en el momento de ser arrestado. Había subido al transporte para detenidos con la cabeza alta y en ningún instante mostró el típico desánimo de un convicto. Julia solo podía esperar que nadie le pidiera explicaciones por las fotografías que iba a tomar. Y si alguien lo hacía, siempre podría poner como excusa que quería captar unas cuantas imágenes exóticas por iniciativa propia.

Entretanto habían llegado a la galería de los detenidos. Las puertas pintadas de rojo estaban reforzadas con hierros y tenían una escotilla para servir la comida y una pequeña mirilla. El guardia se detuvo delante de una de las puertas y examinó el interior a través de esta última abertura. Cuando Julia hizo después lo mismo, retrocedió espantada.

—¡Tienen al pobre hombre encadenado como un animal!

—Orden del juez de instrucción —respondió el vigilante con voz monótona. Era de complexión corpulenta, granilloso y todavía bastante joven, pero dominaba la jerga oficial como un veterano—: El sujeto opuso resistencia en el momento de su ingreso.

—¿Y ahora tienen miedo de que salga volando —se burló Julia— como un loro?

El guardia permaneció callado y abrió la puerta de la celda con su manojo de llaves.

—Esperaré fuera, delante de la puerta —dijo—. ¿Cuánto tiempo va a necesitar para tomar las imágenes?

Julia pensó un momento y se dio una palmada en la frente.

—¡Seré estúpida! Me he dejado el trípode en la entrada. ¿Sería tan amable de traérmelo? —Sonrió burlonamente—. Si lo hace, también podría darle una fotografía del salvaje...

El guardia granilloso titubeó, pero al final accedió.

—De acuerdo, el tipo está esposado, así que no tiene por qué pasar nada. Pero tenga cuidado, ¿de acuerdo? Estos tipos son como animales.

Con estas palabras cerró la puerta de la celda detrás de Julia y volvió a la entrada arrastrando el paso. Julia calculó que estaría de vuelta en unos minutos, tal vez un cuarto de hora si el tipo se quedaba charlando con el ujier. No quedaba mucho tiempo para hablar con el prisionero sin ser molestados.

El jefe de tribu Saidrovuni la miraba con rostro inexpresivo. Estaba sentado en un camastro de metal estrecho y atornillado con fuerza al suelo. Era la única pieza de mobiliario de la celda, aparte de un cubo para hacer las necesidades y una mesa atornillada igual con su correspondiente taburete. Tenía las dos manos encadenadas a la barandilla de la cama para que no pudiera tumbarse, de manera que estaba sentado y apoyado con la espalda en la húmeda y fría pared, justo debajo de una pequeña ventana con barrotes por la que entraba el sol de la tarde. Por lo menos le habían cubierto con una manta su torso desnudo. Julia se preguntó cuánto tiempo llevaría así el jefe de tribu Saidrovuni. ¿Un día entero? Algunos rasguños en la cara indicaban que también había sido golpeado.

«Me gustaría saber quiénes son aquí los salvajes», pensó ella.

—¿Se acuerda de mí? —preguntó Julia mientras dejaba el maletín de la cámara en el suelo—. Estuve en el zoo con el inspector. Soy fotógrafa. —Señaló el maletín—. Es decir, capto imágenes con esta cajita de aquí...

—Ya sé lo que es un fotógrafo —interrumpió Saidrovuni—. Soy menos inculto de lo que cree.

—Lo siento, yo..., ha sido una estupidez por mi parte —se disculpó Julia arrepentida.

—Llevo tres años de gira con el espectáculo folclórico de Meyer. He estado en París y en Londres, incluso en la Exposición Universal de Chicago. ¿Ha estado alguna vez en América?

—No, nunca...

—Allí hay unas cajas en cuyo interior se pueden ver imágenes en movimiento. Muy interesante.

—Señor... Saidrovuni, no disponemos de mucho tiempo. He venido porque creo que usted no mató al joven cuidador del zoológico. Quiero ayudarlo.

El jefe de tribu miró directamente a Julia por primera vez. Parecía sorprendido.

—¿Por qué quiere ayudarme?

—Porque creo que no está bien lo que le están haciendo. Lo están tratando... ¡como a un animal! Tal vez pueda sacarlo de aquí, pero antes tendrá que responder con sinceridad a mis preguntas. ¿Mató usted al guardián?

—No, pero sé quién lo hizo.

—¿Sabe... quién lo hizo? —Julia contuvo la respiración por un momento—. ¿Quién?

—El Asan-Bosam, un espíritu maligno.

Julia suspiró. No era la respuesta que esperaba.

—Un espíritu maligno, lo que nos faltaba...

—No lo entiende, señorita. El Asan-Bosam no es un espíritu inventado para asustar los niños. Existe de verdad, ¡es un demonio! Nuestra gente cree en él, yo mismo lo he visto. Tiene los dientes de hierro, y los utilizó para devorar a ese pobre chico. ¡Lo vi con mis propios ojos!

—¿Qué fue lo que vio? —Julia se sentó en el taburete. Ahora estaba tan cerca de él que podía alcanzarla a pesar de las cadenas. Pero no tenía miedo de él, sino de lo que él pudiera haber visto en el parque zoológico.

Saidrovuni tragó saliva y empezó a hablar.

—Esa noche fui a dar un paseo por el zoo. Lo hago a veces, cuando no puedo dormir. Hay muchos ruidos y luces en esta ciudad... De vuelta pasé por delante de los depredadores y oí un ruido..., un desgarro.

—¿Un desgarro? —preguntó la fotógrafa mientras se acercaba—. ¿No querrá decir más bien un chirrido? ¿El chirrido de la verja del recinto de los depredadores?

—No, un desgarro. Como si... como si alguien estuviera despedazando un cuerpo humano. ¡Y entonces lo vi! Vi al Asan-Bosam inclinado sobre el joven, bebiendo su sangre. Me miró desde el otro lado de su presa y salí corriendo. —Saidrovuni respiró hondo—. Fui un cobarde.

—¿Y el león?

—No había ningún león. Estaba en la parte de atrás, donde lo llevan siempre para darle de comer.

«Ningún león... ni chirridos de la verja...», pensó Julia. Hasta ahora todos suponían que el joven cuidador había encerrado al león en la cámara trasera y había limpiado la parte delantera del recinto, y que entonces alguien había abierto la puerta desde fuera. Pero lo que Saidrovuni acababa de relatar era por completo distinto: alguien había estado con el cuidador antes que el león, cuando el animal todavía estaba encerrado. ¿Sería el asesino?

—Pero entonces, ¿por qué apareció la llave en su cabaña si usted no tuvo nada que ver? —preguntó ella—. Probablemente estaría metida en el candado. ¿La cogió usted?

—Allí no había ninguna llave, ¡lo juro! Puede que el Asan-Bosam me la diera más tarde, porque quiere beberse mi sangre cuando los hombres de aquí me hayan matado. —Saidrovuni asintió furioso con la cabeza—. Porque eso es lo que harán, matarme. Quiero morir peleando, no en un patíbulo. Mi espíritu nunca descansará, igual que el espíritu de Asan-Bosam.

—¿Puede describir con más detalle a ese... demonio? —preguntó Julia.

—Estaba demasiado lejos. —Saidrovuni negó con la cabeza—. Pero tiene que creerme, señorita, ¡fue el Asan-Bosam!

¿Quién si no haría algo tan terrible? Solo un demonio puede entrar en la jaula sin la llave.

—¿Y la gorra? —inquirió ella con brusquedad. Sabía que no le quedaba mucho tiempo—. ¿Qué pasó con la gorra del cuidador? También la tenía usted.

El jefe de la tribu permaneció en silencio unos instantes hasta que por fin respondió:

—La robamos, pero unos días antes.

—¿La robaron? ¡Por el amor de Dios! ¿Por qué querría alguien robar una gorra? ¡Si no vale nada!

—Porque..., porque... —Saidrovuni vaciló—. El cuidador viejo no era bueno con nosotros. Nos dijo cosas muy malas, cosas que no podemos perdonar. Las mujeres decidieron castigarle lanzándole un hechizo, y para ello necesitaban su gorra.

Julia suspiró.

—Cometieron una estupidez, Saidrovuni. ¿Cómo quiere que crean que usted no tiene nada que ver si solo habla de hechizos y demonios? Debería...

Se oyeron pasos en la galería. Era el vigilante, que volvía. La llave matraqueó en la cerradura y la puerta se abrió. El hombre echó un vistazo a la celda y entregó a la fotógrafa el trípode que ella había dejado deliberadamente en la recepción.

—¿El salvaje la ha molestado? —preguntó el hombre—. ¿La ha insultado? Está muy pálida. ¿Sucede algo?

—No, no, todo en orden. Gracias por el trípode. —Julia esbozó una sonrisa forzada y preparó el aparato—. Ahora permítame que haga deprisa las fotografías , antes de que haya demasiada oscuridad en la celda.

El guardia granilloso sonrió y dijo con tono de burla:

—Los negros no se ven de noche, ¿verdad? Son como las panteras en la selva, solo se les ven los ojos.

Julia no dijo nada y se concentró en su trabajo. Con el rabillo del ojo observaba directamente a Saidrovuni, que volvía a tener la mirada fija al frente. Posaba con la espalda erguida, como si se mostrara impasible ante toda la inmundicia que habían vertido sobre él.

Al cabo de un cuarto de hora, Julia ya había terminado. El jefe de la tribu no se había movido un ápice en todo ese tiempo, ni siquiera había pestañeado. Era como si hubiera fotografiado una estatua.

—¿Y qué piensa hacer con las imágenes? —preguntó el guardia corpulento, que había estado esperando impaciente junto a la puerta de la celda durante toda la sesión.

—Primero hay que revelarlas —respondió Julia—, y eso lleva un tiempo.

—Por supuesto —confirmó el guardia decepcionado y tratando de no parecer un ignorante en cuestiones tecnológicas—, qué se le va a hacer. —Hizo sonar la llave.

—¿No podría al menos darle una chaqueta al hombre? —propuso la fotógrafa.

—Pero si esa gente siempre anda en cueros —objetó el guardia encogiéndose de hombros—. Les da igual, créame. Además, cualquiera podría...

—¿Quiere la fotografía o no? —lo interrumpió ella con brusquedad—. Consígale algo de ropa. A cambio, volveré más tarde para dejar una fotografía en la recepción, ¿de acuerdo?

—De acuerdo —refunfuñó el corpulento vigilante—. Lo comprobaré, no le quepa duda.

Julia miró por última vez a Saidrovuni y abandonó la celda. La puerta se cerró, y sonó para la joven como la verja de la jaula de un depredador.

—Temía que iba a ocurrir, maldita sea —protestó Leinkirchner mientras, todavía de pie, encendía uno de sus gruesos puros.

Leo estaba en el despacho del inspector jefe, donde había sido citado de inmediato después de su llegada a la Jefatura de Policía. También había encendido un cigarrillo. Tras los acontecimientos de esa mañana, necesitaba con desesperación la nicotina.

Hasta ese momento no había tenido la oportunidad de asimilar lo que el profesor Hofmann y, más tarde, también Alexander Dedekind le habían contado. Leo había pedido a Augustin Rothmayer que averiguara algo más sobre maldiciones y momias egipcias. No es que pensara que esa pista podría hacerles avanzar, pero así pudo librarse del sepulturero. De hecho, Rothmayer había estado en un tris de acompañarlo también a la comisaría.

—El director general de la Policía ha dado prioridad máxima al caso de la momia —prosiguió Leinkirchner con tono severo—. Las conexiones de Strössner probablemente llegaban hasta muy arriba. La Sociedad Arqueológica, de cuya junta directiva formaba parte el profesor, constituye un círculo muy influyente. ¡La gente no se imagina qué personajes hay interesados en la arqueología! Es como si toda la gente ilustre se hubiera metido a buscador de tesoros, hasta el mismísimo archiduque Raniero. —Resopló—. No podremos mantener la cosa en secreto por mucho tiempo.

—¿Se sabe algo de la empleada de limpieza del museo? —preguntó Leo.

—Ayer fui yo mismo a la Theobaldgasse. La mujer será procesada por intento de robo. Con toda probabilidad pasará por el juzgado esta semana y se resolverá la cuestión en un periquete para dejar sitio libre en la prisión preventiva.

—Bueno, es lo que cabía esperar —dijo Leo.

—Pero ¿es que no lo entiende, Herzfeldt? ¿Hasta dónde llega

su estupidez? —Leinkirchner enrojeció de ira—. ¡Si se llega a juicio, la mujer testificará ante el tribunal y todo saldrá a la luz! Los periodistas revolotearán por la Audiencia Regional como buitres al acecho de alguna exclusiva. ¡Un catedrático convertido en momia en el museo! ¡El notición que estaban esperando! Así que tenemos muy pocos días. —Dio a su cigarro una profunda calada que pareció tranquilizarlo—. ¿Qué ha averiguado hasta ahora? ¿Sabe el profesor Hofmann algo sobre la causa de la muerte de Strössner? ¿Quizá también alguna pista sobre la fecha de fallecimiento?

—Ni lo uno ni lo otro. Por desgracia, no es tan sencillo —respondió Leo—. El caso está tomando un nuevo e interesante giro. Después del Instituto Forense volví al museo. El bueno del señor Dedekind no nos había contado toda la verdad el sábado pasado.

Leo informó sucintamente a Leinkirchner acerca de la recepción en casa del archiduque, la profanación de la momia y los dos ojos de esmeralda. El inspector jefe escuchaba en silencio y con el puro humeando como una locomotora.

—El doctor Dedekind cree que las dos momias están estrechamente relacionadas —concluyó—. Habla de una... una especie de relación amorosa unida toda la eternidad por los dos ojos de esmeralda.

—¿Y las dos momias han desaparecido? —preguntó con insistencia Leinkirchner.

Leo asintió.

—Estaban en el depósito, en el sótano del museo. La momia sacerdotal se encontraba allí desde la vuelta de la expedición de El Cairo y la momia de la princesa llegó hace tres meses, eso sí, después de ser convenientemente desvalijada por los señores de la Sociedad Arqueológica en el palacio del archiduque. Y en medio de tanto revuelo, Dedekind no había hecho ninguna comprobación hasta hoy. Los dos sarcófagos están vacíos.

—Vacíos, vale... ¿Y el señor Dedekind cree de verdad que esas dos momias están recorriendo Viena para vengarse de todos los que participaron en la profanación? Menuda memez.

—Bueno, como mínimo resulta interesante que las personas afectadas estén relacionadas con ambas momias. Adolf Landinger y el reverendo padre Gregor Mayr, ambos integraron la expedición. Y ahora también Strössner... Puede que Dedekind esté temiendo por su vida.

—¿Por dos momias desaparecidas? ¡Ese hombre debería estar en un manicomio! Sigo pensando que el profesor Kerfeld es nuestro hombre. El tipo quería vengarse porque no lo nombraron director de la expedición. ¡Cítelo para declarar, Herzfeldt! En la Jefatura lo podremos presionar un poco más. Kerfeld tiene un motivo y también los conocimientos necesarios para llevar a cabo una momificación. ¡Y vuelva a preguntar en Graz de qué murió el padre Gregor Mayr! Puede que Kerfeld también haya tenido algo que ver.

—Ya lo hice —se lamentó Leo—, pero las cosas de palacio van despacio, también en Graz. Todavía estoy tras la pista del médico que practicó la autopsia *in situ*.

—Su familia es de allí, ¿verdad, inspector? —curioseó Leinkirchner—. Ustedes, los judíos, tienen muchos contactos y, sobre todo, dinero. Pídale a su padre que mueva algún hilo para acelerar las cosas. El dinero siempre abre puertas.

—Bienvenido es el judío cuando se lo necesita —murmuró Leo con voz apagada.

—¿Ha dicho algo?

Leo se irguió y no respondió. Por el contrario, dijo:

—Creo que hoy también haré una visita a los Rapoldy. No

me contaron toda la verdad y se callaron lo de la recepción del archiduque. Hay algo que no me cuadra.

—Hágalo —asintió su superior—, ¡pero trate a los Rapoldy con suma delicadeza! Por lo visto, el palacio del archiduque es casi su segunda casa. ¡Y ahora resulta que Su Excelencia también estaba presente en ese extraño juego de las momias! Es un asunto muy delicado... —De repente, al inspector jefe le vino algo a la cabeza—. ¿Y qué ha pasado con los dos ojos de esmeralda de los que me ha hablado?

—Me tomé la libertad de confiscarlos. Al fin y al cabo, son pruebas.

—Entonces será mejor que los lleve al depósito de objetos probatorios antes de que venga alguien con las manos un poco largas. Esos pedruscos deben de valer un dineral. Y, por cierto, Herzfeldt... —Leinkirchner señaló con el cigarro en dirección a Leo—, como hasta ahora, ¡ni una palabra del asunto a nadie! Ni siquiera a Loibl, y tampoco a la señorita Wolf, si es que tiene previsto encontrarse con ella. Llevaremos el caso con la más absoluta discreción, ¿lo ha entendido?

Leo asintió con la cabeza y no dijo nada. No quería imaginar lo que pasaría si Leinkirchner se enteraba de que había salido a investigar por su propia cuenta con Julia. Y el inspector jefe tampoco sabía nada de las investigaciones que estaba llevando a cabo el sepulturero.

«Si alguien de la Jefatura se entera, Augustin Rothmayer ya puede empezar a cavar mi tumba», pensó Leo. Se despidió tocándose el sombrero con la punta de los dedos y salió del despacho de Leinkirchner sintiendo la mirada escrutadora del inspector jefe a su espalda.

Esa misma tarde, Julia se puso a revelar las imágenes que había tomado en la prisión de la Audiencia Regional.

En realidad, no estaba obligada a hacerlo, ya que las fotografías solo habían sido una excusa para poder hablar con Saidrovuni. Pero había prometido al robusto guardia y al ujier una copia para cada uno y temía que, si no las recibían, el jefe de tribu sería tratado aún peor de lo que ya lo estaba siendo. Pero, si era sincera, había otro motivo: estaba ansiosa por ver las fotografías que había hecho. Raras veces retrataba a personas vivas, y Saidrovuni encarnaba un tema de hecho interesante. Además, a diferencia de las habituales fotografías de los escenarios del crimen, esta vez Julia podría revelar las placas en presencia de su hija.

Estaba con Sisi en la buhardilla del Dragón Azul, junto a una mesa con las cubetas de revelado. La pequeña observaba con curiosidad mientras su madre bañaba las placas en los tres líquidos consecutivamente y las fijaba en el bastidor de madera. Mientras lo hacía, Julia hablaba pronunciando con voz alta y clara. Tenía claro que Sisi no podía oírla, pero también sabía que las personas sordas leían los labios. Además, conocía algunos signos del lenguaje de sordomudos; justo el día anterior se había hecho con otro libro sobre esta materia. Sin embargo, se consideraba un idioma para simios y hacía algunos años que había sido prohibido en las escuelas austríacas.

Julia sabía que su hija lo tendría cada vez más difícil, sobre todo más adelante, cuando fuera adulta. Se había propuesto ser una buena madre, pero no siempre lo conseguía.

Para una madre soltera no era sencillo ganarse el pan de cada día en Viena.

—Cuidado, que mamá va a hacer un truco —dijo Julia sumergiendo una fotografía en una de las cubetas—. Abracadabra... ¡pata de cabra!

Con un gesto un poco teatral, sacó del líquido la hasta entonces oscura placa y se la mostró a Sisi. El rostro de Saidrovuni apareció como por arte de magia. El jefe de tribu tenía la cabeza ladeada. Era una imagen muy nítida: el pelo rizado, los ojos oscuros, la mirada distante. Se veía el lado no herido de su cara.

Sisi arrugó el entrecejo. No se podían reconocer colores en la placa fotográfica, pero a la pequeña le pareció notar que el hombre de la imagen tenía un tono de piel distinto al suyo. Julia cayó en la cuenta de que su hija nunca había visto a una persona de piel oscura.

—Este es el señor Saidrovuni —dijo pronunciando con claridad— y viene de África. La gente de allí tiene la piel así de oscura, pero por lo demás son exactamente iguales que nosotros.

La mirada de Sisi se dirigió entonces hacia las fotografías ya reveladas del bastidor. En algunas de ellas eran visibles con claridad los arañazos en la cara. La pequeña los señaló y miró a su madre con gesto interrogativo.

—El hombre... se había caído —dijo Julia titubeante. No se atrevió a decirle a su hija que Saidrovuni había sido golpeado.

«Por personas con la piel blanca..., personas como nosotras...»

De repente, las fotografías le parecieron repugnantes, como si, al retratarlo, ella también hubiera despojado al jefe de tribu de una parte de su alma. Le causaba náuseas el hecho de pensar que el guardia granilloso fanfarronearía con una de esas fotografías delante de sus compañeros de taberna, que todos ellos se burlarían de la supuesta condición de salvaje de Saidrovuni y que toquetearían con sus grasientos dedos el rostro del jefe de tribu. A toda prisa, colocó las últimas imágenes reveladas en el bastidor para que se secaran.

—Es hora de ir a la cama —le dijo a Sisi—. Venga, si te portas bien te cantaré algo.

Aunque Sisi no podía oír, parecía que notaba cuando Julia le cantaba una nana. O tal vez fuera simplemente el suave balanceo y el vaivén con los que acompañaba la canción cuando tenía a la pequeña en su regazo.

Tomó la mano de Sisi y, cuando se dispuso a bajar de la buhardilla, oyó fuertes pasos en la escalera. Llamaron a puerta y la Gorda Elli asomó por el umbral, jadeando.

—No creas que hago esto a menudo —resolló la casera—. No soy tu criada, ¿me oyes?

—¿Qué pasa? —preguntó Julia espantada. Algo debía de estar pasando para que Elli hiciera el esfuerzo de subir las empinadas escaleras del desván.

—Han llamado de la pasma —repuso Elli secándose el sudor de la frente—. Dicen que tienes que presentarte lo antes posible en el distrito sexto. Quieren que hagas unas fotografías. El tipo del teléfono me ha dicho que se trata de otro caso como el de la última vez.

—La última vez... —De forma instintiva, Julia apretó la mano de Sisi con tanta fuerza que la pequeña dio un leve chillido de dolor—. Dios mío...

—Te has puesto blanca como el papel, cariño —dijo Elli, esta vez con más delicadeza—. Es otro de esos asesinatos tan espantosos, ¿verdad? ¡Te dije que dejaras de hacer ese trabajo sucio!

—Estoy..., estoy bien, Elli. Ocúpate de Sisi, ¿quieres? No volveré muy tarde. —Julia dio un beso en la mejilla a su hija y le dijo—: La tía Elli te acostará, tesoro. Mamá no tardará en volver.

Entonces se dirigió a las cubetas de revelado, donde también estaba su equipo fotográfico. En silencio, recogió el trípode, la cámara y algunas placas no expuestas.

«Como la última vez...»

Se había cometido otro asesinato.

Y Julia sabía muy bien qué iba encontrar en el escenario del crimen.

IX

Leo no llegó a Hietzing hasta bien entrada la noche. Las farolas de gas marcaban la ruta al cochero junto a las acogedoras vinaterías y establecimientos de lujo, donde también había mucho ambiente entre semana. Bajo las marquesinas cubiertas de hiedra sonaban violines y carcajadas, pero el inspector se dirigía a otro sitio.

—¿Al Neue Welt, ha dicho? —preguntó el cochero volviendo la mirada hacia su pasajero. Probablemente había dado por sentado que Leo, por la elegancia de su atuendo, se dirigía al Casino Dommayer—. ¿El descampado donde estaba el parque de atracciones?

Leo asintió con la cabeza.

—A la residencia de los Rapoldy. Tienen rampa de acceso propia, ya le indicaré.

—Lo que el señor mande.

El cochero chasqueó con el látigo y los caballos giraron por la Hietzinger Hauptstrasse en dirección a la pequeña Wenzgasse. Una fina lluvia de mayo se había instalado y las farolas de gas empezaron a escasear por la zona. Sin embargo, su luz bastaba para hacer que las mansiones esparcidas por el distrito, todavía en parte cubierto de maleza, brillaran con un resplandor opalino. Ardían velas tras los grandes ventanales y en algunos jardines colgaban farolillos de colores.

Pero allí donde no llegaba la claridad de las farolas reinaba la oscuridad. Las siluetas de los árboles, los arbustos y la maleza se perfilaban contra un cielo oscuro y encapotado.

Leo había llamado a los Rapoldy por la tarde para dar aviso de su llegada. Charlotte Rapoldy le propuso entonces que llegara para la cena, invitación que, tras un breve momento de duda, Leo aceptó. Quizá en un ambiente informal podría obtener mejores resultados que en un frío interrogatorio. Además, el inspector jefe Leinkirchner le había pedido de forma expresa que actuara con cortesía.

En lo que respectaba al profesor Walter Kerfeld, la jornada había resultado infructuosa para Leo. Leinkirchner había insistido en citarlo como sospechoso, pero no se encontraba ni en su domicilio ni en la universidad, y eso que había tenido una clase... Leo no sabía qué pensar. ¿Se habría dado a la fuga o le habría pasado algo? ¿Había algo de cierto en todo ese cuento sobre la maldición?

Leo tampoco había avanzado en el caso del fallecido padre Gregor en Graz. Nadie parecía conocer al médico que había realizado la autopsia al sacerdote. Era como si alguien se hubiera encargado de eliminar con posterioridad cualquier pista. El asunto se volvía cada vez más misterioso.

«¡Contrólate! —pensó Leo sacudiéndose los nervios—. Te estás volviendo igual de histérico que el señor Dedekind. Acabarás creyéndote tú también esa maldición...»

Al final del camino de acceso apareció la mansión de los Rapoldy. La cúpula de cristal de la biblioteca brillaba en la oscuridad como el ojo de un coloso. En la noche, de repente, las estatuas egipcias del jardín parecían seres amenazadores, como si fueran a ponerse a caminar en cualquier momento. Las dos esfinges de la entrada miraban a Leo con expresión enfurecida.

Pagó al cochero con unas monedas, se apeó y tiró del cordel

de la campana. A diferencia de lo que sucedió en su anterior visita, esta vez fue la propia Charlotte Rapoldy quien abrió la puerta. Seguía lloviendo.

—Espero que no se haya mojado demasiado, inspector.

—No lo suficiente como para que sea tema de conversación, *madame*. He venido en un fiacre cubierto. —Leo subió las escaleras y se quitó el sombrero para saludar—. Gracias por la generosa invitación. En realidad, no era necesario, solo tengo unas preguntas que hacerle.

—Preguntas que, sin duda, se pueden responder acompañadas de una buena cena. Hemos puesto la mesa en el invernadero por primera vez este año. Para serle sincera, esperábamos mejor tiempo y una temperatura algo más agradable, aunque no tanto como en Egipto —rio—. Bueno, bienvenido a la Villa Tebas, señor Von Herzfeldt.

Charlotte Rapoldy llevaba un sencillo vestido de color negro y en el pelo lucía una diadema de aspecto muy valioso con un escarabeo verde engarzado. Frunció el entrecejo cuando notó la mirada de Leo.

—Llevo esta diadema en recuerdo de mi padre. Probablemente perteneció a una aristócrata egipcia de la época ptolemaica. A papá le gustaba que me la pusiera. —Se hizo a un lado con un gesto de hospitalidad—. Entre antes de que la lluvia lo empape por completo. Sería una lástima por su bonito traje.

Juntos pasaron por delante de los jarrones del pasillo y se dirigieron al invernadero, donde había mesa puesta para tres. La cubertería no podía estar más pulida, los platos eran de la mejor porcelana de Meissen y el mobiliario era elegante pero no demasiado ostentoso.

Refrescaba bastante a esa hora de la tarde. El espacio estaba por entero acristalado por tres lados y una gran puerta doble, también de cristal, daba al jardín. En todas partes había macetas de flores decorativas con rosas y clemátides blancas que trepaban por pequeñas escaleras de bambú. La decoración le recordaba a Leo el jardín acristalado de la casa de sus padres, en el lujoso barrio residencial de Geidorf, en Graz. La conversación superficial pero amistosa también le resultaba familiar.

Poco después llegó Clemens Rapoldy ayudándose con su bastón. Parecía haber dormido poco, estaba pálido y no se había afeitado, lo cual no encajaba mucho con un porte, por lo demás, elegante. Leo se alegraba de haber pasado por su pensión después del trabajo y haberse cambiado de ropa. Llevaba una chaqueta Chesterfield, pantalón negro de costuras lisas, chaleco y camisa de cuello vuelto, no demasiado elegante, pero tampoco demasiado informal.

Clemens Rapoldy señaló a Leo su silla.

—Le pedimos disculpas, inspector, por recibirlo tan tarde. Mi esposa y yo hemos tenido que organizar las exequias de mi suegro. Por fin han liberado el cadáver... —Hizo un esfuerzo para tragar saliva—. Casi..., casi no podemos creerlo.

—Mis condolencias —repuso Leo, y tomó asiento—. Tampoco quiero abusar de su hospitalidad. Como he dicho, solo serán unas preguntas.

Los Rapoldy también se sentaron. Como si alguien hubiera dado una señal secreta, la puerta de la cocina se abrió y la criada, vestida con un delantal blanco y cofia de encaje, sirvió una sopa humeante. Por el olor, Leo dedujo que era de cangrejo. Después varias cucharadas, el inspector rompió el silencio.

—Tengo entendido que son ustedes invitados asiduos del archiduque.

Charlotte Rapoldy asintió con la cabeza.

—En efecto. El archiduque Raniero es un gran amante de la egiptología. Le estamos muy agradecidos, tanto a él como a toda la familia imperial.

—¿Por qué no me dijo que también lo vieron hace tres meses, acompañados de su padre y la junta directiva de la Sociedad Arqueológica al completo? Y que esa noche se produjo un..., bueno, un suceso desagradable. Podríamos estar hablando de profanación de cadáveres.

Clemens Rapoldy dejó con un tintineo la cuchara de plata a un lado.

—¿Cómo se atreve, inspector? Le ruego que...

Charlotte Rapoldy apoyó su mano sobre el brazo de su esposo.

—Tiene razón, Clemens, nos equivocamos al no hablar sobre ello. Después de todo, ¡nunca debimos dejar que sucediera! —Suspiró—. La idea de quitarle las vendas a la momia salió de Su Excelencia en persona. En un caso así, es muy complicado decir que no.

—Sé lo de los dos ojos de esmeralda y lo que teme el señor Dedekind —continuó Leo—. Seguramente por eso vino a verlos el Domingo de Pentecostés a pesar de que se lo habíamos prohibido. El hombre quería prevenirlos. —Leo negaba con la cabeza—. Prevenirlos de dos momias que en su día fueron amantes y que ahora andan sueltas por ahí haciendo de las suyas en señal de venganza. Dijo que las dos momias habían desaparecido con gran misterio.

—Sí..., es lo que nos contó —reconoció Charlotte Rapoldy titubeante—. Dígame, inspector, ¿qué piensa usted de todo esto? Me refiero a... esa maldición.

—Es lo que venía a preguntarles. Me hubiera gustado haber interrogado al profesor Walter Kerfeld, pero es como si hubiera desaparecido de la faz de la tierra. Nadie en la universidad, al menos, sabe dónde se encuentra ahora mismo.

—Al profesor Kerfeld le gusta desconectar de vez en cuando del mundo por unos días —aclaró Clemens Rapoldy—. No le daría mucha importancia a eso, es un tipo bastante excéntrico.

—Esa es la impresión que me dio —replicó Leo—, y puede que también sea bastante rencoroso —añadió mirando detenidamente a los Rapoldy—. Dice de ustedes que su familia ha hecho dinero con los tesoros antiguos de Egipto, ¿lo sabían? Asegura que los Rapoldy han basado su fortuna en el robo —concluyó dirigiendo de nuevo la mirada a la valiosa diadema que recogía el pelo de su anfitriona.

—¡Qué disparate! —exclamó Clemens Rapoldy soltando una risa bronca—. Kerfeld lleva años diciendo lo mismo, pero hasta ahora no ha podido demostrar nada. Y si usted se pregunta por el origen de la decoración de esta casa, en su mayoría solo son copias, en verdad valiosas, pero no son piezas auténticas, como tampoco lo es el sarcófago del jardín, por cierto. De las obras genuinas tenemos los correspondientes contratos de compra, como es el caso de la diadema que luce mi esposa y que tanto le llama la atención. —Rapoldy se inclinó hacia delante—. ¿Para esto ha venido, inspector? ¿Para acusarnos de robo? No imaginaba que fuera usted tan ingenuo. Es evidente que Kerfeld está intentando desviar la atención de sí mismo.

—Solo trato de buscar explicaciones a lo sucedido —dijo Leo—, nada más.

Estuvieron un rato en silencio sorbiendo cucharadas de sopa tibia. Leo probó el exquisito vino blanco seco y pensó que podría tratarse de un chardonnay de la Borgoña, pero en ningún caso de un vino austríaco. Fuera, la lluvia arreciaba e incluso empezaba a haber temporal. Tras las puertas de cristal de dos batientes se veía como el viento curvaba ligeramente los árboles.

—¿Cuándo se celebran los funerales? —preguntó al final el inspector para romper el incómodo silencio.

—Mañana por la tarde, en el Cementerio Central —respondió Charlotte Rapoldy, contenta por el cambio de tema—. Hemos acordado que no se comente nada sobre las causas. Será un entierro en la intimidad, después del cierre de puertas del cementerio. Solo está invitada la junta directiva de la Sociedad Arqueológica. Aparte de Alexander Dedekind y el profesor Hofmann, nadie sabe todavía qué ha sucedido. La versión oficial es que mi padre murió de fiebre tropical en El Cairo hace unas semanas y que el cuerpo no ha podido ser repatriado hasta ahora.

Leo asintió con la cabeza.

—Parece creíble.

«Como mínimo hasta que se descubra la verdadera historia —pensó el inspector—. Me pregunto cuándo empezará a husmear la prensa.»

Bebió otro sorbo de vino.

—Cuéntenme más sobre el profesor Walter Kerfeld. Él mismo me dijo que era de procedencia humilde y que se había abierto camino a base de esfuerzo...

—Sí, sí, la cantinela de siempre —refunfuñó Clemens Rapoldy—. No se deje engañar. Kerfeld nunca ha tenido escrúpulos cuando se ha tratado de su carrera. Ha copiado los trabajos de otros y los ha hecho pasar por suyos, y ha falsificado documentos antiguos sin que se haya podido probar nada en contra. Y en la recepción del archiduque fue el primero que examinó la momia en busca de alhajas, se abrió paso a codazos, literalmente. Pero siempre señala a los demás y dice que él no ha hecho nada.

—Entonces, ¿lo cree capaz de haber cometido este asesinato? —preguntó Leo—. ¿Por venganza? ¿O tal vez porque su suegro sabía algo sobre esas posibles falsificaciones de documentos a las que se acaba de referir?

Clemens Rapoldy permaneció en silencio. Fue su esposa quien al final respondió con voz entrecortada:

—Ya no sé a quién hay que creer, inspector. Solo sé que están ocurriendo cosas muy extrañas que...

Se oyó un tintineo y Leo levantó la mirada. La mesa temblaba un poco, una de las copas de vino había caído, al igual que el contenido de la botella, que se desparramó por el mantel. El viento sacudía los batientes de las puertas.

—Qué demonios... —exclamó Leo.

—Allí —susurró Charlotte Rapoldy mientras señalaba con dedos temblorosos la puerta de cristal de la veranda—. Dios mío... ¿Lo ve?

Lo veía a la perfección.

Detrás del jardín, junto a los arbustos, justo al lado del sarcófago cubierto de hiedra, se movía una figura. Estaba de pie, delante del muro enlucido de cal blanca, con los brazos extendidos en dirección a la mansión. Era una silueta de una altura superior a la de un ser humano normal, de hecho superaba los dos metros. En un primer momento, Leo pensó que la aparición estaba desnuda, pero entonces se fijó en las numerosas vendas que la envolvían, incluida la cara. Una luz verdosa partía de donde debían de estar los dos globos oculares.

Verdes como dos esmeraldas.

—No..., no puede ser —dijo Clemens Rapoldy en voz baja y agarrándose con fuerza a su bastón—. Es imposible...

Leo quedó petrificado en un primer momento, pero entonces se levantó de la silla de un salto.

—¡No se muevan y no salgan del invernadero! —Corrió hacia la puerta de la veranda e intentó abrirla accionando el picaporte sin éxito—. ¡Maldita sea! ¿Dónde está la llave?

Charlotte no dejaba de temblar y su marido tampoco parecía estar en disposición de reaccionar. Haciendo acopio de sangre fría, Leo arremetió contra la puerta, la madera se partió y uno de los grandes cristales se hizo añicos. Por fin, la puerta se abrió con estrépito. Leo salió corriendo al jardín.

—¡Inspector! —gritó Charlotte con una voz apenas audible en el rugir del viento—. ¡No haga eso! ¡Quédese aquí!

Pero Leo ya había pasado las estatuas egipcias y la pequeña pirámide, y corría en dirección al muro. Llovía a cántaros, el césped estaba blando y embarrado, y la tormenta, como una diosa enfurecida, sacudía los árboles. La momia colosal seguía de pie junto al sarcófago de delante del muro, con los brazos extendidos. Leo creyó escuchar un aullido, o quizá fuera solo el viento. Una farola de gas aislada, situada al otro lado de la pared, emitía una luz tenue. La momia desprendía un brillo verdoso y parecía moverse hacia él... A falta de un arma, el inspector agarró una rama para defenderse.

—¡Ni un paso más! —gritó—. ¡Policía! Esta mascarada tiene que terminar antes de que...

De repente, el espectro desapareció.

Leo no daba crédito. Hacía un momento, la aparición estaba de pie delante del muro y ahora se había esfumado. ¿Cómo era posible? Dejó caer la rama y corrió hacia la tapia enlucida de cal blanca, pero no encontró nada, ninguna puerta, ninguna guarida... Se puso de cuclillas y examinó el suelo mojado a la luz de la farola de gas.

No encontró ninguna pista.

¡No podía ser! Si la momia había estado allí, tendría que haber dejado algún rastro, unas huellas en la tierra húmeda o...

Algo resplandeció y un dolor insoportable atravesó su cabeza.

Cuando su cuerpo todavía basculaba hacia la hierba húmeda, la oscuridad lo arrolló.

Al despertar, Leo vio el rostro de Charlotte Rapoldy. Su anfitriona llevaba en la mano un paño húmedo con el que probablemente le había limpiado la frente.

—¿Qué..., qué ha pasado? —resolló él.

—¡Gracias a Dios, ya vuelve en sí! Lo he intentado con hielo y sales, pero no han servido de nada. Ya nos temíamos lo peor...

Leo trató de incorporarse, pero el dolor volvía a atravesarle la frente.

—No se mueva, inspector —le sugirió Charlotte con tono tranquilizador—. Alguien lo ha derribado de un golpe. Tiene un chichón considerable...

—La..., la momia —volvió a intentarlo Leo—, ¿cómo..., cómo ha sido?

—Clemens acaba de inspeccionar el jardín con el servicio, pero no han encontrado nada. No hay ninguna momia ni señales de ningún ladrón. La tormenta ya ha pasado y esa..., esa cosa ha desaparecido. Es todo muy extraño. —Charlotte Rapoldy suspiró—. ¿No habrá sido una alucinación? Pero era tan... real. Y la hemos visto los tres, de hecho.

Leo vio que la señora Rapoldy había estado llorando. Todavía llevaba puesto el vestido negro, pero no la diadema con el escarabeo verde. Tenía el pelo revuelto y el maquillaje corrido, lo que la hacía inusualmente cercana.

—¿Dónde..., dónde estoy? —preguntó Leo. Notaba que estaba estirado sobre una base blanda, puede que de cuero, y que alguien lo había tapado con una manta de lana. Tenía la cabeza vendada.

—Está en la biblioteca de nuestra casa —respondió Charlotte—, acostado sobre el diván, para ser exactos. Lo hemos hecho trasladar aquí y le hemos administrado los primeros auxilios. No creo que sea tan grave como nos temíamos al principio. Con toda probabilidad, solo será una conmoción cerebral leve. Aun así, debemos ser precavidos.

El inspector intentó levantarse, pero de inmediato sintió náuseas. Charlotte volvió a acostarlo con delicadeza en el diván y dijo:

—Creo que será mejor que pase la noche aquí. No puedo hacerme responsable de dejarle ir en este estado.

—Pero es que tengo que... —protestó Leo con debilidad.

—No me replique —zanjó ella sonriendo un poco—. Además, no lleva pantalones, inspector. Estaban empapados y no queríamos que cogiera frío.

A pesar de su estado de debilidad, Leo hizo una mueca de sobresalto.

—Me siento tremendamente avergonzado...

—No tiene por qué —dijo ella mientras le limpiaba el sudor de la frente con un paño—. Por si le hace sentirse mejor, ha sido el sirviente quien lo ha desvestido, cosa que, por cierto, me ha parecido una verdadera lástima.

Leo no estaba seguro de si la última frase había salido de la boca de la egiptóloga o de su propia imaginación. Ya había vuelto a cerrar los ojos y entraba de nuevo en un estado de sopor.

En los sueños de Leo, una Charlotte transformada en Cleopatra lo besaba con pasión en la boca. Sin embargo, esa imagen romántica era reemplazada por otra visión.

Una imponente momia con los brazos extendidos avanzaba tambaleándose hacia Leo. Él corría y corría, pero no podía escapar de ella.

X

De *Ritos funerarios y cultura popular*, de Augustin Rothmayer, escrito en Viena en 1894

En la India se sigue practicando la horripilante costumbre funeraria de la quema de viudas. Cada año, varios miles de mujeres son quemadas vivas, la mayoría no de forma voluntaria, junto con sus maridos fallecidos. Para evitar que huyan, las viudas son reprimidas con la ayuda de largas varas de bambú. En ocasiones también se construyen jaulas o cabañas con cerradura que luego arden con la mujer en su interior. Otro método consiste en cavar una fosa en la que arde la pira. Una cortina impide que la infortunada pueda ver las llamas hasta que finalmente salta o es empujada por los familiares.

Leo guardó cama casi todo el día siguiente.

Había pasado la noche en el diván de la casa de los Rapoldy, pero apenas había podido dormir. A pesar del paño húmedo que le había aplicado Charlotte Rapoldy, le dolía la cabeza. Ella se había ocupado con delicadeza de él y lo había ido a ver un par de veces durante la noche, hasta le había puesto la mano en la frente para comprobar si tenía fiebre. Por la mañana, Leo llegó a la conclusión de que las insinuantes palabras, y también el beso, solo habían sido fruto de su imaginación. Sin embargo, tuvo que admitir que las muestras de afecto de su anfitriona no le habían incomodado.

Después de levantarse, el matrimonio Rapoldy hizo venir un coche de punto y envió al enfermo a casa con sus mejores deseos de recuperación. Antes, Leo había llamado al inspector jefe Leinkirchner y le había contado brevemente lo sucedido. Leinkirchner quería un informe detallado sobre su mesa lo antes posible. Pero un informe ¿sobre qué...?

Leo se pasó horas en su cuarto de la pensión reflexionando sobre lo que había ocurrido la noche anterior. Había aparecido aquella... cosa. Al parecer, una momia de tamaño sobrenatural lo había noqueado y acto seguido había desaparecido sin dejar rastro, como si se hubiera evaporado.

Los tres habían visto a aquel personaje en el jardín, pero él se negaba a aceptar que se tratara en verdad de la momia de un sacerdote egipcio que había venido para vengar en los Rapoldy la profanación de su amada. ¡Era por completo ridículo solo de pensarlo!

Pero también muy inquietante...

Llamaron a la puerta, y antes de que Leo pudiera decir «adelante», la señora Rinsinger ya había entrado. Con las manos trataba de mantener en equilibrio una pesada bandeja con una tetera, una taza, un azucarero y un gran cuenco humeante.

—Le he preparado una espesa sopa de pan, inspector —dijo la casera con tono simpático mientras colocaba la bandeja sobre la mesilla al lado de Leo—. Es reconstituyente. Tiene que comer algo o le entrará fiebre.

Leo suspiró y se sentó en la cama. Era ya la tercera vez ese día que la señora Rinsinger hacía su ronda de visita al enfermo. Era mucho más cuidadora que su madre y, como mínimo, el doble de agotadora. Ya podía alegrarse si no venía a cebarlo...

—Gracias, señora Rinsinger. Tomaré unas cucharadas más tarde.

Ella levantó el dedo con actitud severa y amenazó:

—¡Pero no deje que se enfríe o, de lo contrario, me enfadaré de verdad! Por cierto, he llamado a la Jefatura de Policía desde la cafetería de enfrente, tal como me pidió. Sus compañeros ya están al corriente.

—¡Qué haría yo sin usted, señora Rinsinger!

Leo había contado a su casera que había sido golpeado y derribado por un ladrón durante una misión nocturna. Ella encontraba el trabajo policial de su inquilino sumamente emocionante, siempre y cuando no le alterara su horario de sueño nocturno. Un asesinato horripilante o un tiroteo salvaje le procuraban una animación muy bienvenida en una viudedad, por otro lado, sin sobresaltos.

—Puede que me haga instalar uno de esos aparatos telefónicos —dijo pensativa—. Dicen que ahora no pueden faltar en ninguna casa. La viuda Schlesinger ya tiene uno, y eso que solo estuvo casada con un consejero de la corte, mientras que yo...

El timbre de la entrada sonó y la señora Rinsinger, disgustada, tuvo que interrumpir su perorata.

—¿Quién será? ¡Lo que usted necesita ahora mismo es reposo absoluto!

La mujer salió al pasillo sin dejar de refunfuñar. Poco después, Leo escuchó a través de los finos tabiques los retazos de una conversación.

—... no sé si ahora es un buen momento para hacerle una visita, señorita —dijo la casera—. Todavía está muy débil y cualquier molestia...

—No creo que mi visita pueda resultarle una molestia, señora Rinsinger —replicó una voz sonora—. Además, traigo noticias frescas de la Jefatura de Policía, así que se podría decir que vengo por motivos laborales.

Leo sonrió. En efecto, era Julia, que entró en la habitación ignorando el murmullo enojado de la casera.

—¡Pero solo media hora! —protestó la mujer desde el pasillo—. De lo contrario, será su culpa si el señor Herzfeldt agarra un resfriado. ¡Recuérdele que tiene que tomarse la sopa! La venda ya se la ha quitado él.

—Le agradezco sus atenciones, señora Rinsinger —dijo Leo con voz débil—. Y ahora, si nos puede dejar a solas...

Julia cerró la puerta y puso los ojos en blanco.

—La próxima vez traeré una espada por si tengo que volver a enfrentarme al dragón.

—¡Chsss! —chistó el enfermo tocándose los labios con el dedo—. No hables muy alto, es posible que el dragón todavía esté detrás de la puerta.

—Bueno, por lo menos no he dicho que fuera un dragón maligno... —dijo Julia pronunciando las últimas palabras deliberadamente en dirección a la puerta. Pero de inmediato retomó el semblante serio y se acercó a la cabecera de la cama. Leo notó que estaba cansada y pálida, como si no hubiera dormido lo suficiente.

—¿Cómo estás? —preguntó ella compasiva—. Me lo ha contado Loibl en la Jefatura. Acabo de pasarme por allí para entregar unas fotografías recién reveladas. Pero ni siquiera Loibl ha sabido decirme qué ha pasado con exactitud. ¿Una investigación secreta? ¡Podrías haberme avisado, como mínimo!

—Ya..., ya ha pasado. Un mal golpe, pero nada serio, solo que se me ha puesto la cabeza como un bombo.

Leo le explicó entonces, con palabras entrecortadas, la espeluznante noche vivida en casa de los Rapoldy. Ella escuchaba incrédula.

—Conque una momia —dijo sacudiendo la cabeza—. Inquietante...

—Más bien alguien que se ha hecho pasar por una momia,

pero no tengo la más mínima idea de cómo lo ha podido hacer. No dejó huellas y era grande de verdad. Si se trata de una persona, estamos persiguiendo a un gigante, más o menos de la misma estatura que Bruno, el portero del Dragón Azul. —Leo se incorporó en la cama—. Cuando vuelva al despacho intentaré localizar de nuevo al profesor Kerfeld. Es raro que ayer no estuviera en la universidad ni en su casa. Quizá le haya pasado algo en serio.

—¿Puede ser que lo haya visitado una momia gigante, por ejemplo? —bromeó Julia. Pero entonces suavizó la mirada y apretó la mano de Leo—. ¿Por qué no me avisaste de lo ocurrido? Podrías haber venido a casa y te habría cuidado. ¡Cualquiera diría que te apetecía pasar la noche tumbado en el diván de los Rapoldy!

—No seas tonta, Julia. Tengo una conmoción cerebral, por si lo habías olvidado, y no podía ir a ninguna parte, ni siquiera a tu casa. Además, ya sabes lo que opina Elli de que vaya a pasar la noche contigo con demasiada frecuencia. ¡Más de una vez me ha amenazado con ponerme de patitas en la calle! —Leo cambió entonces de tema—. Antes has dicho que traías noticias frescas de la Jefatura. Déjame adivinar: ¿no tendrá por casualidad algo que ver las fotografías nuevas que les has llevado?

—Así es —respondió la fotógrafa con un semblante sombrío—. Anoche se produjo otro asesinato, esta vez en el distrito sexto, en Mariahilf, y de nuevo se ha repetido el mismo espectáculo espantoso: alguien ha matado a un joven a puñaladas y le ha amputado sus partes. Un baño de sangre. Loibl llamó al Dragón Azul y me dijo que acudiera enseguida.

—¿Se sabe quién es la víctima? —preguntó Leo.

—Esta vez puede que se trate de un chapero de verdad. Varias prostitutas que estaban en el lugar del crimen lo identificaron, un muchachito que todavía no había cumplido los dieciocho.

—Se estremeció visiblemente—. A veces me pregunto cuánto tiempo más podré aguantar en este trabajo sin salir perjudicada. Pero ¿sabes qué es lo peor? Que al final te vuelves insensible. Al revelar estas últimas fotografías no he quedado ni mucho menos igual de impresionada que la primera vez en Meidling... —Dejó de hablar.

—¿Qué pasa? —preguntó él.

—Acabo de acordarme de una cosa. En el primer escenario del crimen, Loibl dijo que ya había visto algo parecido, creo que en Leopoldstadt, cerca del Prater.

—¿En Leopoldstadt? —exclamó Leo dando un sobresalto que casi le hace tirar de la mesa la bandeja con la sopa—. ¡Maldita sea, Loibl nunca ha hablado de eso conmigo ni con Leinkirchner! Entonces ya tendríamos tres casos. ¡No puede ser una coincidencia!

—Loibl sigue pensando que se trata de una riña entre chulos —apuntó ella—, pero yo no lo creo. El carmín de la primera víctima se lo pintaron después y sus pantalones no aparecieron en ningún sitio. Y ahora en Mariahilf tampoco he descubierto ningún pantalón.

—Puede que la víctima de Meidling fuera un prostituto ocasional —dijo Leo—, Jakob Markowitz, de Ottakring. Las investigaciones apuntan a que iba a hacer la calle a otros distritos para que nadie lo reconociera, sobre todo su familia. Y la segunda víctima también era un joven chapero, como acabas de decir. En este sentido, Loibl no se equivoca al afirmar que los casos pertenecen al entorno de los chaperos. Sin embargo, hay algo que no cuadra. Las tres víctimas han aparecido en varios distritos, Meidling, Mariahilf y ahora, por lo visto, también en Leopoldstadt... No tiene pinta de ser la represalia de una banda de macarras, esa gente no suele salir de sus dominios... —La expresión de la cara se le descompuso—. Maldito dolor de cabeza... ¡Loibl es un completo idiota! Solo porque ha resuelto tan deprisa el asesinato del zoo ya se piensa que puede pasarse el santo día rascándose la barriga y empinando el codo en la oficina.

—No estoy segura de que el caso del parque zoológico esté resuelto de verdad —dijo Julia pensativa—. Ayer fui a ver al jefe de tribu a la Audiencia Regional y no me quedé muy tranquila.

Julia explicó a Leo su visita a la celda de Saidrovuni y lo que este le había contado.

—¿Un demonio africano? —Leo dio un resoplido—. ¡Como si no tuviéramos suficiente con una momia! Lo siento mucho, Julia, pero eso suena a excusa. Al fin y al cabo, él tenía la llave de la jaula y la gorra del cuidador de animales, y como mínimo robó la gorra, tal como él mismo dice. No lo tomes a mal, pero creo que te has dejado llevar por una falsa compasión. Además, ¡con tu acción te has puesto inútilmente en peligro! Si Leinkirchner se entera, te quedarás sin trabajo en menos de lo que tardas en apretar el obturador de tu cámara.

—Tú no has hablado con Saidrovuni. Algo me dice que no está mintiendo, llámalo intuición femenina. Creo que los de la Oficina de Seguridad tendríais que retomar el caso...

—Julia, por favor, ¡entiende que no puedo ocuparme de todo! Leinkirchner ha dejado meridianamente claro que el caso de la momia es su máxima prioridad. Hoy es el entierro y... —Leo titubeó—, por cierto, ¿qué hora es?

Julia miró el reloj de bolsillo del inspector, que estaba encima de la mesa, al lado de la sopa todavía humeante y la tetera, y dijo:

—Las cinco menos cuarto pasadas, ¿por qué?

Leo frunció el entrecejo.

—El entierro se celebra a primera hora de la tarde en el Cementerio Central, una ceremonia privada, solo para los más allegados. Si nos damos prisa, podremos llegar a tiempo antes de que cierren las puertas. Estoy seguro de que nuestro amigo Augustin Rothmayer podrá decirnos dónde se celebra el servicio fúnebre.

—¿Y para qué quieres ir? —Julia lo miró con cierta altivez—. ¿Para darle el pésame a Charlotte Rapoldy? Has tenido toda la noche para hacerlo.

—Dar el pésame no es la peor de las ideas cuando vas a un funeral —replicó Leo con tono seco—, pero sobre todo vamos a ir porque allí estará la junta directiva de la Sociedad Arqueológica. Cada vez tengo más la impresión de que una posible respuesta a este rompecabezas está relacionada con esta asociación. Y puede que nos encontremos también con el desaparecido profesor Kerfeld, quien al fin y al cabo es miembro de esa junta. —Se levantó de la cama con dificultad—. ¿Serías tan amable de acercarme el traje, Julia? Si nos damos prisa, hasta podría afeitarme.

—Aquí abajo, en la Lange Gasse, hay una tienda de ropa, ¿verdad? —preguntó ella.

—Sí, ¿por qué?

—Te propongo un trato: tú te afeitas y yo voy a comprar unas mudas para niña —dijo guiñándole un ojo—. ¿O ya no te acuerdas del encargo que te hizo el señor Rothmayer?

Una hora larga después, Leo y Julia caminaban a toda prisa por las estrechas veredas del Cementerio Central de Viena en dirección a la casa del sepulturero. A regañadientes, la señora Rinsinger había dejado por fin salir de casa a Leo, quien, para apaciguarla, había tomado un par de cucharadas de la sopa insípida y ya fría, y fantaseado acerca de una misión inaplazable. Además, había tenido que prometerle que bajo ningún concepto haría ningún esfuerzo físico, promesa que tampoco le costaría mucho cumplir debido al intenso dolor de cabeza que todavía tenía.

A esa hora, entre la caída de la tarde y el ocaso, el trinar de los pájaros iba enmudeciendo y las sombras se alargaban cada vez más. De vez en cuando se cruzaban con otros paseantes que ya se dirigían hacia la salida del cementerio. Al entrar, el portero había avisado a Leo de que las puertas se cerrarían en media hora, pero el inspector murmuró algo sobre la tumba de su abuela y un tranvía de caballos retrasado, y siguió avanzando con Julia sin detenerse. Enfundado en su traje negro y recién planchado por la señora Rinsinger, lo cierto era que podía pasar a la perfección por el típico pariente de difunto.

Entretanto Leo ya conocía el camino hacia la cabaña del sepulturero, y también sus peligros. Por eso no se desvió al pasar junto a la señal de obras y siguió recto.

—¿No sabes leer? —preguntó Julia—. Tenemos que tomar el desvío.

—Si quieres acabar enterrada bajo un montón de ataúdes podridos o caer en una fosa, adelante —replicó él—. Rothmayer vive literalmente atrincherado. Tiene miedo de que se lleven a Anna; los de la oficina de asistencia social ya han ido a verlo unas cuantas veces.

—La situación es muy delicada —murmuró Julia—. Siempre sospeché que sucedería algo así.

Esta vez no se salieron del camino principal, que los condujo poco después hasta las tumbas de los suicidas y, por fin, a la pequeña cabaña con las jardineras. Leo iba a llamar a la puerta, pero Julia lo detuvo.

—¡Cuidado! —susurró.

Justo a tiempo vieron que el zócalo sobresalía. Unido a él había un delgado cable que llegaba hasta el tejado. Leo se detuvo, se aclaró la garganta y dijo:

—Señor Rothmayer, ¿está usted ahí? Soy yo, el inspector Herzfeldt. No tiene nada que temer.

Se escuchó una sacudida que venía del interior de la cabaña, entonces la puerta se abrió y el rostro contrariado de Rothmayer se asomó fijando la mirada en Leo. El sepulturero parpadeó y miró de soslayo hacia arriba.

—Si está comprobando su nuevo sistema de alarma, lo más probable es que funcione a la perfección —dijo Leo—, siempre que no lo descubran antes, claro. ¿En qué consiste esta vez? ¿Un cubo de clavos de ataúd? ¿Una guadaña oscilante?

—¡Bah, solo boñiga de caballo! —gruñó el sepulturero—. No quiero cargarme a nadie.

—¡Oh, todo un detalle por su parte! Veo que está aprendiendo. Su último sistema de alarma casi me deja tieso.

—Bueno, si no sabe leer, no es culpa mía, aunque el camposanto de los suicidas no queda muy lejos de aquí. —Rothmayer lo miró con desconfianza—. ¿Qué quiere, inspector? Mi jornada laboral ya ha terminado y estoy jugando al dominó con Anna, que me está dando una paliza. En resumen, que tengo un humor de perros y lo último que necesito es hablar con un polizonte.

—Perdone las molestias, señor Rothmayer —lo saludó Julia desde un poco más atrás—. Buscamos un funeral que se celebra esta tarde. Además, traigo algo para Anna —dijo sujetando un paquete en lo alto—, ropa interior y algunos detallitos que seguro que le gustarán. Al fin y al cabo, usted nos hizo el encargo.

Al parecer, Rothmayer todavía no había visto a Julia en la penumbra del crepúsculo. Fue entonces cuando sonrió por primera vez.

—¡La señorita Wolf! ¿Por qué no lo ha dicho antes? —Hizo un gesto de invitación con la mano—. Entre, por favor. Estoy seguro de que Anna se alegrará de verla. ¿Ha venido también con la pequeña Sisi? ¿Cómo está su hijita?

—No es el momento, Rothmayer —intervino Leo—, primero necesitamos que nos ayude. Por lo visto, hoy se celebra un servicio fúnebre exclusivo después de la hora de cierre. Se trata del profesor Strössner... Vio su cadáver en el Instituto de Medicina Forense.

—¿La momia? No les hacía falta arrastrarse hasta aquí para eso. Strössner será enterrado en la parte delantera, junto a los soportales, no lejos de la entrada principal. Un fachendoso como él debe tener su propia cripta, su pirámide en Viena.

Leo se volvió hacia Julia y, lamentándose, le dijo:

—Tendríamos que habérnoslo imaginado. Hasta su funeral debía estar rodeado de privilegios, con el cementerio ya cerrado y en la parte delantera, como es obvio, junto a los soportales.

De repente, a Rothmayer le picó la curiosidad:

—¿Qué buscan en el sepelio? ¿Hay novedades sobre la maldición?

—¿Sabe una cosa? Mejor nos acompaña hasta allí —sugirió Leo—. Tenemos un poco de prisa y me temo que el funeral ya habrá comenzado.

—Y quién se va a ocupar de Anna, ¿eh? Ayer mismo llegó otra carta de la oficina de asistencia social. ¡No pienso dejarla ni un minuto a solas!

—No tardaremos mucho, se lo prometo —dijo Julia—. Además, los funcionarios ya han terminado su jornada laboral y en lo único que piensan ahora mismo es en llegar a casa y sentarse delante de un plato de estofado. —La pequeña Anna se asomó entonces por detrás de Rothmayer. Julia balanceó la bolsa en el aire y le guiñó un ojo—. Pruébate esta ropa, Anna. También hay dos faldas preciosas de segunda mano. Quédate solo lo que te guste, ¿de acuerdo?

Después de titubear un instante, el sepulturero accedió.

—Muy bien, los acompañaré para que no tropiecen en el

camino con mi nuevo sistema de alarma, he ideado algo muy especial. —Sonrió mostrando los dientes—. No andaba usted muy desencaminado con su idea de la guadaña oscilante, inspector.

—¡Debería abandonar esos disparates antes de que ocurra una desgracia! —advirtió Leo.

Rothmayer guardó silencio. Se puso su abrigo negro y empezó a andar con gran energía. Durante todo el trayecto hacia la puerta principal no dejó de soltar improperios contra los funcionarios de los servicios sociales.

—¡Quieren quitarme a Anna para meterla en un orfanato! ¿Se puede saber qué solucionan con eso? Allí no conoce a nadie y todas acaban en la calle mendigando o ejerciendo la prostitución. ¡Que no cuenten conmigo! Tengo algunas ideas para iluminar a esa panda de ineptos...

Con todo lujo de detalles, les expuso a Leo y Julia lo que tenía entre manos, pero Leo no le prestó mucha atención. Estaba demasiado intrigado por saber si el profesor Walter Kerfeld iba a estar presente en el funeral, y también por ver quién más acudiría. Esperaba obtener alguna pista, algo que ayudara a resolver definitivamente este misterio.

—Por cierto, he consultado un poco en mis libros, incluidos los que el profesor Hofmann tuvo la amabilidad de prestarme —prosiguió Rothmayer mientras continuaban caminando entre las hileras de tumbas—, y he visto que el Ojo de Horus es un símbolo bastante conocido entre los egiptólogos. Representa la inmortalidad. De hecho, casi todo en el Antiguo Egipto gira en torno a la inmortalidad.

—Pse, de momento todavía no hemos descubierto la manera de mantenernos eternamente jóvenes y lozanos —repuso Julia encogiéndose de hombros—. Ni siquiera la Gorda Elli puede conseguirlo.

Mientras tanto, la luz crepuscular ya bañaba todo el cementerio. Las numerosas cruces y lápidas resaltaban en el gris del atardecer, y bajo la floresta y los escasos árboles era ya noche oscura. Un ciervo pacía sobre una tumba cubierta de maleza y un mochuelillo graznaba en algún lugar. No se veía ni un alma. Leo pensó en las muchas historias de terror que se contaban sobre los cementerios: muertos vivientes, fantasmas, ladrones de tumbas... Lo curioso era que se sentía seguro a pesar de todo, aunque tal vez fuera por el sepulturero, que no dejaba de hablar por los codos junto a él.

A unos doscientos metros al norte de las puertas de entrada se encontraban los soportales, una construcción semicircular de ladrillo de estilo neorrenacentista. En el interior había hornacinas con monumentos fúnebres que marcaban la entrada a una cripta. Leo vio ángeles de mármol de estilo kitsch, columnas que imitaban templos, esculturas con aspecto de dioses o de bellezas que parecían haber caído dormidas como Blancanieves. Y sí, hasta una cueva con enanitos. Todo aquello le parecía un triste y vano intento de seguir formando parte del mundo de los vivos incluso después de la muerte.

«Como si la inmortalidad se pudiera comprar con dinero», pensó.

Bastante apartado a mano derecha, en la penumbra, se había congregado una docena de personas. Los hombres llevaban traje negro y sombrero de copa, y hablaban en voz baja. Más alejados, cerca de la entrada principal, aguardaban varios carruajes de aspecto ostentoso. Había dispuestos varios faroles para que una cripta muy concreta reluciera con una luz pálida. Bajo el arco del soportal se podía reconocer una pirámide de tamaño humano con una inscripción de bronce. En la parte superior lucía un anj, la cruz egipcia que simbolizaba la inmortalidad.

—¡Alguien se cree que está en Alejandría y no en Viena!

—refunfuñó Rothmayer, que se parapetó junto con Leo y Julia a la sombra de una de las hornacinas—. Un par de angelitos gordos habrían bastado. Y a un tiro de piedra hay decenas de cadáveres enterrados en la fosa común. —El sepulturero esbozó una sonrisa sardónica—. Cuando me toque trasladarlos dentro de diez años, todos tendrán los mismos huesos blancos, tanto los de las fosas para pobres como los de las criptas imperiales. Todavía no me he topado con ningún cráneo de oro.

Al parecer, el féretro con el cuerpo de Strössner ya había sido introducido en la cripta y las honras fúnebres estaban llegando a su fin. Leo vio al profesor Hofmann, del Instituto de Medicina Forense, y al señor Dedekind, del Museo de Historia del Arte, enfrascados en una conversación; cerca de la pirámide, los Rapoldy hablaban con un caballero con bigote y ondeante cabellera negra que lucía una extraña combinación de botas de montar altas, frac y sombrero de copa. No había el menor rastro del profesor Walter Kerfeld.

—¡No me lo puedo creer! —susurró Julia—. El hombre de las botas de montar es Friedrich Knauer, ¡el director del zoo! Lo conocí el lunes.

—Sí, la Sociedad Arqueológica son un grupo ilustre. Directores, catedráticos... —Leo se quitó el sombrero Homburg—. Me acercaré para ver si me entero de algo sobre el paradero de su estimado colega Kerfeld. Tal vez pueda averiguar algo más.

—Será mejor que me quede con el señor Rothmayer —dijo Julia—. Cuando me llevaste contigo para entrevistar a los Rapoldy ya fue un poco delicado, y ahora veo que Knauer, el director del zoo, también está metido. Él sabe quién soy.

—Probablemente tengas razón, sería demasiado arriesgado. Si Leinkirchner se entera, nos arrancará la cabeza.

Leo consideró que era mucho mejor que el inspector jefe no supiera nada de esta visita improvisada al Cementerio Central.

Con la cabeza descubierta, Leo marchó a solas hacia el grupo. La primera en advertir su presencia fue Charlotte Rapoldy. Llevaba el rostro oculto bajo un velo, pero el inspector creyó reconocer una mirada irritada tras él. La mujer habló con voz quebradiza:

—Señor Von Herzfeldt, me alegro de que por lo visto se haya recuperado tan deprisa, pero no puedo evitar extrañarme por su presencia aquí. Es un funeral privado...

—Siento mucho molestarla, señora Rapoldy —se disculpó Leo—, pero por desgracia todavía estoy buscando al profesor Walter Kerfeld. Esperaba encontrarlo aquí.

—Pues, como puede ver, no está —intervino Clemens Rapoldy mientras se acercaba ayudándose con su bastón, cuya empuñadura de marfil con la cabeza de chacal brillaba pálidamente a la luz de los faroles—. Ya le dije que el profesor Kerfeld no es muy dado a formalismos.

—¿No le preocupa que le haya pasado algo? —preguntó Leo—. No ha aparecido por la universidad pese a que tiene que dar clases. Y tampoco está en su casa. Kerfeld sería ya el cuarto miembro de su círculo que muere o desaparece en extrañas circunstancias.

—Así que ahora usted también cree en esa maldición —susurró Charlotte.

—Yo no he dicho eso, pero...

—¿Puedo ayudarle? —intervino Friedrich Knauer. El director del zoológico miró a Leo con desconfianza—. Este es un servicio funerario privado. Creo que no lo he visto antes en las reuniones de nuestra asociación, señor...

—El señor Von Herzfeldt es un conocido de la familia —se adelantó Charlotte Rapoldy dirigiendo a Leo una mirada de advertencia—. Solo ha venido a presentar sus condolencias.

—Ah, vale —gruñó Knauer—. Disculpe, no lo sabía.

—Charlotte y yo nos conocemos de hace tiempo —explicó Leo—. Una vez se me pasó por la cabeza estudiar egiptología. Ella me contó muchas cosas apasionantes, también sobre las expediciones que realizó su padre.

—Y al parecer una de esas expediciones le ha costado la vida —se lamentó Knauer con tono apesadumbrado—. La fiebre tropical es dañina de verdad. El profesor Alfons Strössner era una eminencia, ¡un titán de la egiptología! Con él, no solo la Sociedad Arqueológica pierde a su hombre más importante.

—¿Qué hace con exactitud su Sociedad? —preguntó Leo.

—Bueno, nos dedicamos a la preservación de la historia del Antiguo Egipto —respondió Knauer—. Organizamos conferencias, incluso pequeñas expediciones, y por supuesto también recaudamos fondos. Nuestros miembros no están precisamente faltos de recursos. —Señaló a un grupo de caballeros de muy avanzada edad que había detrás de él—. Franz Ritter von Hauer es, como seguro que sabrá, el director del Museo de Historia Natural, y los señores Seilkamp y Scherding son rentistas que dedican su fortuna a la egiptología. Y ahí atrás están...

—Gracias..., ya conozco a los señores —lo interrumpió Leo, que no quería que Dedekind o el profesor Hofmann se dieran cuenta de su presencia. Por el momento, aparte de estos y los Rapoldy, nadie más sabía quién era él en realidad.

—Muy bien, pues háganos una visita cuando quiera —dijo Knauer con tono campechano—. Si tiene valedores no habrá problema. Yo, por ejemplo, intercedí por el joven Rebers. Su conferencia sobre el canon de belleza en el Antiguo Egipto fue muy bien recibida.

Señaló al único joven del grupo, que estaba conversando con Clemens Rapoldy. Era un mancebo larguirucho, de pelo rojo encendido y tez pecosa, vestido con un frac negro que le iba demasiado pequeño. Al igual que Knauer, no parecía sentirse en especial cómodo con traje de luto.

—Carl Rebers es mi ayudante en el zoológico y también biólogo, como yo —prosiguió Knauer—. Nunca es tarde para abrirse a otros intereses. Tenemos valedores en muchos sectores y, en efecto, necesitamos sangre fresca. Solo tiene que vernos, ¡somos unos vejestorios! —Soltó una risotada, pero se calló enseguida al percatarse de la mirada reprensiva de Charlotte Rapoldy—. Mil disculpas, Charlotte, ha sido una impertinencia por mi parte...

Sonó un crujido de ruedas sobre la grava. Leo se giró y vio un carruaje tirado por seis caballos negros que llegaba desde la entrada principal.

—¿Esperan a más invitados? —preguntó con curiosidad.

—Solo a él..., anunció su asistencia —dijo Knauer en voz baja mientras se ponía firmes, como si estuviera en el ejército—, pero nunca esperábamos que...

La puerta del carruaje se abrió y salió un hombre de edad avanzada que Leo solo había visto en imágenes. Llevaba un sencillo uniforme del Regimiento de Guardia tachonado de medallas que mantenían al viejo carcamal literalmente pegado al suelo. Sus pobladas patillas eran blancas y brillantes, y el parecido con su poderoso pariente era inconfundible. Al igual que el emperador, el archiduque Raniero Fernando era una figura imponente.

—Como miembro honorario de la asociación, Su Excelencia ha venido a darnos el pésame a Clemens y a mí —susurró Charlotte Rapoldy a Leo—. De incógnito, por supuesto. Señores, si me disculpan.

Con la cabeza erguida y el rostro todavía oculto tras el velo, la mujer se acercó al archiduque, que se descubrió y presentó sus respetos.

Mientras contemplaba la escena, Leo tuvo claro que, si hasta Su Excelencia el archiduque Raniero Fernando era miembro de la Sociedad Arqueológica, el caso era aún más delicado de lo que sospechaba.

XI

Cuando Leo entró en el despacho la mañana siguiente, la herida de la cabeza apenas le dolía. Sin embargo, había necesitado todas sus dotes persuasivas para evitar que la señora Rinsinger le aplicara un nuevo vendaje. Ella habría preferido que el inspector hubiese guardado cama más tiempo y se hubiera tomado la tisana de manzanilla sin azúcar que le había preparado y algunas cucharadas de la viscosa sopa de pan.

Erich Loibl ya estaba sentado en su sitio. Levantó la vista de los informes y le saludó con un leve cabeceo.

—Paul me ha contado el contratiempo de ayer. Una investigación secreta, ¿verdad? —Señaló la cabeza de Leo—. ¿Se supone que no debo saber lo que ha pasado?

—Como bien dice, se trata de una investigación secreta —respondió Leo, y se sentó a la mesa. Quería redactar el informe para Leinkirchner y hacer algunas llamadas, pero antes tenía que decirle a su compañero cuatro cosas bien dichas.

—Esta sí que es buena —refunfuñó enojado Loibl y se rascó la barbilla sin afeitar—. Trabajas un día tras otro, codo con codo, como buenos amigos y colegas, y de repente todo este secretismo. No me había esperado esto de Paul. En fin... —le acercó a Leo unas carpetas—, dice que, a pesar de esa investigación tan secreta que tienen entre manos, debe seguir ayudándome con los asesinatos de los chaperos. Tenemos un segundo caso, en el distrito sexto, quizá se lo haya dicho... un pajarito. —Le guiñó un ojo—. La señorita Wolf ha hecho algunas fotografías, una carnicería similar a la de Meidling. Por las buenas o por las malas, vamos a tener que repartirnos el trabajo.

—Pues, por lo que me han dicho, en realidad se trata del tercer caso —soltó Leo sin rodeos.

Loibl se quedó de una pieza.

—¿Quién se lo ha contado? —preguntó mirándolo con desconfianza—. Seguro que ha sido otra vez la Wolf, ¿verdad?

—Eso da igual, la cuestión es que una vez usted comentó algo sobre un caso en Leopoldstadt, cerca del Prater. Puede que lo recuerde vagamente.

Loibl frunció el ceño y se quedó pensando un rato.

—¡Ah, eso! —dijo por fin—. Pero ocurrió hace más de un año. Un pescador encontró en el canal del Danubio un saco con restos humanos, los brazos y el torso de un hombre joven. La cabeza no estaba. Y también le habían tronchado las partes. Se identificó poca cosa más. La bolsa llevaría varias semanas en el agua.

—¿Y lo dice ahora? —preguntó Leo indignado.

—Mire, de vez en cuando ocurre que alguien se deshace de los restos de un cadáver de esta manera. ¡A veces incluso recién nacidos enteros! Si usted hubiera crecido en Viena y no en la apacible Graz, estimado colega, lo sabría. La víctima no pudo ser identificada en ese momento. Es una lástima, pero qué le vamos a hacer...

—¿Es que no lo entiende, Loibl? ¡Tres jóvenes han sido descuartizados y castrados, y cada uno en un distrito distinto! No es obra de ningún macarra vengativo, los chulos no trabajan fuera de su zona.

Loibl se mordió los labios. Tenía la mirada puesta en el cajón donde se suponía que guardaba la botella de licor.

—Las..., las víctimas han aparecido en lugares distintos, pero puede que todas ellas provengan en su origen del mismo distrito —dijo titubeante—. Eso todavía no se ha aclarado.

—¡Piense un poco, Loibl! —se lamentó Leo—. Si, tal como dice, se trata de un único chulo que quiere marcar territorio, lo que el tipo tendría que dejar muy claro a los otros jovencitos es que vayan con cuidado y, como aviso, tendría que dejar el cadáver en *su* zona, en un lugar donde puedan encontrarlo con facilidad. No ha sido así en nuestros casos. —Señaló las fotografías que había sobre la mesa—. El criminal ha escondido los cadáveres y, al parecer, también ha disimulado sus crímenes haciendo que parezcan la obra de un asesino de chaperos. Con ello quiere distraer de su verdadero motivo —concluyó y se levantó.

—¿Adónde va? —preguntó Loibl.

—¿A usted qué le parece? Voy a informar al inspector jefe Leinkirchner. Creo que no estamos buscando a ningún macarra asesino y vengativo, sino a un loco especializado en jóvenes prostitutos que se hace pasar por cliente. Quizá hasta él mismo sea maricón.

—¡Ni se le ocurra salir de aquí! —exclamó Loibl tembloroso. Leo vio que su compañero, con barba de días y profundas ojeras, se había puesto pálido de repente—. Paul me ha puesto a mí al mando. Usted... ¡usted simplemente trabaja para mí! Estoy harto de que todo el mundo diga lo que le parece. Y lo del caso de Leopoldstadt, seguro que también se lo ha dicho la Wolf. ¡Voy a presentar una queja! Es inaceptable que venga una maruja a hacerse cargo de las investigaciones.

—Entonces, ¿se propone echar tierra sobre el tercer caso y lo que pueda salir de él? —preguntó Leo amenazador.

—No..., no es eso. —Loibl se aferró a la mesa como a un barco que se va a pique. Al fin suspiró y levantó las manos en señal de derrota—. Entiéndame, Herzfeldt, si va usted y se lo cuenta,

¿cómo voy a quedar yo? Mire..., estoy pasando por un mal momento. Mi mujer..., bueno, ya no vive conmigo. Dice que bebo demasiado, pero eso... ya se arreglará. Soy consciente de que en los últimos tiempos no he trabajado muy bien. Entonces llegó el caso del zoológico y pensé que la cosa mejoraría... —Se quedó callado, unas gotas de sudor recorrían su frente—. ¡Se lo ruego, Herzfeldt, de compañero a compañero! Deje que vaya yo a ver a Leinkirchner y se lo cuente. Sé que fue un error por mi parte y que tendría que haber mencionado el tercer caso. Yo... ¡simplemente me olvidé de hacerlo!

Leo se sentó. Sentía lástima por Erich Loibl. En el fondo no sabía nada de su compañero, excepto que le gustaba empinar el codo en la oficina y que no era lo que se dice un inspector modélico. Tampoco sabía nada de sus problemas matrimoniales, como tampoco había sabido hasta hacía poco que Paul Leinkirchner estaba casado y tenía un perro.

«Somos unos perfectos desconocidos», pensó Leo preguntándose si también podía decir lo mismo de Julia y él.

—Por mí, adelante —asintió—, vaya usted a hablar con Leinkirchner. Después de todo, todavía estoy con ese caso secreto y tengo que redactar un informe. De hecho, ahora mismo tengo demasiadas cosas en la cabeza —dijo señalándose el chichón en la frente y esbozando una sonrisa conciliadora—. Quién sabe, quizá yo también esté perdiendo un poco la memoria.

—Gracias, Herzfeldt, le debo una.

Loibl tragó saliva y alargó la mano hacia el cajón, pero se echó atrás con brusquedad. Entonces se arregló el pelo grasiento, se limpió el bigote de morsa y se dirigió al despacho de Leinkirchner.

Leo respiró hondo, tomó pluma y papel y empezó a redactar un informe de todo lo que había sucedido en los últimos días. No era una tarea precisamente sencilla, sobre todo porque en realidad no había hecho ningún progreso. Interrumpió su trabajo varias veces para telefonear a la universidad y a casa de Walter Kerfeld, pero el profesor seguía sin aparecer. Y en Graz continuaba dando en hueso con la búsqueda del certificado de defunción del padre Gregor. ¡Estaba a punto de perder la paciencia!

Pensativo, dirigió la mirada hacia la pequeña ventana. ¿Podía sacar alguna conclusión de su visita al Cementerio Central? Por lo menos, ahora ya sabía que el archiduque tenía una relación muy estrecha con los Rapoldy. Pero eso tampoco facilitaba mucho las cosas.

Después de las exequias junto a los soportales, Leo y Julia habían vuelto a la cabaña de Augustin Rothmayer. Anna se puso muy contenta con la visita y también con la ropa que le trajo Julia. Durante un rato fueron como una pequeña familia, con el sepulturero en el papel de abuelo gruñón. Pero entonces Julia tuvo que volver al Dragón. Rothmayer los dejó salir por una puerta lateral del muro del cementerio y Leo se dirigió a su pensión, se suponía que porque le dolía la cabeza, pero también porque no podía dejar de darle vueltas al asunto de la momia andante. Tenía la sensación de haber visto algo en el jardín de los Rapoldy que podría ayudarle encontrar una explicación, pero no conseguía averiguar de qué se trataba.

Loibl seguía en el despacho de Leinkirchner. La conversación entre ambos parecía que se alargaba. O quizá el inspector jefe había mandado a Loibl a cumplir una misión. ¿Tal vez a interrogar a más testigos de los asesinatos de chaperos? Las fotografías de los jóvenes prostitutos seguían esparcidas sobre la mesa.

Leo apartó su informe inacabado y observó las imágenes que Julia había tomado en el último escenario del crimen. A veces se arrepentía de haberle conseguido ese trabajo. Había allí tanta sangre y tanta crueldad... Cada fotografía explicaba una historia distinta, y todas ellas tenían un desenlace terrible. Esta vez la víctima había sido encontrada en un barril al borde de la calle. Los mismos detalles horripilantes, las mismas cuchilladas por todo el cuerpo, una estocada certera en el corazón... Las partes cercenadas tampoco habían aparecido y, de nuevo, la víctima era un joven extraordinariamente bello. ¿Era entonces el asesino un cliente homosexual desequilibrado que castraba a sus víctimas y después se deshacía de ellas en algún rincón apartado? Por lo menos era un caso claro de asesinato, sin momias andantes ni maldiciones de un sacerdote egipcio muerto hacía miles de años.

Leo estaba a punto de retomar su informe cuando sonó el teléfono. Respondió a la llamada con la esperanza de que fuera el médico de Graz.

—Inspector Herzfeldt —dijo Leo.

—Ah, el señor barón Von Herzfeldt —gorjeó una voz femenina. Era Margarethe, de la centralita, una conocida de Julia—. Justo lo estaba buscando. Tengo a alguien en la línea que quiere hablar con usted, inspector.

—¿De Graz, quizá?

—No, de Graz, no. De Viena. Un tal profesor Walter Kerfeld. Dice que es urgente.

Leo respiró aliviado. Al menos era un rayo de esperanza en la investigación.

—Pásemelo.

Sonó un clic y Leo escuchó por el auricular una respiración que hacía un extraño ruido metálico. ¿Había algún fallo en la línea?

—¿Profesor...? —preguntó con cautela.

—¿Hablo con el inspector Herzfeldt en persona? —Era claramente la voz de Kerfeld, pero sonaba un poco rara, algo distorsionada—. ¿Está usted... a solas?

—Eh... Sí, soy yo. ¿Qué ocurre, profesor? Llevo días intentando localizarlo. No lo encontré en la universidad ni tampoco acudió ayer al servicio fúnebre en el Cementerio Central. Creo que tendríamos que...

—¡Mi vida corre peligro! He tenido que mudarme a un hotel. Escuche, tengo pistas importantes. Pistas sobre la momia de Strössner. ¡Todo ha sido planeado desde el principio! ¡Él no es quien dice ser!

—¿Qué..., a quién se refiere?

—No puedo decírselo por teléfono. —Se oyó un crujido por el auricular, como si el profesor hubiera tapado el receptor con la mano. Ahora solo susurraba, su voz apenas era inteligible—. Yo..., creo que me están vigilando otra vez. Encontrémonos en un lugar público, será lo menos peligroso para mí. —Kerfeld respiraba con dificultad—. Dentro de media hora, en la catedral de San Esteban, ¿de acuerdo? Y, por el amor de Dios, venga solo.

Se escuchó otro crujido en la línea y la comunicación se cortó. Leo colgó el auricular, el corazón le latía a toda velocidad. Se recostó en su silla y respiró hondo.

Por fin iba a saber, o por lo menos eso esperaba, qué había en verdad detrás de esas misteriosas momias y de la maldición.

Su informe tendría que esperar un poco más.

Poco después, Leo salía a toda velocidad de la Jefatura de Policía.

En realidad, tenía tiempo de sobra. Desde el Schottenring hasta la catedral de San Esteban había menos de quince minutos, y el profesor lo había citado en media hora. Sin embargo, no podía aguantar más tiempo en la oficina. ¿Qué diablos querría decirle el profesor que era tan urgente? Había dicho que se sentía amenazado, y por lo visto por una persona muy concreta. Así lo había insinuado por teléfono.

«Él no es quien dice ser...», habían sido las palabras de Kerfeld.

Leo pasó por delante del edificio de la Bolsa, donde ya había animación a esa hora de la mañana, y entró en el distrito primero, el centro rico de la ciudad. Los comercios y las cafeterías habían abierto pronto sus puertas debido a las agradables temperaturas del verano incipiente. En las terrazas, los primeros clientes dejaban bañar sus rostros por los rayos del sol de mayo delante de un moka con nata o un café solo. Leo se habría cambiado gustoso por cualquiera de ellos, pero tenía que ir tras la pista de una momia, o, mejor dicho, de dos, si incluía a la princesa egipcia cuyo cadáver también había desaparecido.

«Él no es quien dice ser...»

¿A quién se había referido Kerfeld? Leo pronto lo descubriría.

Poco antes de llegar al restaurante Lugeck, giró con brusquedad a la derecha y se dirigió a la bulliciosa plaza de la catedral, por donde paseaban mujeres con cestos de la compra y protegidas con sombrillas, mientras los hombres de negocios buscaban mesa para un temprano almuerzo. Algunos mendigos y músicos ambulantes poblaban también la amplia superficie adoquinada mientras dos miembros uniformados de la Guardia de Seguridad hacían su aburrida ronda. Leo miró la hora en su reloj. Todavía tenía quince minutos. Quizá podría acercarse al lugar donde se había citado con Kerfeld y comprobar si de verdad lo seguía alguien.

Al no aparecer nadie durante los siguientes diez minutos, se dirigió hacia la gran portalada abierta de la catedral. En el interior reinaba la penumbra y hacía un frío desagradable, como si el invierno hubiera encontrado allí refugio. Los bancos presentaban una escasa ocupación y encima de la entrada principal alguien interpretaba al órgano la *Tocatta* de Bach, una pieza que Leo conocía desde su infancia en Graz. Los bajos retumbaban profundamente y los agudos resonaban a través de la nave central como voces de almas en pena.

Leo echó un vistazo a su alrededor. Solo había visto a Kerfeld una vez, pero la ondeante cabellera gris y el imponente bigote de morsa del profesor lo convertían en una figura difícil de olvidar. No sería complicado identificarlo entre los escasos feligreses.

El inspector recorrió con la mirada las filas de bancos mientras la música alcanzaba un nuevo clímax. ¡Allí delante, en la segunda bancada! El hombre del abrigo negro y algo raído era claramente Walter Kerfeld, si bien estaba algo inclinado hacia delante, como si estuviera rezando.

Aliviado por el hallazgo, Leo avanzó con rapidez por el pasillo central en dirección al altar. Las filas que había delante y detrás de la de Kerfeld estaban vacías, y él era el único ocupante de la suya. Su cuerpo seguía inclinado hacia delante. Leo tuvo la sensación de que el profesor temblaba un poco. ¿Sería por el frío de la catedral?

Se abrió paso a toda prisa por el estrecho espacio entre los bancos hasta que por fin llegó a donde estaba sentado Walter Kerfeld. El profesor seguía sin levantar la vista. Entre sus pies yacía con descuido su chistera, arrugada y polvorienta.

—Profesor —susurró Leo—, soy yo, el inspector Von Herzfeldt. Habíamos quedado...

El profesor miró entonces hacia arriba. Leo se sobresaltó. De los labios de Kerfeld goteaba saliva, tenía la mirada petrificada y las pupilas tan pequeñas como cabezas de alfiler. Su rostro estaba espantosamente pálido, casi amarillento.

—El rosario... —jadeó Kerfeld. Le temblaba todo el cuerpo. Además, había algo raro en sus pantalones, estaban abultados en la parte del abdomen, como si hubiera algo muy grande en el interior—. El rosario... —volvió a balbucear y agarró entonces a Leo por el cuello—. ¡El rosario! Tiene... que...

Justo entonces empezaron a sonar las campanas de la iglesia. Su estremecedor tañido ahogó las últimas palabras del profesor y los desesperados gritos pidiendo ayuda de Leo.

—Ve con cuidado, Sisi. ¡Las piedras son resbaladizas!

Sentada sobre una roca bañada por el sol, Julia observaba como su hija trataba con prudencia de mantener el equilibrio en el arroyo. Solo era un pequeño riachuelo de apenas un palmo de profundidad repleto de cantos resbalosos y algunos guijarros sobre los que Sisi apoyaba los pies, pero Julia sabía lo importante que era que su hija fuera adquiriendo confianza respecto a sus propias capacidades. ¿Qué podía pasar? ¿Que se le mojara el vestidito? Sin embargo, el instinto maternal de Julia era más fuerte y la advertencia le había salido del alma.

«De todos modos, no puede oírme», pensó apenada.

La pequeña estaba por completo absorta en su mundo. Con cara de concentración, Sisi fue poniendo un piececito delante del otro hasta llegar a la otra orilla.

—¡Muy bien! —exclamó Julia aplaudiendo—. Si vuelves aquí, puede que tenga un trozo de pastel para ti.

Sisi se volvió de repente y a Julia le dio un vuelco el corazón. ¿Había oído algo la pequeña? Pero Sisi solo la miró con una expresión de interrogación. El movimiento brusco había sido una simple coincidencia.

—¿Te apetece pastel? —volvió a preguntar Julia articulando las palabras con especial claridad, como de costumbre, mientras hacía el gesto de comer con la mano y señalaba la cesta de pícnic. Entonces Sisi asintió con entusiasmo y volvió a cruzar el arroyo sobre las piedras mostrando una habilidad considerable para una niña de tres años. Mientras la observaba, Julia volvía a ser consciente de que su hija era sordomuda, pero, por lo demás, una niña perfectamente normal. Sisi no era tonta, aunque había gente que pensaba que sí lo era porque no sabía hablar y a veces se expresaba con sonidos extraños.

A primera hora de esa mañana, Julia había decidido que dedicaría todo el día a su hija. En la prisión preventiva de la Theobaldgasse, donde se encontraba la cámara para retratar a los detenidos, no había nada que hacer. Y si surgía algún imprevisto, siempre estaban los numerosos estudios fotográficos de la Mariahilfer Strasse, que podrían reemplazarla en caso necesario. Así que había llamado a la Jefatura de Policía desde El Dragón Azul y había dicho que no se encontraba bien. No era una excusa sorprendente después de los últimos incidentes, pero seguro que sus compañeros masculinos verían en ello otro motivo por el que las mujeres no eran aptas para practicar la fotografía forense.

De hecho, el episodio de dos días atrás en Mariahilf había sido demasiado para ella: el joven muerto en el barril, apuñalado como un cerdo, la sangre derramada por todas partes como si fuera vino; y de nuevo las miradas de los hombres de la Guardia de Seguridad, que parecían estar al acecho, a la espera de que cometiera un error o, en el peor de los casos, que se desmayara.

Cuando, esa mañana, el sol de mayo llenó su habitación de lechosos rayos de luz, Sisi ya se había despertado. Julia había metido en la cesta unos cuantos pedazos de pastel de la noche anterior y algo de pan y queso, y salieron de casa. Tomaron el tranvía de caballos hasta Neuwaldegg, un destino muy popular en la linde de los Bosques de Viena, donde había un pequeño castillo y un bonito y extenso parque. Durante la semana apenas había excursionistas, así que caminaron a solas por la espesura hasta que llegaron al pequeño y burbujeante riachuelo.

Un paraíso para Sisi.

La pequeña ya casi había cruzado el arroyo de vuelta. Entonces, Julia se arrodilló y extendió los brazos.

—¡Ahora, amor mío! ¡Salta! ¡Yo te cogeré!

A pesar de que no podía oír, la pequeña voló a los brazos de su madre. Julia la abrazó con fuerza, le dio un beso en la nariz y le hizo cosquillas para que riera.

Julia sintió una punzada en el alma. Le hubiera encantado ir de excursión con Leo y con su hija, pero él prefería quedar con ella sin la pequeña. Además, estaba demasiado ocupado con su trabajo y casi nunca tenía tiempo para una breve excursión dominical o una salida al teatro. Muy pocas veces habían pasado juntos un día los tres. De acuerdo, la noche anterior, en el Cementerio Central, habían pasado una bonita velada con Augustin Rothmayer y Anna. Pero después Leo volvió a su pensión. Julia ya no sabía qué pensar. Era bastante obvio que Leo se sentía inseguro con Sisi. ¿Tendría eso algo que ver con la enfermedad de la pequeña? A veces Julia tenía la sensación de que él desconfiaba de todo lo que no fuera perfecto. Como sus trajes, siempre con un aspecto inmaculado, sin una mota de suciedad y ninguna arruga.

«Pero la vida no es perfecta —pensó Julia—. Nunca lo es.»

Condujo a Sisi hasta la roca, que estaba bastante caliente por el sol del mediodía. Allí extendió la manta de pícnic, puso dos platos sobre ella y repartió el pastel. Sisi se abalanzó hambrienta sobre él. Con un infinito sentimiento de gratitud, Julia observaba a su hija, la roca musgosa, el reflejo de la luz en el arroyo burbujeante, los verdes abetos en la otra orilla... Era un momento ideal, así que se acercó al maletín de la cámara y la preparó. A esas alturas ya había adquirido tanta práctica que apenas necesitaba unos minutos para montar el instrumental. Julia se había llevado la cámara porque, por una vez, quería fotografiar algo bonito y lleno de vida, y no cuerpos exánimes. Había cogido algunas placas de la Jefatura de Policía, pero seguro que nadie las echaría de menos. Después de todo, eran frágiles y se rompían con facilidad.

La luz incidía desde la orientación adecuada. Además, acababa de aparecer una mariposa que revoloteaba alrededor de la nariz de Sisi. La pequeña levantó la cabeza y Julia pulsó el disparador.

Ambas sonrieron.

Sisi era un ser tan frágil y, a la vez, tan bello. A veces, a Julia la invadía una sensación de miedo atroz por lo que le pudiera pasar a Sisi sin los cuidados de su madre. Podía entender a Augustin Rothmayer, que probablemente se preocupaba de la misma manera por Anna.

Hizo tres, hasta cuatro fotografías más, y volvió a meter la cámara en el maletín. Mientras guardaba las placas fotográficas, la mirada de Julia se detuvo en unas ya reveladas que habían quedado en el interior de la bolsa. Eran las imágenes del jefe de tribu Saidrovuni que Julia había tomado en la cárcel de la Audiencia Regional. No las había entregado ni al guardia ni al ujier. La idea misma le repugnaba, porque le parecía que era como entregar al jefe de tribu por segunda vez a sus torturadores.

Con sumo cuidado, Julia sacó una de las placas y la examinó detenidamente. El africano la miraba orgulloso, sus rasgos faciales parecían esculpidos y no había miedo en su mirada. Los últimos meses, Julia había tomado muchas fotografías de sospechosos y a esas alturas ya podía saber por los ojos si alguien era en realidad culpable. No pocas veces acertaba.

Los ojos del jefe de tribu, que miraban atónitos desde la fotografía, no revelaban ninguna culpabilidad.

La vista de Julia se dirigió entonces a Sisi, que desmenuzaba su trozo de pastel y se metía las migas en la boquita dejándose los labios y la barbilla impregnados de azúcar. Saidrovuni también tenía hijos, ella los había visto cuando lo arrestaron. Los pequeños entonces se pusieron a llorar y se aferraron a las piernas de su padre. Sus lamentos pudieron escucharse hasta mucho después de que el transporte para detenidos ya hubiera partido. Aquello le había roto el alma a Julia.

Saidrovuni le había contado cosas extrañas, cosas que sonaban a cuento infantil: un demonio con dientes de hierro, una llave desaparecida por arte de magia... Sin embargo, Julia no creía que se tratara de ninguna excusa.

Saidrovuni había visto algo la noche del asesinato, o más bien... a alguien.

Julia echó una última mirada al retrato y lo guardó con determinación. Por un lado, había decidido dedicar el día a Sisi, pero por otro lado no podía dejar a Saidrovuni en la estacada. Había que hacer algo.

Pero ¿qué?

Entonces se le ocurrió cómo conciliar las dos cosas.

Sisi y Saidrovuni.

XII

De *Ritos funerarios y cultura popular*, de Augustin Rothmayer, escrito en Viena en 1894

Un rito funerario particularmente caído en descrédito es el canibalismo. En ciertas zonas remotas del planeta, la gente se come a sus familiares muertos porque cree que así podrá absorber sus almas. En ocasiones, lo que hacen es ingerir las cenizas de los cadáveres incinerados, pero en otros casos también consumen la carne directamente, ya sea cruda o asada. Se dice que su sabor recuerda al del cerdo.

La niebla matinal invadía las calles como una espuma lechosa. Por las ventanas abiertas de los edificios se veía a amas de casa con sus criadas sacudiendo edredones de plumas mientras en la Ringstrasse traqueteaba un tranvía de caballos y los vendedores de periódicos hacían su primera ronda. En el aire flotaba el olor de los hornillos de carbón y las boñigas de caballo que llenaban la calzada. Pronto llegaría una cuadrilla de estercoleros para retirarlas. La bosta equina era un abono muy solicitado, sobre todo en el mes de mayo.

Leo se abotonó el abrigo y se apresuró a atravesar las callejas solitarias del distrito de Josefstadt. Rara vez se levantaba tan temprano. A esa hora ni siquiera se había despertado la señora

Rinsinger, de manera que solo había podido desayunar una taza de moka amargo y frío del día anterior. Tampoco se había afeitado, cosa que también sucedía en muy contadas ocasiones. Sobre todo, se sentía bastante desaliñado.

Esa noche, al igual que las anteriores, había dormido poco. Los acontecimientos del día anterior lo habían conmocionado: ¡El profesor Walter Kerfeld había muerto ante sus propios ojos en la catedral de San Esteban! Un médico que por casualidad se hallaba en la iglesia pudo certificar la muerte. El galeno se decantó por un vómito de sangre o un ataque de apoplejía, pero esas causas no encajaban del todo con un detalle en verdad chocante: el abultamiento en los pantalones de Kerfeld que llamó la atención de Leo en la catedral.

No había ninguna duda de que el profesor había tenido una erección justo antes de morir.

Leo estaba convencido de que la muerte no se había producido por causa natural. Walter Kerfeld quería contarle algo importante, le había dicho que estaba siendo vigilado y que se había escondido en un hotel... Todo apuntaba a que alguien quería taparle la boca, y no cabía duda de que el asesino lo había conseguido. Kerfeld había entregado el alma al Señor antes de poder decir nada.

La tarde del día anterior había estado marcada por una actividad frenética. Leo ni siquiera había tenido tiempo de ir a ver a Julia por la noche, como había sido su intención, pero por lo menos habían quedado en ir esa noche del viernes al teatro. Una vez determinado el fallecimiento de Kerfeld, su cadáver fue trasladado al Instituto Forense por orden de Leo, quien más tarde redactó el informe correspondiente y puso el caso en conocimiento de Leinkirchner y del jefe superior de policía Stukart, al que, por decirlo con buenas palabras, no le hizo mucha gracia el asunto.

—Momias sedientas de venganza merodeando por las calles de Viena, un profesor bajo sospecha hallado muerto y con una erección en plena catedral de San Esteban... —había dicho Stukart, quejoso—. ¿Qué va a ser lo siguiente, Herzfeldt? ¿La archiduquesa María Teresa levantándose de su tumba?

El director general de la Policía en persona había preguntado por el caso. Todavía no se había filtrado ninguna información sobre la momia, ni siquiera a los periódicos, y la mujer de la limpieza del Museo de Historia del Arte seguía en prisión preventiva. Pero eso podía cambiar en cualquier momento.

Y Leo no había hecho ningún progreso.

Al contrario, todo se complicaba cada vez más. Leo casi envidiaba a Erich Loibl, que mientras tanto había volcado toda su energía en los asesinatos de chaperos. El temido sermón de Leinkirchner por su descuido con el caso de Leopoldstadt no se había producido. El inspector jefe había anunciado que ampliaría los efectivos para acelerar las cosas. A las seis de la mañana, Leo ya no podía aguantar más tiempo en la cama. Sabía que el profesor Eduard Hofmann era muy madrugador. El director del Instituto de Medicina Forense era famoso por practicar autopsias antes de desayunar y silbando una alegre tonadilla. En las clases que daba a primera hora de la mañana, sus alumnos llegaban con el rostro ojeroso y cansado y se quedaban observándolo con la mirada perdida como si fueran muertos vivientes, lo cual no parecía molestar al profesor, pues estaba acostumbrado a tratar con seres humanos sin vida.

Leo pasó por delante de una fuente pública donde había un par de obreros enjuagándose el sueño de los ojos, y dobló por la Lazarettgasse. El reloj de una iglesia próxima acababa de dar las seis y media. No se veía ninguna luz a través de las ventanas del Instituto Forense. Leo maldijo en voz baja. ¿Por qué se le había ocurrido pensar que el profesor ya estaría despierto? ¡Ahora le tocaba esperar! Quizá lo mejor fuera encontrar una cafetería abierta a esas horas. ¿Tal vez en el cercano barrio universitario?

Todavía estaba decidiendo qué hacer, cuando una silueta familiar se aproximó al Instituto. Era el profesor Hofmann, que portaba un maletín en una mano y con la otra balanceaba un bastón adelante y atrás, como si estuviera de excursión dominical por los Bosques de Viena y no de camino al depósito de cadáveres.

—Profesor... —Leo fue a su encuentro y se descubrió—. Muy buenos días. Sé que es muy temprano, pero...

—¡Ah, inspector Von Herzfeldt! —Hofmann se detuvo como si la visita no anunciada de un inspector de policía a primera hora de la mañana fuera la cosa más normal del mundo y levantó su sombrero de copa para devolverle el saludo—: Muy buenos días tenga usted también. Dicen que acudió al funeral de Alfons Strössner, ¿verdad? No lo vi, ¡qué lástima!

—Pensé que era mejor que no nos vieran juntos, sobre todo después de todo lo que ha... sucedido —aclaró Leo.

—Entiendo —asintió el profesor y, levantando el dedo con un fingido enfado, añadió—: Últimamente me está haciendo trabajar demasiado.

—Creo que no le entiendo...

—Bueno, usted en persona, no. Su departamento, para ser precisos. Primero, la momia de Alfons Strössner; después, esos jóvenes castrados... ¡Y ahora también el pobre Walter! —Movió la cabeza de un lado a otro en señal de lamentación—. Ni siquiera tuve tiempo de despedirme bien de él en la cámara frigorífica.

—Se refiere a Walter Kerfeld, ¿verdad? Ese es el motivo de mi visita. ¿Por casualidad no habrá...?

—¿Realizado ya la autopsia? —Hofmann se echó a reír—. Puedo hacer trucos de magia, querido inspector, pero los milasiempre ha tenido dinero, más que de sobra: propiedades, valores bursátiles, buenos contactos... Lo de siempre.

—¿Y qué pasa con el resto de los miembros de la junta directiva? ¿Alguien tuvo algún problema con Kerfeld?

Eduard Hofmann pensó un momento.

—Bueno, con Franz Ritter von Hauer, el director del Museo de Historia Natural, mantuvo alguna que otra disputa científica, al igual que con los rentistas Seilkamp y Scherding. El doctor Friedrich Carl Knauer, del parque zoológico, y el joven Rebers, que es su ayudante, siembre han estado un poco al margen. Las discusiones eran en parte sobre cuestiones un tanto alejadas de la realidad: desavenencias sobre técnicas de momificación en las distintas épocas, los viajes de los muertos y sus interpretaciones, el culto a los dioses, observaciones sobre la inmortalidad y la eterna juventud... —Hofmann miró el cadáver de Kerfeld como si fuera una pieza de museo—. Bueno, de la idea de la inmortalidad sí que podemos despedirnos todos. Descansa en paz, Walter. —Señaló el estuche de los bisturíes—. Bueno, pongámonos manos a la obra. *Skalpellum minimum*, por favor.

Leo empalideció.

—¿Qué le ocurre, inspector? No creo que este sea el primer muerto que ve.

—No, pero sí que es el primero que disecciono en persona.

—¡Déjese de comedias! Solo tiene que ayudarme. Por cierto, muy interesante lo que dijo ayer en la primera toma de declaración. He leído su informe.

—¿Se refiere a la saliva y a las pupilas del tamaño de una cabeza de alfiler? —Leo entregó el bisturí a Hofmann y trató de no mirar mientras el profesor realizaba el primer corte. El filo del escalpelo atravesó la piel arrugada como si fuera papel.

—Sí, son los síntomas típicos de un envenenamiento. Y también la piel amarillenta. Pero había algo más. Tenía el miembro absurdamente erecto.

—Me llamó la atención de inmediato. El médico que estaba en la catedral también se sorprendió. Quiero decir, dentro de una iglesia... —Leo tragó saliva cuando Hofmann, después de atravesar las fibras musculares, abrió el pecho del cadáver con una sierra. El rechinar del corte recorrió también el espinazo de Leo.

—Sí, es muy extraño —dijo Hofmann pensativo.

Extrajo los dos pulmones del tórax y se centró entonces en el corazón y el estómago. Después extirpó la bolsa del estómago y la sostuvo bajo la nariz de Leo como si fuera un saquito de almendras tostadas. El olor le provocó náuseas.

—Creo que sabremos más cosas cuando haya inspeccionado el contenido del estómago de Walter —dijo Hofmann—, y lo mismo con el hígado y el riñón. Pero antes permítame expresar una sospecha.

—¿Y... cuál sería...? —graznó Leo.

—¿Le suena de algo la mosca española?

—¿Se... se refiere al afrodisíaco?

—*Lytta vesicatoria* —respondió Hofmann asintiendo con la cabeza mientras agujereaba los intestinos de Kerfeld—. Es un coleóptero, una aceitera verde que produce un agente activo, la cantaridina. Esos escarabajos se han molido y vendido durante siglos como medicamento para la potencia sexual. Pero una dosis demasiado elevada puede producir daños en los riñones y el hígado, y la muerte en apenas doce horas.

—¿Y cree que al profesor lo envenenaron con esa sustancia?

—Lo cierto es que los síntomas apuntan a ello, ¿no cree? Espero que Walter hiciera algo antes con su..., bueno, su hinchazón. —El profesor dejó el bisturí a un lado—. Ahora, inspector, si es tan amable de extraer la parte superior del cráneo... Ahí tiene la sierra para huesos.

Cuando Leo llegó después a la Jefatura de Policía con el estómago revuelto, se encontró con Leinkirchner en mitad del pasillo. El inspector jefe miró la hora en su reloj de bolsillo con un gesto de reproche.

—¿Ha dormido bien, Herzfeldt? Me alegro. Esta mañana he recibido otra llamada del jefe superior con respecto a la muerte de Kerfeld, y a él lo ha llamado antes el director general de la Policía. ¡Están esperando resultados!

—Traigo alguno —dijo Leo casi sin fuerzas. Había conseguido no vomitar durante la autopsia, pero había perdido el apetito. De hecho, no sabía si podría volver a entrar algún día en una carnicería sin pensar en el enervante silbido cantarín del profesor Hofmann durante la disección—. Acabo de llegar del Instituto Forense.

—¡Ah, por eso está tan pálido! Supongo que ha quedado saturado de cadáveres. Pues en Viena tendrá que acostumbrarse a ellos. —El inspector jefe le hizo un gesto para que lo acompañara a su despacho—. Será mejor que sigamos hablando de ello en privado. Hay algunos..., bueno, algunos cambios que debo comunicarle.

Leo siguió en silencio a Leinkirchner, de quien no recibió ninguna palabra de elogio por el hecho de estar cumpliendo con su deber desde primera hora de la mañana, y encima como ayudante de disección de cadáveres. En vez de eso, de su superior solo escuchó comentarios estúpidos, pero ya estaba acostumbrado a ellos. Ya en su despacho, Leo ni siquiera se tomó la molestia de sentarse y, sin preámbulos, informó de las sospechas del profesor Hofmann sobre la causa de la muerte en el caso Kerfeld.

—Queda por examinar el contenido del estómago —concluyó—, pero el profesor está seguro por completo de que Kerfeld fue envenenado con una sobredosis de mosca española.

—Mmm, la cuestión sigue siendo si fue voluntario o involuntario —refunfuñó el inspector jefe, que se había atrincherado tras su escritorio y acababa de encender un puro.

—¿A qué se refiere?

—Bueno, la cosa es evidente. —Leinkirchner apagó la cerilla sacudiéndola en el aire—. Los compañeros han averiguado dónde se alojó Kerfeld los últimos días. Es un hotel barato cerca de la plaza del Praterstern. Por allí hacen la calle muchas prostitutas, así que es muy posible que el apreciado profesor se hubiera visto con alguna o, incluso, con varias de esas damas. Según han declarado los del hotel, Kerfeld no salió de su habitación en ningún momento, e incluso encargó que le subieran comida. —El inspector jefe esbozó una sonrisa maliciosa—. Cuando la cosa no funciona como debería, la mosca española siempre ayuda... Y, al final, el viejo corazón del disoluto profesor ya no aguantó más. Pero podría imaginarme peores maneras de morir.

—¿De verdad cree que fue así? —preguntó Leo escéptico—. El profesor quería contarme alguna cosa, algo tan secreto y confidencial que le hacía temer por su vida. Y justo antes de que pudiera decírmelo, murió por el efecto de un veneno. Es de suponer que fue envenenado justo por eso.

—¿Se ha parado a pensar por qué el tipo fue a la catedral de San Esteban? —Leinkirchner arrastró hacia sí el informe de Leo que tenía encima de la mesa y lo hojeó—. Usted declaró ayer que Kerfeld murmuró unas últimas palabras antes de morir..., aquí están: el rosario... —El inspector jefe señaló el pasaje correspondiente en el documento—. Esto lo aclara todo, ¿no? ¡El viejo pecador quería rezar un padrenuestro! Mírelo así, Herzfeldt: el profesor se va de picos pardos con unas fulanas y estas le suministran unos polvitos para aumentar el placer, entonces se siente culpable, se va a la catedral y los polvitos hacen ¡pum! Fin de la historia. —Cerró el expediente y lo tiró sobre la mesa.

Leo negaba con la cabeza. No podía creer que Leinkirchner hubiera formulado una hipótesis tan disparatada.

—Usted me perdonará, inspector jefe, pero lo que acaba de decir es ridículo. Sigo pensando que...

—Yo sí que le voy a decir lo que pienso —lo interrumpió su superior—. Pienso que el caso le va demasiado grande y que se está metiendo en camisa de once varas, Herzfeldt. ¡Y luego se va al Cementerio Central a acechar a los Rapoldy y les hace preguntas indiscretas! —Su tono de voz iba aumentando—. ¿De verdad pensaba que no me iba a enterar? Clemens Rapoldy escribió una carta al director general de la Policía en persona para informarle de su desliz, Herzfeldt. Era un funeral privado, y encima con asistentes de las altas esferas. ¡De muy altas esferas, por el amor de Dios!

Leo suspiró levemente. En su informe no había mencionado la visita al cementerio, pero tendría que haber sabido que su excursión no pasaría desapercibida. Por lo menos le quedaba el consuelo de que Leinkirchner no parecía saber nada de Julia.

—Pero si fue usted mismo quien dijo que debíamos seguir adelante con el caso —volvió a intentarlo Leo—. ¿Cuándo si no podría haber interrogado de una tacada a los miembros de la junta directiva de la Sociedad Arqueológica? A más tardar, cuando la mujer de la limpieza del museo...

—Olvídese de la mujer de la limpieza. Ella no testificará, eso ya está arreglado.

—¿A... a qué se refiere?

Leinkirchner se reclinó en el respaldo de su silla y dio una calada profunda a su cigarro.

—Esa señora ya no está en Viena. No se preocupe, no le ha pasado nada. Ahora tiene suficiente dinero para encontrar un trabajo más digno.

—¿La... la ha sobornado y la ha hecho desaparecer? —Ahora sí, Leo tuvo que sentarse. Se sintió como si hubiera recibido un golpe en la cabeza. Primero, todo el mundo lo había presionado para que resolviera el misterioso caso de la momia lo antes posible, y ahora, de repente, alguien estaba haciendo todo lo que podía por ocultar cualquier pista—. La corte imperial está detrás, ¿verdad? —conjeturó por último—. Es una orden de arriba de todo.

—¿Y qué esperaba, alma de cántaro? —dijo el inspector jefe encogiéndose de hombros—. Si el archiduque se presentaba en el Cementerio Central con usted allí investigando en secreto, algo así tenía que pasar. Y a ello se suma ahora la muerte del profesor Kerfeld en dudosas circunstancias... Bajo ningún concepto podemos permitir que Su Excelencia se vea enredado en todo este asunto. ¡Sería una catástrofe!

Leinkirchner inclinó su voluminoso cuerpo sobre la mesa y, con voz tranquila y firme, siguió hablando:

—Le diré lo que vamos a hacer. Vamos a cerrar el caso Strössner. El estimado profesor falleció de una fiebre tropical en El Cairo, descanse en paz. También pondré de inmediato al corriente a los señores Dedekind y Hofmann. Se acabaron las maldiciones y las momias andantes sedientas de venganza. Estoy seguro de que ambos caballeros sabrán guardar un secreto. Lo mismo pienso de usted, estimado colega... —añadió con tono amenazador.

—¿Y qué me dice del incidente en el jardín de los Rapoldy? —adujo Leo—. Allí alguien me...

—¡Basta! —gritó Leinkirchner dando un golpe de puño sobre la mesa—. Tuvo su oportunidad, Herzfeldt, pero ahora le toca ser bueno. Y puedo asegurarle que los Rapoldy también lo ven así. Tenemos cosas más importantes que hacer que andar persiguiendo momias. El caso de los chaperos asesinados está adquiriendo proporciones insospechadas. Si se confirma que anda suelto un chiflado que se dedica a despanzurrar maricones, ¡voy a necesitar a todos mis agentes! Esta misma tarde vamos a formar un grupo especial y Stukart quiere contar con usted. —Volvió a reclinarse, dio una calada profunda a su puro y miró con curiosidad a Leo—. Por cierto, ¿sabe dónde está la señorita Wolf?

—¿Por qué lo quiere saber? —preguntó con voz ahogada. Todavía no podía creer que lo hubieran apartado del caso. Era como si todo el mundo estuviera conspirando contra él.

—Ayer hicimos unas cuantas detenciones más en las que habríamos necesitado fotografiar a los detenidos. La señorita Wolf había avisado de que estaba enferma; probablemente porque ya ha visto suficiente sangre en los escenarios del crimen. Las mujeres son demasiado sensibles y un poco histéricas, ¿no cree? —dijo Leinkirchner sonriendo con malicia—. Y hoy tampoco hemos podido localizar a nuestra querida compañera. Tenemos un número de teléfono, pero la mujerona que contesta es, por decirlo con suavidad, un poco ruda y reacia a proporcionar información. Es posible que sea la casera, un hueso duro de roer. —El inspector jefe apoyó su pesado cuerpo sobre la mesa—. Usted, que mantiene una relación un poco más... estrecha con ella, ¿tiene alguna idea de dónde puede estar? ¿Tal vez en su cama, Herzfeldt? Un concubinato interreligioso...

Leo no cayó en la provocación. No mordería el anzuelo y no le desvelaría que esa noche iba a ir al teatro con Julia.

—Me temo que no puedo ayudarle, inspector jefe —respondió al fin.

Leinkirchner volvió a reclinarse en el respaldo de su silla y se cruzó de brazos.

—Pues es una pena. Si por casualidad ve a la señorita Wolf, dígale que está a punto de ser despedida. No deja de meter la nariz en cosas que no le conciernen y es evidente que no tiene lo que hay que tener para dedicarse a la fotografía forense. Lo veré en la reunión de la tarde, Herzfeldt. Mientras tanto, vaya a echarle una mano al inspector Loibl.

Leo se levantó sin decir nada y, mientras salía del despacho, le dio tiempo de ver cómo su superior lanzaba a la papelera, describiendo una amplia parábola, su informe sobre la muerte de Kerfeld.

XIII

El barritar de los elefantes llegaba hasta la plaza del Praterstern. Julia cogió a Sisi por el brazo y le sonrió para darle ánimos. Le apenaba que su hija no pudiera oír a los animales, pero por lo menos tardaría muy poco en verlos.

Tras esperar con paciencia a que pasaran una carreta y un cabriolé de un caballo, cruzó la concurrida Laufbergergasse y se dirigió con Sisi hacia la entrada del zoo. La idea de ir al parque zoológico con su hija la había tenido el día anterior. Ya en su última visita, Julia había reparado en lo bonita que era esta flamante atracción vienesa, mucho más céntrica, por lo demás, que la muestra de animales de Schönbrunn, la cual ya se estaba quedando un poco anticuada. Sisi disfrutaría sin duda de la visita y Julia aprovecharía también para echar un vistazo. El destino de Saidrovuni no la dejaba descansar; seguía estando del todo convencida de la inocencia del jefe de tribu. Tal vez en el lugar de los hechos podría averiguar algo útil.

En el interior de la pequeña caseta de venta de entradas un taquillero de aspecto cansado levantó la vista de su periódico. Era la primera hora de la tarde del viernes y el clima sofocantemente cálido, casi canicular. Era posible que el hombre se hubiera quedado dormido.

—Una niña y una adulta —dijo Julia, y sacó su monedero.

—Ya me he dado cuenta de que no es su tía —refunfuñó el

taquillero—, no estoy ciego. Son quince kréutzer. Cierre de puertas a las seis.

—No creo que nos quedemos tanto tiempo, pero gracias de todos modos.

Julia contó las monedas delante del hombre. No iba a permitir que ni siquiera el proverbial mal humor vienés le arruinara la tarde.

Era el segundo día consecutivo que Julia pasaba en exclusiva con su hija. Quería que los compañeros de la Jefatura de Policía pensaran que seguía enferma; al fin y al cabo, le dolía el alma. Las últimas semanas habían sido agotadoras. Muertos por herida de cuchillo y bala, un brutal asesinato pasional con hacha, amén de algunos accidentes causados por esos automóviles de última moda que empezaban a ser cada vez más frecuentes. Por no hablar de los espantosos asesinatos de chaperos... De hecho, era un milagro que Julia no se hubiera derrumbado ya. En verdad se había ganado ese descanso.

Esa noche, Leo la había invitado a ver una función en el popular y no precisamente barato teatro Ronacher. Ambos habían tenido una semana muy movida y Julia anhelaba la compañía de Leo, si bien le seguía molestando un poco que él hubiera pasado la noche en el diván de los Rapoldy y no en la cama con ella. Tenía la impresión de que Leo estaba cada vez más distante. ¿O era Julia la que se alejaba de él? En cualquier caso, lo importante era que estaba otra vez ocupándose de su hija.

Y si además podía investigar por su cuenta, tanto mejor, pues así lo tenía pensado.

Sisi estaba visiblemente encantada con la atención recibida. No dejaba de sonreír y apretaba con fuerza la mano de su madre. Al salir de El Dragón Azul, Julia había sonreído satisfecha al ver que Bruno casi se había puesto celoso cuando ella se llevó a la pequeña. Juntas pasearon por los caminos de grava que rodeaban los estanques, las piscinas con peces de colores y las fuentes borbollantes. Al llegar a la osera se detuvieron un momento para ver como la gran osa parda jugaba con sus dos cachorros. Sisi mascculló un sonido gutural y señaló a los oseznos, que parecían divertidos muñecos de peluche retozando sobre el suelo de roca. Una pareja de ancianos que las estaban mirando empezaron a cuchichear y señalar a Sisi. Julia sintió una punzada en el corazón y no pudo evitar pensar en cómo la gente se refería a la forma de comunicarse de los sordomudos.

«El lenguaje de los monos...»

—Ven, vamos a ver a otros animales —dijo Julia tirando de la manita de Sisi.

Siguieron deambulando junto a las cebras, jirafas y elefantes, y en todas partes se detenían y observaban asombradas. Julia, además, iba examinando a su alrededor, pero todavía no tenía la menor idea de lo que estaba buscando.

La idea de ir a ver si todo seguía en orden en el zoológico se le había ocurrido durante la excursión a Neuwaldegg el día anterior. Saidrovuni había visto un demonio en el recinto de los leones, alguien o algo que se había inclinado sobre el joven cuidador. ¿Animal o persona? Julia reflexionó. Si quería saber algo más, probablemente tendría que visitar la jaula de los leones. Tocó un poco el hombro a Sisi. A la pequeña le costó apartar la vista de los gigantes paquidermos a los que acababan de alimentar.

—¿Quieres ir a ver a los peligrosos depredadores? —preguntó Julia moviendo de forma ostensible los labios. Hizo ademán de bufar como un felino, extendiendo los dedos como garras. Desconocía el signo correspondiente del lenguaje de sordos, pero con toda probabilidad era algo parecido—. ¡Grrr! La pantera, ¿eh? Como la de tu libro de imágenes.

En efecto, había una pantera raquítica dando vueltas en solitario, e incluso un tigre, pero el pabellón con el recinto de los leones estaba cerrado. Alguien había improvisado un cierre clavando un par de tablones en la entrada. A través de las ventanas enrejadas, Julia pudo ver que la jaula situada detrás de las filas de asientos estaba vacía.

Trató de imaginar lo que Saidrovuni había visto. Tal vez él se había colocado justo donde ahora estaba Sisi y había mirado por una de las ventanas. Estaba oscuro, no habría podido ver mucho.

Tras un momento de duda, Julia tiró de uno de los tablones. Como la madera no cedía, la joven escudriñó la zona. Su mirada se posó en un rastrillo de los que utilizan los cuidadores para sacar el estiércol de las jaulas. La herramienta estaba apoyada en la pared lateral del pabellón. Julia la cogió y le guiñó un ojo a su hija.

—Mamá va a hacer algo prohibido, pero no te chives, ¿vale? Será nuestro secreto.

Sisi observó con atención a su madre mientras esta aflojaba uno de los tablones haciendo palanca con el mango del rastrillo. El hueco resultante era lo bastante grande como para que ambas pudieran atravesarlo. Sisi estaba encantada con el juego secreto.

En el interior, Julia observó durante un rato la jaula vacía y bien rastrillada. Inspeccionó el candado y la polea con la que se abría la cancilla trasera. Saidrovuni le había dicho que estaba cerrada con llave y que el león había quedado a buen recaudo en el comedero situado en la parte de atrás. Si el asesino del cuidador había sido una persona, tenía que haber entrado por delante, ya fuera porque la puerta todavía estaba abierta o...

Julia tuvo un presentimiento.

... Porque el cuidador conocía a su asesino y lo había dejado entrar.

Alguien había entrado en el recinto, había matado al joven

guardián y después había atraído al león hacia el cadáver para que hiciera desaparecer sus huellas. Después de que el depredador se abalanzara sobre el muerto, ya nadie pudo saber qué había pasado en realidad.

¿Podía haber sucedido así?

Saidrovuni había hablado de un demonio con largos dientes de hierro. Asan-Bosam, lo había llamado.

«Dientes de hierro...»

Julia se estremeció cuando su mirada se posó en el rastrillo que había dejado junto a la jaula. Sus largas púas eran la herramienta homicida perfecta. De hecho, se parecían un poco a unos dientes de hierro. Entonces, si alguien se hubiera colado a hurtadillas en la jaula y...

—¡Eh! ¿Qué hace ahí? El pabellón está cerrado.

Sin que Julia se hubiera dado cuenta, del comedero había salido un hombre que ahora la miraba enfadado. Ella se sobresaltó cuando reconoció a Lenz, el veterano cuidador de animales.

—Aquí no se le ha perdido nada, señorita —empezó Lenz cuando, de repente, cayó en la cuenta—: Eh, yo la conozco. Usted es la fotógrafa...

—Disculpe, creo que nos hemos perdido. Ven, Sisi.

Julia se echó a su hija en brazos y salió deslizándose de nuevo entre los tablones.

—¡Eh, un momento! ¿Se puede saber qué está husmeando? ¡Deténgase, diablos, haga el favor!

Tan rápido como pudo, Julia tomó el camino de grava con Sisi de la mano mientras la voz airada del viejo cuidador todavía resonaba detrás de ella. Entonces se oyó el repiqueteo de los barrotes de una verja. Parecía que Lenz estaba saliendo de la jaula del león para perseguirla.

Sin saber hacia dónde se dirigía, Julia torció a la derecha, corrió a toda velocidad por delante de unas jaulas de pájaros y dejó atrás el recinto de los búfalos y los antílopes. Sisi se quejaba y lamentaba, no entendía por qué su madre pasaba de largo y con tanta rapidez por todas aquellas maravillas. Ante ellas apareció entonces una gran construcción con torres en forma de cúpula que Julia ya había visto desde la entrada. Parecía un pequeño palacio envejecido. Una amplia escalera conducía hasta un portón abierto. ¿Seguía Lenz pisándoles los talones? Julia no se atrevía a mirar atrás. Tiró de Sisi hacia ella y se apresuró a entrar en el oscuro interior del edificio.

Fueron recibidas por un calor húmedo, casi como de selva, y además olía a tierra mohosa y estiércol. El ruido del exterior llegaba amortiguado. Unos pasillos oscuros y poco iluminados partían en distintas direcciones. En el interior resplandeciente de unas peceras iluminadas con una brillante luz azul ondeaban algas y helechos, entre los que pululaban pequeños peces de colores. Había a continuación unos terrarios de cristal donde dormitaban serpientes verdes y negras sobre un suelo de piedras. En otro grupo de vitrinas saltaban ranas y se arrastraban otros batracios, lagartijas y tritones. A la derecha se bifurcaba un segundo pasillo por el que se aproximaban algunos visitantes.

El pasillo condujo a Julia y Sisi al interior de una gran jaula del tamaño de una cabaña donde había una pila de agua. La parte delantera estaba formada por una gruesa pared de cristal que, al no tener barrotes, permitía una visión sin obstáculos. A la orilla de la pila se aletargaban varios cocodrilos de gran tamaño, tan inmóviles que parecía que estuvieran disecados. Julia se tranquilizó y recuperó el control de la respiración. Aguzó el oído y oyó las suaves voces de los visitantes, pero ningún ruido de pasos apresurados ni ningún grito.

Al parecer, habían dejado atrás a Lenz.

Julia tuvo entonces la oportunidad de echar un vistazo a su

alrededor. El terrario de los cocodrilos se encontraba en el ala lateral del edificio y estaba iluminado por lámparas de gas aplicadas a la pared. De las ventanas solo llegaba una tenue luz natural, de modo que la sensación era de estar en el fondo del mar o bajo el espeso dosel arbóreo de la jungla africana. El edificio ejercía allí un efecto tranquilizador, casi hipnótico.

Junto a la jaula de los cocodrilos había otro enrejado con dos serpientes gigantes que colgaban de las ramas de un árbol como si fueran gruesas lianas. En ese momento apareció entre el follaje un joven con botas altas y delantal de trabajo. Llevaba guantes y un saco en la mano del que, como si fuera la chistera de un prestidigitador, sacó un conejo y lo acercó a la nariz de uno de los ofidios. Para su espanto, Julia se dio cuenta de que el conejo seguía pataleando. El hombre dejó el animal en el suelo, donde, tembloroso y pasivo, permaneció sentado mientras la gran serpiente descendía deslizándose por la rama en dirección a su víctima. Entonces abrió su gran boca y arremetió contra el conejo, que desapareció entre sus enormes mandíbulas. A través de la piel coriácea de la serpiente se podía adivinar el contorno de la presa retorciéndose mientras era engullida despacio.

Julia se estremeció. No era precisamente un espectáculo para una niña pequeña. Iba a seguir su camino cuando volvió a posar la mirada en el cuidador. Fue entonces cuando lo reconoció. Era el joven larguirucho de veintitantos años que había asistido al funeral del Cementerio Central junto con el director del zoológico, el señor Knauer. Entonces había ido vestido con un traje de luto que no era de su talla, pero su pelo de color rojo encendido hacía que fuera fácil de reconocer. En ese momento extrajo del saco un segundo conejo que pataleaba. Julia buscó a tientas a su hija. No era esa una atracción que Sisi tuviera que...

Su mano palpó en el vacío.

—¿Sisi? —preguntó Julia espantada y miró a su alrededor—. Sisi, ¿dónde..., dónde te has metido?

Su hija había desaparecido.

—¡Sisi! —gritó Julia por segunda vez, a pesar de que sabía que la pequeña no podía oírla. Tras un momento de duda, Julia volvió a recorrer el oscuro pasillo dejando atrás a las serpientes, lagartos y ranas, pero no había ni rastro de Sisi. ¡Tampoco podía andar muy lejos! Pasó corriendo junto a algunos visitantes, se detuvo sofocada y se dirigió a una mujer joven que empujaba un cochecito.

—¿Ha visto pasar a una niña? De unos tres años. Lleva chaqueta roja y falda azul...

La mujer solo supo decir que no compasivamente con la cabeza. Julia pensó que si Sisi no había pasado por allí, debía de estar en algún lugar en el ala de los reptiles. Con el corazón tembloroso, dio media vuelta y volvió a la jaula de los cocodrilos.

Y ahí estaba Sisi.

En efecto, no había ido muy lejos. De alguna manera había conseguido colarse entre los barrotes laterales del cercado y había llegado hasta el borde de la pila, donde estaba haciendo equilibrios sobre las piedras, tal y como había hecho el día anterior en el arroyo de los Bosques de Viena.

Con la diferencia de que ahora acechaban cocodrilos en la orilla.

—¡Dios mío, Sisi! ¡Aléjate de ahí! —gritó Julia golpeando la luna de cristal—. ¡Fuera!

Pero la pequeña no la oía ni tampoco levantaba la vista. Con gran habilidad, ponía un pie delante de otro y tanteaba sobre las piedras. Algunos de los hasta entonces inmóviles reptiles empezaron a deslizarse por el agua. Uno de ellos nadaba directamente hacia Sisi, con la cabeza sumergida hasta la altura de las fosas nasales, como un horrible monstruo primitivo.

Julia gritaba y golpeaba la luna de cristal mientras Sisi seguía haciendo equilibrios sobre las piedras con los brazos extendidos. De repente, alguien empujó a Julia a un lado. Era el cuidador pelirrojo, que todavía sostenía el segundo conejo con su mano. Lo lanzó trazando un amplio arco en el aire por encima de la luna de cristal, y el animal aterrizó chapoteando sobre la pila. El caimán que se estaba dirigiendo hacia Sisi cambió de rumbo y arremetió contra el conejo. La pequeña, por completo absorta en su juego, seguía sin levantar la vista.

El hombre sacó un manojo de llaves, abrió una puerta lateral y entró raudo en la jaula. Los otros cocodrilos no se inmutaron, probablemente porque conocían al intruso. Con unos pocos pasos llegó hasta Sisi y la agarró por el cuello. La pequeña gritó sorprendida cuando el joven la apartó de las piedras hacia la verja. Entonces cerró la puerta de golpe y los reptiles de piel acorazada volvieron a su estado de rigidez.

Llorando, Sisi corrió hacia su madre y se acurrucó contra ella. Julia seguía paralizada del susto.

—Gracias —consiguió articular por fin—. Si no hubiera sido por usted...

—Mientras no se aventure uno en el agua, en realidad son unos bichos muy mansos —dijo jadeando el joven y larguirucho cuidador—. A su hija no le habría pasado nada en las piedras, pero si hubiese caído... —Dejó de hablar y negó con la cabeza—. ¡Ya he avisado varias veces a la dirección de que los barrotes de la verja lateral están demasiado separados! Es un milagro que todavía no haya sucedido ninguna desgracia. Habría que encristalar todo el terrario, no solo la parte delantera, pero supongo que debe de ser muy caro.

El joven tendió la mano a Julia para saludarla, pero justo entonces se dio cuenta de que todavía llevaba puestos los guantes manchados de tierra. Avergonzado, retiró la mano.

—Carl Rebers —murmuró apartándose un mechón de pelo rojizo de la frente. La tez pecosa le hacía parecer un niño travieso que acababa de dar el estirón—. Soy el responsable del vivero del zoológico. Tiene usted suerte de que sea la hora de la comida, porque por lo general estoy en el laboratorio.

—Entonces debe de haberlo enviado el cielo. —Julia seguía abrazando a su hija con fuerza. No parecía que Carl Rebers la hubiera reconocido. Había sido buena idea permanecer en segundo plano en el Cementerio Central. De no haber sido así, ahora tendría que estar dando explicaciones—. Siento mucho haber...

—No tiene importancia —dijo Rebers con un gesto de despreocupación—. De hecho, todos podemos estar agradecidos. No quiero ni pensar en lo que habría pasado si de nuevo...

Rebers enmudeció de repente y Julia sospechó que el joven conocía el incidente de la jaula de los leones. Como estaban rodeados de visitantes y el asunto no debía salir a la luz pública, Julia lo sacó del aprieto cambiando de tema:

—Dejando a un lado tanta emoción, este edificio es de verdad impresionante. Se siente una como si estuviera en mitad del océano o en la jungla, solo que aquí no se corre ningún peligro —sonrió—. Bueno, en teoría.

—¿De verdad le gusta? —preguntó el joven lleno de entusiasmo—. Me alegro. El vivero se está quedando un poco anticuado. Al principio solo se utilizaba como acuario de exhibición, pero ahora también hemos metido a los reptiles —explicó señalando por encima de su hombro—. En la otra ala, el empresario hamburgués Carl Hagenbeck mandó construir un panorama de un mar polar. Allí tenemos una morsa enorme, Oskar, que se dedica a lanzar al agua una mesa entera, con vajilla y cubiertos incluidos, tres veces al día delante del público. Creo que eso hace más para su hija.

—Bueno, como mínimo ahora acabamos de vivir una verdadera aventura en la selva —repuso Julia.

Rebers se echó a reír.

—Ahí le doy la razón. En cualquier caso, no estoy a favor de ese tipo de amaestramiento. Los animales no tienen por qué lanzar platos al agua, pueden sernos mucho más útiles de otras maneras, como en la investigación, por ejemplo. Por eso me hice biólogo y no domador.

—Bueno, hay quien se dedica a amaestrar a seres humanos —dijo Julia señalando por la ventana—. Hace poco vi eso que ustedes llaman espectáculo folclórico. Tienen a unos pobres nativos encerrados como animales. En mi opinión, es una vergüenza.

—Una absoluta vergüenza, sí —confirmó Rebers con un gesto sombrío—. Estoy completamente de acuerdo con usted. ¡Pero no se le ocurra decírselo a Friedrich Knauer, el director! Soy su ayudante, pero sobre este tema no estamos en absoluto de acuerdo. Ni sobre otras cosas... —añadió. Miró titubeante a Julia e inquirió—: ¿Puedo preguntarle una cosa?

—Por supuesto.

—Su hija es sordomuda, ¿verdad? Me di cuenta de ello cuando vi que no levantaba la mirada. Y ahora estos sonidos...

—Solo está asustada —respondió Julia apenada—, y además tiene hambre. —Tomó a la lloriqueante Sisi en brazos y la apretó contra su pecho—. Pero, aparte de eso..., sí, tiene razón, mi hija es sordomuda. Ahora, si nos disculpa...

—Perdone, no quería ofenderla —se disculpó Rebers—. De hecho, solo quería darle algo de esperanza. Creo que dentro de pocos años podremos curar la sordomudez, cuando sepamos más cosas sobre cómo funcionan el oído y la articulación verbal en el ser humano. A eso me refiero cuando hablo de la investigación con animales. Pueden servirnos para experimentar, por ejemplo, y eso es mucho más valioso que enseñarles a hacer equilibrios con una pelota en el hocico o trotar en círculos sobre una pista de circo.

—Puede que tenga razón —asintió vacilante Julia, que lamentaba haber sido tan arisca con Rebers. Al fin y al cabo, él no les deseaba nada malo—. Gracias de nuevo. Si hay alguna forma de mostrarle mi agradecimiento...

—No hay de qué —dijo Rebers haciendo un gesto de despreocupación con la mano y, sonriendo con torpeza, añadió—: Pero vuelvan a visitar nuestro bonito zoológico a pesar del susto de hoy, y... bueno, le rogaría que no hablara con nadie sobre lo sucedido. ¡Sobre todo no diga que los barrotes de la verja están demasiado separados! De lo contrario, puede que tengamos que cerrar otra vez. Creo que ya le he contado demasiado. —Miró a Julia con expresión suplicante—. Si mi jefe se entera de esto, montará en cólera.

Julia se imaginó al delgado y pecoso Rebers al lado de la imponente marcialidad de Friedrich Knauer. Probablemente, el joven cuidador no estaba en una posición fácil y era casi seguro que Knauer dirigía el nuevo zoológico con mano dura. Al menos eso parecía desprenderse de las diferencias de opinión expuestas por Rebers. Julia ya había notado un poco forzada la jovialidad demostrada por Knauer la última vez que lo vio.

—Seremos una tumba, ¿verdad, Sisi? —Julia acarició el pelo de su hija—. Al fin y al cabo, nos gustaría venir al zoo más a menudo, pero no para ver a los cocodrilos.

—¡Gracias! —Rebers respiró aliviado—. Ahora, si me disculpan, todavía tengo que ir a dar de comer a las ranas y los anfibios. Son mucho más inofensivos.

Julia sonrió una vez más a Carl Rebers y emprendió el camino de vuelta.

De nuevo en el exterior con Sisi, echó una ojeada cautelosa a su alrededor. La experiencia en el vivero le había hecho olvidar por un momento que Eugen Lenz las había estado siguiendo. Pero el viejo cuidador no apareció.

Julia volvió a pensar en el rastrillo y en las palabras de Saidrovuni sobre el demonio con largos dientes de hierro. ¿Por qué se había encontrado al viejo y gruñón cuidador de animales en la jaula del león, si estaba vacía y cerrada al público? ¿Qué hacía allí? ¿Habría borrado alguna huella?

—Vamos, Sisi, que se hace tarde. Ya hemos tenido suficientes aventuras por hoy.

Julia tomó a su hija de la mano y, pensativa, se dirigió con ella hacia la salida. El encuentro con Carl Rebers quizá podría serle útil. Tal vez a través de él tendría la oportunidad de descubrir más cosas sobre Eugen Lenz.

Y también sobre Friedrich Knauer.

De alguna manera, tenía cada vez más la sensación de que el director del zoológico no le había contado toda la verdad sobre el caso Saidrovuni.

Ese mismo viernes, Leo estuvo en su despacho revisando informes hasta tarde.

Paul Leinkirchner le había endilgado todas las declaraciones de testigos disponibles sobre los dos asesinatos de chaperos, probablemente para que no se le ocurriera seguir investigando en el caso Strössner. Y había un montón de declaraciones, en especial en el segundo caso, de mendigos, vendedores ambulantes, borrachos y prostitutas. Pero apenas ningún testimonio parecía útil o aportaba algún sentido, cosa que tampoco facilitaba mucho la tarea. Ninguno de ellos ofrecía ninguna pista sobre el posible homicida.

El cuerpo del segundo asesinato fue identificado con rapidez. Se trataba de Korbinian Meurer, de diecisiete años y procedente de Mariahilf, donde había sido también asesinado. Era el típico prostituto joven, desamparado y sin familia que vivía en la calle. Era posible que nadie se hubiera interesado por él de no haber sido víctima de un asesinato tan espectacular. El hecho de que el homicida hubiera escondido el cuerpo en un barril confirmaba de nuevo a Leo la sospecha de que aquello no había sido la venganza de un chulo. De haber sido así, el macarra en cuestión se habría asegurado de dejar el cadáver a la vista como advertencia para el resto de los jovencitos buscavidas.

Después estaban los restos de cadáver encontrados en el canal del Danubio. El inspector jefe Leinkirchner había enviado a Leo a investigar en los archivos, pero no se sabía nada más del caso. Si alguna vez se abrió un expediente, hacía tiempo que había desaparecido en la vorágine de la burocracia. Un muerto anónimo más en la gran urbe vienesa...

Leo oía el tictac del reloj de pared, que ya marcaba las seis de la tarde pasadas. Él y Julia tenían la costumbre de ir al teatro una vez al mes y había quedado con ella en el Ronacher a las siete y media. Para Leo, esa noche también era una oportunidad para demostrarle lo importante que era ella para él. El programa anunciaba un variopinto popurrí de canciones, números circenses, juegos malabares, magia y teatro de ilusiones chino, es decir, lo necesario para desconectar un poco.

Ya hacía un buen rato que Erich Loibl se había ido, se suponía que para interrogar a más testigos en el lugar de los hechos. Pero Leo sospechaba que simplemente se habría refugiado en alguna taberna para remojar el gaznate.

Leo había estado leyendo informes desde entonces, pero no había podido concentrarse del todo. El hecho de que Leinkirchner lo hubiera apartado del caso de la momia lo había indignado sobremanera. Desde la muerte de Walter Kerfeld, como mínimo, Leo tenía absolutamente claro que detrás de todos aquellos extraños sucesos tenía que haber una persona concreta.

«Él no es quien dice ser...»

¿A quién se había referido Kerfeld?

¿Estaría la mismísima corte imperial implicada en el asunto? Leo, en todo caso, había entendido que la orden de cerrar la investigación había llegado desde las altas esferas. Por ello, si no quería perder su trabajo, tenía las manos atadas.

Al menos en Viena...

Una idea le pasó por la cabeza. Unos días atrás, Leinkirchner le había aconsejado que preguntara a su padre por el caso del padre Gregor, que había muerto en Graz.

«Ustedes, los judíos, tienen muchos contactos...»

Después de todo lo que había pasado en Graz antes de que Leo decidiera irse a Viena con tanta precipitación, seguro que su padre no iba a mover ni un solo dedo por él. Y él tampoco le pediría nada a su padre, nunca. Tenía demasiado orgullo para hacerlo. Sin embargo, había otra persona a la que podía llamar.

Leo levantó el auricular.

—Operadora, quería una conferencia con Graz.

Dio un número y, al cabo de un rato, sonó una voz conocida:

—Leo, ¿eres tú?

Leo sonrió.

Se alegraba de escucharla.

XIV

De *Ritos funerarios y cultura popular*, de Augustin Rothmayer, escrito en Viena en 1894

En el cuarto libro de Moisés, la Biblia habla de una extraña costumbre que los judíos probablemente adoptaron de los egipcios. Cuando una esposa es acusada de adulterio y no lo admite, le dan a beber en el templo la llamada «agua de los celos». Si es culpable, muere por el efecto del agua envenenada; si es inocente, sigue viva. No está claro qué veneno contenía la mencionada agua de los celos. Es muy posible que existan sustancias que tengan un efecto letal en una persona, mientras que en otra no provoquen ni el más leve cosquilleo.

Esa tarde de viernes, las calles del distrito primero bullían de actividad como si fuera ya sábado. Toda Viena parecía tener ganas de salir y divertirse en el cálido mes de mayo. Los coches de caballos traqueteaban por las estrechas callejuelas: señores vestidos con frac y sombrero de copa y sus emperifolladas acompañantes se agolpaban en las aceras tratando en vano de esquivar las apestosas barreduras.

Un poco desubicada, Julia esperaba de pie frente a la entrada del Ronacher sujetando su paraguas en alto para que Leo pudiera verla. Como de costumbre, habían quedado a las siete y media y la función ya estaba a punto de empezar. ¿Por qué no podía este hombre ser puntual? Sonó un timbre. La mayoría del público ya estaba entrando en el teatro. ¿Por dónde andaría...? ¡Allí! Por fin llegaba, corriendo con paso apresurado, sosteniendo su sombrero Homburg con una mano en la cabeza y agitando un bastón con la otra. Como de costumbre, Leo iba vestido de punta en blanco. A veces, Julia le tomaba el pelo diciéndole, medio en serio, medio en broma, que pasaba más tiempo en su guardarropa que con ella. Lo cierto era que con el chaqué, las polainas y el bastón de paseo parecía un dandi británico. Varias mujeres se volvieron a su paso para mirarlo.

—Lo siento —dijo Leo exhausto cuando por fin llegó a su lado—. El infierno se ha desatado en la ciudad. He tomado un coche de punto, pero como no avanzábamos, me he bajado y he venido a pie. Y antes me ha tocado revisar informes en la Jefatura. Luego he tenido que ir a cambiarme de ropa. No te puedes imaginar...

—Pues yo he venido desde Neulerchenfeld en el tranvía de caballos y antes he acostado a una niña de tres años, he fregado la habitación y me he puesto guapa para ti —lo interrumpió Julia—, así que no me vengas con informes ni ropitas. Y ahora, entremos. ¿Tienes las entradas?

Leo puso cara de asombro.

—¿No las habías comprado tú?

—¿Yo? ¿Qué te hace pensar que yo...? —Se quedó callada cuando vio que Leo sonreía y sacaba las entradas del bolsillo interior de su traje—. ¡Serás estúpido! Siempre me haces caer.

El Ronacher, el antiguo teatro municipal de Viena, estaba situado en el centro de la ciudad, entre la Himmelpfortgasse y la Schellinggasse. Tras un incendio ocurrido años atrás, fue reconstruido por completo y ahora contaba con un salón de baile para más de mil personas, palcos, un jardín de invierno y hasta un hotel contiguo. También era el primer teatro que disponía de luz eléctrica. Ofrecía a su público todo el espectro del teatro de variedades, desde cantantes de cuplés semidesnudas hasta prestidigitadores y faquires indios. Las representaciones no eran precisamente baratas, pero eran mucho más asequibles que las funciones del teatro Hofburg, para las cuales, por otro lado, era imposible encontrar entradas. Los gastos de esa noche corrían a cargo de Leo, incluidos los canapés y el champán. Para Julia, semejante capricho era inasequible.

Ella había elegido un vestido entallado y un sombrero de plumas porque sabía que a Leo le gustaba esa combinación. Ambas prendas habían salido del vestuario de Elli, pero se veían razonablemente respetables. Durante la espera, Julia había echado un vistazo al programa de mano. Tenía muchas ganas de ver el número de teatro de ilusiones programado para el final de la representación, pues le encantaba verse transportada a otro mundo. En Estados Unidos ya existían los llamados kinetoscopios, una especie de cajas en cuyo interior podían verse imágenes en movimiento. En Europa todavía se utilizaban técnicas ya anticuadas, como el taumatropo, la linterna mágica o el zootropo, pero Julia se dejaba llevar encantada por esas ilusiones.

—No te vas a creer lo que me ha pasado —se quejó Leo mientras atravesaban el amplio y abarrotado vestíbulo para dirigirse a la guardarropía—. ¡Me han apartado del caso Strössner! De hecho, han dado carpetazo al asunto, parece que por orden de la corte imperial.

—Pero ¿qué estás diciendo? —Julia se detuvo en seco, sorprendida—. ¿Por qué?

—Parece que se sienten amenazados. Sobre todo después de lo que le ha pasado al profesor Kerfeld.

En voz baja, Leo le habló de la muerte del profesor en la catedral de San Esteban y de su probable envenenamiento.

—¿Asesinado? —susurró Julia—. ¿Estás seguro?

Leo asintió con la cabeza.

—¡Es absurdo que Kerfeld se vaya de putas y se envenene de forma accidental por vicio!

La encargada de la guardarropía, que acababa de recoger el sombrero y el bastón de Leo, lo miró irritada.

—¿Cómo dice? —preguntó la señora.

—Esto..., una obra que han estrenado en el Deutsches Volkstheater —respondió Julia—. A mi acompañante no le ha gustado mucho.

Julia se preguntó si debía contarle la visita que había hecho por la mañana al zoológico. En realidad, esperaba poder convencer a Leo de que hiciera alguna cosa para reabrir el caso Saidrovuni, pero lo veía demasiado alterado.

—Estoy muy cerca de resolver el misterio —susurró Leo mientras buscaban sus asientos en el patio de butacas iluminado por lámparas de araña eléctricas—. Me falta muy poco, ¡lo presiento! En Graz tengo a alguien que me va a ayudar a encontrar el certificado de defunción del padre Gregor. Una persona digna de confianza y a la que conozco muy bien.

—¿Un compañero de alguna comisaría de policía de allí? —conjeturó ella.

—No exactamente. Es mi hermana Lili. —Leo sonrió—. ¡Tendría que haber pensado en ella mucho antes! Está casada con un rico y aburrido fabricante de telas, así que ya le va bien distraerse. Seguro que se lo pasará mejor que bordando y eligiendo muebles para la nueva propiedad que se han comprado en el elegante barrio de Geidorf. Irá en persona a preguntar por los hospitales.

—Siempre que no metas también en el carro a tu madre —bromeó Julia.

Entretanto habían llegado a sus asientos. En el Ronacher, el público se sentaba alrededor de mesas en las que se servía comida y bebida. En la suya, aparte de ellos dos, había una pareja de ancianos: ella, una matrona con un enorme sombrero, y él, un vejestorio que parecía haberse quedado dormido. La señora miró a Julia con indiferencia y elevó ligera pero llamativamente su copa de vino espumoso, como si quisiera marcar territorio. En cuanto se sentaron, el timbre sonó por tercera vez y las luces se apagaron.

—Espero que te guste la función —dijo Leo—. Seguro que no es una obra maestra, pero...

—Chsss —siseó a su lado la anciana, cuyo marido roncaba con suavidad—. ¡Dejen la cháchara para el entreacto! Esto es un teatro, no una taberna.

Cuando ya se abría el telón, Julia, en silencio, devolvió a Leo el programa de mano.

La función empezó con un organillero y un simio enano que no paraba de quitarle el sombrero a su dueño y hacer gracias con él. Pero cuando el mono accedió al patio de espectadores para buscar otras prendas que merecieran más la pena, la carcajada fue general.

—Si ese bicho se mea en mi traje, cometeré un asesinato —murmuró Leo.

La mujer se volvió otra vez hacia él, fulminándole con la mirada:

—¡Haga el favor de guardar silencio!

—O puede que dos... —añadió Leo en un susurro.

Al ver al mono, Julia no pudo evitar pensar en lo sucedido por la mañana en el zoo y en el peligro que había corrido Sisi, y ya no fue capaz de concentrarse en el número. Como le había confirmado Carl Rebers, el ayudante del director del zoológico, la línea que separaba un mono amaestrado de un ser humano domado podía ser muy delgada. Además, no podía quitarse de la cabeza al demonio de los dientes de hierro.

Tras la actuación del organillero y el mono, unos malabaristas vestidos con ropa de colores y montados en monociclos entraron en escena lanzándose bolos entre sí. Como música de fondo sonaba una habanera, esa música de baile venida del otro lado del Atlántico y que tanto le gustaba a ella. Poco a poco fue relajándose. Quizá al terminar la función irían al restaurante de al lado a tomar un par de copas. Pasar más tiempo juntos era lo único que necesitaban, como en las primeras semanas de su relación. En aquellos días habían estado muy unidos, no solo bailando o en la cama. Julia pensó en la animada conversación que Leo había mantenido con Charlotte Rapoldy. En aquella ocasión pudo leer en su cara lo mucho que le había fascinado aquella mujer. Y además pasó la noche en su casa...

—Por cierto, Leinkirchner está que se sube por las paredes porque te has esfumado sin decir ni pío —le susurró Leo al oído—. ¡Ve con cuidado, Julia! Además, tienes a los compañeros de la Jefatura en tu contra porque siempre te estás entrometiendo en todo.

—Pues que se busquen a otra persona que esté de guardia las veinticuatro horas del día a cambio de un sueldo miserable —comentó Julia en voz baja, pero con firmeza—. He pedido la baja por enfermedad oficialmente, ¡y encima es la primera vez que lo hago! Antes siempre estaba disponible, todos estos últimos meses, ¡domingos incluidos!

La mujer de la mesa estaba a punto de echarles otra vez el sermón cuando la música aumentó el volumen y un prestidigitador ataviado con frac y sombrero de copa apareció en el escenario con un fondo de humo y truenos. Lo acompañaba una bailarina a la que le iba quitando una prenda de ropa tras otra, para diversión sobre todo del público masculino.

—¡Oh, Dios! Decididamente, hoy no es mi día —gruñó Leo—. ¡Menuda mediocridad! Con lo que había sido el Ronacher... ¿Vamos a tener que aguantar muchos más números de humor barato? Tendríamos que haber ido al teatro Hofburg. —Echó un vistazo al programa de mano que tenía sobre su regazo. De repente, su voz emitió un sonido de excitación, casi de dolor. Julia lo miró asombrada.

—¿Qué te pasa? ¿Te encuentras mal?

—Seré estúpido —se lamentó golpeándose la frente con el programa—. ¡Un jodido estúpido!

—Esto ya te lo he dicho antes, pero...

Leo se echó a reír.

—¡Maldita sea, cómo me he podido dejar engañar de esta manera! Ahora sé lo que pasó, ¡es muy sencillo!

—¿Quiere hacer el favor de callarse, maleducado? —La mujer mayor estaba al borde de un ataque de nervios. Otras personas del público también volvieron la cabeza hacia el inspector. Comenzaron los susurros y hasta el mago miró por un momento hacia el auditorio.

—Tengo que comprobar una cosa —dijo Leo ensimismado, como si no pareciera importarle lo más mínimo que la mitad del público estuviera contemplándolo atónito—, aunque en el fondo estoy seguro de ello.

—¡No tengo por qué aguantarlo más! —se escandalizó la dama—. ¡Si no puede estar callado, abandone el teatro ahora mismo!

—Eso es justo lo que iba a hacer.

Leo se levantó y Julia lo sujetó por el faldón del frac.

—¿Te has vuelto loco? —susurró—. ¿Qué pretendes? No me digas que...

—Después te lo explicaré todo, Julia. ¡Ahora por fin lo veo claro! Cuando tenga la certeza definitiva, te haré enviar un mensaje. ¡Te quiero!

Tras decir estas palabras, Leo emprendió camino entre mesas y sillas bajo las sonoras protestas de los espectadores y se dirigió a toda prisa hacia una de las salidas de emergencia. Julia miró boquiabierta cómo salía corriendo.

—Si este es su marido, pediría el divorcio de inmediato —dijo la señora mayor.

—¡Cierre el pico de una vez, carcamal! —le espetó Julia y, señalando al vejestorio dormido a su lado, le dijo—: Será mejor que se fije más en *su* marido, no sea que deje de roncar durante la función y se le muera aquí mismo de viejo.

—Será... impertinente...

La mujer parecía que iba a sufrir un síncope en cualquier momento. Respiró hondo y optó por ignorar el insulto. Se volvió con un movimiento llamativo y se sentó de manera que Julia apenas podía ver la parte delantera del escenario debido al voluminoso tocado que lucía la señora.

Julia permaneció sentada sin inmutarse. El resto de la función se desarrolló mientras ella notaba las miradas del público como alfilerazos en su espalda. Los espectadores debían de pensar que su acompañante la había dejado plantada vergonzosamente. Y, de hecho, así había sido. Por enésima vez... Estar con Leo era como pasar siempre de un baño caliente a un baño frío, y viceversa. Julia cogió su copa de champán y vació el contenido de un solo trago.

Una vez más constató que, al fin y al cabo, la Gorda Elli tenía razón: Leo y ella simplemente no hacían buena pareja.

Leo prometió al cochero dos coronas de propina si iba más rápido. A esa hora de la tarde del viernes, muchos vieneses estaban metidos en las tabernas, cafeterías o teatros, o sencillamente en sus casas, por lo que las calles estaban mucho más vacías que apenas un rato antes. Sin embargo, el tráfico seguía siendo intenso. Impaciente, Leo se movía de un lado a otro del banco de pasajeros.

—Si toma el Ring y después gira por la Mariahilfer Strasse, creo que irá más rápido —propuso Leo al cochero, que lo miró por encima del hombro con cara de aburrimiento.

—¿Desea tomar usted las riendas? Por mí, adelante. Así yo iré atrás y le daré sabios consejos.

—Olvídelo. —Exasperado, Leo se dejó caer sobre el asiento. Sabía que discutir con un conductor de fiacres vienés no llevaría a ningún lado—. Supongo que sabe lo que hace.

—Por supuesto que lo sé.

El hombre dio un chasquido con su látigo y torció por una calle lateral. Leo tuvo que admitir que por allí había menos tráfico. Mientras las ruedas con refuerzos de hierro traqueteaban sobre el adoquinado, volvió a hacer un repaso mental de los hechos. Había tenido la explicación delante de sus narices, ¡pero se había dejado engañar! ¿Sería porque la opulencia, la educación y la cultura lo habían deslumbrado? ¿Quizá también porque cierta persona lo había cautivado más de lo que él estaba dispuesto a admitir?

Después de atravesar el Wiental y la Hietzinger Hauptstrasse, el coche llegó por fin al flamante barrio residencial. Leo entregó al cochero el pago acordado, se apeó del coche y se dirigió a toda prisa hacia la oscura mansión. ¿Había sido un error ir hasta allí a solas y de noche? Sopesó el bastón que llevaba en la mano y pensó que, si fuera necesario, podría defenderse. No volverían a sorprenderlo con la guardia baja.

Como había hecho las veces anteriores, tiró del cordel y volvió a sonar el suave y profundo gong. Esta vez, la espera duró mucho más. Tuvo que llamar otras tres veces hasta que por fin se encendieron las luces de la casa y se abrió la puerta. La criada parpadeó en la oscuridad.

—¿Quién es?

—Inspector Herzfeldt —se anunció Leo—. Tengo que hablar con la señora de la casa. Discúlpeme por venir a estas horas, pero es urgente.

—Los señores ya se han retirado...

—Pues despiértelos —replicó Leo con impaciencia.

La sirvienta dio media vuelta y desapareció sacudiendo la cabeza. Al cabo de unos minutos apareció la señora de la casa. Charlotte Rapoldy llevaba puesta una bata que parecía haber elegido al vuelo.

—¿Sabe lo tarde que es, inspector? ¿Qué le trae por aquí a estas horas?

—Un agente de policía siempre está de servicio, señora Rapoldy —respondió él—. Tengo algunas preguntas que no pueden esperar.

—Con el debido respeto —se lamentó ella—, ya estaba acostada y...

—Sin duda, podría volver mañana con algunos de mis compañeros. O, mejor todavía, vengan ustedes a hacernos una visita a la Jefatura. Y tráiganse su linterna mágica. A la policía vienesa le encantan los trucos, siempre que no se utilicen para ensañarse con sus agentes.

Incluso desde la distancia, Leo creyó ver que Charlotte Rapoldy palidecía. Se quedó callada un momento y entonces dijo:

—Espere aquí, por favor. Yo..., voy a avisar a mi marido y a ponerme algo de ropa.

—Muy amable. Si no les importa, me gustaría hablar con los dos en el invernadero, aunque solo sea por las bonitas vistas que hay allí.

Leo observó el jardín mientras esperaba. Las estatuas, la pirámide..., más allá pudo reconocer el sarcófago y el elevado muro justo detrás. Era fácil de ver cuando uno ya había estado allí...

Al cabo de un rato, la puerta volvió a abrirse. Charlotte Rapoldy se había cambiado de ropa. Ahora llevaba otro de sus vestidos de estilo reformista y se había recogido el pelo con la diadema de plata.

—Mi marido y yo lo recibiremos en el jardín de invierno, inspector.

Sin decir nada más, la señora Rapoldy pasó adelante y Leo la siguió por el oscuro pasillo. Después de dejar la biblioteca a un lado llegaron al jardín acristalado, que estaba iluminado por una lámpara de gas cuya llama palpitaba un poco. Los Rapoldy tomaron asiento uno al lado del otro. Clemens tenía una mano apoyada en su bastón y la otra reposando con comodidad en el regazo de su esposa. Tenía el traje arrugado y, sin el sombrero, con el pelo algo ralo y la penumbra reinante, parecía de repente mucho más viejo.

—¿Tiene algo que decirnos, señor Von Herzfeldt? —comenzó con aspereza Clemens Rapoldy—. No le sepa mal si no le ofrecemos nada de beber. Mathilda, nuestra asistenta, ha tenido un día duro.

—Yo también —dijo Leo, que, a diferencia de los Rapoldy, no había tomado asiento y permanecía de pie en medio del jardín de invierno—. Creo que es mejor que esta conversación quede de momento entre nosotros. —Señaló el enorme ventanal—. Como he dicho, la vista es preciosa. Hasta tiene algo de teatral, ¿no creen?

—¿Adónde quiere ir a parar? —preguntó Clemens Rapoldy.

—La última vez que estuve aquí de visita, su esposa dijo que había puesto la mesa en el jardín de invierno sobre todo para mí. En realidad, esa noche refrescó bastante, ¿se acuerdan? Sin embargo, para ustedes era muy importante comer aquí fuera. Su esposa habló de la hermosa vista sobre el jardín, las estatuas egipcias, la pirámide y, sobre todo, el sarcófago... —Hizo una pausa antes de continuar—. Pero, de hecho, hay un elemento que tapa la vista. En concreto, un muro blanco recién enlucido. Y sospecho que justo ese muro era de vital importancia para el espectáculo previsto. —Se volvió hacia Charlotte—. Ustedes tienen una linterna mágica, ¿verdad?

Charlotte Rapoldy jugueteaba con nerviosismo con su diadema.

—Era de mi padre... Pero ¿cómo...?

—Cuando estuve aquí por primera vez vi la caja en la biblioteca, encima de las estanterías. Tampoco me fijé demasiado en ella, pero a veces uno se da cuenta de que falta algo cuando de repente ya no lo ve, ¿verdad? Días más tarde, cuando estaba tumbado en el diván después de caer herido, la linterna mágica ya no estaba allí. Supongo que porque en ese momento estaría en un lugar distinto. En concreto, en el sarcófago. ¿Me equivoco? —Los Rapoldy guardaron silencio y Leo continuó—: Por cierto, vengo de ver una función muy interesante en el teatro Ronacher...

—¿A qué viene tanto disparate, inspector? —rugió Clemens Rapoldy y dio un golpe seco con su bastón sobre el parqué—. ¡Vaya al grano de una vez!

—A eso voy. Como iba diciendo, vengo de una función teatral, el típico espectáculo de variedades: cantantes, bailarines, trucos de magia... Entre otras cosas, anunciaban un número de teatro de ilusiones chino. En el programa de mano, el organizador promete imágenes y paisajes exóticos que sumergen al público en la lejana China. ¿Y saben cómo lo hacen? También lo pone en el programa. Con un viejo truco...

—Con... con una linterna mágica —dijo Charlotte Rapoldy con voz apagada. Se llevó las manos a la cara como si así pudiera enmascarar la realidad.

Leo asintió.

—Exacto, con una linterna mágica, una sencilla caja de madera inventada ya hace varios siglos. Lo único que se necesita para que funcione es una fuente de luz potente, un espejo cóncavo, lentes bien pulidas y unas cuantas placas de vidrio pintadas. ¿Su padre no tendría por casualidad alguna placa de vidrio con momias pintadas, señora Rapoldy? Tal vez para sus conferencias científicas, ¿no? Las linternas mágicas suelen utilizarse en este tipo de actos. Yo mismo he visto algunas de esas proyecciones en la Universidad de Graz.

Charlotte Rapoldy asintió en silencio y Leo siguió hablando, adoptando ahora un tono de disertación académica y recorriendo el jardín de invierno de punta a punta con las manos recogidas en su espalda.

—La superficie de proyección también es importante, por supuesto. ¡Una pared blanca es perfecta! La distancia también tiene un papel fundamental. Cuanto más lejos esté la linterna mágica, más grande será la imagen proyectada, pero también más borrosa. Aun así, nadie espera que un fantasma se muestre de una manera clara y nítida. Lo importante es que sea grande y que el espectador se lleve un buen susto. —Leo se detuvo entonces delante del gran ventanal y miró afuera—. Lo único que todavía no entiendo es cómo lo hicieron para que la imagen del espectro apareciera en el momento adecuado, es decir, justo cuando la tormenta estalló en su instante más teatral. ¡Una puesta en escena perfecta! Supongo que utilizaron algún interruptor eléctrico, ¿no es así? Ya sabían cuándo vendría a cenar. —Miró entonces con curiosidad a Clemens Rapoldy—. Me imagino que usted se ocupó de todo, también de dejarme fuera de combate.

Clemens Rapoldy, con las manos aferradas a la empuñadura de su bastón, guardaba un silencio desafiante hasta que, al final, estalló:

—¡No tiene ninguna prueba! ¡Ninguna!

—Pero tengo un montón de indicios —objetó Leo— que bastarían para abrir una investigación, y uno de ellos es su bastón —dijo señalando el objeto cómplice de Rapoldy—. Anteayer, en el funeral de su suegro, me di cuenta de que esa cabeza de chacal de marfil tan bonita estaba agrietada. Por lo visto, mi cráneo es más duro que esa empuñadura.

—¡Clemens no tenía intención de golpearle! —intervino Charlotte Rapoldy—. No..., no nos imaginábamos que saldría al jardín con ese temporal. Lo juro por Dios, solo... ¡solo queríamos asustarle!

—¡No digas nada, Charlotte! —le ordenó su marido—. No tiene ninguna prueba.

Ella le contestó sollozando:

—¡Ya estoy cansada de esta farsa, Clemens! ¡Llevo días, semanas sin poder dormir! En algún momento tenía que salir todo a la luz.

—Charlotte, te lo ruego...

—Señor Von Herzfeldt —se dirigió Charlotte a Leo secándose las lágrimas de la cara y dejando a su marido con la palabra en la boca—. Le considero un caballero y un hombre de palabra, y lo tengo como a... uno de nosotros. ¿Puede prometer que lo que le vamos a contar nunca saldrá a la luz pública?

—Puedo prometerle que haré todo lo posible para que así sea, pero si se ha transgredido alguna ley o se ha cometido un crimen, no tendré más remedio que perseguirlo. Es mi deber como miembro de las fuerzas del orden.

—Esa es la cuestión, inspector —admitió Charlotte Rapoldy con una sonrisa afligida—, ¡que no se ha cometido ningún crimen! Todo fue un terrible accidente. Y la bola se está haciendo cada vez más grande y monstruosa, como si..., como una maldición que no se puede revertir. Por favor, inspector, créanos. Nada de todo esto ha sido planeado...

Charlotte Rapoldy comenzó entonces a relatar su historia.

Leo escuchaba atónito.

El caso Strössner era aún más abstruso de lo que él había imaginado.

Benedikt Warnbrunner estaba cansado de esperar en una esquina del distrito quinto, cerca del río Viena, y se moría de hambre. ¡Lo que hubiera dado en ese momento por una colilla de cigarro o unas migajas de tabaco! Hacía una hora que había recorrido las aceras buscando unas hebras que hubiera podido fumar enrolladas en un pedazo de papel de periódico. Pero lo único que encontró fue un pañuelo manchado con esputos de sangre y un corazón de manzana que engulló de inmediato con avidez. No había comido nada desde esa mañana, cuando solo había ingerido un par de cucharadas de puré de avena de la olla agujereada que compartía con sus cinco hermanos. Desde entonces, Benedikt había estado callejeando a la espera de que por fin se hiciera de noche.

Había llegado el momento de salir a ganarse el pan.

Benedikt era el mayor de sus hermanos. No había cumplido los diecisiete años, pero por su estatura, su hirsuta cabellera negra y una barba incipiente solía pasar por adulto. A veces, su madre le decía que se parecía a su padre, cosa que solo podía atestiguar una fotografía amarillenta que ella conservaba en un medallón. El progenitor había fallecido hacía años a causa del maldito cólera y Benedikt apenas se acordaba de él. Según los otros inquilinos de la gran casa de vecindad próxima a la Estación del Oeste en la que vivían hacinados como ganado, él y su padre eran como dos gotas de agua. El mismo haragán bien plantado que en su día había hecho perder la cabeza a su madre. Sin oficio ni beneficio, pero con esa mirada fogosa y azabache que Benedikt tenía, esos ojos de gitano que tan bien sabía aprovechar.

Hacía algún tiempo que había descubierto que no solo gustaba a las chicas, sino también a muchos caballeros, sobre todo a hombres mayores que deambulaban de noche por las calles en busca de muchachos jóvenes como él. La primera vez que uno de esos señores se dirigió a él, salió corriendo. Pero ahora ya sabía lo que querían y cómo había que tratarlos, y también era capaz de decir si algo era demasiado sucio o violento para él, aunque la mayoría eran tipos débiles y afeminados que obedecían sin rechistar. Iban a algún patio trasero, y a veces Benedikt pagaba a otro chico un par de kréutzer para vigilar que no hubiera nadie cerca. Al cabo de unos minutos ya estaba el trabajo hecho y tenía suficiente dinero para ir a pasarlo bien y fanfarronear por tabernas y cafeterías baratas.

La sensación de vergüenza solía llegarle a la mañana siguiente, junto con la resaca.

Benedikt echó una ojeada furtiva a la concurrida calle. A esa hora había muchos juerguistas noctámbulos por la Margaretenplatz, algunos de ellos con varias copas de más. Benedikt siempre evitaba a los borrachos porque eran agresivos o porque simplemente no respondían a sus estímulos. Luego estaban los jóvenes que se iban de putas y lo amenazaban con propinarle una paliza, como si ellos fueran mejores que él. En ocasiones las chicas también coqueteaban con él, pero eran reprendidas con rapidez por sus chulos. Benedikt debía tener cuidado sobre todo con los proxenetas, que solían cortar por lo sano con los pequeños chaperos como él. Les abrían la nariz o les pasaban un trozo de vidrio por la cara, y por ello Benedikt hacía la calle en un lugar distinto cada fin de semana. ¡Los chulos eran peores que la pasma! Por regla general, los policías se limitaban a dar un par de porrazos con desgana y volvían a su ronda habitual.

Y después, por supuesto, estaba el Fantasma.

Los chaperos con los que Benedikt se encontraba de vez en cuando bajaban la voz cuando hablaban del Fantasma. Se decía que un espíritu llevaba meses causando estragos en la ciudad, se llevaba a los jovencitos y se los comía vivos en las cloacas de Viena. Se hablaba de huesos roídos, de sangre en jirones de ropa y mechones de pelo, y a veces aparecían los restos de esos pobres diablos flotando en el alcantarillado. Pero Benedikt no se lo creía. Para él solo eran historias de miedo que contaban los chulos por las calles para amedrentar a los buscavidas ocasionales como él.

Junto a Benedikt pasó un traqueteante coche de basuras seguido de dos borrachos que cantaban a voz en grito. Ambos se detuvieron ante una farola, uno de ellos vomitó y luego siguió tambaleándose sin dejar de berrear. Unas notas musicales retumbaban en una taberna cercana y el olor a carne ahumada se coló por la nariz de Benedikt. Su estómago sonó ostensiblemente. No había ni un posible cliente a la vista, ¡era desesperante! ¿Dónde se habían metido? Seguro que estaban en sus casas con sus señoras esposas, ajenas al pequeño secreto de sus maridos...

Benedikt ya estaba considerando la posibilidad de cambiar de distrito, o por lo menos de plaza, cuando se fijó en un hombre que vestía un largo abrigo negro. Permanecía de pie justo debajo de la farola donde los dos borrachos de antes habían estado cantando. El joven le guiñó un ojo; lo curioso era que no lo había visto llegar. El desconocido llevaba sombrero de copa, frac negro y un bastón, parecía todo un señor. De vez en cuando, los ricachones se adentraban en la jungla suburbial en busca de una aventura con algún joven apuesto. Esos siempre daban más dinero.

Una sonrisa se dibujó en el rostro macilento de Benedikt. Parecía que, después de todo, la noche iba a terminar bien. Su lengua ya estaba saboreando la sopa húngara picante y la cerveza fría.

El hombre de la chistera salió del cono de luz de la farola y, de repente, fue como si la noche lo engullera, igual que un...

«Fantasma», pensó Benedikt por un momento, pero enseguida borró esa imagen de su cabeza.

Crujir de pasos, el tiento del bastón sobre los adoquines... ¡El hombre volvió a aparecer! Esta vez iba directo hacia Benedikt. Se detuvo con brusquedad y examinó al chico de pies a cabeza, escudriñándolo como si fuera un lechón o un ternero en el mercado de ganado. Y algo extraño sucedió: el hombre se quitó el sombrero de copa como si estuviera saludando a un caballero y no a un simple chapero.

—Qué bonita y cálida noche de mayo, ¿no cree? —dijo el desconocido susurrando con una voz helada—. Demasiado hermosa para disfrutarla a solas. ¿Sería posible disfrutar también de su amable compañía, joven caballero?

—Pues... eso dependerá del precio —respondió Benedikt vacilante. Intentaba parecer más seguro de sí mismo de lo que en verdad se sentía. El hombre era ciertamente... raro. No parecía de este mundo, sino salido de una nube o de la luna pálida, volando con los faldones de su frac negro. Puso cinco relucientes coronas en la mano de Benedikt.

—Más tarde recibirás la misma cantidad. Acompáñame, jovencito.

El puño de Benedikt aprisionó con fuerza las monedas. Era más de lo que esperaba, ¡muchísimo más! ¿Adónde iba a llevarlo ese hombre? Por lo general eran los clientes quienes lo seguían a él como si fueran cachorrillos. Pero ahora era justo lo contrario.

Se metieron por un callejón oscuro y desierto que había frente a ellos. Allí solo quedó el carro de basuras; el viejo jamelgo enjaezado ni siquiera levantó la vista. Olía a inmundicias... y a algo más.

—¿Aquí? —preguntó Benedikt.

—Aquí —respondió el hombre.

El desconocido echó mano de su bastón y una cuchilla estrecha y alargada salió de la empuñadura. Con ella, y con la misma parsimonia con que se ensarta un pollo para asar, el hombre apuñaló a Benedikt entre las costillas hasta llegar al corazón. Todo sucedió con tanta rapidez que el joven no tuvo tiempo ni de gritar.

Mientras la sangre le corría por la cabeza y todo a su alrededor se iba ensombreciendo cada vez más, Benedikt todavía notaba como el Fantasma lo arrastraba agarrándolo por el cuello.

El destino era un lugar aun más oscuro que la noche eterna que ahora caía sobre él.

XV

—Yo quería a mi padre, inspector. A veces tengo la sensación de que todavía está aquí, en algún lugar de la casa, como si nunca me hubiera abandonado. Cuando el suelo cruje, pienso que son sus pasos.

Leo seguía en el jardín de invierno de la Villa Tebas en compañía del matrimonio Rapoldy. Se había sentado con ellos alrededor de la mesa. La lámpara de gas parpadeaba encima de Charlotte Rapoldy y daba a su rostro un mórbido brillo azulado. En el jardín se escuchaba el canto de un ruiseñor, pero por lo demás reinaba un silencio casi sepulcral.

La egiptóloga se quitó la diadema de plata del pelo y, absorta en sus pensamientos, deslizaba los dedos sobre el escarabeo verde. Suspiró hondo una vez más y comenzó a contar la historia.

—Todos nos hacemos mayores, ¿verdad? Mi padre nunca habría dejado que se notase, pero en los últimos años padecía de exceso de azúcar, respiraba con dificultad y el calor no le sentaba bien. A pesar de ello, insistió en dirigir la expedición a Deir el-Bahari. El mayor de sus sueños fue traer a Viena todos estos maravillosos tesoros. Mi marido y yo solo queríamos hacer una corta visita a las excavaciones y luego emprender un crucero por el Nilo. Al fin y al cabo, era nuestra luna de miel... —Charlotte sonrió lánguidamente y Clemens Rapoldy la tomó de la mano—. Nos quedamos más tiempo del previsto. Como mi marido es médico, lo estuvimos cuidando. Clemens le recetó entonces diabecerina...

—¿Diabecerina? —preguntó Leo extrañado—. ¿Qué es eso? ¿Un medicamento?

—Es un extracto de páncreas porcino —respondió Clemens Rapoldy—, una terapia muy reciente, todavía no investigada del todo, que se considera mano de santo para la diabetes. No es un medicamento lo que se dice barato, pero me pareció oportuno tratar a mi suegro con él.

—Papá recibía una dosis cada mañana, incluso cuando ya estuvo de vuelta en Viena —explicó ella—. Aquí, en la casa, tenemos una máquina frigorífica donde almacenamos otros ingredientes importantes. Yo misma le inyectaba el extracto a diario. Era nuestro ritual matutino, hasta que llegó la maldita mañana del pasado mes de febrero... —Su rostro se ensombreció, era evidente que le costaba continuar su relato.

—No tienes por qué hacerlo, Charlotte —le dijo su marido mientras le seguía sosteniendo la mano—. No es bueno dejar que los recuerdos vuelvan a...

—Yo..., todavía no me lo puedo explicar —comentó ella sin prestarle atención, como si estuviera en trance—. Como decía, en la nevera había otros productos que también tenían que estar refrigerados. Entre ellos había muestras de un veneno que mi padre había traído de Egipto y que quería examinar más de cerca. Era una sustancia extraída de la planta del estrofanto, que provoca náuseas y vómitos, reduce la frecuencia cardíaca hasta la mitad y, en última instancia, causa un fallo cardíaco completo. Papá sospechaba que el estrofanto se utilizaba en las pirámides contra los ladrones de tumbas y que podía conservarse durante milenios.

—Una trampa para visitantes molestos —dijo el inspector, que en ese momento se acordó de las trampas de Augustin Rothmayer en el Cementerio Central.

—Un veneno insidioso e invisible, sí —asintió Charlotte Rapoldy—. Los escritos antiguos así lo atestiguan. Papá quería probarlo en animales para ver si seguía siendo efectivo después de todo este tiempo. Las ampollas con el estrofanto eran muy parecidas a las que Clemens utilizaba para la diabecerina. Aquel día yo no me encontraba bien, estaba muy nerviosa, y por alguna razón... confundí las ampollas.

—¿Le inyectó a su padre el veneno mortal? —preguntó Leo horrorizado.

—¡Por error, Dios santo! ¡Fue un descuido! Entonces, el veneno... hizo efecto. ¡Daría mi propia vida por volver atrás y hacer que ese día no existiera! —Charlotte rompió a llorar y su marido tuvo que consolarla.

Siguió hablando él en vez de ella. Lo hizo con voz tranquila y neutra, probablemente para no intranquilizarla todavía más:

—El corazón tarda varias horas en dejar de latir. No hay cura posible ni tampoco existe ningún antídoto. Mi suegro lo sabía, y también sabía que nadie creería a Charlotte.

—¿Por qué no? —preguntó Leo—. Fue un accidente desgraciado...

—¡Mire a su alrededor, por favor! —Clemens Rapoldy señaló el lujoso mobiliario que los rodeaba—. Mi esposa es la heredera única de una fortuna considerable, y es además una reconocida egiptóloga que debería saberlo todo acerca de los antiguos venenos egipcios. ¡Y es ella, justo ella, la que se confunde de ampolla! Ni siquiera yo he tocado esos frascos desde que llegué a Viena. ¡Maldita sea, tendría que haber tenido más cuidado y no permitir que todo eso pasara! —Suspiró hondo—. Alfons amaba a su hija más que a nada en el mundo, así que ideó un plan para irse de este mundo sin que recayera ninguna sospecha sobre Charlotte. Lo de la momia fue idea suya.

—¿El profesor Strössner quería ser momificado? —Leo quedó boquiabierto por un momento. Negó con la cabeza y prosiguió—: No hablará en serio...

—Papá siempre nos decía que prefería que lo enterraran así —dijo Charlotte secándose las lágrimas con un pañuelo—. Lo tenía todo pensado. Solo le quedaban unas horas, así que reservó por teléfono a su nombre un pasaje de barco de Génova a El Cairo, después llamó al museo y dijo que se ausentaría por una larga temporada. Incluso le dio tiempo a escribir varias cartas, algunas de las cuales envió a El Cairo a una persona de confianza, y esta persona las reenvió después a Viena.

—¡El misterio de las cartas! —exclamó Leo—. Fue así como lo hizo.

—Todo fue calculado hasta el último detalle —añadió el médico—. Mi suegro era así. Tenía el plan perfecto para todo, incluso para su propia muerte. A ojos del mundo, desapareció sin dejar rastro en algún lugar del desierto egipcio sin que recayera la más mínima sospecha sobre Charlotte. Hasta para la eliminación de su cuerpo encontró una solución, aunque fuera muy..., bueno, inusitada. Pero al fin y al cabo fue su última voluntad.

—Usted... ¿momificó a su propio padre? —preguntó Leo a Charlotte Rapoldy, que estaba sentada frente a él, con la espalda erguida y rígida.

Todavía no se lo creía, y, sin embargo, todo lo que contaban los Rapoldy tenía sentido. Todas las piezas del rompecabezas encajaban a la perfección.

«Casi todas», pensó Leo.

—Fue su última voluntad —continuó ella—. Papá podía ser muy convincente incluso en el lecho de muerte. Antes de fallecer, me miró a los ojos y... dijo que tenía que hacerlo yo, con la ayuda de Clemens. ¡Y también por el bien de la ciencia! Son pocos los investigadores que todavía dominan las técnicas antiguas. Cuando murió, rezamos juntos una oración. Luego me concentré por completo en el trabajo. Fue..., fue mi última prueba de amor. Habría estado orgulloso del trabajo de su hija... —Respiró hondo—. Le entregué su apreciado reloj de bolsillo como ofrenda funeraria, de la misma manera que los egipcios daban algo a sus familiares difuntos de camino al reino de los muertos. Me pareció lo correcto. Juntos, Clemens y yo tomamos un coche y llevamos la momia al Museo de Historia del Arte, como cuando papá investigaba algo en casa y después lo devolvía al museo. Lo guardamos en la parte trasera del depósito. Hay allí tantas momias y hallazgos antiguos que habría pasado desapercibido, habría podido descansar allí toda la eternidad...

—De no haber sido por la señora de la limpieza larga de manos —interrumpió Leo pensativo—. Así fue como se destapó todo. —Negó con la cabeza sorprendido—. ¡Es increíble! Tan increíble que estoy dispuesto a tragarme su historia. Sin embargo, ¿qué me dice de las otras dos momias, el sacerdote Ta-bek-en-chon y la princesa? ¿De esa maldición...?

Charlotte Rapoldy esbozó una leve sonrisa.

—A veces, las historias son tan intensas, tan vívidas, que se convierten en realidad, ¿no cree, inspector? Venga, le mostraremos una cosa.

Juntos atravesaron el pasillo hasta llegar a los aposentos traseros, donde había una empinada escalera de caracol que descendía hasta al nivel inferior. Una estrecha alfombra roja decorada con jeroglíficos egipcios indicaba el camino. Leo no podía articular palabra. Lo que los Rapoldy le acababan de explicar resolvía de hecho todos los misterios: la llamada de Strössner al museo, las cartas enviadas desde El Cairo, el reloj de bolsillo entre las vendas... Y, sin embargo, todavía no encontraba respuesta a algunas preguntas, le invadía la misma extraña sensación que ya conocía de casos anteriores.

Había algo que no encajaba.

Clemens Rapoldy bajó las escaleras del sótano que conducían a una puerta cerrada con un gran candado. Buscó a tientas una llave.

—Nuestro depósito de tesoros particular —explicó—. Aquí guardamos los hallazgos más importantes y valiosos, y también los venenos más mortíferos. En este depósito es donde también... realizamos la momificación.

El médico abrió la puerta y Leo se asomó a una especie de bodega de techo bajo y ambiente enmohecido que le recordó a una cámara funeraria egipcia. Una única lámpara de gas iluminaba una serie de estantes donde había almacenadas máscaras mortuorias de oro y placas de madera pintadas que representaban los rostros de personas muertas ya hacía mucho tiempo. Había también estatuillas y pequeñas momias de animales, como las que había visto en el museo. En el centro, sobre una enorme mesa de madera llena de arañazos, yacían dos momias envueltas en vendas viejas y quebradizas, una un poco más pequeña y delicada que la otra. El vendaje ya estaba desenrollado por varios lugares y los rostros resecos habían quedado al descubierto.

—El sacerdote Ta-bek-en-chon y la princesa desconocida —dijo con devoción Charlotte Rapoldy—. Por fin se han reunido de nuevo aquí, en la Villa Tebas.

—Pero el señor Dedekind dijo que las momias habían desaparecido —objetó Leo.

Charlotte Rapoldy sonrió con tristeza y continuó:

—Nunca desaparecieron, papá las mandó traer en secreto. Siempre pensó que debía examinar a Ta-bek-en-chon en persona. Al fin y al cabo, fue él quien lo encontró en las arenas del desierto. —Lanzó una mirada casi tierna a los cadáveres milenarios—. Papá reunió a los dos después de haber estado separados una eternidad.

—¿Cómo sabe que eran de verdad una pareja cuando estaban vivos?

—Puede que solo sea una bonita historia —respondió ella encogiéndose de hombros—, pero los matrimonios entre hijos de faraones y sumos sacerdotes eran muy habituales. Solo tiene que pensar en el genial arquitecto Imhotep, consejero del faraón Zoser, que más tarde fue venerado como un dios. Cuenta la leyenda que él también se casó con una princesa. Y después están, por supuesto, los dos ojos de esmeralda que convierten este hallazgo en un descubrimiento tan singular.

—Es muy importante que esos ojos vuelvan al museo junto con las momias —intervino su marido—. Su valor es incalculable, ¡no solo para la egiptología! —Entonces lanzó una mirada inquisidora a Leo y le preguntó—: ¿Por casualidad no sabrá dónde pueden estar?

—Están guardados en el depósito de objetos probatorios de la Jefatura de Policía —contestó el inspector—, un lugar casi tan seguro como la pirámide de Keops, créame.

—Bueno —aprobó ella—, espero que sus compañeros liberen pronto esas esmeraldas. —Suspiró hondo y volvió a mirar a las dos momias—. ¿Cómo hemos podido llegar a esto? En algún momento tendremos que explicar la verdad a Alexander y al profesor Hofmann, sobre todo para que no sigan creyendo en la existencia de una maldición. Estoy segura de que podré contar con la discreción de ambos.

—¿Qué piensa hacer con nosotros, inspector? —preguntó Clemens Rapoldy a Leo—. Ahora ya lo sabe todo. —Esbozó una tímida sonrisa—. Por cierto, siento muchísimo haberlo dejado sin sentido la otra noche. No quería que descubriera el truco de la linterna mágica y fui presa del pánico. Como ha dicho mi esposa, solo queríamos asustarlo. Pensamos que quizá así nos dejaría en paz.

—Esa idea fue un auténtico disparate —repuso Leo— y no mejoró en absoluto su situación. Y no me refiero al golpe con el bastón, eso ya se me pasará, tengo la cabeza muy dura. En cuanto al otro... asunto, supongo que primero tendré que hablar con mis superiores.

—Pues hágalo, inspector, e interceda por nosotros —le rogó Charlotte Rapoldy con una mirada suplicante. En la penumbra del sótano, rodeada de todos aquellos objetos egipcios y las dos momias, se acentuaba aún más su parecido con la reina Cleopatra—. Nuestro destino depende por entero de usted, señor Von Herzfeldt.

A primera hora de la mañana siguiente, Leo estaba sentado con Paul Leinkirchner en el despacho del jefe superior de policía. Hicieron falta dos puros de Leinkirchner y cuatro Yenidzes de Leo para que este terminara de contar toda la historia y respondiera a todas las preguntas. Preso de su asombro, Stukart se había olvidado por completo de decirles que en su presencia estaba terminantemente prohibido fumar.

—¡Es la confesión más extraña que he oído en mi vida! Un catedrático envenenado por accidente encarga a su hija su propia momificación... —El jefe superior Stukart dio lustre a los cristales de sus gafas y miró a través de ellos, como si así pudiera comprobar el informe de Leo una vez más—. Y, sin embargo, parece del todo concluyente.

—Confisqué las ampollas sospechosas y se las he llevado al profesor Hofmann a primera hora de esta mañana para que las examine en profundidad —dijo Leo—. Creo que llegará a la misma conclusión. ¿Por qué tendrían que mentir los Rapoldy sobre esto? Seguro que sabían que comprobaríamos el contenido. Una de las ampollas contiene el veneno de estrofanto y la otra, ese medicamento, la diabecerina. Los dos frascos son en verdad muy parecidos y se pueden confundir.

Stukart se puso de nuevo las gafas y se volvió hacia Paul Leinkirchner.

—¿Y usted qué opina?

Leinkirchner se encogió de hombros.

—Difícil de decir. Por lo menos esto explica todos los enigmas.

—Bueno, no todos —intervino Leo—. Todavía queda algún cabo suelto.

Durante la noche, Leo había vuelto a repasar el caso punto por punto. La sensación que había tenido el día anterior persistía, incluso con más fuerza. Le hubiera gustado hablar de ello primero con Julia y explicarle su repentina marcha del teatro. Sin embargo, cuando llamó esa misma mañana al Dragón Azul desde la oficina, Elli le dijo escuetamente que Julia no estaba disponible en ese momento.

—¿A qué se refiere, Herzfeldt? —preguntó Moritz Stukart—. ¿De qué misterios sin resolver está hablando?

—Del caso Kerfeld, por ejemplo. —Leo se aclaró la garganta—. Su muerte repentina en la catedral de San Esteban no está ni mucho menos aclarada. Al contrario, cada vez es más misteriosa. Es evidente que a Walter Kerfeld le estaban persiguiendo y que había descubierto algo que quería contarme en la catedral. ¡Y justo en ese preciso momento es cuando muere! Sigo sospechando que fue envenenado. La pregunta es: ¿por qué? Kerfeld no aparece en absoluto en el relato de los Rapoldy. Y luego está el difunto padre Gregor Mayr de Graz. Supongo que pronto tendré...

—¡Por el amor de Dios, ya hablamos de eso hace tiempo! —intervino con brusquedad Leinkirchner—. El profesor Kerfeld murió de una sobredosis de veneno de mosca española tras visitar a unas prostitutas y fue a la catedral de San Esteban a confesar sus pecados. Si hubiera querido contarle algo, dudo que fuera que necesitaba un rosario. ¿Se acuerda? «¡Un rosario!», eso fue lo que le dijo.

—Continúo pensando que hay algo que no encaja. Aún no conocemos toda la historia. —Leo miró al jefe superior—. Señor Stukart, le ruego de forma encarecida que no archive el caso. ¡Es demasiado pronto!

Stukart permaneció callado, y con su silencio le demostró que la decisión ya estaba tomada.

—Estimado colega —comenzó Stukart, muy vacilante para lo que era habitual en él—, soy un policía con amplia experiencia, igual que el compañero Leinkirchner, con el que he resuelto muchos casos en el pasado, y como policía estoy de acuerdo con usted: aquí hay gato encerrado. —Respiró hondo y continuó—. Pero no solo soy policía, también soy el máximo responsable de este cuerpo y, por consiguiente, también tengo una responsabilidad política...

—No se ande con rodeos —dijo Leo—. Ha recibido instrucciones de arriba para detener la investigación, ¿me equivoco?

—Piense un poco, Herzfeldt —respondió Stukart—. ¿Cuál sería la alternativa? ¿Seguir investigando? El asunto acabaría saliendo a la luz pública. Tenemos suerte de que los periódicos no se hayan enterado todavía. Hay gente influyente implicada, y no me refiero solo a los Rapoldy. También está Friedrich Carl Knauer, reconocido zoólogo y director del nuevo parque zoológico; Alexander Dedekind, conservador del Museo de Historia del Arte; otros importantes mecenas de las ciencias y, por supuesto, el mismísimo archiduque. Imagínese los titulares, sobre todo los de los periódicos críticos con la corte imperial. Por lo menos, la confesión de los Rapoldy nos permite dar el asunto por zanjado.

—Una decisión muy práctica —murmuró Leo. En realidad, se esperaba este desenlace. Ya lo había imaginado cuando Charlotte Rapoldy le había pedido la noche anterior que intercediera por ella y por su marido. ¿Sabía la señora Rapoldy que no era él quien mandaba allí? Probablemente—. ¿Y qué pasa con los Rapoldy? —preguntó.

Con aire pensativo, Stukart alineó los lápices afilados sobre su mesa y respondió:

—Podríamos iniciar una investigación, es cierto. Pero ¿de qué serviría? Todo apunta a que el homicidio del profesor Strössner fue un accidente, usted mismo lo ha dicho. Un juicio solo conseguiría armar una polvareda...

—Entiendo. —Leo se levantó—. Entonces supongo que mi presencia aquí ya no es necesaria.

—Haga el favor de sentarse, Herzfeldt —gruñó Leinkirchner. La cicatriz de su cara se contrajo amenazadoramente—. ¿Qué se ha creído? No es usted el que decide cuándo puede abandonar el despacho, sino del jefe superior de policía y un servidor, así que será mejor que el señorito se controle —ordenó señalando su silla.

—Yo lo habría dicho con otras palabras, pero el mensaje es el mismo —dijo Stukart mirando a Leo—. Esto es el cuerpo de policía, Herzfeldt, y los sentimientos no tienen cabida aquí.

Tras un momento de vacilación, Leo volvió a sentarse.

—Bien —aprobó Stukart—. Ahora tenemos que tratar otro asunto más importante. Es sobre los asesinatos de chaperos. Tenemos un nuevo caso, y ya serían tres. Anoche encontraron muerto a un tal Benedikt Warnbrunner, esta vez en Margareten, en el distrito quinto... —El jefe superior se inclinó hacia delante—. Pero esta vez son buenas noticias. Dos borrachos vieron al asesino. La descripción del sospechoso no es muy precisa, pero al menos es un comienzo. Los interrogados describieron a un hombre con frac negro, sombrero de copa y bastón.

—Frac, sombrero de copa, bastón... La mitad de los transeúntes en Viena visten así —comentó Leo encogiéndose de hombros.

—En eso le doy la razón, pero es mejor que nada. —Stukart le acercó la carpeta de investigación—. El profesor Hofmann ya ha examinado el cuerpo del joven. El mismo *modus operandi* que en las víctimas anteriores. Una única punzada letal con un estilete alargado, puede que un estoque. Después, amputación de pene y testículos, y la masacre final. —El jefe superior suspiró—. Si quedaba alguna duda, esta ha quedado disipada. Estamos ante un asesino múltiple enloquecido. Quiero que dirija la investigación del caso junto con el compañero Leinkirchner. El inspector jefe ya ha reunido a un grupo de agentes plenamente capacitados.

—¿Me pone a mí al mando? —preguntó Leo extrañado. Pensó en cuál sería la reacción de Erich Loibl, que hasta entonces dirigía la investigación.

—Junto conmigo —gruñó Leinkirchner—, pero tampoco se haga muchas ilusiones. Sigo siendo su superior.

Stukart hizo un gesto apaciguador con la mano.

—Sé que es usted un policía capaz, Herzfeldt. De lo contrario, su conducta insubordinada ya me habría obligado a enviarlo de vuelta a Graz hace mucho tiempo. Además, Loibl está..., bueno, un poco desbordado. Considérelo un pequeño gesto de agradecimiento, también en lo que respecta a la investigación del caso Strössner, suponiendo que esté de acuerdo en que le demos carpetazo —añadió el jefe superior—. Me gustaría que usted y el compañero Leinkirchner colaboraran de forma estrecha a partir de ahora. Pueden beneficiarse mucho el uno del otro, créame.

—Si usted lo dice —respondió con tono seco Leo.

—Así es, yo lo digo —zanjó Stukart cerrando la carpeta de golpe. Entonces miró con atención a Leo y preguntó—: Por cierto,

¿ha visto a la señorita Wolf? Por desgracia, todavía no la hemos localizado por teléfono. Sé que está de baja, pero anoche tendría que haber ido a tomar imágenes del joven muerto en Margareten.

«Justo cuando estaba en el teatro conmigo —pensó Leo— a pesar de estar de baja por enfermedad.»

—Me temo que no puedo ayudarle —dijo secamente—. Si por casualidad la veo, le diré que se ponga en contacto con usted.

El jefe superior se encogió de hombros.

—En realidad, ya no será necesario. He llegado a la conclusión de que las mujeres son demasiado delicadas para este tipo de trabajo, y está claro que tampoco resultan demasiado fiables.

—Pero llamó para pedir la baja —objetó Leo.

—Las mujeres siempre enferman por algo, y cuando no están enfermas, están indispuestas, histéricas o embarazadas. No, no, mi decisión es firme... —Stukart negó con la cabeza—, la señorita Wolf será relevada de sus funciones. Hoy mismo le enviaremos la carta de despido.

El jefe superior se levantó y se sacudió el polvo del chaleco.

—Señores, ¡cuento con ustedes! Muéstrenle al mundo que la experiencia y los procedimientos científicos pueden ir de la mano por el bien de todos. A partir de ahora, cada mañana me presentarán un informe.

Leo quiso hacer alguna objeción, pero la mirada de su superior le demostró que cualquier réplica sería inútil, ya fuera acerca del caso de la momia como del futuro de Julia. Esperaba poder hablar con ella antes de que le llegara la noticia de su despido.

Pero ni ese sábado ni los días siguientes pudo Leo contactar con ella.

XVI

De *Ritos funerarios y cultura popular*, de Augustin Rothmayer, escrito en Viena en 1894

Sarcófago: Del griego antiguo sarkophagus, *que significa carnívoro. Los griegos y los romanos fabricaban a menudo sus ataúdes con piedra caliza, de la que se decía que descomponía los cadáveres en apenas cuarenta días. De hecho, la cal es bastante agresiva. Por algo en la Edad Media se espolvoreaba cal viva sobre los muertos por la peste en las fosas comunes.*

—Cálmese, señor Rothmayer, se lo ruego. Y, por el amor de Dios, ¡baje esa pala! Cualquiera diría que quiere matarme a golpes con ella.

Julia estaba con Sisi detrás de una oxidada cruz sepulcral y escuchaba vacilante la discusión. Se encontraban en la parte trasera del Cementerio Central de Viena, cerca de la tapia, por donde paseaban pocos visitantes. Julia había oído la voz cuando estaba a punto de torcer por el camino que conducía a la cabaña de Augustin Rothmayer. Hizo una señal a Sisi para que guardara silencio y se asomó por detrás de la cruz.

La escena no inspiraba la menor confianza.

Cuando, esa mañana de domingo, Julia había decidido llevar a su hija de excursión al Cementerio Central, esperaba charlar un rato con el extravagante sepulturero, quizá hasta tomar una taza de café y dar un pequeño paseo en su compañía. Solo hacía dos días de la aciaga velada con Leo y necesitaba distanciarse un poco de él, pero también de su trabajo, que por entonces ya había dejado de ser suyo. Justo el día anterior había recibido la carta de despido en el apartado postal que tenía en la Estación del Oeste para poder mantener en secreto su dirección real. En un lacónico texto, el jefe superior de policía le comunicaba que prescindía de sus servicios y le deseaba toda la suerte en su futura andadura profesional.

La habían echado.

En la carta no figuraban los motivos del despido y Stukart tampoco había respondido a su parte de baja por enfermedad. Pero ella sabía a la perfección por qué la había despedido. ¡Maldita sea, y todo porque solo quería pasar un poco más de tiempo con su hija! ¿Era eso mucho pedir?

En el fondo, todavía no se había hecho a la idea de que no disponía de los medios suficientes para vivir. A modo de distracción, había decidido ir a dar una vuelta por el Cementerio Central con la esperanza de volver un poco a la normalidad con Sisi. En vez de eso, lo que encontró fue a Rothmayer blandiendo una pala de cavar y dispuesto a cometer un homicidio sobre un hombre calvo. El hombre en cuestión llevaba anteojos y un traje negro recién planchado. El sepulturero superaba en altura por casi dos cabezas al tipo menudo.

—Hoy todavía tengo que cavar algunas tumbas —gruñó Augustin Rothmayer—, de manera que será mejor que cada uno siga su camino antes de que ocurra una desgracia. ¡Que tenga un buen día y adiós muy buenas!

—¡Esto no tiene ningún sentido, señor Rothmayer! Sabe a la perfección que no me voy a marchar sin más. ¡Por el amor de Dios, que soy su superior! ¡Y baje esa pala de una vez!

Julia se dio cuenta en ese momento de que el hombrecillo era el administrador del cementerio. Ya había intercambiado algunas palabras con él en alguna ocasión, y lo tenía por un caballero amable y sorprendentemente campechano a pesar de su oficio. Todo lo contrario que Augustin Rothmayer, que seguía sosteniendo la pala en actitud amenazadora, como si fuera una bayoneta. Julia decidió que había llegado el momento de intervenir, de manera que salió de detrás de la cruz sepulcral y se acercó a los dos con paso decidido. El administrador se volvió hacia ella aliviado.

—¡Señorita Wolf, gracias a Dios! Hable con él, se lo ruego. He venido por el tema de la niña...

—¡Nadie me va a quitar a Anna! —gritó Rothmayer.

—No quiero apartarla de usted —repuso el administrador con tono tranquilizador—. Entiendo cómo se siente. Mire, señor Rothmayer, tengo cuatro hijas y sé cómo se siente. Anna podrá venir cuando quiera a jugar con usted, pero debe comprender que la pequeña tiene que volver a la escuela en algún momento, y además...

—¡Carajo! Yo..., a Anna la necesito aquí —prosiguió el sepulturero con voz temblorosa—. Y conmigo también está aprendiendo cosas. Además, ya no puedo hacer este trabajo yo solo. Cada año se amplía el cementerio, pero no se contrata a gente nueva. Solo barrer los huesos de las tumbas decenales es..., bueno, se deja uno los huesos, nunca mejor dicho. Se necesitan unos deditos muy ágiles. Y luego está la confección de coronas...

—Si me permiten hacer una sugerencia —intervino Julia levantando las manos para aplacar los ánimos, y se dirigió al administrador—: Hablaré con el señor Rothmayer, pero a solas. Estoy segura de que encontraremos una solución.

El administrador del cementerio se secó el sudor de la calva y asintió agradecido:

—Hable con él, señorita. Es terco como un asno viejo. La

mujer de los servicios sociales ya ha venido tres veces, no podré decirle que no una cuarta vez.

—Esa señora no sabe lo que la espera si vuelve, ya me he ocupado de ello —refunfuñó Rothmayer—. ¡Oh, sí!

Después de lo que le había contado Leo, Julia se imaginaba a qué se refería el sepulturero.

El administrador levantó el dedo con severidad, lo que no pareció demasiado amenazador dada su estatura. Con la mirada centellante detrás de los anteojos, advirtió:

—Mire, señor Rothmayer, puede que venga usted de una estirpe célebre..., bueno, al menos en nuestro gremio, pero no puedo protegerlo toda la eternidad. ¡Esto tiene que acabar en algún momento! No aguantaré ni una salida de tono más, ¿me oye?

Julia sabía a qué se refería el administrador. Augustin Rothmayer era descendiente del conocido músico callejero Marx Augustin. Durante la gran peste de Viena de hacía más de doscientos años, Augustin, borracho como una cuba, fue sacado a rastras de una fosa común después de haber sido dado por muerto y arrojado a ella. La *Canción del querido Augustin* había traspasado los límites de Viena y dado la vuelta al mundo. Desde entonces, de los Rothmayer salieron muchos enterradores y, hasta la fecha, habían llevado a la tumba a mucha gente famosa.

Rothmayer clavó la pala en el suelo y se cruzó de brazos en actitud desafiante. Como un guardia medieval, se plantó en medio del camino.

—Por encima de mi cadáver —dijo el sepulturero.

Su respuesta le pareció a Julia un poco extravagante en un cementerio. En voz baja, el administrador se dirigió a ella:

—Como sabrá, los servicios sociales nunca aceptarán una adopción. Anna será todo lo huérfana que quiera, pero esto es un cementerio y el señor Rothmayer no es precisamente una persona de trato fácil, ¿no cree?

—Dígamelo a mí —susurró Julia.

El sepulturero seguía mirándolos fijo y con hostilidad y Julia intentó reconducir la situación. Con una sonrisa señaló a Sisi, que seguía asustada detrás de la cruz sepulcral.

—Mire a mi hija, señor Rothmayer. Le tiene miedo, y lo único que quiere es ir a jugar con Anna. ¿Por qué no vamos todos juntos a su cabaña? ¿Qué le parece?

El sepulturero se rascó la cabeza, lanzó un escupitajo al suelo y se alejó en silencio.

—Creo que eso significa que sí —dijo Julia.

El administrador del cementerio suspiró hondo.

—¡Intente convencerle, señorita! De lo contrario, no garantizo nada, ¡nada en absoluto! Que pase un buen domingo.

Dicho esto, se alejó sacudiendo la cabeza, no sin dejar de lanzar una mirada examinadora sobre alguna que otra tumba que encontraba a su paso.

Augustin Rothmayer se sentó en un pequeño banco delante de su cabaña y se puso a reparar algún desperfecto de la pala. Cuando vio venir a Julia, sonrió y dejó a un lado la herramienta de cavar. A ella siempre le asombraban las reacciones del sepulturero: hacía un momento le había deseado lo peor al administrador del cementerio, y ahora volvía a parecer el simpático, aunque un poco extravagante, caballero que no haría daño ni a una mosca.

—Es muy amable por su parte venir a visitarme con Sisi —dijo quitándose el sombrero—, aunque las circunstancias no sean del todo favorables en este momento. Por cierto, los vestidos que trajo para a Anna le sientan muy bien.

—¿Dónde se ha metido la pequeña? —preguntó Julia mirando a su alrededor. Le iba bien mantener una conversación medianamente distendida con ese bicho raro. La distraía de sus propias preocupaciones.

Rothmayer balanceó titubeante la cabeza y se encogió de hombros.

—Bueno, creo que podemos arriesgarnos... —Dio un silbido ayudándose de los dedos y al instante apareció Anna entre los árboles.

—El hombre malo se ha ido, Anna —dijo cariñoso Rothmayer, con una voz que no se correspondía su habitual mal humor—. ¿Te apetece jugar un ratito con Sisi? Enséñale las fosas comunes, ¡pero no os metáis dentro!

—No soy ninguna niñera —dijo Anna desafiante.

—Más tarde tocaré el violín para ti, ¿de acuerdo? —propuso Rothmayer—. Algo de Schubert, que tanto te gusta.

La propuesta pareció convencer a Anna. Tomó a la pequeña Sisi de la mano y ambas desaparecieron entre los árboles. Julia permaneció un rato en silencio y observó las numerosas hileras de tumbas que, a la luz de la mañana, parecían pequeños caminos a ninguna parte. El floreciente jardín de rosas que rodeaba la morada de Rothmayer era el único detalle de color que se divisaba a la redonda.

—El administrador no es una mala persona —dijo al final Julia, que se sentó en el banco junto al sepulturero y dejó que el sol le diera en la cara—. En el fondo, solo pretende ayudarle.

—No necesito que me ayuden —aclaró él negando con la mano—. Mejor hablemos de otra cosa. No parece contenta, se lo noto. Si no la conociera diría que es usted una plañidera.

—Gracias por el cumplido. —Julia esbozó una sonrisa, pero su rostro volvió a ensombrecerse—. Aunque tiene razón, he tenido días mejores.

—Bueno, cuénteme qué le pasa, no se lo diré a nadie —dijo el sepulturero, que con una sonrisa maliciosa añadió—: Seré una tumba.

—Si ni siquiera sé por dónde empezar...

Al principio con voz entrecortada, pero después con profusión de detalles, Julia le habló de su despido y de la discusión con Leo. Había llegado a la conclusión de que necesitaba una pausa, sobre todo después de que la echaran del trabajo. Y después todos aquellos terribles asesinatos de chaperos... No podía borrar aquellas imágenes de su cabeza.

—Fotografiar cadáveres no es una profesión —dijo por último Augustin Rothmayer—. Puede estar contenta de que no tenga que hacerlo nunca más.

—Ya, y meter cadáveres bajo tierra sí es una profesión, ¿verdad? —replicó ella con mirada desafiante—. ¿Me puede decir cómo voy a comprar ahora las medicinas tan caras que Sisi necesita? Tengo ahorrado un poco, ¡pero solo me alcanza para unas pocas semanas, como mucho!

—Ya encontrará una solución. Quizá su amigo, el señor barón...

—¡El señor barón se puede ir al diablo y, con él, también sus salidas para investigar por su cuenta! No le veo desde la desastrosa noche del viernes en el teatro. Y me alegro.

—Mmm —dudó el sepulturero y, retirándose unos restos de lodo de debajo de las uñas, añadió—: En realidad no es un mal tipo, su Leo. Un poco vanidoso y engreído, como muchos otros jóvenes. Pero es un polizonte astuto, de eso no cabe duda. Si ha descubierto algo nuevo sobre las momias, me gustaría saberlo. Quizá me sirva para el nuevo almanaque...

—Pues será mejor que se lo pregunte usted mismo —respondió Julia—. Ustedes dos sí que hacen buena pareja. Además, ¿qué importancia tienen esas viejas momias? Hay otros casos en los que está en juego el destino de vidas reales. Ahora mismo está encarcelado un jefe de tribu africana al que tenían encerrado en el zoológico de Viena como si fuera... ¡como un chimpancé! Y encima lo acusan de un asesinato que muy probablemente no ha cometido.

—¡Oh, un jefe de tribu auténtico! ¿No será el de los matabele?

Julia lo miró sorprendida.

—¿Lo conoce?

Siempre lo sorprendía que Rothmayer tuviera tanta cultura, sobre todo porque no encajaba en absoluto con la imagen de un sepulturero avinagrado y extravagante.

—He leído algo en el periódico. Los matabele son un pueblo orgulloso con unos rituales funerarios asombrosos. Quería incluir en mi almanaque algunos de los más interesantes. ¿Es posible hablar con ese jefe?

Julia suspiró.

—A no ser que suceda un milagro, es posible que muy pronto él mismo forme parte de uno de esos rituales funerarios.

Julia relató brevemente a Rothmayer lo sucedido en el zoo. Después de escuchar con la máxima atención, el sepulturero preguntó:

—¿Cómo ha dicho que se llamaba el joven cuidador de animales? El que fue hecho picadillo por el león.

—Stefan Moser, ¿por qué?

Rothmayer guardó silencio.

—Y usted cree que el asesino no ha sido el tal Saidrovuni, sino otra persona, ¿verdad? —preguntó por fin—. Mmm... —frunció el ceño. De pronto su expresión se iluminó—. Le propongo un trato, señorita Wolf: usted me ayuda a que Anna pueda quedarse conmigo y, a cambio, yo me ocuparé del jefe de tribu. Quizá, después de todo, también pueda averiguar alguna cosa sobre ese extraño demonio.

—¿Y cómo va a hacerlo?

—Ya me las arreglaré, señorita. No sería el primer muerto al que le sigo la pista.

Por primera vez en días, Julia sintió que volvía a albergar un poco de esperanza. Podía ayudar a los demás aunque a ella le fuera todo mal. Además, el caso la distraía de sus preocupaciones.

—¿Haría eso por mí?

—Por supuesto. Hoy por ti y mañana por mí, como suele decirse. —Rothmayer le dio una torpe palmadita en la rodilla—. Pero ahora vayamos a ver qué están haciendo esas dos jovencitas en las fosas comunes. Quién sabe, puede que se hayan puesto a jugar a los bolos con huesos y calaveras. Una vez pillé a Anna haciéndolo. —Esbozó una sonrisa maliciosa y añadió—: Pero por lo menos tiene buena puntería.

Leo tampoco tuvo noticias de Julia el lunes por la mañana.

Una vez más, volvía a estar con Paul Leinkirchner en su despacho repleto de humo, donde ambos trabajaban con la máxima concentración y, por lo demás, sin dirigirse apenas la palabra. Leo se había trasladado allí desde su puesto habitual; parecía lo más adecuado, pues ambos estaban al mando del caso. Sin embargo, ello no quitaba que no se sintiera del todo cómodo en presencia del inspector jefe. Además, el aire estaba tan lleno de humo de tabaco que le daba dolor de cabeza.

Los asesinatos de chaperos seguían manteniendo en vilo a la Jefatura de Policía, sobre todo porque no estaba claro que los tres casos fueran los únicos. Desde que Erich Loibl había hablado de un cadáver hallado en el canal del Danubio, planeaba la sospecha de que podría haber víctimas anteriores del asesino de jóvenes prostitutos. Pero los casos sin resolver de los últimos años eran tan numerosos que Leo pronto perdió la visión de conjunto. Para su consternación, comprobó que solo se había resuelto la mitad de los asesinatos cometidos en Viena.

En cumplimiento de lo que había anunciado, Stukart formó una unidad especial. También mandó enviar una comunicación a todos los periódicos vieneses con una parca descripción del posible asesino: frac negro, sombrero de copa y bastón de paseo... Leo se había pasado el fin de semana de reunión en reunión con Leinkirchner, Loibl y el resto de los compañeros. El nuevo trabajo le absorbía tanto tiempo que ya no podía ocuparse del caso de las momias —aparte de que le habían obligado a no hablar del asunto—. Y también era cada vez más consciente de que Julia podría estar algo más que simplemente molesta...

Leo esperaba que ella le perdonase cuando tuviera la oportunidad de explicarle a qué se había debido su abrupta marcha del teatro. Y si Stukart de verdad la había despedido, lo que era de suponer, ¡entonces tenía que hablar con urgencia con ella! Pero la Gorda Elli seguía dándole largas cada vez que llamaba por teléfono. Y con todo el trajín todavía no había tenido tiempo para desplazarse hasta Neulerchenfeld.

Llamaron a la puerta. Erich Loibl entró arrastrando los pies y lanzando a Leo una mirada contrariada. Loibl aún no parecía haber superado el hecho de que Stukart hubiera puesto a su compañero al mando de la investigación junto con Leinkirchner en vez de a él. En los últimos días, no había hablado con Leo más de lo estrictamente necesario.

—¿Alguna novedad, Erich? —preguntó el inspector jefe sin levantar la vista de las carpetas—. Si es así, que sea breve. Todavía tengo que repasar un montón de informes redactados por la Guardia de Seguridad de varios distritos. Todos los casos sin resolver de los últimos años. ¡Un auténtico desastre!

Loibl se aclaró la garganta.

—Bueno, acabo de revisar las denuncias de personas desaparecidas hasta el año 1890 —dijo rascándose la cabeza—, y no son pocas. Tampoco creo que estemos avanzando mucho, porque se trata sobre todo de peleas matrimoniales, hombres jóvenes que se van para buscarse la vida, jovencitas que se quedan embarazadas y se largan... Además, hasta ahora solo han sido unos pocos chaperos. ¿Por qué no dejamos que ese lunático haga un poco de limpieza? Unos cuantos maricones menos. En otras partes lo llaman higiene —concluyó Loibl riéndose de su propia broma.

—Conque limpieza, ¿eh? —repitió Leinkirchner levantando por primera vez la vista de las carpetas—. ¿A quién más quieres eliminar? ¿A los orientales, a los eslavos, a las putas, a los judíos? —Miró a Leo de reojo—. A mí no me gustan los judíos, pero eso no significa que quiera acabar con ellos. Así que, si no tienes ninguna propuesta mejor, déjanos trabajar.

Loibl permaneció en silencio, de pie junto a la puerta.

—Puede que tenga algo —dijo por fin titubeando. Se encontraba visiblemente incómodo—. He vuelto a consultar los archivos del caso de Leopoldstadt, ese que por desgracia se me pasó...

—¿Qué pasa con él? —gruñó Leinkirchner—. Según Herzfeldt, el expediente ha desaparecido. ¿Acaso lo has encontrado detrás del archivador o en el montón de papel de borrador?

—No, pero he encontrado otra cosa. —Loibl sacó un trozo de papel arrugado y leyó en voz alta—: Marzo del 93, o sea, hace más de un año. Unos niños encuentran un brazo mientras juegan en las alcantarillas. Fue cerca de donde se descubrió el torso en el canal del Danubio, en el distrito segundo.

—¿Tal vez el brazo de la víctima? —preguntó Leo.

—Es lo que pensé en un primer momento, por eso al principio no presté mucha atención a la nota —comentó Loibl reconfortado por volver a entrar en el juego—. Pero entonces me acordé de que al cadáver solo le faltaban las piernas y la cabeza, pero no los brazos. Así que el brazo es de otro cuerpo, con toda probabilidad de un varón joven, de unos veinte años. Es todo lo que he podido averiguar, el brazo ya estaba bastante descompuesto. Y aquí... —Con pose triunfante pero serena, mostró un segundo papel y volvió a leer—: Informe de la Guardia de Seguridad de septiembre del 93. En un canal del distrito sexto, los servicios de limpieza de los canales encuentran los restos de un cráneo humano en severo estado de descomposición, con mechones de pelo... —Expectante, levantó la vista del papel.

—¡Por el amor de Dios, Loibl! —exclamó Leo desconcertado—. ¿Está diciendo que todo el subsuelo vienés está repleto de... restos humanos?

—Estamos en Viena, una metrópolis, y no en la apacible Graz, estimado colega —resopló Leinkirchner con desprecio—. La gente viene, la gente se va, la gente desaparece. Erich tiene razón: solo en los últimos diez años, la población ha crecido en un cuarto de millón de habitantes, y muchos perecen de congelación, inanición, enfermedad, accidente... No siempre tiene que ser un asesinato. —El inspector jefe encendió otro puro y echó una bocanada de humo—. Hay casas y albergues para pobres, pero siempre están abarrotados o infestados de piojos. Muchos se van entonces a vivir al subsuelo. En las alcantarillas hace más calor que a pie de calle, sobre todo en invierno, y la policía allí los deja en paz. Y sí, allí termina mucha gente. En el fondo, las alcantarillas también son como una especie de cementerio.

—¿Desaparecen en las alcantarillas? Mmm... —Leo volvió a hojear las carpetas que tenía delante. Eran los cuatro casos ya conocidos, ordenados por fecha: Leopoldstadt, Meidling, Mariahilf, Margareten... Un pensamiento le rondaba la cabeza, una idea que debía comprobar—. Interesante —dijo por fin—, interesante de verdad.

—Le estaría muy agradecido si se dignara a compartir conmigo esa ocurrencia tan *interesante* —refunfuñó su superior—. ¿Por qué hojea con tanta inquietud los casos actuales? ¡Debería estar mirando los viejos!

Sin mediar explicaciones, Leo rebuscó en su cajón, donde guardaba unos alfileres con los que solía fijar los pañuelos de adorno en el bolsillo de su traje. Se levantó y se acercó a la pared donde colgaba un gran mapa de Viena. Tomó unos cuantos alfileres y los clavó en distintos puntos. Después trazó unas líneas con un lápiz. Loibl y Leinkirchner lo observaron durante un rato.

—¿Se puede saber qué está haciendo, Herzfeldt? —preguntó por fin Leinkirchner con impaciencia—. ¿Un nuevo juego para niños?

—Leopoldstadt, Meidling, Mariahilf, Margareten —repuso él pensativo, sin responder a la burla de su colega—. Esos son los puntos donde han aparecido las víctimas.

—Eso ya lo sabemos —apuntó Loibl encogiéndose de hombros.

—Sí, pero lo interesante son los lugares exactos. —Leo dio unos golpecitos sobre el plano de la ciudad donde estaban clavados los alfileres y trazadas las líneas—. Todos están cerca de corrientes de agua, el canal del Danubio y el río Viena. En la actualidad, ¿no hay obras en el alcantarillado junto al río y el canal?

—Así es —apuntó Leinkirchner—, pero...

—¿Y si lo que quería el homicida era deshacerse de los cadáveres en las alcantarillas y no ha podido hacerlo? —continuó Leo—. Quizá se lo impidieron las obras que están haciendo allí. En ese caso, nuestros cuatro muertos serían algo así como... fallos a ojos del asesino. Las otras víctimas yacen en las profundidades del alcantarillado...

—Allí hay presas con rejas —dijo Loibl—. Para que no se notara nada, el asesino tendría que descuartizar los cadáveres a conciencia.

Leo se volvió hacia su compañero.

—¡Pero si usted mismo acaba de decir que se encontraron

trozos de cuerpo humano! Y del primer cadáver solo tenemos el torso con los brazos. ¡Quizá allí abajo haya todavía muchos más restos! De ser así, nuestros casos solo serían la punta del iceberg.

—Piense un poco, Herzfeldt. —El inspector jefe expulsó el humo del puro en dirección a Leo—. El tipo se carga a todos los jovencitos guapos que encuentra ¿y luego los descuartiza *in situ* de manera profesional para hacerlos desaparecer en las alcantarillas? Seguro que alguien lo habría visto, aunque solo fuera por un momento. No puede ser.

Leo se quedó pensativo mientras observaba los puntos en el plano. Por último suspiró.

—Puede que tenga razón —admitió, y volvió a su asiento—, supongo que me precipité al sacar mis conclusiones.

—Sin embargo, podría haber algo de cierto en lo que dice. —Leinkirchner chupó pensativo su puro—. ¡Maldita sea! Puede que simplemente no acabe de gustarme la idea de que no sean solo unos pocos asesinatos y se trate en realidad de años y años de matanzas. —Apartó de un manotazo las carpetas, como si fueran portadoras de alguna enfermedad contagiosa—. Comparado con esto, Jack el Destripador solo sería una broma sangrienta.

Durante el resto de la mañana, Leo repasó casos antiguos junto con Paul Leinkirchner, pero no conseguía concentrarse del todo. Y era por Julia. Cómo le hubiera gustado decirle que lo sentía y que quería compensarla por todo. Tres días sin ella le habían demostrado lo importante que era para él, lo mucho que la necesitaba. Pero, sencillamente, no estaba localizable. ¿Debía dejar lo que estaba haciendo e ir a Neulerchenfeld? Podría decirle a Leinkirchner que se iba a una comisaría de distrito a buscar más informes, pero tampoco le pareció una buena estrategia.

Cuando ya se acercaba la pausa de mediodía, Leo tuvo de repente una idea. ¡Margarethe! Julia trabajaba con ella en la centralita de la Jefatura. La relación entre ambas se había enfriado un poco, pero hacía poco que Julia había vuelto a hablar de su antigua amiga. Tal vez la telefonista podría hablar con ella, interceder por él. Leo se levantó de su silla.

—¿Sale a comer? —preguntó Leinkirchner levantando la vista de mala gana—. ¿Tan temprano? ¿O ya se le han acabado sus magníficas ocurrencias?

—Tengo que hacer un recado. Volveré a tiempo para la reunión de la tarde.

—Bueno, eso me ahorra la propuesta de invitarlo a comer —replicó su superior.

—Gracias, muy amable —dijo Leo esbozando una leve sonrisa—. Tal vez en otra ocasión.

La relación entre ambos seguía siendo fría, pero por lo menos Leinkirchner no lo provocó con sus invectivas antisemitas. Antes, durante la conversación con Loibl, hasta lo había defendido abiertamente.

Leo cogió el sombrero y el abrigo y subió al tercer piso, donde se encontraba la centralita. En los últimos meses, las dependencias de la Jefatura de Policía se habían ampliado de forma considerable. Ahora había dos salas telefónicas repletas de paneles de madera y aparatos de hojalata frente a los cuales se sentaban más de una docena de mujeres que hablaban por los auriculares y conectaban líneas todo el rato. En el último año, la cifra de teléfonos de Viena casi se había duplicado.

Margarethe estaba sentada al fondo de la segunda sala. Cuando advirtió la presencia de Leo, sonrió sorprendida.

—¡El señor barón! ¿Ha venido para invitarme a comer?

Él le devolvió la sonrisa. Sabía que, al principio, Margarethe había tenido celos de Julia por haber pescado a un inspector que, además, venía de alta cuna. La telefonista solía burlarse de Leo, pero en el fondo se sentía atraída por él, o tal vez fuera algo más que una simple atracción.

—¿Y si lo dejamos en un café en el Sluka? —propuso Leo—. Invito yo también.

—No esperaba menos de Su Excelencia. Mi sueldo de telefonista no me permite pisar el Sluka, así que acepto encantada. De todos modos, estaba a punto de hacer mi pausa de mediodía. —Margarethe se levantó y suspiró—. ¿Por qué me huelo que esta invitación no se debe a mi nuevo peinado, sino a otra cosa? —En voz baja y con un tono confabulador, añadió—: ¿O más bien a otra persona? ¿Me equivoco?

Leo no dijo nada y le acercó el abrigo.

En el Sluka, el famoso café y pastelería de la Rathausplatz, pidió a un engreído camarero dos tazas de café a precio de oro y fue directo al grano.

—Como sabrá, Julia y yo seguimos..., todavía estamos... —titubeó.

Margarethe esbozó una sonrisa traviesa.

—En el dialecto vienés tenemos una bonita palabra para eso, señor inspector alemanote. Algún día debería aprenderla... Sí, entiendo lo que quiere decir —levantó la mano derecha—, pero le juro que esta vez no me he chivado, así que si alguien piensa que...

—No se trata de eso, Margarethe. Julia y yo hemos tenido una..., bueno, las cosas no van muy bien entre nosotros en los últimos tiempos. Y ahora ella parece que ya no quiere saber nada de mí. —La miró con ojos de cordero degollado—. ¿Podría usted hablar con ella?

—Mmm, supongo que sí. —Margarethe dio un sorbo de su café y lo saboreó con fruición. Estaba claro que disfrutaba torturando un poco a Leo—. Pero tal vez solo quiera pasar más tiempo con su hija y no cruzarse con ningún guripa, ni siquiera con usted, sobre todo ahora que ella ya no trabaja para la policía —añadió con tono lúgubre.

—Entonces es verdad que Stukart la ha despedido —se lamentó él.

—Sí, la ha echado alegando que es demasiado inestable y, como mujer, puede que demasiado delicada. Lo sé porque me lo ha dicho la secretaria de Stukart, que ha redactado la carta de despido. —Margarethe frunció el ceño—. Aunque razón no le falta, al jefe. Lo digo por lo de la delicadez. ¡Fotografiar víctimas de asesinato! Las mujeres no estamos hechas para eso. Yo me desmayaría si tuviese un cadáver delante. ¡Qué digo, un cadáver! ¡Una simple gota de sangre...!

—Escuche, Margarethe, de verdad que necesito hablar con Julia. Y ahora con más motivo. Deseo decirle que... que la quiero.

—¡Oh, inspector! —Margarethe pestañeó—. Es usted tan romántico... Un auténtico barón, sin duda.

—¿Puede decirle que me gustaría enmendar mi error esta misma noche? Dígale que... —Leo reflexionó—, que la llevaré otra vez al Ronacher. Y después a bailar y a beber champán.

—Inspector, no me haga esto... No siga o se me saltarán las lágrimas.

—Dígale que vaya a mi pensión a las siete, ¿lo hará? Y dígale también que lo siento mucho.

Leo dejó unas monedas sobre la mesa, se levantó e hizo una reverencia.

—Y ahora, si me disculpa, el deber me llama.

—Qué injusta es la vida —dijo Margarethe atusándose el pelo. Cruzó las piernas y lanzó una mirada coqueta al inspector—. Algunas van al teatro con barones y a mí me toca ir a cenar estofado de carne a una taberna con el gordo de mi prometido.

Si decir nada más, Leo se descubrió y salió de la cafetería con paso rápido.

XVII

Leo iba de camino a su pensión tras concluir su jornada laboral. A esa hora de la tarde había mucha gente en la Ringstrasse, sobre todo hombres que también volvían a sus casas después de trabajar. Todos llevaban traje negro y sombrero de copa. Instintivamente, Leo se preguntaba cuáles de ellos también cometerían un asesinato si se les presentaba la ocasión. Horas antes, después del mediodía, la rutina en la Jefatura de Policía había sido la habitual. Erich Loibl había regresado de su nuevo interrogatorio a los dos testigos oculares ebrios del barrio de Margareten, pero no informó de ninguna novedad. La descripción del asesino seguía siendo imprecisa: los dos testigos habían visto a un hombre con sombrero de copa y frac arrastrando el cadáver hasta un callejón lateral. Cuando llamaron al hombre, este huyó corriendo. Solo un detalle había despertado cierto interés: el tipo llevaba bastón, pero corría con gran rapidez, sin cojear ni arrastrar ninguna pierna...

Después, hacia las cinco de la tarde, Leo se había despedido de Leinkirchner sin decir gran cosa. Había leído en el *Neue Freie Presse* que esa noche se daba cita en el Ronacher un elenco de voces femeninas estadounidenses que habían actuado en la Exposición Universal de Chicago. Cinco mujeres sobre el escenario... ¡Seguro que a Julia le gustaría! Envió a un recadero al teatro y consiguió dos entradas, nada menos que de palco, así no tendrían que soportar a ningún vecino de mesa cascarrabias.

Ahora, de camino a casa, pensaba en qué se pondría para la cita. Tenía que ser algo elegante, pero no demasiado ostentoso. Julia odiaba que Leo actuara como un dandi. Sin embargo, él nunca era consciente de que se comportara como tal. ¿Qué había de malo en ir bien vestido?

Sumido en sus reflexiones, Leo subió las escaleras hasta el apartamento de la pensión y abrió la puerta. Su casera, la señora Rinsinger, le recibió en el pasillo con una actitud curiosa.

—¿Ya ha salido de trabajar? Pensé que estaba investigando esos asesinatos de chaperos. Lo leí en los periódicos...

—Ya sabe que no puedo decirle nada, señora Rinsinger —la interrumpió Leo—, aunque quisiera, pero es secreto oficial —añadió con un tono confabulador—, altamente confidencial.

—Claro, secreto oficial. Ya entiendo. —A la casera le encantaba la jerga policial. Con una mirada comprensiva añadió—: De todos modos, trabaja demasiado, señor Von Herzfeldt. Si me permite la observación, parece cansado y apesadumbrado, ¡como si hubiera envejecido de la noche a la mañana! Y ese chichón no tiene el aspecto de haber curado. ¡Cuídese! Mi difunto esposo, que en paz descanse...

—En ese caso, seguro que le alegrará saber que esta noche voy al teatro —la cortó Leo para acelerar la conversación.

—¿Con la señorita Wolf, quizá? ¡Ah, un encanto! ¡Seguro que le hará bien salir con ella! Es una joven muy agradable, pero sigo sin entender qué hace en la policía. ¿Es su secretaria?

—Esto..., algo así. Ahora, si me disculpa, señora Rinsinger. Tengo que cambiarme y refrescarme un poco.

Leo se metió en su habitación, donde buscó el vestuario adecuado en el enorme armario ropero. Solo en las perchas había colgados más de media docena de trajes, desde un esmoquin informal hasta un frac. La mayoría de las prendas venían de Graz, pero también había comprado algo de ropa en Viena, donde, en su humilde opinión, había los mejores sastres después de Londres y París.

Su escaso sueldo de agente no le alcanzaba para esas adquisiciones, pero estaba seguro de que su madre, que le enviaba periódicamente un cheque, aprobaría el gasto. Su hermana Lili, a la que había pedido ayuda por teléfono el viernes, había preguntado con cariño cómo le iba. Madre y hermana le echaban mucho de menos, a diferencia del padre. Su hermano mayor, Viktor, que ya se había incorporado al banco de los Herzfeldt como adjunto al director, tampoco se había puesto en contacto con él desde hacía mucho tiempo. ¿Qué diría el siempre correcto Viktor de la pequeña habitación subarrendada en casa de la señora Rinsinger? Leo esbozó una leve sonrisa: por lo menos, él siempre había ido mejor vestido que el primogénito.

Después de dudar un buen rato, Leo se decidió por el sencillo traje Chesterfield negro, al que añadió una nota de color con un pañuelo de bolsillo rojo y una corbata azul oscuro. Se lavó la cara y las manos, se afeitó, se vistió y se arregló el pelo en el espejo.

Sonó el timbre de la entrada y Leo se sobresaltó. En su reloj de bolsillo vio que todavía no habían dado las seis y media. El corazón le dio un vuelco: ¡Julia! Al final sí que había venido, e incluso un poco antes. ¡Era una buena señal! Se dio un último repaso frente al espejo y, con una sonrisa en la boca, salió al pasillo, donde la señora Rinsinger acababa de abrir la puerta. En el rellano esperaba Paul Leinkirchner.

—¿Y esas pintas? —preguntó el inspector jefe con cara de vinagre, sin saludar a Leo ni a la casera, ni siquiera levantándose su abollado sombrero.

—Yo..., eh..., voy al teatro —tartamudeó Leo, que había quedado tan perplejo que casi no podía hablar—. Supongo que tendría que haberle avisado...

—¿Al teatro? Pues ya puede ir quitándoselo de la cabeza, porque tenemos una misión.

—¿Ahora?

—¡Por supuesto que ahora! ¿Le cuesta tanto entenderlo? No he podido localizarlo por teléfono, así que he venido directo. El coche espera fuera, ¡no hay tiempo que perder!

La señora Rinsinger se frotó las manos.

—¡Oh, qué emocionante! ¿Puedo saber adónde van? Otro asesinato, ¿me equivoco? Y este caballero debe de ser un compañero suyo, ¿verdad, señor Von Herzfeldt? ¿La señorita también va con ustedes?

—¿Qué señorita? —gruñó Leinkirchner, pero Leo ya había dejado atrás a la casera y al inspector jefe en su salida hacia la escalera.

—Mejor hablemos de ello afuera.

Leo salió a toda prisa seguido de Leinkirchner, que descendió las escaleras armando un sonoro estrépito. En la calle esperaba un coche de servicio. Cuando subieron, el cochero hizo chasquear su látigo y avanzaron por la Lange Gasse a una velocidad temeraria. Todo había ido tan rápido que Leo ni siquiera había tenido tiempo de limpiarse los restos de espuma de afeitar que habían quedado en su cuello.

—Conque al teatro, ¿eh? —se burló Leinkirchner—. ¿Puedo preguntarle a qué *señorita* se refería su casera?

—No, no puede —respondió Leo mirando al frente.

¿Cómo iba a explicárselo a Julia? Esa noche iba a ser la de la gran reconciliación, y ahora esto... Su única esperanza era que la señora Rinsinger pudiera aclarar las cosas por él. Pero ¿estaba seguro de que Julia de verdad aparecería por la pensión? Quizá ya lo había mandado al infierno.

—Bonito traje —dijo el inspector jefe repasándolo de pies a cabeza—. Hasta con pañuelo de adorno. ¿Es lo que se lleva ahora? Por desgracia, me temo que no va a tardar en ensuciarse el modelito.

—¿Se puede saber adónde vamos? —preguntó Leo.

—Al canal del Danubio, en el barrio de Rossau, distrito de Alsergrund. Vamos a bajar al alcantarillado.

—¿A las cloacas? —Leo miró incrédulo a su superior—. ¿Está diciendo que...?

—Exacto, don sabidillo —resopló Leinkirchner—. Nuestro hombre ha vuelto a la carga. Parece que se está envalentonando y ya actúa a plena luz del día. La víctima, un hombre joven, ha tenido tiempo de pedir ayuda. Dos barrenderos lo han oído y han logrado ver a un tipo con sombrero de copa y frac negro que arrastraba un cuerpo sin vida hacia el alcantarillado. Es probable que el asesino siga ahí abajo.

—¿Cómo lo sabe?

—Tenemos vigiladas todas las entradas conocidas. El sistema colector subterráneo del canal del Danubio todavía es bastante nuevo y solo dispone de unos pocos accesos. La mayoría aún están precintados. —Leinkirchner asintió con una expresión sombría—. El tipo se ha metido en una ratonera y vamos a atraparlo. —Vaciló por un momento, y continuó—: Puede que, después de todo, su teoría de las alcantarillas no sea tan disparatada. Hasta el final de la tarde nos han ido llegando más informes de las comisarías de distrito. En efecto, no dejan de aparecer restos de cadáveres: huesos, partes de una mandíbula inferior, un dedo... Los compañeros que han inspeccionado el lugar no han realizado ningún seguimiento porque saben quién vive ahí abajo. Las alcantarillas son cementerios subterráneos, nadie piensa mucho en ellas. Pero llama la atención la frecuencia de los hallazgos, sobre todo en el último año.

«¿Por qué tiene que ocurrir lo peor justo cuando nos despabilamos?», pensó Leo, pero no hizo ningún comentario. Ya era bastante admirable que Leinkirchner admitiera por sí mismo que Leo podría tener razón.

El coche de caballos atravesó la Ringstrasse y se dirigió al distrito noveno. Al llegar a la altura del Cuartel de Rossau, se detuvo. A la luz de una solitaria farola de gas esperaba un grupo de guardias uniformados, y también algunos civiles, como Leo pudo apreciar. A poca distancia había un carro de basuras con un viejo jamelgo enganchado que comía de un cubo de forraje. Leinkirchner y Leo se apearon y caminaron hacia el grupo.

—¿Quién de ustedes es el guardia de servicio? —preguntó Leinkirchner con brusquedad.

—Soy yo, inspector. —Un hombre mayor de uniforme y con bigote retorcido dio un paso adelante y se puso firmes. Señaló a dos de los civiles. Llevaban ropa sucia y ofrecían un aspecto bastante desaliñado—. Estos son los dos barrenderos que han presenciado el incidente.

—El tipo degolló al chaval como si fuera un cerdo —declaró uno de ellos, un anciano demacrado al que apenas le quedaban unos pocos dientes en la boca, y señaló al suelo—: Mire usted mismo, está todo perdido de sangre, ¡una verdadera porquería!

Un enorme charco de sangre brillaba entre los adoquines bajo la luz de la farola. Los guardias se esforzaban por mantener alejados a los curiosos que se agolpaban en el lugar.

—Hemos leído los periódicos, inspector —dijo el segundo barrendero, más joven, mientras jugueteaba con nerviosismo con su sombrero salpicado de manchas—. Un tipo elegante con chistera y bastón de paseo... Por eso he pensado que era él.

—Hablando de bastones —intervino el bigotudo guardia de servicio—, mire qué hemos encontrado.

El hombre entregó a Leo un bastón sin empuñadura y hueco por dentro.

—Así lo hace —asintió Leo—, un bastón con un estoque.

Y después traslada a la víctima al alcantarillado... ¿Sabemos por dónde ha salido?

—Por la torre, claro —respondió el barrendero más viejo.

—¿Por la torre?

El anciano señaló una columna de la altura de una persona, sin adornos, que Leo había confundido con un cilindro publicitario.

—Son las entradas a las alcantarillas, todo es muy nuevo todavía. De hecho, se necesita una llave...

—La cerradura no es demasiado difícil de forzar —informó el guardia de servicio—, solo hace falta una ganzúa o una llave rebajada a medida. —El oficial se llevó la mano a la sien con gesto marcial—. A sus órdenes, inspector jefe. Le informo de que todas las entradas están siendo vigiladas, tal como se ordenó.

—Muy bien —respondió Leinkirchner con tono benevolente—. Tres de sus hombres bajarán con nosotros. El resto se encargará de dispersar a los transeúntes curiosos, ¡son como la peste! Van ustedes armados, ¿verdad?

—Con revólveres Gasser —respondió orgulloso el brigada—, recién salidos de fábrica. Ahí abajo es demasiado estrecho para llevar fusiles. También me he tomado la libertad de traer varias lámparas de queroseno.

—Bien pensado. Si atrapamos al tipo, váyase preparando para un ascenso.

El brigada estaba hinchado de orgullo. Leo se dirigió al barrendero viejo:

—¿Sabe qué nos espera ahí abajo? Aparte de ratas y suciedad, quiero decir.

—Nada que pueda interesar a una persona respetable, inspector. Ahí solo viven mendigos y vagabundos. Y, por supuesto, los peinacanales, pero seguro que ya lo sabe.

—¿Los qué? —preguntó Leo sorprendido.

El anciano dirigió una mirada algo insegura al inspector jefe Leinkirchner y este emitió un sonido despectivo.

—El inspector Von Herzfeldt no es de Viena —dijo Leinkirchner— y probablemente tampoco ha visto nunca un canal, a lo sumo el Gran Canal de Venecia.

—Bueno..., los peinacanales trabajan en las cloacas —explicó el anciano encogiéndose de hombros—. Se dedican a buscar monedas, cucharas, alhajas, botones, cualquier cosa de valor. Son pobres de solemnidad, pero no tanto como los pescagrasas, que se dedican a buscar restos de carne o de grasa en el canal, que luego venden por cuatro kréutzer a los fabricantes de jabón.

—Para que el señor inspector pueda comprarse por cuatro coronas un jabón con aroma de rosas para su suave piel de policía —se burló Leinkirchner—, o para limpiar su costoso traje, incluido el pañuelo de seda.

Leo vio con el rabillo del ojo como algunos guardias se reían a escondidas. A la vista de lo que estaba previsto hacer, el inspector parecía en verdad fuera de lugar, como un alemanote estirado que fuera de camino al teatro, precisamente.

—Creo que ya he captado la indirecta —dijo Leo—. Ahora, déjenos hacer nuestro trabajo. —Se dirigió hacia la torre, donde una puerta entreabierta daba acceso a una escalera de caracol que conducía hacia abajo—. Una lámpara —ordenó. Uno de los hombres le entregó una de las linternas de queroseno de alta intensidad y Leo avanzó a tientas con ella. Si no quería ver su reputación por los suelos, ahora era el momento de tomar la iniciativa.

La escalera de caracol descendía unos metros y desembocaba en una amplia galería de ladrillo donde Leo apenas podía mantenerse erguido. Por la parte central corría un turbio arroyo por el que flotaban esporádicos fragmentos de distinta naturaleza: hojas, pedazos de papel y lo que parecía ser una rata muerta. Hacía frío, pero no olía tan mal como él había esperado. Las escaleras de hierro chirriaban y crujían a medida que descendían el resto de los hombres.

Cuando todos hubieron bajado, Leinkirchner levantó su lámpara y echó un vistazo a su alrededor.

—¿Solo hay un canal? —preguntó al guardia de servicio, que también había bajado con ellos.

—Este es el colector principal derecho —respondió el brigada—. Todavía no está terminado. Probablemente hay otras alcantarillas más pequeñas por donde fluyen más aguas residuales.

—¿No disponemos de ningún mapa? —preguntó Leo.

—Con las prisas no nos han llegado. La jornada ya ha terminado y en el departamento municipal nadie contestaba al teléfono...

—Claro, en Viena está prohibido asesinar fuera del horario laboral —comentó el inspector jefe lacónico—. Órdenes de arriba. ¿Por qué nadie hace caso? —Rebuscó en el suelo alumbrando con la lámpara—. Si el tipo llevó a su víctima hasta aquí, tendría que haber un rastro de sangre en alguna parte.

—No si tira del cuerpo hacia sí sobre el agua del canal —comentó Leo—. Es mucho más rápido y no tiene que llevarlo a rastras. —Después de titubear, añadió—: Pero la pregunta sigue siendo: ¿por qué lo hace? Tenemos que suponer que el joven ya está muerto, porque de lo contrario se habría defendido. Entonces, si el asesino ha conseguido lo que quería, ¿por qué se lleva a su víctima a rastras como si fuera un... depredador?

Leo pensó instintivamente en el Asan-Bosam, el demonio con dientes de hierro del que había hablado el jefe de tribu en el zoo. Sintió un escalofrío, y no solo por la baja temperatura que hacía ahí abajo.

—Para aclarar esa duda, primero tenemos que encontrar a nuestro asesino —contestó Leinkirchner—. Si su suposición es correcta, el tipo ha corrido en la dirección de la corriente, así que vamos a hacer lo mismo. Síganme.

Se puso con rapidez a la cabeza y, una vez más, Leo se dio cuenta de que Leinkirchner cojeaba un poco. ¿Por qué el inspector jefe no se ahorraba ese mal trago? Podría haberse quedado arriba y dejar que el compañero más joven hiciera el trabajo sucio. Al fin y al cabo, Stukart les había encargado la dirección del caso a los dos.

«Por la sencilla razón de que tiene envidia de mi éxito», pensó Leo.

Siguió a Leinkirchner junto con los otros hombres. Avanzaron por la galería, casi tan alta como ellos, a la derecha del arroyo. Las paredes estaban pringosas, en ocasiones también grasientas y cubiertas de una capa de color grisáceo. De vez en cuando, un hilo de polvo de ladrillo se desprendía del techo debido al traqueteo de los tranvías de caballos que pasaban por la calle. El traje de Leo no tardó en ensuciarse. Se había aflojado la corbata para poder respirar mejor en aquella sofocante atmósfera. Ya hacía rato que había perdido el pañuelo decorativo de seda; probablemente flotaba en algún lugar sobre las aguas del canal.

Al cabo de un rato, el camino se bifurcaba a la derecha hacia una galería más estrecha de la que salía agua a borbotones hacia el canal principal.

—Maldita sea, si había sangre, ya hace rato que el agua se la habrá llevado —refunfuñó Leinkirchner—. No tengo la menor idea de dónde se habrá metido nuestro hombre. No nos queda más remedio que separarnos. —Señaló a Leo—. Vaya por la galería principal con el brigada. Los dos compañeros y yo iremos por la derecha.

Sin decir nada más, desapareció en la oscuridad y los dos guardias caminaron a toda prisa tras él. Leo los siguió con la mirada. Era sorprendente la agilidad con la que se movía Leinkirchner a pesar de su cojera.

Leo continuó por la galería ancha junto con el brigada más viejo. Aparte del eco de sus pasos, solo se oía el goteo del agua y algún que otro traqueteo lejano, como un gruñido de las entrañas de la ciudad. El guardia, que había desenfundado su revólver, se adelantó. De vez en cuando miraba con disimulo a Leo.

—Estaba a punto de irme al teatro cuando me han avisado de la misión —se explicó Leo—. Lo digo por si le extraña mi atuendo.

—No es eso, inspector. Solo me preguntaba dónde está su arma.

—Mi... —Leo se llevó la mano al bolsillo interior de la chaqueta—. ¡Maldición! ¡Con las prisas me la he dejado!

Se merecía un buen par de bofetadas. ¿Cómo podía haber sido tan estúpido? Aunque lo cierto era que todo había sucedido muy deprisa.

—Bueno, si lleva unos prismáticos de teatro, también puede utilizarlos —comentó el brigada con aire de suficiencia.

«Gracias, compañero Leinkirchner —pensó Leo—, por convertirme en el hazmerreír de mis subordinados...»

De repente se oyeron unos gritos a sus espaldas y sonó un disparo. El guardia volvió la cabeza con brusquedad y gritó:

—¡Ya lo tienen!

Reculó a toda prisa seguido de cerca por Leo. Se oyó otro grito. Poco después llegaron a la bifurcación donde habían dejado a los compañeros. Cuando se adentraron en el estrecho túnel lateral, Leo descubrió que la galería volvía a dividirse a los pocos metros. Sonó otro disparo, pero era imposible saber de dónde venía. ¡Esa alcantarilla era un laberinto!

—¡Usted siga recto! —ordenó Leo—. Yo iré por la otra galería.

El brigada asintió y no tardó en desaparecer en la oscuridad del túnel.

La galería que Leo había tomado era mucho más baja y estrecha. Tuvo que agacharse. El traje rozaba el techo húmedo y el polvo le entraba en los ojos. Como el tramo era curvo, no se podía ver muy lejos a pesar de la lámpara. De vez en cuando se bifurcaban otras galerías, aún más estrechas. Leo llevaba un buen rato sin escuchar ningún ruido, ni un disparo, ni un grito, nada. Sin duda, caminaba en el sentido equivocado.

Estaba a punto de darse la vuelta cuando una presencia oscura de gran tamaño, como una enorme ave rapaz, se abalanzó sobre él desde una hornacina.

Leo cayó con la parte superior del cuerpo sobre el agua fría del arroyo y la lámpara se le escapó de las manos. Por un momento vio un destello metálico bajo la luz de queroseno y, acto seguido, una figura envuelta en una capa pasó corriendo junto a él.

Delante de Leo, en el suelo, yacía un sombrero de copa de color negro.

Estaba a punto de levantarse y correr tras la aparición, cuando oyó un gemido procedente de la dirección opuesta. Leo aguzó el oído.

—Leinkirchner, ¿es usted? —preguntó a media voz.

—¡Sí, joder! No me diga que lo ha dejado escapar.

Leo buscó a tientas la lámpara. Cuando por fin la encontró y la elevó para poder ver algo, el túnel estaba vacío y el ruido de pasos se desvanecía.

—Eso parece. Pero si las salidas siguen estando vigiladas, no podrá huir. ¿Necesita ayuda?

Se oyó un juramento incomprensible y, acto seguido, otro

gemido. Leo siguió avanzando con cautela hasta que, tras otra curva, encontró por fin a Paul Leinkirchner. El inspector jefe estaba solo, apoyado contra la pared, con la pierna derecha doblada de una forma poco natural. A la luz de la lámpara, Leo ver sangre brillando en el suelo.

—¡Está herido! —exclamó Leo corriendo hacia su superior. Fue entonces cuando vio que la pernera derecha de su pantalón estaba por completo empapada de sangre.

El inspector jefe tenía la tez lívida y apretaba los dientes.

—El canalla me ha sorprendido. Ha salido de la nada y... me ha..., me ha dado un buen pinchazo con el estoque...

—Tendría que hablar menos y ahorrar fuerzas.

—¿Ahora también ejerce de médico judío?

Leinkirchner soltó una carcajada quejumbrosa mientras Leo examinaba la herida. El filo había atravesado el muslo derecho, pero, por fortuna, no parecía haber alcanzado la arteria aorta. Aun así, de la herida brotaba sangre en grandes cantidades. Leo se quitó la chaqueta y la rasgó en tiras que utilizó para aplicar un torniquete, tal como había aprendido en su época de teniente en la reserva.

—Bonito traje —masculló Leinkirchner con los dientes apretados—. ¿Cuánto cuesta un harapo como ese?

—No tanto como su vida —respondió Leo—. Mire, no tiene por qué estarme agradecido, pero por lo menos absténgase de hacer comentarios estúpidos.

—¿Por qué no ha disparado cuando el tipo pasó por su lado?

—Podría preguntarle lo mismo.

—Maldita sea, tiene razón —admitió Leinkirchner riéndose. Su mirada se posó entonces en el revólver que yacía desaprovechado en el suelo junto a él—. Me cogió por sorpresa. Envié a dos guardias a la otra galería y me quedé solo... El tipo debía estar escondido en una hornacina, pero probablemente solo sea una excusa por mi parte. Me estoy haciendo viejo. En la guerra, esto no me habría pasado.

—Entiendo... —Leo asintió con la cabeza y envolvió la herida con los jirones de tela.

—¡Qué va a entender! —bramó el inspector jefe—. ¿Qué van a entender usted y los suyos de la guerra? ¡Sexta división de infantería, guerra de Bosnia, 1878! En los combates casa por casa en la ciudad de Sarajevo, siendo sargento primero recibí un disparo en la pierna cuando llevaba a dos compañeros heridos a la retaguardia. La artillería de metralla se había llevado a la mitad de la compañía. Nuestro oficial era de los suyos...

—¿De los míos? —Leo levantó la vista del vendaje improvisado—. ¿A qué se refiere?

—¡Pues a que era judío! Venía de buena familia, daba órdenes como nadie, pero no tenía ni idea de la guerra. ¡Un maldito cobarde! Nos dejó en la estacada a mí y a los dos camaradas heridos y salió por patas. Por su culpa se fue al carajo toda nuestra unidad, un montón de jóvenes de provecho. —Leinkirchner cabeceó con un semblante sombrío—. El destino es como una puta caprichosa. Primero, un judío asqueroso se asegura de que pierda una pierna. Y ahora, otro judío hace todo lo posible para que no acabe cojo de la otra.

Leo no abrió la boca. Por lo menos, ahora podía entender de dónde venía su odio hacia los judíos. Aunque probablemente solo se tratara de una parte de la verdad, pues para el sargento primero Paul Leinkirchner los judíos siempre habían tenido dinero e influencia, siempre se salían con la suya, siempre sobrevivían y siempre llevaban los mejores trajes... Poco importaba que Leo no fuera judío practicante y que su padre hubiera renunciado a la fe de sus antepasados para escapar de las constantes hostilidades.

«Judío una vez, judío siempre...»

¡Cómo se podía ser tan estrecho de miras! ¿Cuándo cambiaría esa visión del mundo?

—Creo que ya estamos en paz —dijo Leo mientras seguía vendando la herida—. Hace medio año, en el Cementerio Central, usted me salvó la vida, ¿se acuerda?

—Oh, sí, claro que me acuerdo —respondió Leinkirchner apretando los dientes a causa del dolor—. Por aquel entonces tampoco disparó.

«Y que me aspen si te digo por qué —pensó Leo—. Justo por la misma razón que hoy...»

En efecto, había dejado el revólver en la pensión. También era posible que lo hubiera olvidado, pero Leo sospechaba cuál había sido el verdadero motivo: simplemente, no había querido llevar la pistola encima. Eran demasiadas las cosas que le habían sucedido, las que se habían ido a pique en el pasado por culpa de un revólver en Graz, una amistad, su futuro, una vida... En el Cementerio Central de Viena, cuando el inspector jefe le salvó la vida, Leo tampoco fue capaz de disparar. El pulso le había temblado demasiado.

«Un policía que no dispara es como un escorpión sin aguijón, como un tigre sin dientes...»

—Pero en una cosa le doy la razón, Herzfeldt —interrumpió Leinkirchner sus cavilaciones—. Resulta extraño que el agresor se lleve a su víctima a rastras. ¿Qué pretende hacer con ella aquí abajo?

—Castración —dijo Leo, contento de que su colega no siguiera taladrándolo—, interrupción de la virilidad. Supongo que todo se reduce a eso. El resto es solo teatro. No puede deshacerse de la víctima hasta que termine el ritual. Por eso ha traído al joven aquí.

—¿Para cortarle las pelotas con toda tranquilidad? —Leinkirchner tembló y Leo no supo si fue de dolor o de asco—. Es lo más retorcido que me he encontrado en mi vida. Cuando ese tipo se me cruce por delante...

Unos gritos sonaron en la lejanía.

—Deben de ser el brigada y los otros compañeros —dijo Leo, y respondió—: ¡Estamos aquí! ¡Tenemos un herido!

—Por el amor de Dios, no es para tanto —murmuró Leinkirchner—. Me ha vendado la herida y ya me siento mejor.

—Acaba de decir que un judío le ha salvado la pierna. No le quite ahora méritos al pobre semita.

Leo siguió pidiendo ayuda hasta que por fin apareció el brigada portando una lámpara en la mano.

—¡Por fin! —dijo el guardia aliviado—. Los hemos estado buscando por todas partes.

—Lo que importa es si han encontrado a nuestro asesino —respondió el inspector jefe mientras se incorporaba con dificultad—. Entonces, ¿lo han encontrado o no?

—Bueno..., uno de mis hombres acaba de informarme de que... —Abochornado, el brigada se ensortijó el bigote—. Me temo que el tipo se ha escabullido. Subió por una de las torres que hay cerca del puente de Augarten y pasó junto a dos de mis hombres, que justo en ese momento habían salido para hacer... aguas menores.

—¡Dos agentes meando! —se lamentó Leinkirchner y volvió a desplomarse—. ¡Debe de estar bromeando! Un numerito digno de los títeres de cachiporra del Wurstelprater. Esto tendrá consecuencias, ¿lo sabe, verdad?

—Entendido, inspector jefe. Consecuencias. —El brigada chocó los talones. Su rostro petrificado mostraba cómo veía en ese instante su perspectiva de ascenso alejándose en el agua del canal—. ¿Hay algo más que pueda hacer por los inspectores?

—Mande traer una camilla —ordenó Leo— e intente encontrar algún médico.

—No necesito ningún médico —saltó Leinkirchner—, ni tampoco ninguna...

—Está usted fuera de combate, inspector jefe. Así que ahora asumo el mando de la misión. Y como jefe de operaciones le mando que se rinda a la evidencia y se someta a un examen médico. —En voz baja, solo para que Leinkirchner lo oyera, añadió—: No olvide que un judío le ha puesto las vendas, pero no queremos que su bella sangre germánica se contamine.

XVIII

De *Ritos funerarios y cultura popular*, de Augustin Rothmayer, escrito en Viena en 1894

Todavía hoy, en algunos lugares de Europa se sigue enterrando con zapatos de la mejor piel a las parturientas que mueren dando a luz. Lo que en principio puede parecer un gasto innecesario, tiene un motivo: según una antigua superstición, las madres muertas siguen cuidando de su hijo recién nacido durante seis semanas. Son espíritus desgraciados a quienes el amor no deja morir... El delicado calzado amortigua el ruido de su andar arrastrado.

Para la reunión de la mañana siguiente necesitaron la gran sala de actos de la tercera planta, pues el jefe superior Stukart había ampliado el equipo de investigación hasta casi dos docenas de efectivos. En ello tuvo también algo que ver el hecho de que las ediciones matinales de los periódicos hablaran pormenorizadamente del asesino del canal y de su espectacular huida. La víctima había sido encontrada poco después en un canal secundario. Se trataba de un joven que, al parecer, había muerto desangrado. Leo solo esperaba que el pobre muchacho no hubiera tenido que ser testigo de cómo su asesino le arrebataba su virilidad.

Moritz Stukart estaba sentado junto a Leo a la cabeza de un

anillo ovalado formado por varias mesas más pequeñas. Leo pensó en la conferencia sobre nuevos métodos criminológicos que había dado en esa misma sala hacía poco más de una semana. En aquella ocasión, Leinkirchner lo había puesto en ridículo delante de todos. Pero esta vez no ocurriría lo mismo, ya que el inspector jefe estaba de baja laboral. Su herida de la pierna no había sido tan grave como se temió en un primer momento, pero el médico le ordenó un estricto reposo en cama y, además, Stukart le había dejado claro que no quería verlo por allí durante los siguientes días.

Mientras tanto, el jefe superior había confiado a Leo el mando del grupo.

Leo recorría con la mirada a los compañeros que se sentaban apretujados en la sala llena de humo. A su vez, ellos lo miraban con una mezcla de desconfianza y curiosidad. Seguía siendo el nuevo, el arrogante alemanote de Graz que siempre se sacaba de la chistera algún método de investigación moderno y que, por lo demás, era considerado un bicho raro y solitario. Leo sabía que todos cuchicheaban y chismeaban a sus espaldas, también sobre el hecho de que era el favorito de Stukart. Por ello nadie se atrevía poner en duda su rol como superior.

Al menos no hasta que cometiera su primera metedura de pata. Seguía sin tener noticias de Julia. El día anterior ella no había ido a verlo ni tampoco había llamado a la señora Rinsinger.

Por consiguiente, la conversación aclaratoria todavía tendría que esperar un poco. Los compañeros que llenaban la sala estarían encantados de arremeter contra él si salía a la luz que mantenía un romance con una empleada.

—Señores —comenzó Stukart la reunión, golpeando varias veces la mesa con un lápiz y produciendo un sonido seco y molesto—, creo que todos ustedes ya están al corriente de lo ocurrido ayer, quizá también por los periódicos. Permítanme decir de entrada que esos escritorzuelos no tienen razón en un punto, pero sí en otro. Sobre el primero, les anuncio que la vida de nuestro querido compañero Leinkirchner no corre ningún peligro y que tampoco le han... —Stukart carraspeó—, bueno, que no le han cortado lo que ustedes ya saben. Teniendo en cuenta las circunstancias, se encuentra en buen estado. Lo que sí es cierto es el punto dos, a saber, que la policía de Viena no se cubrió precisamente de gloria en el día de ayer. Dicho con otras palabras: hicimos el ridículo. El sospechoso se nos escapó porque dos agentes estaban satisfaciendo una necesidad urgente. —El jefe superior volvió a golpear con el lápiz sobre la mesa con tal fuerza que la mina se partió—. ¡Cuatro muertos! Llevamos ya cuatro muertos en apenas diez días, y puede que haya muchos más...

—¿Qué quiere decir —preguntó en la primera fila un joven inspector de pelo rubio trigueño al que Leo conocía de su conferencia— con más muertos...?

Stukart lanzó una mirada exhortativa a Leo y este señaló a Erich Loibl, que estaba sentado no lejos de ellos.

—Gracias al compañero Loibl, aquí presente, hemos podido relacionar un caso no resuelto con nuestro asesino de chaperos —dijo Leo—. El caso se remonta a más de un año atrás. Entonces se encontraron partes de un cuerpo humano en el canal del Danubio, como un torso con los brazos y trozos de cráneo. También en aquel caso a la víctima le habían amputado el pene y el escroto.

Loibl asintió con la cabeza, visiblemente agradecido de que Leo no lo metiera en un aprieto delante de sus compañeros, sino que incluso lo elogiara de forma explícita.

—Además, en los últimos meses se han encontrado otras partes de cadáveres en las alcantarillas de Viena —añadió Leo—, trozos de cuero cabelludo, un brazo suelto, huesos humanos... Estamos revisando los informes de las distintas comisarías de distrito. Todavía no podemos probar nada, pero es posible que detrás se encuentre nuestro hombre. O como mínimo en alguno de los casos.

—Allí abajo solo hay chusma —gruñó un compañero de más edad desde las últimas filas—, y es posible que entre ellos se peleen y apuñalen...

—Sí, es posible —confirmó Leo—, pero hay un hecho que resulta interesante, un patrón que se repite en todos los casos. Los sucesos recurrentes suelen apuntar a una misma causa, a un mismo autor. Según explica Hans Gross en su *Manual del juez*...

Algunos hombres pusieron los ojos en blanco y Leo se dio cuenta de que iba por mal camino. Entonces se levantó y se acercó al gran plano de la ciudad que había colgado con anterioridad en la pared. Había dibujado pequeños puntos y números y los había unido con líneas. Las líneas coincidían con el trazado de los canales subterráneos de la ciudad. Los cuatro escenarios del crimen estaban marcados con chinchetas rojas y los lugares donde habían aparecido otros restos de cadáveres estaban señalados con chinchetas verdes. El conjunto tenía el aspecto de una gran red que se extendía por toda Viena.

—Nuestro sospechoso siempre ataca cerca de los grandes canales del centro de la ciudad —explicó Leo indicando los puntos correspondientes—, los canales del río Viena, el recién estrenado junto al canal del Danubio y unos cuantos canales más que existen desde hace décadas. Tengo la teoría de que el asesino elige a sus víctimas al azar entre jóvenes chaperos, los apuñala en un lugar oscuro y les corta el escroto y el pene. Después trocea los cuerpos y se deshace de ellos en el alcantarillado como si fueran basura. Ya que son partes de cadáveres separadas que no pueden atribuirse con facilidad a una persona concreta y, además, desaparecen con más rapidez, el autor ha podido actuar discretamente hasta ahora.

—¿Cómo se supone que descuartiza los cadáveres y los elimina? —intervino de mala gana el rubio trigueño—. ¿Es un carnicero que siempre va con su juego de cuchillos encima? —El joven agente de policía miró a su alrededor guiñando un ojo—. ¿Existen los mataderos ambulantes? Primera noticia...

—Todavía estamos intentando averiguar el procedimiento exacto —acudió Stukart en socorro de Leo—, pero creo que por lo menos deberíamos dar una oportunidad a esta teoría y no tratar de ridiculizarla de buenas a primeras.

—¿Tenemos como mínimo alguna descripción más detallada del autor? —indagó uno de los hombres desde el fondo—. Quiero decir, algo más que simplemente un frac, sombrero de copa y bastón. Al fin y al cabo, usted, señor inspector, y el compañero Leinkirchner lo vieron.

—Por desgracia estaba demasiado oscuro y todo ocurrió demasiado rápido como para poder elaborar una descripción exacta del autor —respondió Leo encogiéndose de hombros—, pero como mínimo sí que podemos asegurar una cosa: tiene el pelo negro. El asesino dejó su sombrero de copa en el lugar del crimen y he podido identificar con claridad pelo de cuero cabelludo negro. Y, por la talla del sombrero de copa, se trata de un hombre de estatura media.

—Así que un hombre de estatura media, pelo negro, frac y sombrero de copa —murmuró un compañero más veterano con el volumen de voz justo para que Leo lo oyera—. Si este es el nuevo y tan elogiado método policial, hasta mi abuela podría ponerlo en práctica. ¿Se sabe como mínimo algo más de la última víctima?

—Todavía andamos un poco a tientas —admitió Leo—. Joven, guapo, de aspecto aniñado. Podría ser un chapero, por lo menos encaja en el patrón de víctimas de nuestro asesino.

—Putos maricas —sonó una voz desde más atrás—. Se lo merecen.

Unos cuantos hombres también gruñeron en señal de aprobación.

—Habría que averiguar más sobre las alcantarillas, sobre la gente que vive allí —intervino Leo sin dar importancia al comentario del compañero—. Tal vez haya otros testigos. —Seguía de pie delante del mapa. Pensativo, volvió a repasar las líneas de los canales sobre el plano—. ¿Alguno de mis colegas tiene alguna idea al respecto? Como sabrán, llevo poco tiempo en la ciudad...

Obtuvo por respuesta un silencio sepulcral y se puso a juguetear con su corbata. ¿Cómo era posible? Era como si ninguno de sus compañeros le hiciera el más mínimo caso. ¿Había vuelto a actuar con demasiada arrogancia? El jefe superior carraspeó.

—Bueno, si no hay más sugerencias, supongo que será mejor...

—Puede que yo tenga una idea. —Erich Loibl tomó con timidez la palabra—. Hay un lugar llamado la Fortaleza...

Leo no había contado con que Loibl interviniera y, aliviado, le preguntó:

—¿La Fortaleza? ¿A qué se refiere?

—Si me permiten... —Loibl se levantó y se acercó al plano, donde señaló un punto cerca de la Ringstrasse—. Aquí, en la Schwarzenbergplatz. No estoy muy seguro, pero dicen que hay una especie de campamento secreto en las cloacas, algo parecido a una base secreta para mendigos, peinacanales y otros pelagatos. El lugar se llama la Fortaleza porque con toda probabilidad es muy difícil tomarlo.

Pensativo, Stukart se limpió los anteojos, sin los cuales parecía un búho de tamaño humano, y le dijo a Loibl:

—Así es. Creo que la Guardia de Seguridad intervino una vez allí. Por lo visto estaban buscando a un carterista, pero, por lo que sé, tuvieron que suspender la operación. Por esa zona el canal es bastante ancho y hay que ir agachado de verdad para poder pasar. Como en un castillo, precisamente.

—Yo... conozco a un par de tipos que viven allí abajo —dijo Loibl—. Son agentes infiltrados que trabajan para nosotros. Esto no debe salir a la luz, por supuesto, pero ellos nos podrían indicar cómo se llega hasta allí. Me ofrezco para participar en la misión.

—Gracias, inspector —dijo Leo asintiendo amistosamente con la cabeza. Le conmovió que fuera justo Loibl quien no lo dejara colgado en la reunión—. Son buenas noticias, sin duda. Creo que nosotros dos podremos encargarnos de ello. —Levantó la vista hacia el grupo—. ¿O quizá alguno de ustedes también desea acompañarnos?

El silencio volvió a reinar. Leo trató de ignorarlo y siguió con el orden del día. Creó grupos de investigación, dio órdenes y, adoptando un semblante severo, asignó tareas aunque estas supusieran horas extraordinarias. Reprendía cuando algo no iba lo bastante rápido para él y de vez en cuando golpeaba la mesa con una regla, casi emulando al jefe superior Stukart. Entonces esbozaba una sonrisa furiosa. Leo no era el inspector jefe Paul Leinkirchner, pero si sus compañeros se empeñaban, podía llegar a ser como mínimo igual de capullo.

Julia se sobresaltó al escuchar un barrito ensordecedor. Había dormido mal y, en consecuencia, tenía los nervios a flor de piel. No obstante, no pudo evitar esbozar una ligera sonrisa. ¡Así que ahora le daban miedo los elefantes! Ya podía ir quitándose de la cabeza trabajar como cuidadora de animales; mal que bien, tendría que encontrar otra cosa.

Se encontraba delante de la jaula de los monos, donde ya había estado con Sisi el último viernes. En total, era la tercera visita que hacía al nuevo parque zoológico del Prater.

Ensimismada, Julia observaba a los chimpancés que saltaban de rama en rama, pescaban algún plátano al vuelo o, simplemente, se aislaban en un rincón con aire pensativo. Entonces tuvo la sensación de que un chimpancé de edad avanzada que estaba de cuclillas en una esquina la observaba con atención, como si la atracción fuera ella y no él. ¿Qué debía pensar aquel viejo primate cuando, día tras día, los visitantes se paraban frente a las jaulas, daban sacudidas a los barrotes, le hacían muecas y lo señalaban con el dedo? Justo en ese momento, un hombre gordo que estaba al lado de Julia se echó a reír a carcajadas, al igual que su hijo, también gordo, que llevaba cogido de la mano. Ambos daban cabezadas y sacaban la lengua. Disgustada, Julia dio media vuelta. Ese tal Charles Darwin tenía razón: en el fondo, los seres humanos eran con toda probabilidad los mayores simios.

No era algo que pudiera hacer muy a menudo, pasear por el zoológico un martes por la tarde. Julia pensaba que donde debería estar era en la prisión preventiva de la Theobaldgasse fotografiando a detenidos o de misión en cualquier otro lugar. Aún no se había hecho a la idea de que todo eso había terminado. La tarde anterior había quedado con Margarethe en una cafetería para charlar. Su antigua compañera telefonista le había trasladado días atrás la invitación de Leo y estaba muy enfadada porque Julia no había aceptado quedar con él. Para Margarethe, a Julia le había tocado la lotería con Leo. Simplemente no concebía cómo se podía rechazar una invitación al Ronacher con champán y canapés de caviar. De hecho, ni siquiera la propia Julia sabía con exactitud por qué lo había hecho. Lo único que tenía claro era que necesitaba distanciarse de él. Tenía que seguir su propio camino, un camino alejado del dinero de Leo, de sus gestos grandilocuentes, sus deseos y las ideas que tenía de una futura vida en común.

Esta vez, Julia había dejado a su hija con Bruno y la Gorda Elli. Les había dicho que necesitaba estar a solas durante un rato. Sin embargo, el verdadero motivo era otro: seguía sin poder sacarse de la cabeza el caso del asesinato del zoológico. En el fondo de su alma sabía que Saidrovuni era inocente. Ya hacía días que el jefe de tribu vegetaba en la cárcel de la Audiencia Regional a la espera de juicio y de una más que probable pena de muerte.

La promesa de Augustin Rothmayer de hacer más averiguaciones sobre Stefan Moser, el joven cuidador de animales fallecido, había animado a Julia, ahora que disponía de tiempo libre, a ver cómo seguían las cosas en el zoológico. Quizá Carl Rebers también podría echarle una mano. Como ayudante del director, seguro que sabría algo sobre los procedimientos internos del zoo y, también, sobre el director Friedrich Knauer, del que Julia no se fiaba demasiado. Además, conocía al veterano cuidador Eugen Lenz, cuyas sospechas fueron las que en verdad levantaron la liebre.

Un poco indecisa estuvo paseando por los caminos de grava hasta que llegó a la gran pajarera que presidía la entrada a la arena de exhibiciones. Un letrero informaba de que la siguiente representación comenzaría en media hora; a pesar de no ser domingo ni día festivo, ya se había formado una larga cola de gente. El espectáculo de la tribu de los matabele era la gran atracción del zoológico y los ingresos que generaba eran sin duda considerables. La pareja formada por el padre e hijo orondos, este último relamiendo una enorme golosina de colores, también se había unido a la cola de espectadores. Era de suponer que progenitor y vástago se pasarían la representación contemplándolo todo con la misma cara de imbéciles y haciendo las mismas muecas que habían hecho con los monos de antes; Julia se puso mala solo de pensarlo. Sin embargo, por lo menos ahora sabía qué podía hacer. Si alguien podía saber algo más sobre el caso, probablemente fueran los propios matabele. Tal vez fuera posible hablar con ellos, de manera que decidió ponerse a la cola.

Después de esperar con paciencia junto con el resto de los visitantes, por fin les permitieron el acceso. La multitud entró en masa y siguió por un corredor de alambres hasta el interior de la pajarera. Al momento, Julia volvió a tener la sensación de encontrarse en plena jungla. Sobre su cabeza volaban loros chillones entre las ramas y ágiles monos hacían piruetas colgados de las lianas. La red de la pajarera apenas se veía y la sensación era casi la de una selva real. Los visitantes se dirigieron hacia la gran superficie circular donde, entre charlas y risas, tomaron asiento en los bancos de madera. Las mujeres matabele estaban preparadas en sus puestos delante de las cabañas. Vestían faldas y pieles y entonaban un cántico de extraña melodía, acompañado de monótonos golpes de tambor. La música fue aumentando de volumen hasta que un redoble de tambor la hizo enmudecer. Los espectadores también guardaron silencio durante unos instantes de tensa espera.

Entonces, el director Friedrich Carl Knauer en persona salió a la arena. Vestido con un traje de tres piezas recién planchado, botas de cuero enlustradas y un salacot en la cabeza, parecía un explorador europeo de viaje por África. Hizo una leve reverencia.

—¡Damas y caballeros —comenzó con voz fuerte y estruendosa—, es para mí un inmenso honor presentar en este escenario la danza de la caza de los matabele! Nos sentimos muy orgullosos de tener entre nosotros a esta compañía original y sumamente salvaje antes de que, dentro de pocas semanas, emprenda viaje a la siguiente metrópoli en su gira europea. Nos espera un espectáculo exótico, una mirada a ese paradisíaco estado primigenio que los pueblos civilizados hace tiempo que dejamos atrás, cosa que alguno de los varones aquí presentes quizá... lamente —dijo acompañando esta última observación con un guiño y señalando a las mujeres matabele, que estaban desnudas de cintura para arriba. Una risa contenida se apoderó de los espectadores masculinos mientras sus esposas les daban disimulados codazos en el costado. Knauer levantó la mano y continuó—: Déjense hechizar por la magia de África. ¡Emprendan un viaje al oscuro corazón de este continente todavía tan desconocido!

El director del zoológico hizo una última reverencia y se retiró. Acto seguido volvió a sonar la monótona música de tambores, a cuyo compás las mujeres matabele empezaron a moverse, cantar y dar palmas.

Julia se fijó en ellas y creyó reconocer en la más joven a una de las que había visto sentadas en la cabaña de Saidrovuni. Podría estar equivocada, pero su rostro parecía estar petrificado por la tristeza y tenía la mirada fija en el vacío.

Al siguiente redoble de tambor salieron del interior de las chozas los hombres, vestidos solo con taparrabos y pelucas hechas con crin de caballo. Blandían porras y lanzas, con las que ejecutaban una danza salvaje. Gritaban todo el rato y con fuerza, y entre ellos se lanzaban las porras como hacían los malabaristas del teatro Ronacher. La pieza gestual que siguió trataba con claridad de un ladrón al que sorprendían con las manos en la masa. Al final, el bribón era golpeado simbólicamente con una porra en el centro del poblado ficticio.

Julia contemplaba aquel espectáculo como si fuera una mezcla de carnaval y teatro barato. No tenía nada de auténtico y solo estaba hecho para que los espectadores siguieran la representación con exclamaciones de asombro y risas ocasionales. El padre e hijo rechonchos parecían estar en particular encantados. Julia vio cómo el niño lanzaba fragmentos de su golosina a los guerreros matabele como si estuviera dando trozos de pan a los patos de un estanque. Al cabo de media hora, la función llegó a su fin y los espectadores fueron abandonando el recinto. Julia se apartó y se escondió detrás de un arbusto que había junto a las filas de asientos. Cuando la arena se vació, bajó a las cabañas. Los hombres matabele se habían vuelto a meter en sus moradas a la espera de que comenzase la siguiente función, prevista en pocos minutos. Solo algunas mujeres seguían sentadas junto al fuego con los niños, hablando en voz baja. Cuando vieron a Julia enmudecieron y trataron de ahuyentarla con gestos. Julia levantó las manos y se acercó despacio a ellas.

—No las entretendré mucho tiempo —dijo sin saber si las matabele hablaban su idioma—. Estoy aquí por su jefe, el señor Saidrovuni. ¿Me entienden? Solo quiero ayudarlas.

Cuando las mujeres oyeron el nombre de su jefe, empezaron a cuchichear entre ellas. Julia pensó entonces que no podía haber sido más estúpida. ¿Por qué había dado por sentado que esas mujeres la entenderían? ¿Cuál sería su reacción si, en un país extranjero, alguien se dirigía a ella de manera repentina e inesperada en una lengua extraña?

Una de las mujeres la miraba con atención. Julia reconoció en ella a la joven de la cabaña del jefe de tribu. Era la que se había quedado junto a los niños que lloraban cuando se llevaron a Saidrovuni. ¿Podría ser algo parecido a una esposa del jefe de tribu?

—¿Te acuerdas de mí? —le preguntó Julia. Al no obtener ninguna respuesta, se colocó los dedos pulgar e índice como si fueran una lente delante de un ojo e hizo un chasquido con la boca—. Soy la fotógrafa. He venido a ayudarte.

Un atisbo de reconocimiento se dibujó en el rostro de la mujer matabele.

—Tu esposo está en la cárcel, pero creo que es inocente —continuó Julia—. ¿Sabes quién podría haber escondido la llave en su cabaña?

Como la mujer no respondía, Julia sacó su llavero, lo sostuvo en el aire y lo hizo sonar.

—La llave de la jaula del león —dijo señalando la choza—. ¿Cómo apareció la llave en la cabaña? ¿Sabes alguna cosa? ¡Es muy importante!

De repente, la joven pareció comprender. Empezó a hablar de forma atropellada en un idioma plagado de chasquidos y no tardó en romper a llorar. Otras mujeres se dirigieron a ella. Parecían querer impedirle que hablara, y estalló entre ellas una airada discusión. La joven esposa de Saidrovuni sollozaba y temblaba. Mientras lo hacía, no dejaba de señalar la llave. Julia creyó reconocer dos palabras que se repetían una y otra vez. Eran algo parecido a *umlilo* e *ikhanda*, pero ni siquiera siguiendo con atención los gestos de las mujeres era posible sacar algo en claro de aquella conversación.

Estaba a punto de dirigirse de nuevo a la mujer que lloraba cuando una voz profunda y dominante sonó en el interior de una de las cabañas. Uno de los hombres matabele salió, y ya no llevaba taparrabo ni peluca de crin de caballo, sino pantalón de lino y chaleco. Por un momento, Julia se preguntó cuál era el verdadero disfraz: si el pantalón o el taparrabo. Saidrovuni también tenía ropa europea guardada en un arcón de su choza. El hombre lanzó a Julia una mirada de pocos amigos.

—¡Fuera de aquí! —gritó con un acento forzado. Y de nuevo otra vez—: ¡Fuera de aquí, mujer! ¡Vete!

Blandiendo una lanza, el hombre se acercó amenazadoramente a Julia, que entonces decidió que había llegado el momento de irse de allí. Se despidió de las mujeres inclinando la cabeza y atravesó la arena con paso rápido en dirección a la pajarera. Cuando llegó al túnel de redes, Julia oyó unas voces conocidas. Eran las del director Friedrich Knauer y del viejo cuidador Eugen Lenz.

—... mintiendo hasta por los codos —acababa de decir Lenz en su característico tono gangoso—. ¡No había nada! Se lo juro, es simplemente la venganza de ese salvaje. Me encargaré de que nadie abra la boca. Puede confiar en mí, señor director.

—Sea cierto o no, esto no debe salir nunca a la luz, ¿está claro? —replicó Knauer hecho una furia—. ¡Nunca! Sería el fin del parque zoológico...

Desesperada, Julia miró a su alrededor. ¡Lenz no podía descubrirla allí! La última vez también la había sorprendido husmeando. Con el mayor sigilo posible, volvió corriendo hasta la hilera de bancos en la arena. Allí se acurrucó detrás de uno de los altos respaldos de madera mientras Knauer y Lenz pasaban junto a ella. El director aún parecía muy disgustado, pero los dos estaban ya demasiado lejos para entender lo que decían.

Cuando los perdió de vista, volvió a salir a toda velocidad por el túnel y corrió lo más rápido que pudo hacia el punto brillante situado en la salida. Nadie la llamó, nadie parecía haberla visto.

Aliviada, salió por el lado opuesto y caminó junto a la cola de gente que ya empezaba a moverse para entrar en la siguiente función. No podía quitarse de la cabeza lo que Knauer acababa decir.

«Esto no debe salir nunca a la luz...»

¿A qué se refería el director?

—¡Menuda sorpresa! No esperaba volver a verla tan pronto.

Julia se sobresaltó cuando alguien la abordó desde atrás. ¿La habían atrapado?

Se dio la vuelta y vio el rostro amable de Carl Rebers. Casi no lo reconoció. En esta ocasión, el ayudante de Knauer no llevaba delantal de trabajo ni botas altas, como la última vez en el vivero, sino un sencillo traje negro que, sin embargo, le quedaba un poco pequeño, y un bombín algo abollado bajo el cual asomaban unos mechones de su roja cabellera. El joven miró a su alrededor y preguntó:

—¿Hoy ha venido sin la pequeña, o es que se le ha vuelto a escapar? ¿De qué depredador tengo que ir a rescatarla esta vez?

—No se preocupe. —Julia sonrió aliviada—. Esta vez he venido sola, lo cual tampoco está mal, la verdad.

—Entiendo —asintió Rebers. Entonces señaló la entrada a la arena de exhibiciones—. ¿Viene de ver el espectáculo folclórico? Creía que nuestra atracción principal no le gustaba.

—Yo... —Julia titubeó—, quería verla por mí misma, pero mi opinión no ha cambiado, incluso ha salido reforzada.

Carl Rebers la miró de repente con cara de curiosidad.

—¿No será usted de algún periódico?

—¿Qué le hace pensar eso?

—Bueno, no sé, habla como la gente de la prensa. —Se encogió de hombros—. Acabo de recordar que el viejo Lenz dijo algo sobre una madre con una niña que habían estado merodeando por la parte trasera del recinto de los depredadores. Probablemente fue el día que la vi a usted en el vivero. Y, según Lenz, parece que hace poco también estuvo por aquí una fotógrafa...

Julia se sonrojó. Así de rápido se había descubierto su tapadera. ¡Era en realidad una gran detective! Decidió entonces decir por lo menos la mitad de la verdad:

—Tiene razón —respondió vacilante—, yo..., trabajo para el

Wiener Anzeiger. Estoy cubriendo la muerte en el recinto de los leones. Vine como fotógrafa cuando el caso salió a la luz, y ahora mi jefe quiere más información, una historia que venda, vamos. Pero el zoológico no suelta prenda, así que solo estoy echando un vistazo.

Carl Rebers frunció el entrecejo.

—Es muy comprensible que el zoo guarde silencio sobre el incidente. Imagine lo que pensarían los visitantes: ¡un león que se zampa a un cuidador! Y encima su hija casi se cae en la balsa de los cocodrilos... La gente diría que el zoo no es un lugar seguro. —Rebers suspiró y sacudió la cabeza visiblemente contrariado—. Bueno, supongo que ya tiene su historia, después de todo.

Julia buscaba las palabras adecuadas. Lamentaba que Rebers estuviera decepcionado con ella. Al fin y al cabo, el joven había salvado la vida de Sisi, o como mínimo la había alejado de un gran peligro.

—Lo del cocodrilo quedará entre nosotros, lo prometo —dijo ella—, pero en lo que respecta al cuidador muerto, creo que hay indicios que apuntan a que podría haber sido algo más que... un simple accidente.

—¿Algo más que un accidente? —Rebers se deslizó el bombín hacia la nuca y un mechón de rizos rojos se revolvió sobre su frente fruncida. Parecía algo perplejo—. ¿Quién lo dice?

—Yo..., tengo mis fuentes. —Julia reflexionó un momento y decidió fiarse de Carl Rebers. De todos modos, ya no tenía nada que perder. Si Rebers le contaba al director Knauer lo que acababa de suceder, su investigación de incógnito habría terminado. Incluso podría enfrentarse a una denuncia por simulación y falsas apariencias. Carraspeó y continuó—: Mire, sé que la policía ha arrestado al jefe de la tribu matabele. Dicen que abrió la verja y dejó entrar al león para vengarse del cuidador Lenz, pero por desgracia fue el joven Moser el que quedó atrapado.

—¿Quién le ha...? —titubeó Rebers. Acto seguido, se encogió de hombros con resignación—. Bueno, por lo visto ya lo sabe todo. Enhorabuena, su periódico hará lo que pueda por publicar la historia. —Decepcionado, sacudió la cabeza—. ¿Se da usted cuenta de lo que puede significar esto para el zoológico?

—Pero ¿por qué el jefe de tribu habría escondido la llave en su cabaña? —repuso Julia ignorando su observación—. ¡No tiene ningún sentido! Prefiero creer otra cosa, que le tendieron una trampa, por ejemplo. Y puede que las mujeres matabele sepan más cosas.

—¿Una trampa? —Rebers se echó a reír—. Parece que ahora su imaginación se está desbocando, señorita periodista. ¿Quién cree que habría puesto esa trampa?

—¡Lenz, por supuesto! Los dos se habían peleado, parece que por la comida que daban a los matabele—. Julia empezó a explicar su teoría—. Como es obvio, había problemas entre ambos, puede que también por otros motivos. Lenz odia al jefe de tribu, y quizá también quería deshacerse del joven Moser. De ser así, habría matado dos pájaros de un tiro... —Suspiró—. Admito que parece un poco inverosímil, pero lo que es seguro es que en todo esto hay algo que no encaja.

Durante la conversación habían estado caminando y ahora se encontraban frente al recinto de las jirafas que, aburridas, los seguían con la mirada desde las alturas y masticaban algunas hojas.

Rebers guardó silencio y caviló durante un rato. Al parecer, ya no tenía tan claro que Julia estuviera diciendo disparates.

—Quizá haya algo de cierto en su audaz teoría —dijo al final con la mirada perdida en el vacío—. El joven Moser estaba a punto de ser nombrado jefe de vigilantes, lo que habría significado la salida de Lenz. De hecho, el tipo bebe demasiado y está perdiendo la memoria. —Se encogió de hombros—. Pero sí, ahora todo vuelve a estar como antes. Es un poco sospechoso, pero tampoco tiene por qué significar nada.

—Hace un rato he oído una discusión entre Lenz y el director Knauer —replicó Julia—. El director decía que el asunto no debía salir nunca a la luz. ¿A qué asunto se refería? ¿Cree usted que él... está metido en algo? ¿Algo relacionado con la muerte de Stefan Moser?

Rebers miró a su alrededor. Esperó a que algunos visitantes pasaran de largo y dijo en voz baja:

—Bueno, digámoslo así: Knauer no quiere escándalos, sobre todo ahora que el zoo acaba de abrir sus puertas y la financiación todavía es muy precaria. Por ello, hará lo que sea para que ciertas cosas no se sepan. Y a veces tiene, bueno..., tiene unas ideas un poco retorcidas.

—Entonces, ¿conoce usted bien al director?

Rebers sonrió un poco.

—¿Quién conoce de verdad al director Friedrich Carl Knauer? Creo que ni su propia esposa. Los hombres de ciencia suelen ser criaturas extrañas... —Titubeó y su rostro se iluminó de repente—. Dice que su hija es sorda. ¿No se lo habrá inventado?

—¡Oh, no! —Julia negó con la cabeza—. Sisi no oye nada desde que nació. No siempre es fácil..., para ninguna de las dos. Quizá por eso veo con tan malos ojos ese espectáculo folclórico, porque..., cuando Sisi intenta hablar, a veces la gente la mira como si fuera una... una salvaje. O un chimpancé.

—Espero que la ciencia encuentre pronto una cura. Hay indicios que permiten abrigar cierta esperanza, señorita... —Rebers rio sorprendido—. Llevamos hablando un buen rato y todavía no le he preguntado su nombre.

—Mmm, Margarethe. Margarethe Löffler. —El nombre de su amiga telefonista fue el primero que se le ocurrió.

—Bueno, señorita Löffler. Hoy por ti, mañana por mí. Usted no menciona el incidente con los cocodrilos en el vivero y, a cambio, puede utilizar como desee lo que acabo de explicarle.

Quizá hasta pueda averiguar más cosas para su artículo. —Carl Rebers levantó entonces el dedo y advirtió—: Pero tiene que prometerme por lo más sagrado que no mencionará mi nombre bajo ningún concepto. Llevo mucho tiempo siendo el ayudante del director. ¿De acuerdo?

Julia asintió con la cabeza y estrechó su mano.

—Puede fiarse de mí. Ha sido usted de gran ayuda, se lo agradezco.

—Es una pena que nos hayamos conocido en estas circunstancias —dijo Carl Rebers guiñándole un ojo—. Si alguna vez necesita un guía para visitar el zoo, no dude en ponerse en contacto conmigo. Eso sí, mi especialidad son las ranas y los anfibios, no sé si le atraen mucho.

Julia hizo una mueca juguetona.

—Prefiero las cebras y los ponis —replicó riéndose—, ¡pero se lo agradezco! A Sisi le encantan los renacuajos. Puede que volvamos pronto, pero sin investigaciones periodísticas ni segundas intenciones, lo prometo.

—Me encantaría que así fuera. —Rebers se quitó el sombrero con algo de torpeza—. Que tenga un buen día, señorita Löffler. Ha sido un placer.

Al irse de allí el joven con su traje negro mal entallado, Julia volvió a sentirse culpable por haberle mentido. Curiosamente, en ese momento no pudo evitar pensar en Augustin Rothmayer, cuyos trajes negros como las plumas de cuervo también le iban demasiado cortos, como a Carl Rebers. Julia sonrió.

«Un especialista en anfibios y un sepulturero...»

Los dos harían una pareja extraordinaria.

XIX

Bajo la luz del ocaso, Augustin Rothmayer estaba frente a las oficinas del Cementerio Central de Viena afanándose en sacudirse el barro de las botas. En mayo, la tierra de las tumbas todavía estaba húmeda a causa de las lluvias primaverales y se enganchaba en las suelas como la cola. A veces era salir de una tumba y haber crecido tres dedos, como si uno llevara tacones altos. Cuando Augustin quedó razonablemente satisfecho con el resultado del lustre, pulsó el botón del timbre eléctrico.

Sonó un zumbido en el interior y el sepulturero hizo una mueca. Parte de las dependencias del cementerio ya disponía de corriente eléctrica, cosa que a él no le gustaba. Nunca se acostumbraría a esos molestos timbres. ¡Qué mejor sonido que el hermoso tañido del toque de difuntos para señalar la última hora! ¡Eso sí que llegaba al corazón, y no los modernos llamadores que sonaban como si estuvieran pisando a alguien!

La puerta se abrió y el administrador del cementerio lo miró asombrado. Llevaba una enorme servilleta colgando sobre el pecho, seguro que estaría cenando. De fondo se oían voces de niños.

—Señor Rothmayer, ¿se puede saber qué hace aquí? Su jornada laboral ya ha terminado. Al igual que la mía, por cierto —dijo el administrador con cierta arrogancia—. ¿No habrá venido para disculparse por su comportamiento del domingo pasado, verdad? Eso sí que sería una verdadera novedad.

Augustin se descubrió y empezó a juguetear con timidez con el ala de su sombrero. No le había resultado fácil presentarse en la residencia privada de su superior. Al igual que él, el administrador vivía en los terrenos del Cementerio Central, pero en la parte delantera, justo al lado de la entrada principal, y con muchos más lujos. Era una elegante vivienda de planta baja con altos techos estucados y un pequeño jardín propio. Se oía el chirrido de un columpio infantil y la risa alegre de una niña.

—Buenas tardes, ¿cómo está usted? —empezó torpemente—. Sí, también quería pedirle disculpas...

—¿La señorita Wolf ha conseguido por fin hacerle cambiar de opinión con respecto a Anna?

—Esto..., seguro que encontraremos una solución... —respondió Augustin—. Pero en realidad he venido por otra cosa.

El administrador enarcó una ceja.

—Ya... ¿Y de qué se trata?

—Bueno, se ha producido un verdadero estropicio. Una confusión de cadáveres...

—¿Una... confusión de cadáveres? —El administrador se arrancó la servilleta del pecho y miró asombrado a Rothmayer—. ¿A qué se refiere con una confusión de cadáveres?

—Es que el sepulturero Stockinger y yo, bueno, hemos tenido un montón de entierros en los últimos tiempos. Tuberculosis, tifus, consunción, vamos, lo habitual en un mes de mayo... —Rothmayer miraba fijamente sus botas, que aún tenían tierra pegada—. Vamos, que con las prisas es posible que se haya mezclado algún ataúd en la capilla ardiente, y como no llevan ninguna marca que los identifique... Stockinger enterró a una tal Lisbeth Bachmüller y yo a un cierto Stefan Moser, pero es muy probable que los cadáveres hayan acabado en la caja equivocada, es decir, que en la de Moser puede estar Bachmüller y en la de Bachmüller puede estar Moser. Como he dicho, un verdadero estropicio...

—Así es, un verdadero estropicio... —El administrador se limpió con nerviosismo los labios con la punta de la servilleta—. Bueno, pero si no se ha enterado nadie más... Quiero decir, que ambos cadáveres están a dos metros bajo tierra. Y ante Dios todos somos iguales, ¿no es cierto?

—Por supuesto, tiene toda la razón. —Augustin Rothmayer se rascó detrás de la oreja con aire pensativo—. Pero ¿conoce al consejero comercial Bachmüller? En la corte imperial anda como Pedro por su casa. Es posible que sea hermano político del comandante Kraniczek, quien a su vez ha coincidido unas cuantas veces con la emperatriz paseando a los perros por el parque del palacio de Schönbrunn. La cuestión es que el consejero Bachmüller estaba muy encariñado con su esposa Lisbeth y es probable que venga a visitarla a menudo... —Dejó la frase en el aire.

—¡Oh, por el amor de Dios, no siga! —jadeó el administrador—. Si se descubre... —Se secó la calva sudorosa con la servilleta—. Tiene toda la razón, Rothmayer, hay que poner orden. ¿Qué sugiere?

—Desenterraría los dos cadáveres en plena noche para no llamar la atención y los cambiaría de tumba. Así restableceríamos el orden.

—Orden. Muy razonable, Rothmayer. El orden siempre es bueno. Hágalo así.

Augustin inclinó la cabeza como si estuviera pensando.

—Mmm, solo hay un pequeño problema. No sé dónde está Moser, es decir, la falsa Bachmüller. Fue el compañero Stockinger el que...

—Entiendo. Bueno, eso se puede solucionar con rapidez. Acompáñeme.

Una voz de mujer llamó desde el interior de la casa:

—Cariño, ¿vienes? ¡El caldo de buey se enfría!

El administrador se volvió y respondió:

—Ahora mismo, querida. Acabo el papeleo que tengo por aquí y vengo.

Le hizo señas a Rothmayer para que entrara en la casa. Una puerta comunicaba el pasillo con el despacho. Una vez allí, el administrador inclinó su cuerpecillo sobre los ficheros apilados en estanterías contra la pared. El sepulturero contemplaba con admiración las largas hileras de cajas. Todos los muertos estaban archivados allí. Probablemente habría centenares, incluso miles de ficheros más en los sótanos de la administración. En el Cementerio Central de Viena imperaba el orden; al menos en los archivos.

—¿Cómo se llamaba el muerto? —preguntó el administrador mientras hojeaba las fichas.

—Moser. Stefan Moser. Un joven, con toda probabilidad. De profesión, cuidador de animales. Desconozco el año de nacimiento.

—Moser, cuidador, mmm... ¡Aquí lo tengo! —El administrador sacó una ficha del archivador—. No ha sido hace mucho, gracias a Dios. —Le mostró la tarjeta al empleado—. Sector tercero, campo fúnebre cuarto, tumba trigésimo novena. ¿Ubica el lugar?

—¿Que si ubico el lugar? —sonrió Augustin complaciente—. Conozco las tumbas de este cementerio como si estuviera enterrado en ellas, señor. —Memorizó los números repitiéndolos en voz alta—. Es una fosa común, y el tal Moser está enterrado abajo de todo. ¡Lástima! Me va a llevar un tiempo. Muchas gracias y disculpe las molestias.

Rothmayer levantó su chambergo de ala ancha para despedirse y se dirigió hacia la salida. De sus botas se desprendían terrones de tierra negra y húmeda, como el rastro viscoso de un caracol. Con un leve suspiro, el administrador dirigió sus pasos hacia la sopa caliente.

El sepulturero sonrió. Había encontrado lo que quería. Ahora solo tenía que cavar hondo.

El portero de La Caverna escrutó a Leo de pies a cabeza. No era tan alto como Bruno, que vigilaba el burdel en el piso de arriba, pero sí lo suficiente como para hacer que Leo se sintiera aún más bajo de lo que era.

—Mira a quién tenemos por aquí, el señor Von Herzfeldt —dijo el grandullón, que ya lo conocía de encuentros anteriores—. Un pelín tarde, ¿no cree? La señorita está en plena actuación.

—Me basta con que la señorita venga después a mi mesa —respondió Leo.

—Lo que sería una función privada —aclaró el portero con una sonrisa maliciosa—. El barón es un verdadero sibarita. Pase y diviértase.

El hombre hizo un saludo con la cabeza y abrió la puerta del local subterráneo. En los últimos tiempos había corrido la voz de que La Caverna se había convertido en un establecimiento de moral cuestionable, y por ello se hacía una cierta selección de clientes en la entrada. Solo la Gorda Elli y unos pocos más sabían que Leo trabajaba para la policía, y eso tampoco les parecía mal. Probablemente el gigantón de la puerta creía que era un barón de verdad.

El local abovedado subterráneo estaba tan lleno de humo que Leo empezó a lagrimear. Parpadeó un momento y, al ver a Julia subida al escenario, el corazón le dio un vuelco.

Era martes por la noche, uno de los dos días de la semana en los que Julia cantaba y bailaba tango en el local. Ya se había hecho un nombre en Neulerchenfeld con un novedoso número que no tenía nada que ver con los valses tradicionales. El público estaba compuesto sobre todo por hombres jóvenes que la miraban boquiabiertos cuando se entrelazaba con su *partenaire* Pierre al ritmo de la música sobre el minúsculo escenario. Dejaba caer la cabeza atrás y ponía los ojos en blanco mientras el maestro Alfredo tocaba un piano algo desafinado. Leo odiaba verla así, aunque en el fondo sabía que ni Alfredo ni Pierre representaban ningún peligro. El primero era un carcamal y el segundo, maricón perdido.

Tomó asiento en un rincón apartado e hizo una señal al camarero. El primer vaso de absenta le sentó como un bálsamo meloso para su estado atormentado. Nervioso, encendió un cigarrillo y estiró las piernas.

Durante la reunión matinal en la Jefatura, y también después, mientras trataba con Loibl la agenda para el día siguiente, Leo no había podido dejar de pensar en Julia. La echaba tanto de menos... El miedo a perderla había crecido en él, de manera que había decidido tomar la iniciativa. Después de no haber tenido noticias de ella en los últimos días y ya que los ruegos de Margarethe tampoco habían sido escuchados, La Caverna le pareció la única posibilidad de verla y hablar con ella, y tenía la esperanza de reconciliarse.

Con el rabillo del ojo Leo veía que Pierre deslizaba a Julia por el escenario, con los cuerpos de ambos estrechamente unidos y las miradas entrelazadas. Se acordó de las veces que él mismo había bailado con ella de manera similar en ese mismo lugar y sintió celos. ¿Se habría percatado Julia de su presencia? Nada parecía indicarlo, pero tal vez solo le estaba haciendo sentir que su presencia le daba igual.

Unas pocas canciones más tarde, la pareja hizo una reverencia y desapareció por detrás del escenario entre los aplausos del público. Leo miró la hora, ya habían dado las nueve de la noche. Sabía que Julia tenía media hora de descanso, de manera que apagó el cigarrillo, se levantó y se dirigió al escenario, junto al cual había una pequeña puerta que conducía al camerino. Enfrente estaba sentado el viejo Alfredo fumando un grueso puro. Cuando reconoció a Leo, enarcó una de sus pobladas cejas.

—Disculpe, *signore*, pero no sé si la *signora* tiene tiempo para recibirlo...

—Prefiero que me lo diga la *signora* en persona —gruñó Leo pasando por delante de Alfredo.

Entró en el minúsculo camerino. Julia estaba sentada delante de un espejo mientras Pierre le arreglaba el peinado. Llevaba el vestido azul ajustado que había sacado del fondo de armario de Elli y que tanto gustaba a Leo, pero no cuando lo lucía en el escenario. Una sonrisa se dibujó en el rostro de Pierre cuando lo vio reflejado en el espejo.

—*Oh, là, là*, visita egregia. —Pierre juntó los labios simulando un beso y soltó una risita—. Va hecho un pimpollo, inspector. ¿Traje nuevo?

—¿Qué te parece si sales a tomar una copa de champán? Invito yo —le respondió y le dio unos billetes—. El camarero también lleva un traje bonito y, además, tiene el culito prieto.

Pierre miró a Julia, cuyo rostro permanecía inexpresivo. El joven bailarín se encogió entonces de hombros y dijo:

—¿Por qué no? Parece que el ambiente está muy cargado aquí dentro. —Pasó por delante de Leo contoneándose y salió del camerino, no sin antes acariciarle la chaqueta y decirle—: Me encanta su perfume, inspector.

—El tuyo es demasiado dulce para mí —amenazó Leo—. ¡Lárgate de una vez!

Un silencio incómodo se instaló cuando Leo se quedó a solas con Julia. De fuera llegaba el sonido de risas de los clientes, el tintineo de las copas, una copla callejera interpretada al piano por Alfredo y algunos parroquianos berreando la tonada.

—Nunca entenderé por qué haces esto. Porque aquí solo viene chusma. Quiero decir...

—¿Para eso has venido —lo interrumpió ella—, para insultar a mis clientes y a mi pareja de baile, y para decirme otra vez lo que tengo que hacer?

Leo levantó las manos en señal de disculpa.

—Lo siento. Quizá no ha sido el mejor comienzo para una disculpa.

—Me temo que no —dijo Julia, y siguió empolvándose la cara.

Leo se acercó a ella por detrás y la miró a través del espejo para mostrarle su rostro compungido:

—Julia, siento haberte dejado plantada el viernes en el Ronacher. Te ruego que me des la oportunidad de explicarte el motivo.

—Tienes quince minutos, después debo volver al escenario.

Leo tomó una silla y se sentó al lado de Julia de cara al espejo. Se vio demacrado y rendido. No podía ser de otra manera, teniendo en cuenta todo lo que había sucedido los últimos días.

—He resuelto el caso de la momia —dijo.

—¿Lo has resuelto? —Por primera vez, Julia se volvió hacia él—. ¿Así, de repente?

—Bueno, no del todo, pero sí en gran parte...

Leo le explicó la conversación que había mantenido con los Rapoldy el viernes por la noche y todo lo que había averiguado. Por lo menos ya se había ganado toda la atención de Julia.

—Entonces, la maldición de la momia no era más que la tapadera de un accidente —dijo ella al final sacudiendo la cabeza—. No asesinato, ni maldición, ni ningún gran misterio..., solo un simple truco de magia. ¿Quién lo hubiera dicho?

—Pero sigue habiendo algo que no encaja, Julia. ¡Piensa en la muerte de Walter Kerfeld! —Leo bajó la voz—. La corte imperial ha hecho uso de sus influencias, eso está claro. Puede que haya miembros de la alta sociedad, y hasta el mismísimo archiduque, metidos en el ajo. Además, estoy a la espera de que mi hermana Lili, en Graz, descubra algo sobre la causa de la muerte del padre Gregor Mayr. —Respiró hondo—. Pero ahora mismo estoy pendiente de tantas cosas que no puedo ocuparme también de eso. Seguro que te habrás enterado por los periódicos que han asesinado a otro chapero, otra castración. Incluso fui con Leinkirchner...

—Escucha, Leo —lo interrumpió ella—. Me han echado. Stukart me lo ha comunicado. Y la verdad es que me siento feliz por ello.

—Yo podría hablar con él. Puede que la fotografía forense no sea una actividad adecuada para una mujer, pero podrías volver a tu puesto en la centralita...

—¡Basta, Leo! —La voz de Julia sonó ahora enérgica y determinada—. Deja de interferir en mi vida todo el tiempo. Esto tiene que acabar.

—¿A qué te refieres?

Julia dejó la almohadilla de maquillaje a un lado y miró con seriedad al inspector.

—Escúchame bien, en estos últimos días y noches he estado dándole muchas vueltas a lo nuestro. Tal vez deberíamos dejar de vernos por un tiempo. No creo que... —vaciló—, no creo que tú y yo encajemos, Leo. Mírate. —Julia señaló el impecable traje negro de Leo, con el pequeño pañuelo decorativo de seda en el bolsillo delantero, que probablemente costaba tanto como los zapatos de Pierre—. Tu mundo no es este, y nunca lo será. Ya me lo has dicho muchas veces.

—¡No estás hablando en serio! No puedes..., quiero decir,

por qué... —Leo se dio cuenta de que se había quedado sin palabras. De repente notó que tenía la garganta seca.

Julia suavizó la mirada.

—Las cosas no siempre tienen que salir como tú quieres, Leo. ¿Cuándo has hecho algo que me ayude a mí? ¿Cuándo has tomado una decisión pensando en mi vida?

—Yo... te conseguí el equipo de fotografía...

—¿Lo ves? A eso me refiero. Me compraste el equipo porque a ti te gusta hacer fotografías y porque tú querías que yo lo hiciera. Me llevas al teatro porque a ti te gusta ir al teatro. Me llevas a restaurantes de lujo porque a ti te gusta comer caro. Y te gusta llevarme de paseo por Viena en un fiacre cuando me pongo mi vestido azul. ¡Pero esa no soy yo, Leo! Esa es la Julia a la que a ti te gusta ver. —Lo miró con tristeza—. La verdadera Julia vive en un burdel, le gusta bailar y cantar en tabernas llenas de humo y tiene una hija ilegítima que no puede oír ni hablar. Pero me temo que tú no quieres a esa Julia. En el fondo, lo que a ti te conviene es alguien como Charlotte Rapoldy.

Leo enmudeció. Contaba con que ella estaba enfadada y le leería la cartilla, pero no vio venir un ataque tan frontal. Su discurso lo afectó en lo más íntimo, posiblemente porque vio que, en el fondo, ella tenía razón. Fuera sonaron aplausos y gritos coreando el nombre de Julia.

—Si es como dices, ¿por qué te has molestado siquiera en verme estos últimos meses? —preguntó él con amargura.

—¿Cómo que por qué? —preguntó ella soltando una carcajada desesperada—. ¡Porque te quiero, Leo! Amo a ese barón caprichoso y todas sus manías, su inteligencia cristalina, su ingenio y, sí, también su altivez. Por eso me resulta tan difícil.

Julia quiso levantarse, pero el inspector la retuvo.

—¿Cómo puedo demostrarte que no solo pienso en mí, que por ti bebería los vientos? Que te quiero por..., ¡por cómo eres!

Julia dudó un momento. Era evidente que estaba dándole vueltas a la cabeza. Al final, salió de ella una única palabra:

—Saidrovuni.

Leo la miró perplejo.

—¿El jefe de tribu? ¿Qué le pasa?

—Volví al zoo. A estas alturas estoy bastante segura de que no es el asesino del joven cuidador de animales. Pero ningún tribunal del mundo me creerá, ni a mí ni a él. Ayúdame a sacarlo de allí.

—¿De la Audiencia Regional de Viena...? —preguntó Leo atónito—. ¿Bromeas? ¿Cómo se supone que quieres hacerlo? Y aunque pudiera...

—Me has preguntado cómo puedes demostrarme tu amor. La respuesta es Saidrovuni —Julia se apartó de él—. Y ahora, si me disculpas, la chusma pide que su putilla la entretenga.

Salió por la puerta y estalló una ovación. Alfredo empezó a tocar una melodía que Leo conocía muy bien, una canción de *Carmen*, la ópera que estaba haciendo furor en Viena. En ese momento, a Leo le llegó muy hondo.

L'amour est un oiseau rebelle, que nul ne peut apprivoiser...

El amor es un pájaro rebelde que nadie puede domesticar.

Leo se miró en el espejo. De repente, el traje nuevo, el pañuelo decorativo de seda y la brillantina en el pelo le parecieron terriblemente vulgares. Y, por primera vez, se preguntó si detrás de aquella imagen reflejada existía de verdad un Leo.

—Ahora despacito, chiquilla. Un ataúd no es ningún juguete.

La polea crujía, chirriaba y daba sacudidas mientras rodaba despacio. De la oscuridad de la fosa emergió un objeto informe que al final tomó la forma de un ataúd. Era el último de cuatro. Sobre la clara madera de abeto rodaban terrones de tierra que volvían a caer con estrépito en el fondo del hoyo. El féretro se balanceaba de un lado a otro entre las cuerdas mientras Anna seguía dando vueltas a la manivela.

—¡Despacio, he dicho! —volvió a ordenar Augustin—. Hasta un cadáver se pondría enfermo con tanto meneo.

Anna sonreía como si se tratara de un juego más.

«Y con toda probabilidad lo sea también para ella —pensó Augustin—. Un juego prohibido.»

En realidad, el sepulturero podría haber manejado el aparejo a solas sin problemas. Lo había construido con sus propias manos hacía unos años y estaba muy orgulloso de su diseño. Por lo general eran como mínimo dos los sepultureros que se encargaban de enterrar un ataúd. Hacían pasar unas cuerdas por debajo de la caja, tanto en la testa como en los pies, y de esta manera depositaban el pesado féretro sin problemas en el fondo del agujero. Pero Augustin prefería trabajar a solas, y por ello había ideado esta polea.

Sin embargo, nunca la había utilizado para desenterrar un cadáver.

Augustin se había planteado patentar su grúa para ataúdes. La estructura tenía el aspecto de una araña de madera posada sobre la tumba abierta. El sepulturero frunció un poco el entrecejo. Quizá «aracnopolea» no fuera un mal nombre para su invento; al menos sonaba bien... Gracias a la manivela y a una polea unida a varios rodillos, hasta los cadáveres más pesados podían ser cargados y descargados por una sola persona. Pero Anna había insistido tanto esa tarde que el sepulturero no tuvo más remedio que llevársela con él.

Ya era medianoche pasada. Una solitaria lámpara de queroseno colocada sobre un túmulo cercano bañaba con su cálida luz al sepulturero, la muchacha y la grúa. Aparte del chirrido de la polea y los ocasionales reniegos de Augustin, reinaba un silencio solo roto por el canto de un ruiseñor. Junto a la fosa había tres ataúdes; el de Stefan Moser era el que quedaba en el fondo del hoyo de tres metros de profundidad. Al parecer, ese día se habían celebrado varios funerales de los que Augustin no había tenido noticia.

La idea de una supuesta confusión de cadáveres ya se le había ocurrido el domingo, justo después de que la señorita Wolf se hubiera despedido de él. Pero hasta esa tarde no se había armado de valor para ir a ver al administrador del cementerio y preguntarle por la tumba. El hombre no había sospechado nada. ¿Por qué iba a hacerlo? De hecho, se alegró de no haber tenido que mancharse las manos con un asunto tan delicado.

Augustin confiaba en la señorita Wolf. Cuando dijo que lo ayudaría con Anna, así lo hizo. De manera que él también la ayudó. Sabía que no podía jugar eternamente al ratón y al gato. En algún momento, los servicios sociales encontrarían a Anna y se la llevarían. Lo que pudiera ocurrir llegado el caso no lo sabía ni él.

«Es tanto el dolor..., son tantos los recuerdos...»

Mientras el ataúd se balanceaba encima de la fosa, Augustin miraba a Anna de reojo. Lo cierto era que tenía mucho de su hija. La antigua Anna había muerto de cólera. Era la última hija que les había quedado, y su favorita. En cuestión de semanas, ante sus ojos y los de su esposa Marthe, Anna se había marchitado como una hoja en otoño. Al día siguiente de su fallecimiento, Augustin había encontrado a Marthe ahorcada bajo un sauce, muy cerca de la tapia del cementerio de Sankt Marx. Su mirada vacía se había quedado fijada en el cielo gris de Viena, un cielo sin angelitos regordetes cantarines, ni violines, ni Dios.

«Es tanto el dolor...»

Después de dar sepultura a las dos con sus propias manos en el cementerio de Sankt Marx, él también había muerto. Se metió en un ataúd, cerró la tapa y se acurrucó como un erizo en un invierno eterno. Solo la segunda Anna había logrado despertarlo de su letargo. ¡Por eso no podían arrebatársela!

—Ahora engatilla la rueda, ven aquí y ayúdame a subir el ataúd a la superficie.

Anna siguió con obediencia las órdenes. Una segunda polea situada en la parte superior del trapecio permitió trasladar la pesada caja hasta el borde de la fosa y depositarla allí. Un crujido más, y después se hizo el silencio.

—Hecho —dijo Augustin secándose el sudor de la frente—. Bueno, chiquilla, ya te has divertido. Ahora, a la cama. Espero que encuentres solita el camino a casa.

—¿Y tú, señor Rothmayer —preguntó la niña—, te quedas aquí?

—Todavía hay cosas que hacer.

La pequeña se cruzó de brazos desafiante.

—Entonces yo también me quedo.

—¡Santo crucifijo! ¡Ni se te ocurra! ¡No es lo que hemos acordado! Te espera un buen tirón de orejas si no... —Augustin titubeó. No tenía sentido amenazarla, no conseguiría nada. También por su testarudez era muy parecida a la primera Anna—. Está bien —dijo al final—, te propongo un trato. Si te vas a casa ahora, te dejo que toques un poco el violín. ¡Pero sin el arco, si no quieres que Luci huya despavorido! Solo puntearlo.

Anna abrió los ojos de par en par.

—¿De verdad? ¿Puedo tocar el violín?

—¡Solo puntearlo! ¡Y te lo advierto —añadió levantando un dedo sucio de tierra de tumba—, si al volver descubro algún rasguño, te vas a enterar de lo que vale un peine! ¡Te daré unos azotes tan fuertes en el culo que desearás que te haya enterrado viva!

—¡A la orden, señor Rothmayer! —Anna se llevó la mano a la sien y sonrió—. Sin arco y ningún rasguño, solo puntear —añadió, y desapareció por detrás del siguiente túmulo.

El sepulturero suspiró. Anna siempre había deseado tener el violín en sus manos algún día. Hasta entonces solo lo había tocado él. Quizá en un futuro le compraría un violín para ella sola, ¡pero el que había en casa era sagrado! Anna no sabía quién había sido su primer dueño, y aunque lo hubiera sabido, con toda probabilidad le habría dado lo mismo. Pero a él no le daba igual. Ese instrumento había pasado de generación en generación en los Rothmayer. El hecho de que ahora permitiera a la niña tocarlo era una forma de demostrar que la pequeña también era de la familia.

Además, Augustin era el último de su estirpe. Después de él ya no quedaba ningún Rothmayer más. Por ello, ¿a quién iba a legar tan valioso instrumento si no era a ella? Desde luego, no a un mendrugo de algún museo, donde pudiera acabar en una vitrina cubierto de polvo.

El sepulturero dejó pasar todavía un rato antes de sacar un cincel y hacer palanca para abrir la tapa del ataúd. Los clavos aún estaban frescos y cedieron con rapidez. Cuando levantó la tapa, el hedor pútrido que hasta entonces solo había percibido débilmente se elevó como una nube invisible. Augustin podía saber la antigüedad de un cadáver solo por el olor que desprendía. Según los archivos, este tenía una semana, pero olía mucho más fuerte que eso.

«¿Por qué?»

Cogió la lámpara de queroseno y la acercó para poder ver mejor.

El joven, o más bien lo que quedaba de él, había sido objeto de un improvisado remiendo. Augustin solo esperó que la familia no hubiera tenido que verlo en ese estado. En casos de verdad graves, cuando la recomposición era imposible, los servicios funerarios solo dejaban visible la cabeza y tapaban el resto del cuerpo con una mortaja.

Pero en este caso la cabeza tampoco es que tuviera muy buen aspecto.

Por Julia, Augustin sabía que Stefan Moser había sido despedazado por un león y, por consiguiente, también sabía lo que iba a encontrarse si lo desenterraba. Con experimentada pericia examinó visualmente el cadáver, después lo palpó e intentó hallar alguna pista que pudiera servirle de ayuda. Por lo que él sabía, el profesor Hofmann no había examinado el cadáver, lo cual era extraño. ¿Por qué no le habían hecho ninguna autopsia? El cuerpo había sido trasladado al cementerio justo después del accidente y, acto seguido, había sido instalada la capilla ardiente en el depósito de cadáveres, tal como exigía la ley. A primera vista, Stefan Moser no había sido víctima de ningún crimen, pero cabía pensar que el Instituto de Medicina Forense se debería haber interesado por él.

Los dedos de Augustin recorrían el cadáver, punteaban aquí y allá. Como un virtuoso de la muerte, el sepulturero sentía, rastreaba y olía. La señorita Wolf no creía que se tratara de un simple accidente. Se decía que un desconocido, una especie de demonio, había sido visto inclinado sobre el cadáver de Moser. ¿Su asesino, tal vez?

Augustin se ocupó del cadáver casi con cariño. Sabía lo mucho que los muertos todavía podían contar. Por desgracia, las heridas eran tan numerosas que no permitían detectar posibles puñaladas o heridas de bala, o por lo menos no después de medianoche en el Cementerio Central bajo la luz de una lámpara de queroseno y sin instrumental médico. Carecía por completo de brazo derecho, así como de pierna izquierda, y la garganta estaba del todo desgarrada. Además, después de una semana de ese cálido mes de mayo, la carne estaba ya muy descompuesta. El sepulturero condujo su mirada desde la garganta hasta el torso, y después más abajo. El primer descubrimiento extraño que hizo fue en los pantalones.

Y entonces vio algo más.

«Qué raro...»

Se inclinó más todavía sobre el cadáver y examinó la herida. No había duda.

«Pero ¿por qué...?»

Pensativo, empezó a tararear una melodía, tal como hacía siempre para concentrarse. Era la *Marcha fúnebre* de Chopin, una pieza bella como pocas. Augustin volvió a vestir al muerto y colocó la tapa del ataúd. Al ritmo de la música, clavó de nuevo la tapa del ataúd. No sabía qué significaba con exactitud su descubrimiento, pero tenía clara una cosa.

Llamaría por teléfono a la señorita Wolf a primera hora del día siguiente.

Pero antes tenía que volver a dar sepultura a cuatro ataúdes.

XX

De *Ritos funerarios y cultura popular*, de Augustin Rothmayer, escrito en Viena en 1894

La gente necesita rituales funerarios para pasar el duelo, por mucho que las autoridades se empeñen a veces en lo contrario. A este respecto resulta interesante el llamado «ataúd económico» que el emperador José II intentó introducir a finales del siglo XVIII. *Disponía de una compuerta en la base que se abría sobre la fosa, lo que permitía reutilizar la caja mortuoria a voluntad. Sin embargo, la idea no cuajó entre los vieneses. Tampoco tuvieron mucha aceptación las tapas de ataúd planas de madera blanda, popularmente llamadas «aplastanarices».*

Cuando Leo llegó a la Schwarzenbergplatz a primera hora de la mañana siguiente, Erich Loibl ya lo estaba esperando junto a un estanco. Parecía razonablemente descansado y no olía a aguardiente. Por lo visto, los elogios que Leo le había dedicado ante el resto de los compañeros y la perspectiva de poder contribuir al esclarecimiento del caso le habían levantado el ánimo. Sonriente, dio un mordisco a una salchicha frita y el jugo le goteó por su bigote de morsa.

—¿Quiere una? —preguntó Loibl señalando la caseta de madera destartalada donde estaba instalado el puesto de salchichas—. Las de la Schwarzenbergplatz son las mejores de toda Viena. ¡Tiene que probarlas!

—No, gracias. —Leo puso cara de asco—. No sabía que vendían salchichas tan temprano.

—Bueno, tampoco son las más frescas —contestó el inspector con la boca llena—. De hecho, son de ayer, pero están bien fritas y sazonadas. —Una gota de mostaza le cayó sobre el cuello, pero no pareció darse cuenta—. Mi hombre no llegará hasta las siete, así que todavía tenemos un poco de tiempo.

Loibl se había pasado la tarde anterior azuzando a sus contactos en los bajos fondos hasta que al final sonó la campana. Había alguien que podía indicarles el camino a la Fortaleza y que, a cambio del correspondiente pago, por supuesto, se aseguraría de que nadie los molestase.

Un traqueteante tranvía de caballos pasó junto a ellos. El vagón se detuvo y escupió algunos pasajeros. A esas horas, la Schwarzenbergplatz seguía bastante vacía. Más atrás se alzaba el palacio del archiduque Luis Víctor, una de las numerosas edificaciones de nueva planta que se habían construido en la explanada y que Leo conocía muy bien por un caso anterior. El río Viena no quedaba lejos de allí, lo cual también se podía oler. En el fondo, Leo se alegró de estar tan temprano de camino a una misión. Así podría olvidar, al menos por un tiempo, que Julia lo había mandado a paseo la noche anterior. Después de que ella saliera al escenario, él se había quedado en el camerino como un pasmarote durante un buen rato y en algún momento se esfumó como un ladrón por la puerta de atrás, con las preguntas de Julia resonando aún en sus oídos:

«¿Cuándo has hecho algo que me ayude a mí? ¿Cuándo has tomado una decisión pensando en mi vida?»

Nunca lo había visto de esa manera. La amarga verdad que

escondían esas preguntas le dolía casi tanto como la retirada de Julia de su vida.

—¿Quién es el tipo con el que hemos quedado? —preguntó Leo con brusquedad para pensar en otra cosa. Por casualidad echó un vistazo a los periódicos expuestos en el estanco y vio que en todos se describía con colores impactantes el último asesinato en el entorno de los chaperos. Las imágenes sensacionalistas que habían salido de la imaginación de los ilustradores pusieron malo a Leo incluso sin haber probado las salchichas.

—Paul el Gorrón, un simple maleante. No solo lo llaman así por su gorra... —Loibl se limpió la boca y utilizó el resto del panecillo para dar de comer a las palomas que revoloteaban por la plaza—. Un perista y carterista de poca monta. Se suele esconder en las cloacas cuando la policía le pisa los talones. Conoce a algunos de los sinvergüenzas que viven ahí abajo y les ha dicho que buscamos a un asesino chiflado en las alcantarillas. Al parecer ya circulan varias historias sobre el tipo...

—¿Qué historias? —preguntó Leo.

—Paul no me lo ha querido decir, pero la cuestión es que los peinacanales y los pescagrasas están dispuestos a hablar con nosotros. ¡Mira, por ahí viene! El señorito llega incluso a tiempo.

Loibl señaló a un hombrecillo patizambo y con gorra ancha que se acercaba a ellos balanceándose. Paul el Gorrón tenía la mirada gacha y la cabeza hundida entre los hombros, como una tortuga.

—Venga, vamos —les susurró mientras caminaba a paso ligero—, yo no los conozco y ustedes a mí tampoco, ¿estamos? Quédense detrás de mí.

En silencio, siguieron a su contacto hasta que se llegaron a una torre como las que Leo había visto en el canal del Danubio. Paul el Gorrón sacó una ganzúa y en un santiamén abrió la portezuela de la torre. El hombrecillo hizo una reverencia teatral y dijo:

—Si los caballeros son tan amables... Después de ustedes.

—La verdad es que tampoco hacía falta mucha ayuda para esto —dijo Leo.

Paul el Gorrón le lanzó una mirada enfurecida con sus pequeños ojos enrojecidos en un rostro desfigurado por los forúnculos.

—Habló el listillo... Bueno, diviértanse. Aquí un servidor se las pira.

Se dio la vuelta para marcharse.

—El inspector no hablaba en serio —dijo Loibl volviéndose con rapidez hacia él. Luego le susurró a Leo—: Vamos a necesitar un guía ahí abajo, y si él no nos acompaña no podremos hablar con nadie.

—¿Y bien? —gruñó Paul el Gorrón—. ¿Qué hacen ahí plantados? Suelten la mosca de una vez.

Loibl le entregó unos billetes que Paul hizo desaparecer como un mago en el Ronacher.

—Vamos de una vez —refunfuñó el tipo.

Paul el Gorrón cogió una lámpara de queroseno que estaba preparada en la entrada de la torre y descendieron por la escalera de caracol. Llegaron a un tramo ancho del alcantarillado. A los pocos metros se abría un boquete a mano derecha por donde el guía se coló arrastrándose con agilidad. El larguirucho Loibl levantó una ceja.

—Menos mal que nuestro querido inspector jefe tiene que guardar cama. El gordo de Paul no habría podido entrar por ahí.

Loibl se arrastró detrás de Paul el Gorrón y Leo los siguió en último lugar. El agujero era pequeño y estrecho. Al otro lado había un túnel igual de angosto por cuya parte central discurría un hediondo caudal. Por lo menos esta vez Leo no se había puesto su mejor traje, sino una resistente chaqueta de lana y un pantalón también sufrido. Había dejado en casa su apreciado sombrero Homburg.

—Este debe de ser uno de los canales que construyeron hace algunas décadas tras la última epidemia de cólera —explicó Loibl mientras avanzaban agachados—. Aquí desembocan los distintos arroyos urbanos. Antes, toda la porquería que llevaba el río se desbordaba y contaminaba media ciudad. Se espera que cuando por fin encaucen el río Viena y lo cubran con una bóveda, terminarán todos los problemas.

Leo caminaba en silencio. Se preguntó cómo sería un río que cruzara la ciudad bajo tierra, como el Estigia del reino griego de Hades, poblado por miles de criaturas del inframundo. En el fondo, este lugar se ajustaba a la perfección al estado emocional del inspector. Leo se sentía como Orfeo, solo que ya había perdido a su Eurídice en el mundo terrenal.

Paul el Gorrón los dirigía por el alcantarillado atravesando escaleras, cuencas colectoras y boquetes que alguien había abierto en los muros de ladrillo. Leo tenía la impresión de que les estaba haciendo ir más o menos en círculos, con toda probabilidad para confundirlos. Y vaya si lo consiguió. Tuvieron que arrastrarse todavía por más orificios estrechos hasta que fueron a parar a un canal más grande donde el curso de las aguas residuales se hacía más ancho y profundo. Para cruzarlo había unos tablones podridos y resbaladizos, casi como un puente levadizo. Al otro lado había una puerta de aspecto macizo.

—La Fortaleza —murmuró Leo—, ahora lo entiendo.

—Nuestro fuerte, como los de las historias de pieles rojas, pero bajo tierra —dijo Paul el Gorrón sonriendo y mostrando algunos dientes ennegrecidos.

El guía atravesó los tablones manteniendo el equilibrio con una agilidad asombrosa. Al llegar a la otra orilla, llamó a la puerta con un golpeteo rítmico que probablemente fuera una contraseña. El pesado portón se abrió y se asomó un tipo con la nariz aplastada y atacado de viruelas que primero lo examinó a él y, después, a Leo y Loibl.

—¿Son los dos polizontes? —gruñó el hombre.

Paul el Gorrón asintió con la cabeza:

—Jurek está al tanto. —Hizo una seña a los dos agentes—. ¿Qué pasa? ¿Necesitan que los lleve de la mano?

Leo avanzó con cautela por los resbaladizos tablones y Loibl lo siguió. Las aguas residuales borboteaban bajo sus pies. Un objeto con pelo, quizá el cadáver de un gato o un perro, pasó flotando y desapareció en un remolino.

La puerta del otro lado del arroyo daba a un espacio alargado sorprendentemente cálido y seco. Sobre el suelo yacían hombres envueltos en sacos y mantas raídas. El aire apestaba a efluvios corporales, humo y cerveza derramada. Unas pocas lámparas de queroseno proporcionaban una luz tenue. En el centro de la estancia había un hombre con los brazos cruzados. Era menudo, de complexión ancha y velludo como un oso. El pelo y la barba formaban un pelambre intrincado en el que dos ojos de mirada despierta brillaban como ascuas. Por su estatura parecía estar hecho para vivir en aquellos túneles bajos y estrechos. Leo no pudo evitar pensar en un enano.

El hombre daba caladas a un caliqueño que parecía recién pescado del canal. Con cara de pocos amigos, se volvió hacia Paul el Gorrón.

—¿Has hecho la ronda con ellos, tal como te dije? —Hablaba con acento europeo oriental y tenía la voz mucho más aguda de lo que Leo habría esperado de un hombre de complexión tan compacta.

—Por supuesto, Jurek —respondió Paul con una media sonrisa—, ahora están por completo desubicados.

—Aun así, les vendaremos los ojos a la vuelta para asegurarnos.

El hombre, que al parecer era una especie de cabecilla en la Fortaleza, sonrió de repente. Su expresión furibunda desapareció e hizo un gesto invitador con los brazos.

—¡Bienvenidos a la Fortaleza, señores agentes de la policía! ¿Puedo ofrecerles algo de beber? ¿Vino, aguardiente...? Incluso tenemos una botellita de whisky escocés; es increíble lo que se encuentra en el canal. —El hombre, que por lo visto se llamaba Jurek, se sacó del bolsillo de su chaqueta mugrienta un frasco de contenido ambarino. Leo vio cómo Loibl se pasaba la mano por los labios resecos.

—Gracias, pero estamos de servicio —respondió Leo con agilidad.

—Como gusten. —Jurek se encogió de hombros y volvió a meterse la botella en el bolsillo—. Así que están buscando al Fantasma. Me sorprende que hayan tardado tanto en llegar hasta aquí, aunque tampoco se les puede pedir demasiado. Los polizontes nunca han tenido muchas luces.

—¿El Fantasma? —Leo frunció el entrecejo. Esa palabra era toda una novedad—. ¿A quién se refiere?

—¿Usted qué cree? ¡Al loco que están buscando! Aquí abajo lo llamamos así.

—Entonces, ¿saben algo más de él —preguntó Loibl receloso—, o solo son historias de espíritus que pretenden contarnos a cambio de dinero?

—¿Que si sabemos más cosas? ¡Ja! —Jurek puso los ojos en blanco y se volvió hacia Leo—. Mire, inspector... Puede que para la pasma solo seamos gentuza, pero todos los que vivimos aquí somos honorables peinacanales, y nos entregamos a ello en cuerpo y alma. —Señaló a los hombres que había alrededor y que miraban con curiosidad a los policías desde sus cubiles—.

En realidad, somos cazadores de tesoros. ¡No tienen ni idea de lo que llegan a tirar por el retrete los distinguidos señores y las refinadas damas, o todo lo que de una forma u otra va a parar a las alcantarillas! Acompáñenme, les enseñaré una cosa.

Jurek condujo a los dos inspectores a una hornacina con un desvencijado armazón que alojaba la colección de objetos más extraña que Leo había visto en su vida. Soldaditos de plomo retorcidos, un reloj de bolsillo abollado, un clavo de carpintero arqueado y oxidado, un portafolios de cuero resquebrajado, canicas de cristal que brillaban a la luz de las lámparas de queroseno y hasta una bombilla como las que habían instalado en el Volksgarten, aunque hecha añicos...

—Mi gabinete de curiosidades subterráneo particular —dijo Jurek riendo entre dientes—. Puede que no sea tan deslumbrante como el del Museo de Historia del Arte de Viena, pero lo iguala en interés. Cada uno de estos objetos tiene una historia detrás, ¿no cree? —Con sumo cuidado, colocó uno de los soldaditos de plomo sobre la palma de su mano—. ¿A quién debió de pertenecer este hombrecillo? ¿Fue el regalo de Navidad de un comandante a su hijo y este lo extravió durante un paseo y derramó ríos de lágrimas por la pérdida? O este reloj... —Jurek cogió el reloj de bolsillo y abrió la tapa—. ¿Ve las iniciales? *Con amor de O. R.* ¿Se lo regaló una señora a su marido? ¿O un padrino de confirmación a su confirmado? ¿O quizá una concubina a su amante? En cuanto al portafolios...

—Escuche —interrumpió Leo—, puede que todas esas historias sean muy bonitas, pero hemos venido por un motivo muy concreto.

—¡Ah, siempre con prisas! —Jurek, decepcionado, sacudió la cabeza—. Esa terrible impaciencia... En el país donde nací dejamos que la gente cuente sus historias. Lo llamamos cortesía. Pero su acento lo delata, inspector: usted es alemán. Allí arriba no pierden el tiempo con historias, prefieren vivir y trabajar a golpe de tambor, ¿no es cierto? —Imitó con los labios un redoble marcial—. Así que cálmese. Mire, aquí también podría instalar otro gabinete de curiosidades —ladeó la cabeza—, bueno, más bien una cámara de los horrores, porque aquí también encontramos otras cosas menos bonitas. Pistolas oxidadas, navajas, porras, garrotes y, de vez en cuando, algún que otro hueso o restos de cadáveres humanos. No es un espectáculo agradable, pero forma parte de la vida en las cloacas. Las aguas traen de todo, belleza y fealdad, vida y muerte. Pero, en los últimos tiempos, desde hará cosa de un año... —Jurek hizo una pausa y se volvió de repente hacia uno de los hombres que hasta entonces se había mantenido en un segundo plano.

—Josef, ¿puedes venir?

Un anciano se acercó arrastrando los pies. Era tan delgado que era muy probable que cupiese por cualquier desagüe del alcantarillado vienés. El abrigo, la gorra, el pantalón..., todas las prendas le venían anchas.

—Josef es nuestro pescagrasas más veterano —explicó Jurek—. ¡Tiene más de sesenta años! Es un milagro que siga vivo, los pescagrasas no suelen durar mucho. Se dedican a buscar huesos y trozos de grasa en el agua fría para después venderlos a los fabricantes de jabón, y lo normal es que enfermen con rapidez. Cuando los peinacanales capturamos por accidente algún botín de los suyos, se lo damos a ellos. Los pescagrasas son unos pobres diablos. Josef, cuéntanos lo que te dicen tus compañeros.

Josef se rascaba el pelo lleno de piojos. Tenía una voz monótona y sonaba... líquida y empantanada, pensó Leo, como si el anciano llevara demasiado tiempo arrastrándose por las alcantarillas vienesas.

—Antes encontrábamos algún que otro cacho de carne —masculló Josef entre dientes—, me refiero a restos humanos, claro. Pasaba de vez en cuando. Pero últimamente estamos pescando cada vez más... partes sueltas. Brazos, piernas, cráneos aplastados, pedazos de cuero cabelludo, manos, dedos... Siempre bien troceados, para que se los lleve la corriente, porque los cadáveres enteros se atascan en la presa. Y la gente ha visto al Fantasma unas cuantas veces...

—¿Se sabe quién es —preguntó Leo— ese Fantasma?

—El Fantasma trae hasta aquí abajo los trozos de cadáveres. En un saco. Lleva sombrero de copa y frac negro.

—¡Es nuestro hombre! —murmuró Loibl.

Leo frunció el entrecejo.

—No sé, me suena un poco a cuento. ¿Saben algo más de él?

Josef, el anciano, negó con la cabeza.

—Nadie lo ha visto del todo. Los jóvenes de aquí también le tienen miedo, creen que es un... espíritu, alguien que trae mala suerte. Se dejó ver por primera vez hace un año, y desde entonces ha vuelto varias veces. Vacía su saco de huesos y se va, nadie sabe adónde. Una vez, unos cuantos envalentonados lo siguieron cuando volvía a la superficie, ¡pero desapareció sin más, como un demonio! —explicó el anciano, que se santiguó y se acurrucó aún más en su holgada vestimenta—. ¡Como el mismísimo diablo, se lo juro por mi madre, que en paz descanse!

—Miren lo que pesqué anoche. —Jurek sacó del profundo bolsillo de su chaqueta un ejemplar del *Neues Wiener Journal*. La imagen de la portada, que había quedado ondulada por el efecto del agua, reproducía a un encapuchado inclinado sobre un muchacho exageradamente acicalado—. Los periódicos dicen que el Fantasma se lleva a prostitutos jóvenes y guapos. ¿Es eso cierto?

Leo asintió vacilante.

—Eso creemos. Y los castra.

—¡Malnacido! —susurró Jurek. Entonces miró con seriedad

a Leo y le dijo con el dedo levantado en señal de advertencia—: Mire, inspector, nunca hemos dejado que la pasma entrara en la Fortaleza, si ahora les abrimos las puertas es por un único motivo: ¡queremos que atrapen a ese cerdo! No creo que se trate de ningún fantasma ni de ningún espíritu, solo es un chiflado. Aquí abajo no es que seamos en especial guapos, pero ¿quién sabe cuándo empezará a ensañarse con alguno de nosotros? No vivimos tranquilos desde que esto comenzó, pero las alcantarillas son nuestro único refugio contra toda la mierda de arriba.

—Para atraparlo necesitamos que nos ayude —dijo Leo pensativo. Echó un vistazo al angosto recinto—. ¿Cuánta gente vive aquí?

—¿En los canales? Es difícil decirlo, nadie lleva la cuenta —respondió Jurek encogiéndose de hombros—. Con toda probabilidad, varios centenares.

—Ya es mucho más que nuestros efectivos en la policía. Busquen al tipo. Divídanse en grupos de no menos de cuatro hombres, será más seguro. Va armado y es peligroso, pero es humano y podrán cazarlo. De momento, lo único que sabemos es que es de mediana estatura y tiene el pelo negro. Perdió el sombrero de copa en su última correría, pero es posible que haya conseguido otro. La chistera y el frac le permiten esconderse con rapidez entre la multitud y pasar desapercibido.

—Por ello todavía no sabemos cómo y dónde descuartiza a sus víctimas después de los asesinatos, antes de bajarlas hasta aquí —intervino Erich Loibl—. Pasa por completo desapercibido.

—Eso ya lo averiguaremos —replicó Leo—. Presiento que estamos pisando los talones a nuestro Fantasma. La última vez estuvimos a punto de atraparlo.

—De acuerdo, dividiré a nuestros hombres para darle caza. —Jurek cabeceó con ademán pensativo y, de repente, soltó una risa maliciosa—. Quién iba a pensar que los peinacanales acabaríamos colaborando con la pasma. Por Dios, ¡cómo están cambiando los tiempos!

Cuando, poco después, Leo y Loibl salieron del alcantarillado por la torre, parecían dos vagabundos. Tenían la ropa mojada y manchada, e incluso rasgada por varias partes. Leo se dio cuenta de que una dama elegante los miraba con cara de repugnancia. La mujer, de edad avanzada, lucía un gigantesco sombrero del que parecían brotar flores. Él sonrió furtivamente.

«Un buen traje encubre un ruin linaje...»

El inspector se preguntó qué aspecto tendría ese vestido y, sobre todo, ese sombrero si la dama hubiera acabado de salir del alcantarillado a rastras como él. En el recorrido de vuelta, Paul el Gorrón les había vendado los ojos con unos jirones de tela y conducido hasta la superficie cruzando arroyos malolientes, subiendo escaleras resbaladizas y atravesando galerías viscosas. En efecto, después de aquella odisea particular, Leo era incapaz de adivinar dónde se encontraba con exactitud la Fortaleza; quizá estaba justo bajo sus pies.

—Me temo que con este aspecto no parará ningún fiacre —dijo Loibl señalando sus ropas sucias—. Y tampoco nos dejarán subir al tranvía de caballos.

—Entonces volveremos a pie —decidió Leo—. No está lejos.

Para él era una experiencia extraña pasear por la Ringstrasse como si fuera un vagabundo. Casi esperaba que un guardia los detuviera.

—¿Qué piensa de esta historia? —preguntó Erich Loibl mientras caminaban—. ¡Un fantasma bajo tierra! —Negó con la cabeza—. Suena un poco a cuento.

—Y, sin embargo, refuerza mi teoría —objetó Leo—. Así es como nuestro asesino se deshace de sus víctimas. Puede que lleve ya un año, quizá incluso más, pero parece que en los últimos tiempos no puede actuar tan a sus anchas y ha tenido que buscar otras soluciones. Se vuelve más descuidado y actúa con más precipitación...

—Pero piense por un momento —replicó Loibl—. Si lo que Jurek acaba de contarnos es cierto, entonces no tenemos cuatro o cinco cadáveres, ¡sino tal vez docenas!

—Una imagen horripilante, no cabe duda. Pero todavía es más horripilante pensar que esos muertos hayan pasado desapercibidos durante tanto tiempo, que hayan desaparecido tantas personas y que nadie haya preguntado por ellas.

Loibl asintió pensativo y dijo:

—Viena es en verdad un monstruo. Cada año llegan miles y miles de inmigrantes, la ciudad simplemente los engulle y el alcantarillado escupe sus restos. —Se estremeció—. Pero la pregunta sigue siendo: ¿cómo lo hace? Es decir, cómo descuartiza a sus víctimas en el acto.

Leo permaneció en silencio. De hecho, esa era la cuestión que le causaba más quebraderos de cabeza. Sencillamente, no tenía la menor idea de cuál era el procedimiento exacto del asesino, por no hablar de que la descripción más exacta que se tenía de él era que llevaba frac, sombrero de copa y tenía el pelo negro.

Ya era mediodía cuando se acercaban al Volksgarten. Después de haber pasado varias horas casi a oscuras bajo tierra, la maraña de transeúntes, coches y tranvías de caballos, vociferantes repartidores de periódicos y apresurados recaderos le pareció a Leo insoportablemente ruidosa y estridente. Erich Loibl se dirigió a un puesto de flores, rebuscó en su bolsillo unas cuantas monedas y compró un ramo de claveles. Ante la mirada interpeladora de Leo, se encogió de hombros y sonrió:

—Son para mi mujer. Queremos intentarlo otra vez. La condición es que me mantenga alejado de la bebida. Esta mañana he estado a punto de caer cuando el tipo ha sacado esa botella de whisky...

—Sí, los bajos fondos son tentadores... —sonrió Leo—. Pero lo ha aguantado muy bien.

Loibl jugueteaba con timidez con el ramo de claveles.

—Herzfeldt, quería darle las gracias por no informar a Stukart de mi error con el hallazgo del primer cadáver y, a pesar de ello, elogiarme delante de todos. Creo que sus métodos quizá no sean tan malos como Paul los pinta. Lo del mapa con las agujas y las líneas tiene mucho sentido. Nunca habíamos trabajado así.

—Bueno, tampoco exagere —repuso Leo bromeando—. ¿Qué va a pensar su amigo Paul Leinkirchner cuando se recupere de la baja? ¿Que usted y yo somos ahora uña y carne?

—Paul no es un mal tipo, créame, lo que ocurre es que ha tenido malas experiencias con..., con..., bueno, con gente como usted, ya sabe —dijo Loibl atropelladamente.

—Con judíos, quería decir, ¿verdad?

La conversación, que había comenzado de manera muy cordial, se fue apagando. Además, la compra de los claveles había despertado en Leo el recuerdo de Julia. El ramo de Loibl era pequeño y discreto, pero quizá por eso su gesto lo convertía en algo mucho mayor, en una prueba de amor más profunda que las encopetadas invitaciones de Leo al teatro o a restaurantes franceses. Sin embargo, la prueba que le había exigido Julia era imposible de cumplir.

Loibl carraspeó.

—Mire, lo siento si me he pasado de la raya —dijo—. No pensaba que...

—Déjelo —lo interrumpió Leo en seco—. Ya hemos llegado.

Habían llegado a la Jefatura de Policía en el Schottenring. El hastiado guardia de servicio en la enorme puerta de entrada estaba a punto impedir la entrada a ese par de vagabundos andrajosos que se le acercaban, pero vio que uno de ellos era Erich Loibl.

—¡Inspector! —saludó sorprendido—. Parece que se haya caído al canal. Sin embargo, los claveles todavía tienen buen aspecto...

—Misión de incógnito —refunfuñó Loibl—. Ahora, si nos hace el favor y nos deja entrar, podremos ir a cambiarnos.

—Por supuesto, inspector. —El guardia dio un paso a un lado. Entonces su mirada se posó en Leo—. Vaya, si es el señor Von Herzfeldt. ¡Menuda casualidad! Acaba de pasar alguien por aquí que quería hablar con usted. Hablé con los de su oficina, pero no lo encontré.

—¿Quién era? —preguntó Leo con desconfianza—. ¿No sería por casualidad un tipo estrafalario, con botas sucias de lodo y chambergo de ala ancha?

—No, no. Era la señorita Wolf. Ya sabe, nuestra hermosa fotógrafa. Ha dicho que lo esperaría no muy lejos de aquí, en una taberna que los dos conocen bien, y que estaría hasta las... —el guardia miró la hora en su reloj de bolsillo—, bueno, hasta las doce del mediodía, que ya son.

—¿La... la señorita Wolf? —El corazón de Leo empezó a latir más rápido—. Gracias por el recado. —Titubeó por un momento y se volvió hacia Loibl—. Compañero, sé que ahora mismo tenemos una reunión importantísima...

—No se preocupe, vaya tranquilo —lo interrumpió Loibl—. Puedo ver en su cara que la cita es importante. Les diré a los demás que tenía un par de investigaciones de incógnito pendientes... No sería la primera vez.

—Gracias —dijo Leo, que dio media vuelta para irse.

—¿Pero no va a cambiarse antes? —preguntó Loibl, sorprendido.

—Me temo que no tengo tiempo. —Leo quiso darse prisa, pero Loibl lo retuvo. El inspector le dio el ramo de claveles que había comprado—. Tome, tengo la sensación de que los necesitará. Puedo comprar otro más tarde. Además, las flores huelen mejor que su ropa. —Le guiñó un ojo—. Todos tenemos nuestros secretos, ¿no es cierto?

—Puede que tenga razón. —Leo esbozó una leve sonrisa—. Le debo una, compañero. ¡Hasta luego! —se despidió y se alejó a toda prisa.

Sabía perfectamente a qué taberna se refería Julia.

—¿Otro chato de vino para la señorita? ¿O quizá una ensaladita de berros y sopa de tortitas?

—¿Perdón? —Julia levantó la vista sumida en sus pensamientos. El camarero estaba de pie delante de ella con una bandeja en las manos—. No, gracias. Creo que puede traerme la cuenta.

—Como guste.

El camarero se fue no sin antes dirigir a Julia una última mirada de desaprobación. Llevaba sentada allí más de una hora y solo había consumido un chato de vino. No era esa la mejor manera de hacerse querer en el Melker Stiftskeller.

A esa hora temprana no había muchos clientes en el lúgubre sótano de la taberna, solo los parroquianos habituales y, desde luego, ninguna mujer. Olía a humo de tabaco, chucrut y carne ahumada. La comida en el Stiftskeller era sencilla, buena y barata. Julia solía ir a menudo después del trabajo a comer paletilla en adobo o un escalope con ensalada de patatas. También había ido mucho con Leo: aquí fue donde mantuvieron su primera charla profunda y sintieron un afecto mutuo inmediato. Eran conversaciones divertidas y estimulantes, y Julia las recordaba con alegría.

«Leo...»

Miró la hora en un viejo reloj de pie que, desde una esquina, emitía un tictac apenas perceptible. Las doce pasadas. ¿Debía esperar más? Augustin Rothmayer la había llamado por la mañana desde el Cementerio Central, donde, desde hacía algún tiempo, la oficina del administrador disponía de un teléfono que el sepulturero era muy reacio a utilizar. Pero lo que había tenido que decirle a Julia era demasiado urgente como para posponer la llamada.

Lo cambiaba todo.

Julia habría tenido que dar parte a la policía de inmediato, pero ello hubiera dado lugar a un molesto interrogatorio a Rothmayer que ella prefería evitarle. Al fin y al cabo, lo único que había hecho el sepulturero era volver a abrir por petición de Julia el ataúd de Stefan Moser, el joven cuidador de animales. Además, ella era plenamente consciente de que la sorprendente noticia le daba una baza para convencer a Leo de interceder en favor de Saidrovuni. Pero si era por completo sincera consigo misma, también estaba allí por otra razón.

Quería ver a Leo.

La noche anterior, cuando él entró en el camerino, ella se puso hecha una furia. En efecto, en ese momento vio con total claridad que, simplemente, no hacían buena pareja. Pero al verlo sentado en cuclillas delante de ella, casi como un niño al que le habían dado una paliza, se le partió el alma. ¿De qué lo culpaba, en realidad? ¿De ser como era? ¿Y no era justo por ello por lo que lo amaba? ¿Por su estrafalaria arrogancia, su mordaz ingenio, su humor, es decir, por ser distinto de todos los hombres que conocía?

Incapaz de tomar una decisión por sí misma, había dejado

que el destino hiciera de árbitro. Había ido a la Jefatura para encontrarse con Leo, pero como no lo encontró allí, ella misma se dio un ultimátum.

Mediodía. Si Leo no aparecía a mediodía, ella se iría.

El reloj de pie de la esquina acababa de dar las doce y cuarto.

Julia estaba a punto de poner el dinero del vino sobre la mesa, cuando oyó un alboroto procedente de las escaleras que bajaban al sótano del Stiftskeller.

—¡Maldito eslavo, tú aquí no entras! —ordenó el camarero—. No con esa pinta. ¡Además, apestas! Y seguro que estás sin blanca...

—¿Cómo se atreve? —gritó el aludido—. ¡Si vuelve a abrir la boca, haré que lo arresten! Será paleto... ¿Sabe con quién está hablando?

Julia se sobresaltó y, acto seguido, sonrió. Era la voz de Leo. Pero ¿qué estaba pasando allí arriba?

Se oyó un estrépito en la escalera y de pronto apareció Leo precipitándose hacia el interior del sótano, seguido por un camarero jadeante que lo sujetaba por el brazo. Pero ¿era de verdad Leo? El hombre que acababa de propinar un violento empujón al camarero se parecía al inspector, pero llevaba una chaqueta de tela manchada que, al igual que los pantalones, estaba rasgada por distintas partes. Tenía la cara sucia, el pelo pringado con una sustancia grasienta y las botas mojadas. En la mano llevaba un ramo de claveles aplastados.

—Señorita, este... este tipo quiere verla —gimió el camarero mientras tiraba de la manga de Leo—. Dice que es de la policía...

—Maldita sea, ¿no ha visto la insignia? —replicó Leo enfadado—. ¿Quiere que le muestre también mi revólver?

Los pocos clientes que había en el local se sobresaltaron visiblemente. El murmullo aumentó, las sillas chirriaron y dos hombres huyeron a una bóveda lateral del sótano sin que quedara claro si lo hacían por la amenaza de Leo con el revólver o por su pertenencia al cuerpo de policía.

—No se preocupe —dijo Julia, que seguía mirando a Leo perpleja—, el señor es de verdad de la policía.

—La pasma ya no es lo que era —gruñó el camarero, que se sacudió la suciedad de la chaqueta y abandonó el sótano sacudiendo la cabeza—. ¡Visten como pordioseros!

Leo se quedó un rato de pie delante de Julia, abochornado, y luego le entregó el maltrecho ramo de claveles.

—Son para ti —balbuceó—. Antes tenían mejor aspecto.

—Tú también has tenido mejor aspecto —replicó Julia, que aceptó el ramo y lo colocó sobre la mesa frente a ella—. Gracias. Te veo un poco... cambiado. —No pudo evitar sonreír—. Déjame adivinar, ¿investigación de incógnito, o tu madre te ha cortado el grifo?

—Lo primero —respondió Leo y se sentó—. Aparte de eso, todavía puedo permitirme un traje. Los claveles me los ha dado Loibl.

—¡Vaya, vaya! ¿Y desde cuándo salís juntos?

—¡Basta ya, Julia, por favor! Anoche fui a pedirte perdón, y también estoy dispuesto a cambiar.

—Te puse una condición —dijo ella con más frialdad de la que pretendía transmitir.

—Y yo te dije que lo que me pides es imposible. —Los otros clientes ya se habían calmado, solo quedaba alguno que de vez en cuando lanzaba una mirada a la pareja. Aun así, bajó la voz—: No podemos sacar a tu jefe de tribu de la Audiencia Regional, ¡es imposible!

—Bueno, quizá cambies de opinión cuando te cuente lo que me ha dicho Augustin Rothmayer esta mañana por teléfono.

—¡Rothmayer otra vez! —se quejó Leo—. Rothmayer esto, Rothmayer aquello... ¿Cuándo podré deshacerme de ese tipejo?

—Le pedí que volviera a echar un vistazo al cuerpo del joven

Moser, ya sabes, el cuidador del zoológico que fue despedazado por un león —prosiguió Julia sin inmutarse—. ¿Y sabes qué ha encontrado?

—¿Qué? —preguntó Leo, aburrido—. Julia, ahora mismo tengo cosas más importantes de las que preocuparme, como los asesinatos de chaperos...

—Moser fue castrado. Como tus chaperos.

—¿Perdona? —La expresión del inspector se desencajó—. ¿Lo... lo castraron?

Julia asintió con la cabeza.

—No hay duda de ello. Según Rothmayer, la herida es idéntica a la de las otras víctimas; lo sabe porque también ha visto a uno de los muertos en la mesa de disección del profesor Hofmann. Y las otras heridas también sugieren que Moser fue asesinado y después castrado por una acción humana. Estocada en el corazón; lo del león vino después. Todo apunta a que dejaron entrar al animal en la jaula para tapar el crimen. Además, Rothmayer encontró carroña en la ropa del muerto. Por lo visto, restregaron carnaza en la chaqueta y los pantalones del cadáver para que el león fuera a por él. —Julia se inclinó sobre la mesa y dijo en voz baja—: Tu asesino de chaperos y el del zoo son la misma persona, Leo. ¿Entiendes lo que eso significa?

—Pero... ¿por qué nuestro Fantasma se iba a tomar la molestia de irrumpir en el parque zoológico para asesinar? —preguntó él, perplejo—. Se aleja de su procedimiento habitual.

—No lo sé, pero de una cosa estoy segura —Julia entrecerró los párpados—: el autor encubrió el asesinato. Es más, desvió las sospechas hacia otra persona al dejar la llave de la jaula en la cabaña de Saidrovuni.

—¿En la cabaña...? —Leo seguía sin estar convencido—. ¿Y cómo supuso que alguien iría a buscar la llave allí?

—Muy sencillo. —Julia miró con atención a Leo y pronunció cada sílaba de sus siguientes palabras de forma lenta y clara—: Denunciando a Saidrovuni a la policía. Y la denuncia la puso Eugen Lenz.

—¿El viejo cuidador? ¿Estás... estás diciendo que él es nuestro asesino de chaperos?

Julia se encogió de hombros.

—Tampoco es tan viejo y está bastante ágil. Como cuidador de depredadores, también es capaz de descuartizar cadáveres, lo hace cada día para darles de comer y dispone de las herramientas adecuadas. ¿Y si a Lenz le gustaba Moser y este no le correspondía? ¿Y si Lenz lleva una segunda vida como el Fantasma y vaga por las calles de Viena apuñalando a jovencitos apuestos? El otro día escuché por casualidad una conversación entre él y Knauer, el director del zoo. Era como si quisieran encubrir algo. ¿La relación de Lenz con Moser, tal vez? ¿O con otros cuidadores jovencitos? Recuerda que fue el propio Lenz quien nos llevó hasta Saidrovuni. ¡Solo así pudimos encontrar la llave!

Leo permaneció callado, parecía estar reflexionando.

—De momento, solo es una teoría —dijo al final—, y bastante aventurada, por cierto. Pero admito que es más extraño pensar que nuestro Fantasma también haya asesinado en el zoo.

—¿No decías que el Fantasma tiene el pelo negro? —preguntó Julia—. ¡Lenz tiene el pelo negro!

—Eso no quiere decir nada, Julia —replicó Leo encogiéndose de hombros—, mucha gente tiene el pelo negro. ¿Cómo vas a probar que Lenz está de verdad detrás de todo esto?

—El sábado, cuando volví al zoo, mantuve una breve charla con las mujeres matabele, sobre todo con la joven esposa de Saidrovuni. ¡Estoy segura de que sabe alguna cosa! No dejó de pronunciar dos palabras... —Julia hizo memoria—, *umlilo* e *ikhanda*, sí, esas fueron, o algo parecido. No tengo ni idea de lo que significan.

Leo suspiró.

—Me temo que no será fácil encontrar en Viena a alguien que pueda traducirnos la lengua matabele.

—Te equivocas, hay una persona. —Julia esbozó una sonrisa furibunda—. Ya sabes a quién me refiero.

—Saidrovuni. —Leo puso los ojos en blanco—. Aquí querías llegar, ¿verdad? Nosotros liberamos al jefe de tribu y él delata a Lenz.

—Estoy segura de que Saidrovuni también sabe más de lo que cuenta. Además, es el único que nos puede decir a qué se refería su esposa con esas dos palabras. Creo que ella ha visto algo. ¡Y ese algo puede ayudarnos a encontrar al asesino! —Lanzó una mirada penetrante a Leo—. Esta mañana he ido a la Audiencia Regional con una excusa para volver a ver a Saidrovuni. Les he dicho que las fotografías que le hice habían quedado mal y que tenía que repetirlas, pero no me han dejado entrar. Saidrovuni está mal, ¡lo sé! Los carceleros ya lo han torturado una vez, y volverán a hacerlo. Para ellos no es más que un animal.

—Julia, insisto —dijo él negando con la cabeza—, es imposible entrar en la Audiencia Regional de Viena y sacar a un detenido. ¡Te hará falta un ejército entero!

—O simplemente un buen plan —objetó Julia—, y creo que, como mínimo, tengo una buena idea. —Hizo un gesto al camarero, que se había retirado enojado a su rincón—. Vamos a pedir dos chatos más y te explico lo que se me ha ocurrido. Siempre se empieza con una idea.

Leo escuchó.

Cuando terminaron los dos chatos de vino, su plan empezaba a tomar forma.

XXI

Ese mismo día, a las seis menos cinco de la tarde exactamente, Leo entró en la Audiencia Regional de Viena, en cuya entrada un anciano ujier se amodorraba tras las páginas de un periódico. Al advertir la presencia del imprevisto visitante, el hombre buscó con la vista el gran reloj de pared que colgaba de uno de los muros del vestíbulo. Su cara lo decía todo: solo faltaban cinco minutos para acabar la jornada ¡y justo ahora tenía que venir alguien a posponer la hora de salida!

—¿Viene por alguna incidencia? —graznó el ujier en la típica jerga burocrática vienesa.

Leo mostró su insignia.

—Schneider, de la Oficina de Seguridad... —se presentó sucintamente—. Vengo para un breve interrogatorio a un preso, un tal... —enarcó una ceja—, Saidrovuni. No sé si es el nombre de pila o el apellido. En cualquier caso, es un nombre raro.

—¿El salvaje del zoo? No sé si tiene apellido, mmm... —El ujier movió hacia la nuca su gorra reglamentaria y se rascó la frente. Echó un vistazo a la insignia y examinó a Leo más detenidamente—. ¿Schneider, ha dicho?

—Inspector Schneider, si no le importa —recalcó Leo con brusquedad—. Última promoción, recién licenciado en la Facultad de Derecho. El jefe superior de policía Stukart nos aleccionó la semana pasada sobre la obligatoriedad de citar el rango en todo momento.

—Está bien, está bien —admitió el ujier haciendo aspavientos—. Pero no será tan fácil como el joven inspector imagina. Citar a un detenido justo antes de la hora de cierre..., hay que hacer mucho papeleo, rubricar firmas, estampar sellos. Si tuviera usted la bondad de volver mañana...

—Es urgente. Además, no es necesario trasladar al detenido. Me basta con un breve interrogatorio en su celda.

—Bueno, si es así... —El ujier se sintió visiblemente aliviado al saber que su hora de salida no iba a sufrir ningún retraso. Empuñó una enorme campana de mano y la hizo sonar. Al momento apareció un guardia regordete con la tez salpicada de acné—. Este es Schorsch, el responsable del pabellón superior —explicó el ujier—. Él lo llevará hasta allí. ¿Cuánto tiempo va a necesitar?

—No se preocupe, no tardaré mucho. Todos queremos salir a la hora, ¿verdad? —Leo se llevó la mano al ala del sombrero para transmitir celo profesional—. Y disculpe de nuevo por las molestias.

—Por favor, siempre es un placer ayudar a un compañero tan joven —dijo el ujier antes de volver a sumergirse en las hojas de su periódico.

Acompañado por el guardia, Leo empezó a atravesar galerías en dirección al pabellón de los detenidos. De vez en cuando, se iba palpando con disimulo el bigotillo postizo que llevaba pegado sobre el labio superior y la perilla, de igual modo adherida a la barbilla. Tenía suerte de no haber visitado con mucha frecuencia la Audiencia Regional, cosa que sí había hecho Julia debido a sus visitas semanales como fotógrafa forense. El ujier, por esta razón, no había reconocido a Leo, a pesar de mostrar un cierto recelo al principio.

En cualquier caso, había sido un acierto presentarse justo antes de la hora de cierre; más temprano no habría funcionado. Esa tarde, después del encuentro con Julia en el sótano del Stiftskeller, Leo había vuelto a toda prisa a la Jefatura de Policía. El informe de Loibl sobre lo ocurrido en las cloacas había causado sensación. Stukart solicitó una investigación adicional sobre las alcantarillas de la ciudad y las rejas de las presas. Como medida de precaución, Leo no mencionó que los peinacanales se habían ofrecido para ayudar en las investigaciones; Stukart no tenía por qué saberlo todo. Y como Leinkirchner seguía de baja por enfermedad, Leo era el único responsable en el caso de los asesinatos de chaperos, cosa que tampoco veía necesariamente como un inconveniente, sino todo lo contrario.

Pero la situación era ahora muy distinta.

Leo nunca se había sentido tan desnudo e indefenso. Si su plan en la Audiencia Regional fracasaba, perdería su puesto de agente de policía, y con toda probabilidad eso fuera lo mínimo que podría pasarle.

Como medida de camuflaje adicional, había sustituido su sombrero Homburg y su traje por un cochambroso abrigo holgado con cuello vuelto y un bombín negro. Ocultaba la mirada detrás de unas gafas de lentes gruesas a través de las cuales todo lo veía borroso. Julia le había conseguido la barba postiza y las gafas del atrezo de La Caverna, al que los artistas recurrían de vez en cuando. Leo esbozaba una sonrisa sombría. Parecía un actor cómico del Wurstelprater.

Pero como mínimo parecía que el plan estaba dando resultado.

Horas antes, cuando Julia le había expuesto su idea, Leo la había rechazado en un primer instante. No estaba convencido y el riesgo era demasiado elevado. Pero la mirada de Julia le había dejado claro que era justo eso lo que esperaba de él: que se arriesgara por ella. Después de darle vueltas a todo varias veces, fue surgiendo un plan. Un plan muy audaz, pero un plan al fin y al cabo.

Leo estaba sudando debajo del cálido abrigo y de la barba postiza pegada a su rostro. En la entrada ya había temido que esa pelambrera roñosa pudiera desprenderse de repente y que el ujier descubriera el pastel. Por el momento, todo estaba yendo según lo previsto. Lo difícil de verdad venía ahora.

Después de recorrer en silencio varios patios, galerías y escaleras, Leo y el guardia llegaron por fin al pabellón de los detenidos. El orondo guía se detuvo jadeante junto a una puerta roja con una mirilla. Abrió la mirilla, echó un vistazo rápido al interior de la celda, abrió la puerta con la llave y se hizo a un lado.

—A sus órdenes —ladró el guardia y chasqueó los talones—. El detenido Saidrovuni.

Ya desde varios metros de distancia pudo ver Leo que Saidrovuni no estaba simplemente dormido, sino enfermo, y también herido. Yacía acurrucado y encadenado al catre. Tenía el ojo derecho hinchado y, frente a él, un charco de sangre se había secado en el suelo. A un lado había un cuenco de hojalata abollado con comida derramada.

Leo se mordió la lengua. Julia tenía razón: estaban tratando a Saidrovuni como a un perro. Su perspectiva cambió de inmediato.

«Ni a un perro se lo trata así. Golpeado y encadenado, encerrado en una celda maloliente... Aun así, el estado en el que se encuentra será su salvación, y también la nuestra...»

Para llevar a cabo el plan, era importante que Saidrovuni estuviera malherido de verdad. Y los guardias les habían hecho ese favor, incluso más allá de lo que hubiera sido estrictamente necesario.

—Maldita sea, ¿qué le han hecho a este hombre? —reprendió Leo al guardia—. ¡No puedo interrogarlo en este estado!

—Bueno, el tipo se ha puesto un poco cabezón —dijo entre dientes el guardia regordete llamado Schorsch, que, como jefe de guardias del pabellón, era el responsable de ese desaguisado. Miró al suelo y explicó—: No quería comer...

—¿Y entonces decidió iniciarlo en la sabrosa gastronomía vienesa dándole con el cuenco? Por el amor de Dios, ¿cómo se supone que voy a interrogarlo en estas condiciones? ¡Si ni siquiera puede abrir la boca!

El guardia guardó silencio y siguió con la mirada fija en las baldosas del suelo mientras jugueteaba con los botones de su uniforme manchado.

—Está bien —Leo respiró hondo y fingió pensar—, le diré lo que vamos a hacer. Vamos a llevar al prisionero al Hospital General. El túnel de conexión todavía existe, ¿verdad?

—Por supuesto, el túnel de conexión —asintió el guardia vacilante—. Pero vamos a necesitar refuerzos. Además, hay que hacer papeleo...

—¿Me está diciendo que quiere que más gente se entere de lo que ha pasado aquí? —le preguntó el inspector—. Quiere que se arme la gorda, ¿verdad? ¿Me va a obligar a decir a la prensa que aquí propinan palizas alegremente a los detenidos? ¿O debería comunicarlo a la corte imperial?

—Pero... si solo es un salvaje...

—¡Y un importante testimonio en un caso de asesinato! —bramó Leo—. Maldita sea, ¿me está diciendo que quiere sabotear una importante labor policial? ¿Es eso lo que quiere?

—Por supuesto que no...

—¡Entonces deje de mirar al suelo y de retorcerse los botones del uniforme, y vaya a por una jodida camilla! ¡Es una orden!

—Entendido, inspector. ¡A la orden! ¡Una camilla!

El guardia se alejó a toda prisa y Leo respiró aliviado. Si había algo de la administración vienesa en lo que se podía confiar de forma plena era en su obediencia incondicional, por muy descabellada que fuera la orden. Solo había que berrearla lo bastante alto.

En silencio, Leo se acercó a Saidrovuni y se inclinó sobre él. En verdad se habían ensañado con el muchacho. El jefe de tribu tenía fiebre y no parecía darse cuenta de lo que pasaba a su alrededor. Leo montó en cólera. Todavía no tenía la certeza de que el detenido fuera inocente, pero estaba claro que aquello había ido demasiado lejos.

—Te voy a sacar de aquí —le susurró—. ¡Aguanta un poco!

Los pasos torpes del guardia sonaron detrás de él. El orondo Schorsch arrastraba consigo una camilla que depositó en la celda acompañándose de un resuello. Con una de las numerosas llaves del manojo que llevaba encima abrió los candados de las cadenas y entre los dos colocaron al detenido en la camilla. El guardia intentó con torpeza volver a encadenar a Saidrovuni.

—¿Se puede saber qué hace, por el amor de Dios? —preguntó Leo.

—Esto..., creo que deberíamos atar al prisionero a la camilla...

—¿Adónde cree que va a huir en ese estado, eh? ¿Al Café Central a tomar una taza de moka? Vamos, ¡el tiempo apremia!

Leo agarró la litera por un lado y, tras un momento de vacilación, el guardia hizo lo mismo por el otro. Juntos alzaron la carga humana y salieron a la galería.

Debido a su excitación, Leo no se daba cuenta de que el bigote postizo iba desprendiéndose poco a poco.

Furioso, Schorsch se aferró a los dos asideros de la camilla e intentó ignorar a quién estaba transportando.

¡Un negro!

Un orgulloso austríaco llevando a un salvaje en una litera, ¡hasta ese extremo se había llegado! El maromo iba con los ojos cerrados, como si estuviera disfrutando del balanceo. ¡Seguro que fingía! Claro, como Schorsch le había propinado un par de guantazos por su actitud arrogante... ¡Ni que fuera el káiser en persona y no un detenido por asesinato y, encima, por lo que decían los compañeros, un caníbal! Si el salvaje había rechazado la comida, probablemente fuera porque no era carne humana, y la había escupido a la cara de Schorsch. Por ello había que atarlo corto.

La joven que había venido a tomar las fotografías hacía unos días también había sido igual de arrogante que este inspector. Schorsch no había recibido la fotografía que le había prometido porque, al parecer, ninguna había salido bien. ¡Y ahora este sabelotodo le hablaba con desprecio delante del negro! Seguro que al salvaje le darían café en el hospital, le servirían gachas con miel, le harían la cama cada día y le pondrían polvos de talco en su culo negro.

Schorsch, sudoroso y callado, tenía la mirada fija en la espalda del inspector. Pasaron por delante de unos guardias que se quedaron mirándolo atónitos. Algunos de ellos sonrieron. Estupendo... Schorsch haciendo de porteador del palanquín del rey negro de la Tierra de los Hotentotes. ¡Su reputación iba a quedar manchada para siempre!

No cabía duda de que ese inspector era un tipo raro, siempre tocándose la barba y vestido como si todavía fuera invierno. Por un momento, Schorsch pensó que ya lo había visto antes, pero sin duda se acordaría de alguien así. De alguna manera, daba una extraña impresión.

«En la calle y de noche te ibas a enterar de lo que vale un peine, ¡enano!»

Pero la vida era injusta. En vez de irse a casa para disfrutar de un merecido descanso o a patear el culo de estúpidos ineptos, tenía que quedarse para cargar con este salvaje.

«Ya verás cuando salgas del hospital, mozalbete... Te vas a enterar de lo que es bueno.»

Entretanto habían transportado la camilla por varios tramos de escaleras y llegado hasta el sótano. El inspector dudó en un par de ocasiones, no parecía conocer el camino con exactitud, y Schorsch valoró la posibilidad de despistarlo a propósito. Pero pensó que si lo hacía su jornada se prolongaría todavía más.

No dejaba de ser extraño que el inspector supiera de la existencia del antiguo túnel de conexión. Solo unos pocos policías lo conocían y rara vez se utilizaba. El corredor se había construido hacía unas pocas décadas para llevar a los presos de Audiencia Regional al Hospital General de Viena con la mayor rapidez posible. Con ello se pretendía evitar posibles huidas en la vía pública. Por lo visto, una vez hubo un intento de fuga espectacular, y por ello se tomaron más precauciones.

—Espere, inspector. La puerta...

Profiriendo un quejido, Schorsch depositó la camilla en el suelo dejándola caer intencionadamente los últimos centímetros. El salvaje gimió un poco. «Bueno, por lo menos parece que no la ha palmado», pensó. El guardia señaló entonces una puerta cerrada con un gran torniquete metálico y un candado.

—Aquí lo tiene, el túnel de conexión —anunció con grandilocuencia—. Puede considerarse afortunado de que lleve una llave encima. Como jefe de los guardias...

—Si quiere acabar su jornada laboral pronto, no me explique cuentos chinos y abra la puerta.

—A sus órdenes, inspector —dijo Schorsch.

«Y bésame el culo, enano», añadió para sus adentros. El alemanote seguía toqueteándose la perilla. ¿No sería marica? Si no, ¿a santo de qué, tanto toqueteo? Hacía un momento, Schorsch había llegado incluso a pensar que se le había caído la perilla, pero era probable que no lo hubiera visto bien.

A punto de estallar de ira, Schorsch abrió el candado y giró el torniquete. El mecanismo chirrió, probablemente porque hacía muchos meses que ese acceso no se utilizaba. Al final, la puerta se abrió hacia el interior emitiendo un crujido. Al otro lado había una galería oscura.

Schorsch buscó a tientas el interruptor giratorio y las luces del techo se encendieron. El año anterior habían electrificado algunas zonas del hospital. Schorsch no entendía por qué habían incluido también ese túnel tan poco utilizado, pero por lo menos ya no tuvieron que andar a tientas por falta de luz.

El túnel parecía prolongarse hasta el infinito. Olía a humedad y a moho.

—Hay un buen trecho hasta el hospital —dijo el guardia—, puede que varios centenares de metros.

—Entonces será mejor que acabemos cuanto antes. Una, dos ¡y tres! —El inspector elevó su lado de la camilla y Schorsch hizo lo mismo. Juntos cargaron con el prisionero y avanzaron por el túnel pobremente iluminado.

Debían de estar a mitad de camino cuando, de repente, la luz se apagó.

—¡Joder! —maldijo Schorsch—. ¡No me lo puedo creer! Tanto cable y tanta electricidad, para nada. ¿Cómo es que...?

—Criticar ahora no sirve de nada —lo interrumpió impaciente el inspector—. ¡Haga algo! Puede que el interruptor de la entrada esté defectuoso. Dé media vuelta y vaya a ver qué pasa.

—Pero, yo... —Angustiado, Schorsch miró a su alrededor. El túnel estaba oscuro como boca de lobo. El guardia no distinguía las paredes y, mucho menos, la puerta, que se encontraba en algún lugar muy por detrás de donde estaban ahora.

—Por supuesto, también puedo informar a su superior de que se cagó de miedo porque estaba oscuro. ¿Quiere que...?

—No, no, ya voy. —Schorsch dejó la camilla en el suelo y se dirigió a la entrada. Mientras caminaba, mantenía los brazos extendidos para no darse inesperadamente contra la pared o la puerta. Sus pasos resonaban en la oscuridad. ¿Qué longitud tendría esa maldita galería? Ya tendría que haber llegado al punto de partida... Detrás de él sonaron rasguños y arañazos. Schorsch se sobresaltó, pero al momento volvió a calmarse. ¿En qué estaba pensando? ¿En algún fantasma y sus tropelías? ¿En los constructores de túneles otomanos que quedaron sepultados en la época del sitio de Viena? No, seguro que simplemente era ese inspector maricón, o el salvaje, que ya estaría dando señales de vida. ¡Todo lo demás eran ideas ridículas!

Sus manos tocaron el frío metal de la puerta. Schorsch buscó a tientas el interruptor de la luz. Era una de esas clavijas giratorias de porcelana. No estaba familiarizado con los nuevos cachivaches eléctricos, pero quizá bastase con darle un par de vueltas.

Movió el interruptor a la derecha y la luz se encendió de repente.

—Bueno, por fin —dijo Schorsch aliviado—, ya funciona.

Cuando volvió la vista, el túnel estaba vacío. Solo la camilla seguía allí, como un regalo de despedida poco adecuado.

«¿Qué demonios...?»

Justo en ese momento, Schorsch supo que ya podía irse a casa. Y esta vez para siempre.

Leo corrió en la oscuridad guiándose por la pequeña luz que había delante de él y que se movía arriba y abajo como un fuego fatuo. ¿Cuánto tiempo le quedaba hasta que llegaran los refuerzos? ¿Cinco minutos? ¿Más? El guardia gordo y granilloso no parecía ser de los más brillantes, pero seguro que informaría del incidente. Por suerte, no había visto cómo el bigote postizo había terminado desprendiéndose.

La luz dejó de moverse y apareció iluminado el rostro de Julia, que sostenía en lo alto una lámpara de queroseno y miraba a su alrededor.

—Estas escaleras conducen a la planta baja —dijo jadeando— y de allí se accede a uno de los patios del hospital, es la salida más rápida. ¿Puedes cargar con Saidrovuni?

—Lo he arrastrado en camilla por media Audiencia Regional, así que supongo que podré llevarlo lo poco que falta.

Leo agarró la silla de ruedas recién engrasada en la que habían sentado al jefe de tribu inconsciente y tiró de ella escaleras arriba.

El plan había sido tan sencillo que Leo todavía se asombraba de que hubiera funcionado. Julia los había estado esperando con la silla de ruedas en la otra punta del túnel de conexión. Cuando Leo hubo llegado hasta más o menos la mitad de la galería con el guardia y Saidrovuni, ella apagó la luz desde el interruptor situado junto a su puerta. Entonces, al amparo de la oscuridad, corrió en dirección a él y el cargamento humano.

El jefe de tribu llevaba ahora una bata gris y un enorme sombrero para protegerse del sol, de modo que parecía un paciente algo descuidado en su silla de ruedas. Julia había tomado prestado un uniforme de enfermera y una cofia del fondo de armario que la Gorda Elli tenía para satisfacer las peticiones de clientes excéntricos. Aquella mascarada podía servir para una breve maniobra de despiste, pero desde luego no podría prolongarse demasiado.

En efecto, las escaleras conducían a un patio trasero del hospital que estaba repleto de trastos viejos. El Hospital General de Viena era un laberinto de patios, edificaciones sinuosas y dependencias anexas que había sido construido de forma gradual a lo largo de doscientos años. La llamada Torre de los Locos, el antiguo manicomio y el depósito de cadáveres también formaban parte del complejo, al igual que el Instituto de Medicina Forense. En ese momento, Leo deseó vivamente no toparse por casualidad con el profesor Hofmann. Un arco de ladrillos marcaba el acceso a un patio más grande, donde vieron a los primeros trabajadores del hospital. Eran dos médicos con bata blanca que solo les echaron una fugaz ojeada.

Leo seguía asombrándose de lo bien que se orientaba Julia. Ella ya había estado allí varias veces para que visitaran, infructuosamente, a su hija sordomuda, pero eso no restaba mérito a su extraordinario sentido de la orientación. Meses atrás, un joven vigilante, que probablemente se había quedado algo prendado de ella, le había enseñado el túnel que conectaba con la Audiencia Regional. A esa misma hora, un catedrático de Medicina que disponía de las llaves necesarias estaba pasando un buen rato con una de las chicas de Elli, pero sin las llaves. Con toda probabilidad no se daría cuenta de su desaparición hasta el día siguiente por la mañana.

—Una vez más tenemos que dar las gracias a Elli —dijo Julia mientras atravesaban a toda prisa uno de los patios empujando la silla de ruedas donde estaba Saidrovuni—. De no ser por ella, no habríamos podido hacer esta locura. Seguro que el distinguido doctor se habrá quedado gratamente sorprendido de que Elli lo haya invitado a un suplemento esta tarde.

De hecho, había sido la propia Gorda Elli quien le había recordado a Julia que entre sus clientes también había hombres muy influyentes del hospital. Elli envió un mensaje al médico y este no se lo pensó dos veces.

—Me temo que no lo dejará en un simple regalo de anfitriona —dijo Leo mientras caminaba y se arrancaba la barba postiza que todavía tenía pegada en la barbilla. Las gafas ya habían ido a parar a una papelera—. Supongo que le debes un favor.

—Sí, y ya sé cuál es.

Sin dar más explicaciones, Julia empujó un gran portón cuyas hojas se abrieron al exterior. Estaban en la concurrida Alser Strasse. El crepúsculo bañaba la calle con una suave luz anaranjada. No muy lejos de allí había un cabriolé de un caballo. El cochero que los esperaba sentado en el pescante parecía un cancerbero humano.

—Es Bruno... —jadeó Leo—. Veo que Elli no deja nada al azar. Estoy de verdad intrigado por saber de qué favor se trata.

El portero del local de Elli lanzó una mirada sombría a Leo y se bajó del pescante. Se inclinó entonces sobre la silla de ruedas y examinó con curiosidad el cargamento.

—¿Es el salvaje? —gruñó—. Pues parece normal, solo que en negro.

—No es ningún salvaje, es una persona enferma y herida —dijo Julia—. Los guardias se han cebado con él, así que ve con cuidado, ¿me oyes?

—Como si fuera un jarro de porcelana —respondió él.

Bruno agarró con sus enormes manos la silla de ruedas casi sin esforzarse y la introdujo en la caja del coche. Leo y Julia subieron a continuación. El paseo los llevó por las calles de Viena mientras atardecía. Las primeras farolas de gas empezaron a iluminarse.

—Bueno, y ahora ¿qué? —preguntó Leo al cabo de un rato. Estaban los dos agotados y al límite de sus nervios. Saidrovuni gimió con suavidad, todavía no había recobrado por completo el conocimiento.

—Elli le preparará una habitación —dijo Julia—. De todos modos, no podemos interrogarlo en este estado. Primero tiene que recuperarse un poco. —Titubeó—. Me temo que lo que de verdad le duele no tiene cura.

—¿Qué quieres decir?

—Lo ha perdido todo. —El rostro de Julia se ensombreció—. Primero lo alejan de su tierra natal y, ahora, de su mujer e hijos, que se han quedado en el zoo. ¿Qué va a ser de él? Aunque la policía no lo encuentre, es difícil que pueda volver con su familia.

—Por lo menos ahora está seguro —replicó Leo—. Probablemente lo hayamos salvado de acabar en el patíbulo.

—Gracias, Leo —dijo Julia. De repente se acercó a él y le dio un beso largo e intenso en los labios—. Nunca olvidaré lo que has hecho.

Leo sonrió. Parecía que todo el esfuerzo había merecido la pena. Pero, aparte de eso, también se sentía mejor por otro motivo, por algo que le había quedado claro en las últimas horas: no habían rescatado a un salvaje, un caníbal ni tampoco a un mono, sino a un ser humano.

Un ser humano con toda probabilidad inocente.

Una hora más tarde estaban sentados a los pies de la cama del enfermo. Sisi también los acompañaba. Estaba acurrucada junto a su madre y examinaba desde una distancia segura a Saidrovuni, que ya respiraba a un ritmo tranquilo y regular. Julia le había lavado las heridas y le había puesto ropa limpia; llevaba una venda en la frente. La Gorda Elli había asignado a Saidrovuni una pequeña habitación bajo el tejado. Al lado se oía de vez en cuando algún gemido rutinario y chirridos de camas. Para muchas de las chicas, la jornada laboral empezaba al declinar el día.

—Las heridas externas no son tan graves como pensaba —dijo Julia sorbiendo una taza de té caliente que había traído Elli. Había una tetera humeante y otras dos tazas en la mesilla auxiliar—. Los guardias le han puesto un ojo a la funerala, ha perdido varios dientes, tiene un chichón considerable en la nuca, pero eso es todo. Si no tuviera la fiebre tan alta... —Suspiró—. Supongo que ha tenido que aguantar demasiado tiempo medio desnudo en esa celda fría y húmeda.

—Estoy seguro de que fue Schorsch, el guardia rechoncho —dijo Leo, y añadió dando cabeceos rabiosos—: Le tendría que haber dado una buena paliza de despedida.

—Creo que el castigo que le va a caer no será menor. Al fin y al cabo, dejó escapar a un prisionero. —Julia contempló con seriedad a Leo—. ¿Crees que te habrán reconocido?

—Lo dudo, aunque el ujier de la entrada me miraba con bastante desconfianza. —Leo no pudo evitar sonreír—. Me pregunto qué dirán mañana en la Jefatura cuando se enteren de que un inspector fantasma se desvanece en la nada junto con un detenido. Un nuevo caso de espectros después del inquietante caso de la momia...

Leo se había deshecho del abrigo cochambroso y llevaba puesta una camisa limpia. En el rostro todavía le quedaban restos del pegamento para barbas postizas, que le producían un picor atroz. Sisi se bajó del regazo de su madre y se acercó con precaución al paciente dormido. Extendió la mano y le tocó el pelo negro y rizado.

—Nunca ha visto a nadie que no sea blanco —dijo Julia observando pensativa a su hija—. ¿Cómo es posible? —Se estremeció—. Y pensar que hace apenas un par de décadas los negros en América eran considerados esclavos y tratados no mucho mejor que los animales.

—Hoy tampoco podemos decir que aquí estén mucho mejor —objetó Leo—. A la gente como Saidrovuni solo se la ve en los espectáculos folclóricos o en los anuncios de cigarrillos. Todavía tendrá que pasar mucho tiempo para que sean reconocidos como iguales. O puede que nunca suceda. —Guardó silencio—. Es extraño —dijo por fin—, pero nunca me había parado a pensar en ello. Quizá porque no todos los días se salva de la horca a un hombre de piel negra.

Rebuscó en el bolsillo del pantalón y sacó una bolsa de caramelos. Sisi no podía oír, pero, como cualquier otro niño, parecía tener un sexto sentido con los dulces. Se volvió hacia el inspector y emitió un sonido de alegría. Risueña, se subió a su regazo y hurgó en la bolsa.

—¡Eh, eso es soborno! —gritó Julia.

—Quería habérselos dado por la tarde, antes de ir a la Audiencia Regional —se disculpó Leo—, pero teníamos tantas cosas en la cabeza que me olvidé.

Julia sonrió.

—Si no fuera por los caramelos, no se habría subido a tu regazo. —Ella lo miró con una mezcla de amor, tristeza y perplejidad—. Tal vez tendrías que haberle traído chucherías con más frecuencia.

—He hecho muchas cosas mal —admitió él mientras veía como Sisi se metía en la boca un pegajoso pedazo de caramelo y sonreía mostrando sus rechonchos mofletes. Con mirada suplicante, dijo a Julia—: Por fin me he dado cuenta. Dame otra oportunidad, ¿quieres? No solo soy el hombre de los buenos momentos.

Julia suspiró.

—¿Qué se supone que debo hacer cuando me miras con esos ojos de perro apaleado? Pero lo importante ahora es Saidrovuni. Él y esos terribles asesinatos. Si existe alguna conexión con el caso del zoo, solo él puede ayudarnos a descubrirla. Quizá también el joven Carl Rebers, el ayudante del director, pero me temo que se asustó con la milonga que le conté.

Leo asintió con la cabeza. Ella le había hablado del encuentro con Rebers y también de las insinuaciones de este sobre Knauer, el director del zoológico. El inspector seguía sin entender cómo podían estar conectados los dos casos. ¿Qué se le había perdido al Fantasma en el parque zoológico? ¿O fue solo una estúpida coincidencia?

—Si lo que dicen los peinacanales es cierto, el caso es mucho más grave de lo que imaginábamos —murmuró Leo—. Casi sería mejor creerse lo que cuenta tu jefe de tribu sobre el tal Asán, o como se llame ese demonio africano. Aunque prefiero la momia, de largo. —Se frotó los ojos—. Tal vez mañana sepamos algo más. Hoy ya no soy capaz de pensar como es debido. ¡Maldita sea, toda esta excitación me ha dejado fuera de combate! Podría quedarme dormido con Sisi ahora mismo.

—Pues hazlo, solo tienes que bajar un piso. —Julia sonrió—. Si quieres, puedes dormir con nosotras en la habitación. Elli hará la vista gorda. Pero nada de arrumacos, ¿eh? —advirtió levantando juguetonamente un dedo—. Sisi no oye, pero de noche ve más que un gato. —Le lanzó una mirada acechante y añadió—: ¿O tal vez prefieras pasar otra noche en el diván de Charlotte Rapoldy?

—¿Para que vuelvan a noquearme? ¡No, gracias! —Leo soltó una carcajada—. Créeme, Julia, ya he aprendido la lección. Además, no me gusta su forma liberal de vestir, ni las conversaciones interminables sobre momificación, ni todas esas baratijas egipcias. Me gustas tú.

—Bueno, creo que en ese caso haré una excepción y dejaré un sitio libre en mi cama —le contestó ella, que bostezaba profusamente—, pero no creas que voy a cargar contigo hasta abajo. Con Sisi tengo suficiente.

XXII

De *Ritos funerarios y cultura popular*, de Augustin Rothmayer, escrito en Viena en 1894

Aunque la cremación sea una práctica funeraria habitual en muchas culturas, los pueblos cristianos siguen mostrándose un poco reacios a ella. ¿A qué se debe esta reserva? Cualquiera que haya visto y olido un cadáver en descomposición sabrá de las ventajas que ofrece un frasco con las cenizas de un ser querido incinerado. No me resulta aventurado figurarme una urna de este tipo encima de la chimenea o en una estantería como forma de conmemoración cotidiana de nuestros muertos. Sin embargo, me atrevo a poner en duda que esto llegue a ser posible algún día en Austria.

El jefe superior de policía Moritz Stukart jugueteaba con uno de sus muchos lápices perfectamente afilados y miraba pensativo por la ventana. El ruido procedente del Schottenring se filtraba por la ventana de cristal ennegrecido por el hollín: el traqueteo y el tintineo de los tranvías de caballos, los gritos de los vendedores ambulantes, los reniegos de los cocheros, los relinchos de los caballos, el tañido lejano de las campanas, la melodía melancólica de un organillo...

—¿No creen que Viena se parece a veces a un gran animal?

—dijo Stukart con la mirada perdida en la ajetreada mañana de mayo.

—Esto..., ¿a qué se refiere, jefe superior?

Leo trató de quitarse el sueño frotándose los ojos. Estaba sentado al lado de Erich Loibl al otro lado de la mesa. Eran las ocho. Stukart los había convocado antes de la reunión general matutina y Leo necesitaba con desesperación una segunda taza de café.

La noche en casa de Julia había sido preciosa, aunque solo hubiera habido besos. Sisi se había acostado entre los dos, como si fueran una pequeña familia. Leo no tardó en quedarse dormido y, por primera vez en mucho tiempo, no tuvo ninguna pesadilla. Sí, se había sentido extrañamente *como en casa*, aunque esa casa fuera un burdel de mala muerte en el barrio de Neulerchenfeld.

—Un animal grande e indomable, monstruoso y malvado, ¿no creen? —Stukart se volvió hacia sus dos visitantes—. Las calles son sus huesos. El Palacio Imperial, el Parlamento y el Ayuntamiento, sus órganos más importantes. Por sus delgadas vías nerviosas correteamos los seres humanos, día sí y día también. Y las alcantarillas son las apestosas tripas de ese monstruo. —El jefe superior se rascó la frente con el lápiz—. En este escenario, los agentes de policía somos unos simples domadores. Nunca someteremos a la bestia. Ella simplemente se retira durante un tiempo para volver a atacar con más crueldad si cabe. Pero vamos a dejarlo aquí... —Recuperó su mirada firme—. ¿Se sabe ya con cuántos cadáveres más tenemos que contar?

—Los peinacanales no nos han dicho nada al respecto —dijo Leo encogiéndose de hombros. Le costaba ordenar las ideas, habían pasado demasiadas cosas en las últimas veinticuatro horas. Apenas había transcurrido un día desde que él y Loibl habían visitado la Fortaleza, y ahora eran conscientes de que el caso iría adquiriendo una dimensión mucho mayor de lo esperado. Aparte de eso, seguían estando por completo en blanco, y la reunión del día anterior tampoco había cambiado mucho las cosas. Y Leo aún no tenía noticias de los peinacanales.

—Según nuestros testigos, de un año a esta parte ha aumentado la aparición de restos humanos en las alcantarillas —dijo Leo—. Podrían ser unos pocos cadáveres, pero también podría tratarse de docenas. La mayoría de las pruebas ya deben de estar del todo descompuestas, o transformadas en jabón, o...

—Maldita sea, ¿se da cuenta de lo que está diciendo? —El lápiz se partió en la mano de Stukart con un crujido. Rabioso, el jefe superior tiró los dos fragmentos a la papelera—. De ser eso cierto, nos enfrentamos a una serie de asesinatos como nunca se ha visto en Viena. ¡Y solo tenemos conjeturas!

—Como es natural, no podemos afirmarlo con certeza porque nos faltan pruebas —saltó Loibl al lado de Leo. Este parecía mucho más centrado que de costumbre. Leo supuso que ello se debía en parte al encuentro del día anterior con su esposa—. En los últimos meses hemos tenido varias denuncias de personas desaparecidas, pero no tienen por qué estar relacionadas con nuestro caso —continuó—. Y con tanto recién llegado a la ciudad, ya no sabe uno qué pensar. Quizá solo sean historias de terror, en cuyo caso nos ceñiremos a los casos ya probados. Pero la descripción del sospechoso aportada por los peinacanales coincide con la nuestra: sombrero de copa, bastón, frac y pelo negro...

—Y aparte de eso, ¡nada! —se lamentó Stukart—. Envío a mis mejores hombres, creamos una unidad especial tan grande como media Jefatura de Policía, ¡y lo único que tenemos es un sombrero, un palo y un par de pelos negros! —Se volvió hacia Leo—. ¡Maldita sea, Herzfeldt, tenía una oportunidad de oro para demostrar lo que vale! ¡Para demostrar la utilidad de esas nuevas técnicas de investigación! ¡Y en vez de eso, se va con Loibl a vadear por las cloacas como en tiempos de la archiduquesa María Teresa!

—Por lo menos ahora hemos duplicado la presencia de guardias en los puntos calientes —intervino Leo—, es decir, allí donde sospechamos que el asesino podría deshacerse de más víctimas por las alcantarillas. Los peinacanales están al tanto. Además, también hemos lanzado avisos dirigidos a los chaperos y proxenetas de todos los distritos.

—¡Qué simpática, la policía! Siempre dispuesta a ayudar y proteger, ahora también al gremio más antiguo del mundo —se mofó su superior—. No me dirá que tiene previsto hacer de atractivo cebo, inspector Herzfeldt.

—No sería mala idea —murmuró Leo. Sin embargo, pensó en lo grande que era Viena y en la cantidad de chaperos que hacían la calle. ¿Cuál era la probabilidad de que el Fantasma lo eligiera a él? En todo caso, demasiado baja como para arriesgarse a perder tiempo y vidas con ello—. Puede que tenga razón —admitió—. No tiene mucho sentido intentar localizar a nuestro fantasma entre los posibles escenarios del crimen y las víctimas potenciales, hay demasiadas. Sin embargo, solo hay *un* asesino. Tenemos que acercarnos a él utilizando los medios que la psicología nos brinda.

—¿La psicología? ¡No me diga! Es lo que aconseja su mentor de Graz, el fiscal Gross, ¿verdad? Ya está usted hablando como ese loco doctor vienés...

—¿Cuál es el motivo el asesino? —continuó Leo ignorando la burla de Stukart—. ¿Por qué hace lo que hace? Amputa a sus víctimas su bien más preciado y se deshace de ellas como si fueran basura. ¿Por qué no se limita a matarlas? Si tenemos el motivo, estaremos mucho más cerca de nuestro hombre.

—Odia a los maricones —dijo Loibl pensativo—. Puede que

hasta él mismo sea marica. De hecho, esta tesis me sigue pareciendo la más obvia. El tipo les corta la colita a los chavales porque está sucia, porque..., porque le provoca pensamientos sucios, pensamientos que quiere reprimir.

—Esto no reduce precisamente el círculo de posibles asesinos —se lamentó Leo—. En Viena hay cientos, quizá miles de hombres a los que les gustan los hombres. Siempre los ha habido. —Reflexionó—. Pero la ropa y el procedimiento elegido sugieren que, por lo menos, nuestro fantasma es de buena familia.

—Tenemos listas de hombres que han cometido sodomía o que han sido sorprendidos en establecimientos donde se llevan a cabo esas prácticas —indicó Loibl—. Entre ellos hay varias personalidades distinguidas y adineradas; anoche repasé los listados con más detenimiento. —Se encogió de hombros—. Lo malo es que puede que algunos nombres hayan sido borrados o ni siquiera aparezcan en los archivos. Quien tiene dinero, hace valer su influencia, o bien es su papá quien habla por teléfono con alguna autoridad. En Austria, las prácticas sexuales inmorales están castigadas con hasta veinte años de cárcel, por no hablar de la consiguiente pérdida de reputación. Sin embargo, la mayoría de las veces solo salen perjudicados los pobres diablos.

—Entiendo —asintió Stukart—. Preguntaré más arriba, a ver si saben algo. Puede que tengan listas en las que no hayan borrado los nombres. —Se sacudió de las manos el polvo del grafito del lápiz—. Al menos es un comienzo. Necesitamos buenas noticias, señores, sobre todo después de lo ocurrido anoche en la Audiencia Regional.

Leo se irguió en su silla.

—¿Ah, sí...? ¿Qué pasó? —preguntó.

—El salvaje del zoo se ha fugado —gruñó Loibl—. ¡El tipo al que metí en chirona! Me acabo de enterar en el pasillo. —Negó con la cabeza—. ¡Un escándalo! Probablemente fingió algún problema de salud para que lo trasladaran al Hospital General y se escapó por el camino.

—Lo ayudó un cómplice que se hizo pasar por inspector —añadió Stukart—. Es todo muy misterioso. Todavía estamos al principio de la investigación.

—¿Un cómplice que se hizo pasar por inspector...? —Leo enarcó las cejas e intentó poner cara de estar sorprendidísimo—. Qué extraño. ¿Se sabe algo más de ese... presunto inspector?

—Todavía no, pero cuando nos enteremos de quién es, ¡que Dios se apiade de él! —exclamó Loibl enfurecido—. ¡Ha convertido a toda la Jefatura de Policía en un hazmerreír! Si atrapo a ese cabrón, me encargaré yo mismo de colgarlo de una farola.

—No malgaste sus fuerzas, Loibl —dijo Stukart mientras se levantaba—. Prefiero que se dedique a ayudar al compañero Herzfeldt con los asesinatos de chaperos. Creo que deberíamos seguir la pista de los sodomitas ricachones. —El jefe superior suspiró hondo—. Ahora tengo una reunión bastante fastidiosa con el director general de la Policía. Tiene un montón de preguntas que me temo que no voy a poder responderle, pero tal vez pronto pueda... —Stukart miró a Leo y le recordó—: Lástima que el inspector jefe Leinkirchner esté de baja, sería de gran ayuda. Caballeros, si me disculpan. Nos espera a todos un día muy intenso.

De vuelta en el despacho de Leinkirchner al otro lado del pasillo, Leo intentó concentrarse plenamente en su trabajo. Loibl estaba sentado frente a él en la silla vacante del inspector jefe. Al parecer, Leinkirchner estaría ausente unos días más, cosa que Leo, al contrario que su inmediato superior, no lamentaba en absoluto. Erich Loibl había entregado a Leo una lista con los sodomitas detenidos en los últimos años acompañada de las fotografías correspondientes, si las había. Quizá cuatro ojos vieran mejor que dos.

La mirada de Leo se deslizaba sobre cada uno de los retratos tomados según el sistema de identificación antropométrica ideado hacía poco por el francés Alphonse Bertillon, que mostraba los rostros de los detenidos de frente y de perfil. Había jóvenes y mayores, todos ellos mirando al objetivo como espantadizos ciervos heridos de bala. Leo sintió pena por ellos. ¿Qué culpa tenían de que les gustaran los hombres y no las mujeres? Simplemente era un capricho de la naturaleza, nada más. Observó que casi todos los hombres de las fotografías vestían con ropa humilde, cosa que con toda seguridad no se correspondía con la realidad. Solo en Graz él mismo tenía varios conocidos lejanos que se sentían atraídos por personas de su mismo sexo, pero todos ellos tenían dinero y eran influyentes, a diferencia de los pobres desgraciados de las imágenes.

Leo deslizaba los dedos sobre las listas de nombres, edades y direcciones, pero su pensamiento estaba en otra parte. ¿Y si descubrían que *él* era el impostor que se había colado en la Audiencia Regional con un nombre falso y había colaborado en la fuga de un detenido? Unos pocos años de cárcel por sodomía eran unas vacaciones comparado con lo que le podía caer a él. Respiró hondo. Había corrido un riesgo enorme por Julia, quizá hasta demasiado grande. Pero no se arrepentía de ello.

Llamaron a la puerta y entró un recadero. Erich Loibl, que estaba igual de absorto en los informes, levantó la vista.

—¿Qué pasa, chico? —gruñó—. Estamos ocupados.

—Telegrama de Graz para el inspector Von Herzfeldt —anunció con cortesía el joven.

—¿De Graz? —preguntó Loibl, que se volvió hacia su compañero visiblemente asombrado—. ¿Espera un telegrama de la familia?

—Esto..., no con exactitud. Creo que tiene que ver con un caso anterior —respondió Leo, evasivo. Todavía seguía vigente la orden de Leinkirchner de no permitir que nadie más supiera nada del caso de la momia—. Solicité unas pesquisas sobre la muerte de cierta persona.

El recadero entregó a Leo una nota doblada. Como era de esperar, el telegrama lo enviaba su hermana Lili. Hasta no hacía mucho hubiera agradecido cualquier mensaje de ella, pero el caso de la momia se consideraba cerrado y, por el momento, ya tenía suficiente lío.

Desplegó la nota y la leyó por encima. Puso cara de sorpresa y volvió a leer el mensaje.

Tras una tercera lectura de la breve misiva, quedó electrizado.

«¿Qué demonios...?»

—¿Ocurre algo? —preguntó Loibl mirándolo con inquietud—. De repente le ha salido un sarpullido en la frente. ¿Malas noticias de la familia? ¿Ha muerto alguien?

—No es nada, gracias. Pero me temo que..., creo que hoy saldré a comer temprano —dijo Leo antes de levantarse. Dobló el telegrama y se lo guardó en el bolsillo—. Me apetece estirar un poco las piernas y tomar el aire, eso es todo.

—Espero que no haya pillado un resfriado en las cloacas. Quizá no tendríamos que haber rechazado ese trago de whisky —comentó Loibl esbozando una sonrisa traviesa—. Por cierto, esta tarde también saldré un poco antes. Tengo cena de reconciliación con mi querida esposa en un buen restaurante. Al fin y al cabo, después del trabajo también tenemos una vida, ¿no cree? Basta con que ese fantasma vuelva a las andadas para que tengamos que trabajar horas extras.

—¡Dígamelo a mí! —respondió Leo con la mente puesta en otro sitio—. Entonces, hasta la reunión de la tarde. —Cogió su sombrero y su abrigo y salió a toda prisa del despacho.

Poco después ya estaba en la Ringstrasse y respiró hondo. El telegrama le había hecho revivir el caso de la momia, que había quedado aparcado por orden de Stukart y Leinkirchner pese a que quedaban algunas curiosidades por aclarar todavía.

Y ahora se sumaba otra curiosidad.

Pero, más que una curiosidad, ¡era una verdadera bomba!

Leo no pudo evitar soltar una carcajada. Su hermana Lili había hecho un gran trabajo. No solo había localizado al médico responsable de la autopsia del padre Mayr, sino que también había averiguado algunos detalles insólitos sobre su muerte. ¡Qué gran detective sería Lili! Leo aún no sabía cómo valorar la noticia que había llegado de Graz, pero el telegrama dejaba una cosa muy clara: el caso de la momia no estaba ni mucho menos cerrado. ¡Todo lo contrario!

Leo necesitaba un poco de tranquilidad para pensar. Lo primero que se le ocurrió fue ir al Sluka. Probablemente se concentraría mejor con un buen e intenso *espresso* manchado y en un ambiente más elegante que el apestoso y apretado despacho que compartía con Loibl. Habían quedado muchos interrogantes abiertos, y no solo sobre el caso de la momia. El asesinato en el parque zoológico no parecía encajar con los crímenes de los chaperos, y sin embargo presentaba el mismo procedimiento. A Leo no le acababa de convencer la teoría del sodomita rico que salía a cazar maricas. Sin embargo, debía admitir que era el único planteamiento del que podían partir. ¿Por qué, si no, alguien asesinaría a jóvenes y hermosos chaperos para, a continuación, castrarlos?

¿Por qué?

«Por el amor de Dios, ¿qué motivo lo impulsa?»

Tras pedir el café, Leo se recostó en uno de los cómodos sillones del Sluka y encendió un cigarrillo. Observó cómo el humo ascendía hacia el techo y, poco a poco, se tranquilizó. Los últimos días habían sido como un viaje eterno en un tiovivo de sillas voladoras. Los problemas con Julia, la odisea por las alcantarillas, la alocada fuga de la Audiencia Regional y, ahora, las sorprendentes noticias de su hermana desde Graz... Literalmente, no había tenido ni un minuto para pensar.

El humo del cigarrillo llegó hasta el techo y se mezcló con el aire cargado y aromático de la cafetería. El vocerío de los clientes, el estrépito de las tazas y los cubiertos de plata, las comandas voceadas de forma atropellada a la cocina por el camarero..., todo se fundía en un batiburrillo de sonidos. Ese ruido de fondo era lo que Leo necesitaba para poder ordenar mejor sus pensamientos.

Un poco por impulso, cogió uno de los periódicos que estaban a disposición de los clientes. Era un ejemplar del *Neues Wiener Tagblatt*. Todavía no había trascendido ninguna información sobre la espectacular fuga de la Audiencia Regional, pero estaba claro que la edición vespertina, a más tardar, informaría del caso, no sin cierto sarcasmo. Los gacetilleros más fastidiosos no se atreverían a dejar escapar una noticia tan golosa.

Leo hojeaba con despreocupación el diario mientras saboreaba su café. Las informaciones sobre los bailes de la Ópera se mezclaban con noticias de incendios y homicidios. Había suicidios y pomposas celebraciones de bodas, compromisos matrimoniales rotos y brotes de cólera locales, niños atropellados por carruajes y los últimos chismorreos del Ayuntamiento de Viena... El jefe superior estaba en lo cierto: esta ciudad era como un gran depredador indomable.

En la página doce de la cartelera cultural, Leo se topó con una noticia que le llamó poderosamente la atención. Dejó la taza sobre el plato y se quedó pensativo:

«Parece que volvemos a encontrarnos...»

De inmediato supo cuál sería su siguiente paso, aunque no tenía claro si sería un paso en falso o hacia el objetivo deseado.

Sin embargo, cualquier cosa era mejor que esperar a que el Fantasma volviera a actuar.

—El libro sobre cuestiones funerarias de la Casa de Habsburgo, el *Manual de políticas médicas*, y..., mmm, el informe de sir Lionel Hardy sobre las quemas de viudas en la India. Si no desea nada más, sea el señor tan amable de acusar recibo de la entrega.

Con un gesto de indignación en la cara, el bibliotecario mayor de la corte imperial deslizó los tres volúmenes sobre la mesa tratando de dejar el mayor espacio posible entre él y Augustin Rothmayer. El sepulturero ya se había acostumbrado a ese trato, pero seguía sin entender qué tenía ese pobre impertinente contra él. Se había puesto su mejor traje, bueno, su *único* traje, para ser exactos. Lo había cepillado y sacudido varias veces, y hasta había frotado las perneras de los pantalones para quitar las manchas de tierra que tenía a la altura de las rodillas. Era un traje de empleado de los servicios funerarios, tampoco podía hacer milagros. Ese patético y engreído bibliotecario mayor de la corte podía estar contento de que Augustin Rothmayer, sepulturero mayor de la corte imperial y real, no llevara consigo su pala de cavar fosas.

Augustin murmuró un galimatías incomprensible de agradecimiento y escribió los títulos de los libros y su nombre en la libreta con tapas de cuero prevista para tal efecto. A continuación agarró la pila de libros y buscó un sitio en la Gran Sala de la Biblioteca de la Corte Imperial de Viena.

La Biblioteca de la Corte Imperial, situada en el Palacio Imperial de Hofburg, era una de las bibliotecas más grandes del mundo, una auténtica joya de estilo barroco y un baluarte de las ciencias universalmente admirado. El fondo bibliográfico no había dejado de crecer a lo largo de los siglos hasta superar los cien mil volúmenes, entre los que había ediciones en los idiomas italiano, inglés y francés. Desde hacía algunas décadas, la biblioteca también abría sus puertas al público, cosa que no parecía ser del agrado del bibliotecario mayor de la corte. Era como si el tipo prefiriera que por allí solo se dejara ver la familia imperial, siempre en determinados días festivos y con previo aviso, por supuesto. Pero, en vez de eso, eran profesores, eruditos, estudiantes e, incluso, vieneses de a pie los que acudían allí para tomar libros prestados. El bibliotecario no sabía que uno de ellos era sepulturero... Por fortuna.

Tras una breve búsqueda, Augustin encontró un rinconcito tranquilo. En realidad había más espacios de lectura, pero el sepulturero prefería la suntuosidad de la Gran Sala. Debía agradecer a su amistad con el profesor Eduard Hofmann el hecho de que le dejaran sentarse aquí, pero también era posible que el bibliotecario mayor no le dijera nada porque, simplemente, estaba harto de quejarse.

Como de costumbre, Augustin no se puso a leer de inmediato, sino que disfrutó de la atmósfera de aquel lugar sagrado. La Gran Sala tenía casi veinte metros de altura. Con la cúpula y las tribunas parecía en verdad una iglesia, casi una catedral. Las estanterías de madera de nogal lustrado en las que se concentraba el saber del mundo llegaban hasta el techo. En las escaleras de madera rodantes por las que se subía a las tribunas había bibliotecarios con camisa, marquesota y cubremangas. Reinaba un silencio devoto y atento. Quienes acudían allí, buscaban tranquilidad y huían del chismorreo barato, circunstancia que Augustin apreciaba sobremanera.

Por el momento iba casi cada semana, de hecho, siempre

que disponía de unas horas libres. Ya había consultado varias decenas de libros para su nueva obra *Ritos funerarios y cultura popular*. Algunos de ellos versaban sobre cuestiones tan descabelladas que tenía que reservarlos con tiempo, porque se encontraban en lo más profundo de las entrañas de la biblioteca, guardados en cajas y arcones chirriantes que desprendían polvo al abrirlos. Al principio, el bibliotecario mayor de la corte hacía algún remilgo, pero cuando, un buen día, Augustin apareció acompañado del profesor Hofmann, noble portador de la Orden de Caballería, la cosa cambió al momento. Desde entonces, el sepulturero quizá no fuera tratado precisamente con cortesía, pero tampoco mucho peor que el resto de los visitantes, lo cual ya era mucho.

Tras imbuirse de la atmósfera durante unos minutos, Augustin sacó su libreta de apuntes y su lápiz recién afilado y se centró en el primero de los libros que había tomado prestados. El volumen sobre el sistema funerario de los Habsburgo era un mamotreto considerable que el sepulturero llevaba leído hasta la mitad. Concentrado, pasaba las hojas, profundizaba en algún pasaje concreto, anotaba esto o aquello y comparaba sus anotaciones anteriores con las fuentes enumeradas.

Debía de llevar sentado más de una hora cuando levantó la cabeza por primera vez. Le dolían los riñones, una secuela de cavar tumbas casi a diario. Estiró la espalda y, al hacerlo, su mirada se posó en una de las mesas vecinas.

Había allí sentado alguien a quien conocía.

Augustin parpadeó. Debido a la penumbra de la biblioteca, necesitó un rato para poder ubicar a aquel hombre. Pero entonces lo tuvo claro: lo había conocido hacía poco. No podía asegurar si el hombre ya estaba allí cuando él llegó. Parecía muy concentrado. Estaba sentado con la espalda encorvada sobre un libro abierto, anotaba algo de vez en cuando, se quedaba quieto, se ponía a pensar en las musarañas, volvía a escribir. Su manera de comportarse tenía algo de febril, le temblaban los labios y, de vez en cuando, esbozaba una sonrisa que, sin embargo, denotaba ciertos indicios de locura. Entonces volvía a asentir con impaciencia con la cabeza o vocalizaba frases insonoras.

«Qué extraño —pensó Augustin—. ¿No tendrá eso que llaman la fiebre del erudito?»

El sepulturero echó mano de la obra de Hardy sobre la quema de viudas, pero ya no pudo concentrarse. Siguió oteando y observando al hombre, que pasaba apresuradamente las páginas de su libro. Al cabo de otra media hora, se levantó de un salto y se marchó a toda prisa dejando los libros sobre la mesa. Tal vez iría al mostrador del bibliotecario para pedir prestado otro volumen.

Augustin vaciló un momento y se levantó. Su curiosidad le podía. Se acercó a la mesa vecina con la máxima indiferencia que fue capaz de mostrar. Consiguió echar un vistazo a los libros. Los títulos no le dijeron nada, pero sí que le despertaron cierto interés, ya que todas las obras versaban sobre un tema muy concreto.

Muy concreto y descabellado.

Casi más descabellado que los temas que mantenían todo el rato ocupado a un sepulturero como él.

Augustin se dio cuenta justo a tiempo de que el hombre volvía. En efecto, iba cargado con varios libros de gran tamaño y encuadernados en cuero. Tenía la frente empapada de sudor y ni siquiera lo miró. En silencio, el sepulturero dio un paso atrás y desapareció en una sombría hornacina. Era la ventaja de llevar un traje negro de los servicios funerarios: le hacía a uno casi invisible, como si a la gente no le apeteciera tomar en consideración la muerte.

Augustin volvió a su asiento y se sumergió de nuevo en su

trabajo. Así pasaron las horas. Cuando se acercaba el atardecer y por las ventanas brillaba una luz al principio dorada y luego cada vez más mortecina, el hombre se dispuso a marcharse. Cogió la gran pila de libros y la llevó al área de préstamos de la entrada. Augustin esperó un momento; después siguió al hombre y se colocó detrás de él junto a un amplio mostrador donde se entregaban los libros, se firmaba el registro y se devolvían los ejemplares.

—Guárdemelos de nuevo a mi nombre, ¿de acuerdo? —dijo el hombre con voz autoritaria—. Volveré el lunes.

—Muy bien, señor. —El bibliotecario mayor hizo una leve reverencia. Parecía conocer al visitante—. Los pondré con el resto de los libros, como de costumbre. Que pase una buena tarde, señor.

El hombre se fue sin despedirse. Augustin se aproximó al mostrador y echó un vistazo a los volúmenes que el bibliotecario estaba a punto de guardar.

—¡Diantre, qué casualidad! —exclamó—. Precisamente los estaba buscando. Mejor para usted, así no tendrá que ir a por ellos.

El sepulturero tiró de los libros hacia sí.

—El caballero que iba delante de usted acaba de reservar estas obras para el lunes —replicó el bibliotecario enarcando una ceja—. No creo que...

—Bueno, entonces no le importará que los tome prestados solo un instante. No tengo la intención de pasar aquí todo el fin de semana, por muy bonito que sea el lugar. Si me permite... —Augustin se hizo con la libreta de registros y, antes de que el bibliotecario pudiera objetarle nada, ya había escrito su nombre debajo de los títulos—. Gracias, muy amable. —Esbozó su característica sonrisa lobuna y, cargando con la pila de libros, volvió a su asiento y se sumergió en la lectura de los ejemplares. Un polvo fino le llegó a la nariz.

Solo con pasar las primeras hojas ya se le pusieron los pelos de punta. Siguió leyendo y su nerviosismo aumentó.

«¡Hostia consagrada! Por los clavos de Cristo...»

Cuando siguió hojeando, una nota cayó de entre las páginas. El sepulturero la cogió y la leyó.

Las anotaciones manuscritas no dejaban lugar a dudas.

«Entonces, por eso...»

Augustin Rothmayer tomó la nota y se dirigió corriendo a la salida.

—¡Eh! ¡Los libros! —gritó indignado el bibliotecario—. ¡Tiene que devolverlos en persona, señor! No puede dejarlos sobre la mesa y marcharse como si tal cosa. Si todo el mundo hiciera lo mismo... ¡Eh! ¡Espere!

Pero Augustin ya no lo oía.

Lo que el sepulturero acababa de descubrir interesaría sin duda al arrogante inspector, pero también a la señorita Wolf, con la que había llegado a un acuerdo.

«Hoy por ti, mañana por mí...»

Augustin salió a la Heldenplatz silbando la melodía del Comendador de la ópera de Mozart *Don Giovanni*. Le pareció una canción muy apropiada.

XXIII

Cuando, esa misma tarde, Leo cruzaba la Maria-Theresien-Platz, se encendieron las primeras farolas de gas. Emitían un breve parpadeo antes de irradiar su cálida luz y bañar con un suave resplandor a paseantes vespertinos, parejas de enamorados y cocheros que esperaban en los pescantes de sus coches. Al frente de la plaza ya no se veía luz tras las ventanas el Museo de Historia Natural, de cuya sala principal salían un par de visitantes rezagados, seguidos de cerca por un viejo portero encorvado que cerró las puertas a su salida. El horario de visita también había terminado en el Museo de Historia del Arte, solo se veía algo de luz en el ala derecha. Sin embargo, el acceso estaba abierto y, junto a la puerta, un letrero desplegable anunciaba un evento vespertino. El cartel tenía forma de esfinge y era de color gris mármol. Leo se acercó y leyó el texto escrito con rígidas letras de imprenta:

HOY, CONFERENCIA DE LA SOCIEDAD ARQUEOLÓGICA:
VISIONES DE LA VIDA ETERNA EN EL ANTIGUO EGIPTO.
PONENTE: DR. FRIEDRICH CARL KNAUER, DIRECTOR DEL
PARQUE ZOOLÓGICO DE VIENA. HORA: 7 DE LA TARDE.
¡ACCESO RESERVADO A LOS MIEMBROS DE LA SOCIEDAD!

Leo se acercó a la caseta de la taquilla y pidió una entrada.
—¿Es usted socio? —gruñó el portero, que sin duda tendría

mejores cosas que hacer que seguir sentado a esas horas de la tarde en su cuchitril.

—Aquí tiene mi carné de socio —dijo Leo mostrándole al hombre su insignia de policía con el águila bicéfala—. Con esto entro en todas partes.

—Serán diez kréutzer igualmente —replicó el portero, al que por lo visto no le extrañaba en absoluto que un agente de policía asistiera a una conferencia sobre egiptología—. Llega tarde. Los señores ya han empezado.

—Bueno, esperemos que el faraón no me suelte ninguna maldición —contestó Leo y lanzó unas monedas sobre el mostrador de la caja.

El portero ni siquiera pestañeó.

—Escalera derecha, primer piso, sala cinco. Y no se me pierda, que si no mi compañero lo dejará encerrado toda la noche. Me importa un comino que sea usted un polizonte o el propio Ramsés.

El hombre contó las monedas y cerró con un golpe seco el postigo de la ventanilla de su cuchitril.

Leo atravesó a toda prisa el enorme vestíbulo coronado por una cúpula de gran altura y siguió los letreros que indicaban el camino a la conferencia. Esa mañana, al ver el anuncio en el periódico, había decidido acudir al evento sin pensárselo dos veces. El propio Knauer le había propuesto durante el funeral del profesor Strössner que visitara algún día la asociación. De esta manera, Leo tendría la oportunidad de hablar con algunos de los miembros de la Sociedad. Una serie de acontecimientos lo habían impulsado a dar ese paso, entre ellos el telegrama de Graz y los últimos hallazgos sobre el asesinato del zoológico.

La jornada en la Jefatura de Policía no había aportado nada nuevo. En la reunión general, el jefe superior Stukart hizo gala de su característico mal humor y se quejó varias veces de la ausencia de Paul Leinkirchner, no sin dirigir a Leo una mirada de reproche. El propio Stukart tampoco había conseguido nada. Su petición de una lista completa de homosexuales no fue atendida, quizá porque también habría casos de homosexualidad en la corte imperial, o incluso en la propia familia imperial, supuso Leo. La única pista de que disponían no estaba llegando a ninguna parte. Entonces, ¿qué había de malo en seguir la pista a otra sospecha, por muy débil que esta fuera?

Leo atravesó una gran sala con columnas egipcias y un techo que representaba un cielo estrellado con buitres. De la sala contigua llegaba un suave murmullo que se fue haciendo más intenso a medida que se acercaba. Entre las columnas había distribuidas un par de docenas de sillas y, sobre los sarcófagos y las vitrinas, ardían velas y lámparas que bañaban todo el espacio con una luz tenue. En la parte delantera, junto a los expositores con máscaras de oro y otros tesoros, había un atril tras el cual Friedrich Knauer daba su conferencia. Se había quitado el sombrero de copa y lo había colocado junto a un libro manuscrito cuyas páginas iba pasando, haciéndolas crujir mientras hablaba.

Los pocos asistentes que se habían congregado eran, en su mayoría, señores mayores con semblante sombrío, frac negro y marquesota. Leo valoró la posibilidad de que algunos de ellos pudieran estar ciertamente momificados, cuando no solo dormidos. Charlotte Rapoldy y su marido estaban sentados en la primera fila. También había acudido Carl Rebers, el joven ayudante de Knauer, que parecía ser el único de los presentes que no había superado la treintena. Junto a él estaba el doctor Alexander Dedekind, director de la colección de arte egipcio, que escuchaba concentrado la conferencia con los ojos cerrados. Para alivio de Leo, el profesor Eduard Hofmann no estaba entre los asistentes, con lo cual se ahorraría sus molestas preguntas.

—... no era la vida eterna un privilegio exclusivo de los faraones, no, ¡todo el mundo tenía derecho a ella! —leía Knauer de las hojas de su discurso manuscrito. Su voz profunda y penetrante resonaba por toda la sala—. Para ello era determinante un cuerpo en buen estado de salud y, sobre todo, joven, que permitiera la momificación y el posterior enmascaramiento, ¡una auténtica fuente de juventud! El viaje al más allá estaba plagado de peligros. El llamado *Libro de los muertos* servía como una especie de guía. En efecto, señores, pueden imaginarse a la perfección este libro como una guía turística en toda regla por el reino de los muertos...

Knauer hizo una pausa para reforzar la gracia de su chascarrillo y levantó la mirada. Fue entonces cuando advirtió la presencia de Leo, que seguía apoyado en una columna. El director del zoo frunció el entrecejo. Ese oyente de última hora le había hecho perder el hilo.

—Esto..., ¿por dónde iba? ¡Ah, sí, los viajes de los muertos!

El titubeo de Knauer hizo que el resto de los asistentes también fijaran su atención sobre el recién llegado y que volvieran la cabeza, visiblemente molestos por ver la conferencia interrumpida. Leo levantó las manos en señal de disculpa y cruzó despacio las filas de sillas. A su paso molestó a algunos de los asistentes de más edad, hasta que por fin encontró un asiento. El caballero de pelo blanco y barba de emperador que tenía a su derecha le dirigió una mirada de desaprobación.

—Los muertos no inician su viaje al más allá como viejos decrépitos —prosiguió Knauer, quizá sin darse cuenta de que la mayoría de sus oyentes eran, precisamente, viejos decrépitos—. Es muy posible que ninguna otra cultura antigua se haya ocupado con tanta intensidad del ideal de belleza y la eterna juventud como la egipcia. ¡No existe el más mínimo rastro de vejez y enfermedad en ninguna de las representaciones de las antiguas dinastías que han llegado hasta nosotros! Y lo mismo puede aplicarse a la vida y la muerte. La juventud, la fertilidad y la belleza lo eclipsaban todo en el Antiguo Egipto.

Como si reaccionara a una señal secreta, Charlotte Rapoldy se volvió hacia Leo. En sus ojos había una expresión de sorpresa e incredulidad. Leo se encogió de hombros y señaló uno de los sarcófagos de la pared, como si ello explicara su aparición imprevista. Después se acomodó en la silla y retomó la escucha de la conferencia, que en ese momento se perdía en complicadas descripciones del alma egipcia. Al parecer, los egipcios tenían tres y respondían a los extraños nombres de Ach, Ba y Ka. La mente de Leo empezó a divagar.

La sospecha de Julia de que el Fantasma podía ser el cuidador de animales Eugen Lenz tal vez fuera descabellada, pero no podía descartarse del todo: su posible crimen en el parque zoológico era demostrable y el director Friedrich Knauer había hablado con él sobre cierto secreto que no debía salir a la luz... ¿Un secreto relacionado con el Fantasma? Y había algo más... Justo cuando miraba hacia el atril, Leo reparó en una cosa: no solo Eugen Lenz, el viejo cuidador de animales, tenía el pelo negro, también el director Knauer lo tenía de este color.

Y, además, llevaba sombrero de copa.

—... en una próxima ocasión nos ocuparemos de los paralelismos, extraordinariamente apasionantes, que se dan entre la religión del Antiguo Egipto y el cristianismo. Muchas gracias por su atención.

Leo se incorporó sobresaltado. Había estado tan sumido en sus cavilaciones que casi no se dio cuenta de que Knauer había terminado su conferencia. Los asistentes aplaudieron y el director del zoológico hizo una leve reverencia. A continuación se acercó a Charlotte Rapoldy para presentarle sus respetos. Knauer sonrió, parecía que se intercambiaban algunos cumplidos, y el resto de los asistentes también fue levantándose de sus asientos.

Sobre uno de los sarcófagos de la sala habían dispuesto un bufé. En él se servían los llamados *sandwiches*, tan de moda en Inglaterra, y un camarero uniformado con librea vertía champán en copas aflautadas de fino cristal azulado. Todos los concurrentes parecían conocerse. Formaron pequeños corrillos y empezaron a charlar en voz baja. Leo intentaba actuar con la máxima desenvoltura. Cogió una de las copas de la bandeja del camarero y se paseó junto a las vitrinas en las que se exponían máscaras y alhajas doradas.

Friedrich Knauer estaba conversando con un señor canoso y encorvado acerca de las complicadas diferencias existentes entre Ka y Ba. Leo aprovechó un breve momento de silencio para dirigirse al director del zoológico.

—Mis felicitaciones por la conferencia —dijo levantando su copa—. Sumamente refrescante. Ojalá este vino espumoso fuera tan estimulante como muchos rituales del Antiguo Egipto.

Knauer pareció irritado por un momento, pero luego sonrió.

—Bueno, dicen que el champán tiene propiedades mágicas, incluso vivificantes, ¿no es cierto? —comentó Knauer mientras su interlocutor, al que el inspector acababa de interrumpir, se apartó ofendido. El director del zoo entornó entonces los párpados y preguntó—: ¿Lo conozco de algún sitio, señor...?

—Herzfeldt —añadió Leo—, Leopold von Herzfeldt. Nos conocimos en el funeral del profesor Strössner. Soy amigo de infancia de Charlotte Rapoldy. Ese día usted me invitó a que viniera a una de sus reuniones, ¿se acuerda?

—Y a fe mía que ha venido. —Knauer sonrió—. ¡Qué gratificante! ¿Tiene pensado unirse a nuestra asociación? Nos vendría bien un poco de sangre fresca.

—Me lo estoy pensando —respondió Leo—. De hecho, me

interesa mucho la egiptología. Eso que acaba de decir sobre la vida eterna y la belleza...

—El bueno de Leopold todavía no está en edad de preocuparse demasiado por la muerte y lo que venga después. ¿O me equivoco, *Leo*?

El inspector se volvió hacia aquella voz penetrante. Era Charlotte Rapoldy, que acababa de acercarse acompañada de su marido. Llevaba un vestido de terciopelo azul con jeroglíficos bordados en hilo de oro. En el pelo llevaba la misma diadema de plata con el escarabeo verde que ya había lucido la última vez que se vieron. Esbozó una sonrisa forzada.

—Clemens acaba de preguntarme dónde nos conocimos. ¿No fue en aquel viaje de estudios a Palestina?

—Esto..., sí, creo fue allí... —titubeó Leo.

—Entonces ya eras bastante curioso —continuó Charlotte—. No había quien saciara tu sed de conocimiento. —Se volvió hacia Knauer—. Espero que Leo no le esté robando su valioso tiempo. A veces puede ser un poco pesado.

—Oh, no, en absoluto. —Knauer rio—. Pero ya veo que tienen ustedes algún que otro recuerdo de juventud que compartir. —Hizo una leve reverencia—. Si me disculpan. —El director del zoo se fue a hablar con el resto de los invitados.

Cuando el matrimonio Rapoldy se quedó a solas con Leo, la sonrisa de Charlotte desapareció como si una sombra se hubiera cruzado sobre su rostro.

—Inspector, ¿puedo preguntarle el motivo de esta visita tan inesperada? —dijo levantando la mano: en uno de los dedos brillaba un anillo de diamantes de color verde que hacía juego con la diadema del pelo—. ¡Y no me diga que de repente se le ha despertado un interés irrefrenable por la egiptología, porque no me lo creo!

—¿Y por qué no? —preguntó Leo haciendo el gesto de brindar

con la copa—. Como inspector que investiga una serie de asesinatos, la perspectiva de una vida eterna parece bastante tentadora.

—¿Una serie de asesinatos? —Charlotte Rapoldy frunció el entrecejo—. ¿Qué insinúa? ¿Y qué tiene que ver con nuestro..., bueno, con nuestro caso, inspector? Creía que ya estaba cerrado.

—Y lo está, por orden expresa del mismísimo director general de la Policía. —Leo miró a su alrededor—. ¿Puedo preguntar dónde se encuentra hoy Su Excelencia el archiduque? ¿No le interesaba la conferencia?

—Como comprenderá, el archiduque no puede acudir a ningún acto público así, por las buenas —replicó con frialdad la egiptóloga—. ¿No es consciente del revuelo que se armaría?

—Con toda probabilidad, el mismo que si se supiera que el archiduque estuvo al corriente de la profanación de una momia egipcia.

—¿Qué insinúa, inspector? —intervino Clemens Rapoldy, que hasta ahora había permanecido callado junto a su esposa—. ¿Que nuestro caso está cerrado solo porque hace quedar mal a la corte imperial? Creía que ya habíamos hablado de eso. ¡La muerte de mi suegro fue un accidente, un horrendo descuido! Mi esposa ya ha pagado por ello con creces, tiene pesadillas todas las noches. Se confundió de frasco, ¡pero todos los sucesos posteriores ocurrieron porque mi suegro así lo quiso! Y ahora, si nos disculpa, hay otras personas que también desean conversar con nosotros. ¿Vienes, Charlotte?

Enfurecido, Clemens Rapoldy se alejó cojeando y ayudándose con su bastón. Charlotte aún permaneció un momento con Leo.

—No nos cree, ¿verdad? —preguntó ella—. Piensa que le ocultamos algo.

—Así es. Simplemente, todavía hay muchas incongruencias,

no solo en su caso. —El inspector suspiró—. Esperaba acercarme un poco más a la verdad manteniendo una conversación amistosa —añadió—. Esto no es ningún interrogatorio.

Charlotte vaciló un momento.

—No sé qué me pasó con los frascos. De hecho, era casi imposible confundirlos. Parece..., parece en realidad una maldición.

Leo dejó su copa encima de un sarcófago.

—Permítame hacerle una pregunta. ¿Desde cuándo el director del zoológico, Friedrich Carl Knauer, es miembro de su asociación?

—¿Fritz? —preguntó Charlotte extrañada—. Desde hace un año, dos, tal vez. Está muy comprometido. La idea de la vida eterna en el imaginario del Antiguo Egipto es justo lo que le apasiona. Está convencido de que los cristianos hemos tomado muchas cosas de los egipcios. —Sonrió—. Además, hace buena publicidad de nuestra asociación. Primero atrajo al joven Rebers y, ahora, a usted. Seguro que así reduciremos la media de edad en una década, por lo menos. ¿Por qué quiere saberlo?

—Bueno, por nada en concreto. Solo es una... conjetura.

—Las conjeturas son capaces de envenenar cualquier relación, créame —dijo ella y volvió a adoptar un semblante serio—. Hay algo más que quería comentarle. El caso es que...

—Charlotte, ¿puedes venir, por favor? Franz Ritter von Hauer quiere hablarnos de sus nuevas adquisiciones para el Museo de Historia Natural.

Su marido estaba sentado junto a un caballero con una barba poblada de manera exagerada, precisamente el mismo hombre que había dirigido a Leo una mirada de desaprobación durante la conferencia. Clemens hizo un gesto exhortativo a su esposa.

—Es una lástima que hayamos tenido que conocernos en estas circunstancias, inspector —dijo Charlotte Rapoldy—. Bueno, tal vez en otra vida... *Au revoir.* —Ofreció su mano al inspector para que se la besara. Después se alejó balanceando el cuerpo como un espectro y Leo se quedó mirándola un poco confuso. Nunca sería capaz de entender a esa mujer.

Desanimado, se puso a deambular por la sala, se detuvo ante algunas obras de arte, sorbió de su copa de champán tibio..., y, aun así, notaba en el ambiente un rechazo hacia él. Era probable que los Rapoldy hubieran hecho saber al resto quién era él en realidad, así que la perspectiva de entablar una conversación inocente se iba desvaneciendo.

Para no tener la sensación de haber hecho la visita en balde, Leo siguió echando un vistazo a la sala. En un rincón escondido había una estatua que le llamó la atención. El hecho de que estuviera ubicada en un lugar tan apartado podría deberse a su temática ofensiva. La figura representaba a un hombrecillo de basalto negro pulido, provisto de un enorme pene, desmesurado para la estatura del personaje. El miembro sobresalía en sentido vertical del cuerpo, casi como una espada. Una placa informaba al visitante de que se trataba de Min, el dios egipcio de la fertilidad.

El inspector no pudo evitar sonreír. ¿Cuál habría sido el comentario de su casera, la señora Rinsinger, ante la visión de un hombrecillo tan potente? Siguió leyendo el texto, que hablaba de una antigua celebración del dios Min en la que se sacrificaba un toro y los testículos del animal eran incinerados para pedir una cosecha fértil.

«Los testículos eran incinerados...»

Leo se quedó de piedra. El texto y la insinuante estatua le dieron que pensar, pero el resultado de sus pensamientos seguía siendo muy difuso, como la niebla que se forma para disolverse poco después.

«Testículos..., cosecha fértil...»

Leo maldijo en voz baja. Necesitaba silencio para reflexionar y un cigarrillo para concentrarse. Echó un último vistazo a los encanecidos miembros de la asociación, que ahora se arremolinaban alrededor de Friedrich Knauer para felicitarlo ostentosamente por su conferencia. Al inspector le vinieron a la memoria retazos de la charla que había ofrecido el director del zoológico.

«Juventud, fertilidad y belleza..., vejez y enfermedad...»

Pensativo, salió de la sala y caminó de nuevo bajo la tenue luz del pasillo hasta llegar al vestíbulo, donde el portero esperaba impaciente.

—¿Sabe cuándo empezarán a ir desfilando, jefe? —preguntó a Leo—. ¡Mi jornada laboral ya ha terminado!

Leo no respondió. Salió, encendió un cigarrillo y dio una calada. La nicotina fluyó por sus venas y las ideas fueron ordenándose poco a poco en su cabeza.

—Podría ser... —murmuró para sus adentros—. ¿Cómo no se me había ocurrido antes? El motivo...

En ese momento, vio un coche.

Estaba un poco apartado, en la parte trasera del ala derecha del museo. Leo había reparado en ese lugar porque estaba iluminado por una solitaria farola.

Y también porque un coche de la basura le parecía un poco fuera de lugar en esa zona, junto a la majestuosa explanada frontal del museo.

El sucio carro de dos ejes recordaba por su tamaño a un vagón de circo. En la parte trasera tenía una puerta metálica abollada por la que se introducían los desperdicios a paladas. Un viejo jamelgo enganchado en la parte delantera comía avena de un cubo. De repente, Leo recordó dónde había visto antes un carro parecido. Fue en las columnas de acceso al alcantarillado, cerca del Cuartel de Rossau, donde el asesino había huido con su víctima a las entrañas de la ciudad. Y también recordó que algunos testigos habían hablado en sus declaraciones de la presencia de ese carro basurero. Fue un detalle dicho como de pasada y quizá por ello nadie le prestó demasiada atención.

«¿Y quién presta atención a un carro de la basura?»

Leo tiró el cigarrillo y, con el corazón en un puño, se acercó al vehículo. La puerta trasera podía abrirse con facilidad. Las bisagras chirriaron y Leo miró dentro.

La visión lo dejó helado.

«Dios mío, pero ¿qué...?»

Un golpe lateral le impactó en la sien. El inspector jadeó, se tambaleó y alargó la mano hacia la sombra que había aparecido de repente detrás de él, pero no encontró nada. La sombra arremetió por segunda vez con un objeto pesado.

Justo antes de que el golpe lo alcanzara y lo dejara inconsciente, Leo se dio cuenta de que el objeto era una pequeña estatuilla egipcia de piedra. Una figura masculina negra con cabeza de chacal.

—Salude a Anubis de mi parte, inspector —dijo el Fantasma—. Por desgracia, viaja usted sin el *Libro de los muertos*.

El hombre arrastró a su presa al interior del maloliente carro.

Julia estaba sentada junto a la cama de Saidrovuni y le secaba el sudor de la frente con un paño frío. En las últimas horas había entrado varias veces en la habitación para ver cómo se encontraba, y siempre lo había visto murmurando algo en sueños. Ya hacía dos días que había llegado al Dragón Azul y todavía tenía un poco de fiebre, pero parecía que mejoraba. Desde el día anterior había vuelto en sí varias veces y Julia le había servido sopa y té. Ahora ya era de noche otra vez. Tenía que acostar pronto a Sisi, pero quería ver cómo estaba su paciente.

Llamaron a la puerta y Julia se sobresaltó.

«¿Nos habrán descubierto?»

Era la Gorda Elli, que entró con una taza de té.

—¿Sigue durmiendo el salvaje? —preguntó Elli con un tono algo impaciente—. Nuestro bello durmiente negro... —Después de entregar a Julia la taza de té, ladeó la cabeza y miró al exótico invitado—. Mmm, la verdad es que está para comérselo. Conozco a alguna y a alguno que...

—¡Ni se te ocurra! —la regañó Julia—. Este hombre tiene familia, no es ningún efebo con el que puedas traficar.

—¡Eh, mucho cuidado con lo que dices, jovencita! —amenazó Elli levantando uno de sus dedos regordetes—. Esto no es ninguna pensión para hotentotes, recuérdalo. Tengo a las chicas revolucionadas en el pasillo. Si quisiera, podría cobrar entrada para ver a este tipo. —Puso los ojos en blanco—. Soy demasiado buena con todo el mundo. Te acuerdas de nuestro trato, ¿verdad?

—Por supuesto. Saidrovuni se quedará aquí hasta que se recupere, y entonces tendrás lo que me pediste.

Elli sonrió.

—Así me gustas más. —Acarició el pelo de Julia y se inclinó hacia ella—. El inspector alemanote estuvo contigo anoche, ¿verdad? Me lo ha dicho Bruno. Parece que al tipo le ha dado ahora por tener una familia. Y yo que pensaba que ya te lo habías quitado de encima...

—No es tan sencillo —dijo Julia con desgana.

—No encaja contigo, te lo llevo diciendo desde hace mucho tiempo. Y créeme, sé mucho sobre hombres. Con él solo tendrás problemas. Un barón engreído y, para colmo, alemán.

—Pero también es un buen tipo —añadió Julia—, bueno..., cuando quiere. Estoy enamorada de él, así que ya puedes decir misa, Elli.

—¡Anda y que te zurzan! Por cierto, si buscas a Sisi, está abajo con Bruno, arrancándole el pelo uno a uno. Aquí todo el mundo hace lo que le da la gana.

Enrabiada, Elli cerró la puerta tras de sí y Julia oyó su caminar pesado por el pasillo. Suspiró y se frotó los ojos con cansancio. La dueña del Dragón Azul tenía razón. Leo y ella eran muy distintos. ¿Pero acaso no era cierto que los contrarios se atraen? Él había corrido un enorme riesgo por ella y en verdad parecía que había cambiado. El día anterior había jugado con Sisi y le había traído golosinas. Y esa noche quería volver a quedarse con ellas. Tal vez hasta podría salir a tomar una copa con él... Leo había llamado hacía un rato para decirle que al salir de la Jefatura asistiría a una conferencia que ofrecía Knauer, el director del zoo, en el Museo de Historia del Arte. Esperaba enterarse de algo más sobre el asesinato del parque zoológico y, por consiguiente, también sobre los asesinatos de los chaperos. ¿Habría descubierto alguna cosa?

—*Amanzi*..., agua...

Julia se sobresaltó. Miró a Saidrovuni, que se movía. Había abierto los ojos y miraba confuso a su alrededor. Al parecer, por fin se había despertado del todo.

—¿Dónde... dónde estoy? —preguntó.

—No tenga miedo, está usted a salvo. —Julia se inclinó sobre él y volvió a secarle el sudor de la frente—. Un amigo mío y yo lo sacamos de la cárcel. Tiene fiebre y ha dormido durante mucho tiempo, desde ayer...

—Yo..., recuerdo... una celda. Los hombres me insultaban y me pegaban... —Saidrovuni la miró con semblante interrogativo—. Usted es esa fotógrafa, ¿verdad? ¿Por qué..., por qué hace esto?

—Porque no creo que sea un asesino. Creo que le han tendido una trampa y...

—Mi mujer y mis hijos... —Saidrovuni se incorporó con brusquedad—. Tengo que encontrarlos ahora mismo...

Julia lo recostó de nuevo en la cama con suavidad.

—Están bien, no los han detenido. —En el fondo no lo sabía, pero no quería preocuparlo.

—¿Dónde estamos? —preguntó el jefe de tribu mirando a su alrededor—. ¿Un... hotel?

—Algo así... Puede quedarse hasta que se recupere. Nadie sabe que está aquí, solo mi amigo y yo.

«Tampoco tiene por qué saber que este amigo es de la policía», pensó Julia.

—Tome, beba un poco. —Acercó la taza de té a la boca de Saidrovuni, que bebió con avidez y vació la taza al momento—. Traeré más agua y sopa. Y también algo de comer. Tiene que estar muriéndose de hambre.

Julia titubeó. Daba la impresión de que Saidrovuni se estaba recuperando, pero seguía muy débil. Sin embargo, era muy importante saber cuanto antes lo que había sucedido de verdad en el zoo.

—Escuche —empezó—, hay algo que necesito que me explique. Hablé con su esposa sobre el joven cuidador asesinado y las acusaciones de Lenz, el viejo cuidador. Por desgracia, ella no habla alemán, pero había dos palabras que repetía siempre. —Frunció el entrecejo y trató de recordar—: Eran... *umlilo* e *ikhanda*, o algo parecido. ¿Sabe qué significan?

—¿*Umlilo* e *ikhanda*? —Saidrovuni negó con la cabeza—. Se confunde. Esas palabras no tienen sentido.

—¿Pero qué significan?

Saidrovuni se incorporó. A pesar de su tez oscura, parecía estar pálido e infinitamente agotado.

—Bueno, la única palabra que...

Justo entonces llamaron a la puerta y la Gorda Elli volvió a entrar. Resollaba y se veía con claridad que estaba de un humor de perros.

—¡Si crees que me voy a pasar el día arriba y abajo dándote recados, estás muy equivocada! —refunfuñó—. ¡Que sea la última vez! Hay un tipo en la entrada que quiere hablar contigo. Dice que no se irá hasta que bajes.

—¿Leo? —preguntó Julia esperanzada. De hecho, el inspector tendría que haber vuelto hacía tiempo. Julia no se había preocupado hasta ahora por él, pero había algo en la expresión de Elli que le dio mala espina.

—Créeme, mi niña, si tu alemanote hubiera armado tanto alboroto, Bruno ya lo habría molido a palos hace rato —dijo la Gorda Elli entre resoplidos—. No, es otro tipo, un pájaro muy extraño. Bruno ha estado a punto de darle un bofetón, pero Sisi se ha aferrado al tipo lloriqueando, como si lo conociera. La pinta que lleva es la de haber asistido a su propio funeral, con un chambergo de ala ancha en la cabeza y un abrigo negro con terrones de lodo pegados. Da un poco de miedo, la verdad...

—Oh, yo..., me temo que ya sé quién es —dijo Julia vacilante—. ¿Y dice que es importante?

Elli asintió con la cabeza.

—Dice que ya sabe a quién estáis buscando y por qué el tipo les corta la colita a todos esos jovencitos apuestos. —Se estremeció, y sus alhajas comenzaron a tintinear—. Por Dios, ¡te aseguro que el pájaro ese da mucho miedo! Es como si el mismísimo diablo estuviera llamando a la puerta. Así que baja y pregúntale qué quiere.

Crujía, chirriaba, rechinaba y chasqueaba como en una gigantesca molienda. Una enorme pirámide, en cuyo interior traqueteaban innumerables rodillos, ruedas y piedras de molino. Sobre una cinta hecha con la piel de miles de esclavos, Leo era transportado hacia una tolva tan grande como la boca de una ballena. Un monstruoso molino de huesos iba a convertirlo en polvo blanco para fertilizar los campos del río Nilo.

«Cruje...»

Leo gemía. Intentaba abrir los ojos, pero no podía.

¿Estaba ciego?

«Chirría...»

Maldita sea, ¿dónde estaba? Apretaba los ojos, pestañeaba, intentaba volver a abrirlos, pero un líquido caliente mantenía sus párpados cerrados. Notaba el fluido en la cara, pero tenía el rostro extrañamente entumecido. ¿Estaría soñando todavía?

«Rechina...»

Los sueños se desvanecieron y el recuerdo volvió. La reunión de la Sociedad Arqueológica en el Museo de Historia del Arte..., la conferencia de Knauer..., la conversación con los Rapoldy... Había descubierto algo. Pero ¿qué? Había abierto la puerta y mirado en el interior. Había visto algo espantoso.

«Chasquea...»

¡El coche! El pulso de Leo se disparó. No estaba en ningún molino de huesos ni en ninguna pirámide, ¡sino en el coche de la basura! Alguien lo había dejado sin sentido y arrastrado hasta allí dentro. Lo que oía era el traqueteo de un coche de caballos en movimiento.

Intentó incorporarse, pero no pudo. Había algo que... tiraba de él hacia el suelo. Maldita sea, ¿qué era? Leo conocía la sensación. De pequeño había vivido lo mismo alguna vez mientras dormía. Los médicos lo llamaban parálisis del sueño, pero en el lenguaje popular se conocía como «la subida del muerto». En aquel entonces había tenido la sensación de estar despierto y dormido al mismo tiempo, sin poder mover ni un músculo. Como si lo enterraran vivo.

Y entre la vigilia y el sueño había visto fantasmas.

Cuando sufría esos episodios de niño, se obligaba a abrir los ojos o, como mínimo, mover el dedo meñique, un proceso muy penoso que a veces se había prolongado casi una eternidad. Cuando al final lo conseguía, se despertaba empapado en sudor.

¡Ese maldito líquido en la cara! Caliente y pegajoso...

«Caliente y pegajoso...»

Leo sospechó entonces que podría tratarse de sangre, con toda probabilidad la suya.

El coche de la basura traqueteaba despacio sobre los adoquines. El jamelgo relinchaba, un tranvía de caballos tintineaba en la cercanía, un borracho cantaba una canción que al poco tiempo se desvanecía. El vehículo olía raro, no directamente a basura, sino a algo... *distinto*.

Leo consiguió por fin entreabrir al menos un ojo. Al principio solo percibió oscuridad, pero después reconoció contornos sueltos. Entre los tablones delgados y mal clavados de la pared del coche se colaba la escasa luz que llegaba del paso de las farolas de gas. Leo se encontraba tumbado en una mesa baja de acero en el centro del vagón. Bajo sus dedos agarrotados notó un surco que recorría el borde de la mesa. Con un esfuerzo casi sobrehumano, consiguió girar un poco la cabeza.

En las paredes colgaban herramientas que golpeteaban al ritmo de la marcha.

Sierras, tenazas, cuchillos, bisturíes...

Junto a ellas, alineados a la perfección como en el interior de un armario: un sombrero de copa, un frac y una peluca negros. También había colgados algunos trapos ensangrentados.

Leo pudo entonces identificar también el olor. No era lo que sería de esperar en un coche de la basura, sino más bien en un matadero.

Apestaba a podredumbre, putrefacción y sangre.

Leo gimió un poco y un temblor le recorrió el cuerpo. No sabía cuánto tiempo había pasado desde que lo noquearon. ¿Minutos, horas, días...? Como mínimo, ahora tenía claro dónde descuartizaba el Fantasma a los cadáveres antes de deshacerse de ellos en el alcantarillado. Siempre se habían preguntado cómo podía el asesino realizar el despiece de manera inadvertida en la calle. Pues bien, de hecho lo hacía en plena calle, pero no con exactitud en la calle...

Descuartizaba a las víctimas en el interior de un coche de la basura.

Era el escondite perfecto. En Viena había vehículos basureros por todas partes, y nadie se acercaba demasiado a ellos porque estaban sucios y apestaban. Leo recordó lo que, unos días antes, uno de los jóvenes compañeros de la Jefatura había comentado en una reunión, en tono de burla:

«¿Existen los mataderos ambulantes?»

El compañero había dado en el clavo. El asesino había rondado las calles con su propio matadero móvil y nadie se había dado cuenta.

Leo recordó entonces algo que había visto en el museo. La estatua con el miembro exageradamente grande. Y también recordó qué proceso mental había desencadenado en él esa estatua...

De repente, el carro se detuvo. Sonó un crujido al descender alguien del pescante en la parte delantera y unos pasos se acercaron a la parte de atrás. La puerta se abrió emitiendo un chirrido y el resplandor de una lámpara de queroseno bañó el interior del vagón. Alguien entró, agarró la gran sierra de la pared y se inclinó sobre Leo.

Por la rendija de uno de los ojos impregnados de sangre, Leo miró directamente a la cara del Fantasma. Resollaba.

«Dios mío, ¿quién lo hubiera imaginado...?»

Vio entonces la hoja de sierra oxidada acercándose despacio a su bíceps derecho.

Y seguía sin poder moverse.

—Antes de decirme lo que tenga que decirme, hágame el favor de responderme a una pregunta, señor Rothmayer. ¿Cómo diablos sabe dónde vivo?

Julia y Augustin Rothmayer estaban en la oficina del Dragón Azul, que, entre quejas y refunfuños, la Gorda Elli había puesto a su disposición. Era un pequeño cuchitril que apestaba a perfume de rosas y en cuyas paredes colgaban cuadros eróticos que el sepulturero contemplaba con interés.

Antes de salir Julia de la habitación, Saidrovuni le había explicado qué querían decir las dos palabras de la lengua matabele, pero, para su decepción, no supo encontrarles ningún sentido.

—Bueno, sí, la estuve espiando. —Después de echar un último vistazo a dos ninfas de busto generoso y un Pan provisto de un falo gigantesco, Rothmayer se volvió hacia Julia—. Bueno, yo no. Anna. Hace un par de semanas, la pequeña se aburría y le dije que la siguiera cuando se fue del Cementerio Central. Anna es muy buena para estas cosas.

—Debo decirle que se ha pasado de la raya, señor Rothmayer. Y lo sabe.

—¡No se enfade, se lo ruego! Al fin y al cabo, fue por una buena causa. —Augustin Rothmayer sufría visiblemente—. Como ha ayudado a Anna tantas veces, le ha traído ropa y todo eso..., solo quería demostrarte mi gratitud. Quería enviarle un ramo de crisantemos a su casa, con una dedicatoria...

—¿Los crisantemos no se dan en los funerales?

—Tal vez —respondió Rothmayer torciendo el gesto—, pero son unas flores muy bonitas. Además, son un símbolo de lealtad. —Volvió otra vez la mirada hacia los cuadros eróticos—. ¿Es esta casa lo que creo que es?

—Sí, pero yo no soy lo que usted puede estar pensando y... —Julia respiró hondo—. De hecho, me da igual lo que piense. Tengo otras muchas cosas de las que preocuparme en este momento. Bueno, dígame qué le pasa. Elli me ha dicho que es algo sobre los jóvenes castrados.

Rothmayer asintió con entusiasmo.

—¡Creo que ya sé quién está detrás! He visto al tipo hoy, en la Biblioteca de la Corte. Ahora vengo de allí...

—Pues podría haber ido a explicar su descubrimiento al inspector Herzfeldt o a cualquier otro policía —propuso Julia.

—¡Señorita Wolf! —Rothmayer parecía indignado—. Habíamos hecho un trato, ¿se acuerda? Usted me ayuda con Anna y, a cambio, yo la ayudo con ese extraño caso. Por eso he venido hasta Neulerchenfeld, cuando podría haberme quedado desenterrando unos huesos viejos y arreglando la ventana torcida del depósito de cadáveres...

—¡Señor Rothmayer, me está volviendo loca! Dígame de una vez lo que ha descubierto. ¿A quién ha visto en la Biblioteca de la Corte y por qué cree que es nuestro asesino?

Augustin Rothmayer se restregó sonoramente la nariz con el dorso de la mano.

A continuación, reveló el nombre a Julia.

—¿Está seguro? —Frunció el entrecejo—. En realidad pensaba que...

De repente, Julia supo a qué se referían las palabras *umlilo* e *ikhanda*.

Un desesperado hilo de voz salió de la garganta de Leo. Fue más bien un siseo, pero bastó para hacer que el Fantasma se detuviera. El hombre bajó la sierra oxidada y se inclinó con interés hacia su víctima. Su rostro permanecía en la oscuridad.

—¿Sigue usted vivo? Admirable. —El Fantasma cogió la lámpara de queroseno que había colocado encima de la mesa y la acercó a Leo. Limpió con cuidado la sangre reseca con un trapo; acto seguido le levantó los párpados y observó con detenimiento cómo sus pupilas se contraían—. ¡Sumamente admirable! Debe saber que antes le inyecté un veneno que yo mismo he desarrollado. Está basado en el curare, ¡un magnífico tóxico de la jungla! Los nativos de Sudamérica untan las puntas de sus flechas con él. La parálisis tendría que haberse extendido también a los pulmones, pero mi fórmula todavía es muy reciente y no está perfeccionada. Estoy en ello. Es mucho más fácil diseccionar cuando los donantes no se mueven tanto.

—Jrrr... —era lo único que podía articular Leo—. Jrrr..., jrrr... —Intentó con desesperación elevar la mano, pero no lo consiguió. En ese momento, el Fantasma volvió a levantar la sierra.

—Me pregunto si también sentirá dolor... ¿Usted qué cree?

Leo tenía la frente inundada de gotas de sudor y la mandíbula desencajada. El corazón le latía tan rápido que creyó que en algún momento dejaría de hacerlo.

—Puedo ver en sus ojos que siente miedo —dijo el Fantasma con una voz suave—. Bueno, supongo que es normal dada su situación. Mire, es por esto que he desarrollado este veneno en el laboratorio: para que nadie tenga que sufrir sin necesidad. La cuestión nunca es causar dolor. Ya se trate de conejos o ranas, anfibios, ratones o personas. Esa es la cuestión, ¿no cree?

—Jrrr... —volvió a pronunciar Leo. Le salían burbujas de saliva de la comisura de los labios.

—¿Cómo dice? —El Fantasma frunció el entrecejo y se quedó observando al inspector—. Vaya, ¡menuda contrariedad! Usted no encaja en absoluto en mi cadena experimental, en realidad es demasiado mayor. Aunque, por otro lado, es guapo y su rostro conserva la tez juvenil. Y encima apenas tiene barba. Mmm...

Blandiendo la sierra, el hombre se inclinó todavía más sobre Leo, que olía a loción de afeitado y champán.

—Sigo pensando que no funcionará —prosiguió el hombre incorporándose de nuevo—. Su época de madurez sexual ya ha pasado hace tiempo. De momento, ninguno de los donantes ha superado la veintena. Solo Stefan Moser, el cuidador de animales, era un poco mayor. ¡También era muy apuesto! Y, al igual que usted, también descubrió mis intenciones. ¿Quién lo iba a decir?

El Fantasma sacudió la cabeza, visiblemente contrariado.

—Cogí esa estatuilla y lo seguí cuando salió del museo —continuó el hombre—. Cuando le vi abrir el coche, supe que debía actuar. Debe saber que estoy a punto de lograr un enorme avance. ¡No puedo permitirme ningún error! Y ahora resulta que continúa vivo. ¿Qué quiere que haga?

El Fantasma titubeó. Al final, dejó la sierra a un lado.

—La humanidad no está preparada para algo tan grande. Estoy seguro de que, dentro de unas décadas, todo el mundo elogiará mis investigaciones. Uno de los mayores sueños de todos los tiempos se habrá hecho realidad. ¡La vejez y la decrepitud serán pronto cosa del pasado! Es una pena que usted no viva para contarlo, pero el riesgo de que mi obra se destruya por su culpa es demasiado grande. Lo entiende, ¿verdad?

El Fantasma tomó a Leo de los brazos y lo tiró de la mesa. El inspector aterrizó con brusquedad en el suelo, pero apenas sintió nada. Entonces el hombre lo arrastró al exterior. No muy lejos se oía el barrito de un elefante, el graznido de unas aves y el rugido de un felino hambriento. Con el rabillo del ojo, Leo vio un edificio con torres en forma de cúpula y una amplia escalinata, como un palacio siniestro. El aire desprendía un penetrante olor a estiércol, tierra y jungla.

A la luz de la lámpara de queroseno, el pelo del hombre brillaba en un tono rojizo como el fuego.

Leo por fin lo reconoció.

XXIV

De *Ritos funerarios y cultura popular*, de Augustin Rothmayer, escrito en Viena en 1894

Una extraña costumbre nos llega de las Indias Occidentales. En ocasiones se administra allí a las personas un veneno que las hace parecer muertas. A continuación, son enterradas con una buena ventilación y desenterradas posteriormente con vida. Un segundo veneno se encarga de que, a partir de ese momento, vegeten como fantasmas insulsos, casi muertos vivientes, y tengan que servir a su supuesto salvador como esclavos. Los lugareños se refieren a estas pobres criaturas con el nombre de zombies.

—¿Está seguro de que la persona a la que vio en la Biblioteca de la Corte era Carl Rebers? —preguntó Julia.

Iba con Augustin Rothmayer en un coche que los conducía al centro de la ciudad. El sepulturero se lo había dicho justo cuando salían del Dragón Azul, bajo la mirada recelosa de Bruno. Pero ella se había quedado tan perpleja que todavía no se lo creía.

Rothmayer asintió.

—Tengo buena memoria para la gente. El tipo asistió al funeral del profesor Strössner, así que lo conocía. Además, su nombre estaba en la lista de préstamos de libros de la biblioteca.

Y su pelo rojo encendido tampoco pasa precisamente desapercibido.

—Y esos libros... —comentó Julia titubeando.

—Paparruchas científicas sin sentido. Tardé un rato en entender alguna cosa, pero tuve suficiente con lo poco que vi. ¿Le suena el nombre de Brown-Séquard?

—Me temo que no.

—En un primer momento a mí tampoco me sonó, pero he investigado un poco. Se trata de un médico que hace unos años se inyectó a sí mismo un extracto de testículos de animales y aseguró que el autoexperimento lo había hecho rejuvenecer treinta años. Escribió un libro sobre ello titulado *El elixir de la vida*. No le sirvió de nada, por cierto. El tipo murió hace poco. —Rothmayer soltó una risita, pero enseguida recuperó la seriedad—. Aparte de ese libro, Carl Rebers había tomado prestadas algunas obras sobre lo que llaman fuentes de juventud modernas. Se trata sobre todo de la ingestión de órganos de animales que tienen un efecto se supone que rejuvenecedor: testículos de mono, colas de tigre, cuernos de especies africanas... Imagino que tiene que ver con las glándulas. —El sepulturero negó con la cabeza—. ¡Hay que ver cómo se presenta la vida moderna! Al final acabaremos pulsando glándulas como si fueran los botones de una máquina expendedora y haremos que nuestro cuerpo funcione como un automóvil.

Julia intentaba seguir el hilo de las explicaciones algo confusas de su acompañante.

—¿De verdad cree usted que...? —comenzó ella.

—¡Oh, sí, por supuesto que lo creo! —continuó Rothmayer—. Rebers plasmó algunos de sus desvaríos en una nota que olvidó en uno de los libros. —Agitó un papel estrujado que había sacado del bolsillo de su abrigo—. Aquí lo tiene, ¡negro sobre blanco! Rebers es un seguidor de las teorías de ese tal Brown-

Séquard, solo que, en lugar de perros, monos y cobayas, utiliza personas, ¡varones jóvenes y apuestos! Les corta la colita y las pelotas, y experimenta con ellas. ¡Vomitivo!

Julia tragó saliva. Augustin Rothmayer ya le había hecho un breve avance en el Dragón Azul, pero ahora se acababa de dar cuenta de la verdadera dimensión de aquella monstruosidad. Si lo que Rothmayer había descubierto era cierto, significaba que todos aquellos hombres murieron a causa de una pesadilla científica megalómana. Ella misma había conocido a Carl Rebers en el zoológico. ¿Podía ese hombre amable y educado, y que siempre transmitía una ligera sensación de torpeza, ser en verdad el Fantasma? ¿Podía ser el nexo entre el incidente del zoo y los numerosos asesinatos de chaperos? Las palabras en lengua matabele fueron las que al final disiparon las dudas de Julia. Las dos palabras que Saidrovuni le había traducido.

«*Umlilo* e *ikhanda*.»

La mujer de Saidrovuni no había dejado de repetirlas. *Umlilo* e *ikhanda* significaban, en matabele, fuego y cabeza. A Julia no le decían nada esas palabras, pero ahora era distinto.

«Cabeza de fuego...»

Las mujeres matabele se habían referido al pelirrojo Carl Rebers, del que se sentían visiblemente atemorizadas. Con toda probabilidad había sido él quien escondió la llave de la jaula en la cabaña del jefe de tribu y desviado así las sospechas hacia Saidrovuni. Y probablemente también había azuzado al león para que atacara al joven cuidador Stefan Moser.

Cabeza de fuego.

Cuando Rothmayer había mencionado antes el nombre de Carl Rebers, Julia recordó que el ayudante de Knauer también era miembro de la Sociedad Arqueológica, la asociación que esa tarde había celebrado la conferencia en el Museo de Historia del Arte a la que Leo había acudido. ¡Ya debería estar de vuelta!

¿Le habría pasado algo? Julia pidió a Rothmayer que la acompañara al museo. Puede que su temor fuera infundado, pero no estaba de más acercarse hasta allí para echar un vistazo. Elli también se había dado cuenta del temor de Julia y le había dado a escondidas algo que ahora yacía, frío y pesado, en el interior de su bolso.

Un pequeño revólver cargado.

—No dejaré que te vayas con ese bicho raro sin una protección —le había susurrado mirando con recelo a Rothmayer—. Recuerda que te necesito de vuelta. También para que puedas cumplir nuestro trato. Y ahora, vete, mi niña, antes de que os suelte a Bruno. —Acto seguido tomó a Sisi en brazos como a un pollito y la acostó.

Entretanto ya era casi medianoche. Las calles de Viena seguían animadas, sobre todo en los alrededores de Neulerchenfeld, donde la gente acudía a establecimientos de mala reputación. El coche avanzó por la Lerchenfelder Strasse, giró por fin por el Ring y no tardó en llegar a la Maria-Theresien-Platz. Las farolas de gas iluminaban el gran monumento a la Archiduquesa en el centro de la plaza y algunas palomas revoloteaban por la zona. Julia mandó parar al cochero, pagó y se dirigió con Rothmayer hacia el Museo de Historia del Arte.

El edificio era ya una silueta negra como la noche. En sus ventanas no brillaba ninguna luz y el gran portón de entrada estaba cerrado.

—Era de esperar —se lamentó Julia—. La conferencia hace ya rato que ha terminado. ¿Dónde se debe de haber metido Leo? Quería reunirse conmigo en el Dragón Azul justo al terminar.

—Puede que haya ido a otro sitio —sugirió Rothmayer encogiéndose de hombros—. El inspector siempre hace lo que le da la gana.

—Es posible, pero esta vez no lo creo. Estos últimos días Leo ha sido..., bueno, me he podido fiar de él.

—Entonces veamos si hay otra entrada. —Rothmayer se desvió a la derecha y caminó junto al largo y oscuro edificio. De repente se detuvo con brusquedad. Cuando Julia llegó a su lado, vio por qué.

En el suelo, junto a la parte del edificio que daba al Ring, había restos de sangre. A un lado yacía un maltrecho sombrero Homburg que a Julia le resultaba muy familiar.

Era el sombrero de Leo.

—¡Dios mío! —susurró la joven—. Leo... —Con el corazón acelerado, se esforzó por no gritar—. ¿Qué... qué le habrá hecho ese monstruo?

Justo cuando vio la sangre se dio cuenta Julia de lo mucho que él significaba para ella. Ahora que se había convertido en una parte importante de su vida, todo apuntaba a que Carl Rebers lo había asesinado y se había deshecho de él con la misma sangre fría que con los otros jóvenes. Le temblaban las rodillas. Tuvo que apoyarse en la pared del museo y sacar fuerzas de flaqueza.

A diferencia de ella, Augustin Rothmayer mantenía una calma sorprendente. Se arrodilló y rebuscó en los alrededores arrastrándose a cuatro patas como si fuera un enorme insecto negro.

—Hay huellas de carro recientes —dijo él al final. Se levantó, se sacudió las manos y señaló el lugar—. Justo al lado del charco de sangre. Creo que el tipo ha metido al inspector en un coche y se lo ha llevado a algún sitio. Así que es posible que todavía siga vivo.

—¡Hay que llamar a la policía! Tengo que avisar a Loibl...

Julia ya había dado media vuelta, pero Rothmayer la retuvo.

—¿Y qué les va a decir a los polizontes? El señor Von Herzfeldt había venido por su cuenta, ¿o lo ha olvidado? Ese Carl Rebers tiene amigos muy poderosos.

Julia titubeó. Rothmayer tenía razón. Leo había recibido instrucciones claras desde arriba de dejar a la Sociedad Arqueológica en paz. Ahora no podía presentarse ella en la Jefatura con la horripilante sospecha de que uno de los miembros de la asociación era el loco asesino de chaperos. Aunque pudiera convencer a Loibl o, incluso, al jefe superior Moritz Stukart, ya era demasiado tarde. Y nadie sabía si Leo estaba vivo o muerto.

—Tiene razón —asintió Julia—. Tenemos que actuar por nuestra cuenta. ¿Dónde debe de haber ido Rebers? —Reflexionó un momento y tuvo una idea—. ¡El vivero del parque zoológico! Rebers dijo que tenía instalado allí un laboratorio. Me lo contó la primera vez que lo vi.

—¿Quiere ir allí ahora? ¿En plena noche? —Rothmayer frunció el entrecejo. De repente sonrió mostrando los dientes—. ¿Sabe una cosa? Todavía no he estado en el zoo y me apetece mucho visitarlo. Además, a esta hora quizá no tengamos que comprar entradas. —Dio media vuelta y empezó andar torpemente con sus piernas largas y delgadas por la Maria-Theresien-Platz—. ¡Vamos, dese prisa! Esta vez pagaré yo el fiacre y usted comprará comida para los monos, ¿de acuerdo?

Carl Rebers se echó a Leo al hombro como si fuera un muñeco de peluche y lo subió por la amplia escalera hasta el acceso al vivero. Rebers era un tipo sorprendentemente fuerte, por lo menos mucho más de lo que cabría esperar a primera vista de ese jovencito pálido. Depositó el fardo humano delante de la puerta de entrada y buscó a tientas la llave en el bolsillo del frac mientras hablaba con Leo como si fuera un interlocutor normal y corriente, y no un montón de músculos flácidos.

—¡Considérese afortunado de poder ver el laboratorio, inspector! Lo monté el año pasado. El señor Knauer me ha dado plena libertad, pero no sabe con exactitud qué estoy investigando. No está en especial interesado en el trabajo de laboratorio. Simplemente, no es un científico puro, como yo. Tengo pensado montar una planta de experimentación biológica, la primera del mundo. ¡Estoy seguro de que lo sorprenderá!

Rebers abrió el portón, encendió las luces de emergencia y arrastró el cuerpo inerte de Leo hasta el alto vestíbulo de entrada. El camino los condujo junto a unas peceras y cajas de cristal llenas de serpientes y ranas que los observaban con los ojos desorbitados, hasta que llegaron a un recinto colindante de mayor tamaño. Fuera, unos cuantos monos chillaban como si se burlaran de la desesperada situación de Leo.

—Al menos nuestro encuentro casual en el museo me ha dado una idea estupenda —continuó Rebers, que seguía arrastrando a Leo detrás agarrándolo por el cuello del abrigo—. Hasta ahora siempre me he deshecho de los donantes en las alcantarillas, a trozos. Es el procedimiento menos llamativo. Sin embargo, en los últimos tiempos he tenido..., bueno, ciertas dificultades. Me he visto obligado a dejar tirado algún cadáver porque alguien me ha visto. Muy desagradable. Pero es mucho más sencillo deshacerse de los cadáveres en el zoo. Por ejemplo, en la balsa de los cocodrilos, justo aquí al lado. Debo decir que los leones son los menos adecuados para este fin. Lo intenté con el joven Moser, pero a los felinos no les gusta la carroña humana y dejan demasiadas sobras...

Rebers jadeó al doblar una esquina mientras arrastraba a Leo. En ese momento, el inspector notó una cierta transformación en su cuerpo. Volvió a recuperar algo los sentidos, lo que parecía indicar que el efecto del veneno estaba desapareciendo poco a poco. Sin embargo, seguía sin poder mover los brazos y las piernas, y tampoco la cabeza.

—Stefan Moser me pilló un día que vino a limpiar el laboratorio —dijo Rebers, que parecía estar sumido por completo en su propia realidad. Se detuvo un instante y se secó el sudor de la frente mientras una sonrisa soñadora se dibujaba en sus labios—. Un tipo extraordinariamente guapo... Vio un escroto humano encima de la mesa del laboratorio. Fue un desafortunado descuido por mi parte. Lo siento mucho por él. Y también por el resto de los jóvenes bellos y apuestos. Nunca me ha resultado fácil... ¡Para nada!

Suspirando, Rebers sacudió la cabeza y siguió tirando de Leo a través de los oscuros pasillos mientras continuaba con su soliloquio:

—Pero el peligro de ver retrasado el final de mis investigaciones por culpa de Moser era demasiado elevado, así que metí la llave en la cabaña a escondidas e hice creer a Lenz que ese salvaje quería liquidarlo. —Rebers rio con suavidad—. Puede que me den sus testículos después de la ejecución. ¿Qué le parece? ¡Sería una gran contribución para mi estudio científico!

El cuidador del zoo abrió una pequeña puerta empotrada en la pared, oculta detrás de unas peceras, y dio vueltas a un interruptor giratorio. Se encendieron unas luces de gas y arrastró a Leo al otro lado de la pared. El inspector tenía la cabeza ladeada, de modo que solo pudo ver de soslayo una pequeña parte de la estancia. Sobre unas mesas alargadas había jaulas con ratones chillones que correteaban como posesos en su interior, tubos de ensayo, un mechero Bunsen, una centrifugadora, una bandeja con bisturíes bruñidos... Había ranas saltarinas en varios terrarios y dos monos capuchinos de pelo gris gritaban ansiosos y golpeaban los barrotes de su jaula. Leo veía pasar las imágenes como si fueran escenas de un estereoscopio.

Su mirada se detuvo en una fotografía enmarcada y descolorida que colgaba en la pared, un poco torcida y fuera de lugar, junto a los tubos de ensayo. Era el retrato de un hombre mayor con barba poblada y largas patillas, cuello rígido y expresión severa.

—Mi padre —explicó Rebers como si se hubiera percatado de la mirada de Leo. Su tono volvía a ser sosegado, como si estuviera tomando una taza de té con su interlocutor—. El doctor Kurt Leonhard Rebers. Quizá haya oído hablar de él. Fue uno de los principales cirujanos vieneses de su época, ¡un auténtico filántropo! Estricto pero justo, también con su único hijo. He colgado aquí su fotografía para recordarme a mí mismo cada día por qué estoy haciendo todo esto. A veces tengo la sensación de que me mira por encima del hombro mientras trabajo.

—Jrrr... —gruñó Leo. Tenía la lengua enrollada como un caracol.

—¿Qué ha dicho? —Rebers enarcó una ceja y se volvió hacia su víctima, tendida en el suelo—. Cree que me parezco a él, ¿verdad? No estoy seguro... Pienso que me falta la masculinidad y la determinación que lo caracterizaban. Padre siempre decía que me mimaban demasiado. Quería emparejarme con alguna joven de buena familia, pero yo..., bueno, tenía otros intereses.

Carl Rebers enderezó el cuadro y lo miró con detenimiento. Su voz adquirió entonces un tono dichoso.

—La locura se apoderó de él casi de la noche a la mañana. Una enfermedad frecuente en nuestra familia. Envejeció de repente, mucho antes de lo que le tocaba. Mi padre apenas tenía cincuenta años cuando la razón y la memoria se desvanecieron de su ser como el agua en la tierra seca. Al final me insultaba, me llamaba extranjero y ladrón. Sin embargo, ¡fui yo quien se ocupó de él durante todo ese tiempo! ¡Yo solo!

Leo observaba con una mirada de muñeco de trapo al joven ayudante de cabello rojizo y pensó en lo estúpido que había sido. Había jugado con fuego. Al presentarse con tanta ingenuidad en la conferencia del Museo de Historia del Arte se había metido en la boca del lobo y lo había perdido todo. De todos los hombres del museo, de quien menos había sospechado era de Carl Rebers, también porque era pelirrojo. Se había centrado demasiado en Friedrich Knauer y, simplemente, se había olvidado de su ayudante. Se había dejado engañar por una peluca negra y un sombrero de copa, había mordido el anzuelo con una puesta en escena barata.

«Y ahora cae el telón», pensó.

Carl Rebers se secó una lágrima que le caía del rabillo del ojo.

—Todo ha sido un poco... desbordante estos últimos días, ¿lo entiende? Lo entiende, ¿verdad? Todas esas estocadas, puñaladas y descuartizamientos... ¡Pero alguien tenía que hacerlo por el bien de la ciencia!

—Jrrr... —volvió a proferir Leo, y Rebers asintió con la cabeza.

—¿Lo ve? Sabía que lo entendería. Usted sí que es un verdadero caballero.

Leo seguía manteniendo el rostro inexpresivo, pero notaba como sus fuerzas volvían muy despacio. Pensó entonces en cómo había luchado contra la subida del muerto, de niño y adolescente, concentrándose en un único movimiento de una parte diminuta de su cuerpo. Así, invirtió todas las fuerzas que le quedaban en intentar mover el dedo meñique de su mano izquierda. Era como tratar de mover una montaña. El sudor invadió su frente.

«Por Dios, ¡puedes hacerlo! Solo es un maldito dedo meñique.»

El dedo dio una pequeña sacudida.

Carl Rebers, que no se había dado cuenta de ello, se dirigió a una gran nevera de doble pared situada junto a los tubos de ensayo.

—Hasta hoy, mis experimentos no han dado ningún resultado positivo. De momento solo inyecto la sustancia en monos, ratas y conejos. ¡Pero presiento que estoy a las puertas de un gran avance!

Abrió la puerta del refrigerador y una corriente de aire frío rozó la cara de Leo. Rebers sacó una fiambrera forrada de acero, más o menos del tamaño de una panera.

—Las existencias se están agotando. Solo me quedan cuatro testículos helados. Mmm... —Puso un semblante pensativo y, de repente, miró a Leo con interés científico—. Creo que me quedaré con sus testículos, si no le importa. Hasta que eso suceda, puede ver cómo hago puré con los otros y los paso por el tamiz. Es un proceso muy interesante.

El barullo ensordecedor del Prater aumentaba a medida que el coche se aproximaba al Parque Zoológico de Viena. El entrometido cochero había intentado varias veces averiguar qué relación había entre la joven y ese extraño sujeto vestido por completo de negro. Pero Augustin Rothmayer lo había desairado con un par de comentarios malhumorados. Tampoco le dio propina cuando se apearon del coche de punto. El zoo estaba rodeado por un muro de gran altura.

Ya desde la calle, Julia percibía el cáustico olor a estiércol de los depredadores. El gran portón de entrada situado entre las dos pequeñas torres con los leones de piedra estaba asegurado con una gruesa cadena. De vez en cuando pasaban por delante transeúntes que se dirigían al Prater, sobre todo parejitas y juerguistas achispados. Julia dejó de caminar. Hasta ese momento no había pensado en cómo iban a entrar en el zoológico, y mucho menos acceder al vivero. Rothmayer pareció darse cuenta de la incertidumbre de la joven.

—Veamos si el muro es más bajo por allí —sugirió el sepulturero, que ya se alejaba corriendo.

A Julia le costó seguirlo. Ambos giraron por un pequeño callejón lateral que partía de la Laufbergergasse. En esa parte, el muro que circundaba el recinto estaba recubierto de ladrillo cocido y era curvo, con lo que probablemente se pretendía dar un aire exótico a la construcción. Unas mirillas enrejadas con forma de aspillera permitían ver el interior.

—¡Ya está! ¡Por aquí! —Augustin Rothmayer se detuvo en un punto donde el muro se curvaba hacia el suelo. Se apoyó en la mampostería y entrelazó los dedos de las manos—. Suba, señorita Wolf. No miraré bajo su falda. Cuando era aprendiz de sepulturero, nos colábamos así en los cementerios para emborracharnos.

—¿Bebían entre los muertos?

—Sí..., bueno, supongo que los muertos se alegrarían de que pasara algo de vez en cuando. ¡Venga, arriba! ¿A qué espera?

Julia se descalzó, metió los zapatos en el bolso junto con el revólver y trepó sobre Rothmayer. El hombre desprendía un olor rancio. La joven consiguió encaramarse a la pared y desde arriba pudo ver el Wurstelprater inundado de luces. El parque zoológico, en cambio, era una superficie oscura. Los pocos edificios del recinto se veían negros como la noche... Todos, excepto uno, que se alzaba a lo lejos.

—El vivero —susurró Julia—. Hay una luz encendida. Supongo que los vigilantes nocturnos ya habrán ido a ver qué pasa.

—No, si el joven Rebers acostumbra a trabajar hasta tarde —dijo Rothmayer—. Y ahora, ayúdeme a subir antes de que venga un polizonte.

Julia le tendió la mano y, después de proferir algunos gemidos y jadeos, el sepulturero se encaramó también a la corona del muro, de la cual sobresalían fragmentos de cristal a intervalos regulares.

—Me pregunto si los han puesto para que nadie se cuele o para que no se escape ningún bicho —preguntó Rothmayer pensativo—. Mmm... —Miró hacia abajo—. ¿Qué criaturas habitarán esas aguas?

—Oh, Dios... —Julia no había visto que justo debajo de ellos había un pequeño lago artificial—. Por eso el muro aquí es más bajo.

—Bueno, pues me temo que vamos a tener que nadar —dijo él, y se dispuso a saltar sujetándose con cuidado las alas de su chambergo.

—No pretenderá que...

El sepulturero ya tenía los pies en el aire. Sonó un chapoteo y, al cabo de unos segundos, emergió su cabeza en el agua oscura.

—No está tan fría. Hay bastantes algas y he rozado con algo, pero seguro que no es ningún cocodrilo. —Hizo una seña con la mano—. ¡Vamos, salte! ¿O quiere que le consiga una embarcación de recreo para nuestra excursión nocturna?

Julia sabía que los cocodrilos estaban en el vivero, pero ¿y si en ese estanque había hipopótamos agresivos o serpientes resbaladizas? ¿O pirañas, que eran carnívoras...?

Cerró los ojos, se tapó la nariz y saltó sujetándose el bolso encima de la coronilla. El agua no estaba demasiado fría, quizá ello fuera debido a la escasa profundidad del lago. Los pies descalzos de Julia pisaron algas y lodo. La joven vio un borboteo a lo lejos y le pareció distinguir una silueta en el agua.

Una silueta que se acercaba con rapidez hacia ellos.

Julia gritó, braceó y pataleó salvajemente. Desesperada, se aferró a unos juncos y tiró de ellos para llegar hasta la orilla fangosa. Cuando volvió a mirar a su alrededor, vio un cisne nadando con tranquilidad en círculos.

—Un espantoso monstruo marino —dijo Rothmayer, que esperaba sentado en un banco junto al lago. Esbozó una sonrisa sardónica y se caló el sombrero goteante—. Solo que blanco y con alas.

—Muy gracioso. —Julia salió del agua y se escurrió el pelo mojado. Tiritaba de frío y se estremeció de rabia y vergüenza—. ¿De quién ha sido la estúpida idea de irrumpir en el zoo saltando el muro? —Pero entonces se acordó del vivero iluminado y de Leo, que probablemente estaba corriendo allí un grave peligro, si es que aún seguía vivo—. Evitemos lagos, leoneras y oseras en la medida que podamos, ¿de acuerdo? —Se puso los zapatos, se echó el bolso al hombro y empezó a andar.

En lo sucesivo mantuvieron la ruta por senderos estrechos, en silencio y atentos a la presencia de posibles vigilantes nocturnos. Pasaron por delante de varias jaulas, cercados y recintos. Julia tenía la impresión de que todos los animales que había allí encerrados los miraban con recelo. Se oían crujidos, silbidos, gruñidos y bufidos, y del recinto de los elefantes llegaban barritos ensordecedores. Era como si estuviesen caminando por una enorme selva ruidosa. Julia se preguntó cómo podían dormir los matabele con todo aquel ruido.

No tuvieron problemas en encontrar el vivero porque el edificio brillaba como una vela en la oscuridad. Julia se acordó de su visita, hacía apenas una semana. En aquella ocasión, Carl Rebers había salvado a su hija de un probable ataque de los cocodrilos, y ahora ella lo buscaba a él por ser un asesino múltiple.

«Puede que uno de sus asesinatos sea también el de Leo...»

—Mire —susurró Augustin Rothmayer dirigiendo la mirada al frente—. La puerta del vivero está entreabierta. ¡Y también está el coche! Entonces, yo tenía razón. —Señaló un mugriento carro aparcado entre los arbustos, a poca distancia. Un caballo pastaba con calma junto a él.

—Parece un coche de la basura del ayuntamiento —comentó Julia en voz baja—. ¿Qué hace en el zoo?

Se acercó al vehículo y echó un vistazo al interior. Tuvo un sobresalto. Le dieron arcadas y tuvo que apoyarse en un lado del vagón.

«¡Así es como lo ha hecho! Dios mío...»

—¿Qué ha visto? —preguntó el sepulturero.

—Después se lo explico. ¡Rápido! ¡Tenemos que encontrar a Leo!

Julia corrió hasta la puerta del vivero y la abrió de un empujón. Lo que acababa de ver había movilizado sus últimas fuerzas. El temor se transformó en una rabia indescriptible. Sabía que solo podía vencer el miedo actuando. ¡Y ahora era el momento! De lo contrario, el espectáculo que había presenciado en el interior del coche podría con ella.

«Sierras, tenazas, cuchillos, bisturíes... ¿Dónde estás, Leo? ¿Qué te ha hecho?»

Con la mano temblorosa sacó el pequeño revólver del bolso y lo sostuvo frente a ella con el brazo extendido. Unas pocas lámparas de gas iluminaban con luz tenue las salas y los pasillos.

—¿Sabe siquiera cómo funciona? —preguntó Rothmayer con la voz apagada.

—No, pero supongo que apretando el gatillo. No puede ser tan difícil. Yo...

Se oyó un grito que casi le hizo tirar el revólver. No tardó mucho en darse cuenta de que había sido un mono.

—Viene del pasillo de la derecha —indicó ella—, donde también están los cocodrilos. —Se acordó de que había una puerta junto a la jaula. ¿No había salido Rebers por aquella puerta la primera vez que lo vio? ¿Y no le había hablado entonces de su laboratorio?—. ¡Rápido!

Julia corría hacia el pasillo con la pistola en alto, cuando se oyó otro grito.

Y esta vez era con claridad humano.

Carl Rebers cogió un bisturí de la mesa y se acercó a Leo, que seguía tendido en el suelo, tieso como una tabla.

—Vamos allá —dijo—. Creo que empezaré cortándole la ropa, así estará todo más limpio. Bonito traje, por cierto, pero del todo inadecuado para el trabajo de laboratorio.

Leo tuvo un leve sobresalto. Durante la última hora había podido observar el trabajo de Rebers. Había cortado los testículos de sus dos últimas víctimas en pequeños trozos y había hecho con ellos un puré en una especie de molinillo. Después había mezclado la papilla blanquecina resultante con un líquido. Probablemente añadió otros ingredientes, pero Leo no pudo reconocerlos. Al final Rebers sacó unas jeringuillas y las colocó en una bandeja de plata como si fueran pequeñas alhajas. Durante todo el tiempo que había durado el proceso, los dos monos capuchinos habían estado gritando y agitando con nerviosismo los barrotes de su jaula. Leo no sabía si la reacción de los primates era de miedo o de burla.

—Cuando haya terminado con sus testículos, empezaré una última gran serie de experimentos con monos, ratas y conejos. —Rebers comprobó el filo del bisturí con la punta del dedo—. Y, al final, por supuesto, también con humanos. Estoy seguro de que algunos de los ancianos miembros de la Sociedad Arqueológica se ofrecerán encantados. Por cierto, ¿qué le ha parecido la conferencia que ha dado hoy el señor Knauer sobre la eterna juventud en el Antiguo Egipto? Sus investigaciones siempre han sido una fuente de inspiración para mi trabajo, aunque, por supuesto, él nunca ha sabido con exactitud qué era lo que estaba haciendo yo en el laboratorio. ¡Este es mi reino! ¡Un reino dedicado a la ciencia, basado en la investigación y la experimentación! Nada de actuaciones con animales amaestrados ni espectáculos folclóricos para las masas.

Rebers aplicó el bisturí sobre la camisa de Leo y trazó una marca suave hasta el pantalón. Con otro corte separó el cinturón y los botones de la bragueta.

—Ya hemos estado así de cerca antes, inspector —comentó Rebers con ternura—, ¿se acuerda? Fue en las alcantarillas. Es una pena que nuestro segundo encuentro tenga un final tan abrupto. —Acarició el pecho desnudo de Leo con el estilete—. Hoy, en la conferencia del museo, lo he reconocido enseguida. He sabido entonces que me iba a descubrir, así que he tenido que actuar. Lo entiende, ¿verdad? Aunque me resulte difícil... —Acercó el filo a la cadera de Leo—. Le cortaré los testículos en vivo, así estarán más frescos. Creo que con el veneno no notará gran cosa. Solo le dolerá un poquito. Así que respire hondo y...

La mano de Leo salió disparada y agarró el puño con el que el cuidador sujetaba el bisturí. En la última hora, el efecto del veneno había disminuido lo suficiente como para permitirle realizar movimientos sencillos. Los ejercicios que había aprendido en su infancia y juventud también habían ayudado.

«Primero una falange, después un dedo y al final todo el brazo...»

Rebers se vio tan sorprendido que en un primer momento no ofreció resistencia. Estaba arrodillado, casi petrificado, sobre Leo como su antagonista oscuro. Las manos de ambos estaban entrelazadas, y el bisturí a solo unos dedos de distancia de la costura del pantalón del inspector.

—Es... es increíble —consiguió por fin decir Rebers—. Su cuerpo es mucho más joven y resistente de lo que pensaba. Un material de investigación excelente...

Con la mano izquierda agarró el cuello de Leo y empezó a estrangularlo, mientras que con la derecha seguía haciendo fuerza con el bisturí hacia abajo. Leo sintió que se quedaba sin aire. Además, todavía no podía mover la parte superior del cuerpo. La punta del bisturí atravesó la tela del pantalón.

—No tiene por qué resistirse —le instó Rebers, que aflojó su garra del cuello de su víctima—. ¡Deje que ocurra! ¿Qué importa una sola muerte si con ella se beneficia toda la humanidad? La eterna juventud...

Un grito grave y prolongado salió de la garganta de Leo, como si sus cuerdas vocales acabaran de liberarse. Rebers dejó de hablar. Leo aprovechó el factor sorpresa y mandó a todos sus músculos la orden de moverse a la izquierda.

«Reaccionad, por el amor de Dios... ¡Si me dejáis tirado ahora, no os volveré a necesitar nunca más!»

Y por fin pudo moverse de nuevo.

No mucho, pero sí lo suficiente para hacer que Carl Rebers se tambaleara. El joven soltó a Leo, zarandeó las manos y se agarró a la mesa donde estaban las jeringuillas, que cayeron con gran estrépito al suelo junto con la bandeja de plata. Jadeando, Rebers consiguió deshacerse de Leo y se puso a recoger las jeringuillas como si fuera un morfinómano a la caza de la siguiente inyección.

—¿Qué hace? —gritó—. ¡Menudo desperdicio!

A cuatro patas, el inspector se alejó de Rebers con la lentitud de una tortuga. Cuando este hubo recogido las jeringuillas, fue a por el bisturí, se abalanzó sobre Leo y le clavó el instrumento en la espalda. A pesar del veneno, el inspector pudo sentir el dolor, soltó un rugido de miedo e ira, siguió arrastrándose y, al final, se desplomó.

«Me temo que todo ha terminado», pensó entonces Leo.

—¡Va a ser pasto de los cocodrilos! —vociferó el cuidador—.

Se lo ha ganado... —Extrajo el bisturí de la espalda de Leo y se dispuso a clavárselo de nuevo—. ¡Me equivoqué con usted! Estúpido egoísta...

En ese momento sonó un disparo. Los tubos de ensayo y las jeringuillas se hicieron añicos. Rebers gritó con fuerza y soltó al inspector.

Cuando Leo consiguió levantar con dificultad la cabeza, vio a Julia en el laboratorio del vivero con un revólver en alto. Y, detrás de ella, al sepulturero tapándose las orejas.

«Un sueño —pensó Leo—, tiene que tratarse de un sueño...»

Y perdió definitivamente el sentido.

Julia acababa de comprobar que disparar no era tan complicado, pero dar en el blanco entrañaba algo de dificultad. Su primer disparo había barrido de la mesa las jeringuillas y los tubos de ensayo, y el retroceso había sido tan violento que casi le hizo tirar el revólver.

En una fracción de segundo advirtió pequeños detalles en la sala: los monos gimoteando en la jaula, la expresión extrañamente rígida de Leo, el instrumental científico, el chillido de las ratas, un charco de sangre, un montón de jeringuillas esparcidas por el suelo, algunas rotas y otras listas para inyectar..., y los ojos dilatados por la locura de Carl Rebers, que seguía empuñando el bisturí.

—¡Suelte el cuchillo! —gritó Julia—. ¡Suéltelo o disparo!

Ni ella misma sabía de dónde sacaba las fuerzas para dar semejante orden. Su mirada iba y venía entre Rebers y Leo. Entonces vio también la mancha oscura que se extendía por el traje de Leo a la altura de los hombros.

Carl Rebers dio otra estocada.

—¡Basta! —gritó Julia apretando el gatillo por segunda vez.

Esta vez, el disparo impactó en la nevera, junto a Rebers, y dejó allí un orificio con los rebordes negros. Carl Rebers se apartó de Leo y corrió hacia Julia blandiendo el bisturí. Justo en ese momento, un objeto cruzó el aire junto a ella. Era una vasija de vidrio que impactó en la cabeza del cuidador. El líquido que contenía se derramó sobre su cara. Rebers gritó de dolor, dejó caer el bisturí, rodó por el suelo y se frotó los ojos.

—¡Agua! —gritó—. ¡Me abraso!

Se puso en pie, se precipitó hacia el pasillo, tropezó, perdió el equilibrio y buscó de nuevo un punto de apoyo en la mesa mientras se esforzaba por llegar a la puerta.

—¡Siga a ese maníaco! —chilló Julia volviéndose hacia Rothmayer mientras seguía apuntando con el arma a Rebers en plena fuga—. ¡Yo me ocuparé de Leo mientras tanto!

—Yo sé más que usted de sangre y heridas —replicó el sepulturero con voz sorprendentemente tranquila—. Si aplica una venda igual de bien que dispara, ya nos podemos despedir del inspector. —Señaló hacia la salida—. No creo que el tipo llegue muy lejos. Si he leído bien la etiqueta, la vasija de cristal contenía ácido nítrico.

—¡Agua, agua! —volvió a vocear Rebers, que había salido a trompicones por la puerta hacia la galería de los reptiles—. ¡Oh, Dios...! Pero ¿qué...?

De repente se oyó un gran alboroto seguido de un chapoteo.

Entonces se hizo el silencio.

—Me temo que ya ha encontrado el agua que reclamaba —indicó Rothmayer en medio de la calma.

Los gritos que siguieron poco después ya casi no eran humanos. El sonido se fue convirtiendo en una mezcla de bramido y chillido infernales.

—Por el amor de Dios, ¿qué..., qué es eso? —preguntó Julia. De inmediato se respondió a sí misma—: ¡Los cocodrilos! ¡Ha caído en la balsa de los cocodrilos!

Pensó en cómo Carl Rebers había salvado a su hija de esos mismos reptiles hacía apenas unos días. Tras un momento de duda, salió corriendo al pasillo con la pistola. El grueso cristal del recinto de los cocodrilos estaba destrozado. En el estanque que había al otro lado, entre las burbujas que se formaban en la superficie, se distinguía una piel callosa de color verde oscuro sobre el agua sanguinolenta, unas fauces abiertas con una mano despedazada en su interior, jirones de ropa, un zapato con un pie cubierto de sangre...

Los gritos cesaron y el agua revuelta se calmó. En el fondo de la balsa solo se distinguían unas pocas siluetas alargadas de color verde oscuro. Eran los enormes y ancestrales depredadores que se llevaban a rastras a su presa.

Sobre las piedras del centro del estanque había un hombre.

Debido a la tenue luz del alumbrado de emergencia, Julia no pudo reconocerlo al principio. Por un momento pensó que era Rebers, que había vuelto convertido en fantasma, pero ese hombre era mucho más alto y musculoso. Por su quietud y rigidez, parecía una estatua de piedra. En silencio, levantó la mano a modo de saludo.

—Saidrovuni —susurró Julia, que bajó el arma—. ¿Qué..., qué está haciendo aquí?

El jefe de tribu llevaba camisa y pantalones, ambos de una talla demasiado pequeña. Julia vio que se trataba de la ropa que Leo guardaba en el Dragón Azul. El hombre iba descalzo, tenía la camisa manchada de sudor y abierta hasta el pecho. Temblaba, probablemente debido a la fiebre.

—El Asan-Bosam se ha llevado a Cabeza de Fuego —manifestó Saidrovuni en voz baja—. Ha recibido un justo castigo... Su alma nunca volverá con los suyos.

—Dios mío, ¿ha venido andando desde Neulerchenfeld? —preguntó Julia—. Menuda locura..., con lo enfermo que está.

—Mi familia —respondió agotado Saidrovuni—. He vuelto

porque tenía que ver cómo estaban todos, pero oí gritos en el vivero. Entonces he venido hasta aquí, Cabeza de Fuego me ha visto, o tal vez no... Quizá él también ha visto al demonio. Ha huido de mí y ha saltado a través del cristal... Estaba loco de miedo...

El agua volvía a estar en calma. Los enormes cocodrilos del Nilo, de más de tres metros de largo, yacían inmóviles sobre las grandes piedras en el borde más alejado de la balsa. Algunos restos de ropa todavía flotaban.

—Quien mató al joven cuidador fue Cabeza de Fuego. *Umlilo ikhanda...* —Saidrovuni asintió con la cabeza—. Ahora lo sé. Mi mujer lo vio en nuestra cabaña. Escondió allí la llave. Era un mal hombre...

—Ahora está muerto —dijo Julia mirando por última vez a los cocodrilos y los jirones de ropa. Se estremeció—. Ha acabado igual de despedazado que sus víctimas... —Se sobresaltó—. ¡Leo! ¡Voy a ver cómo está! —Volvió corriendo al laboratorio, y Saidrovuni fue tras ella.

Entretanto, Augustin Rothmayer le había quitado la camisa al inspector, que seguía medio inconsciente, y había examinado las heridas superficialmente. Le había vendado la espalda con unas tiras rasgadas del pantalón de Leo.

—¿Cómo está? —preguntó Julia angustiada.

—Ya ha visto muchas heridas de cuchillo en gente muerta, pero... —empezó Rothmayer.

—¡Oh, Dios...! —Julia se apoyó en una de las mesas—. Leo... —Rompió a llorar.

—¡Déjeme terminar, por los clavos de Cristo! Las puñaladas son mucho más profundas en un muerto. El bisturí solo ha penetrado unos centímetros, pero el inspector sigue perdiendo mucha sangre. Además, es posible que Rebers lo haya envenenado con algún brebaje diabólico, pero parece que el efecto ya está pasando. Así que deberíamos conseguir un médico lo antes posible...

Rothmayer se sorprendió al ver a Saidrovuni. El imponente jefe de tribu acababa de entrar en el laboratorio.

—¡Santo crucifijo! ¿Qué hace aquí este salvaje? —gruñó el sepulturero—. ¿Se ha zampado a Rebers?

—Los cocodrilos ya se han encargado de eso —contestó Julia—. El señor Saidrovuni es un amigo, ya le he hablado de él. Pero la policía no debe enterarse de que está aquí. Es un poco complicado de explicar ahora... —Pensó un momento—. ¿Puede hacerme un favor, señor Rothmayer? Será el último que le pida...

El sepulturero guardó silencio y siguió observando a Saidrovuni.

—No se ha olvidado de nuestro trato, ¿verdad, señorita Wolf? —dijo por fin.

—Por supuesto, señor Rothmayer. Sé que me ha ayudado mucho. Será el último favor que le pida, se lo ruego...

—¿Cómo me puedo negar si me pone esa cara? —Rothmayer suspiró, extendió sus largos brazos de araña y dijo—: Vamos, suéltelo.

—Por favor, lleve al señor Saidrovuni de vuelta al Dragón Azul junto con su esposa y sus hijos; los encontrará en la aldea matabele que hay instalada aquí, en el zoo. Estoy segura de que un hombre con sus recursos podrá conseguir que el cochero que los lleve no cuente nada después sobre sus extraños pasajeros. Y salude a Elli de mi parte. Dígale que yo..., que en los próximos días cumpliré lo que le prometí, pero que a cambio acoja a la familia de Saidrovuni durante un tiempo.

—Mmm... —Rothmayer frunció el entrecejo, pero su rostro macilento se iluminó de repente con una sonrisa sardónica—. ¿Qué demonios? Un paseíto nocturno por Viena en compañía de un grupo de salvajes... Anna se alegrará cuando mañana le cuente esta espeluznante historia. —Se volvió hacia Saidrovuni—. Bueno, muéstreme dónde vive. Y también buscaremos algo de ropa decente para usted, señor Sandro... o comoquiera que se llame. No es menester amedrentar a ningún cochero vienés. Con que nos lleve a mí y a un grupo de morenos, nos basta.

Saidrovuni miró con perplejidad a Julia.

—Puede confiar en él —dijo ella—. Es un sepulturero, pero también se preocupa por los vivos, ya sean negros o blancos.

—Me tomaré eso como un cumplido —repuso Rothmayer. Entonces se descubrió y se despidió—. A sus pies, señorita. Y dele recuerdos al inspector cuando vuelva en sí. Mala hierba nunca muere.

El sepulturero abandonó el laboratorio acompañado por Saidrovuni. Los fragmentos de cristal desperdigados por el suelo crujieron al paso de ambos. Al partir, Augustin Rothmayer aplastó con el pie una jeringuilla cargada.

Julia se inclinó sobre Leo y le acarició la mejilla. El inspector abrió los ojos y esbozó una sonrisa sinuosa; la parálisis no había desaparecido del todo.

—Tienes que practicar el tiro —murmuró él—. No se puede fallar a tres metros de distancia...

Julia sonrió satisfecha.

—Mira quién habla. ¡El policía desarmado! —Se levantó—. Tiene que haber un teléfono en algún sitio. Llamaré a un médico y, después, al inspector Loibl. Le diré que acuda con refuerzos para echar un vistazo. Creo que hemos resuelto el caso.

—No del *dodo*... —masculló Leo—, no... del... *dodo*...

Ella lo miró sorprendida, pero Leo ya había vuelto a cerrar los ojos.

Julia no pudo saber si se había quedado dormido o estaba reflexionando profundamente.

XXV

Cuatro días después...

Leo estaba tumbado en la cama bocarriba, mirando el techo, donde el estuco amarilleado por la nicotina se juntaba en desafortunada unión con el tapizado de motivos florales de la pared. Con dificultad y acompañándose de un quejido, se incorporó y buscó a tientas el paquete de cigarrillos en la mesilla de noche. Le dolía la espalda como si le estuvieran clavando agujas al rojo vivo. Aunque solo fuera un poco, el tabaco ayudaba a mitigar el dolor. Encendió uno de sus apreciados Yenidze, el cuarto de esa mañana, y escuchó los pasos de la señora Rinsinger, que estaba sacudiendo el polvo de los cuadros del pasillo mientras cantaba a voz en grito un aria de opereta.

Llevaba varios días postrado. Por suerte, el día anterior, domingo, le habían dado el alta del Hospital General. Julia lo había llevado a la pensión y le había suministrado lo estrictamente necesario, que, aparte de los cigarrillos, eran salchichas, aguardiente y dulces. Ambos sabían que la señora Rinsinger lo pondría a dieta estricta, así que las provisiones estaban bien escondidas bajo la cama.

Por suerte, las punzadas de bisturí que le había asestado Carl Rebers no eran profundas, y solo le dolían endemoniadamente. Peor era el efecto del veneno, que no había cesado del todo. Tenía los pies entumecidos y de vez en cuando notaba un picor en las manos. Pero cada día se encontraba un poco mejor. El profesor Hofmann, cuando fue a visitarlo al hospital, le dijo que podría tratarse de una forma rara y aún no investigada del curare, y que podía considerarse afortunado de seguir con vida. «Es usted una alegría para la ciencia —le había dicho Hofmann—. Es muy probable que citen su caso en alguna obra de referencia. ¡Enhorabuena!»

Desde entonces, Leo se pasaba todo el tiempo tumbado y cavilando. Había pedido a Erich Loibl que hiciera algunas llamadas por él, y el profesor Hofmann también le había hecho algún que otro favor. Leo no soportaba tener que quedarse de brazos cruzados. Pero como mínimo sus cavilaciones le habían dado algún resultado. El pequeño cuaderno que tenía encima de la mesilla, junto a los cigarrillos, estaba rebosante de anotaciones, el contenido de las cuales era tan asombroso como evidente.

Leo sonrió. A veces, lo mejor que se podía hacer era tumbarse en la cama y ordenar las ideas.

«En la Jefatura de Policía de Viena habría que hacerlo más a menudo», pensó.

Sonó el timbre. La señora Rinsinger interrumpió su aria y fue a abrir. Leo aguzó el oído. Por el murmullo masculino, no era Julia quien venía a visitarlo. Además, ella le había dicho que acudiría por la tarde. ¿Quién podría ser?

Cuando llamaron a la puerta de su habitación, Leo apagó con rapidez el cigarrillo y escondió el cenicero bajo la cama, junto al salchichón.

—¿Sí? —preguntó.

—Tiene visita, señor Von Herzfeldt —dijo la casera—. Son dos señores de la policía.

Leo se sobresaltó. ¿Habrían descubierto que él estaba detrás de la fuga de Saidrovuni? Respiró hondo.

—Hágalos entrar —dijo.

La puerta se abrió y entraron Erich Loibl y Paul Leinkirchner. El segundo sostenía una botella brandy decorada con una cinta roja, mientras el primero toqueteaba con timidez una caja de bombones con un bonito envoltorio.

Leo se quedó boquiabierto.

—Les he dicho a los señores por activa y por pasiva que, por el momento, usted no puede beber alcohol, y también considero inapropiados los dulces... —La señora Rinsinger enarcó una ceja y resopló—. ¡Señor Von Herzfeldt! ¡Ha vuelto a fumar! —Se acercó a la ventana, descorrió las cortinas y abrió los postigos—. ¿Cómo pretende curarse así?

—¿Le importaría dejarnos a solas con el compañero? —refunfuñó Paul Leinkirchner con sus típicas formas de bulldog—. Tenemos asuntos oficiales que tratar.

La casera obedeció y, con aire desafiante, abandonó la habitación en silencio. Cuando se cerró la puerta, Leinkirchner sonrió de oreja a oreja.

—Mucho más arpía que mi mujer. ¡Enhorabuena, Herzfeldt! —El inspector jefe echó un vistazo a la pequeña habitación llena de humo—. Conque aquí es donde vive el barón. Espléndido, casi como en el Hotel Imperial...

—Me gustaría ofrecerles asiento a los dos —repuso Leo, que todavía no tenía claro lo que significaba esa visita para él—, pero solo tengo una silla.

—Ya pasamos demasiado tiempo sentados en la Jefatura —dijo Erich Loibl haciendo un gesto de despreocupación con la mano—. Esta mañana no hemos salido del despacho del jefe superior Stukart para la reunión de cierre del caso. —Señaló la botella de brandy que Leinkirchner tenía en las manos—. El coñac ha sido idea del propio Stukart. Sin embargo, alguien se le ha adelantado... —Sonriendo, Loibl sacó otra botella de debajo del abrigo. Era whisky, pero el frasco estaba un poco rayado y lleno de polvo—. ¿Se acuerda? Saludos de Jurek, el cabecilla de los peinacanales, que quiere agradecerle así la captura del Fantasma. ¡Ah!, y los bombones los ha elegido en persona el jefe superior para la señorita Wolf, que deberá presentarse en breve ante él. Con toda probabilidad, para hablar de su posible regreso a la Jefatura de Policía.

—¿De verdad? —Leo intentó que no se le notara demasiado la alegría que sentía. Al parecer, la heroica intervención de Julia en el zoo había causado una profunda impresión en el jefe superior—. ¿Y qué tengo que ver yo con todo esto?

—Bueno, usted y la señorita... —Loibl anduvo con rodeos—, pensamos que tal vez la viera en algún momento. Quiero decir, después de todo lo que sucedió en el vivero.

—Tal vez la vea —respondió Leo con parquedad y se volvió hacia Paul Leinkirchner—. ¿Cómo está su pierna?

—Probablemente mejor que su espalda —gruñó Leinkirchner—. Me he reincorporado esta mañana. Y, como primer acto oficial, Stukart me ha enviado aquí para darle las gracias en nombre de todos los miembros de la Jefatura de Policía de Viena. Como si fuera un chico de los recados. —Dejó la botella de brandy en la mesilla de noche—. ¡Que le aproveche!

—Beberé a su salud y le desearé un muy judío *Mazel Tov*. —Se le escapó una sonrisa sardónica, pero recuperó la seriedad al momento—. ¿Quiere decir eso que el caso está cerrado?

—Así es —confirmó Loibl—. Hemos encontrado en casa de Carl Rebers unas notas que prueban sus actos. A ellas se añaden la lista de libros de la Biblioteca de la Corte y los horripilantes despojos hallados en el laboratorio... Por no hablar del carro de la basura reconvertido en matadero ambulante. Rebers es nuestro hombre. ¡Enhorabuena, Herzfeldt! Ahora solo necesitamos que nos diga cómo lo desenmascaró. El jefe superior espera su informe en breve.

Leo titubeó. La noche del zoo, después de que Julia llamara a un médico y a la policía, los compañeros aseguraron las pruebas: las jeringuillas con su macabro contenido, lo poco que había quedado de Rebers, el horrible interior del coche de la basura... Julia y él habían acordado explicar a los agentes una versión de los sucesos algo maquillada, según la cual Leo habría ido al vivero por la noche para interrogar a Rebers. Este lo habría sometido y le habría inyectado el veneno. Entonces, Julia se habría preocupado por Leo y lo habría seguido hasta el vivero, donde tuvo lugar la pelea final. De la presencia de Augustin Rothmayer, la policía sabía tan poco como de la de Saidrovuni.

—Tiene suerte de estar vivo —dijo Loibl sacudiendo la cabeza con incredulidad—. ¿Por qué no me pidió a mí o a otro compañero que lo acompañáramos al vivero?

—Lo único que quería era interrogar a Rebers —respondió Leo—. Yo..., me habían dado un chivatazo anónimo de la Biblioteca de la Corte y quería darle seguimiento. Entonces pillé a Rebers en el laboratorio con las manos en la masa.

—Ya, con las manos en la masa... —Leinkirchner no parecía del todo convencido. Miró a Leo con desconfianza—. ¿Y qué pasa con el sepulturero? El profesor Hofmann nos ha dicho que ese bicho raro contactó con usted porque le había llamado la atención algo en el cuerpo del joven cuidador de animales.

—Esto..., sí, así es —confirmó Leo—. Fue mi segunda pista. Al fin y al cabo, conozco un poco al señor Rothmayer. Cuando me dijo que el joven cuidador Stefan Moser podría haber sido castrado antes de su muerte en el recinto de los leones, la sospecha cobró fuerza. Pero debo admitir que primero tuve en el punto de mira al director del zoo, Friedrich Carl Knauer —añadió encogiéndose de hombros—. El frac, el sombrero de copa, el pelo negro, todo parecía encajar. Y después, su conferencia sobre la vida eterna...

—Entiendo que todas las pistas lo llevaran al parque zoológico —asintió Loibl con semblante sombrío—, y también que ese jefe de tribu haya resultado ser inocente. Pero entonces, ¿por qué se ha fugado de la cárcel? Todavía no sabemos quién lo ayudó. ¡Y ahora parece que toda su familia se ha esfumado del zoo! Todo el asunto es cada vez más misterioso.

Leo guardó silencio y miró por la ventana, donde apenas unas pocas nubes enturbiaban un espléndido cielo azul de mayo.

—Bueno, como mínimo los crímenes de los chaperos ya están resueltos —dijo Leinkirchner al cabo de un rato—. El aire fresco me mata, por cierto. Me estoy pelando de frío. —Sin mediar palabra, se acercó a la ventana y la cerró. Acto seguido descorchó la botella de whisky de los peinacanales y buscó unos vasos a su alrededor. Los encontró en una estantería polvorienta y llenó uno para cada uno. Levantó el suyo para brindar—: ¡Por haber podido conservar las pelotas!

Los tres hombres bebieron y permanecieron en silencio. Leo observó que Loibl había dejado su vaso a un lado. Por lo visto, la reconciliación con su mujer había surtido efecto, al menos de momento.

—Todavía no sabemos a cuántos se ha cargado Rebers —dijo por fin Leinkirchner contemplando pensativo el contenido ambarino de su vaso—, y puesto que se lo zamparon los cocodrilos, supongo que nunca lo sabremos. Pero como mínimo sabemos *cómo* lo hizo. —Bebió un trago profundo y se estremeció—. Un matadero móvil. ¡Qué retorcido, por Dios! Y solo por querer descubrir el secreto de la eterna juventud. Por cierto, el profesor Hofmann dice que las investigaciones de Rebers pueden tener una base real, algo relacionado con las glándulas, no lo he acabado de entender. Pero bueno, ¡borrón y cuenta nueva! —Levantó de nuevo el vaso y se volvió hacia Leo—. Aunque no acabe de tragarme todo lo que nos ha contado, ha resuelto el caso, Herzfeldt. Y por eso se merece nuestro agradecimiento.

Leo dio un sorbo a la áspera bebida. Para ser un whisky de las cloacas, no sabía nada mal. Entonces dijo:

—Bueno, me temo que el caso todavía no está del todo resuelto.

—¿Que todavía no está resuelto? —Leinkirchner casi se atraganta—. Maldita sea... pero ¿qué insinúa?

—Los asesinatos de los chaperos sí que están resueltos —respondió Leo—, pero sigue habiendo una maraña de enigmas pendientes. Me he pasado estos últimos días intentando desenredar el embrollo.

—¿Tienen algo que ver las llamadas que hice para usted? —preguntó Loibl.

—En efecto —asintió Leo—. Sirvámonos otra ronda y les explico lo que he averiguado. Después ya decidirán cómo hay que proceder.

—Herzfeldt, Herzfeldt... —Leinkirchner extrajo uno de sus gruesos puros y lo encendió—. Es usted un verdadero especialista en dar por el saco. Pero al menos es bueno dando sorpresas.

El humo invadió la pequeña habitación y los tres hombres se desvanecieron en la bruma.

Y Leo les empezó a explicar.

Unos farolillos azules parpadeaban como fuegos fatuos en la oscuridad de la noche cuando, casi dos semanas después, Leo se bajó del coche en Hietzing. En esta ocasión, en vez de su Homburg habitual llevaba un sombrero de copa que conjuntaba de manera sobresaliente con el frac negro y la camisa blanca almidonada. Dio una buena propina al cochero y llamó al timbre que había junto a la puerta del jardín de la Villa Tebas.

Del interior de la casa emanaba con discreción la música de vals de un cuarteto de cuerda. Fuera, en el jardín, los invitados se distribuían en pequeños grupos repartidos entre la pirámide y las estatuas egipcias, bebiendo de sus copas de champán y conversando en voz baja. Fue la propia Charlotte Rapoldy quien abrió la verja vigilada por dos esfinges e invitó a Leo a entrar en el jardín.

—¡Inspector, qué placer verlo! —Sonriendo, le tendió la mano para que se la besara—. Y enhorabuena una vez más por resolver ese siniestro caso. Los periódicos le dedican muchos elogios. ¡Es usted una auténtica celebridad! —Bajó la voz—. Por cierto, permítame también aprovechar esta oportunidad para trasladarle un efusivo saludo de parte de Su Excelencia, el archiduque. Está encantado con su trabajo y se muestra deseoso de conocerlo en persona, pero no aquí, en público, como seguro que comprenderá.

—Bueno, hoy no he venido ni como celebridad, ni como inspector —respondió Leo y le besó la mano—, sino simplemente como amigo de la egiptología.

La anfitriona desprendía una intensa fragancia a algún perfume exótico, seguro que muy caro. Lucía la tiara de plata con el escarabeo y un vestido holgado de color terroso, compuesto por tantas capas de tela que crujía con cada movimiento. Su belleza exótica brillaba como uno de los farolillos.

—¡Muy bien dicho, señor Von Herzfeldt! —exclamó ella—. Estamos impacientes por escuchar su conferencia. Acompáñeme, le presentaré a los invitados.

—Muy amable, *madame*.

Leo siguió a Charlotte a través del jardín mientras ella se iba deteniendo en uno u otro corrillo para intercambiar unas pocas palabras. El inspector percibía las miradas aprobatorias de los presentes, quienes en su totalidad ya sabían cuál era la verdadera profesión del recién llegado. La misión de Leo en el vivero, tan peligrosa que había estado a punto de perder la vida, continuaba siendo tema de conversación en Viena, al igual que su espectacular rescate por parte de una joven compañera.

Los periódicos habían publicado algunas ilustraciones enternecedoras de él y Julia. El director general de la Policía en persona los había elogiado a ambos, y a ella le había vuelto a ofrecer el puesto de fotógrafa forense. Las macabras investigaciones de Carl Rebers habían servido para recordar a la población hasta qué punto podía un científico verse arrastrado por la locura... Si bien era cierto que algunos médicos vieneses no querían negar el valor científico de las investigaciones de Rebers.

Leo dio un sorbo a su copa mientras observaba a Clemens Rapoldy conversando con Alexander Dedekind, el director de la colección de arte oriental y egipcio. Ambos estaban junto al sarcófago con los narcisos plantados, en compañía de algunos señores mayores vestidos con frac y sombrero de copa, a los que Leo ya conocía de la conferencia de Friedrich Knauer en el museo. Justo entonces llegó Knauer desde la terraza para reunirse con él y Charlotte. Con expresión seria, el director del parque zoológico estrechó la mano de Leo.

—Tengo una enorme deuda de gratitud con usted, inspector. ¿Quién podría haber imaginado que Rebers, a espaldas mías...? —Knauer se quedó callado y suspiró—. Y pensar que fui yo quien lo introdujo en esta venerable asociación. ¡Qué locura! ¡Perseguir la vida eterna!

—Creo que Rebers tomó la idea de una conferencia que Friedrich dio el año pasado —dijo Charlotte Rapoldy pensativa—. Cuentan que el dios Thot poseía un elixir de la vida y muchos sacerdotes egipcios trataron de encontrar la fórmula. Por cierto, entre ellos también estaba el sacerdote Ta-bek-en-chon, que tanto fascinó a mi padre.

—Bueno, sea como fuere —continuó Knauer negando con la cabeza—, Carl Rebers malinterpretó de raíz el alma del Antiguo Egipto. Si lo hubiera sabido antes...

—No fue culpa suya —intervino Leo—. Por lo visto Rebers había quedado muy afectado por la pérdida de su padre, enfermo de demencia; debía de idolatrarlo. Ninguno de nosotros nos dimos cuenta de su locura. De hecho, no podemos ver dentro de la cabeza de nadie.

Leo recordó que Julia había sospechado en un primer momento del viejo cuidador de animales Eugen Lenz por un secreto que este habría compartido con Knauer. Pero eso también se había aclarado.

—Me he enterado de que Eugen Lenz ya no trabaja en el zoológico —dejó caer el inspector con toda la indiferencia de la que fue capaz—. Esas historias que han publicado los periódicos sobre la violación de una mujer matabele...

—Son invenciones, por supuesto —terminó Knauer la frase—. Pero pensé que lo mejor era mandar al viejo Lenz, digamos..., fuera de la línea de fuego.

—Entiendo. —Leo asintió y se quedó pensativo. Los periódicos habían recibido un chivatazo anónimo según el cual Eugen Lenz habría hecho de las suyas con una de las mujeres matabele. Saidrovuni debía de saberlo, y podía ser que el chivatazo hubiera salido de él mismo. Ese era, entonces, el secreto que no debía salir a la luz por el bien del parque zoológico.

—Dejemos el tema —propuso la anfitriona—, no quiero oír más historias de miedo por hoy. —Le guiñó un ojo a Leo—. No nos tenga más tiempo en vilo. ¿Cuál es el tema de su conferencia de hoy?

Leo esbozó una sonrisa misteriosa.

—Déjese sorprender, *madame*. Creo que he elegido un tema tan instructivo como entretenido.

Leo había llamado a los Rapoldy hacía apenas dos días y les había pedido que lo hicieran miembro de la Sociedad Arqueológica. La ocasión se brindaba esa noche en el marco del «baile de los faraones». Esta legendaria recepción se celebraba cada año a mediados de junio en la Villa Tebas y era la culminación del programa anual de la asociación. En esta edición, y por primera vez, el profesor Strössner ya no ejercía de anfitrión, sino que lo hacía su hija. Fiel a la vieja costumbre, Leo había solicitado dar una conferencia sobre un tema de egiptología. Sin embargo, todavía no había revelado cuál era.

Apoyado en su bastón y vestido con un traje de lino blanco, el único de la velada, Clemens Rapoldy se acercó al grupo y saludó a Leo inclinando amistosamente la cabeza.

—Señor Von Herzfeldt, ¿está usted listo? Si es así, pediré a los invitados que pasen a la biblioteca.

—Muchas gracias, no me extenderé demasiado —dijo Leo—. Tengo entendido que su esposa cantará después.

Charlotte rio con suavidad y, nerviosa, se enderezó la diadema.

—No espere gran cosa, inspector. Clemens me acompañará al piano y los invitados aguantarán porque somos sus anfitriones.

Por la terraza accedieron a la mansión, cuyo interior estaba vivamente iluminado por varias lámparas de gas. Junto con el resto de los invitados, Leo se dirigió a la biblioteca, donde había unas cuantas sillas distribuidas entre las estanterías. Los otros asistentes se repartieron por la tribuna del piso superior. En el nivel inferior, Leo tenía preparado un atril decorado con varias tallas en madera y dos bustos de perro del Antiguo Egipto.

Leo ordenó sus escasas notas sobre el atril y esperó a que todos los invitados estuvieran sentados. Dio un último repaso visual a los presentes. Había unas dos docenas, la mayoría varones de edad avanzada. Al igual que en el museo, los Rapoldy y Alexander Dedekind estaban sentados en la primera fila. Junto a ellos se acomodó Friedrich Knauer, el director del zoológico, y también el profesor Eduard Hofmann, que fue el último en llegar. Hofmann miró brevemente a Leo. Aparte del propio inspector, era el único invitado que sabía lo que estaba a punto de suceder. Lo habían acordado todo al dedillo.

«El gran desenlace —pensó Leo—. Como mínimo, el escenario es perfecto.»

Se aclaró la garganta.

—Damas y caballeros, distinguida anfitriona... —saludó con la cabeza a Charlotte Rapoldy—. Es para mí un inmenso honor tener la oportunidad de hablar en el marco de tan ilustre sociedad. Después de reflexionar largo y tendido sobre el tema de mi conferencia, me he decantado por un asunto que encaja con mi profesión como anillo al dedo. Se trata de la jurisprudencia en el Antiguo Egipto.

Un murmullo de aprobación sonó en la sala. Probablemente nunca se había hablado de ese tema. Leo había traído para la ocasión algunos libros de la Biblioteca de la Corte.

—En el Antiguo Egipto también había policías —comenzó—. Los llamaban *medjai*. Se cree que eran en su origen nómadas del Sáhara reclutados como una especie de mercenarios para llevar a cabo esta actividad. Puede que hablaran un dialecto distinto, así que es probable que despertaran prejuicios entre la población local. —Guiñó un ojo al público—. Supongo que verán ciertas similitudes con mi persona: los *medjai* eran los alemanotes del Antiguo Egipto.

Se oyó alguna que otra risa apagada y Leo continuó:

—A diferencia de lo que dispone nuestra justicia actual, las penas que imponía el sistema legal egipcio eran de una brutalidad extrema. Iban desde los apaleamientos con resultado de sangre, hasta la quema y el empalamiento. Los crímenes considerados más graves eran el asesinato y el saqueo de tumbas, pero la impostura también estaba castigada con dureza. ¡Imaginen el castigo que recibiría un asesino que, además, saqueara tumbas y que, encima, fuera un impostor! Es de suponer que una persona de tales características habría sido condenada a morir en aceite hirviendo. Personalmente no conozco ningún caso parecido en el Antiguo Egipto, pero sí sé de un caso reciente y me gustaría hablarles hoy sobre él.

Los invitados se quedaron mirando fijo a Leo sin entender nada. Tal vez esperaban a que el ponente retomara el tema inicial. Pero no fue así. Leo dejó a un lado sus notas y miró a la gente que ocupaba la primera fila: la bella Charlotte Rapoldy con su diadema; su marido, Clemens Rapoldy, apoyado con fragilidad en su bastón; el profesor Eduard Hofmann; el delgado Alexander Dedekind, director de la colección de arte egipcio; y, a su lado, el alto, maduro y solterón Friedrich Knauer.

—Una persona que se encuentra sentada en esta biblioteca ha cometido todos estos delitos —indicó Leo—. Ha sabido ocultar muy bien sus ignominiosos actos durante muchos años, pero por fin le ha llegado el momento de rendir cuentas. Ha llegado el día de los *medjai*.

Hizo una breve pausa y fijó la mirada en cierta persona de la sala. La persona en cuestión pestañeó con sutileza, pero por lo demás permaneció tranquila y serena, como si nada de lo que se estaba diciendo fuera con ella.

«No me extraña que hayas podido esconderte durante tanto tiempo —pensó Leo—. Eres capaz de engañar incluso a tus seres más queridos...»

—A ustedes les han contado que el profesor Strössner murió de una enfermedad tropical —continuó Leo—. Pero eso no es cierto. Fue envenenado...

—¿Qué pretende? —exigió Charlotte Rapoldy. Parecía rabiosa y atemorizada a la vez—. Habíamos acordado que sobre ese asunto no...

—Envenenado —prosiguió Leo—. Y esa persona se las arregló para que una tercera cargara con la responsabilidad del crimen. De esta manera, esperaba quitarse de en medio a dos personas a la vez. Dos personas que se interponían en su camino hacia un futuro lleno de dinero, tesoros de valor incalculable y, por último, esta mansión... —Hizo una pausa para mirar fijamente a cierto hombre sentado en la primera fila—. Todo esto habría sido suyo, doctor Clemens Rapoldy. ¿O mejor debería decir: Clemens Carpati?

De repente se hizo un silencio glacial en la sala. Entonces, Clemens Rapoldy, enfurecido, se levantó de su silla con una agilidad sorprendente para la discapacidad que padecía e increpó a Leo:

—¿Qué se ha creído? ¡No le tolero semejante desfachatez! Y, encima, en nuestra casa...

—Cálmate, Clemens —intervino Charlotte, que tiró de su marido para que volviera a sentarse—. Solo es una broma ingenua. —Miró entonces a Leo—. ¿No es así, inspector? Un chiste incómodo para aderezar su conferencia...

—Me temo que no, señora Rapoldy —respondió él—. Es la pura verdad. Su marido es un impostor huido de la justicia. He hecho algunas averiguaciones en los últimos días y semanas. Clemens es su nombre de pila real, pero ha tenido distintos apellidos. Ha ejercido de estafador matrimonial en numerosos países y su rastro se extiende por toda Europa. En realidad se apellida Carpati, y es un asesino.

Los invitados empezaron a murmurar y a toser con nerviosismo.

—¡Menuda estupidez! —se burló Clemens Rapoldy—. ¿Se

puede saber de qué está hablando? ¡Está usted haciendo el más absoluto de los ridículos! ¿Qué pruebas tiene?

—Se las daré más tarde, pero antes permítame contarle cómo conseguí desenmascararlo, *doctor*. —Un fulgor atravesó la mirada de Leo—. En realidad empecé a sospechar justo después de nuestro primer encuentro aquí, en la mansión. Ese día, hablando como médico, se refirió a la diabetes que padecía su suegro. Lo que no podía usted saber es que mi madre también es diabética, y ello me permite conocer algunos términos médicos. Todo lo que explicó aquel día fue un disparate. Diabetes *melater*..., enfermedad pancreática..., ¡un completo galimatías! Por un momento pensé que no había oído bien, pero entonces alardeó de una medicina milagrosa llamada diabecerina. He investigado un poco y no existe tal medicamento. Probablemente fue así como se acercó a Charlotte, haciéndose pasar por un médico y filántropo, cuidando de su padre e inyectándole algún placebo caro. Conoció a Charlotte en El Cairo y de inmediato olió la fortuna. Interpretó su papel a la perfección, también más tarde, ejerciendo de yerno afligido durante la autopsia en el Instituto de Medicina Forense. Estuve a punto de creérmelo.

—Clemens, ¿de..., de qué está hablando el inspector? —Charlotte Rapoldy miraba horrorizada a su marido, que escuchaba el parlamento con los brazos cruzados y los labios apretados.

—También encajó a la perfección que saliera de usted la ocurrencia de la linterna mágica —dijo Leo—. Seguro que habrá utilizado el mismo truco en otras estafas, ¿me equivoco? A Charlotte se lo vendió como una especie de legítima defensa. Pero, cuando descubrí el truco, se vio obligado a revelar más información sobre usted de lo que pretendía en un principio. Me habló de la desafortunada confusión de las dos ampollas y me dijo que, en una suerte de despiste, su esposa había intercambiado los frascos, es decir, la medicina por el veneno de estrofanto con el que su suegro estaba investigando. ¡Pero no fue así! La propia Charlotte no se explicaba cómo podía haberse confundido, pero lo que ella no sabía era que usted había cambiado antes las ampollas a escondidas. ¡Usted quería que ella inyectara a su padre el veneno mortal! De esta manera, la habrían acusado de homicidio involuntario y usted se habría quedado con toda la herencia. Se habría hecho sumamente rico...

Leo hizo una breve pausa y miró a Clemens Rapoldy, alias Carpati, directamente a los ojos. Su semblante permanecía inalterado.

—En cualquier caso, el viejo profesor le desbarató sus planes —continuó Leo—, porque, aparte de no morir justo después de ser envenenado, pidió que hicieran desaparecer su cuerpo transformándolo en momia. Fue entonces cuando empezaron sus problemas, Clemens, y todo se complicó mucho más... ¿Cómo iba usted a ignorar la última voluntad de la persona a la que su esposa amaba por encima de todas las cosas?

—¿Ha bebido usted? —exclamó Clemens Rapoldy sacudiendo la cabeza y riendo—. ¿De dónde ha sacado semejante fantasía? —Se volvió hacia el resto de los invitados, que no daban crédito a lo que estaban escuchando—. ¡El tipo está borracho! Deben perdonarlo...

—Con mucho gusto me tomaré una copa cuando lo hayan detenido —respondió Leo—, pero antes déjeme continuar. No me parece adecuado tener mucho más tiempo en ascuas a nuestro apreciado público. —Dio unos golpecitos con el lápiz en uno de los bustos de perro que había sobre el atril. Desde la primera fila, Charlotte Rapoldy, Alexander Dedekind y Friedrich Knauer observaban atónitos lo que estaba pasando. Solo el profesor Hofmann dejaba ver su sonrisa cómplice.

»Lo tenía todo planeado hasta el último detalle —prosiguió Leo—. Durante su luna de miel ya había vendido varios tesoros funerarios a peristas en Egipto sin que su suegro se enterara. Pero hubo otra persona que le vio el juego: el padre Gregor Mayr, que participaba en la expedición de su suegro; y quizá también el profesor Walter Kerfeld, que, como mínimo, tuvo una corazonada. No estoy en condiciones de decir si el cuarto miembro de la expedición, el doctor Adolf Landinger, murió por causas naturales o fue eliminado por usted, pero en el caso de Mayr y Kerfeld lo tengo mucho más claro. Hace poco recibí un telegrama de Graz. No fue fácil localizar al médico que realizó la autopsia, pero alguien que conozco muy bien hizo algunas averiguaciones y al final lo encontró. El médico en cuestión expresó algunas sospechas sobre la causa de la muerte. El padre Gregor murió con toda probabilidad por culpa de un rosario envenenado...

—¿Un rosario envenenado? —Rapoldy soltó una carcajada irónica—. Me parece que su conferencia se está volviendo cada vez más caótica.

—Las vainas del coralillo asiático contienen un veneno mortal —explicó Leo sin inmutarse—. Son una especie de guisantes rojos que parecen cuentas de rosario. Agujereadas y ensartadas en un cordel, pueden trasladar su veneno a la mano y, de esta, a la boca. El padre, que ya sufría del corazón, tenía la conocida costumbre de besar a menudo el rosario cuando rezaba, como signo de humildad. Un feligrés desconocido de su parroquia le regaló el rosario envenenado junto con una carta. Esa carta me fue enviada por correo y la letra es suya, señor Clemens Rapoldy, alias Clemens Carpati.

—¿Qué le hace pensar eso? —preguntó Clemens, obstinado.

—Tengo una muestra caligráfica suya. —Leo sonrió—. ¿Se acuerda? Mandó un escrito al director general de la Policía para quejarse de mi investigación. La letra es con claridad la misma.

Por primera vez, Clemens Rapoldy dio señales de ligera confusión. Nervioso, se llevó la mano al rígido cuello de su camisa y lo aflojó.

—Eso... no quiere decir nada —se justificó—. Las muestras caligráficas son patrañas modernas.

—Por sí solas pueden no bastar, pero la cosa cambia cuando disponemos de una descripción del autor.

Rapoldy rio.

—¿Pretende ahora cargarme además con ese muerto?

—Kerfeld también le había visto el juego —continuó Leo, impasible—. Me insinuó algo en este sentido, primero, cuando fui a verlo a la universidad y, después, por teléfono. Comentó que temía por su vida. «No es quien dice ser», fueron las últimas palabras que me dijo por teléfono. Se refería a usted, el impostor y ladrón de tumbas.

Leo miró fijamente a Clemens Rapoldy y siguió:

—¡Encontramos unos listados en casa de Kerfeld que demuestran con claridad que usted vendió tesoros funerarios a peristas egipcios! El profesor Kerfeld probablemente estaría al corriente de lo que le había pasado al padre Gregor y temía ser la siguiente víctima. En la catedral de San Esteban, cuando estaba a punto de morir, le dio tiempo a susurrarme unas palabras al oído: «el rosario». No me estaba pidiendo ningún rosario para rezar una última oración, sino que se refería a las cuentas envenenadas con las que usted mató al padre Gregor Mayr. ¡Kerfeld había descubierto sus manejos, Clemens!

—Pero Kerfeld no llevaba ningún rosario encima —objetó desafiante Rapoldy—, así que difícilmente podría haberlo envenenado yo.

—Tiene razón —Leo negó con la cabeza—, habría sido demasiado obvio, así que mató a Kerfeld con un veneno distinto, la mosca española, porque pensó que pasaría por un afrodisíaco. Encontró el hotel donde se alojaba Kerfeld y lo envenenó allí. Con el miedo que tenía encima, el profesor ordenó que le subieran la comida a la habitación. Supongo que usted se limitó a jugar al servicio de habitaciones un rato. Pero antes de eso cometió su siguiente error...

Leo hizo una pausa para que sus palabras tuvieran más efecto. Los miembros de la Sociedad Arqueológica estaban cautivados por el relato del inspector. Charlotte Rapoldy sollozó con delicadeza.

Leo volvió a dirigirse a Clemens Rapoldy:

—Como tenía que hacerlo con rapidez, usted mismo fue a comprar el veneno a una botica. Mi compañero ha recorrido todas las farmacias de Viena donde venden mosca española como afrodisíaco. No hay muchas, y en todo ese tiempo solo hubo un comprador. ¡La descripción encaja a la perfección con usted! —Señaló a su interlocutor con el dedo y le dijo—: ¡Clemens Carpati, queda detenido por saqueo de tumbas, estafa y asesinato múltiple!

Todos callaron. De repente, Charlotte Rapoldy se levantó de un salto y gritó como si hubiera perdido el juicio.

—¡Clemens, por favor, di que nada de esto es verdad!

—Cariño, todo es un miserable complot contra mí —trató de tranquilizarla su marido—. Parece que este joven estirado tiene alguna cuenta pendiente y la quiere saldar conmigo. Tal vez esté celoso. Recuerdo que trató de flirtear contigo en su primera visita. Además, no tiene pruebas de nada de lo que ha contado. Un par de muestras caligráficas y listas de ventas, una vaga descripción del autor por parte de un simple farmacéutico, supuestos datos sobre mi vida pasada... ¡Bah! No es más que teatro barato. —Se volvió hacia el inspector con expresión victoriosa—. Ningún tribunal del mundo aceptaría algo así.

—Las pruebas más importantes las he dejado para el final —dijo Leo. Su voz era ahora suave pero enérgica—. Se trata de las dos ampollas. Usted aseguró en mi presencia que su esposa era la única persona que le inyectaba la medicina a su padre. Y, estando en Viena, usted nunca tocó los frascos. ¿Es correcto?

—Es la primera cosa cuerda que oigo salir hoy de su boca —respondió Rapoldy—. ¡Por supuesto que no toqué nunca las malditas botellitas, por Dios!

—Entonces, ¿cómo es posible que encontráramos huellas dactilares en ambas ampollas y que estas no fueran de una única persona, sino de varias? ¿Tal vez fuera usted una de ellas?

—¿Huellas... dactilares? ¿De qué otra patraña moderna me está hablando esta vez?

—Pedí al profesor Hofmann que examinara las dos ampollas que usted con tanta amabilidad me entregó. Existe una técnica de reciente invención que permite comprobar la existencia de marcas de dedos en objetos. ¿Profesor...? —Leo se volvió entonces hacia el profesor Eduard Hofmann.

Era la señal. Hofmann se levantó, se aclaró la garganta y se dirigió al público asistente.

—El joven colega tiene razón —empezó a decir con una voz intensa y ejercitada en la disertación—. Es una técnica denominada dactiloscopia, que permite establecer una correspondencia directa entre cualquier huella dactilar y una persona concreta. El procedimiento todavía es muy novedoso, pero probablemente pronto se impondrá al método Bertillon. Hace poco, en Argentina se resolvió por primera vez un doble de asesinato gracias a esta técnica. Yo mismo estoy redactando un artículo pionero que... —El profesor se dio cuenta de la mirada amonestadora de Leo—. Perdón, me parece que estoy divagando un poco... —Sacó una almohadilla de tinta del bolsillo de la chaqueta y se volvió hacia Clemens Rapoldy—. Como se ha dicho, encontré distintas huellas dactilares en ambas ampollas. Quisiera pedirle que presione sus dedos sobre esta almohadilla y me deje una huella. Así podremos salir de dudas...

—¡Maldito fantoche sabelotodo! —El hombre que se hacía llamar Clemens Rapoldy se levantó de repente de un salto, se abalanzó sobre el atril y lo derribó. Su supuesta discapacidad física había desaparecido—. ¡Voy a acabar contigo!

—¿Igual que acabó con todos los demás? —dijo Leo, que levantó los puños, dispuesto a pelear—. Y al final también se habría deshecho de su esposa, ¿verdad? Tal y como hizo con el padre de ella...

Rapoldy echó mano a su bastón y sacó de su interior una daga con la que arremetió contra Leo, que pudo evitar la puñalada con un rápido movimiento lateral.

«Un estoque —pensó el inspector— como el de Carl Rebers...»

Se puso a bailotear como un boxeador, adoptando las posturas que recordaba de sus primeros ejercicios de esgrima en la universidad. Algunos de los viejos presentes en la sala gritaron horrorizados, pero ninguno intervino. El profesor Hofmann también se quedó petrificado, con la almohadilla de tinta aún en la mano.

—¡El vejestorio tenía una enfermedad incurable! —declaró Rapoldy entre dientes y volvió a levantar el estoque—. En el fondo le hice un favor. Y el tipo va y no muere al instante, y encima pide que lo momifiquemos. ¡Estaba loco de remate!

—Si fuese usted médico habría sabido que el estrofanto no tiene un efecto inmediato. —Leo se apartó y la daga casi lo rozó—. Igual de sorprendente habría sido que hubiera realizado la momificación.

—Lo hizo Charlotte, yo solo me limité a sostener los bisturíes. Daba la impresión de que estaba disfrutando. Esa mujer está tan mal de la cabeza como su padre. —Rapoldy soltó una risa sarcástica—. ¡Los dos están obsesionados de verdad por la muerte!

—Pero, Clemens..., ¿qué estás diciendo? —gritó su esposa—. ¿Qué pasa con nuestra luna de miel, con todas tus promesas...? El romántico crucero por el Nilo...

—Un río apestoso e infestado de mosquitos, y una ruina detrás de otra. ¡Me morí de aburrimiento! —Rapoldy hablaba cegado por la ira, mientras las estocadas llovían a diestro y siniestro sobre Leo, que trataba de esquivarlas con su bailoteo—. Lo único que me hacía seguir adelante era la esperanza de que todos esos tesoros no tardarían en ser míos. Y antes que entregar tanta antigualla al museo para que se llene de polvo, ¡lo que hay que hacer es venderla! El mundo está lleno de idiotas dispuestos a pagar por ella.

—¡Basta ya, maldito cretino! —Friedrich Knauer saltó de su silla, pero Rapoldy lo mantuvo a distancia con el estoque.

—¡Usted también es un loco baboso! —jadeó Rapoldy—. Debería haberlo matado, como hice con Kerfeld y los otros. Lástima que su ayudante no le cortara las pelotas a usted también. En el fondo, nunca ha tenido. ¡Ninguno de ustedes tiene lo que hay que tener! —Levantó la daga y se volvió de nuevo hacia Leo—. ¡Y por eso le voy a cortar los huevos aquí mismo...!

Un disparo retumbó y Rapoldy se detuvo. En la tribuna apareció el inspector jefe Paul Leinkirchner con su arma en alto. Debía de haber venido de una de las habitaciones laterales del primer piso.

—¡Suelte ese ridículo juguete y ríndase, Carpati! —ordenó Leinkirchner—. ¡Se acabó!

Clemens Carpati, alias Rapoldy, solo titubeó un instante.

—¡No me atraparéis, cabrones! —chilló—. ¡Nunca!

Con un último juramento en los labios, huyó en dirección a la salida pasando por delante de Friedrich Knauer.

—¡Detenedlo! —gritó Knauer.

El profesor Hofmann, que hasta entonces se había quedado paralizado, dio de pronto un paso adelante y puso la zancadilla al fugitivo. Rapoldy se tambaleó y cayó al suelo.

—¡Carcamales! —profirió—. Os vais a enterar...

En ese momento se abrió la puerta de la biblioteca y Erich Loibl, acompañado de media docena de guardias, tomaron la sala y se abalanzaron sobre Rapoldy, que trató de defenderse salvajemente. Lo empujaron contra el suelo y alguien le arrebató el estoque. El impostor no dejaba de insultar y retorcerse mientras le ponían las esposas. Leo se acercó y se agachó sobre él.

—Ahora sí que me tomaré esa copita —le dijo—. Y una segunda cuando lo envíen al patíbulo. Estoy seguro de que Anubis encontrará su corazón demasiado pesado y lo mandará a usted a la Gran Devoradora. ¡Váyase al infierno!

Leo se volvió por última vez hacia Charlotte Rapoldy, que, sostenida por Friedrich Knauer y el profesor Hofmann, estaba a punto de desmayarse. Hofmann dijo:

—Buena conferencia, inspector. Aunque el final ha sido un poco... sorprendente.

Leo se dio cuenta entonces de lo pálido que estaba el profesor.

—Debo admitir —continuó Hofmann— que, después de todo, soy el menos apto para el trabajo policial. Prefiero a los criminales cuando ya están muertos.

—Bueno, como mínimo consiguió que el malo no escapara. —Leo sonrió—. Cuando hable de su heroica intervención de hoy en alguna de sus próximas conferencias, siempre podrá adornarla un poco y decir que hasta los criminales más calculadores tropiezan con las dificultades más triviales.

Un cuarto de hora más tarde, Leo, Leinkirchner y Erich Loibl se encontraron en la biblioteca. El inspector jefe se había acomodado en el diván y fumaba uno de sus puros, mientras Leo inspeccionaba con curiosidad el fonógrafo y la linterna mágica en la estantería. Había muchas sillas volcadas en el suelo, al igual que el atril, del que se había desprendido uno de los bustos de perro. De vez en cuando parpadeaba una de las lámparas, como si una tormenta iluminara el techo.

—¡Menuda mansión! —comentó Leinkirchner desde el diván. Estiró las piernas y miró hacia la cúpula de cristal, tras la cual centelleaban las estrellas—. Si el plan de Carpati hubiera funcionado, todo esto habría sido suyo.

Leo asintió pensativo y dijo:

—Por lo que sabemos, Carpati planeaba otro crucero por el Nilo para negociar con peristas. Probablemente habría empujado a su esposa por la borda simulando un accidente. Entonces se habría convertido en heredero universal. Debía de llevar mucho tiempo trabajando para lograr ese objetivo, sobre todo desde su compromiso matrimonial.

—Y entonces llega un alemanote judío y le desbarata el plan. —Leinkirchner sonrió—. ¡Enhorabuena, Herzfeldt! Deberían amenazarle más a menudo con cortarte las pelotas. No cabe duda de que eso le ha hecho pensar.

—Nada habría sido posible sin la ayuda de todos, incluido el profesor Hofmann —comentó Leo encogiéndose de hombros—. No ha sido fácil desenmascarar a Carpati. De hecho, al principio solo tenía una sospecha..., o más bien un presentimiento. Dejé de fiarme de él después del episodio de la linterna mágica y la momia andante. —Frunció el entrecejo—. A un médico no se le ocurriría nada parecido, tenía que ser alguien con experiencia en ese tipo de trucos. Pero, en el fondo, no hemos tenido pruebas sólidas hasta el último momento. Lo de que encontramos una lista de objetos vendidos a peristas en casa del profesor

Kerfeld ha sido una mentira como una casa, como tampoco era verdad que rastreamos las estafas de Carpati en los últimos años. Simplemente teníamos algunos indicios, pero nada más. Por ello me he visto obligado a provocarle. Pensé que, si lo ponía en evidencia delante de todos los miembros de la asociación, al final perdería la serenidad. Por suerte, he podido contar con el profesor Hofmann para mi pequeña representación. Pensé que iría muy bien que hablara un experto de su categoría. En ese momento, Carpati se ha dado cuenta de que ya no tenía escapatoria.

—Y, aun así, casi se nos escapa —dijo Loibl, que volvió a colocar la linterna mágica en la estantería—. El tipo estaba por completo fuera de sí. En el transporte de detenidos tampoco ha dejado de gritar ni de ponerse como un energúmeno, a pesar de estar esposado de pies y manos. Es de suponer que su última maldición desde el patíbulo sea para usted.

—Por ello me sorprende que no hayan intervenido antes. —Leo se volvió hacia Paul Leinkirchner con semblante enojado—. Supongo que escucharían los gritos y las amenazas de Carpati en la habitación contigua. El tipo casi me apuñala.

—¡No exagere, Herzfeldt! Usted es perfectamente capaz de defenderse solito de un hombre achacoso y armado con un simple abrecartas. —El inspector jefe echó una bocanada de humo contra el tapizado azul de la pared—. Como exoficial judío en la reserva...

Leo miró fijo a su interlocutor. «¿Tuviste en cuenta que podía morir?», pensó. Nunca veía venir a Leinkirchner.

—En fin, lo pasado, pasado —dijo Leo con resignación—. Por lo menos la señora de la casa ha podido ver por sí misma la clase de monstruo que es en realidad su querido Clemens.

Charlotte Rapoldy seguía siendo atendida por sus amigos Alexander Dedekind y Friedrich Knauer en el jardín de invierno. La habían acostado en un sofá y le habían dado sales. En breve llegaría un médico. Entretanto, los demás invitados ya se habían ido, incluido el profesor Hofmann. Era muy probable que el escándalo que acababa de tener lugar en la Villa Tebas ya se hubiera propagado por toda Viena.

—¿Qué pasará ahora con Charlotte Rapoldy? —preguntó Loibl—. Su reputación está arruinada. No creo que el archiduque quiera contactar con ella nunca más.

—Después de lo que acaba de confesar su marido, creo que, como mínimo, podemos eliminarla de la lista de sospechosos —replicó Leo—. Supongo que nunca ha sido consciente de los planes de Clemens, lo cual deja entrever una cierta ingenuidad. —Suspiró—. *Madame* vive en otro milenio, el fastidioso presente rara vez la afecta.

—Bueno, con toda esa fortuna y esos tesoros egipcios, seguro que pronto encontrará otro príncipe —dijo Leinkirchner—. Cuando pienso en los dos ojos de esmeralda que tenemos en la Jefatura... Supongo que Carpati también pretendía hacerse con ellos, pero se encuentran a buen recaudo en el depósito de objetos probatorios. —Dirigió a Leo una mirada interrogativa—. Porque siguen allí, ¿verdad? Usted mismo los llevó.

—Por supuesto —respondió Leo sin pensarlo—. Y allí es donde con toda seguridad se quedarán por un tiempo. En todo caso, los ojos son propiedad del Museo de Historia del Arte y no de Charlotte Rapoldy ni de ningún otro particular.

Leinkirchner dio un amplio bostezo y se recostó en el diván,

—En cualquier caso, la señora es toda una belleza. No se haga el remolón y admítalo, Herzfeldt, usted también le echó el ojo. Y, en mi opinión, una dama de alta cuna como ella le conviene mucho más que, bueno..., otro tipo de mujeres. —Le guiñó el ojo a Leo.

—Sé a la perfección quién me conviene o me deja de convenir —contestó Leo.

Durante un momento reinó el silencio entre esos tres hombres tan dispares. Al final, Loibl se aclaró la garganta e intervino:

—Todavía tiene que explicarme una cosa, Herzfeldt. Lo de las huellas dactilares... Lo que ha dicho el profesor Hofmann me parece un poco aventurado. Me refiero a eso de que una huella dactilar solo puede corresponder a una única persona... ¿De verdad habrían podido identificar las huellas de Carpati en las ampollas?

Leo sonrió.

—Para ser sincero, no lo sé.

—¿Que no lo sabe? —Loibl se quedó boquiabierto—. Entonces, ¿esa técnica no existe? ¿Lo que ha dicho el profesor era simplemente mentira?

—De momento solo está en fase de pruebas —explicó Leo con resignación—, pero creo que el procedimiento no tardará en imponerse y sustituirá a la identificación antropométrica de Bertillon. Por cierto, el doble asesinato ocurrido en Argentina hace dos años se resolvió de hecho con esta nueva técnica. Había leído sobre ello y pensé que, con la ayuda del profesor, podría ser una prueba definitiva. Ha sido la gota que ha colmado el vaso. —Sonrió satisfecho—. A ver cuándo publica Hofmann su artículo. Puede que en la policía de Viena nos toque aprender pronto un nuevo procedimiento. La criminalística avanza sin descanso.

—¡Maldita sea, Herzfeldt! —exclamó Paul Leinkirchner soltando una gran risotada—. Usted sí que es un impostor de tomo y lomo, y no ese Carpati. Si no le va bien en la policía, puede dedicarse perfectamente al timo.

—Un criminalista tiene que pensar en todo momento como un criminal —replicó Leo—. Así lo dice el *Manual del juez* de Hans Gross. Debería hojearlo algún día. Todos llevamos dentro un pequeño criminal, incluido usted, inspector jefe. Y ahora, si me disculpan —se dio media vuelta para irse—, tengo una cita con otra mujer.

Se levantó el sombrero de copa para despedirse y enfiló por las mullidas alfombras del pasillo, entre jarrones egipcios y el tapizado de seda roja, hacia la salida por el jardín, donde el aire ya olía a verano, asperilla y nuevos comienzos.

EPÍLOGO

De *Ritos funerarios y cultura popular*, de Augustin Rothmayer, escrito en Viena en 1894

Mientras la nigromancia —es decir, la invocación de los muertos— era considerada magia negra en la Edad Media y castigada con la muerte, en la actualidad los espiritistas brotan del suelo vienés como prímulas. Por todas partes la gente oscila péndulos, mueve vasos y señala letras para establecer un supuesto contacto con algún difunto. Es una moda más, como vociferar por teléfono o conducir esos malolientes automóviles a motor. Pienso que próximamente debería dedicar un libro a este ritual.

Era ya más de medianoche cuando Leo llamó al timbre del Dragón Azul. En el interior se oían risas, voces masculinas roncas, chillidos estridentes y algún que otro gemido. Era una noche de sábado cualquiera y las chicas de Elli habían empezado su turno.

Se abrió la mirilla situada a la altura de los ojos y al otro lado apareció la cara de matón de Bruno.

—La señorita lo espera —gruñó el gigantón—. Se está impacientando...

—¿Y Sisi? —preguntó Leo.

—La acosté yo mismo hace horas. Arre, arre, borriquito hasta que ha caído. Esa niña tiene menos piedad que la jefa.

Leo sonrió.

—A veces pienso que Sisi es la verdadera jefa en la sombra.

—Por supuesto, pero que no se entere Elli si no quiere usted que le corte la colita.

Bruno abrió la pesada puerta.

Leo subió apresuradamente los trillados peldaños alfombrados hasta plantarse delante de la puerta de la habitación de Julia. Llamó con suavidad y entró.

Todavía no había atravesado el umbral, cuando emitió un gemido de asombro. Sobre la mesa, en las estanterías, en el alféizar de la ventana..., todo estaba repleto de jarrones con flores. Había rosas rojas y blancas, claveles, narcisos, dalias, crisantemos e incluso varias exóticas orquídeas. Hasta en la cama había un ramo de flores, justo al lado de la durmiente Sisi. El olor a polen era tan fuerte que Leo casi tuvo náuseas. Julia estaba sentada en la cama junto a su hija y llevaba puesto su mejor vestido.

—¿Tienes algún pretendiente del que no me has hablado? —preguntó Leo receloso.

—Ya sabes quién es. —Julia sonrió—. Siempre va de negro, se dedica a excavar fosas y desprende un olor intenso.

—¿Todas estas flores... son de Augustin Rothmayer? —inquirió Leo incrédulo—. ¿Ha saqueado alguna funeraria?

—No me preguntes dónde las ha conseguido, pero ha venido esta noche acompañado de Anna y un cochero visiblemente desbordado. Me ha entregado los ramos haciendo una reverencia y me ha besado la mano.

—Como agradecimiento por cumplir tu parte del trato, ¿me equivoco?

Julia asintió.

—El departamento de servicios sociales le ha dado la razón. Al final todo se ha solucionado más rápido de lo esperado. Parece que el asilo de huérfanos de la Alser Strasse está abarrotado y agradecen que haya familias de acogida.

Durante dos semanas, Julia había ido de la ceca a la meca y hablado con las autoridades para presentarles una propuesta. La idea era muy sencilla: si un sepulturero no podía adoptar a una niña huérfana, tal vez pudiera hacerlo un distinguido administrador de cementerios, un funcionario respetable con familia propia.

Julia se había pasado una tarde entera y media noche hablando con el administrador del Cementerio Central y su esposa, apelando a su compasión. Al final, el administrador se mostró comprensivo, en parte porque no quería perder al competente Augustin Rothmayer, toda una institución en el gremio de los sepultureros. Sobre el papel, el felizmente casado funcionario de cementerios y padre de cuatro hijos sería en lo sucesivo el padre adoptivo de Anna. Las autoridades tampoco miraron el caso muy de cerca. Con toda probabilidad debido a que el director del departamento competente era un cliente asiduo de la Gorda Elli. En los años siguientes habría alguna que otra inspección y un poco de papeleo, pero, a cambio, Anna viviría con Augustin Rothmayer, y lo haría oficialmente como su aprendiz.

—Sigo sin estar seguro de que sea bueno que una niña de doce años se pase el santo día en un cementerio recogiendo huesos y cavando fosas —reflexionó Leo.

—Otras chiquillas de su edad venden flores y cerillas en la calle, y algunas incluso venden su cuerpo —alegó Julia—. Un cementerio como ese puede ser un paraíso para una niña. Además, los muertos nunca le pondrán la mano encima.

—Una vez más, tienes razón. —Agotado, Leo se dejó caer en la cama junto a Julia—. No se puede decir lo mismo de algunos vivos, por cierto, aunque sean de clase alta. ¿No quieres saber cómo ha ido mi charla en casa de los Rapoldy?

—Por tu cara de satisfacción, parece que al final has desenmascarado al tipo.

Leo rio.

—Pues sí, así es. Aunque al final la cosa se puso un poco fea...

Leo le contó a Julia de forma breve lo que había sucedido en la Villa Tebas. Ella ya conocía la mayor parte porque Leo la había mantenido informada en todo momento sobre su trabajo y sus investigaciones.

—Qué tipo tan despreciable —dijo por último Julia—. Admito que se pueda sentir lástima por Charlotte Rapoldy, pero tampoco demasiada. ¿Cómo puede alguien enamorarse de semejante impostor? —Titubeó—. Aunque, ahora que lo pienso, a veces yo también creo que tú eres un poco impostor... En cualquier caso, te has dado cuenta de que ella es capaz de nublarle la mente a un hombre, pero no a una mujer. Desde el principio me pareció un poco ingenua y extraña.

—¡No me nubló la mente! —protestó Leo—. Pero admito que sí pudo dar pie a alguna que otra fantasía...

—¿Y yo no? —Ella lo miró con un brillo en los ojos y estirando la barbilla, y, una vez más, Leo quedó impresionado de lo hermosa que era Julia. Más bella que Cleopatra y Charlotte Rapoldy juntas, y no solo porque llevara puesto el elegante vestido de noche.

—Ahora mismo tengo un montón de fantasías, pero deberíamos estar solos para explicártelas.

—Más tarde estaremos a solas, Elli nos ha dejado el reservado de la buhardilla. —Se levantó de la cama—. Pero primero nos vamos a bailar. Me prometiste que esta noche haríamos lo que yo quisiera. Nada de teatros elegantes ni restaurantes caros. Lo que quiero es ir a bailar y pasarlo bien.

—A riesgo de que cuando volvamos esté demasiado cansado para cualquier otra cosa. —Leo bostezó—. He tenido un día agotador. Un asesino e impostor de ese calibre no se atrapa cada día... —Con tono dubitativo añadió—: De todos modos, me parece sospechoso que Elli nos deje el reservado un sábado por la noche. Tanta generosidad no es normal. ¿No tendrá que ver con el misterioso acuerdo al que llegaste con ella?

Julia todavía no le había explicado cuál había sido la exigencia de Elli por haberlos ayudado en la huida de Saidrovuni. Había evitado las preguntas de Leo en todo momento y, poco a poco, él fue abrigando el temor de que ella tuviera que vender su cuerpo en el Dragón Azul. Y eso era algo que él nunca permitiría.

—¿Qué más da, a estas alturas? —Julia suspiró—. Algún día tenías que enterarte. —Se agachó y sacó de debajo de la cama una caja de madera grande y plana—. Se trata de esto.

—Es la caja con tu equipo fotográfico... ¡Un momento! —Leo miró a Julia indignado—. ¿No serás capaz de entregarle la cámara y el laboratorio? Y menos ahora, que Stukart te ha vuelto a admitir como fotógrafa forense...

—¡Primero escúchame! No le voy a entregar nada, Elli no sabría qué hacer con este aparato tan moderno. Lo que me ha pedido es que de vez en cuando fotografíe a... los clientes.

—Así que quiere que hagas fotografías a escondidas de los hombres que vienen al prostíbulo... —Leo se fue dando cuenta de lo que la Gorda Elli pretendía.

—Elli quiere crear un pequeño archivo —explicó Julia—. Al Dragón Azul acuden señores muy poderosos, y ella quiere tener una cierta seguridad. Yo la ayudaría con eso. En caso de que alguno de esos hombres le hiciera alguna faena o ella tuviera que pedir un favor a alguien, le gustaría tener un as en la manga. Todos esos señores tienen esposas celosas y una reputación que no están dispuestos a perder.

—Fotografías como pérfida moneda de cambio, mmm... —Leo sonrió satisfecho. Se sentía profundamente aliviado de que la exigencia de Elli no fuera lo que él se había temido—. Podría ser un negocio con mucho futuro.

—Es repugnante. Pero era el precio que exigía Elli. Aunque creo que ha valido la pena. Por cierto, hoy ha llegado una carta, mira... —Julia rebuscó en el cajón de la mesilla de noche—. Con matasellos de Génova, donde están esperando su barco. Es evidente que les va bien.

Leo echó una ojeada a un texto garabateado y redactado con deficiente ortografía. Las últimas palabras estaban escritas en lengua matabele.

—Creo que no podía haber ido mejor —dijo Julia, que se acercó a Leo y lo abrazó con fuerza—. Lo que hiciste es mucho más importante que la detención de ese impostor y asesino de hoy. Salvaste vidas, al menos una.

—Querías que te demostrara lo que es importante para mí. ¡Tú eres lo que más me importa, Julia! También porque tú..., tú... —Se quedó callado un momento y siguió hablando—. Lo he tenido claro hoy, cuando he vuelto a ver a Charlotte Rapoldy rodeada de lujos. Esa mujer solo piensa en muertos, momias, sarcófagos, tesoros sin vida y, en definitiva, en sí misma... Sin embargo, tú piensas en los vivos. Ayudas a los pobres y a los débiles, y te amo por eso. —Le guiñó un ojo—. Por cierto, también me he pasado por el depósito de objetos probatorios de la Jefatura. He dejado dos canicas en lugar de los ojos de esmeralda. Creo que pasarán muchos años hasta que alguien se dé cuenta, lo que se acumula allí abajo termina cayendo en el olvido. En cualquier caso, las joyas estarán mejor empleadas aquí fuera. Con uno de esos ojos se podría hacer un colgante precioso para ti.

—Está frío y pesa demasiado. ¿Cómo se puede bailar con eso encima? —Julia le dio un largo y apasionado beso. Después, tiró de él hacia la puerta—. Y ahora, vámonos de una vez. Conozco un pequeño local en Leopoldstadt donde desde hace poco también tocan tangos. Creo que puede ser un buen comienzo para una larga noche.

Sonó una sirena ensordecedora, como el barrito de un elefante, y Saidrovuni pensó por un momento que había vuelto a la arena de exhibiciones del parque zoológico de Viena, entre decorados de cartón piedra y bancos de madera pringados de restos de golosinas, atrapado debajo de una red y un cúmulo de nubes grises, como si el cielo quisiera aplastarlo. Pero entonces notó la vibración de las máquinas bajo sus pies, oyó el chillido de las gaviotas y divisó el horizonte, una vasta línea de color azul claro que se mezclaba con el índigo del mar. Se asió con fuerza a la barandilla de la borda con ambas manos y respiró el aroma salino a pescado.

«Dos días más...»

Con el rabillo del ojo vio a varios pasajeros que se habían juntado en la cubierta de proa. Se mantenían a una distancia prudencial, como si temieran contagiarse de una enfermedad espantosa. Pero Saidrovuni se había acostumbrado a esa conducta y ya no le afectaba: con los años había desarrollado una coraza. Sin embargo, le seguía pareciendo extraño que el color de piel determinara el grado de civilización. ¡Qué estúpidos eran los blancos! Iba vestido igual que ellos y su aspecto era incluso más elegante. El sombrero de copa le quedaba impecable, al igual que la gorguera y las polainas. Pero, aun así, tenía la sensación de ir disfrazado. Ansiaba el momento en que pudiera desprenderse de una vez de todo ese atuendo.

Todavía no sabía si la mujer que lo había ayudado en Viena y le había entregado el sobre con el grueso fajo de billetes era en realidad un ángel. Así llamaban los cristianos a los mensajeros de Dios. Era como si una única persona hubiera hecho desaparecer toda la sordidez, todos los amargos años que había pasado en la compañía ambulante. Aquel día, en el vivero, en el momento más aciago de su existencia, había visto al mal de frente, al Asan-Bosam personificado. Al final lo venció y fue recompensado por ello.

Fue como un milagro.

Cuando lo contrataron en la costa de su país, era un hombre joven y sencillo. Le habían hecho grandes promesas y hablado de un viaje feliz e instructivo del que volvería habiendo amasado una fortuna. Nada de eso había sucedido. Pero por lo menos había conocido a una mujer, aprendido a quererla y tenido dos hijos con ella. También vivió momentos hermosos, aunque no muchos. Visitaron muchas ciudades de Europa, en el fondo todas eran iguales: sucias, con casas de piedra y poca vegetación. En esos lugares metían los árboles y arbustos en parques y a los animales en jaulas. Llamaban monos a las personas como él y miraban con lujuria a las mujeres de su poblado. A veces hacían incluso más que eso...

Cuando embarcaron en el vapor, su familia fue directa a la cubierta inferior, donde habían reservado para ellos solos un pequeño espacio con hamacas. La gente cuchicheaba y los miraba como si fueran animales exóticos, pero al menos los dejaban en paz. El sobrecargo había comprobado concienzudamente sus pasajes e incluso fue a hablar con uno de los oficiales de cubierta, pero no consiguió poner ningún reparo.

«Dos días más...»

El vapor MS Alexandria necesitaría dos días y una noche para llegar a El Cairo desde Génova. Los billetes no habían sido baratos y la ropa también les había costado mucho dinero, al igual que los certificados de viaje falsos que la mujer les consiguió cuando aún estaban en Viena.

Una fotógrafa...

Como regalo de despedida, ella le dio las fotografías que le había hecho en la celda de la Audiencia Regional de Viena. Él se las había pedido. No quería que quedara ningún rastro de su paso por Viena.

La sirena volvió a sonar, las bielas de los motores empezaron a piafar como las pezuñas de mil caballos salvajes, la vibración se hizo más fuerte y una sacudida recorrió el barco. La cadena del ancla traqueteó por última vez al ser levada... y zarparon. En la cubierta, los pasajeros lanzaban gritos de júbilo y agitaban pañuelos.

Saidrovuni no miró atrás.

Sacó las fotografías arrugadas del bolsillo interior de la chaqueta, las miró por última vez y las rompió en pequeños pedazos que el viento se llevó consigo, mar adentro.

Por fin su alma era libre.

NOTA DEL AUTOR Y AGRADECIMIENTOS

(Atención: ¡alerta de *spoilers*!)

¡Siempre quise escribir una novela sobre momias!

De niño me encantaba leer los tebeos de la colección *Gespenster Geschichten* (Historias de fantasmas), que siempre terminaban con la inolvidable frase: «Extraño, pero así está escrito...». Recuerdo a monstruos de torpes andares envueltos en vendas, tumbas derrumbadas y exploradores con el rostro desfigurado por el miedo debajo de sus salacots. Más tarde llegaron los relatos cortos de Arthur Conan Doyle, como *El anillo de Thoth* y *La momia*, así como la película de 1932 también titulada *La momia* (de la que a principios del presente milenio se hizo un *remake* palomitero sumamente absurdo). Tampoco podemos dejar de mencionar la «maldición del faraón» que, según la leyenda, pesó sobre todos aquellos que, durante la expedición dirigida por el egiptólogo inglés Howard Carter, abrieron la cámara funeraria de Tutankamón en 1923 o tuvieron algo que ver con la apertura de esa tumba. De todo ello hay pequeñas citas y alusiones en esta novela. Porque, como sabrán mis queridos lectores y lectoras, los buenos escritores no roban, sino que se suben a hombros de gigantes que, a su vez, se suben a hombros de otros gigantes...

Sin embargo, hay varios elementos de esta historia que sí poseen un trasfondo histórico verídico, como los extraordinarios hallazgos de Deir el-Bahari. En 1871, los hermanos Abd el-Rassul descubrieron en las montañas de Tebas el llamado Escondrijo Real, un escondite con una cuarentena de sarcófagos, entre ellos la momia del legendario faraón Ramsés. Con los hallazgos, los hermanos iniciaron un animado mercadeo que no fue destapado hasta diez años después. En 1891 se descubrió un segundo escondrijo, esta vez con las momias de más de ciento cincuenta (!) sacerdotes. El hallazgo fue de tales dimensiones que el gobierno egipcio decidió donar una gran parte a museos escogidos de todo el mundo. Entre ellos, junto con el Louvre de París y el Museo Británico de Londres, estaba el Museo de Historia del Arte de Viena, que había abierto sus puertas justo en esa época. Los objetos se adjudicaron por sorteo y por esta vía fue a parar a Viena el sarcófago de un tal Ta-bek-en-chon..., pero no su momia. Aquí es donde entra en juego mi imaginación. Por desgracia, no tengo ninguna noticia de la momia de ninguna princesa egipcia en Viena.

Son reales también los llamados «desvendados» de momias, unas fiestas que organizaban principalmente aristócratas británicos en el siglo XIX para desvendar con sus invitados una momia en busca de amuletos de valor. En el Imperio alemán, Federico Carlos de Prusia, sobrino del entonces rey prusiano, organizó una de esas fiestas en el pabellón de caza de Dreilinden. La momia que utilizaron para la ocasión fue desvendada de forma un tanto sacrílega sobre una mesa de billar. No tengo conocimiento de ningún caso de profanación protagonizado por el archiduque Raniero de Austria. De hecho, Su Excelencia era considerado un gran amante de la arqueología. Donó una valiosa colección de papiros a la Biblioteca de la Corte de Viena, motivo por el cual entró en los anales de la historia vienesa como *Papyrus-Rainer*.

Todo lo que Augustin Rothmayer escribe en su almanaque

acerca de la *mumia*, las momias como material combustible o las técnicas de momificación de los antiguos egipcios, es cierto. Y, sí, en verdad existió un noble británico que se hizo momificar tras su muerte: se trata de Alejandro, duque de Hamilton, dandi y fan declarado de las momias. Siempre se ha dicho que los británicos sienten cierta predilección por lo macabro...

Otro antecedente verídico de la novela son los inicios de la investigación hormonal de finales del siglo XIX (aunque entonces no se hablara literalmente de hormonas). Ya en la Antigüedad se atribuía un efecto terapéutico al consumo de órganos animales, y los testículos eran considerados un agente impulsor de la potencia sexual. Más tarde, inspirados por el anhelo de la eterna juventud, los investigadores buscaron un medicamento rejuvenecedor. El médico británico-francés Charles-Édouard Brown-Séquard (1817-1894) desarrolló un cóctel de hormonas que ensalzó en su libro *Elixir of Life* (El elixir de la vida) como cura milagrosa contra el envejecimiento. A los setenta y dos años se inyectó un extracto de testículos de perros y conejillos de Indias jóvenes, convencido de que el remedio lo rejuvenecería treinta años. Por desgracia, murió apenas cinco años después.

Después, en la década de 1920, un tal profesor Eugen Steinach se hizo tan famoso con su terapia hormonal que los germanohablantes de Viena y más allá se inventaron un verbo con su apellido (*steinachen*) como sinónimo de someterse a una cura rejuvenecedora. Por otra parte, se decía que Serge Vóronov, un competidor de Steinach, trasplantó a millonarios en edad senil los testículos de criminales ejecutados.

Era una época en la que la fábrica de rumores funcionaba a pleno rendimiento. Un periódico publicó que varios jóvenes fueron atacados en las calles vienesas para arrebatarles sus sacrosantas partes (todo esto se puede consultar con todo lujo de detalle en la obra *Sonderlinge, Außenseiter, Femme fatales – das ›andere‹ Wien um 1900* [Inadaptados, marginados y *femmes fatales*: la «otra» Viena de 1900], de Michaela Lindinger, publicada por Amalthea-Verlag). De nuevo cabe aplicar aquí mi lema: las mejores historias se encuentran en la propia historia.

El medicamento llamado diabecerina es invención mía. No obstante, en 1869 ya hubo varios intentos de tratar la diabetes con un extracto de páncreas de cerdo molido. Hubo que esperar todavía cincuenta años para que los pacientes diabéticos fueran tratados por primera vez con insulina.

Por cierto, Eugen Steinach dirigió a partir de 1912 la sección de fisiología del Instituto de Investigaciones Biológicas de Viena (Biologischen Versuchsanstalt, o BVA), un centro de investigación único en su época donde se experimentaba con animales vivos. Este instituto tenía su sede precisamente en el Vivero de Viena... Como ven, el laboratorio de Carl Rebers y escenario de sus terribles experimentos tienen también un trasfondo real.

En la época en la que transcurre la novela, el Vivero y el Parque Zoológico del Schüttel se fusionaron. Este último fue inaugurado en 1863, pero tuvo que ser cerrado apenas tres años después por falta de fondos. Tras su reapertura en 1894, en sus instalaciones se programaron repetidamente los llamados «espectáculos folclóricos» (*Völkerschauen*), un eufemismo que no hace justicia con lo que en verdad se ofrecía al público: sobre todo, esos espectáculos eran zoológicos humanos.

Solo en Viena, entre los años 1870 y 1910, se ofrecieron más de una cincuentena de estos espectáculos degradantes. Familias enteras fueron atraídas con promesas falsas para que dejaran su país de origen con el objetivo de ofrecer a los europeos una imagen exótica y estereotipada de las culturas extranjeras. Se hablaba de didactismo, pero en el fondo era la manifestación de una visión racista del mundo desde el convencimiento de que el «hombre blanco» era superior a los pueblos primitivos. No pocas personas expuestas como objetos en esos espectáculos murieron durante los traslados, a menudo debido a enfermedades desconocidas para ellas, o sufrieron depresión. A este respecto recomiendo el documental del canal Arte *«Die Wilden» in den Menschenzoos* («Los salvajes» del zoo humano), que puede verse en YouTube. Por su parte, el libro *Ashantee*, de Peter Altenberg (publicado por Löcker-Verlag, en edición comentada de Kristin Kopp y Werner Michael Schwarz), ofrece el testimonio literario de una visita a una «aldea africana» en el zoológico del Prater vienés en 1896.

El zoo del Prater volvió a cerrar sus puertas unos años más tarde, esta vez de manera definitiva. El Vivero (*Vivarium*) subsistió todavía un tiempo, pero acabó incendiado en los últimos días de la Segunda Guerra Mundial. Todas las instalaciones científicas quedaron destruidas y todos los animales, incluidos un cocodrilo y una tortuga de ochenta años, murieron. Hoy, solo una calle, la Vivariumstrasse, recuerda la existencia de este lugar tan cargado de historia.

En un periódico vienés de 1895 encontré un artículo que informaba de la presencia de una «caravana matabele» en el Parque Zoológico de Viena. El reino matabele existía en 1893 y fue aniquilado más tarde por los británicos en una guerra sangrienta. Su territorio coincidía con el actual Zimbabue, donde, entre otras lenguas, se habla el ndebele septentrional. De él he tomado para mi novela los pocos vocablos matabele que aparecen.

Según el mencionado artículo, la «caravana» estaba liderada por un tal «cabecilla Saidrovuni» de veinticinco años. También se describe la apariencia de Saidrovuni y la ceremonia de la danza matabele. La figura del jefe de tribu me brindó la oportunidad de poner un rostro al sufrimiento de todas las personas que participaron en aquellos «espectáculos folclóricos».

En la versión original alemana de mi novela aparece la palabra *Neger* cuando ciertos personajes hablan de las personas de raza negra. Es un término que, por fortuna, ya hace tiempo que desapareció de nuestro vocabulario oficial, y con razón. Es peyorativo y tiene un pasado oscuro, y aunque algunas personas, sobre todo gente mayor, piensen que no lo utilizan con este sentido despectivo, la gente de piel negra sí que lo percibe así, y esa es precisamente la cuestión. El lenguaje cambia y crea realidad, lo sé muy bien como escritor.

A pesar de ello, decidí utilizar *Neger* en alguna ocasión porque refleja la manera de pensar de la época, el racismo, el sentimiento de superioridad y la ignorancia de aquellos años. Creo que cuando queremos reflejar un período histórico en las novelas (y también en las películas) no tenemos que ocultar nada. De lo contrario, las generaciones que no vivieron esa época pensarán que, al fin y al cabo, no todo era tan malo.

En todas mis novelas intento reflejar con la mayor fidelidad posible la época en la que están ambientadas. Sin embargo, siempre tengo que hacer alguna que otra concesión. Así, me he tomado ciertas libertades al describir la organización arquitectónica del Museo de Historia del Arte, el Parque Zoológico y del Vivero. Y también he hecho un poco de trampa con la festividad del dios Min (una pista importante para la resolución del misterio)... Lo mismo ocurre con algunas zonas del alcantarillado vienés (al que por desgracia no se podía acceder durante la fase de investigación para la novela). Por ejemplo, el colector principal derecho del margen sur del canal del Danubio no se terminó hasta un poco más tarde, y a partir de 1895 el río Viena fue encauzado y cubierto con una bóveda. Por ello, no intenten hacer el mismo camino que Leo y Loibl, pues podrían perderse y acabar mal... Sin embargo, la Fortaleza (*Zwingburg*) existió en realidad, al igual que los peinacanales (*Kanalstrotter*) y los pescagrasas (*Fettfischer*). Hace mucho tiempo que hay canales subterráneos en Viena. Muchos arroyos urbanos ya fueron abovedados durante la epidemia de cólera de 1830-1831, y los colectores en ambos márgenes del río Viena también existen desde la misma época.

He tomado mucha información apasionante sobre la Viena subterránea del libro *Unter Wien*, de Alexander Glück, Marcello La Speranza y Peter Ryborz (publicado por Ch. Links Verlag), cuya lectura recomiendo de forma encarecida. En él se habla de un túnel que conectaba la Audiencia Regional con el Hospital General, posiblemente para el traslado de presos. Sin embargo, no he conseguido encontrarlo. Otros expertos tampoco han podido confirmar su existencia.

Que la linterna mágica ya se utilizaba como entretenimiento desde hacía años pueden leerlo en mi novela *Der Spielmann* (El juglar), donde el protagonista Johann Faustus seduce a Gretchen con este aparato. La guía de viajes por el tiempo *Ganz Wien in 7 Tagen* (Viena en 7 días), de Anton Holzer (Primus-Verlag), ha aportado, también para esta entrega, una magnífica visión de la Viena del cambio de siglo. El grueso libro de fotografías *Mumien - Zeugen der Vergangenheit* (Momias: testigos del pasado), editado por White Star Verlag, ofrece una excelente perspectiva sobre las momias. Y para crear ambiente recomiendo los audiolibros *Der Ring des Thot* (El anillo de Thoth) y *Die Mumie* (La momia), de la serie «Gruselkabinett» (La cámara de los horrores), de Titania-Medien.

Y acerca del asesino en serie de la novela: también sobre él existe un antecedente, esta vez de Alemania. Fritz Haarmann, conocido como «el hombre lobo de Hannover», mató a un total de veinticuatro niños y jóvenes a principios de la década de

1920. Descuartizó los cadáveres y se deshizo de ellos por el retrete y en el cercano río Leine, donde unos niños que jugaban acabaron descubriendo cinco cráneos humanos. Cuando se rebajó el cauce del río para la investigación, se encontraron unos trescientos fragmentos de huesos humanos.

Como ya he dicho, la propia historia escribe las mejores (y más aterradoras) historias.

Como siempre, han sido muchas las personas que han contribuido a convertir un cúmulo de ideas caóticas en una novela. Sin embargo, asumo en solitario, por supuesto, todos los errores que se me hayan podido colar (sí, suele pasar).

En primer lugar, quiero dar las gracias a Werner Sabitzer, que también me ha ayudado en esta segunda entrega de la serie con sus profundos conocimientos sobre la policía vienesa. Regina Hölzl, del Museo de Historia del Arte, me lo ha contado todo sobre los hallazgos de Deir el-Bahari y me ha permitido visitar en su compañía el (auténtico) depósito de momias del museo. ¡Un recuerdo imborrable!

Werner Michael Schwarz, del Museo de Viena, me habló largo y tendido de los «espectáculos folclóricos» en un típico café vienés. Doy las gracias también a Peter Ryborz, a pesar de que, lamentablemente, la visita guiada al alcantarillado no llegara a materializarse. No obstante, sus Dritte Mann Tours (www.drittemanntour.at, unas visitas guiadas inspiradas en los escenarios de la película *El tercer hombre*) son del todo recomendables. El profesor Ewald Königstein, del Museo del Distrito de Hietzing, y la profesora y doctora Vladimira Bousska me han ayudado con la idiosincrasia local. Los museos de distrito de Viena son pequeñas joyas que bien merecen una visita, ¡no solo de los escritores que investigan para sus libros!

Doy las gracias a la editorial Ullstein Buchverlage, donde

han creído en el éxito de la serie desde el principio y me han apoyado en muchos aspectos. Gracias también a mi inmejorable editora Uta Rupprecht, y a Gerd, Martina y Sophie, de la agencia Gerd F. Rumler (también por las numerosas y apetitosas sesiones de *brainstorming* en el restaurante italiano). Gracias a mi padre, que una vez más ha aportado los conocimientos médicos necesarios y, por supuesto, a mi esposa Katrin, mi sufrida correctora principal, con la que llevo ya más de veinte años de relación. Contigo, Katrin, cada año que pasa es más bonito.

Hasta mi siguiente novela, en esta u otra época.

Oliver Pötzsch

Otros títulos del autor en Booket: